**Der Moloch
und andere
Visionen
4**

herausgegeben von
Helmuth W. Mommers

SHAYOL

Der Moloch
und andere
Visionen
4

herausgegeben von
Helmuth W. Mommers

/HAYOL

Impressum

Helmuth W. Mommers (Hrsg.): Der Moloch und andere Visionen
Originalausgabe

© 2007 der Gesamtausgabe bei SHAYOL Verlag, Berlin
© 2007 der Einzelwerke bei den Autoren
© 2007 des Umschlagbildes bei Michael Hutter
Titelbild: Illustration zu »Der Moloch«, Öl auf Leinwand, 70x100
© Fotos: Kunkel: Hagen Schnauss
Alle Rechte vorbehalten

Lektorat: Arno Behrend
Umschlaggestaltung: Ronald Hoppe & Helmuth W. Mommers
Layout: Hardy Kettlitz
Korrektur: Helmuth W. Mommers
Herstellung: Ronald Hoppe
Druck und Bindung: FINIDR s.r.o.

SHAYOL Verlag
Bergmannstraße 25
10961 Berlin
E-Mail: shayol@epilog.de
Internet: www.shayol-verlag.de

ISBN 978-3-926126-74-0

Inhalt

Vorwort
Seite 7

THORSTEN KÜPER
Modus Dei
Seite 9

CHRISTIAN VON ASTER
Infogeddon
Seite 55

DESIRÉE & FRANK HOESE
Hyperbreed
Seite 63

MARCUS HAMMERSCHMITT
Die Lokomotive
Seite 85

UWE POST
eDead.com
Seite 140

THOR KUNKEL
Aphromorte
Seite 148

MICHAEL K. IWOLEIT
Der Moloch
Seite 164

NIKLAS PEINECKE
Imago
Seite 242

SASCHA DICKEL
Bio-Nostalgie
Seite 253

FRANK W. HAUBOLD
Die Tänzerin
Seite 267

BERNHARD SCHNEIDER
Methusalem
Seite 303

HEIDRUN JÄNCHEN
Regenbogengrün
Seite 313

KARL MICHAEL ARMER
Prokops Dämon
Seite 334

Der Maler Michael Hutter
Seite 345

Rückblick auf 2006
Seite 347

Zum Geleit

Mehr ein Nachwort als ein Vorwort

Visionen sind etwas, das einen anspornt, das Kräfte mobilisiert und zu Taten beflügelt. So erging es mir, als ich 2004 diese Anthologie-Reihe ins Leben rief. Meine Vision war es, über viele Jahre hinweg, solange meine Gesundheit es zuließ, die Form der Science-Fiction-Kurzgeschichte lebendig zu erhalten und Autoren eine Plattform zu bieten – allen voran deutschen und solchen, die bereits professionell veröffentlicht hatten und die ich zu den besten dieser Sparte zählte. Nicht in Konkurrenz zu bestehenden Magazinen oder Anthologie-Reihen wollte ich treten, sondern eine Ergänzung bieten, zumal herkömmliche Verlagshäuser sich fast gänzlich aus dem Bereich der Short Story zurückgezogen und dem risikoärmeren und lukrativeren Romansektor zugewandt hatten.

Inzwischen hat sich die Situation gewandelt. Vereinzelt erscheinen Anthologien, vor allem Story-Sammlungen, bei den großen Verlagen wie Silberstreifen am Horizont und künden, so ist zu hoffen, wenn nicht von einer Trendwende, so doch von neuerlichem Mut zum Risiko. Dies ist ein Anfang. Bis zur festen Etablierung der Story ist es aber noch ein weiter Weg.

Diesen Weg zu ebnen, hatte ich mir – nach einer Auszeit von über 35 Jahren – vorgenommen. An die 60er-Jahre wollte ich anknüpfen, an eine Zeit, als ich gemeinsam mit Ernst Vlcek als Co-Autor und A. D. Krauß als Co-Editor und solo als Literaturagent meinen eigenen Beitrag zur Wiedererweckung und Belebung der Kurzgeschichte leisten durfte. Für Moewig konnte ich viele Original-Collections zusammenstellen und für Heyne u. a. die dreibändige *Anthologie der Berühmten* von Asimov bis van Vogt herausgeben. Während ich damals aus dem schier unerschöpflichen Reservoir angloamerikanischer Erzählungen »Rosinen picken« konnte, musste ich jetzt den viel beschwerlicheren Weg gehen, Storys auf ihre Eignung zur Veröffentlichung zu prüfen und Autoren mit Rat und Tat zur Seite zu stehen.

Mein Weg führte mich erst zur Mitbegründung von NOVA, dann zu den VISIONEN und wenig später zur Einführung einer Story-Rubrik in der SPACE VIEW, die über den Zeitschriftenhandel einem breiten Publikum zugänglich war. Leider scheiterte das Experiment SPACE VIEW nach nur zwei Jahren. NOVA gedeiht weiter, mit beachtlicher Qualität, aber einer geringen, für Kleinverleger typischen Auflage.

An die VISIONEN hatte ich große Hoffnungen geknüpft. Sie sollten die Barriere von ein paar Hundert verkauften Exemplaren, die von Kleinverlagen oft deutlich unterschritten wird, klar durchbrechen und die Fangemeinde zu breitem Zuspruch mobilisieren.

Nach Anlaufschwierigkeiten entpuppte sich Band 1 – *Der Atem Gottes* – als Achtungserfolg, der es immerhin auf gut 600 verkaufte Exemplare brachte und zur berechtigten Hoffnung Anlass gab, dass mit jedem weiteren Band ein kumulativer Effekt die Verkaufszahlen in die Höhe treiben würde, bis gegen 1000. Diese Hoffnung trog.

Da halfen auch nicht die vielen Nominierungen, nicht die Auszeichnungen mit dem Deutschen Science Fiction Preis, dem Kurd Laßwitz Preis und dem Deutschen Phantastik Preis. In den ersten drei Bänden veröffentlichten 31 Autoren 44 Storys, davon wurden 21 nominiert und 4 ausgezeichnet. Ausgabe 1 wurde sogar zur besten Original-Anthologie des Jahres gewählt, noch vor einer Eschbach-Anthologie mit Autoren aus halb Europa und Bänden mit Erzählungen der allgemeinen Phantastik.

Fast alle Kurzgeschichten-Autoren von Rang und Namen in deutschen Landen konnte ich versammeln. Nur einige wenige, die ich besonders schätzte, wie Brandhorst, Hahn, Jeschke, Maximovic, Pukallus und die Steinmüllers konnte ich nicht bewegen, zur Feder zu greifen.

Autoren wie Erler, Eschbach, Franke, Hammerschmitt, Marrak, Simon, Vlcek, um nur einige wenige der bekanntesten zu nennen, haben ein größeres Publikum verdient, nicht so bescheidene Auflagen. Und so trage ich meine eigene Vision zu Grabe, zumindest was die weitere Herausgabe dieser Anthologie-Reihe in einem Kleinverlag betrifft. Die vorliegende Ausgabe ist die vierte und wird die letzte sein. Und, wie ich hoffe, krönender Abschluss.

Da bleibt mir nur noch die Danksagung an die treuen Leser, an die geschätzten Autoren, an die Betreiber und Mitarbeiter des Shayol-Verlags, die mich bei diesem Projekt großzügig unterstützt haben. Und das Versprechen, dass ich die nächste Gelegenheit, mich an ein breiteres Publikum zu wenden, nicht ungenutzt verstreichen lassen werde.

Helmuth W. Mommers
www.helmuthmommers.de

Thorsten Küper (*1969) bekleidet nach einem Studium der Physik und Mathematik ein Lehramt. Mit mehr als ein Dutzend Erzählungen, in denen er vorwiegend zukunftsnahe Szenarien beschreibt, und die in C'T, NOVA, ALIEN CONTACT und in Anthologien erschienen sind, hat er sich bereits unter den besten Kurzgeschichtenautoren etabliert. Außerdem verfasst er satirische Texte, Kritiken und produziert Kurzfilme.   *www.sublevel12.de*

THORSTEN KÜPER

Modus Dei

Der Regen trommelt auf die Glaskuppel über uns, ergießt sich durch eine Reihe zersplitterter Segmente auf Lasgards kahl rasierten Hinterkopf. Er liegt mit dem Gesicht voran in einer Pfütze rostroten Wassers. Das Hakenkreuz auf seiner glänzenden Schädeldecke hat etwas Verlockendes an sich, wie eine Zielmarkierung: Hier Lobotomie ansetzen.

Wahrscheinlich ist es gut, dass ich außer meiner Waffe gerade keine geeigneten neurochirurgischen Instrumente zur Hand habe. Es ist mir ein inneres Bedürfnis, Typen wie ihm mit einer Brechstange die Fontanelle auszubeulen. Lasgard ist entgangen, dass die von ihm so hoch verehrten Neonaziideologen für Burschen mit seinen sexuellen Vorlieben wenig übrig haben. Dass er schwul ist wie ein rosa gefärbter Pudel, hält die Glatzen aber nicht davon ab, ihre Spielzeuge bei ihm zu kaufen. Verrottete Reliquien aus längst vergessenen Kriegen oder originalgetreue Waffennachbildungen. Weil sie ihr Geld bei ihm lassen, hält er sich für einen ihrer Buddys und geilt sich an etwas auf, das er für eine Art Übermenschenstatus hält – und wahrscheinlich machen ihn all die uniformierten Muskelpakete ganz kirre.

Für mich ist er auf der evolutionären Trittleiter genauso weit unten wie die Neonaziprimaten.

Eine Drohne schwebt genau über dem Loch in der Kuppel und starrt auf uns herunter. Ihr Lichtstrahl taucht den sonst spärlichen beleuchteten Dachboden in grelles Weiß. Längst sind Streifenwagen auf dem Weg hierher. Nicht nur deswegen ist Lasgard nicht gut auf mich zu sprechen. Das ist er eigentlich nie, aber vor fünf Minuten habe ich ihm zum ersten Mal in unserer langjährigen Hassliebe wirklich einen Grund gegeben, mich nicht zu mögen – als ich sein heiß geliebtes Museum etwas umsortiert habe. Eine bizarre Kollektion aus unterschiedlichsten Devotionalien wie militärischen Orden, Folterwerkzeugen, den Skalpellen irgendwelcher Killerärzte, die in noch unsozialeren Ländern als meinem Menschenversuche an der Bevölkerung unternommen haben, den Genitalien eines missverstandenen Missionars und anderen grotesken Gegenständen. Er besitzt sogar die Teddybärchenunterwäsche irgendeines längst vergessenen nigerianischen Diktators. Lasgard ist stinksauer darüber, dass ich mehrere der kostbaren Vitrinen zertrümmert habe. Es muss besonders überraschend für ihn gewesen sein, dass ich sein Gesicht dazu benutzt habe. Jetzt liegt er mit seiner sonst so großen Fresse nach unten und blutet auf meine Schuhe. Das und der Sturzbach aus unverständlichen Flüchen und Wehklagen aus seiner zerschnittenen Visage machen mich langsam ernsthaft ungehalten.

»Lasgard, alter Freund, wir wissen doch, wie es läuft. Ab und zu komme ich in dein kleines Museum der Abscheulichkeiten. Du zeigst mir deine Raritäten und ich bekomme von dir ein oder zwei Tipps.«

Er hebt den ramponierten Schädel mit der Propagandadeko und spuckt Blut gegen mein Schienenbein. Mit einem gezielten Tritt versuche ich ein Lächeln in sein Gesicht zu zaubern, treffe aber wohl nicht ganz seinen Nerv.

»Ich schätze, eure Beziehung hat sich verschlechtert, was?« Ising hockt auf einem der vielen alten OP-Tische, die Lasgard hier oben auf seinem Dachboden hortet und stopft mit Stäbchen höllisch scharf gewürzten Reis aus einer Papiertüte in sich hinein. Er hat zu keiner Zeit eingegriffen, als ich mich mit Lasgard herumgeprügelt habe. Dazu hätte er ja seinen Imbiss unterbrechen müssen. »Me Cop, you not« steht auf dem schwarzen Shirt, das über seine beachtliche Speckrolle spannt. Dass ein Bulle ab und zu mal rennen muss, davon will er noch nie was gehört haben, behauptet er.

»Also, Lasgard. Schon mal im Glastunnel zwischen den Hildebrandt Towers gewesen? Man hat 'ne tolle Aussicht von da oben. Wirklich schön. Gestern lagen da plötzlich sechsundzwanzig Leichen rum. Sahen ziemlich erschreckend aus. Lange gelbe Blasen auf der Haut, erstickt. Sagt dir das was?«

»Fuck you!«

»Kein Ersatz für 'ne Frau oder zumindest gute Cyberware.« Ich hocke mich neben ihn. »Diese Sache ist ernster als der Kleinkram, mit dem ich dich sonst belästige, ist dir das klar? Ich finde deine Einstellung irgendwie inakzeptabel. Also noch mal: Wirklich eklig große Blasen, die Gesichter sind bei einigen kaum noch zu erkennen.«

Er fixiert mich durch zu Schlitzen zusammengeschwollenen Augenlidern. Lasgard weiß, dass er Probleme hat. Gewaltige Probleme. Das kleinste davon ist, dass ich gerade mit ihm den Boden wische.

»Welches Gas ruft solche Verletzungen hervor?«, will ich wissen.

»Senfgas«, presst er unwillig zwischen den Lippen hervor, als hätte ich ihn gezwungen zuzugeben, dass Adolf Hitler kein Übermensch sondern ein Arschloch war.

Ich nicke. »Stimmt, Senfgas. Genau das sagen auch unsere Jungs in der Gerichtsmedizin. Hervorragend geeignet, um große Menschengruppen zu töten. Und wenn hier irgendjemand eine längst verbotene uralte Kriegswaffe benutzt, dann weiß ich ziemlich genau, bei wem er sich das Zeug beschafft hat. Es gibt nicht viele, die Menschenrechtsverletzungen so unterhaltsam finden wie du. Ist doch so, Lasgard.«

»Ich bin Historiker«, einer seiner Zähne hängt halb aus dem Kiefer. »Verkaufe nur Waffennachbildungen.«

»Für 'ne Nachbildung hat es verdammt gut funktioniert«, nuschelt Ising auf seinem Reis kauend. »Ich schlage vor, wir erschießen ihn in Notwehr.« Er nickt in Richtung des auf allen Vieren kauernden Lasgard. »Finde, das ist 'ne ziemlich bedrohende Haltung und eine Kanone hat er auch in der Hand.«

Lasgard reißt die Augen auf – jedenfalls soweit es seine zu Wülsten aufgequollenen Lider zulassen – und gafft seine leeren Hände, dann Ising und mich an. Ein Splitter steckt in seiner linken Braue. War eine dumme Idee von ihm, eine Knarre auf mich zu richten. Er hat sie am Fuß der Treppe verloren – bevor ich ihn hierher geprügelt habe.

Ich nicke abwägend. »Tja, wir haben da unten eine Waffe mit deinen Fingerabdrücken drauf. Da wird niemand Fragen stellen, vor allem bei einem Naziwichser wie dir. Du könntest mir aber auch einfach sagen, wer in dein Museum gekommen ist und nach Senfgas gefragt hat.«

Entweder liegt es an den Schmerzen, dass ihm Tränen über die Wangen kullern, oder der Mistkerl heult tatsächlich. »Er hat das Scheißzeug wirklich benutzt?«, flüstert er. Eine Frage. Er fragt mich, kann nicht glauben, dass der Mist, den er organisiert hat, wirklich eingesetzt wird.

»Du hast 'ne verdammt hohe Meinung von dem Abschaum, mit dem du dich einlässt. Glaubst du, jemand der so was kauft, will das Zeug durch die Wasserpfeife inhalieren?«

»Der Kerl ist …«, Lasgard ringt nach Worten, »… psychotisch. Kaputt. Völlig krank.«

»Wirklich?« Ich schaue erst Lasgard dann Ising mit gespielter Verblüffung an. »Ich dachte immer, wenn man sechsundzwanzig Leute umbringt, hat man einfach nur 'nen schlechten Tag.«

Ising nickt bekräftigend. »Wirklich, wirklich mieser Tag.«

Lasgard zuckt zurück, als ich etwas aus meiner Jacke hervor hole. Aber statt meiner Dienstwaffe ziehe ich ein sauberes Papiertaschentuch heraus, mit dem ich die Wunden auf seiner Stirn abzutupfen beginne. »Also weißt du, Lasgard, ich denke, wenn du uns alles sagst, was du über ihn weißt, dann wird sogar ein nicht arischer Richter ganz zärtlich zu dir sein, was meinst du?«

Lasgard zittert. Mehr als ein Flüstern bringt er nicht hervor. »Hat mir gedroht, dieser Freak. Will zurückkommen, falls ich das Maul nicht halte.«

»Kannst dir überlegen, was schlimmer ist – wenn er sein Versprechen wahr macht oder ich meines.«

»Scheiße«, er spuckt endgültig den lockeren Zahn aus. »Ist auf Cyberware, trägt 'n Modul über dem Ohr. Ein Warefreak, durchgehend verdrahtet, ständig auf Game und seine Pupillen flackern. Man kann zuschauen wie sie pulsieren. Der schiebt irgendwelche Neurotransmitter. Ihr wisst, wo man solche Typen findet. Unten im Cellcore. Da hab ich ihn schon mal gesehen.«

»Nicht schlecht, gar nicht schlecht.« Ising grinst hinter mir.

»Ein Anfang, ja.« Und als würde ich zu einem kleinen Kind sprechen, fordere ich den selbst ernannten Historiker auf: »Und jetzt möchte ich wirklich jede Information, die du hast, Lasgard, und wenn sie dir auch noch so bedeutungslos zu sein scheint.«

Zwölf Minuten später schleifen zwei gepanzerte Streifenpolizisten Lasgard, der sich weigert selbstständig zu gehen, durch den strömenden Regen zu einem Streifenwagen. Mittlerweile ist ihm endgültig klar geworden, dass ich ihn nicht erschossen hätte. Er funkelt mich hasserfüllt an und brüllt quer über die Strasse. »Ich verklage dich, Wosniak. Verdammter Drecksbulle. Ich habe Rechte.«

Ich zwinkere ihm zu. »Weiß gar nicht, was du willst. Du fährst doch so auf Diktaturen ab. War 'ne ganz authentische Vorstellung von deren Polizeimethoden. Wusstest du eigentlich, dass ich auch Teddybärchenunterwäsche habe?«

Den so genannten »Berater«, den man Ising und mir heute Morgen aufs Auge gedrückt hat, habe ich schon vergessen. Der Mann, der uns, ohne einen Dienstrang zu erwähnen, als Richard Sasnik vorgestellt wurde, steht noch immer an unserem Wagen, wo wir ihn vor einer halben Stunde zurückgelassen haben. Jeder andere hätte bei diesem Sauwetter ausgesehen wie ein Häufchen Elend. Aber um diesen Kerl scheint selbst der Regen aus Respekt einen Bogen zu machen. Ein durchsichtiges Plastikcape bewahrt seinen teuren Designeranzug vor der Brühe, die der Himmel auf uns kippt. Unter der Kapuze, die den modischen Haarschnitt schützt, beobachtet er, wie Lasgard in einen Streifenwagen verfrachtet wird.

»Sie haben da eine Schnittwunde, Wosniak.«, stellt er fest und deutet auf meine Wange.

»Kommt vor.«

»Ihr Verdächtiger hat ziemlich schwere Verletzungen.«

Ich zucke mit den Achseln. »Ausgerutscht. Das nasse Wetter.«

»Wer verletzt sich denn so, wenn er einmal ausrutscht?«

Ising seufzt. »Er ist richtig oft ausgerutscht. Tapsig der Mann.«

Sasnik sieht dem abfahrenden Streifenwagen nach. »Wissen Sie, mir ist eigentlich völlig egal, wie Sie es machen. Hauptsache, wir spüren diesen Irren auf, bevor er sich neue Opfer sucht.« Auffordernd fixiert er mich. »Und?«

Ich öffne die hintere Tür des Wagens und biete ihm mit einer großzügigen Geste den Platz auf dem Rücksitz an. »Das ist das Schöne beim Ausrutschen. Es belebt das Gedächtnis und macht redselig.«

Die Silhouette der Stadt spiegelt sich als schillerndes Zerrbild aus Blau, Rot und Grün im Rhein, den wir gerade auf der Deutzer Brücke überqueren. Der Kölner Dom erhebt sich in tiefes Blau gehüllt über die kleineren Gebäude, die in seinem Schatten den Schutz eines allmächtigen Gottes zu suchen scheinen. Weiter im Westen präsentiert sich das neu wuchernde Technologiezentrum, dominiert von zwei schlanken Türmen in goldenem und grünem Licht. Der Verbindungstunnel zwischen den beiden Hildebrandt-Towers glüht auf die Distanz wie ein elektronisches Bauteil in einem uralten Radio. Vor etwas mehr als 24 Stunden sind dort oben sechsundzwanzig Menschen gestorben, die meisten davon Mitarbeiter eines Medizintechnikunternehmens namens Manotec. Anscheinend befand sich die gesamte Belegschaft zur Mittagszeit auf dem Weg in eins der Restaurants im Tower. Auch einer der beiden Chefs, Inhaber zahlreicher Patente, ist bei dem Anschlag ums Leben gekommen.

Ich spüre Isings Blick auf mir ruhen. Er zwinkert mir mit dem einen freien Auge zu. Das andere verbirgt sich hinter einer einglasigen Sonnenbrille, dem Mikrodisplay eines PDA. Über das winzige Bedienelement in seiner Tasche steuert er unauffällig das Menü, das direkt vor seiner Pupille eingeblendet wird. Seine Online-Recherchen haben mit unserem eigentlichen Fall nichts zu tun. Ich habe ihn auf eine andere Fährte angesetzt.

Als ich hoch schaue, begegne ich Sasniks Augen im Rückspiegel. Vielleicht hat er durchschaut, dass Ising gerade Informationen über ihn einholt. Ist mir scheißegal, falls ihn das wurmt.

»Beeindruckende Skyline, finden Sie nicht auch?«, frage ich.

Er klingt gelangweilt. »Köln, Frankfurt, Berlin, Hamburg, München, alles gleich.«

»Sie kommen ganz schön rum, was?«

Sasnik antwortet nicht darauf, stattdessen nickt er in Fahrrichtung. »Wohin fahren wir?«

»Cellcore.«

»Und das ist was?«

Ich deute nach links aus dem Fenster. Sieben Lichtsäulen bohren sich südlich von uns scheinbar direkt aus dem Fluss in den Himmel.

Im Rückspiegel sehe ich Sasnik blinzeln. »Ist das ein Schiff?«

»Sieben Schiffe. Alles zusammen ist der Cellcore. Nennen wir es einen Club, obwohl manche es eher als Pilgerstätte bezeichnen würden. Jeder Kabelfreak aus der Umgebung kennt diesen Laden. Da kriegt man alles, was einem die Cyberware noch zusätzlich versüßen kann: Cortexinterfaces, Neurodriver, Neurostimulatoren, Designerdrogen, illegale Cyberware, harte Explois, verbotene Pornographie, ctd-Files.«

»CTD?«

»Close to Death. Der Selbstmörder von heute hinterlässt keinen Abschiedsbrief mehr, er zeichnet seinen Suizid auf. Inklusive der Depressionen, die ihn dazu getrieben haben. Böses Zeug, vor allem, wenn Sie es jemandem andrehen, der meint, es wäre so'n Blümchensexexploi.«

»Und warum heben Sie den Laden nicht aus?«

»Weil es noch mindestens zwei Dutzend andere von der Sorte gibt. Und das da ist die Adresse, die uns Lasgard genannt hat.«

Acht Minuten später treiben wir in einem Menschenstrom auf einen der sieben Zugänge zum Cellcore zu. Die lang gezogenen Gangways ragen weit auf das Ufer herauf. Um sie herum hat sich so etwas wie ein Basar gebildet. Mobile Snackbars wechseln sich ab mit Teestuben in Nomadenzelten, alten Kastenwagen, in denen man sich billige Tattoos ins Fleisch ritzen lassen kann und mit einer Unzahl von Verkaufständen, an denen Hard- und Software feilgeboten wird. Manchmal ist auch Wetware dabei – meistens steuerbare Insekten, auf denen man Mikrokameras befestigen kann. In der Regel ist das harmloses Zeug, einiges an der Grenze zur Illegalität, manches auch knapp darüber hinaus, aber nichts, was für einen Bullen wert wäre, damit seine Zeit zu vertrödeln. In einer Arena in Sandkastengröße gehen halbmetergroße Roboter mit den Proportionen von Muskelprotzen auf einander los, werden in ihren erbarmungslosen Zweikämpfen von einer Handvoll Zuschauer angefeuert. Drinnen im Cellcore finden manchmal ähnliche Kämpfe statt. Die Wettsummen sind aber viel höher als hier draußen. Liegt wahrscheinlich daran, dass dann keine Hydraulikflüssigkeit fließt, sondern Blut.

Wieder peitscht kalter Regen vom Himmel auf uns herab, wirkt erfrischend in der warmen Woge von Klängen und Gerüchen, die über uns zusammenschlägt. Eine Mischung aus Schweiß, verbranntem Fett und Gewürzen, deren Namen ich wahrscheinlich noch nie gehört habe, schwängert die Luft. Hämmernde Beats und Gitarrenriffs lullen mein Bewusstsein ein, vermengen sich zu einer unrhythmischen und gespenstischen Symphonie, der ich mich nicht entziehen kann.

Eine Gruppe weiß geschminkter Männer und Frauen lacht mich aus, einer von ihnen drückt mir einen Kuss auf die Wange, dann stürzen sie allesamt an mir vorbei. Karneval in Venedig auf Kortexid. Doch selbst in diesem surrealen Strom von Eskapisten auf der Flucht vor der Wirklichkeit funktionieren meine Instinkte noch. Ich bin wie eine dieser Maschinen in der Arena. Programmiert darauf, ein Bulle zu sein. Vielleicht gibt es sogar jemanden, der auf mich setzt, wer weiß.

Ein mageres blondes Mädchen mit hübschen bunten Rastalocken, vielleicht vierzehn Jahre alt, kämpft sich auf ihrem mit Neonleuchten verzierten Fahrrad verbissen gegen den Menschenstrom vor. Ein arabisch aussehender Mann mit prachtvoller Löwenmähne und langem Mantel steckt ihr im Vorbeigehen ein Päckchen zu. Wenige Sekunden später biegt sie in einem gewagten Manöver in die Lücke zwischen einer mit einer Kette verschlossenen Mobiltoilette und einem uralten rot angestrichenen VW-Bus, dessen Fenster mit Pornobildern verklebt wurde. Sie rast die Uferpromenade so schnell hinunter, dass ihr Neonbike eine Leuchtspur auf meine Netzhaut zeichnet. Auch Ising hat sie bemerkt. Eine Übergabe, wahrscheinlich Explois oder Drogen, vielleicht klassisches Heroin, möglicherweise sogar Kortexid. Die Kids auf ihren Bikes sind kaum einzuholen, können sich sogar der Verfolgung durch Drohnen entziehen, wenn sie Tiefgaragen, U-Bahnschächte, selbst die Kanalisation für ihre Flucht nutzen.

Aber deswegen sind wir heute nicht hier.

Erstaunt bemerke ich einen Spatz, der sich auf meiner Schulter niederlässt, um sich gleich darauf wieder in die Luft zu erheben. Ein hagerer Chinese zwinkert mir zu, bevor ein ganzer Schwarm der kleinen Vögel auf ihn herabstößt, ihn umkreist und so eine Art lebender Wand um ihn herum bildet. Im nächsten Moment landen die kleinen Tiere am Boden und formieren sich in Reih und Glied wie eine kleine gefiederte Armee. Robotvögel, die junge Männer ihren entzückten Freundinnen schenken. Die ahnen natürlich nicht, dass die mechanischen Flieger ursprünglich für Spionagezwecke entwickelt wurden und mit Mikrokameras bestückt sind. Das perfekte Werkzeug für eifersüchtige Verliebte und lüsterne Voyeure. Auch davon wimmelt es hier.

Jeder der Gangways zum Cellcore mündet direkt in einen bläulich glühenden Abgrund. Das hier ist ein Plastiknirvana, ein virtuelles Elysium, in das sich heute wie in jeder anderen Nacht mehrere tausend Vergnügungssüchtige, meistens Warefreaks und Wireheads stürzen. Die obligatorischen Clubber, jede Menge Möchtegerns, solche, die gern die talentierten Grabber und Datendealer von morgen sein würden. Sie fühlen sich grandios, während sie in Schlangen auf Einlass warten wie Schlachtvieh auf den tödlichen Stromstoss. Aber auch echte Ikonen der Szene geben sich die Ehre, Hacker, die zu Stars wurden, weil sie Banken geknackt, Regierungssysteme ausgehebelt oder irgendwelche Konzerne in den Ruin gestürzt haben. Einige von diesen Typen halten sich für Künstler, werden von der Masse genauso verehrt wie die Star-DJs, die aus Tokio, London, Peking oder Los Angeles eingeflogen werden. Kriminalität und Kunst in kreativer Symbiose. Man erkennt die Großen daran, dass sie nicht warten müssen. Aber auch wir drängen uns an der Reihe der Wartenden vorbei, ernten giftige Kommentare, wütende Beleidigungen, zwei Ellenbogen treffen mich und ein Bär von einem Kerl mit einem eintätowierten dritten Auge auf der Stirn stellt sich mir in den Weg. Als ich die Holodienstmarke mit meinem rotierenden Konterfei über meiner Schulter aufflammen lasse, weicht er mit beschwichtigend erhobenen Pranken zurück. »Scheißbullen. Kommen wahrscheinlich her, um ihren Stoff einzutreiben«, höre ich eine weibliche Stimme zischen.

Das Triumvirat am höchsten Punkt der Gangway ist ein imposanter Anblick. Es sind drei, keiner unter 1,95 m groß, muskulös, austrainiert und ich bin sicher, dass jeder von ihnen mindestens eine nicht letale Waffe trägt. Man könnte sie alle für Dragqueens halten. Die größte von ihnen, Carla, mustert mich spöttisch und ich sehe ihre Lippen meinen Namen formen. Wie alle Sicherheitsleute trägt sie Kehlkopfimplantate, die lautlose Kommunikation ermöglichen. Carla ist auf ihren High Heels weit über zwei Meter groß – und sie ist, obwohl mancher eingeschüchterte Kerl das gern bezweifelt, eine echte Frau. Noch dazu eine außergewöhnlich schöne, wenn ich auch eine Leiter brauchen würde, um ihr einen Kuss zu geben. Wie immer hat sie ihre beeindruckende hüftlange Mähne schwarzen Haars zu einem Zopf geflochten, durch den sich faszinierende rote Strähnen winden. Auf die Distanz wirkt sie dünn, nur ihre nackten Oberarme offenbaren, wie muskulös sie wirklich ist. »Wie geht's den Zwillingen?«, frage ich sie mit einem Zwinkern.

»Wenn sie dich sehen, erzeugt das ein gewisses Unbehagen bei ihnen«, sie nickt in Richtung der unsichtbaren Kamera hinter ihr. Ich kann mir nicht verkneifen, der Linse zuzuwinken. Die Zwillinge, zwei Wireheads, mit einer kolossalen Akte, immerhin schon mit 15 zum ersten Mal wegen Computerkriminalität inhaftiert, haben mit dem Cellcore eine Art Pilgerstätte für Anarchisten geschaffen. Immer noch stecken ihre Finger in diversen schmutzigen Projekten, aber nachweisen kann ihnen das keiner.

Carla nickt mir mit einem wissenden Lächeln zu und lässt mich passieren, ohne weitere Fragen zu stellen. Die Zwillinge würden mir niemals den Zutritt verwehren.

Den Cellcore zu betreten, das ist als würde man die Grenze zu einem geheimen Ort im eigenen Bewusstsein übertreten. Hämmernde Bässe lassen meinen Brustkorb mitschwingen wie die Membran eines Schlagzeuges, peitschende, elektronische Beats durchdringen mein Bewusstsein, infiltrieren meine Wahrnehmung. Farben und Bewegungen überfordern die Augen, lassen sich nicht länger zu definierten Formen auflösen. Die Masse aus Menschen um mich herum verschmilzt zu einem einzigen Organismus, der die Gänge und Säle des Cellcore durchsetzt, unter dessen Druck der gesamte Komplex bersten muss. Isings Gesicht ist für einen Sekundenbruchteil nichts anderes als eine von hundert blauen Fratzen um mich herum. Feine Laser zeichnen Muster in sein Gesicht. Ein kurzes Nicken von ihm reicht, dann lässt er sich von der Menge absorbieren. Er weiß, wonach er zu suchen hat.

Ich will meinen Weg fortsetzen, als mir jemand auf die Schulter tippt. Sasnik ist diesmal nicht im Wagen geblieben. Ich drehe mich zu ihm um, sehe seine Lippen die Worte »Wen suchen wir?« formen. Mit dem Zeigefinger mache ich eine kreisende Bewegung an meinem Ohr, als könnte ich ihn nicht verstehen, und schiebe mich weiter durch die wogende Menge Tanzender. Hier vorn tummelt sich nur das Fußvolk, kleine Möchtegerns, die stundenlang anstehen, bevor man sie endlich die heiligen Hallen betreten lässt. Den Rest der Nacht hopsen sie unschlüssig auf der Stelle herum, versuchen zumindest einen Blick auf die großen Nummern der Szene zu erhaschen, die sich irgendwo weiter hinten in eigene Separees zurückziehen.

Der Durchgang zum nächsten Schiff ist ein transparenter Tunnel, auf den der Regen herunterschüttet, so dass die Farben der nächtlichen Stadt auf dem Glas zu Schlieren verlaufen. Hier ist der allgegenwärtige Soundteppich etwas leiser, so dass ich nicht so tun kann, als würde ich Sasnik präzise formulierte Frage hinter mir nicht hören. »Wen suchen wir hier?«

Ich wende mich ihm zu, die Brauen angehoben, als sei es eine absurde Frage. »Nach unserem potentiellen Täter.«

Sasnik macht einen Schritt an mir vorbei, blickt hinüber ins Innere des nächsten Schiffes, das von hier nicht anders aussieht als das, das wir gerade verlassen haben. Ohne mich anzusehen erklärt er: »Ich würde es begrüßen, wenn Sie das konkretisieren könnten.«

»Verstehe. Nun, wir halten Ausschau nach einem Mann, etwa einsfünfundachtzig, neunzig Kilo, schulterlanges, dunkles Haar, möglicherweise ein langer Mantel. In seiner linken Wange steckt ein Environ 887. Sie wissen, was das ist?«

»Ja, der Biochip, der in den meisten Neuralschnittstellen eingesetzt wird.«
Ich schiebe das Kinn anerkennend vor. »Fein. Könnten wir dann?«

Sasniks Blick richtet sich auf mich. »Sie sind nicht besonders erfreut darüber, mit mir zusammenzuarbeiten, Wosniak.«

»Ich wüsste nur gern, mit wem ich es zu tun habe und warum man meint, mir einen Aufpasser zur Seite stellen zu müssen.«

»Politik, Sie kennen das.« Während er spricht tippt er einige Notizen in seinen PDA ein. Irgendwas über mich? »Ist ein brisanter Fall, Ihre Vorgesetzten wollen nichts falsch machen.«

»Dann sollten wir unseren Psycho mit dem Chip auf der Backe so schnell wie möglich von der Strasse schaffen.« Ich gehe um Sasnik herum, ohne ihn eines weiteren Blickes zu würdigen und überlasse es ihm, mit zu kommen oder nicht. Der Spiegel über der Bar zu meiner Linken verrät mir, dass er mir im gewissen Abstand folgt, dabei seinerseits den Blick über das Publikum wandern lässt. Er bewegt sich und er beobachtet wie jemand, der das nicht zum ersten Mal tut. Unauffällig, aber aufmerksam. Ein Profi.

Unseren Gesuchten hier aufzuspüren, wird ihm nicht weniger schwer fallen als mir. Durch farbige Spots und Laser kolorierte Gesichter tauchen wie stroboskopische Aufnahmen auf, um sofort wieder von der anonymen Masse verschluckt zu werden. Tanzende Körper drängen sich aneinander, während sich andere in Richtung der Bar oder eines Separees quer durch die Menge quetschen. Nach einigen Minuten sehe ich Sasnik auf einer Brüstung einige Meter über mir. Nur aus einer erhöhten Position ist es möglich, den Überblick über die Menge zu bekommen. Aber es wimmelt von Männern und Frauen mit langen Haaren. Im Halbdunkel und auf die Distanz einen Chip auf der Wange erkennen zu wollen, dürfte fast unmöglich sein. Ob er hier ist, wissen wir sowieso nicht. Vielleicht hat er sich in sein Loch verkrochen, um einen neuen Anschlag zu planen, oder er setzt gerade irgendwo in der Stadt einen weiteren in die Tat um. Nein, ich habe nicht vor, mich auf mein Glück zu verlassen.

Zügig durchquere ich den Rumpf des Schiffs, wechsele in das nächste hinüber und halte direkt auf den Turm zu, der sich dort mitten im Saal erhebt. Zwei Chinesen weisen mit einem freundlichen aber bestimmten Lächeln jeden ab, der die Wendeltreppe nach oben betreten will. Für mich machen sie keine Ausnahme, auch nicht als ich die Holodienstmarke aktiviere. Höflich deuten beide in Richtung der Bar. Natürlich, für Bullen gibt es kostenlose Drinks. Als ich einen Schritt auf einen der beiden Chinesen zu mache, bemerke ich, wie der andere hinter mich gleitet. Sollte ich seinen Partner angreifen, wird er mich sofort überwältigen. Um mich verständlich zu machen, muss ich brüllen.

»Die Zwillinge erwarten mich.«

Mein Gegenüber begnügt sich mit einem höflichen Lächeln, einem Kopfschütteln und einem warnend erhobenen Zeigefinger.

»Er erwartet mich, oder in zehn Minuten mache ich mit 40 Bullen eine Razzia in diesem Laden. Ich müsste dann nämlich davon ausgehen, dass hier ein Verdächtiger versteckt wird.«

Der Chinese deutet ein anerkennendes Nicken an und ich sehe, wie er die Lippen bewegt. Keine zehn Sekunden später gibt er mit einer einladenden Geste den Weg zur Treppe frei. Ich folge der engen Spirale, die gut zwanzig Meter in die Höhe führt. Natürlich gibt es auch einen Lift, aber den haben die Zwillinge für sich und ihre Ehrengäste reserviert. Das hier ist die Hühnerleiter für den Pöbel. So eng, dass ein Gruppe potentieller Angreifer nur einzeln die Plattform betreten kann. Dem Riesen, der mich oben in Empfang nimmt, kann ich keine Ursprungsnation zuordnen. Seine Schultern sind so massiv, als würde er mit einer unbedachten Bewegung Wände niederreißen können. Die Arme haben die Dimension von Verladekränen. Doch auch er hat seinen Körper in einen maßgeschneiderten XXXL-Designeranzug gezwängt. Dunkelbraune, sonnengegerbte Haut spannt sich über sein breites, zerfurchtes Gesicht, durch dass sich ein Lächeln wie ein Einschlagkrater zieht. Seine makellosen Zähne funkeln in einem giftigen Grün, dem Widerschein des gedämpften Lichtes, in das die ganze Plattform getaucht ist.

Es gibt kein Geländer am Rand, nur abgeschrägte Glaswände die im Fünfundvierzig-Grad-Winkel an der Plattform anliegen. Durch sie hat man einen uneingeschränkten Überblick über den ganzen Saal. Zwei Mädchen, die eine blond, die andere brünett, wälzen sich im Clinch über die transparente Fläche, bieten dem Publikum unten den Anblick ihrer auf das Glas gepressten Körper. Auch mein Blick bleibt Sekunden zu lang an ihnen haften, was den Zwillingen nicht entgeht.

»Gute Show, oder?« Colin liegt auf den linken Ellenbogen gestützt da, führt einen Cocktail zum Mund und nimmt einen Schluck.

Er und sein Bruder Farin mustern mich von einem überdimensionalen Sofa aus. Um sie herum drapieren sich drei dunkelhäutige Mädchen, die perfekten Gesichter mit prachtvollen Stammestätowierungen verziert. Vielleicht echte, vielleicht auch nur für den Abend aufgetragen, die Prozedur muss jedenfalls Stunden in Anspruch genommen haben. Eine der drei Schönheiten hockt auf der Lehne des Sofas, hat ihre ebenfalls mit Tattoos verzierten Schenkel um Farins Hals geschlungen. Provokativ lässt sie die chirurgisch gespaltene Zunge über ihre Lippen gleiten, während ihre geschlitzten Pupillen Augenkontakt mit mir suchen. Farin liegt genauso da wie sein Bruder, nur dass er sich dabei auf den rechten Ellbogen stützt. Schon allein durch die geometrische Anordnung der Brüder zueinander drängt sich so der Eindruck auf, der eine wäre das Spiegelbild des anderen. Selbst ihr schulterlanges, viel zu dünnes blondes Haar scheint völlig identisch zu fallen. Wie immer tragen sie dunkle Anzugjacken, darunter graue Rollkragenpullover, um damit die unnatürliche Dünnheit von Hals und Armen zu kaschieren. Aber für jeden, der den Zwillingen zum ersten Mal begegnet, ist der Augenblick völliger Fassungslosigkeit vorprogrammiert. Kein noch so gut geschnittener Designeranzug kann über die Surrealität ihres Anblickes hinwegtäuschen.

Ein Polizeipsychologe hat mir gegenüber erwähnt, dass es auf die Drogenabhängigkeit der Eltern zurückzuführen sei. Egal was es war. Schicksal, Drogen, Umweltverschmutzung, schlechtes Karma. Etwas hat einen Teilbereich ihrer DNA zerstört und sie so geschaffen, wie sie sind.

Auch jetzt wehrt sich mein Gehirn dagegen zu akzeptieren, was die Augen wahrnehmen. Zwei erwachsene, völlig identische Männer – die sich ein und denselben Unterkörper teilen.

Die beiden haben zumindest die Fähigkeit zur Selbstironie bewiesen, als sie in ihrer Glanzzeit als aufstrebende Hacker als »Die Könige von Siam« agierten, ein Nickname, der einige Ermittler ihre Taten zunächst Hackergruppen aus Asien zuschreiben ließ. Aber ich bin nicht hier wegen alter Geschichten, erst recht nicht wegen neuer, die ich ihnen sowieso nicht nachweisen könnte.

Ein weiteres Mädchen kniet in der Mitte des Raumes. Versunken in Trance wiegt sie den Oberkörper vor und zurück, nach recht und nach links, starrt dabei in die Innenflächen ihrer Hände, als läse sie in einem unsichtbaren Buch. Ihre bleiche Haut glüht im Grün des uns umgebenden Lichtscheins. Was sie von sich gibt, hätte ein buddhistisches Gebet oder eine Koransure sein können, entspringt aber eher dem chaotischen Neuronenfeuerwerk, dass das Kortexid auf ihrer Hirnrinde abbrennt. Die Zwillinge haben nicht mal den Versuch gemacht, sie vor mir zu verbergen. Sie wissen genau, dass eine Horde ihrer Anwälte sie problemlos innerhalb weniger Stunden auf einer Sänfte aus dem Knast tragen würde, um die Medien dann mit empörten Newsheadlines über die Misshandlung behinderter Mitbürger auf uns zu hetzen.

»Was können wir für Sie tun, Wosniak?«

Ich würdige weder Colin noch Farin eines Blickes, hocke mich stattdessen neben das Mädchen und sehe in ihre weit geöffneten Pupillen, Portale, die in ein anderes Universum münden, oder in die Finsternis eines ausgebrannten Bewusstseins. Ich ertappe mich dabei, wie ich meine Finger durch ihr Haar gleiten lasse, ohne dabei die geringste Reaktion bei ihr auszulösen.

»Ich hätte nicht erwartet, hier oben jemanden vorzufinden, der betet. Religiöse Ekstase? Oder handelt es sich hierbei etwa um die Symptome von Kortexidkonsum?«

Colin und Farin schmunzeln mich auf völlig identische Weise an. »Dazu können wir nichts sagen«, erläutert Colin knapp und Farin führt weiter aus: »Denn leider verstehen wir nichts von diesen Dingen.«

Ich zwinkere beiden zu. »Natürlich nicht«, dabei ziehe ich das Handy aus der Innentasche, rufe auf dem Menü eine Nummer auf und bemerke beiläufig. »Aber der Staatsanwalt hat mich gebeten, mal rein zu sehen und was zu finden. Ihr kennt ja die kleinen juristischen Sticheleien. Und dann macht ihr es mir so leicht...«

Beide reagieren auf den Sekundenbruchteil genau in perfekter Synchronität. Ihre Augen verengen sich, sie stützen sich jeweils auf den Arm, auf dessen Ellenbogen sie gerade noch geruht haben. Es ist Farin, der das Wort ergreift. »Sie wissen genau, dass Sie nichts weiter erreichen, als ein paar kleine Dealer hochzunehmen. Der größte Teil entwischt sowieso durch die Hintertür, und wenn heute Nacht wieder jemand in Panik in den Fluss springt und sein Kadaver ein paar Tage später angeschwemmt wird, gibt das einmal mehr schlechte Presse für die Polizei.«

Ich lasse das Handy sinken, schaue auf meine Uhr. »Wir haben Freitag, 19 Uhr. Das Geschäft geht gerade los, oder? Wie viel nehmt ihr heute ein? Vierhundert, fünfhundert Riesen? Nicht wenn wir den Laden hochnehmen. Ganz abgesehen von den Deals, die in den nächsten Tagen platzen, weil eure Partner sich in die Hosen machen, wenn sie hören, dass ihr die Bullen im Haus hattet. Warum machen wir es uns allen nicht etwas einfacher?«

»Dann fangen Sie doch damit an, Wosniak, und sagen Sie einfach, was Sie wollen!« Farin gibt dem bulligen Leibwächter einen Wink, der sich daraufhin hinter die Bar schiebt – was ihm aufgrund seines Körperbaus nicht leicht fällt.

Ich setze mich auf einen der Hocker an der Bar, nehme den bläulichen schimmernden Drink entgegen, den der Bodyguard mir reicht. »Ich vergesse doch immer wieder, dass ich es bei euch beiden mit zwei gesetzestreuen und dem Staat gegenüber immer kooperationsbereiten Bürgern zu tun habe.« Hochprozentige Wärme breitet sich in mir aus, als ich einen Schluck von dem viel zu süßen Cocktail nehme. Einen Augenblick lang lasse ich es in mir wirken, mir der sechs Augenpaare bewusst, die erwartungsvoll auf mich gerichtet sind. »Ich suche jemanden.«

Colin setzt eine verständnisvolle Miene auf. »Tja, für Cops ist es nicht immer leicht ist, einen Partner zu finden. Wenig Zeit, spärliches Gehalt.« Er grinst mich an. »Bevorzugen Sie männliche oder weibliche Gesellschaft?«

Die Provokation zu ignorieren, fällt mir nicht schwer. »In diesem besonderen Fall männliche. Und ich habe ganz klare Vorstellungen, was den Typ angeht.«

Farin ergreift das Wort. »Wir würden Ihnen gern in Herzensangelegenheiten helfen. Man sieht es uns nicht an, aber wir sind echte Romantiker.« Eines der Mädchen glaubt, dies beweisen zu müssen, indem sie eine Zunge, die etwa fünf Zentimeter zu lang ist, um ihr von der Natur geschenkt worden zu sein, in Colins Schlund schiebt.

Farin hebt eine Hand zu einer bedauernden Geste. »Ich wüsste aber offen gestanden nicht wie.«

Ich trage die Disc seit Lasgards Verhaftung bei mir, halte sie nun ins Licht über der Bar. Lasgard hat nur sehr widerstrebend zugegeben, dass es Kameras im Museum gibt. Aber es liegt auf der Hand. Ein Besessener wie er kann gar nicht anders, als seine Sammlung mit allen Mittel schützen.

»Wir verwenden bei der Polizei schon seit Jahren Überwachungssysteme, die Gesichter in Menschenmengen identifizieren können. Schon mal davon gehört?«

Farin ist ein Meister am Computer, genau wie sein Bruder. Seine schauspielerische Leistung, während er Ahnungslosigkeit heuchelt, ist dagegen miserabel. »Über derartige Einrichtungen verfügen wir nicht.«

Ich zwinkere ihm zu. »Kommt schon Jungs, ihr habt die Visagen von ein paar Dutzend Undercover-Cops auf euren Festplatten. Selbst wenn sich ein Bulle nur draußen auf der Uferpromenade blicken lässt, blinkt und piepst es hier, hab ich nicht Recht? Und jetzt habt ihr die Chance, mir einen richtig großen Gefallen zu tun. Könnte sich doch mal rentieren, oder?«

Colin starrt in seinen Cocktail, als wäre das Glitzern der Flüssigkeit bedeutsamer als alles, was ich zu sagen habe. »Sie deuten da Vergünstigungen an, falls wir mit dem Gesetz in Konflikt geraten.« Er hebt den Blick von seinem Drink und lächelt mich süffisant an. »So etwas ist allenfalls für irgendeinen abgehalfterten Dealer interessant, den Sie in der Gosse hopsnehmen.«

»Ihre Andeutung ist beleidigend, Wosniak.« Farin nickt dem Bodyguard hinter der Bar zu. »Faruk, dieser Mann möchte jetzt gehen.«

Der Riese deutet mit dem obligatorischen Lächeln in Richtung Ausgang, doch ich ignoriere ihn, lege den Weg durch den Raum zum Sofa rasch zurück, während er sich noch hinter der Bar hervorzuquetschen versucht. Die drei Grazien reagieren schneller, haben sich bereits zu einer lebenden Wand vor den Zwillingen formiert. Noch im Laufen taste ich nach meiner Waffe, sehe kaum, aber spüre wie die dunkelhäutige Schönheit zu meiner Rechten abtaucht, mir mit einer geschickten Bewegen die Beine wegreißt, während die mittlere mit den Knien voran auf meinem Oberkörper landet, meine Arme mit erstaunlicher Kraft fixiert. Sie faucht mich an, als sie meinen Blick auf ihren Brüsten bemerkt. »Nicht!«, höre ich einen der Zwillinge aufschreien, doch längst haben der vom Boden aus noch kolossalere Faruk und die dritte Leibwächterin ihre Waffen auf mich gerichtet.

Colin und Farin kreischen wie kleine Kinder, übertönen sich gegenseitig. »Nehmt die Waffen runter, das will er doch gerade, ihr Idioten.« Natürlich. Die beiden haben das schnell begriffen, aber nicht so schnell wie ihre hoch gezüchteten Import-Amazonen reagieren. Die Rotte aus Bodyguards glotzt begriffsstutzig auf mich herunter, als ich den Mund öffne.

»Wosniak, 36745, Angriff auf Polizisten im Cellcore. Benötige Verstärkung.« Das stimmaktivierte Comsystem, das ich direkt am Körper trage, reagiert auf meinen Hilferuf, gibt ein schrilles Alarmsignal von sich und hat längst meine derzeitige Position an die Zentrale übertragen. In wenigen Minuten wird hier die Hölle losbrechen und eine ganze Horde von Bullen den Laden stürmen. Die Leibwächter der Zwillinge haben mich angegriffen und dafür können wir ihnen die Hölle heiß machen.

Noch immer von der verwirrt dreinschauenden schwarzen Amazone am Boden fixiert, grinse ich die Zwillinge an, die sich gerade mühsam aufrappeln, die beiden Körper auf groteske Weise vom gemeinsamen Unterkörper abgewinkelt. Die Balance können sie nur halten, wenn sie dich dabei jeweils auf eine Krücke stützen. Deswegen erheben sie sich normalerweise niemals während eines ihrer Geschäftsgespräche. Die beiden treten näher und sehen mit einer unentschlossenen Mischung aus Wut und Besorgnis auf mich herab. Wenn eine Meute von Polizisten sie vor eintausend Gästen abführt, dann wird sich jeder ihrer Geschäftspartner fragen, wie sie es geschafft haben, am nächsten Tag wieder frei zu kommen.

»Sie haben das provoziert.« Farins Kinn bebt vor unterdrücktem Zorn, was seine Mimik – und die seines Bruders – merkwürdig infantil aussehen lässt. Genau das sind die beiden. Große verwöhnte Kinder, denen etwas zu viel geschenkt wurde.

»Zwei Minuten noch, höchstens, dann geht hier der Punk ab, wenn ihr versteht, was ich meine.« Die beiden ragen über mir in die Höhe wie ein mythologisches Wesen. Farin bewerkstelligt es irgendwie, der Leibwächterin auf mir mit der Krücke einen Schlag auf den Rücken zu verpassen. »Von ihm runter!«, herrscht er sie an und sie macht fast einen Salto rückwärts, um mich freizugeben.

»Pfeifen Sie die Cops zurück.« Colin schafft es nicht, mich anzusehen, während er mich bitten muss. Auch Farin meidet plötzlich meinen Blick. Noch immer schrillt der Alarm.

»Alarm aus.« Das Com reagiert prompt auf meine Stimme. »Ich reiche Euch jetzt die CD hoch, okay?«

Der Blick der überforderten Bodyguards wechselt zwischen mir und den Zwillingen hin und her. Erst als Colin eine entsprechende Geste macht, senken sie die Waffen. Vorsichtig hebe ich den Arm, halte die CD den Zwillingen entgegen. »Nur ein kleiner Gefallen, sonst nichts.« Die Amazone, die neben mir noch am Boden hockt, nimmt sie und reicht sie an Farin. Dessen Miene sieht fast flehentlich aus. »Rufen Sie Ihre Kollegen zurück, Wosniak. Es war ein Missverständnis.«

»Ihr wisst genau, was ich will.«

Sie starren mich an, wütend und ängstlich gleichermaßen. Schließlich stößt Farin einen Befehl hervor. »Terminal!« Ein kleiner Wagen mit einem Display darauf huscht heran, justiert sich noch im Rollen auf die Körpergröße des Zwillings ein und kommt mit aktiviertem Betriebssystem vor Farin zum Stehen. Während er die Disc ins Laufwerk setzt, richte ich mich langsam auf, trete mit an den Computer. Farin reicht mir so nicht einmal bis zur Brust und ich muss mich tief hinabbeugen. In einem kleinen Fenster links oben sehe ich das Bild aus Lasgards Kamera. Die schulterlangen Haare verdecken fast ein Drittel des Gesichtes, aber der Chip auf der Wange, die schlanke Nase, der schmallippige Mund über einem etwas zu weichen Kinn sind deutlich zu erkennen. Das sind nicht die Züge eines Killers, eher die eines blassen Geeks. Nur die Augen. Die Augen passen nicht zu dem sanften Gesicht. Entschlossen und kalt blicken sie direkt ins Objektiv, als wüssten sie, dass es da ist. So als wollte der Fremde mich persönlich mit seinem Blick provozieren.

Hat er das wirklich beabsichtigt?

In einem größeren Fenster sehe ich die Tanzfläche. Die Software hat das Bild nachträglich aufgehellt. Ein winziges blinkendes Markierungsquadrat huscht rasend schnell von Kopf zu Kopf, bis die Ansicht wechselt, die nächste Kameraperspektive Person für Person nach dem Verdächtigen durchsucht wird. Die Prozedur dauert viel länger, als ich befürchtet habe. Immer wieder fahren sich beide Zwillinge nervös mit der Zunge über die Lippen, warten darauf, dass ich endlich meine anrückende Verstärkung aufhalte. »Rufen Sie sie, Wosniak« Ich reagiere nicht auf Farin, lasse lieber beide noch etwas zappeln, will, dass sie diese Begegnung mit mir in Erinnerung behalten, damit sie sich in nächster Zeit nicht mehr mit mir anlegen.

»Wir kooperieren, Wosniak, halten Sie Ihre Kollegen auf!« Unterdrückter Zorn schwingt in Colins Stimme mit. Wie gern würde er jetzt mit seiner Krücke auf mich eindreschen. Beide schauen immer wieder nervös nach unten auf die Tanzfläche, fürchten sich davor, eine ganze Armee Bullen ihren Laden stürmen zu sehen.

Keiner von beiden bemerkt, dass das kleine herumhuschende Markierungsquadrat zum Stillstand gekommen ist. Die Software zoomt ein Gesicht heran und das mit wesentlich höherer Auflösung als der von Lasgards Kamera. Der Mann schaut zwar nach unten, aber seine Züge sind unverkennbar, nicht nur für den Bioprozessor des Systems, sondern auch für mich. Er sitzt irgendwo im Cellcore an einem Tisch, arbeitet an einem Laptop.

Mittlerweile hat sich auch die Aufmerksamkeit der Zwillinge auf das Display gerichtet.

»Das ist Ihr Mann.« Colin und Farin sehen mich flehentlich an. »Wir haben unseren Teil erfüllt.«

»Wo ist das?«

»Rumpf 2«, erklärt Farin mit einem kurzen Blick auf den Monitor.

Ich aktiviere mein Com, Ising meldet sich nur Sekunden später. »Rumpf 2«, belle ich in das Mikro in meiner Brusttasche. »Aber bleib auf Distanz.«

Colin zeigt auf das Display. Ich brauche ein, zwei Sekunden, um zu erkennen, dass wir den Tatverdächtigen jetzt aus der Perspektive einer anderen Kamera beobachten. Aus dieser Position können wir das Display seines Laptops einsehen.

»Was macht er da?« Farin zoomt näher heran. »Das sind Konstruktionspläne. Architektur.« Man sieht nur die Detailansicht eines Planes, aber die charakteristische Verbindungsbrücke zwischen den beiden Türmen lässt keinen Zweifel daran, um was für ein Gebäude es sich handelt: den Hildebrandt-Tower. Dass er sich so genau mit dem Gebäude beschäftigt, kann nur einen Grund haben.

Er will dahin zurück. Unser Mann ist noch nicht fertig, hat sein eigentliches Ziel verfehlt. Und nun entwickelt er ein neues Konzept.

Plötzlich kommt Bewegung ins Bild. Etwas erregt seine Aufmerksamkeit. Sein Hinterkopf verdeckt plötzlich das Display. Aus irgendeinem Grund überrascht es mich nicht, als er im nächsten Moment herumfährt und direkt zu uns hoch blickt. Für Sekunden würde ich schwören, dass er mich direkt ansieht.

»Wie ...«, setzt Colin an, schweigt aber, als der Verdächtige aus dem Bild huscht. Konzentriert versucht er, ihm mit der Kamera zu folgen, doch unser Mann ist von der Menge regelrecht absorbiert worden.

»Er hat bemerkt, dass die Kameras auf ihn gerichtet worden sind«, stelle ich fest »Der ist verdammt wach und hypernervös.«

»Sie können es unseren Leuten überlassen, ihn festzunageln, Wosniak.« Colin will Faruk ein Zeichen geben.

»Auf keinen Fall.« An die Zwillinge gewandt erkläre ich: »Ihr würdet nicht wollen, dass sich ihm einer eurer subtilen Muskelberge hier in den Weg stellt.«

»Die sind gut ausgebildet, waren ausnahmslos beim Militär.«

»Habt ihr noch nicht gehört, was gestern im Hildebrandt-Tower passiert ist?« Ich nicke in Richtung Monitor und beide begreifen plötzlich, mit wem sie es zu tun haben.

Die Zwillinge wechseln einen kurzen, fast panischen Blick. »Wenn Cops hier reinstürmen ...«, setzt Farin an und Colin beendet den Satz. »... dann dreht er durch. Sie müssen Ihre Männer aufhalten, Wosniak.«

Ich hebe bedauernd die Schultern. »Sind längst da. Zumindest die beiden, die ich mitgebracht habe.«

»Ihr Com hat gar kein Alarmsignal abgesetzt«, blafft mich Colin an, doch ich lasse ihn, seinen Bruder und die verdutzten Bodyguards einfach stehen. Auf der Treppe höre ich einen von beiden hinter mir brüllen. »Sie sind ein Arschloch, Wosniak.«

Unten angekommen bemerke ich, dass mir die beiden chinesischen Wachtposten in einer gewissen Distanz folgen. Ich kann nur hoffen, dass die Zwillinge nicht durchdrehen und doch noch ihre Privatarmee auf den Fremden hetzen. Wenn sie clever sind, geben sie ihm die Möglichkeit zu entwischen.

Viel zu lange dauert es, sich bis zum Rumpf 2 durchzuschlagen. Mittlerweile ist die Menschenmenge noch dichter geworden. Aus irgendeinem Grund scheinen alle in die entgegengesetzte Richtung zu strömen. Kein Wunder, die Promis befinden sich hinten im Rumpf 7 und wer etwas auf sich hält, will bei den großen Jungs mitspielen. Sasnik ist nirgendwo zu sehen. Ich habe befürchtet, dass er irgendwo auf mich lauert und sich nun einmischt. Anscheinend geht er einer eigenen Spur nach. Endlich erreiche ich das zweite Schiff. Von hier aus wirkt der Saal viel größer als auf dem Monitor. Die Orientierung fällt wegen der Masse an Besuchern schwer, man kann keine fünf Meter weit schauen. Mit den Armen voran bahne ich mir meinen Weg, schiebe besonders träge Gestalten einfach beiseite, werde ein oder zweimal zurück geschubst. Rechts hinten im Saal kann ich endlich die Ecke mit Tischen ausmachen, an der der Verdächtige saß. Ob er sich noch da aufhält, kann ich nicht sehen. Dafür entdecke ich Ising knapp vor mir. Er dreht sich um die Achse, hält Ausschau nach unserem Mann.

»Die Tische«, brülle ich ihm zu und stoße eine Tänzerin beiseite, die sich gerade ihres Bikinis entledigen will. An ihr liegt es nicht, dass mein Puls so hämmert wie die harten Beats des DJ. 160 BPM.

Endlich kann ich die etwas erhöhte Sitzecke einsehen. Und es ist genau so, wie ich befürchtet habe. Er ist weg. Ising schaut sich fragend zu mir um, schlägt sich hilflos mit den flachen Händen auf die Hüften. Ich renne drei Stufen hinauf an ihm vorbei zwischen die Tische, sehe mich um. Unser Mann ist verschwunden, längst über alle Berge. Natürlich, warum hätte er auch warten sollen, wenn er weiß, dass wir ihn aufgespürt haben?

Ich kann Ising nicht wirklich hören, sehe seine Lippen aber überdeutlich das Wort formen: »Wo?«

»Scheiße«, mein Blick wandert von der etwas erhöhten Position über die Menge. Es sind zu viele. Er könnte nur wenige Meter entfernt stehen, und trotzdem wäre er so gut wie unsichtbar.

»Verstärkung«, höre ich Ising brüllen, komme aber nicht dazu, ihm zu antworten. Mein Partner bemerkt nicht sofort, dass mein Blick über ihn hinweg nach oben gerichtet ist. Irgendetwas ruft er mir zu, aber ich verstehe ihn nicht. Er gestikuliert, versucht meine Aufmerksamkeit zu erregen – und erstarrt, als ich langsam die Hände hebe, so als wäre eine Waffe auf mich gerichtet.

An der Flanke des Saals entlang verlaufen drei übereinander liegende Stege. Unser Mann steht auf dem mittleren und starrt auf mich herunter. Es ist keine Pistole oder ein Gewehr, das er in Händen hält. Ich kann den kleinen Gegenstand kaum erkennen. Aber ich sehe, wie er ihn mit dem Daumen berührt und eine LED zu blinken beginnt. Dann richtet er den Zeigefinger auf mich und formt mit dem Mund zwei Worte: »Da bleiben!«

Im nächsten Augenblick stürzt er davon. Sofort setze ich mich ebenfalls in Bewegung, genau wie Ising neben mir. Diesmal lasse ich keine Rücksicht mehr walten. Mit aktivierter Holodienstmarke stoße ich jeden, der mir im Weg steht, zur Seite. Über den Steg erreicht der Fremde den Übergang zum nächsten Rumpf viel schneller als wir, durchquert den Glastunnel lange vor uns. Erst eine Ewigkeit später erreichen wir Rumpf 3. Mittlerweile könnte er überall sein. Aber er wird nicht im Cellcore bleiben, da bin ich sicher. Ohne zu zögern renne ich auf den Ausgang zu. Vom höchsten Punkt der Gangway aus sehe ich ihn an der nun doppelt so lang gewordenen Warteschlange vorbei rennen, dann zwischen zwei Verkaufsständen verschwinden. Kurz darauf brüllt ein Motor auf. Sekundenbruchteile später prescht ein Chopper aus der Lücke hervor, schlägt eine Bresche in die entsetzt zur Seite springenden Wartenden und rast die Uferpromenade entlang davon, wobei er eine regelrechte Flutwelle aus Spitzwasser über die Fußgänger versprüht. »Scheiße«, fluche ich laut, drehe mich dabei wütend um die eigene Achse – und bemerke erst jetzt, dass Sasnik hinter mir steht.

»Gute Arbeit«, konstatiert er knapp. »Ich hätte nicht erwartet, dass Sie ihn so schnell aufspüren würden.«

»Und sofort verlieren, verdammt.«

»Das glaube ich kaum.« Sasnik hat den Kopf etwas zur Seite gelegt, und ich bemerke ein Headset an seinem linken Ohr. Ein Schatten huscht über uns hinweg. Obwohl ich in der Dunkelheit keine Form erkennen kann, weiß ich, dass es eine Drohne ist. Sie folgt dem Chopper. Und nur einen Sekundenbruchteil später rast ein Helikopter vorbei, der dieselbe Richtung einschlägt. Sasnik hat alles beobachtet und Verstärkung gerufen. Nein, korrigiere ich mich selbst, dazu ging es viel zu schnell.

»Ihre Leute sind uns die ganze Zeit gefolgt, Sasnik?«

Ohne mich einer Antwort oder eines Blickes zu würdigen, marschiert er an mir vorbei. Erst als weder Ising noch ich ihm folgen, hält er inne, schaut sich über die Schulter um. »Wir haben wenig Zeit, meine Herren.«

Im Zentrum tobt das obligatorische Chaos. Trotz eingeschalteten Blaulichts kommen wir immer wieder nur schrittweise voran. Das schon vor Jahren installierte unterirdische Containertransportsystem befördert gerade mal

60 % des Frachtverkehrs. Der Rest zwängt sich nach wie vor oberirdisch durch die Stadt. Die meisten LKWs werden von KIs gesteuert, und die halten die Verkehrsregeln gemäß ihrer Programmierung peinlich genau ein – was den Verkehrsfluss nicht unbedingt erhöht.

»Und nun?«, will ich von Sasnik wissen.

Er sieht nicht auf. »Einfach auf dieser Straße bleiben.« Auf seinem PDA beobachtet er die Position des Helikopters, der seinen Kurs – genau wie der Verdächtige bisher – beibehalten hat. Für uns ist das nicht ganz so leicht, immer wieder müssen wir einen Zickzackkurs durch Seitenstraßen nehmen, um der Maschine weiter folgen zu können. Unser Mann jagt sein Bike nach Westen, raus aus der Stadt, was es immerhin von Minute zu Minute etwas einfacher macht.

»Was ist das für ein Team in dem Helikopter? SEK?«

»Spezialisten.« Sasnik aktiviert das Headset an seinem Ohr, murmelt ein paar knappe Jas und Neins.

Die Straße macht eine leichte Linkskurve, und am Horizont erhebt sich eine vertraute Silhouette, die beiden Monolithen des Hildebrandt-Towers, in dem gestern 26 Menschen gestorben sind.

»Der fährt zurück zum Tower«, spricht Ising aus, was mir selbst gerade klar wird.

»Das macht doch keinen Sinn. Da sind immer noch Leute von uns. Völliger Wahnsinn für ihn, dahin zurückzukehren.«

»Verbindung mit der Zentrale«, fordert Ising sein Com auf, als Sasnik sich von hinten zu Wort meldet: »Ihre Kollegen wurden bereits informiert. Sie haben strikte Anweisung, sich zurückzuhalten.«

»Wieso sollen die sich zurückhalten? Ausschalten, noch bevor er das Gebäude betritt! Alles andere wäre Irrsinn. Er ist definitiv unser Mann.«

»Ich denke nicht, dass er die Konfrontation mit der Polizei sucht«, entgegnet Sasnik völlig ungerührt. »Nur durch eine unbedachte Aktion wie die, die Sie gerade vorschlagen, würden wir eine Eskalation provozieren.«

»Eskalation provozieren? Der hat nicht gezögert, sechsundzwanzig Menschen zu exekutieren. Warum sollte er für ein paar Cops eine Ausnahme machen? Dieser Bursche handelt hochgradig irrational, kehrt an den Tatort zurück, wo es immer noch von Bullen wimmelt. Es sind im Übrigen auch Ihre Kollegen, oder?«

»Nein, das sind sie nicht.« Ising hat wieder das Mikrodisplay vor sein linkes Auge geklappt. »Der Kerl ist nicht von uns. Es gibt bei der Polizei keinen Richard Sasnik. In keiner Abteilung in der ganzen BRD.«

Ich mustere Sasnik im Rückspiegel. Nein, wie ein Cop sieht er nicht aus in seinem Designerfummel, der sogar für einen aus den höheren Etagen zu teuer wäre.

»Ich bin externer Berater im Bereich Informationskriminalität.« Sasnik würdigt mich keines Blickes, widmet sich nach wie vor seinem PDA.
»Was hat ein Angriff mit Senfgas mit Informationskriminalität zu tun?«
»Ihnen das zu erklären, würde jetzt zu weit führen, Wosniak.«
»Dieses Team, ist das auch extern?«
Sasnik lässt sich zu einem knappen Nicken herab. »Ein privates Sicherheitsunternehmen, spezialisiert auf Terrorbekämpfung.«
»Informationskriminalität, Terrorbekämpfung. Worum geht es hier eigentlich? So viel Aufwand für einen Amokläufer?«
»Er fährt hoch.«
»Was?«
Erst jetzt begegnet Sasnik meinem Blick. An dem Headset auf seinem Kopf blinkt eine grüne LED. »Unser Verdächtiger hat den Hildebrandt-Tower erreicht. Ist mit dem Motorrad durch die Glastür direkt ins Atrium gerast und hat einen Aufzug nach oben genommen. Wie ich schon sagte, er hat kein Interesse an einer direkten Konfrontation mit der Polizei. Mein Team wird das Gebäude vom Dach aus betreten.«
»Wir haben anhand des Kennzeichens den Besitzer des Motorrads identifiziert«, meldet sich Ising wieder zu Wort. »Das ist eindeutig unser Mann, hundertprozentige Übereinstimmung mit den Bildern aus Lasgards Überwachungskamera. Gabriel Kramm, in der Szene bekannt, aber keine große Nummer. Eine lange Liste von Urheberrechtsverletzungen. Er knackt Software aller Art und vertickt sie, außerdem Auftragshacker. Sympathisiert mit der Anarchistenszene. Hat als Jugendlicher 'ne Internetplattform betrieben, auf der Freaks aus allen Teilen der Welt Konzepte für den Sturz von Regierungssystemen entwickelt haben, aber alles ganz theoretisch. Allerdings hat er ein Faible für Waffen, Elektronik und Sprengstoff. Er steht übrigens auf Lasgards Kundenliste. Bisher nicht durch Gewalttaten auffällig geworden.«
Ich schnaufe verächtlich. »Na, das hat sich ja jetzt geändert.«
Der Hildebrandt-Tower ragt mittlerweile unmittelbar vor uns auf. Mit Vollgas treibe ich den Wagen von der Hauptstraße über den breiten mit einem Mosaik nach römischem Vorbild verzierten Vorplatz. Unmittelbar vor der zertrümmerten Glastür des Haupteingangs bringe ich ihn mit einer Vollbremsung zum Stillstand. Kramm hat seine Maschine wie ein Projektil durchs Glas ins Foyer gejagt. Ising und ich springen geradezu aus dem Wagen. Sasnik folgt uns ohne jede Hektik, nimmt sich sogar noch die Zeit, die Anzugjacke zuzuknöpfen. Ich schaue hoch zum mächtigen Doppellingam des Towers, der sich über uns erhebt. Der Helikopter ist sicher schon längst oben gelandet.
»Sie warten hier, Wosniak.«
Mein Blick ruckt zu Sasnik. »Vergessen Sie's.« Ich gaffe ihn zornig an. »Einen Scheißdreck werde ich.«

»Das ist eine dienstliche Anweisung.«

»Sie sind kein Cop, erst recht nicht mein Vorgesetzter.«

»Aber ich bin bevollmächtigt, Ihnen Anweisungen zu erteilen.« Er richtet noch einmal den Sitz seines Anzuges. »Wir werden unten im Foyer warten. Es dürfte nur wenige Minuten dauern, bis mein Team den Verdächtigen fixiert hat.« Jetzt widmet er mir ein Lächeln, das sehr dem eines Anwalts ähnelt, der soeben einen Verdächtigen aufgrund eines Formfehlers vor dem Knast bewahrt hat.

Er bedeutet mir, ihm ins Foyer zu folgen. Die Halle ist eine sechs Stockwerke hohe Konstruktion aus Glas und Stahl, die die beiden Türme des Hildebrandt-Towers miteinander verbindet, so dass ein überdimensionales U entsteht. Direkt vor uns dehnt sich eine mindestens dreißig Meter breite Rezeption aus, hinter der sonst gut zwei Dutzend Mitarbeiter warten – wobei nicht immer sofort zu unterscheiden ist, ob es sich um echte Menschen oder holografische Projektionen handelt. Doch heute stehen nur drei Männer in den obligatorischen dunkelblauen Anzügen mit dem goldenen H auf dem Revers hinter dem Schalter. So verängstigt wie sie aussehen, sind sie bestimmt keine Hologramme.

Eine fast drei Stockwerke hohe Informationswand ragt über ihnen auf. Über die großflächigen Monitore und Projektionsflächen flimmern News und Börsenkurse, der Ton ist allerdings abgestellt worden. Die meisten der Nachrichtensendungen auf der Anzeige widmen sich dem Gasangriff, der gestern im 42. Stock stattgefunden hat. Von den aktuellen Ereignissen haben die Medien anscheinend noch keinen Wind bekommen. Das kann aber nur noch Minuten dauern, schließlich lungern immer noch Pressevertreter um das Gebäude herum.

Die Anzeige, auf der Konferenztermine im Gebäude aufgelistet werden, ist heute Abend leer. Oberhalb der Informationswand, bis hinauf in den zwanzigsten Stock, huschen bunte Fischschwärme hin und her. Ein gewaltiger Walhai wächst aus der Wand des östlichen Towers heraus, gleitet träge über das Foyer hinweg, um wieder in der Wand des westlichen Towers zu verschwinden. Außer mir schenkt heute niemand dem holografischen Aquarium Beachtung.

Irritierte Cops stehen in der Halle herum, überprüfen gelegentlich, ob ihre Waffe noch am Gürtel sitzt. Vor den Lifts liegt die Maschine des Verdächtigen mit noch immer laufendem Motor.

Ich wende mich an einen etwas untersetzen Uniformierten mit hochrotem Kopf und zerzaustem lichten Haar, ein alter Bekannter. Seine Uniform hat Leitmeyer nie wirklich gut gepasst, aber er versteht etwas von seinem Beruf. »Wie ist das abgelaufen?«, will ich von ihm wissen.

Er deutet auf den zersplitterten Eingang. »Der Typ ist mit seiner Maschine direkt durchgebrochen, bis da vorn vorgefahren«, er zeigt auf das Motorrad,

»und dann mit dem Fahrstuhl nach oben. Ich hab's über die Überwachungskameras da hinten verfolgt. Ich schwör's dir, der Kerl hat dabei laut vor sich hin gesummt und gelacht.«

»Und ihr habt ihn lachen lassen.«

Leitmeyer hebt die Schultern. »Eindeutige Anweisung – wir sollen uns aus dem Foyer und den oberen Etagen zurückziehen, bis er durch ist.« Er richtet den Blick auf mich. »Kannst Du mir sagen, was die Scheiße soll. Ich meine, im Grunde genommen sollten wir den durchwinken.«

Ich wende mich zu Sasnik um, der sich gerade betont gelassen auf einem der luxuriösen Ledersessel niederlässt. Er nickt wissend. »Sie hören es, Wosniak. Wir bleiben hier. Setzen Sie sich doch.«

»Danke nein.« Stattdessen gehe ich zu Ising herüber, der sich an einem Kaffeeautomaten zu schaffen macht. Noch immer trägt er das Mikrodisplay vor dem linken Auge. Während er mit mir spricht, bleibt er dem Automaten zugewandt. Offensichtlich will er nicht, dass Sasnik unser Gespräch verfolgen kann. »Dieser Sasnik gehört zu Transtec-Multicore. Ziemlich großer Laden.«

»Und was stellen die her?«

»Tja, ziemlich viel Prozessoren, Neurointerfaces, den Environ 887.«

»Das Ding, das unser Mann auf seiner Wange trägt.«

»Jep. Das Schräge ist, dass sie vor allem Spielentwicklung betreiben. Und du wirst nie raten, wo Sasnik in der Lohnliste steht.«

»Sag's mir.«

»Gamedesign.«

»Das ist ein Scherz, oder? 'ne Namensübereinstimmung? Ein anderer Sasnik?«

Ising lächelt mich schief an. »Die haben Bilder in ihren Personalakten. Das ist der Kerl. Die Locke liegt sogar genauso wie jetzt.«

»Dieses Arschloch kreiert Spiele und sagt mir gerade, was hier zu tun ist?«

»Die Sache stinkt ein bisschen, was? Wäre ja nicht das erste Mal.«

»Scheiße.«

Ich betrachte Sasnik, der gerade ein Gespräch über sein Headset zu führen scheint.

»Da ist noch was.« Ising hat sich mittlerweile einen stark gezuckerten Cappuccino mit Sahnekrone aus dem Automaten gezogen. »Burkhard Kreisler wurde bereits vor vier Tagen im Parkhaus eines Sportcenters angegriffen.«

»Kreisler? Der Name sagt mir nichts.«

Der Schluck von seinem Cappuccino hinterlässt einen Schaumbart auf Isings Oberlippe. »Kreisler ist einer von zwei Besitzern von Manotec. Er war heute nicht hier, hat deswegen überlebt.«

»Das heißt, es gab schon vor vier Tagen einen Angriff, der sich gegen die Unternehmensleitung richtete?«

Ising fixiert mich. »Zumindest war jemand auf Kreisler ziemlich schlecht zu sprechen. Seltsam nicht?«

»War das vielleicht auch Kramm?«

»Nein, der Angreifer aus dem Sportcenter ist vom Sicherheitsdienst erschossen worden, ein gewisser Lutz Veihinger.«

»Die haben ihn abgeknallt? Benutzen die nicht normalerweise non-letale Waffen?«

»Ja, aber der Typ war komplett ausgerastet, hat Kreisler mit einem Samuraischwert angegriffen. Bevor er ihn filetieren konnte, hat einer seine Knarre benutzt. Funktioniert immer noch besser als dieser ganze elektrische Scheiß.«

»Welches Motiv hatte Veihinger denn?«

»Na, das ist doch das eigentlich Verrückte – keines. Es gibt keine Verbindung zwischen ihm und Kreisler. Der Typ ist nirgendwo aktenkundig, ein Niemand. Einer dieser abgefahrenen Typen, die mit der Realität nicht mehr viel am Hut haben. Ein pathologischer Wirehead, der die meiste Zeit online verbringt und Spielchen spielt, vor allem ›The Solutor‹. Hast bestimmt davon gehört, dieses Memobase-Zeug.«

Natürlich habe ich davon gehört. Memobase-Games. Spiele, die deine Erinnerungen nutzen, um Spielszenen realistischer zu machen. Überblendungen zwischen realen Orten aus deinem Leben und fiktiver Handlung. Manche Spieler rennen mit eingeschaltetem Modul durch die Stadt, zielen mit unsichtbaren Pistolen auf unsichtbare Gegner. Jemand hatte es mal als eine Art freiwilliger Demenz bezeichnet.

»Und jetzt rate, wer ›The Solutor‹ herstellt.« Ising schnalzt mit der Zunge. Die Stirn in Falten gelegt entgegne ich: »Transtec Multicore?«

Ising zwinkert mir nur zu.

»Was für eine Scheiße läuft hier gerade ab?«

Ising hebt die Schultern, wobei sein Blick Sasnik streift. »Ist alles irgendwie miteinander verdrahtet, oder?«

Als ich zu Sasnik zurückkehre, um ihn auf meine neuen Informationen anzusprechen, kommt er mir zuvor. »Hat Ihr Partner Sie mittlerweile mit weiteren Erkenntnissen über meine Person versorgt?«

»Anscheinend steht es schlechter um die Polizei, als ich geglaubt habe. Immerhin suchen wir jetzt schon Hilfe bei Spielentwicklern.«

Sasnik schmunzelt. »Es gibt Einrichtungen, die besser funktionieren, wenn nicht jeder weiß, wo sie zu finden sind.«

»Sie und Ihre Spezialisten wussten sicher auch, dass vor vier Tagen noch so ein Psychopath mit einem Schwert auf Burkhard Kreisler losgegangen ist?«

»Wer soll das sein?«

»Kommen Sie, Sasnik, halten Sie mich nicht zum Narren! Lutz Veihinger – Sie wissen das genau. Haben Sie in Betracht gezogen, dass Kramm jetzt Veihingers Mission fortsetzt und es auf Kreisler abgesehen hat? Wenn Kreisler da oben ist, dann ist er in Lebensgefahr.«

Für Sasnik scheinen das alles Belanglosigkeiten zu sein, zumindest bemüht er sich darum, das mit seiner völlig gelassenen Haltung zu demonstrieren. »Anscheinend gibt es in Ihrer Stadt ein Kriminalitätsproblem. Entspannen Sie sich, Wosniak, in wenigen Minuten wird mein Team Ihren Arbeitsbereich ein klein wenig sicherer machen.«

Der Lichtblitz taucht seine Züge für einen Moment in gleißendes Orange. Der Feuerball spiegelt sich in seinen spöttischen Augen. Dann erst lässt die Druckwelle das Atrium erbeben. Die Glassegmente vibrieren, als würden sie erschaudern, und in einigen bilden sich mit lautem Knacken Sprünge. Feuer und Trümmer prasseln auf uns herunter, als hätte sich die Spitze des Hildebrandt-Towers in einen ausbrechenden Vulkan verwandelt. Das Hologramm eines weißen Hais wird von der herab rasenden Flammenwand verschluckt. Doch das wahre Inferno bricht erst los, als große Stahlteile das Dach des Atriums durchschlagen, die riesige Anzeigefläche durchbohren und die Displays darin zum Zerplatzen bringen. Ein Glasschauer ergießt sich über die Männer hinter der Rezeption und die Cops.

Im selben Augenblick schlägt etwas direkt auf den flachen Tisch vor Sasniks Platz auf. Das Geräusch zerbrechender Knochen vermengt mit dem splitternden Holzes ist Übelkeit erregend. Das Gesicht ist nicht mehr zu erkennen, ein Arm und der halbe Kopf sind von der Wucht der Detonation weggerissen worden. Flammen züngeln über die Kampfmontur des Mannes. Es ist einer von Sasniks Leuten. Sein Körperpanzer hat ihn nicht mehr schützen können, als der Durchgang zwischen den beiden Türmen von der ungeheuren Sprengkraft zerfetzt wurde.

Auf die Leiche deutend stelle ich sachlich fest: »Hat wohl irgendwie nicht so ganz funktioniert.«

Zum ersten Mal darf ich heute einen staunenden Richard Sasnik sehen. Ungläubig starrt er auf die Blutspritzer auf seinem Hemd. »Was?« Sasnik gafft mich an.

»Mein Arbeitsbereich ist immer noch nicht sicherer geworden.«

»Ich ...« Mehr als das bringt er nicht zustande.

»Wo ist Kreislers Büro?«

Endlich erlangt Sasnik die Kontrolle über sein Sprachzentrum zurück und es gelingt ihm, wenigstens diesen einen kurzen Satz zu formulieren: »Ich weiß nicht.«

»Dann sollten wir es herausfinden. Denn da ist Kramm.«

Der Druck in meiner Magengrube und auf meinem Schädel hat nichts mit der Beschleunigung des Liftes zu tun. Sasnik starrt auf die hochzählende Stockwerkanzeige, als könnte er durch die hindurch direkt in den 42. Stock sehen. Isings Lippen bewegen sich, während er lautlos die Etagen mitzählt. Er, Sasnik und ich haben unsere Waffen gezogen. Sasnik hat allen anderen Männern ausdrücklich befohlen, unten zu warten. Nicht einmal Drohnen dürfen sich gemäß seiner Anweisungen Kreislers Büro von außen nähern.

»War 'ne brillante Idee, Kramm einfach rein zu lassen, Sasnik.«

Er macht eine unwillige Bewegung mit dem Kinn, wie der Ansatz eines Kopfschüttelns, zu dem ihm dann doch die Entschlossenheit fehlt. »Sie sehen doch selber, wie gefährlich er ist. Was glauben Sie, hätte er mit Ihrer Amateurtruppe gemacht?«

»Die hätten ihn problemlos auf dem Vorplatz eliminieren können.«

Sasnik starrt mich an. »Er muss unter allen Umständen am Leben bleiben.«

Ich hebe die Waffe an. »Sie erwarten von mir doch nicht ernsthaft, dass ich ihm die Gelegenheit gebe, sich auf eine Couch zu legen, um mir zu erklären, was seine Psyche so ramponiert hat.«

Als Ziel haben wir den 40. Stock gewählt. Kreislers Büro ist im 42., aber das Risiko ist zu groß, dass Kramm dort bereits auf den Lift lauert oder irgendeine Falle installiert hat. Den Rest der Strecke werden wir über die Treppe zurücklegen.

»Alles was hier heute schief gelaufen ist, geht auf Ihr Konto, Sasnik!«

Er fixiert mich kalt, schweigt. Ich erwidere seinen Blick, bis der Gong ertönt.

Wir ducken uns, die Waffen auf die sich öffnende Tür gerichtet. Vor uns liegt ein leerer Korridor mit verschlossenen Büros zur Linken und Rechten. Diese Etage gehört einer Anwaltskanzlei. Von den Räumlichkeiten der Manotec trennen uns noch ganze zwei Stockwerke. So weit wir mittlerweile wissen, ist Kreisler da oben, außerdem noch ein Leibwächter, den er sofort nach dem Anschlag gestern Mittag engagiert hat. Dass ihm das viel genützt hat, bezweifele ich allerdings. Kramm hat eine hochgerüstete Antiterroreinheit in Nullkommanichts eliminiert.

Auf dem Weg durch den Korridor sichert Ising uns nach hinten ab. Sasnik und ich erreichen als erste den Zugang zum Treppenhaus. Er bedeutet mir mit einer Handbewegung, dass er mich sichern wird. Trotzdem mache ich keine Anstalten vorzugehen, bis Ising aufschließt. »Nach Ihnen«, flüstere ich Sasnik zu, der nun selbst die Tür öffnet – nicht ohne mir dabei einen vernichtenden Blick zu widmen, den ich mit einem charmanten Lächeln erwidere. Leise folge ich ihm, den Lauf der Waffe erst auf den unteren Treppenabsatz, dann auf den oberen richtend. Sasnik sichert bereits nach oben, während Ising seine Aufmerksamkeit auf die nach unten führenden Stufen und den Bereich hinter uns richtet. Er achtet auch darauf, dass die Tür ganz leise wieder ins Schloss gleitet.

Durch die gläsernen Wände des Gebäudes bietet die lichtdurchflutete Stadt eine grandiose Szenerie untermalt von esoterischen Harfenklängen, die aus verborgenen Lautsprechern plätschern. Ein ungünstiger Zeitpunkt für meditative Zustände. Jetzt erst nehme ich die glitzernden Partikel vor den Leuchtkörpern wahr, fühle, wie sie in meiner Nase kitzeln, meine Atemwege reizen. Die Explosion hat Staub und Schutt ins Treppenhaus gepresst. Als wir die nächste Etage passieren, spüre ich, dass es merklich kühler wird, während der Staubschleier dichter wird. Sasnik, der noch immer voraus geht, schreckt plötzlich zurück, drängt sich gegen das innere Geländer und wirft mir einen warnenden Blick zu. Als ich der Windung der Treppe weiter folge, sehe ich, was er meint. Ein ganzes Glassegment der Außenfassade fehlt. Ein Teil des äußeren Treppengeländers ist stark verbogen, ragt nun bedrohlich über das Loch hinaus, so dass man darüber hinweg in die Tiefe stürzen könnte. Ein eisiger Luftzug zehrt dort an mir, und ich klammere mich instinktiv etwas fester an das Geländer. Für große Höhen hatte ich nie ein Faible, und so vergesse ich wenigstens für einen Moment, dass oben die größere Gefahr auf mich wartet. Auf dem Treppenabsatz im 42. Stock angelangt schließe ich zu Sasnik auf. Der kauert in der Hocke neben dem Türrahmen, wartet darauf, dass wir ihn sichern. Immerhin müssen wir uns diesmal keine Gedanken machen, wer die Tür öffnet. Die Druckwelle der Detonation auf der Verbindungsbrücke hat sie aus den Angeln gerissen und wie ein Projektil durch die Außenfassade getrieben, wobei die Öffnung entstanden ist, die wir gerade passiert haben. Der mit wuchtigen Trümmerstücken übersäte breite Flur liegt im Halbdunkel. Licht aus dem Nachbarturm fällt von außen durch das riesige Loch, das die Explosion dort hinterlassen hat, wo vorher eine Brücke von einem Gebäudeteil in den anderen führte. Es liegt direkt neben dem Liftschacht. Ein Wunder, dass der überhaupt noch funktioniert. Auf der anderen Seite ragt wie ein Stumpf mit geborstenen Rändern ein übrig gebliebenes Brückensegment aus dem Nachbargebäude hervor. Ich erwarte, die Leichen weiterer Männer aus Sasniks Team zu sehen. Doch der Anblick bleibt mir erspart. Offenbar wurde die Explosion genau in der Sekunde ausgelöst, als sie vom Nachbarturm kommend, wo sich der Helikopterlandeplatz befindet, den Übergang durchquert haben, an genau der selben Stelle, an der einen Tag zuvor der Anschlag mit Senfgas verübt worden war.

Diesmal setze ich mich als erster in Bewegung. Es fällt schwer, sich über die Trümmerstücke am Boden vorwärts zu bewegen. Vorsichtig mache ich einen Schritt nach dem anderen, um nicht mit dem Fuß zwischen Betonbrocken hängen zu bleiben. Dabei halte ich die Zugänge zu den seitlichen

Korridoren im Blick, von denen jeweils zwei zur linken und zur rechten Gebäudeseite münden.

»Kreislers Büro?«, flüstere ich, blicke über die Schulter.

Ising deutet nach links, wobei er die Korridore auf dieser Seite keinen Moment aus den Augen lässt. »Ganz am Ende des Ganges«, flüstert er.

Immerhin brennt im Seitengang noch gedämpftes Licht. Als ich ihn betrete, nickt mir ein holografischer Buddha auf einer kleinen Steinsäule zu meiner Rechten beruhigend zu. Dabei bewegt er die Lippen, aber es kommt kein Laut hervor. Anscheinend funktioniert der Lautsprecher nicht mehr – oder irgendjemand hat das Ding abgeschaltet, weil ihm die philosophischen Lebensweisheiten eines schwabbeligen Hologramms mit Plastikgehirn auf die Nerven gingen.

Schweiß läuft in Strömen meinen Körper herunter. Als ich mir über die Stirn wische, liegt ein grauer Film auf meinen Fingerkuppen. Der Staub ist hier viel dichter, macht das Atmen schwerer. Vorsichtig bewegen wir uns an offenen Türen vorbei, hinter denen Büroräume liegen. Die meisten sind glücklicherweise groß und übersichtlich. wir sehen schnell, dass Kramm dort nicht auf uns lauert.

Am Ende des Flurs erweitert sich der Gang nach rechts zu einem breiten Korridor. Dessen linke Flanke bedeckt auf einer Länge von fast zwanzig Meter eine Fensterfront. Beim Anblick des sich dahinter endlos ausdehnenden Gebirgspanoramas begreife ich, dass es sich in Wahrheit um einen hoch auflösenden Screen handelt. Über den Bergspitzen entstehen alle paar Sekunden holografische Darstellungen verschiedener Neurointerfaces und biomechanischer Bauelemente, die um die eigene Achse rotieren, dabei scheinbar in den Raum hinein ragen. Offensichtlich handelt es sich um eine Präsentation der Produktpalette von Manotec.

Ich zeige auf die Bildwand und richte einen fragenden Blick auf Ising. Der zögert, betrachtet das Panorama irritiert, nickt unsicher, hebt dabei die Schultern. Theoretisch müsste Kreislers Büro genau hier sein. Doch es ist kein Zugang erkennbar. Im nächsten Moment drängt sich Sasnik wortlos an uns vorbei, nähert sich mit vorsichtigen Schritten dem holografischen Screen, auf dem sich plötzlich ein grünes Rechteck abzeichnet. Er sieht sich über die Schultern zu uns um, hebt die Hand, krümmt Zeige- und Mittelfinger in einer auffordernden Geste. Ising und ich schließen auf. Wir postieren uns links und rechts des Zugangs, Sasnik dicht vor mir, so dass er genau wie ich hinter dem Türrahmen Deckung findet. Aus dieser Haltung schiebt er den Fuß auf einen Punkt direkt vor dem Eingang, zieht das Bein aber in Deckung zurück, bevor die Tür nach innen schwingt.

Das erste was ich spüre, ist der eisige Lufthauch. Bevor ich über dessen Ursprung nachdenken kann, geht Sasnik in eine geduckte Haltung, schiebt sich so vorsichtig in den Raum. Ich folge ihm, ebenfalls in die Hocke gehend. Auch Ising betritt den Raum dicht hinter mir. Doch wir bleiben nicht in einer Linie, entfernen uns voneinander, um so nicht ein einzelnes Ziel zu bieten. Der Raum ist groß. Viel größer als ein normales Büro. Rechts von uns befindet sich ein Oval aus Tischen mit darum herum gruppierten Ledersesseln, zur Linken ein einzelner irgendwie verloren aussehender Schreibtisch direkt neben einer verschlossenen Doppeltür. Kreisler steht auf dem vergoldeten Schild, dass daran befestigt ist. Details, die wahrzunehmen nur Sekunden in Anspruch nimmt. Jetzt erst richtet sich meine Aufmerksamkeit auf die Leiche. Der Körper lehnt mit dem Rücken an der verglasten Außenwand, gegen die er so heftig geprallt sein muss, dass sich dabei Sprünge gebildet haben. Er ist leicht zur Seite gesackt, der Kopf liegt ein wenig schief auf der linken Schulter. Die Arme des Toten sind seitlich neben dem Körper ausgestreckt. Blutlachen haben sich dort gebildet, wo die Stümpfe der abgerissenen Handgelenke den Boden berühren. Der Brustkorb des Mannes ist seltsam eingedrückt. Viel schlimmer aber ist der Anblick seines Gesichtes – oder dessen, was davon noch übrig ist. Die Züge des Toten sind zu einer undefinierbaren Fleischmasse verschmolzen, aus der zwei lippenlose Zahnreihen hervorgrinsen.

Irgendetwas muss in seinen Händen explodiert sein. Als ich mich umsehe, entdecke ich Löcher und Sprünge verteilt über die gesamte gläserne Außenwand. Durch sie dringt von draußen eisige Nachtluft ein. In der Holzvertäfelung hinter dem Schreibtisch stecken zwei große Metallsplitter.

Ising sieht angewidert und ungewöhnlich blass zu mir herüber. Seine Lippen formen lautlos den Namen »Kreisler?«

Der Tote ist außerordentlich groß, und selbst jetzt ist die trainierte Muskulatur noch gut zu erkennen. Es ist der Bodyguard. Ich schüttele den Kopf und deute auf die Doppeltür. Ich bin mir sicher. Unser Mann hat den Leibwächter ausgeschaltet und sich dann den Chef von Manotec vorgeknöpft.

Sasniks Blick ruht auf mir. Er nickt in Richtung von Kreislers Büro. Ich bedeute ihm großzügig, voraus zu gehen. Immerhin nimmt er das Angebot an, hält sich dabei links von der Tür, um so die Deckung zu nutzen, falls sie plötzlich aufspringt. Ich bleibe ebenfalls links, während Ising die rechte Flanke übernimmt. Dabei denke ich darüber nach, wie wir in den Raum hineinkommen, ohne einfach nur drei perfekte Ziele für einen offensichtlich schwer bewaffneten Gegner zu bieten. Meine Überlegungen werden in der nächsten Sekunde ad absurdum geführt, als die Tür aufschwingt und den Blick ins Innere des Büros freigibt, wo sich ein grotesker Anblick bietet. Ein Mann im Anzug, der mitten auf einem Schreibtisch auf einem Stuhl sitzt, uns aus vor Entsetzen geweiteten Augen anstarrt. Absurderweise hockt ein Vogel auf seiner Schulter. Die Szene wirkt wie die Installation eines Künstlers, der den Betrachter zum Nachdenken bringen will. Dazu komme ich nicht, denn in diesem Moment registriere ich Bewegungen wie Störpixel auf meiner Netzhaut. Kleine Schatten huschen in den Raum, bevor die Tür mit lautem Knall wieder zuschlägt.

»Er ist da drin«, zischt Ising, zuckt plötzlich zusammen, als von oben etwas auf ihn herunter stößt. Ich reiße die Waffe hoch, als auch ich etwas über mir bemerke, im Augenwinkel ein Objekt sehe, das auf Isings Kopf zu rast, bevor ich spüre, dass etwas meine Hände berührt. Den Vogel auf Isings Waffe sehe ich, noch bevor ich begreife, dass sich auch auf dem Lauf meiner Pistole ein gleich aussehendes Tier niedergelassen hat, ein Vogel genau wie der auf Kreislers Schulter. Eine einzige Assoziation, ein aufflammendes Erinnerungsbruchstück. Der chinesische Händler vor dem Cellcore, der mit breitem Lächeln einen Vogelschwarm um sich herum dirigiert hat, wie ein Luftballett.

Ich höre mich brüllen, ohne darüber nachzudenken. »Waffen weg.« Nur einen Sekundensplitter später schleudere ich die Pistole von mir, mit dem Vogel daran, der sich am Lauf festkrallt, bis er beim Aufprall gegen die Wand vom Gewicht der Waffe zerschmettert wird.

Ich habe schnell genug reagiert.

Aber nicht Ising.

Er schleudert die Waffe endlose Sekunden später von sich. Der Mikroprozessor im Kopf des robotischen Vogels hat mehr als genug Zeit, den tödlichen Impuls in die Sprengkapsel zu schicken.

Der Feuerball glüht viel zu nah bei Ising auf, fegt ihn aus meinem Sichtfeld, nur eine Tausendstel Sekunde bevor er mich erfasst, mit sich reißt und die Welt erst glühend rot, dann schwarz werden lässt.

Ich weiß nicht, wie lange ich weg war.

Sekunden, Minuten, Stunden.

Die Dunkelheit löst sich auf wie ein Vorhang aus schwarzer Asche, gibt den Blick frei auf verschwommene weiße Sonnen weit über mir. Die Raumbeleuchtung brennt sich in meine Netzhaut, so dass ich dankbar für den Schatten bin, der sich plötzlich über mich senkt. Die Silhouette eines Mannes, der auf mich herabblickt. Kramm. Er ist da, steht direkt vor mir, mustert sein Opfer.

Doch dann schärft sich mein Blick. Traum und Realität überlappen sich nicht länger. Mein Gehirn kann endlich die Züge der Person über mir auflösen, ihnen einen Namen zuordnen. Dünne Blutströme mäandern über Sasniks linke Gesichtshälfte. Das meiste davon stammt aus einer aufklaffenden tiefen Wunde in seiner Stirn, in der noch immer ein zentimetergroßes Metallstück steckt. Ein Splitter der Waffe meines Partners. Die kleinen Vögel waren darauf programmiert, Schusswaffen zu identifizieren und zu sprengen.

»Ising?«, frage ich und spüre dabei plötzlich ein Gewicht, das auf meiner Brust lastet. Ich blicke an mir entlang, entdecke, dass auch mich ein Splitter getroffen hat. Mindestens dreimal so lang wie der in Sasniks Stirn ragt er aus meiner Brust heraus. Seltsam gelassen betrachte den Fremdkörper, der da in mir steckt, und komme analytisch kühl zu dem Schluss, dass es ein Stück des Laufs von Isings Waffe sein muss. Ganz allmählich dringt der Schmerz nun zu mir durch, beginnt zu pulsieren, und mir wird bewusst, wie schwer mir jeder Atemzug fällt.

Sasnik blickt schweigend zur Seite. Es gelingt mir, den Kopf in die Richtung zu drehen, wo die Explosion Ising erfasst hat. Ein Teil der Glasfassade ist verschwunden. Isings Körper hat sie durchschlagen, bevor er nach unten gestürzt ist. Es gibt keinen Zweifel, dass er das nicht überlebt hat.

»Tut mir leid«, stellt Sasnik leise fest. »Die Dinge haben sich nicht ganz so entwickelt, wie sie sollten.«

»Nicht ganz so entwickelt ...«, blaffe ich, doch der jähe Schmerz bringt mich zum Schweigen. »Sie haben dieses Fiasko ganz allein zu verantworten, Sasnik.« Das metallische Aroma von Blut breitet sich in meinem Gaumen aus. »Sie haben Ihre eigenen Männer und Ising auf dem Gewissen. Wenn Sie nicht verhindert hätten, dass wir Kramm unten ausschalten, wäre die Situation nicht eskaliert.«

Sasnik kratzt sich am Kopf, nickt dabei, als hätte er sehr lange und intensiv darüber nachgedacht. »Sehen Sie, genau das ist das Problem. Ihre Leute wären nicht zu mehr in der Lage gewesen, als Löcher in seinen kostbaren Schädel zu schießen.« Er hebt bedauernd die Brauen, schiebt dabei das Kinn vor, hebt lakonisch die Schultern. »Meine Aufgabe besteht darin herauszufinden, was bei dieser Operation schief gelaufen ist. Und dazu brauche ich ihn lebend.«

Ich starre Sasnik an. »Wovon reden Sie?«

Er blickt auf mich herab, immer noch stark blutend, aber mit einem amüsierten Ausdruck. Jetzt erst sehe ich, dass er seine Waffe in der Hand hält. Irgendwie hat er es geschafft, den Robotvögeln auszuweichen – oder sie haben ihn gar nicht erst angegriffen.

»The Solutor. Ich finde das ist ein guter Name für ein Spiel, in dem der Spieler Probleme beseitigen muss. Finden Sie nicht auch.«

»Ich verstehe nicht, was ...« Ich komme nicht dazu, den Satz zu vollenden. Die Gestalt taucht hinter Sasnik auf, nähert sich viel zu schnell, als dass er eine Chance hätte, noch zu reagieren. Trotzdem stoße ich einen Warnruf aus, den ich mit einer Explosion von Schmerz in meiner Brust teuer bezahle. Aber Sasnik regiert nicht, macht keine Anstalten, sich dem Angreifer zu stellen. Ungerührt und ohne ihn eines Blickes zu würdigen wartet er, bis Gabriel Kramm ihn erreicht und ihn ...

Nein. Kramm greift Sasnik nicht an.

Stattdessen macht er noch zwei Schritte auf mich zu, wendet Sasnik dabei sogar den Rücken zu. Nüchtern stellt er bei meinem Anblick fest: »Hätte schwören könne, dass er tot ist.«

»Ein ausgesprochen sturer Bursche.« Sasnik betrachtet mich mit hochgezogenen Brauen, genießt offensichtlich meinen Gesichtsausdruck.

Ich glotze die beiden ungläubig an, versuche all meine Fragen zu einer sinnvollen zu kombinieren, bringe keinen vernünftigen Satz zusammen. Im nächsten Moment muss ich fassungslos mit ansehen, wie Sasnik Kramm eine Hand auf die Schulter legt und ihn auffordert: »Eliminiere jetzt das Primärziel.«

Kramm wendet sich ab, blickt zurück in das Büro, in dem sein Primärziel immer noch auf die Exekution wartet. Kreisler. Mein Sichtfeld verschwimmt, einen Augenblick versinkt die Welt in statischem Rauschen, bis meine Augen die Umgebung wieder auflösen können. Ein kleines blaues Licht blinkt irgendwo über seinem Ohr. Das lange Haar verdeckt das Objekt, an dem die LED befestigt ist. Trotzdem bin ich sicher zu wissen, was er in die Interfacebuchse an seinem Schädel eingestöpselt hat. Ich habe tausende dieser Module gesehen. Die meisten an den Spielern von Memobase-Games.

Kramm blickt sich zu Sasnik um. Er lächelt. »Das ist ein großer Moment.« Er strahlt. »Schätze, ich bin ein verdammtes Genie. Es gibt garantiert keinen Spieler, der diese Mission vor mir in so kurzer Zeit absolviert hat.«

Spieler? Mir wird übel, die Schmerzen werden noch intensiver. Ich unterdrücke den Wunsch, mich in die warme Dunkelheit fallen zu lassen, die mein Sichtfeld vom Rand her immer weiter ausfüllt.

»Schließ die Doppeltür, Gabriel. Es wäre bedauerlich, falls du durch die Explosion verletzt wirst.« Sasnik nickt dem Mörder von rund vierzig Menschen aufmunternd zu. Ich richte mich ein Stück weit auf, verfolge wie Kramm noch einmal den Raum durchquert. Durch die offene Tür kann ich Kreisler mit dem Vogel auf seiner Schulter noch immer auf dem Stuhl kauern sehen. Seine Augen suchen meine. »Oh Gott«, jammert er, sich offensichtlich völlig im Klaren darüber, was gleich geschehen wird.

»Es ist erstaunlich«, Sasnik hat die Stimme gesenkt. »Er macht das großartig, obwohl er nicht der Spieler ist, den wir eigentlich dafür programmiert haben.«

Im ersten Moment begreife ich nicht, was er meint. Dann verstehe ich. »Veihinger«, keuche ich. »Veihinger ist der Mann, der ursprünglich die Mission ausführen sollte.«

»Und dabei kläglich gescheitert ist. Er hatte wohl einen Hang zur Theatralik. Anders kann ich mir nicht erklären, warum man so dumm seit sollte, eine Zielperson mit einem Samuraischwert anzugreifen.« Sasnik verschränkt die Arme, beißt sich auf die Unterlippe. »Veihinger war die falsche Wahl. Kramm ist viel effektiver. Er setzt Kampfgas und selbst entwickelte Sprengkörper ein. Schon erstaunlich, oder?«

»Worum geht es hier, Sasnik?«

Er stopft die Hände in die Taschen, betrachtet mich einen Moment lang nachdenklich. »Ich rede über unsere krank gewordene Gesellschaft, über Menschen, die gelegentlich durchdrehen und ganz furchtbare, unglaublich irrationale Gewalttaten begehen. Taten, die sehr nützlich sein können, wenn sie konstruktive Ziele treffen.«

»Konstruktive Ziele? Ziele wie die sechsundzwanzig Mitarbeiter der Manotec und wie Kreisler?«

Sasnik macht eine unbestimmte Geste mit der Hand. »Zum Beispiel. Wissen Sie, wir analysieren die Spieler von »The Solutor« sehr genau. Ist kein Problem. Sie spielen normalerweise online oder laden neue Games von unseren Servern. Wir erstellen Profile von ihnen, und bei Bedarf wählen wir einen aus und übermitteln ihm eine ganz besondere Spielmission auf sein Modul.«

Memobase-Games, Spiele, die die Realität überlagern, gespielt von Tausenden von Spielern wie Veihinger und Kramm.

Ich fixiere Sasnik. »Sie geben Ihren Spielern einen realen Menschen als Ziel vor. Die wissen gar nicht, dass sie nicht mehr spielen.«

Sasnik nickt mir anerkennend zu. »Ist eine Schande, wirklich. Ich konnte mich ja bereits davon überzeugen, dass Sie ein gewiefter Bulle sind. Tja, Sie haben's erfasst. Die Anzahl von Amokläufen hat in den letzten Jahren um fast fünfzig Prozent zugenommen. Niemand stellt noch Fragen, wenn ein Irrer, der die Welt hasst, versucht, auf eigene Faust die Bevölkerung zu dezimieren.«

»Nur diesmal ist es schief gelaufen, oder?«

Kramm ist im Büro bei Kreisler, umkreist den Delinquenten und redet dabei leise auf ihn ein. Offenbar will er sein Spielfinale in vollen Zügen genießen. Sasnik beobachtet ihn, blickt dabei ungeduldig auf seine Uhr. »Veihinger hat versucht, aus Kreisler mundgerechte Sushiportionen zu machen, ohne zu bedenken, dass es einen Sicherheitsdienst in dem Sportcenter gibt. Die haben nicht lange gezögert, unseren Möchtegernsamurai niederzuschießen.«

»Und Sie haben sofort den nächsten Spieler ins Rennen geschickt.« Ich nicke in Richtung Büro. »Kramm.«

Sasnik legt den Kopf schief, verzieht skeptisch den Mund. »Das hätten wir getan, aber nicht so schnell. Zwei Irre, die kurz hintereinander auf ein und dasselbe Opfer losgehen, erregen zu viel Aufmerksamkeit. Jemand könnte auf die Idee kommen, Fragen zu stellen. Nein, Kramm ist von ganz allein im Spiel aufgetaucht, und ich will wissen, wie das möglich ist.«

»Das kann ich Ihnen sagen. Kramm ...« Der plötzliche Husten löst eine Schmerzeruption in meiner Brust aus. Das Aroma von Blut auf meiner Zunge nimmt an Intensität zu. »Kramm ist vorbestraft wegen diverser Urheberrechtsverletzungen und Datendiebstahl. Der Bursche ist Cracker. Er wird Veihingers Programm kopiert haben.«

Sasnik beobachtet, immer unruhiger werdend, Kramms Abschiedsritual. Abwesend erklärt er: »Ganz genau. Kopiert. Und genau das sollte eigentlich unmöglich sein.«

»Wieso lässt man Sie hier die Entscheidungen treffen, Sasnik? Wieso können Sie hier mit einem Team anrücken und uns sagen, was wir zu tun haben?«

Sasnik mustert mich geringschätzig. »Habe ich Sie vielleicht doch überschätzt? Was glauben Sie denn, mit wem Sie es hier zu tun haben? Wer könnte ein Interesse daran haben, gelegentlich auf saubere Art und Weise missliebige Zeitgenossen verschwinden zu lassen?«

Mein Schweigen belustigt ihn. »Hier werden Entscheidungen auf Ebenen getroffen, von denen Sie nicht mal ahnen, dass sie existieren. Es war Pech für Sie, als Sie in die Schusslinie geraten sind.«

»Sie glauben doch nicht ernsthaft, dass Sie mich einfach ausschalten können.«

Er schmunzelt. »Werde ich nicht tun. Das übernimmt er. Ist sein Job, Sie erinnern sich.«

»Es wird Ermittlungen geben, das ist Ihnen doch klar.«

Sasnik nickt. »Und meine Auftraggeber entscheiden, was bei diesen Ermittlungen herauskommen wird.«

Als ich heiser auflache, blickt er überrascht auf mich herunter. »Finden Sie das amüsant?«

»Nein. Mir ist nur gerade klar geworden, dass Ihr Projekt einen Scheißdreck wert ist, wenn Spieler anfangen Kopien herzustellen und dann reihenweise dasselbe Tötungsprogramm in der realen Welt durchspielen. Deswegen brauchen Sie Kramm so dringend, nicht wahr?«

»Sie sind gut. Wirklich. Ist schade um Sie. Aber ich fürchte, Sie müssen mich jetzt entschuldigen.«

»Wieso geht er nicht auf Sie los?«

Sasnik wendet sich ab, geht einige Schritte auf Kreislers Büro zu. »Weil er mich als Spielfigur in seinem persönlichen Spiel kennt. Wen Sie so wollen eine virtuelle Kopie von mir, die ihm seine Befehle erteilt. Er hält mich für seinen Auftraggeber. Und genau das bin ich ja eigentlich auch.« Er zwinkert mir kurz zu.

»Eins verstehe ich nicht, Sasnik. Wenn Sie sowieso wollten, dass er Kreisler umbringt, wieso haben Sie dann Ihr Team eingesetzt.«

»Seien Sie sicher. Die Männer hätten den Zugriff erst eingeleitet, wenn Gabriel seine Mission beendet hat. Und dann hätten sie ihn fixiert. Keiner von uns konnte ahnen, dass uns der Zufall zu so einem begnadeten Spieler verhilft. Der Verlust des Teams ist das kleinste Problem. Offensichtlich waren diese Männer inkompetent und von der Situation überfordert.«

Ich will ihm noch eine letzte Frage stellen, aber in diesem Moment kommt Kramm aus dem Büro. Er geht rückwärts, lässt Kreisler nicht aus den Augen, winkt seinem Opfer gehässig zu, während er langsam die Tür schließt. Der Chef der Manotec beginnt zu jammern, um Hilfe zu brüllen, um sein Leben zu betteln. Doch die Tür ist so dick, dass Kreislers Geschrei durch sie kaum noch zu hören ist.

»Gabriel. Sie können dieses Spiel nicht gewinnen.« Meine Stimme ist viel zu leise, um von ihm gehört zu werden.

Sasnik sieht sich über die Schulter zu mir um, die Brauen neugierig gehoben. »Vergessen Sie's, Wosniak. Er ist in einem Zustand, den wir Modus Dei nennen. Die Software erzeugt eine neurologische Rückkopplung, die massenweise Adrenalin und andere Hormone ausschüttet. Das ist wie eine Überdosis Kokain und Speed auf einmal. Puscht ihn hoch. Er wird ihnen nicht zuhören. Warum sollte er auch? Jeder in diesem Zustand würde sich für Gott halten.«

»Gabriel.« Es tut höllisch weh, so laut zu sprechen. Aber ich habe nur diese eine Chance. »Sie haben dieses Spiel längst verloren.«

Kramm hat sich zu mir umgedreht. Kommt einige Schritte auf mich zu. »Was?« Zum ersten Mal habe ich Gelegenheit, ihn genauer anzusehen. Es fällt ihm schwer, auf der Stelle stehen zu bleiben. Unruhig tritt er von einem Fuß auf den anderen. In der einen Hand hält er einen kleinen Kasten, offenbar der Fernzünder, die andere reibt er ständig an seinem Mantel, so als wollte er etwas abwischen. Immer wieder blickt er sich um, als hätte er irgendein Geräusch gehört. Nur ganz kurz begegnen sich unsere Blicke, so dass ich in seine Augen sehen kann. Es sind die eines völlig zugeknallten Junkies, der unter Alice oder Kortexid glaubt, einen Güterzug mit bloßen Händen anhalten zu können. Der Chip in seiner Wange gleicht einem wuchernden Tumor.

»Sehen Sie mich an, Gabriel. Ich bin ein lebender, echter Mensch.«

Kramm grinst begeistert zu Sasnik. »Was ist das denn für 'ne Scheiße? Letzter Versuch mich aufzuhalten?«

»Sagen Sie mir, wo Sie sich gerade befinden.«

»Na hier.«

»Nein, ich meine, wo befinden Sie sich außerhalb des Spiels? In der Realität.«

»In meiner Wohnung, auf meinem Bett.« Er lässt seine Zunge wie die einer Schlange hervorschnellen. »Und ich halte meinen Schwanz in der Hand.«

»Das tun Sie nicht. Hören Sie mir zu, Gabriel. Sie spielen kein Spiel. Das hier ist die Realität. Sie haben echte Menschen in der echten Welt angegriffen.«

Kramm legt den Kopf auf die Seite, mustert mich schmunzelnd. »Abgefahren, wirklich abgefahren.«

»Beende die Mission jetzt, Gabriel.« Sasnik nickt in Richtung der Tür. »Zeit für das Finale.«

»Noch einen Augenblick, Gabriel. Sie müssen mir genau zuhören, sonst verlieren Sie das Spiel.« Ich hebe den Arm. »Er ...«, ich deute auf Sasnik. »Er ist Ihr Gegner. Die haben Sie reingelegt, Gabriel. ›The Solutor‹ ist kein Spiel, es ist eine Gehirnwäsche. Ziel ist es, irgendeinen ahnungslosen Spieler dazu zu bringen, reale Morde zu begehen, die man dann später als Amoklauf darstellt. Die haben Sie zu ihrem Roboter gemacht.«

»Nette Story.« Kramm kommt auf mich zu. Hält mir plötzlich den Fernzünder hin. Als ich versuche danach zu greifen, zieht er die Hand zurück, lacht mich aus, verschluckt sich, hustet und kichert gleichzeitig. Dabei spritzt eine Speichelwolke aus seinem Mund über mich.

»Gabriel. Sie haben nur noch eine Chance. Wenn Sie das Modul jetzt herausnehmen. Und wenn Sie jetzt ... wenn Sie jetzt kooperieren ...« Ich bekomme kaum noch Luft, habe zuviel gesprochen. Aber immerhin hört er zu. »... dann stehen die Chancen gut, dass man Sie frei sprechen wird. Sie haben das, was Sie getan haben, für ein Spiel gehalten. Aber wenn Sie Kreisler jetzt töten, nachdem Sie wissen, was vor sich geht, dann ist es Mord.«

Kramm zeigt mit dem Finger auf mich, das Kinn anerkennend vorgeschoben. »Für eine KI eine ziemlich abgedriftete Strategie. Ich bin echt beeindruckt.«

»Jetzt schalten Sie IHR Gehirn ein, verdammt«, schnauze ich ihn an, von meinem Körper dafür mit einer sofortigen Schmerzsymphonie belohnt. »Stöpseln Sie das Modul aus. Nur einen Augenblick.« Ich muss husten, spüre, dass Blut über meine Lippen läuft. Keuchend spreche ich weiter. »Dann werden Sie sehen, dass alles um Sie herum echt ist.«

Sasnik atmet ungeduldig durch. »Dann wirst du vor allem verlieren, Gabriel.«

Der zwinkert Sasnik zu. »Werd mich bestimmt nicht drauf einlassen. Aber die Idee gefällt mir. Hat so was Anarchistisches.«

»Oh ja ...«, ich rappele mich ein Stück weit auf. »Anarchie ist ganz Ihr Ding, nicht wahr, Gabriel. Sie haben da ja als Jugendlicher so eine Art

Anarchieforum betrieben. Wie war das? Sie haben Konzepte für Regierungsumstürze entwickelt? Ganz abgesehen von Ihren diversen Vorstrafen wegen Informationsdiebstahl.«

Ein irritierter Ausdruck huscht über seine Züge.

»Woher kann ich das wissen, Gabriel, wenn ich nur ein künstlicher Akteur in einem Spiel bin? Ich weiß auch, dass Sie diese Version von ›The Solutor‹ von Lutz Veihinger übernommen, geknackt und kopiert haben. Und jetzt spielen Sie das Spiel, dass Veihinger spielen sollte. Wissen Sie, dass er tot ist? Woher kann ich das alles wissen, wenn ich nur in diesem Scheiß-Modul hinter Ihrem Ohr existiere?«

Das Grinsen in Kramms Gesicht verblasst plötzlich. Ich bin mir ganz sicher, ja. Einen Sekundenbruchteil lang ist er verunsichert. Doch dann kehrt das triumphierende Funkeln in die Augen mit den weit geöffneten Pupillen zurück. »Beinahe, Mann. Beinahe.«

Den Mund zu einem schiefen, irgendwie surrealen Lächeln deformiert, deutet er mit dem Zeigefinger auf seinen Kopf, als wollte er beweisen, dass er ein Gehirn hat.« Ich hätte dir das gerade fast abgekauft.« Er tippt sich an den Kopf, so kraftvoll, dass er dabei ein Geräusch erzeugt. »Memobase-Game. Das hier ist ein gedächtnisbasiertes Spiel. Also ist es nicht weiter verwunderlich, dass du davon weißt. Alles was Du sagst, hast du aus meinem Kopf.«

Meine Kraft reicht nicht mehr. Ich sacke zurück.

Sasnik hebt bedauernd die Hände. »Sie sehen es selbst, Wosniak. Er ist zu schlau, um zu verlieren.«

Mein Blickfeld verschwimmt. »Also gut, Gabriel. Dann erklär mir nur eines: Warum sollte eine Spielfigur ein Interesse daran haben, dem Spieler einzureden, dass das Spiel gar nicht existiert.«

Kramm holt Luft, öffnet den Mund zu einer Entgegnung, schweigt aber.

Sasnik tritt an seine Seite. »Beende die Mission jetzt.«

»Warum haben Sie's denn so eilig, Sasnik«, frage ich provozierend. »Der Mann spielt doch nur. Er hat alle Zeit der Welt.« Ich suche Kramms Blick, der es diesmal sogar schafft, sich auf mich zu konzentrieren. »Wissen Sie, warum er so drängelt? Weil er genau weiß, dass meine Kollegen, ich meine, meine echten, realen Kollegen nicht mehr lange da unten warten werden. Die kommen rauf. Und dann will er alles hier über die Bühne haben. Kreisler wird tot sein. Er wird eine verdammt echte Leiche sein, und Sie werden ein verdammt echter Täter sein, den er der Polizei entweder tot oder als lebendigen, völlig durchgeknallten Irren präsentieren wird. Was meinen Sie, wie lange werden Sie in einer Zwangsjacke in einer Gummizelle sitzen müssen, bevor Sie sich endlich fragen, wo bei diesem saublöden Spiel der Ausschalter sitzt.«

»Schluss jetzt mit dem Unfug. Lös die Explosion aus und dann bringen wir diese Spielfigur hier endgültig zum Schweigen.«

Gabriel rührt sich nicht. Sein Blick ist noch immer auf mich gerichtet. Er schweigt.

»Sie sind Gabriel Kramm. Sie haben in den letzten achtundvierzig Stunden fast vierzig Menschen getötet, weil Sie glauben, sich in einem Spiel zu befinden. Und Sie sind gerade dabei, Ihr Ende zu besiegeln, weil Sie sowohl mich als auch den Mann, der für Ihre Taten verantwortlich ist, für Akteure eines albernen Spieles halten. Und jetzt nehmen Sie das verdammte Modul raus.«

Kramm bewegt sich nicht. Sein Gesicht ist ausdruckslos.

»Drück den Auslöser, Gabriel.«

Gabriel tut nichts.

Sekundenlang.

Ewigkeiten lang.

Zunächst krümmen sich nur die Finger seiner linken Hand. Bewegungen, die irgendwie verlangsamt stattfinden. Wie eine stark verzögerte Aufzeichnung. Sein linker Arm zuckt, dann endlich winkelt er ihn an, hebt ihn. Will nach dem Modul über seinem linken Ohr tasten.

Doch er kommt nicht dazu, weil er nun direkt in den Lauf von Sasniks Waffe sieht.

»Dann eben so«, erklärt Sasnik kühl.

»Was?« Kramm gafft ihn plötzlich atemlos an. »Was bedeutet das?«

Sasnik hat keine Lust mehr, Erklärungen abzugeben. »Zünde die Ladung«, fordert er kalt.

Damit, was dann geschieht, hat er nicht gerechnet. Kramms Bewegung ist so schnell, dass ich sie nicht sehe. Erst als die Waffe einige Meter entfernt am Boden aufschlägt, begreife ich, dass Gabriel sie ihm aus der Hand geschlagen hat. Der Hormonschub durch das Spielmodul hat seine Reflexe erheblich beschleunigt.

Eine Sekunde später reißt er das Modul aus der Interfacebuchse, als wäre es etwas Lebendiges, das sich an seinem Schädel festgebissen hat. Es sieht aus, als würde er im selben Moment einfrieren. Die Kinnlade herunterhängend, die Augen weit aufgerissen, sieht er sich um, dreht sich dabei langsam um die eigene Achse. Beim Anblick der zersplitterten Fassade zuckt er zusammen. Als sein Blick auf die entstellte Leiche von Kreislers Leibwächter fällt, stöhnt er laut auf. »Nein«, keucht er. »Das ist ...«

Sasniks Faust trifft ihn direkt in die Nieren. Gabriel sackt in die Knie, kippt nach vorn, schlägt mit dem Gesicht voran auf dem Boden auf. Sofort ist Sasnik über ihm, greift nach dem Zünder für die Sprengladung in dem Vogel auf Kreislers Schulter. Es ist das zweite Mal, dass sich Gabriel zu schnell für ihn bewegt. Er hämmert Sasnik das Modul in seiner linken Hand mit voller

Wucht ins Gesicht. Es zerspringt in kleine Plastiksplitter, die über den Boden hüpfen. Während Sasnik vor Schmerz aufbrüllt und die Hände vor die Nase reißt, ist Kramm wieder auf den Beinen, stolpert vorwärts. Vielleicht will er Kreisler aus seiner Lage befreien oder einfach nur fliehen. Doch dazu kommt es nicht. Auch Sasnik hat sich wieder aufgerappelt, hechtet hinter Kramm her und tritt ihm von hinten geschickt in die Waden, so dass der jüngere Mann aus dem Gleichgewicht gerät und stürzt. In der nächsten Sekunde verkeilen sich beide ineinander, rollen übereinander hinweg, im Kampf um den Fernzünder. Meine schwindende Sehschärfe macht es mir sekundenlang unmöglich zu verfolgen, was geschieht. Kramm ist Sasnik körperlich überlegen und schneller. Aber Sasnik ist ein erfahrener Kämpfer, der seinem Gegner geschickte Schläge versetzt und nun langsam aber sicher die Oberhand gewinnt. Mein Blick verschwimmt. Mein Schädel dröhnt, während ich darum kämpfe, etwas erkennen zu können. Als sich mein Blick schärft, überrascht es mich nicht, Sasnik mit dem Zünder in der Hand zu sehen. Er will den Auslöser drücken, doch Kramm ist plötzlich über ihm. Greift nach seinem Daumen, knickt ihn mit aller Gewalt um. Das Krachen des brechenden Gelenkes höre ich quer durch den Raum. Sasnik brüllt auf, lässt den Fernzündern fallen, genau vor Kramms Füße. Der tritt ihn weg, bevor Sasnik ihn erneut erreichen kann. Genau in meine Richtung. Das kleine Gerät schlittert über den Boden, kommt einige Meter vor mir zu Stillstand.

Es fällt mir immer schwerer, die beiden einander umschlingenden und verschmelzenden Gestalten auseinander zu halten. Auf meiner Brust lastet das Gewicht eines LKWs. Ich habe nichts zu verlieren, als ich mich drehe, um langsam zu dem Zünder zu kriechen. Jede Bewegung meines Oberkörpers schmerzt höllisch, so dass mir nichts anderes übrig bleibt, als mich mit den Beinen vorwärts zu stoßen.

Sasnik ist plötzlich auf Kramm, schlägt mit der linken Faust auf dessen Gesicht ein. Doch es gelingt Gabriel, ein Knie hoch zu reißen. Mit gequetschten Hoden geht Sasnik in die Knie. Den Tritt sieht er nicht kommen. Gabriels Füße treffen ihn mit voller Wucht am Brustkorb, werfen ihn zurück, auf die Glasfront zu.

Meine flache Hand landet endlich auf dem Zünder. Ich ziehe ihn zu mir herüber, umklammere ihn. Und dann sehe ich sie: Sasniks Waffe. Keine zehn Meter links von mir. Der Gedanke brennt sich in mein Bewusstsein wie ein Programm, das sich nicht mehr löschen lässt.

Plötzlich unterscheide ich mich nicht mehr vom programmierten Gabriel Kramm.

Ich will Sasnik. Alles andere ist irrelevant.

Kramm hat den Spieß mittlerweile umgedreht. Er hockt auf seinem Gegner, das Knie auf dessen Bauch und lässt Faustschläge auf ihn prasseln.

Doch der hält seine Hände plötzlich fest, bäumt sich auf und rammt die Stirn gegen Kramms Nase, der zur Seite kippt und, vor Schmerzen gelähmt, Sasniks Tritten hilflos ausgeliefert ist.

Mittlerweile muss ich um jeden Meter kämpfen. Immer wieder wird mir schwarz vor Augen.

Kramm geht es mittlerweile nicht anders. Er jappst nach Luft, während ihm Sasnik mit Tritten in die Seite den Atem raubt. Als er sich sicher ist, dass Gabriel kampfunfähig ist, packt er ihn am Kragen, schleift ihn über den Boden, vorbei an dem toten Leibwächter – auf das gähnende Loch in der Fassade zu, das Isings Körper hinterlassen hat.

»Eines sollten Sie wissen.« Sasnik keucht, als er den stöhnenden Kramm hinter sich herzieht. »Wenn Sie Ihre Schnauze gehalten hätten, Wosniak, wenn Sie unseren Freund einfach seine Arbeit hätten machen lassen, dann müsste ich das jetzt nicht tun.« Schnaufend hat er Kramms Körper bis zur zerschmetterten Glaswand gezerrt. »Er wird bei jedem Verhör immer wieder all das Zeug von sich geben, das Sie ihm eingeredet haben, bis irgendwann jemand ins Grübeln kommt. Und das wollen wir doch nicht.«

Kramm kommt zu sich, erkennt, in welcher Lage er sich befindet, will Sasnik mit den Beinen abwehren. Doch der weicht aus und versucht ihm den Fuß in den Magen zu rammen. Kramm dreht sich nach links, weg vom gähnenden Abgrund und bezahlt dafür mit einem Tritt in die Nieren. Instinktiv klammert er sich an Sasniks Bein, der so um sein Gleichgewicht kämpfen muss. Sehr geschickt lässt er sich auf sein linkes Knie fallen, das sich in Kramms Flanke bohrt. Sasnik hat wieder die Oberhand, wuchtet den mittlerweile fast wehrlosen Kramm hoch, hält ihn auf Armeslänge vor sich, nur einen halben Schritt vom Abgrund entfernt. Kramm stemmt sich dagegen, versucht den überlegenen Gegner zurück in den Raum zu drängen, und erntet dafür einen Tiefschlag in den Magen. Sasnik hat seinen Arm dabei so geschickt gepackt, dass Kramm nun in gebückter Haltung mit dem Kopf voran vor dem Abgrund steht. Ein einziger Stoß von Sasnik noch und es wird für ihn sehr weit abwärts gehen.

Zumindest glaubt Sasnik das in dieser Sekunde.

Bis ich seinen Namen brülle.

Bis er in den Lauf seiner eigenen Waffe sieht, die ich auf der Seite liegend mit beiden Händen vom Boden aus auf ihn gerichtet halte. »Lassen Sie ihn los, Sasnik.«

Einen Moment glotzt er mich ungerührt an. Völlig ausdruckslos. Das Gesicht so leer wie ein abgeschalteter Flatscreen. Er schnauft und ich kann sehen, dass er sich über seinen Fehler ärgert. Er hat die Waffe einfach vergessen, vergessen, dass sie in meiner Reichweite liegt, vergessen, dass ich mich noch immer bewegen kann.

Vergessen, dass ich ein stures Arschloch bin.

»Sie haben einen Schuss.« Er scheint darüber nachzudenken, nickt, als käme er zu einem Ergebnis. »Das Ding wird Ihnen vom Rückstoß aus der Hand geschlagen, und aus dieser Haltung können Sie mich nicht treffen. Bevor Sie dazu kommen, sie noch einmal auf mich zu richten, bin ich bei Ihnen. Vergessen Sie's einfach.«

In diesen Sekunden ist mein Blick scharf. Ich sehe die minimalen Bewegungen – seiner Schultern, seiner Arme, seiner Beine – wie in einer hoch auflösenden Zeitlupenaufnahme. Ganz dicht an mich herangezoomt. Er setzt zum tödlichen Stoß an. Führt ihn aber nie aus.

Den Knall höre ich nicht bewusst. Ich erinnere mich nur Sekunden später an ihn, nachdem der Rückschlag mir die Waffe aus den Händen gerissen hat. Sasniks Kopf wird nach hinten gerissen, als hätte ihm jemand mit einem Ziegelstein in der Hand einen Schlag verpasst. Das Blut aus der Austrittswunde spritzt gegen die Glaswand, verteilt sich ellipsenförmig um die Stelle herum, an der das Projektil das Glas durchschlagen hat. Sasnik kippt zur Seite weg und rührt sich nicht mehr.

Kramm steht einfach da, stiert mit panisch geweiteten Augen auf seinen Auftraggeber herunter, sackt auf die Knie, rappelt sich mühsam wieder auf, um zittrig an der Stelle zu verharren. Er rührt sich nicht. Glotzt auf einen Punkt im Raum. Erst jetzt registriere ich die Anwesenheit einer weiteren Person im Raum.

Während des Kampfes hat keiner von uns bemerkt, dass Kreisler das Büro verlassen hat. Jetzt steht er vor der Tür, ein eher kleiner Mann mit fliehender Stirn, kurz geschorenem, metallisch grauem Haar, einem scharf geschnittenen Gesicht. Selbst jetzt, zitternd, mit geschwollenen, tiefroten Augen, einem großen Urinfleck zwischen seinen Hosenbeinen und dem Vogel auf seiner Schulter, sieht man ihm an, dass er jemand ist, der es gewohnt ist, Anweisungen zu geben, völlig Kontrolle über seine Umgebung zu haben.

Kreisler hat seine Chance genutzt, genau wie ich es getan habe.

Auch er hält eine Waffe in der Hand.

Es ist meine. Ich habe sie gegen die Wand geschleudert.

»Tun Sie das nicht«, krächzt Gabriel.

Kreislers Stimme zittert. »Schon seltsam, wie eine Situation umschlagen kann, nicht?« Er neigt den Kopf etwas zur Seite, will damit auf den Vogel deuten. »Sie haben gesagt, es geht hoch, wenn ich versuche es abzunehmen.«

Kramm nickt hastig.

»Und wie werde ich das Ding los?«

»EMP«, stößt Gabriel heiser hervor. »Sie müssen mit einem EMP die Elektronik ausschalten.«

»Und dafür sorgen, dass Sie nicht mehr dazu kommen, den Auslöser zu drücken.«

»Warten Sie ...« Gabriel reißt entsetzt die Arme hoch, als könnte er die Kugel mit den Händen abblocken. Vielleicht reagiert Kreisler in einem Reflex, weil er glaubt, Kramm will die Zündung auslösen. Zumindest wird er das behaupten, da bin ich mir sicher.

Aber etwas in seinen Augen verrät mir, dass er in dieser Sekunde genau weiß, was er tut. Der Schuss dröhnt unglaublich laut. Die Wucht des Projektils reißt Kramm von den Beinen, wirft ihn zurück – genau durch die Öffnung, die Isings Körper Ewigkeiten zuvor in die Glasfassade geschlagen hat. Er verschwindet schreiend in der Dunkelheit. Endlose Sekunden später wird sein Geschrei abrupt durch das Geräusch splitternden Glases unterbrochen, als er viel weiter unten das Dach des flachen Nebengebäudes durchschlägt. Was bleibt, ist Stille und der Nachhall des Schusses in meinem Kopf.

Kreisler sackt in sich zusammen, rutscht an der Wand entlang nach unten, bleibt so am Boden sitzen, die Beine von sich gestreckt. »Scheiße«, zischt er leise.

Erst jetzt wird mir bewusst, dass ich selbst keine Reserven mehr habe. Ich lasse mich einfach zurücksinken, bleibe auf dem Rücken liegen, so dass Kreisler für mich auf dem Kopf steht. Der Korridor aus Schwärze, durch den ich noch etwas wahrnehmen kann, wird immer enger.

»Rufen Sie unten an.« Zu mehr reicht meine Luft nicht.

Kreisler starrt auf seine Schuhe, nickt langsam. »Die wollten mich tatsächlich umbringen.« Er sieht zu mir. »Sie müssen ein Bombenräumkommando anfordern.« Fahrig deutet er auf den Vogel auf seiner Schulter.

Ich nicke. Dabei fallen mir die Augen zu. Ich lasse los, versuche mich einfach in die Dunkelheit gleiten zu lassen.

»Ich hätte nicht gedacht, dass Sasnik so weit geht.« Für einen winzigen Augenblick weiß ich nicht, wer das gesagt hat. Dann erinnere ich mich an Kreisler und Sasnik und etwas zwingt mich, aus der Dunkelheit aufzutauchen. Noch einmal bewusst meine Umgebung wahrzunehmen.

Schwer atmend gelingt es mir, eine Frage zu artikulieren: »Woher kennen Sie Sasnik?«

Kreisler Miene ist von Zorn verzerrt. »Sasnik ist ein Drecksack, aber dass er die Frechheit besetzt, meine eigene Technologie gegen mich einzusetzen ...«

»Ihre Technologie ...« Die plötzliche Erkenntnis ist überraschend genug, um mich noch einmal aus der warmen Umklammerung der Bewusstlosigkeit zu reißen. Damit ist die letzte Frage beantwortet, die ich Sasnik stellen wollte. Die nach dem Grund dafür, warum Kreisler exekutiert werden sollte.

Ich möchte es ihm entgegen brüllen. Aber für mehr als ein atemloses Flüstern reicht meine Kraft nicht mehr. »Sie haben das Spiel entwickelt.«

Er schüttelt den Kopf. »Nicht dieses absurde Spiel. Aber die Unterprogramme, die die Spieler manipulieren. Der Modus Dei ist von mir und einigen meiner Mitarbeiter entwickelt worden. Sasnik hat das ganze Konzept nur verkauft und dafür gesorgt, dass die ihn das Projekt koordinieren lassen. Aber das alles basiert auf meiner Arbeit, meinen grandiosen Ideen.« Er tippt sich an die Schläfe. »Mein System. Irgendwie hat er wohl geglaubt, ich würde mich abspeisen lassen. Jetzt hat er Wind davon bekommen, dass ich einen anderen Käufer gefunden habe. Das kann er natürlich nicht zulassen. Also hetzt er eine seiner Marionetten auf mich. Und weil er nicht weiß, welche meiner Leute außer mir noch an dem Projekt beteiligt waren, hat er gleich alle eliminieren lassen. Ein skrupelloses Schwein.« Er hebt die Schultern. »Immerhin hat die ganze Sache eine Schwäche aufgedeckt. Offenbar gibt es eine Möglichkeit, den Kopierschutz aufzuheben.« Er keucht ein humorloses Lachen. »Meine Chance, dem neuen Käufer eine fehlerfreie Version anzubieten.«

»Wissen ...« Ich würge Blut hervor, huste, glaube zu ersticken. Dann bekomme ich wieder Luft. »Wissen Sie, was mich ankotzt?«

»Was?«

»Dass ich Kramm nicht einfach seinen Job habe machen lassen.«

»Sehen Sie's mal so. Sie haben Sasnik umgenietet. Damit haben Sie dem Rest der Welt und ganz besonders mir einen großen Gefallen getan.« Und dann richtet er meine Waffe auf mich. »Eigentlich schulde ich Ihnen Dank. Aber für Sentimentalitäten fehlt mir der Spielraum, wenn Sie verstehen.«

»Da ist noch eine Sache.«

Kreisler nickt mir aufmunternd zu. »Ich will dem Mann, der mir das Leben gerettet hat, nicht ein letztes Wort verwehren. Nun?«

Ich hebe den Kopf, suche seinen Blick. »Wissen Sie eigentlich, wie idiotisch der Vogel auf Ihrer Schulter aussieht?« Vermutlich ist es meine letzte Gelegenheit zu lächeln. Ich nutze sie gut.

Der Augenblick der Erkenntnis zeichnet sich deutlich auf Kreislers Zügen ab.

Gabriel hatte den Zünder nicht mehr.

Meine Kraft reicht zwar nicht, um den Arm zu heben. Aber ich strecke Kreisler meine Hand dicht über den Boden entgegen. Lasse ihn sehen, wie mein Daumen den Auslöser drückt. Nur wenige Sekundenbruchteile, bevor es ihm selbst gelingt, den Abzug der Pistole zu betätigen.

Die Sprengladung ist nicht besonders groß – aber groß genug.

Die Explosion verteilt seine »grandiosen Ideen« als rosafarbenen Matsch über die Holzvertäfelung hinter ihm. Die Pistole hält er noch immer fest in der Hand, als sein Arm auf dem Boden aufschlägt, der kopflose Rumpf zur Seite sackt.

Sasnik hat Recht gehabt.

Es wäre einfacher gewesen, Kramm seine Mission erfüllen zu lassen.

Irgendwo in der Distanz glaube ich Stimmen zu hören und schnelle Schritte, die sich nähern.

Ihr werdet hier oben nur Leichen finden, denke ich, ohne dass es mich irgendwie berührt. Ich bin viel zu müde, um dem noch irgendeine Bedeutung beizumessen.

Für mich ist es an der Zeit, das Nichts willkommen zu heißen.

———

Als ich die Augen öffne, überrascht mich die blendende Helligkeit. Sie erzeugt einen intensiven stechenden Schmerz über meiner Nasenwurzel. In den wenigen Sekunden, die ich meine Lider geschlossen gehalten habe, ist die Wolkendecke aufgerissen, offenbart nun eine milchige Sonnenscheibe. Ich senke den Blick, nippe an meinem Kaffeebecher, schaue in Richtung Süden, über den Fluss, während hinter mir Passanten über die Brücke strömen. Nur wenige von ihnen haben ein Auge für die Aussicht, die sich ihnen von hier aus bietet.

Im Gegensatz zu mir – ich habe zu viele Wochen auf der Intensivstation, später in einem nach Farbe und Desinfektionsmittel stinkenden grauen Krankenzimmer verbracht und viel zu viel Tage damit vergeudet, wieder und wieder die selben Fragen zu beantworten. Sie wollten es ganz genau wissen. Und ich habe ihnen alles berichtet.

Nun ja ... fast alles. Mit kleinen Abwandlungen.

Demnach habe ich Sasnik, bedingt durch meine schwere Verletzung und daraus resultierende Sehstörungen, aus Versehen erschossen, als ich versucht habe, ihn vor Gabriel Kramm zu retten. Der wiederum wurde kurz darauf von Kreisler niedergeschossen, hat es aber vor seinem Sturz noch geschafft, den Auslöser der Sprengladung auf Kreislers Schulter zu betätigen.

Seltsamerweise hat nie jemand danach gefragt, warum der Fernzünder neben mir lag und nicht mit Kramm in die Tiefe gestürzt war.

Die Version, die ich ihnen gab, war anscheinend perfekt genug, um sie – zumindest teilweise – offiziell zu machen. Eine genauere Untersuchung meiner Beteiligung an den Ereignissen hätte nur unnötiges Aufsehen erregt. Auf den höheren Ebenen, von denen Sasnik sprach, will man nicht, dass irgendjemand Fragen stellt.

Ich nehme noch einen Schluck Kaffee, genieße dabei die kühle Brise, die über den Fluss kommt. Dabei schaue ich nach rechts, gerade so, als wollte ich das Ufer betrachten. In Wahrheit werfe ich einen kurzen Blick auf das südliche Ende der Brücke.

Sie ist noch da, beobachtet mich.

Die zornige Miene passt genauso wenig zu ihrem hübschen Gesicht wie der kahl geschorene Schädel mit den asiatischen Schriftzeichen. Vielleicht ein permanentes Tattoo, vielleicht nur aufgesprüht. Das Tank Top gibt den Blick frei auf braun gebrannte, dünne, aber muskulöse Oberarme. Ihre Beine stecken in einer tarnfarbenen Drillichhose und münden in pinkfarbene Rollerblades. Ich habe sie schon auf dem Weg hierher bemerkt. Immer dreißig vierzig Meter weit hinter mir, höchstens so nah, dass sie mich gerade nicht aus den Augen verliert.

Kreisler ist tot, genauso wie Sasnik. Aber ihre Technologie ist es nicht. Sasnik hat sie an jemanden verkauft, jemanden, der mächtig genug ist, um der Polizei zu sagen, was sie zu tun und zu lassen hat. Jemanden, der Mitwisser eliminiert.

Nur scheinbar schaue ich runter auf den Fluss. In Wahrheit konzentriere ich mich auf den Rand meines Sehfeldes. Sie setzt sich in Bewegung, stößt sich geschickt mit weiten Schritten vorwärts, kommt rasend schnell näher, während ich die Hand unter meine Jacke zum Halfter gleiten lasse. Ein Stück weit ziehe ich die Pistole heraus, gerade so weit, dass sie immer noch unter dem Stoff verborgen bleibt. Wende mich ihr zu.

Die halbe Strecke hat sie schon zurückgelegt. Jetzt zeichnet sich die Form auf ihrem blanken Schädel ab. Deutlich erkenne ich das Modul mit der blinkenden blauen LED hinter ihrem linken Ohr. Es ist aktiviert.

Sie spielt.

Oder vielleicht glaubt sie das auch nur.

Noch zwanzig Meter.

Dann zehn.

Fünf.

Sie reißt den Arm plötzlich nach oben, zielt auf mich, viel zu schnell, als dass ich jetzt noch reagieren könnte. Dann feuert sie.

Peng, Peng, Peng.

Die Projektile haben meinen Körper durchschlagen. Aber nicht in dieser Realität. Ich sehe ihr hinterher, wie sie mit ihrer unsichtbaren Waffe auf Gegner zielt, die nur in der seltsamen Zwischenwelt des Spielmoduls und der Wirklichkeit existieren.

Erst jetzt lasse ich meine Waffe los.

Das Mädchen ist bei weitem nicht die einzige, die ein Spielmodul in ihr Interface eingestöpselt hat. Selbst hier auf der Brücke habe ich in einer halben Stunde mehr als ein Dutzend Gamer gezählt, einer von ihnen war sogar ein Polizist. Wie viele von ihnen »The Solutor« spielen, darüber kann ich nur spekulieren.

Verrückt, denke ich.

Es ist gefährlich, die Realität für ein Spiel zu halten.

Aber viel gefährlicher noch ist es, ein Spiel immer für ein Spiel zu halten.

Über dem Fluss wird eine riesige Holografie auf ein Display projiziert. Die Bildfläche reicht von einem Ufer zum anderen, präsentiert Bilder einer Parlamentssitzung. Politikerköpfe mutieren zu zwanzig Meter hohen Götzenbildern. In dieser Darstellung ist jedes Detail ihrer Gesichter, jede Linie, jede Falte, jede Warze überdeutlich sichtbar. Manche Sender lassen deswegen Computerprogramme über die Aufnahmen laufen, die solche Defizite automatisch glätten.

Die Kameraperspektive wechselt und ein junger Abgeordneter auf seinem Platz gerät ins Bild. Er blickt in Richtung der Kamera, wirkt dabei trotz weit aufgerissener Augen seltsam geistesabwesend. Ruckartig dreht er plötzlich den Kopf zur Seite und offenbart dabei die linke Schädelhälfte. In diesem Bildformat hat die blinkende blaue LED über seinem Ohr die Dimension eines Scheinwerfers. Sein Spielmodul ist eingeschaltet. Jetzt springt er auf, rennt davon, nur Sekunden bevor sie auf eine Kamera umschalten, die auf das Podium gerichtet ist.

Sie zeigen ihn nicht noch einmal. Offenbar ist irgendjemandem in der Regie aufgefallen, dass dieser Abgeordnete nicht ganz bei der Sache ist.

Niemand bemerkt, wie ich dastehe, das Display anstarre, dabei meinen Kaffeebecher zerquetsche.

»The Solutor« erstellt Profile über alle Spieler.

Jeder von ihnen wird erfasst.

Jeder von ihnen kann programmiert werden.

Sie können einen Amokläufer aus dir machen. Oder vielleicht auch etwas ganz Anderes.

Und du wirst alles für ein Spiel halten.

Ich werfe den Kaffeebecher über meine Schulter in den Fluss, stopfe die Hände tief in die Taschen und mache mich auf den Weg.

Eine Minute später hat mich der Menschenstrom absorbiert.

Christian von Aster (*1973) studierte Kunst und Germanistik und ist heute als freier Autor, Regisseur und Kabarettist tätig. Ein Dutzend SF-Kurzgeschichten erschienen in den Erzählbänden Das goldene Kalb *(2001) und* Bald *(2002), einige weitere in Anthologien. Die hier erstmals abgedruckte Story gewann den Publikumspreis beim Literaturwettbewerb »what if«, ausgeschrieben vom Bayrischen Rundfunk und dem Magazin für Computertechnik.*
www.vonaster.de

CHRISTIAN VON ASTER

Infogeddon

Vince Guthenberg war noch wach, als es mitten in der Nacht an seine Tür klopfte. Im matten Schein einer Öllampe brütete er über einem Problem, das die Bewässerung der Felder betraf und noch vor dem Sommer gelöst werden musste. Erst als das Klopfen lauter wurde, löste er sich von den Plänen und ging hinüber zur Tür.

Er warf einen kurzen Blick auf die Wanduhr und runzelte verwundert die Stirn. Besuch um diese Zeit war ungewöhnlich – vor allem hier. Und seine Verwunderung wuchs noch, als er kurz darauf die Tür öffnete.

Vor ihm stand ein Fremder. Einer, der nicht aus der Siedlung stammte. Der Mann wirkte nervös.

»Mr. Guthenberg?«

Guthenberg nickte stumm und beäugte sein Gegenüber dabei unverhohlen misstrauisch. Der Fremde trug eine lederne Aktentasche unter dem Arm, und wirkte, als ob er gerade ein Büro verlassen hätte. Er passte nicht hier hin, nicht aufs Land, nicht in diese Siedlung.

»Ich wäre Ihnen sehr verbunden, wenn Sie mich hereinlassen würden. Ich habe einige wichtige Dinge mit Ihnen zu besprechen.«

Abschätzig hob Guthenberg eine Braue. Hinter dem Fremden auf dem Weg stand ein silberfarbener City Cruiser, an dessen Heck er eine Antenne erkennen konnte. Der Mann kam aus der Stadt. Er würde auch dorthin zurückkehren – wenn es nach ihm ging sofort.

Guthenberg ließ keinen Zweifel an seiner Einstellung aufkommen.

»Ich glaube nicht, dass mich das interessiert.«

Trotzig funkelte er den Fremden an. Er war nicht der Erste seiner Art. Seit nunmehr zwei Jahren, seit es die Siedlung gab, kamen sie hier raus, um sie zu bestaunen. Manchmal machten sie Fotos. Ein Ort ohne Satellitenschüsseln, Glasfasernetz und Antennen erschien den Leuten dort draußen wie eine Freakshow. Camp Analog nannten sie die Siedlung.

Aber dass sie nachts kamen, war neu.

Guthenbergs Gegenüber schien nachzudenken. Ihm selbst war es egal, zu welchem Ergebnis dieser Prozess führte. Er hatte die Tür beinahe schon wieder geschlossen, als er den Unbekannten sagen hörte: »Ich habe eine Nachricht von Mr. Ossane.«

Guthenberg stutzte.

Art Ossane war der Erste gewesen. Der Erste, der sich damals aus der Zivilisation verabschiedet und alle Kabel und Datenströme gekappt hatte, um irgendwo im Süden die erste Siedlung von Informationsverweigerern zu gründen.

Nach ihrem Vorbild war noch ein gutes Dutzend mehr Siedlungen entstanden. Dort lebten Menschen, die sich der Informationsflut und dem multimedialen Kollaps der Städte entzogen. Sie waren Aussteiger, real wie virtuell: keine E-Mails, kein Telefon, kein Radio, kein Fernseher. Das waren die Regeln Art Ossanes.

Guthenberg öffnete die Tür wieder einen Spalt breit.

»Tragen Sie ein Mobiltelefon oder einen Piepser bei sich?«, fragte er.

»Alles im Wagen. Ich kenne die Regeln.«

»Gut. Kommen Sie rein.«

Guthenberg war nicht wohl zumute. Dieser Mann war keiner von ihnen. Und es war ihm schleierhaft, wie er mit jemandem wie Art Ossane zusammenhängen sollte.

Kaum im Inneren der Hütte angekommen, setzten die beiden Männer sich an den Tisch und Guthenberg schenkte Tee ein.

»Wir müssen ruhig sein. Meine Familie schläft bereits. Also, sagen Sie, was Sie zu sagen haben und dann gehen Sie.«

Der Fremde legte seine Aktentasche auf den Tisch und blickte ihn an.

»Es tut mir Leid, Mr. Guthenberg, aber das wird etwas dauern. Mein Name ist Saul Stone. Ich habe einen Abschluss in Informationsdesign und -ästhetik und arbeite seit einiger Zeit für Infocorp. In Ihren Augen müsste ich dementsprechend so etwas wie der Feind sein.«

Guthenberg zeigte keine Regung. Er hob seine Tasse zum Mund und blies sachte über den dampfenden Tee, während Stone fortfuhr: »Früher habe ich bei Improved Information Inc. gearbeitet. Eine Zeit, die ...«

»Verzeihung, Mister, wo auch immer Sie arbeiten und wer auch immer Sie sind, das alles interessiert mich nicht. Sie haben behauptet, eine Nachricht von einem Mann zu haben, den ich sehr schätze.«

Sein Gegenüber blickte ihn zögernd an, nagte kurz an seiner Unterlippe und entgegnete dann in einem seltsam eindringlichen Ton: »Hören Sie mir gut zu, Mr. Guthenberg, wenn Sie, Ihre Familie und Ihre Freunde diese Woche lebend überstehen wollen, dann bin ich, dessen Job es ist, diese Welt mit Belanglosigkeiten voll zu stopfen und jene Monstren zu füttern, die Sie so verabscheuen, Ihre einzige verdammte Hoffnung. Sehen Sie also bitte davon ab, mich zu beleidigen, bleiben Sie mit Ihrem entkabelten Arsch auf Ihrem Stuhl und halten Sie den Mund.«

Guthenberg setzte seine Tasse ab. Sein linkes Augenlid zuckte nervös. Kaum aber, dass er einen kurzen Blick auf die Schrotflinte neben der Tür werfen wollte, hatte Stone aus seiner Aktentasche bereits eine Pistole hervorgezogen und auf seine Brust gerichtet. »Glauben Sie mir, Vince, aus Gründen, die Sie noch erfahren werden, ist mir diese ganze Geschichte mindestens ebenso unangenehm wie Ihnen.« Ohne die Waffe zu senken oder den Blick von ihm abzuwenden, griff Stone nach seiner Tasse und nahm einen betont ruhigen Schluck, bevor er weiter sprach: »Ich möchte, dass Sie mich verstehen, Vince. Der zentrale Aspekt Ihres Lebens hier draußen ist die Flucht vor den Ergebnissen meiner Arbeit. Für Sie zählt, wann die Saat ausgebracht werden muss, eine Kuh kalbt oder genug verdammtes Wasser für Ihre Felder in den Tanks ist. Das ist vollkommen in Ordnung für Sie. Aber mein Job ist es, einem überzüchteten Kollektiv Informationen in den Blutkreislauf zu jagen, damit es überhaupt noch etwas empfindet. Das ist mein Job. Ich bin der Dealer, und Sie sind clean.«

Zähneknirschend funkelte Guthenberg ihn an. »Was wollen Sie?«

Er betonte jedes einzelne Wort. Derart, dass Stone beinahe ahnte, dass die Waffe in seiner Hand nicht ausreichen würde, um diesen Mann auf längere Sicht in Schach zu halten.

»Lassen Sie mich verdammt noch mal ausreden! Männer wie ich sind es, die diese Welt formen. Alchemisten, die Information aus dem Nichts erschaffen. Nachrichten, Vince, und das haben Sie bestimmt schon geahnt, werden heute in Auftrag gegeben. Sie werden designed, gestylt, getuned und so geplant verbreitet, dass Sie in zwei verschiedenen Teilen des Landes nie die gleichen Nachrichten bekommen. Dafür zahlen sie – Konzerne, Politiker, Staaten, wer immer es sich leisten kann. Wenn heute ein Minister in einem kleinen Ort im Norden eine Schule eröffnet, dann besteht die Möglichkeit, dass weder der Ort noch die Schule oder gar der Minister überhaupt existiert.«

Das alles war nichts Neues für Guthenberg. Er wusste, weshalb er und seine Leute dem Beispiel Ossanes gefolgt waren, die Kabel gekappt und Hanf in ihren Satellitenschüsseln gepflanzt hatten. Aber er würde Stone zuhören, zumindest bis der seine Waffe sinken ließ.

»Ich denke, Sie wissen, was ich meine. Informationsagenturen wie Infocorp werden bezahlt, um ergebnisorientierte Nachrichten zu erzeugen. Sobald eine Million Zuschauer Zeuge wird, wie dem Vorstandsvorsitzenden eines Chemiekonzerns eine Auszeichnung für nachhaltig ökologisches Wirtschaften verliehen wird, arbeitet sein Unternehmen umweltfreundlich, ganz gleich, wie es wirklich arbeiten mag. Eine Auszeichnung vor laufender Kamera ist ungleich wahrnehmbarer als Schadstoffe, Toxine und tote Fische. Wir sind die Magier der Neuzeit, Vince, die Houdinis der Gegenwart, die jeden, der zahlen kann, aus jeder nur erdenklichen Lage befreien können. Wenn wir berichten, dass irgendeine Nation einen Krieg mit ihrem Nachbarn anfängt, spielt es keine Rolle, ob sie es tut oder nicht. Eurasien oder Ozeanien, Waffenstillstand oder Großoffensive, wir erschaffen die Welt an jedem Ort jeden Tag aufs Neue.

Wir drapieren die Bomben. Und wir können sie überall verstecken, im Gepäck von Moslems, Juden, Nazis. Wir erschaffen Bedrohungen, halten die Welt in Schach. Wir können Naturkatastrophen heraufbeschwören und die Hölle zufrieren lassen. Geben Sie mir zwanzig Zeilen und eine große Zeitung, und ich sorge dafür, dass wir einen neuen Präsidenten bekommen. Information ist Korruption. Wer zahlt siegt.«

Guthenberg in die Augen schauend versuchte er einzuschätzen, inwieweit dieser ihm weiter zuhören würde. Der Mann auf der anderen Seite des Tisches aber hatte nur Augen für die auf ihn gerichtete Waffe. Stone nahm den Faden wieder auf.

»Die Agenturen haben ihre Favoriten. Ich etwa bin seinerzeit zu Infocorp gewechselt, weil sie mehr Einfluss als Improved Information Inc. hatten. Von mir stammt der Arkham Ripper, dessen Taten den Staatsanwalt ermächtigt haben, die regelmäßigen Gentests im Staat New York durchzusetzen. Von mir stammt der Orkan Sue, aufgrund dessen halb Boston saniert wurde, bevor der Sturm unerwarteterweise eine andere Richtung nahm. Ich habe das Krebsleiden von Senator Feathersham entwickelt, das er schließlich in den Armen der Kirche und nach seiner Abkehr vom Whisky zu überwinden vermochte, was ihn in den Umfragen ganze sieben Prozent nach vorn brachte. Ich habe einige Dutzend Preise verliehen und Institutionen eröffnet, die es nie gegeben hat. Ich habe einen Kometen beinahe auf die Erde stürzen lassen und drei militärische Interventionen informationspsychologisch vorbereitet. Wie Sie sehen, bin ich der Teufel – nicht nur in Ihren Augen, Vince, sondern in denen eines jeden verdammten Menschen, der diese Dinge zu hinterfragen wagt.«

Die Hand mit der Pistole war auf den Tisch herabgesunken. Aber da war jetzt etwas in der Stimme dieses Mannes, das Guthenberg zurückhielt. Seine Stimme hatte sich verändert, sein Bekenntnis – wenn es denn eines sein sollte –

war echt, kam aus seinem Innersten. Obwohl Stone dabei nicht nach Vergebung zu suchen schien. Diese Geschichte musste irgendwo anders hinführen. Guthenberg erinnerte sich an Stones Worte von zuvor, die Warnung, seine Familie, seine Freunde, die Siedlung betreffend. Ihn schauderte. Doch inzwischen wusste er, dass er diesem Mann zuhören würde.

Ganz gleich, was er erzählen würde.

»Bildmaterial haben wir genug. Unsere Archive sind voll. Wir können jede Geschichte stützen, jede, wer immer sie warum auch immer haben will. Der dritte Weltkrieg, die Apokalypse, unsere Bilder warten nur auf den Bericht.«

Stone blickte ihn erwartungsvoll an.

Guthenberg leerte seine Tasse in einem Zug, schaute Stone direkt ins Gesicht und sagte dann mit fester Stimme: »Sie haben Recht, Mr. Stone. Sie sind der Teufel.«

Der Mann mit der Pistole lächelte bitter. »Nur einer von vielen, Vince. Es ist das Geld, was uns zu dem macht, was wir sind. Und es ist eine Demokratie des Geldes, in der wir leben.«

»Sie vielleicht, Mr. Stone, wir nicht.«

»Sei's drum, Vince, die Worte machen wir, die Zahlen auch. Die Realität hat ausgedient.«

»Warum erzählen Sie mir all das, Mr. Stone? Sie haben vorhin Art Ossane erwähnt.«

»Ach ja, Ossane ...«, Stone kicherte. »Wissen Sie, den meisten unserer Klienten sind Sie ein Dorn im Auge. Die Wirtschaft, die Politik, dort sieht man es nicht gern, wenn jemand nicht hört oder sieht, was er soll. Wer sich der Information entzieht, entzieht sich der Kontrolle. Sie und Ihre Leute hier draußen sind unberechenbar. Sie kaufen und handeln nicht auf Grundlage des Ihnen zugewiesenen Informationskontingents und scheren sich dabei nicht um die Milliarden, die dafür investiert werden. Und das Schlimme ist: Ihr Beispiel könnte Schule machen.«

Stone starrte seinen Gastgeber aus großen Augen an. Und Guthenberg spürte, dass dies der Kern des Ganzen war: die Bedrohung für das System, die von den Aussteigern, von ihm und seinesgleichen, ausging. Ein unangenehmes Gefühl begann sich in seiner Magengegend auszubreiten. Und dabei war Stone noch nicht am Ende: »Es ist nicht sehr wahrscheinlich. Aber die Leute in den Städten könnten merken, dass es überhaupt möglich ist, sich dem Medienmoloch zu entziehen. Information bedeutet Konsum. In erster wie zweiter Konsequenz, und die Verweigerung des einen bedeutet zugleich die des anderen. Sie und Ihre Leute schädigen das System, Vince! Und man fürchtet, dass noch mehr Leute Gefallen daran finden könnten, ihre Kabel zu zerschneiden und Kühe zu züchten ...«

»All das ist mir bekannt, Mr. Stone.«

»Aber das hier dürfte neu für Sie sein.« Stone öffnete seine Aktentasche und zog eine dünne Mappe hervor. Er schlug sie auf, und Guthenbergs Blick fiel auf einige Fotos, Blätter mit meteorologischen Daten und verschiedenen Textentwürfen.

»Was ist das?«

»Ein Wirbelsturm. Ein Wirbelsturm, der Ihre Siedlung komplett verwüsten und allen Menschen hier das Leben kosten wird.«

Ungläubig griff Guthenberg nach den Bildern. Es waren tatsächlich Bilder eines Sturms, zerstörter Hütten und menschlicher Opfer. Es war nicht die Siedlung, aber wer hätte das wissen sollen? Für die Menschen dort draußen machte es keinen Unterschied.

»Wann ...?«

»Morgen Abend. Seit drei Tagen wird auf allen Frequenzen vor dem Sturm gewarnt. Die Tatsache, dass Sie keine Empfangsgeräte besitzen, soll Ihnen zum Verhängnis werden. Übermorgen wird es heißen, Sie hätten sich nicht warnen lassen. Kein Telefon, keine Computer ...«

»Wie?«

»Hundert Mann. Paramilitärische Spezialeinheiten. Man wird niemanden am Leben lassen.«

»Die anderen Siedlungen?«

»Mehr als zwei solcher Stürme wird man innerhalb eines Jahres kaum glaubhaft machen können. Aber gehen Sie davon aus, dass unsere Auftraggeber an neuen Konzepten arbeiten.«

»Aber weshalb erzählen Sie mir das, Mr. Stone? Sie stammen von der anderen Seite der Mauer. Sie sind einer von denen und verdienen mit diesen Dingen Ihr Geld. Und jetzt tauchen Sie hier auf, um mich zu warnen. Wie passt all das zusammen?«

»Ich ... ich fühle mich verantwortlich.« Für einen kurzen Moment veränderte sich Stones Gesicht. Einen winzigen Augenblick lang war eine Ahnung von Schmerz in seinen Augen zu sehen gewesen, die seine zynische und kaltschnäuzige Art verdrängt hatte. »Dazu sollten Sie vielleicht wissen, dass ich vor drei Jahren für Sigma eine Kampagne geschrieben habe. Sie erinnern sich, der Automobilkonzern. In der Bremsmechanik seiner 12er-Reihe waren Fehler entdeckt worden, und die Firma hatte es durchgerechnet. Die Rückrufaktion wäre sie teurer gekommen als unsere Kampagne. Und so feierten wir den Sigma 12 in einer Medienoffensive bald als sichersten Wagen seiner Klasse, mit innovativer Bremstechnologie, verbesserter Straßenlage und zig Extras. Wir waren in allen Autozeitschriften. Wir waren überall. Zwei Monate später brachte meine Frau unseren Wagen in die Inspektion. Als Ersatz bekam sie vorübergehend einen Sigma 12, den der Verkäufer ihr als besonders sicher empfahl. Eine halbe Stunde später war sie tot.«

»Wusste Ihre Frau denn nichts von Ihrer Kampagne?«

»Vince, das mag unpassend klingen, aber Diskretion ist das oberste Gebot in unserer Branche. Wir sind zum Stillschweigen verpflichtet. Niemand weiß wirklich, was wir tun. Sie ahnen sicher, wozu es führen würde, wenn das anders wäre.«

Sie schwiegen. Guthenberg, nicht wissend, was er entgegnen sollte, füllte die Tassen wieder auf. Dann hob er an: »Es tut mir Leid um Ihre Frau. Aber Sie haben mir immer noch nicht gesagt ...«

»Ich weiß. Ich weiß, dass ich Schuld bin, nicht nur an ihrem Tod. Im Lauf jenes Jahres starben bei Unfällen, in die Wagen der Sigma-12-Serie verstrickt waren, insgesamt 98 Menschen. Aber das ist nur eine Ahnung derer, die wir noch auf dem Gewissen haben. Und darum habe ich Art Ossane erschaffen.«

Guthenberg glaubte, sich verhört zu haben. »Ich fürchte, ich verstehe nicht ganz.«

»Es hat ihn nie gegeben. Ich habe ihn erfunden.«

Zornig, ohne auch nur noch einen Moment zu überlegen, fuhr sein Gegenüber jetzt hoch und wies ihm energisch die Tür. »Ich denke, Sie sollten jetzt gehen, Mr. Stone.«

»Warten Sie, Vince. Ich ahne, was in Ihnen vorgeht. Aber lassen Sie mich erklären! Der Tod meiner Frau, die Umstände, ich ... ich begann zu zweifeln. Ich hatte Skandale vertuscht, Kriege initiiert und Wahlen gefälscht. Und wenn ich die von mir verursachten Konsequenzen hochrechnete, ahnte ich das Ausmaß meiner Schuld. Ich wollte etwas tun! Darum beschloss ich, einen Deus ex Machina zu erschaffen, einen Mann, der sich der allgegenwärtigen Information entzog, sich ihr verweigerte und der dem System entgegenzustehen vermochte, in jeder nur erdenklichen Form. Der die Stadt verließ, um irgendwo im Hinterland eine Siedlung zu begründen, die abseits von Nachrichten, Werbung und Funknetzen existierte. Wo Information wieder Kommunikation statt Korruption wurde. Ich entwarf seine Geschichte, seinen Kodex und verkaufte sie. Sie rutschte in eines der Sommerlöcher, in denen sie froh sind um jede Meldung. Und plötzlich war Ossane überall. Die Leute bestaunten ihn, amüsierten sich über ihn – die meisten zumindest. Denn da gab es auch andere, Menschen wie Sie, Vince. Leute, die nachdachten und ihm schließlich folgten.«

»Warum sollte ich Ihnen glauben?«

»Hören Sie, ich bin hier, um Sie und Ihre Leute zu retten. Ich persönlich habe keinen Vorteil davon, im Gegenteil. Aber ich fühle mich verantwortlich – weil ich Sie erfunden habe, Sie und Ihre ganze Siedlung. Ebenso wie all die anderen, die sich im Laufe der vergangenen beiden Jahre gegründet haben.«

»Das ist lächerlich. Ich habe Bilder von Ossane gesehen.«

»Bilder? Sie ahnen ja nicht, was ich Ihnen für Bilder zeigen könnte. Aber vielleicht sollte ich Ihnen den Namen meiner Frau verraten. Sie hieß Sara.«
Stone konnte Guthenberg ansehen, dass er nachdachte.
Sara, Sara Stone. Art Ossane. Die Buchstaben, das konnte doch nicht ...
»Mein Gott ...«
»Ja, Vince. Er ist ihr Vermächtnis, wenn Sie so wollen.«
Guthenberg dachte nach. Auf seiner Stirn bildete sich eine steile Falte, während er sich langsam über das Kinn strich und hinüber zur Wand starrte.
»Wenn es stimmt, was Sie sagen, wenn sie tatsächlich kommen, dann können wir immer noch bleiben und kämpfen. Egal wie es ausgeht, Sie könnten Bilder davon machen, darüber berichten, und ...«
Stone folgte seinem Blick. Er ruhte auf einer Photographie an der Wand, auf der Guthenberg inmitten seiner Familie zu erkennen war. Das Bild war draußen vor der Hütte aufgenommen worden. Zwei lachende Kinder und eine Frau, deren Lächeln ihn entfernt an das von Sara erinnerte.
»Natürlich könnte ich das tun, Vince. Aber das wäre in niemandes Interesse. Glauben Sie mir, die Informationsraffinerien arbeiten anders. Es wäre ein sinnloses Opfer, vollkommen sinnlos. Eine Geschichte, die niemand kauft, existiert nicht.«
Guthenberg schloss die Augen – nicht schnell genug jedoch, als dass Stone nicht die aufsteigenden Tränen darin gesehen hätte.
»Ich denke, Sie sollten jetzt wirklich gehen, Mr Stone.«
Jetzt erst nahm sein Gegenüber die Pistole und steckte sie wieder in die Tasche zurück. »Hören Sie, es tut mir Leid, ich ...«
»Schon in Ordnung.«
Stone war nicht wohl in seiner Haut. Er nahm die Aktentasche vom Tisch und sammelte seine Papiere zusammen. Dann ging er langsam zur Tür hinüber. Guthenberg bewegte sich die ganze Zeit über nicht. Mit geschlossenen Augen saß er am Tisch und schwieg. Und auch Stone wusste keinen passenden Abschied. Wortlos verließ er schließlich die Hütte.
Er war bereits bei seinem Wagen angelangt und hatte die Fahrertür geöffnet, als im Türrahmen der Hütte Vince Guthenberg erschien.
»Sagen Sie mir bitte bloß eines noch, Mr. Stone, bloß eines.«
Es war kühl geworden. Die Männer fröstelten.
»Wo sollen wir hin?« Obwohl Guthenberg sich Mühe gab, es zu unterdrücken, spürte Stone das Zittern in seiner Stimme.
Er richtete sich auf. Doch seine Stimme klang bei weitem nicht, wie er es sich gewünscht hätte. »Ich weiß es nicht, Vince. Ich weiß es nicht ...«
Dann stieg Saul Stone in seinen Wagen, startete ihn und verließ die Siedlung, während Guthenberg im Rückspiegel immer kleiner wurde und von Norden ein Sturm aufzuziehen begann.

Desirée (*1973) und Frank (*1967) Hoese haben sich – neben einigen Storys in Anthologien und zum dritten Mal in VISIONEN – vor allem durch ihre Erzählungen im C'T Magazin einen Namen gemacht, die zum Episodenroman Die Zyanid Connection *zusammengefasst sind.*
www.hoesewelten.de

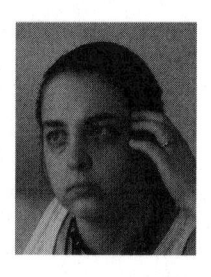

Desirée und Frank Hoese

Hyperbreed

»Tatsache ist doch«, stellte Söderberg fest, »dass wir nicht einmal wissen, wo wir sind.«

Vedram runzelte die Stirn, ein Anblick, der Söderberg immer wieder erheiterte.

»Wir haben keinen Grund, daran zu zweifeln, dass wir dort angekommen sind, wo wir ankommen sollten«, antwortete Vedram steif.

»Wir haben immer einen Grund zu zweifeln«, widersprach Söderberg, der seit Minuten nichts anderes tat als einen Schritt nach vorn zu machen, nur um gleich danach wieder einen Schritt zurückzutreten. »Wir sind Wissenschaftler.«

»Danke, dass Sie mich daran erinnern, Professor.«

Er wird immer exaltierter, dachte Vedram. *Er spielt den Überlegenen, aber es ist nicht zu übersehen, dass unsere Lage ihm zu schaffen macht. Ich muss ihn im Auge behalten.*

Er betrachtete die schlaksige Gestalt, die trotz ihrer Hagerkeit kraftvoll und präsent wirkte. Obwohl Söderberg die Fünfzig längst überschritten hatte, haftete seinen Bewegungen etwas Jugendliches an, selbst hier in der Reisematrix.

»Was zum Teufel tun Sie da eigentlich?«, fragte Vedram.

»Ein Experiment«, antwortete der Psychokybernetiker. »An dieser Stelle des Salons kann man ein sehr interessantes Phänomen beobachten. Wenn ich mich hierhin stelle« – Söderberg trat einen Schritt nach vorn – »kann ich die Bücher auf der anderen Seite des Regals sehen, obwohl es die mir abgewandte Seite ist. Wenn ich auf meinen ursprünglichen Platz zurückkehre« – er tat es – »kann ich für einen winzigen Moment *beide* Seiten des Regals sehen, dann verschwindet die Anomalie. Es ist, als würde das Licht an dieser Stelle des Raumes um die Ecke fließen.«

Vedram biss verärgert die Zähne aufeinander. Es waren Äußerungen wie diese, die ihn an Söderbergs Eignung für ein Deep Space-Projekt zweifeln ließen. Originalität war das Letzte, was er sich von einem Engrammbewahrer wünschte.

»Wie Ihnen zweifellos bekannt ist, Professor Söderberg«, entgegnete er, »gibt es hier kein Licht, das ... *fließen* könnte. Unsere Umgebung ist eine Simulation, und der Effekt, den Sie wahrnehmen, wird durch eine unbekannte Störung verursacht, die wir noch identifizieren werden.«

»Oh, zweifellos werden wir das«, brummte Söderberg. »Aber interessant ist es trotzdem. Wer weiß, vielleicht könnte es uns weiterhelfen. Gibt es schon eine Spur von den Vermissten?«

»Nein«, antwortete Vedram. Acht der vierzehn Teilnehmer des Rekordsprungs waren unauffindbar. Der Arzt war davon überzeugt, dass sich ihre Engramme nach wie vor in den Speichermodulen der *Eagle* befanden. Vorübergehend konnte man keinen Kontakt zu ihnen herstellen, aber das war nicht weiter verwunderlich, wenn man in Rechnung stellte, dass vier komplette Sektoren der Ambientensimulation ausgefallen waren. Ein paar beschädigte Datenleitungen, nichts weiter; das war kein großes Problem. Für die Engramme der Crew bestand zumindest technisch betrachtet keine Gefahr. Einer der Vorteile der Digitalisierung war es, nicht verhungern, verdursten oder sich einen Knochen brechen zu können.

»Sobald wir Hyperbreed hochgefahren haben, werden Aydin und Bruck draußen nach dem Rechten sehen«, sagte Vedram. »Sicher muss nur ein Modul ausgetauscht werden.«

»Natürlich«, stimmte Söderberg zu. Er beendete seine nervtötende Hin- und Herwipperei und schlenderte zum Billardtisch hinüber, um die Kugeln aufzubauen. Zweifellos ein neues Experiment.

Vedram erhob sich aus seinem luxuriösen Sessel – alles in dieser Simulation war luxuriös, denn es bestand kein Grund, eine Reisematrix nicht mit allen Annehmlichkeiten auszustatten – und nahm ein Queue aus dem Ständer. Wenn er schon seine Zeit damit vergeudete, auf Söderberg aufzupassen, konnte er dabei genau so gut etwas für seine Entspannung tun.

»Oh, Sie spielen mit«, sagte der Kybernetiker, und es klang erfreut. »Seien Sie mein Gast. Ihr Stoß.«

Doch bevor Vedram den Beweis antreten konnte, dass wenigstens Geometrie und simulierte Physik noch Gültigkeit besaßen, erschien die Projektion einer etwa vierzigjährigen Frau in blauem Overall neben dem Billardtisch. Ihr brünettes Haar war zu einem straffen Pferdeschwanz gebunden, und ihr Gesicht wirkte angespannt.

»Es gibt Neuigkeiten«, sagte sie, ohne zu grüßen. Ihr Tonfall ließ vermuten, dass es keine guten Neuigkeiten waren. »Die Crew versammelt sich im Besprechungsraum.«

»Na schön«, seufzte Söderberg und legte sein Queue auf den dunkelgrünen Filz des Billardtisches. »Versammeln wir uns also.«

Die acht leeren Stühle im Besprechungsraum wirkten wie ein Mahnmal. Söderberg nahm erstaunt zur Kenntnis, dass die verbliebenen sechs Crewmitglieder ihre Stammplätze einnahmen, anstatt praktischerweise ein Ende des Tisches zu besetzen, und er fragte sich, ob dies aus Gewohnheit oder aus Respekt vor den fehlenden Kollegen geschah. Die Lücken zwischen den Anwesenden verkündeten deutlicher als jedes Memo, dass hier etwas entscheidend schief gelaufen war. Außer Söderberg, Vedram und Bruck waren nur noch Cem Aydin, der Chefingenieur des Sprunggenerators, die Technikerin Anna ter Haart und der Exogeologe Gregory Fleisner übrig geblieben, ein Mann, der in etwa so viel Phantasie besaß wie die Steine und Sedimente, mit denen er sich zu beschäftigen pflegte. Ihre Mienen drückten Besorgnis und Nervosität aus, was der Lage durchaus angemessen war. In der Geschichte der Hyperbreed-Raumfahrt hatte es immer wieder Unfälle und Rückschläge gegeben, aber die Bedingungen, die nach diesem Sprung herrschten, deuteten auf etwas vollkommen Neuartiges hin.

Vedram, der nach dem Verschwinden des Projektleiters das ranghöchste Crewmitglied war, eröffnete die Sitzung.

»Wie ich höre, gibt es Neuigkeiten«, begann er. »Schießen Sie los.«

»Unser Problem scheint größer zu sein, als wir angenommen haben«, stellte Aydin fest. »Unsere Umgebungssensoren liefern absurde Messwerte. Die optischen Systeme sind ausgefallen. Wir empfangen keine Daten über die Planetensysteme, die in unmittelbarer Nähe sein sollten, nur zu einem einzigen Festkörper in etwa vierhunderttausend Meilen Entfernung, also praktisch vor unserer Nase.«

»Wo ist das Problem?«

Aydin strich mit einer Hand über seinen dichten schwarzen Haarschopf.

»Nun ... nach unseren Messungen besitzt der Körper so viel Masse, dass er eigentlich gar nicht existieren dürfte. Sein Gravitationsfeld müsste alle Materie in einem weiten Umkreis verschlingen – uns eingeschlossen. Tut es aber nicht.«

»Ein Messfehler«, schlug Vedram vor.

»Es kommt noch schlimmer. Die Testroutinen zeigten keinen einzigen Fehler. Wir haben daraufhin die Abmessungen unseres Schiffes berechnen lassen, um die Zuverlässigkeit unserer Instrumente zu prüfen.« Er stockte.

»Nun spannen Sie uns nicht auf die Folter, Mann. Was haben Sie herausgefunden?«

»Die Abmessungen der *Eagle* betragen derzeit sieben mal vier Mal dreieinhalb Zentimeter, wenn man unseren Instrumenten glaubt. Wir haben weitergesucht, um irgendeine zuverlässige Datenquelle zu finden. Nichts: Ambientenkontrolle, Hyperbreed, Navigation – alle Daten waren unsinnig und widersprüchlich.«

»Nun«, warf Söderberg ein, »es scheint immerhin ein paar Dinge zu geben, die funktionieren. Allein die Tatsache, dass wir uns hier versammeln und miteinander reden können, beweist doch, dass wenigstens ein Teil unserer Matrixgeneratoren stabil läuft – und alle Einrichtungen, von denen sie abhängig sind.«

»Was auch immer das bedeuten mag«, murmelte Bruck.

»Hyperbreed fällt damit aus«, stellte Vedram fest. »Wir können unter diesen Bedingungen wohl kaum einen Klonkörper reifen lassen.«

»Wir könnten es versuchen.«

»Reden Sie keinen Unsinn, Söderberg. Was für ein Körper sollte wohl in einem Inkubator heranwachsen, der Zentimeter und Nanometer nicht auseinander halten kann? Würden Sie das Risiko eingehen, sich in eine Monstrosität zu projizieren? Ich nicht.«

Söderberg schwieg. Der Rest der Crew nickte Zustimmung.

»Andererseits«, fuhr Vedram fort, »scheint das Schiff beim Sprung einen Schaden erlitten zu haben, den wir von der Matrix aus nicht beheben können. Was ist mit den Reparaturdrohnen?«

»Sie sind in Hangar 3, aber wir haben keinen Zugriff auf die Steuerung.«

Vedram fluchte. »Der andere Teil des Teams? Vielleicht haben sie Zugriff. Gibt es *irgendwelche* Hinweise auf unsere Kollegen?«

Brucks Miene verfinsterte sich.

»Das ist alles, was wir bis jetzt von ihnen haben«, sagte sie und tippte einen Befehl in ihr Pad. In der Mitte des Tisches erschien die lebensgroße Projektion einer schlanken Frau mit kurz geschnittenem blonden Haar, die einen blauen Overall trug: Celine Marceau, die DNS-Ingenieurin. Das Bild war von Überlagerungen verzerrt. Die Gestalt wiederholte stets die gleiche Bewegung: Sie beugte den Oberkörper nach vorn, um eine Hand auszustrecken, und kehrte dann in ihre Ausgangsstellung zurück. Vedram fühlte sich unangenehm an Söderbergs Salonexperiment erinnert.

»Eine isolierte Engrammschleife«, sagte Bruck. »Ein kleiner Ausschnitt aus ihrem Protokoll; wir wissen noch nicht einmal, ob dieser Eintrag vor oder nach dem Sprung entstanden ist. Sie erscheint vor einer Wand in der Laborsektion, aber die Aufzeichnung kann nicht dort entstanden sein, denn ihre Hand verschwindet in der Wand, und ihre Bewegung ergibt an diesem Ort keinen Sinn.«

Söderbergs Verstand hisste die Segel und setzte sich in Bewegung. Niemand, nicht einmal eine Projektion, konnte sich über die Bedingungen der simulierten Umgebung hinwegsetzen. Niemand konnte hier drin durch Wände greifen. Absoluter Realismus war der einzige Weg, um die geistige Stabilität der Crew auf Hyperbreed-Flügen zu erhalten, und deshalb gab es hier drin simulierte Nahrung, simulierte Sportgeräte, simulierte Schwimmbecken: nicht um einen Körper zu erhalten, sondern ein *Körpergefühl*, etwas, das sich als ganz und gar unverzichtbar für den Zusammenhalt der Psyche erwiesen hatte. Selbst wenn sie als körperloses Engramm auf einem Datenspeicher durch eine Umgebung reisten, die keine Körperlichkeit gestattete.

»Ein entsetzlicher Anblick«, fügte Bruck hinzu. »Es ist, als würde man in Korridor C einem Gespenst begegnen.«

Vedram verzog säuerlich das Gesicht; dies war genau die Art von Kommentar, die er gerade am allerwenigsten gebrauchen konnte.

»Ist das, was wir sehen, generisch? Ist es ein echtes Fragment ihrer Persönlichkeit? Oder ist es möglicherweise nur die Zufallskopie eines Augenblicks?« Er schaute in die Runde. Niemand antwortete auf die Frage. »Schön«, erklärte Vedram in einem Tonfall, der erkennen ließ, dass die Sitzung nun beendet war, »jetzt können wir unser Problem wenigstens benennen. Ich gehe davon aus, dass der andere Teil der Crew sich in einer ähnlichen Lage befindet wie wir. Das Wichtigste ist, einen Kontakt herzustellen. Sie sind irgendwo hier drinnen, genau wie wir. Zweitens müssen wir draußen die beschädigten Module finden und die Reparaturdrohnen auf den Weg bringen. Alles andere ist nachrangig.« Er stand auf. »Ich bitte Sie, an Ihre Arbeitsplätze zurückzukehren« – er warf einen scharfen Blick in Söderbergs Richtung – »und sich zu überlegen, wie wir diese beiden Ziele erreichen können. In zwei Stunden treffen wir uns wieder hier und planen gemeinsam, wie wir vorgehen.«

Die Crewmitglieder erhoben sich und verließen nacheinander den Raum. Nur Söderberg blieb sitzen und starrte ins Leere, wo Marceaus Engrammschleife vor wenigen Augenblicken ihre sinnlose Bewegung wiederholt hatte, immer und immer wieder, eine verzerrte Karikatur pflichtbewusster Zwanghaftigkeit.

»Zwei Stunden«, murmelte er tonlos. »Draußen. Drinnen. Dieser Mann ist durch und durch linear.«

Warum funktioniert die Zeit hier drin?
Und was, wenn sie es gar nicht tut?

In seinem Quartier machte sich Söderberg daran, die Crew-Engramme zu prüfen. Er hatte darauf bestanden, seine Privatunterkunft und seinen Arbeitsbereich zusammenzulegen. Obwohl dies gegen die Regeln verstieß, hatten seine Beziehungen und sein Ruf dafür gesorgt, dass er seinen Willen bekam. Auf die Idee, Arbeit und Privates zu trennen, wäre Söderberg niemals gekommen, denn es erschien ihm vollkommen unsinnig, einen Trennstrich durch die Mitte seines Lebens zu ziehen und abwechselnd nur von einer Hälfte seiner Persönlichkeit Gebrauch zu machen. Letztlich verdankte er seine eigene Existenz dem wissenschaftlichen Erfolg seiner Eltern, ohne deren ersten Hyperbreed-Prototyp er niemals alt genug geworden wäre, um eine Universität zu besuchen.

Hyperbreed! Was es bedeutete, in einem Klonkörper zu leben, wusste niemand besser als Söderberg, und niemandem stand klarer vor Augen, wie umfassend Denken und Fühlen von der organischen Struktur abhingen, in der sie stattfanden. Ein Körper war mehr als eine biologische Komponente eines biosozialen Organismus. Er war – nun ja, *der Tempel des Geistes*. Vedram verabscheute diese Feststellung, in der er eine Art kranken Mystizismus zu erkennen glaubte, aber es war nun einmal so, ob es ihm passte oder nicht. Natürlich war die Beschaffenheit der Biokomponente von großer Bedeutung. Der Vernetzungsgrad der Neuronen entschied über Intelligenz und Auffassungsgabe, motorische Begabung hing von Organisationsmustern der Schläfenlappen und ihrer Zusammenarbeit mit Stammhirnzentren ab, und viele höhere Funktionen, Phantasie, Intuition, künstlerische Begabung, erwuchsen aus einer intensiven, leidenschaftlichen Kommunikation miteinander vernetzter Hirnareale. Aber entscheidend für all das war die Seele, die Gebrauch davon machte, der Wille, der das Organ durch seine Entscheidungen formte, dachte Söderberg. Das Gehirn ist der Spielplatz des Geistes. Die Genetik, um die sich Bioprogrammierer wie Marceau kümmerten, stellte nur das Substrat zur Verfügung, Hirnrinde, Mark und die Bereitschaft lebenden Gewebes, sich zu unendlichen Wäldern aus Dendriten und Synapsen zu entfalten, seinen Hunger nach Erfahrung. Das Leben selbst entschied darüber, was daraus wurde, indem es dem Netzwerk Form und Struktur verlieh. Das Gehirn war der Ort, an dem Geist und Welt sich begegneten, um Erfahrung und Erkenntnis zu erschaffen. Und diese Struktur wiederum bestimmte die Grenzen der Erkenntnis. Das Körper-Geist-System war ein Rad, das sich stets um sich selbst drehte, aber imstande war, bergauf zu rollen. Söderberg empfand tiefe Bewunderung für dieses System.

Als er im Alter von vierzehn Jahren aus einem sterbenden, verkümmerten Körper in einen vollkommen gesunden, in nur siebenundzwanzig Tagen erbrüteten Klon verpflanzt wurde, war dieser Perspektivwechsel eine Offenbarung für den jungen Söderberg gewesen – und ein Lehrstück darüber, wie sehr die Struktur das Denken bestimmt. Der hinfällige, entmutigte Knabe war mit dem leeren Körper gestorben. Der neue Körper hatte ihm Zuversicht, Ehrgeiz und Selbstvertrauen geschenkt.

Dass der Transfer selbst gegen eine ganze Reihe damals geltender Gesetze verstoßen hatte, kümmerte Söderberg nicht. Um sein Leben zu retten, hatten seine Eltern nicht nur geltendes Recht gebrochen, sie hatten auch eine wissenschaftliche Revolution ausgelöst. Und sie hatten Fakten geschaffen, die nicht mehr rückgängig zu machen waren. Letztlich hatte die Welt schnell begriffen, was für ungeheure Vorteile in der neuen Technologie lagen, rasch einen Wall neuer Gesetze darum herum gemauert und Hyperbreed unter die Kontrolle einer Aufsichtsbehörde und eines Ethikrates gestellt. Das war vor vierundvierzig Jahren geschehen.

Nun bestand Söderbergs Pflicht darin, sich an einem Ort, den niemand nennen konnte, mit den Folgen jener Revolution auseinanderzusetzen, die vor über vierzig Jahren stattgefunden hatte. Er nahm diese Pflicht auf sich wie jemand, der eine Strafe akzeptiert, und machte sich mit einem Seufzer an die Arbeit.

Zu seiner Erleichterung fand Söderberg heraus, dass die Engramme aller sechs verbliebenen Crewmitglieder – einschließlich seines eigenen – intakt waren. Er wiederholte die Prüfung und kam auch beim zweiten Durchlauf zum gleichen Ergebnis.

Die Testroutinen zeigten keinen einzigen Fehler, genau wie Aydins Messgeräte, die trotzdem nicht in der Lage waren, einen Planeten zu erkennen.

Söderberg kramte in seinen Erinnerungen, um Widersprüche oder Lücken zu entdecken, aber es bereitete ihm keine Mühe, seinen Lebenslauf oder seine akademische Laufbahn abzurufen. Zumindest erschien es ihm so.

Unser Urteil über die Wirklichkeit ist immer nur so gut wie unsere Messinstrumente, dachte er. *Würde ich etwas Fehlendes überhaupt bemerken?*

»Protokoll«, sagte er laut, um eine Aufzeichnung zu starten. »Nach zweimaliger Prüfung erscheinen die sechs Engramme der Teilnehmer«, er zählte die Namen auf, »zu einhundert Prozent intakt. Stop.«

Er rief die Profile seiner Kollegen auf und studierte die Anzeigen, das Kinn auf die gefalteten Hände gestützt. Natürlich hatte die Eröffnung, dass sie irgendwo im Nichts gestrandet waren, ihre Spuren hinterlassen. Nervosität, Angstgefühle. Gesunde Reaktionen, wenn man ihre Situation bedachte. Momentan arbeiteten alle konzentriert an ihren Aufgaben. Nur Aydins Profil zeigte deutlich erhöhte Stressparameter. Vielleicht würde er mit Vedram darüber reden müssen. Vielleicht war es auch besser, mit Aydin darüber zu reden. Er zeichnete eine kurze Notiz darüber auf. Dann nahm er sich das vor, was er für den interessantesten Teil hielt: Die kurze Sequenz, in der Celine Marceau ihre sinnlose Handbewegung in einer Art Unendlichkeitsschleife wiederholte.

Ist das nur ein Echo? Die verirrte Kopie einer Erinnerung?

Oder ist Marceaus Engramm – ihr Geist – tatsächlich in diesem Moment gefangen, ohne sich ihrer Situation bewusst zu sein?

Söderberg schob seinen Stuhl zurück und stand auf.

»Protokoll«, sagte er. »Ich prüfe nun das Engrammfragment Celine Marceaus in Korridor C.«

Die *Eagle* selbst war ein kleines Schiff, gemessen an ihrer ehrgeizigen Aufgabe, gerade groß genug, um vierzehn Klonkörper zu erzeugen und für drei Wochen mit Atemluft und Nahrung zu versorgen, bevor sie wieder aufgelöst wurden. Dass die Unterkünfte sehr beengt waren, war nicht weiter störend, denn außer der streng bemessenen Zahl von Arbeitsstunden, die die Crew in körperlicher Form zubrachte, stellte die Simulation ihr eigentliches Lebens- und Arbeitsumfeld dar. Hier, in der Reisematrix, waren Korridore, Arbeitsbereiche und Privatquartiere großzügig zugeschnitten, groß genug, um dem Platzbedürfnis der Teilnehmer Rechnung zu tragen, deren körperloser Zustand so angenehm wie möglich sein sollte. Der Korridor, in dem Bruck das Phänomen entdeckt hatte, war in den lindgrünen und türkisfarbenen Tönen der Biosektion gehalten. An den Wänden ringelte sich ein Mosaik in tiefem Blau und Violett. Vollkommen lebensecht wirkende Kübelpflanzen säumten den Korridor an beiden Seiten. Das leise Flüstern einer Klimaanlage war zu hören, eigentlich ein überflüssiges Detail, aber sein Fehlen hatte auf vergangenen Flügen zu Beklemmungsgefühlen bei der Crew geführt. Die Illusion einer physischen Umgebung war perfekt bis ins kleinste Detail.

Ein sanft geschwungener Bogen führte zu der Stelle, die Julia Bruck bezeichnet hatte. Und tatsächlich – als Söderberg die Glastür zu den Räumen der Bioprogrammierung öffnete, sah er sie.

Um den Kopf der DNS-Ingenieurin lag ein flackernder Schleier von Interferenzen, der ihre Gesichtszüge oberhalb des Mundes zu einem amorphen Ding verzerrte. Der Anblick stand in einem schockierenden Kontrast zur Perfektion der Umgebung. Ihre Lippen formten Worte, aber Söderberg hörte keinen Laut. Die Bewegung, mit der sie ihre Hand zum Wandsegment hob, wirkte entspannt und natürlich, doch ihre Fingerspitzen drangen in die Wand ein, anstatt auf ihre matt glänzende Oberfläche zu treffen. Söderberg beobachtete das Phänomen eine Weile.

Das ist unmöglich, dachte er. *Die Programmierung lässt nicht zu, dass zwei simulierte Körper die gleichen Raumkoordinaten belegen.*
Also muss sie sich an einem anderen Ort befinden. Ein ähnliches Verzerrungsphänomen wie das, das ich im Salon beobachtet habe.
Söderberg berührte die Wand. Natürlich war sie massiv wie ein Fels.
Und da war etwas an Marceaus Fragment, das ihn störte. Es war die Bewegung, die vollkommen bruchlos abzulaufen schien. Bei einem natürlichen Bewegungsablauf war es ausgeschlossen, dass ein Körper in exakt die gleiche Position zurückkehrte, die er Sekunden vorher eingenommen hatte. An der Stelle, wo das Fragment wieder von vorn begann, hätte ein wahrnehmbarer Sprung sein müssen, eine Inkohärenz. Söderberg starrte minutenlang auf den schlanken Körper, der immer und immer wieder seine sinnlose Bewegung vollführte, aber es gelang ihm nicht, den Beginn der Sequenz zu entdecken.
Dann trat er näher, und nun war er es, der die Hand ausstreckte, als wolle er die Erfahrung dieser spukhaften Erscheinung teilen.
Und es traf ihn wie ein Hammerschlag, als er unter seinen Händen warmes, lebendiges Fleisch fühlte.

Vedram ließ sich in seinen Stuhl sinken und musterte die Mienen der Crewmitglieder. Söderberg fehlte, aber das war keine Überraschung. Wenn es an Bord der *Eagle* jemanden gab, der Probleme mit der Disziplin hatte, dann war es der Psychokybernetiker. Und was die anderen betraf – niemand schien ihn mit der Quadratur des Kreises oder mit einer bisher unentdeckten Tür mit der Aufschrift *Notausgang* überraschen zu wollen. Die Gefühle, die die Gesichter der Anwesenden spiegelten, reichten von Ermüdung über Frustration bis hin zu jener gedankenversunkenen Leere, die sich einstellt, wenn man ein Problem bereits Dutzende von Malen in allen Aspekten analysiert hat und immer wieder zu dem gleichen unbefriedigenden Schluss gekommen ist.
»Nun«, begann er, »ich denke, wir fangen ohne Professor Söderberg an.«
Zustimmendes Nicken auf beiden Seiten des Tisches.
Schweigend nahm Vedram die Berichte der Crewmitglieder entgegen. Versuche, die abgeschnittenen Sektoren über Datenleitungen der Ambientenkontrolle zu erreichen, waren ergebnislos geblieben; es war, als würden die Leitungen einfach im Nichts verschwinden. Hyperbreed war theoretisch in der Lage, einen Klonkörper herzustellen, aber niemand wagte sich vorzustellen, wie dieser Körper angesichts des völligen Fehlens zuverlässiger Messinstrumente aussehen würde. Der Aufenthalt in einem solchen Körper konnte dauerhafte Schäden verursachen, selbst wenn er nur kurz war. Und

angesichts der Tatsache, dass er ohnehin nicht in der Lage sein würde, Informationen zu beschaffen oder Reparaturen vorzunehmen, erschien der Versuch nicht nur riskant sondern auch sinnlos.

Es war der Geologe Fleisner, der die Diskussion nach fünfundzwanzig Minuten auf den Punkt brachte.

»Ich sehe nicht, was wir tun könnten«, sagte er. »Wir müssen uns darauf einstellen, eine sehr lange Zeit hier draußen zu verbringen, bis wir geborgen werden können. Und das Positivste daran ist, dass weder Sauerstoff noch Nahrung noch Wasser knapp werden können.« Er lächelte säuerlich. »Strahlung kann uns nichts anhaben, die Energie wird uns nicht ausgehen. Bei normalem Betrieb werden sich Verschleißerscheinungen an den Speicherbänken erst in etwa hundert Jahren bemerkbar machen. Wir können den Zeitraum verlängern, indem wir die Taktung herabsetzen. Das würden wir nicht einmal bemerken. Solange die *Eagle* nicht auf einen Planeten stürzt oder mit einem anderen Objekt zusammenprallt, sind wir praktisch unsterblich. Soweit ich sehen kann, ist das im Augenblick unser einziger Vorteil.«

»Ich hoffe, sie bezahlen uns die Überstunden«, witzelte ter Haart, doch es klang kleinlaut. Vedram setzte zu einer Entgegnung an. In diesem Augenblick flog die Tür auf, und Söderberg stürmte herein.

»Ah, Söderberg«, brummte Vedram, dem der Sinn für Höflichkeit nach den letzten Eröffnungen abhanden gekommen war. »Warum so spät? Eine Zeitanomalie?«

»Vielleicht«, stieß Söderberg hervor. »Was haben wir gemacht, als wir zum ersten Mal festgestellt haben, dass wir gestrandet sind?«

»Was? Warum ...«

»Ich bitte Sie, denken Sie nach«, rief Söderberg. »Jeder von Ihnen! Wo waren Sie, als Sie von unserer Havarie gehört haben? In welchem Raum? Womit waren Sie beschäftigt? Wie *spät* war es?«

»Ich sehe nicht, wie uns das weiterhelfen soll«, sagte ter Haart.

»Bitte, strengen Sie sich an.«

»An die Uhrzeit kann ich mich nicht erinnern«, sagte Vedram.

»Sie müssen doch wenigstens wissen, ob es Vormittag, Nachmittag oder Nacht war.«

Vedram runzelte die Stirn.

»Nein, ich weiß es nicht.«

»Ich auch nicht! Und wissen Sie was? *Ich kann mich an keine einzige verdammte Sekunde erinnern, die zwischen dem Sprung liegt und dem Moment, als Sie mich im Billardraum bei meinem Experiment beobachtet haben.*«

»Eine Störung des Kurzzeitgedächtnisses. Vielleicht sind auch tatsächlich Teile Ihres Engramms verloren gegangen.«

»Und wie steht es mit Ihnen? Was haben Sie gemacht, bevor Sie in den Salon gekommen sind? Sind Sie zu Fuß gegangen? Haben Sie sich hineinprojiziert?«

Verblüffung zeichnete sich auf Vedrams Miene ab.

»Zum Teufel, ich weiß es nicht«, sagte er.

Bruck hob eine Hand. Ihr Gesicht war blass.

»Ich auch nicht.«

»Ich glaube, ich auch nicht«, sagte Fleisner. Ter Haart schüttelte den Kopf.

Aydin schwieg. Aber die Antwort stand in sein Gesicht geschrieben.

»Was ist mit den Protokolldateien?«

»Nicht zugänglich.«

»Dann wissen wir nicht einmal, wie lange wir schon hier sind«, sagte ter Haart.

Söderberg erwachte aus einem wirren Traum. Körperlosen Träumen haftete stets etwas Fremdartiges an, das sich mit Worten nur schwer beschreiben ließ. Es war, als würde der Zustand der Körperlosigkeit die Träume unmittelbarer und lebendiger wirken lassen. Der Kybernetiker erinnerte sich vage an eine Umgebung, die in helleren Farben strahlte, als er jemals in der Körperlichkeit gesehen hatte, eine Umgebung, in der es völlig normal war zu schweben.

Er wischte die Reste des Traumgespinsts beiseite und stand auf. Ein Blick auf die Uhr zeigte ihm, dass die Bordnacht noch vier Stunden andauern würde. Zeit genug, um Fakten zu schaffen.

Söderberg verzichtete darauf, Kleidung anzulegen. Bei seinem Vorhaben würde ihm niemand begegnen, der auf diese Konvention Wert gelegt hätte. Er verließ sein Quartier und schlug den Weg zur DNS-Programmierung ein. Marceaus Phantom stand an der gleichen Stelle wie am Vortag und vollführte ihre unmögliche Bewegung wieder und wieder, ein quälender Anblick sinnlosen Tuns. Söderberg passierte sie und öffnete die Tür, hinter der der Arbeitsbereich für den Hyperbreed lag.

Als er vor der komplexen Apparatur stand, die der Programmierung der Klone diente, erfasste ihn Ehrfurcht. Sie waren so weit gekommen. Diese Maschine, an deren Vervollkommnung seine Eltern und ein Stab von siebzig Mitarbeitern ein Jahrzehnt lang gearbeitet hatten, hatte der wissenschaftlichen Neugier völlig neue Horizonte eröffnet und menschliches Bewusstsein an Orte gebracht, die ohne sie niemals erreichbar gewesen wären. Sie hatten den Schlüssel zum Käfig gefunden und waren hinausspaziert in ein Universum voller Rätsel. Um *was* zu tun?

Es waren Leute wie Vedram, Bruck und Fleisner, die bestimmten, was man mit der neuen Freiheit anfing, Männer und Frauen in hohen Positionen, die der Einhaltung von Vorschriften und wissenschaftlichen Traditionen verpflichtet waren. Sie gelangten an Orte, an denen noch nie ein Mensch gewesen war – nur um dort durch die Gitterstäbe zu blicken, die sie überallhin mitnahmen.

Das Muster, das alle Anomalien vereinte, bestand in ihrer Unvereinbarkeit. Es war unmöglich, dass die Messinstrumente tadellos funktionierten und trotzdem unsinnige Daten ausspuckten. Es war unmöglich, dass Marceau durch eine Wand griff. Es war unmöglich, dass ihre Engramme intakt waren und ihnen trotzdem Erinnerungen fehlten.

Vedram schob dies alles mit der Phantasielosigkeit, die ihm eigen war, auf technische Fehler. Was, wenn dies kein technischer Fehler war? Was, wenn dies auf einer Eigenschaft des Ortes beruhte, an dem sie sich befanden?

Mit ein paar Handgriffen erweckte Söderberg die Apparatur zum Leben. Anzeigen und Skalen erblühten in juwelengleichem Grün und Blau. Söderberg studierte die Zahlen, versuchte einen Sinn darin zu erkennen, eine Bedeutung. Aber so sehr er sich auch anstrengte, ein Muster in ihnen zu finden, seine Bemühungen blieben fruchtlos.

Da sitze ich nun, dachte er, *und keiner meiner Sinne scheint in der Lage zu sein zu erkennen, wo ich bin und was ich an diesem Ort bin. Haben wir tatsächlich die anderen verloren? Oder haben sie uns verloren? Sind wir ein abgesplittertes Fragment der Realität, von der Energie des Sprungfeldes aus dem Kontinuum herausgerissen? Werden wir für immer in diese Blechschachtel eingesperrt bleiben?*

Söderberg lächelte schmal. War es nicht das, was die Wissenschaft seit Hunderten von Jahren tat – von einer Schachtel in die nächstgrößere umzusteigen, ohne jemals die Existenz der Wände selbst in Frage zu stellen? Wenn man es so betrachtete, hatte sich ihre Situation nicht einmal verschlechtert. Fleisners Vorschlag, die Hände in den Schoß zu legen und abzuwarten, bis ein Retter aus der Kulisse sprang, hatte etwas für sich. Man konnte sich in diesen vier Wänden behaglich einrichten, in alle Ewigkeit versunken in Routinen, die Halt und Hoffnung gaben.

Oder man konnte wenigstens einen Versuch wagen herauszufinden, was dies für ein Ort war.

»Verdammte Schachtel«, flüsterte er.

Er programmierte den Inkubator.

Vedram genoss die wertvollen Minuten der Entspannung, in denen er seinen Übungen nachging. Seine Bewegungen folgten den traditionellen Mustern des Qi Gong, die seit vielen Hundert Jahren von Generation zu

Generation weitergegeben worden waren. Sein Atem floss ruhig und natürlich, folgte den Bewegungen seiner Arme und Beine, und der Arzt genoss die Illusion strömender Energie in seinen Gliedmaßen. In diesem Augenblick scherte er sich nicht darum, ob er sich in einer Simulation befand oder nicht. Wirklichkeit war Wirklichkeit, und damit basta. Wenn er nach diesem Flug wieder nach Hause zurückkehrte, um wieder seinen eigenen, tadellos gepflegten Körper zu bewohnen, würde er nicht das geringste Bisschen seiner Körperbeherrschung verloren haben.

Er nahm die Schlussposition ein, atmete tief und lange aus, indem er die Arme nach vorn schob und vor dem Nabel sinken ließ. Dann blieb er noch einen Augenblick lang stehen. Sein simulierter Körper vibrierte vor Kraft – ein klarer Hinweis darauf, dass die wesentlichen Vorgänge des Qi Gong mentaler Natur waren und das Konzept des *Qi* eine metaphysische Illusion.

Er schlüpfte in seine Bordkleidung und verließ den Übungsraum. Seit dem Beginn der Havarie – wann auch immer das gewesen sein mochte – hatte er sich angewöhnt, sämtliche Wege zu Fuß zurückzulegen, anstatt sich von Raum zu Raum zu projizieren. Diese bodenständige Art, sich fortzubewegen, gab ihm Stabilität, und alles, was der Crew momentan Stabilität verschaffte, verbesserte ihre Überlebenschancen.

Auf dem Korridor traf er Cem Aydin, der mit einem Notizpad bewaffnet an ihm vorübereilen wollte.

»Aydin! Guten Morgen. Haben Sie etwas Neues für mich?«

»Ich fürchte nein, Doktor. Wir stellen gerade einen Überblick über die Systeme auf, die zu funktionieren scheinen. Wir können von Glück sagen, dass unsere Matrix ein eigenständiges System bildet. Wer weiß, wie es sonst hier drin aussähe mit all den Verzerrungen.« Er verzog das Gesicht. »Übrigens ... Professor Söderberg hat mich gebeten, die Dislokationen zu untersuchen – Sie wissen schon, Korridor C, der Salon ...«

»Ich weiß, ich weiß«, brummte Vedram. »Und?«

»Es gibt keine Erklärung. Und es ist noch eine weitere dazugekommen. Heute morgen gab es eine Fehlfunktion, bei der Professor Söderberg an zwei Orten gleichzeitig angezeigt wurde. Sie dauerte nur wenige Sekunden, aber sie war da.«

»Ich spare mir die Frage, ob wir in absehbarer Zeit den Sprunggenerator für eine Rückkehr programmieren können. Haben Sie den Eindruck, dass die Anomalien zunehmen?«

Aydin zuckte mit den Schultern. »Es ist noch zu früh, das zu sagen.«

»Dann bleibt uns nichts anderes übrig, als die Phänomene zu sammeln und uns gemeinsam eine Meinung darüber zu bilden.«

»So sehe ich das auch. Entschuldigen Sie mich, Doktor; ich will noch einmal versuchen, die Drohnen zu aktivieren.«

»Tun Sie das«, sagte Vedram. »Ach, und noch etwas.«
»Ja?«
»Halten Sie Ihre Pausen ein«, sagte der Arzt. »Wir können es uns nicht leisten, dass Sie ausfallen.«
»Das werde ich tun«, versprach Aydin. »Wenn die Zeit gekommen ist.«
»Zeit«, seufzte Vedram, »ist noch das kleinste unserer Probleme.«

Wenn eine Zelle sich teilte, war es unmöglich zu sagen, welche von beiden das Original und welche die Kopie war. Sie besaßen subtile Unterschiede in der Zusammensetzung ihrer Erbinformation, aber jede von ihnen war ein Original.

Söderberg betrachtete das Teilungsschema des Hyperbreed. Die ersten Teilungsstadien bis zur Morula, die bei einer normalen Schwangerschaft drei Tage in Anspruch nahmen, bewältigte der Inkubator in wenigen Stunden. Das schien rasch, aber es war kein Vergleich zu der explosionsartigen Vermehrung und Differenzierung der Zellen, nachdem die Keimblätter sich herausgebildet hatten. Vierzig Jahre zuvor hatte es noch einen knappen Monat gedauert, um einen vollständig ausgereiften Klonkörper zu erbrüten; inzwischen reichten vierundzwanzig Stunden dafür aus.

Söderberg betrachtete die Zusammenfassung der Brutsequenz und nickte zufrieden. Biomembranen, Nukleinsäuren und die für die Enzymsynthese notwendigen Aminosäuren überstanden den Sprung. Bereits eine lebende Zelle tat das nicht. Ein Schraubenzieher, eine medizinische Sonde, ein Buch, auch ein komplexes Speichermodul blieb beim Teleport unbeschädigt. Ein Virus blieb intakt. Ein Bazillus nicht. Bereits die elementarsten lebendigen Organismen wurden durch den Schock des Sprungs getötet. Ihre Bausteine jedoch überstanden den Transport. Das Sprungfeld ließ die Molekularebene unverändert, aber es brachte Stoffwechselprozesse zum Stillstand. Und das war der Grund, weshalb ein seelenloser, auf zellulärer und Organebene noch lebendiger, aber unbewohnter Körper in einer Stasiskammer auf der Erde seine Rückkehr erwartete. Er hätte seinen Bewohner nicht an diesen Ort bringen können.

Die Skalen zeigten, dass die Synthese der Protozelle gelungen war: Sie war nichts weiter als ein einfacher Behälter, eine kugelförmige Doppellipidmembran, in der ein Gemisch aus Wasser, Ionen, Kohlehydraten und einfachen Eiweißkörpern unter dem Einfluss des Inkubationsfeldes höher organisierte Strukturen, winzige Röhren, Fäden, Spindeln hervorbrachte. Membranen falteten sich zu komplexen Labyrinthen, in denen der Stoffwechsel der Zelle stattfinden sollte. Auch die elementarsten Organismen konnten nur die Erfahrungen machen, für die sie ausgestattet waren.

Fehlte eine Komponente, ging im schlimmsten Fall der Organismus zugrunde.

»Söderberg, was in Gottes Namen tun Sie da?«

Der Psychokybernetiker drehte sich nicht um. Er wusste bereits, wer da hinter ihm stand.

»Es wundert mich, dass ausgerechnet Sie Metaphysik im Munde führen«, antwortete er, ohne die Frage zu beantworten.

Vedram trat neben Söderberg und überflog die Anzeigen.

»Sie sind nicht befugt, einen Klon zu generieren! Sie sind nicht qualifiziert ...«

»Nicht qualifiziert? Himmel, Vedram – ich bin nicht nur *im*, sondern auch *am* Hyperbreed aufgewachsen. Dass ich mich auf die Psychokybernetik verlegt habe, heißt doch nicht, dass ich mich nicht mit dieser Technologie auskenne. Sie vergessen, wer meine Eltern waren.«

Vedram drückte hektisch eine Reihe von Schaltern. »Sie werden dieses Experiment sofort abbrechen!«

Söderberg trat ihm ihn den Weg und schob ihn beiseite. Der Arzt war überrascht, wie viel Kraft in dem hageren Körper steckte.

»Überlegen Sie doch, Mann! Niemand von uns wird jemals herausfinden, wo wir sind, wenn wir in dieser Simulation feststecken – wollen Sie wirklich warten, bis jemand herkommt und uns einsammelt? Das wird vielleicht niemals —«

Die Faust, die Söderbergs Kinn traf, beendete den Satz. Als der fassungslose Kybernetiker die Augen wieder öffnete, stand der Arzt schwer atmend über ihm, die Hände gespreizt und zum Zupacken bereit. In seinen Augen irrlichterte eine irrationale Wut, die Söderberg niemals hinter diesem kontrollierten Verstand vermutet hätte.

»Sie werden *nichts* tun«, stieß er hervor. »Wir haben klare Instruktionen. Sollte ich Sie noch einmal in der Nähe der Brutkammer erwischen, verbringen Sie den Rest unseres Aufenthalts im Arrest, und wenn es hundert Jahre dauert. Haben Sie mich verstanden?«

Er drehte sich um und stapfte hinaus, ohne Söderbergs Antwort abzuwarten. Sie hätte ihm ohnehin nicht gefallen.

»Nein«, murmelte Söderberg, die schmerzende Illusion seines Kinns reibend. »Ich glaube, ich werde Sie nie verstehen, Vedram.«

Er stand schwerfällig auf, mehr von Vedrams plötzlicher Aggressivität betäubt als von dem Schlag selbst. Die Anzeigen auf dem Brutgenerator waren ernüchternd; die Protozelle begann sich bereits aufzulösen.

»Was für eine Verschwendung«, seufzte Söderberg.

———

Aydin strahlte. Die Linien, die sich auf dem Monitor abzeichneten, zeigten, dass zumindest im Bereich des Hangars alles in Ordnung zu sein schien. Die optischen Systeme waren immer noch ausgefallen, aber nach einigem Experimentieren war es ihm und Julia Bruck gelungen, die Entfernungssensoren der Drohnen zu benutzen, um ein grobes Bild ihrer Umgebung zu erhalten. Die Methode war so primitiv wie ein altes Sonar oder Radar, und die Bilder waren von ähnlich schlechter Qualität, aber die Crew jubelte, als die ersten grünen Linien sich zu dem Bild eines rechteckigen Raumes zusammenfanden, gesäumt von den charakteristischen sechseckigen Umrissen der Frachtcontainer. Die anderen fünf Drohnen erschienen als unzusammenhängende Liniengebilde an der Stirnseite des Raumes, aufgereiht wie gedrungene Soldaten, die auf den Einsatzbefehl warteten. Vedram begriff erst jetzt, dass er bereits daran zu zweifeln begonnen hatte, dass es überhaupt noch ein Draußen gab. Die Erleichterung, die er beim Anblick dieser vagen Bilder empfand, grenzte an Euphorie.

»Können Sie noch weitere Drohnen starten?«

»Es hat fünf Stunden gedauert, die Programmierung so zu verändern, dass wir eine einzige starten konnten«, antwortete Aydin, der immer noch strahlte. »Ich würde vorschlagen, dass wir die *Eagle* zunächst mit dieser einen Drohne scannen, um uns ein vorläufiges Bild zu machen. Wir werden eine zweite modifizieren müssen, denn an dieser hier werde ich bestimmt nichts mehr verändern. Ich bin froh, dass sie läuft. Aber später, wenn wir mehr wissen.«

Vedram nickte.

»Können wir diesen Bildern überhaupt trauen?«, warf Fleisner ein. »Nach all dem Durcheinander mit den Messgeräten? Wer sagt uns, dass sie uns ein zutreffendes Bild zeigen?«

»Wenn wir hier ein Durcheinander von Verzerrungen hätten, würde ich Ihnen recht geben«, erwiderte Bruck. »Aber ich erkenne den Raum wieder. Die Proportionen stimmen, die Positionen der Frachtkisten und Drohnen, der Ladekran. Soweit es mich betrifft, wird er korrekt wiedergegeben. Und wenn es aussieht wie eine Ente, watschelt wie eine Ente und quakt wie eine Ente ...«

»... dann ist es wahrscheinlich eine Ente«, beendete Vedram den Satz. »Das sind großartige Neuigkeiten, Aydin. Ich habe mich noch nie so sehr über den Anblick einer Ente gefreut, glaube ich.« Er warf Söderberg, der mit verschränkten Armen in der zweiten Reihe hinter Fleisner saß und noch kein Wort gesagt hatte, einen Blick zu. »Was sagen Sie dazu, Professor?«

»Das ist großartig«, antwortete Söderberg, aber der Vorbehalt in seiner Stimme war nicht zu überhören. »Werden die Drohnen Reparaturen durchführen können?«

Aydins Grinsen verschwand so jäh, als sei es in ein Loch gefallen.

»Das müssen wir erst noch herausfinden«, sagte er.

Söderberg stand auf und strich die Falten seiner Hose glatt.

»Wenn Sie es herausgefunden haben, sagen Sie mir bitte Bescheid«, sagte er. »Sie finden mich in meinem Quartier.«

»Was ist denn mit dem los?«, fragte Bruck, als sich die Tür hinter dem Kybernetiker geschlossen hatte.

»Er steht unter Stress«, sagte Vedram, »wie wir alle.«

Dann folgten die fünf Augenpaare wieder dem Weg des kleinen Wartungsgerätes. Es war fast wie eine Übertragung von zuhause.

»Protokoll, privat, Verschlüsselung.

Meine vorläufige Hypothese – dass wir tatsächlich keine generischen Engramme, sondern kopierte Fragmente unserer ursprünglichen Persönlichkeiten sind, entstanden bei einer Beschädigung des Speicherkerns – lässt sich angesichts der neuen Entwicklungen nicht halten. Der Umstand, dass alle unsere Verbindungen im Nichts zu enden schienen, hat mich zuerst in dieser Annahme bestärkt, ebenso wie unser kollektiver Gedächtnisverlust, der mir immer noch Rätsel aufgibt. Die Möglichkeit, eine Drohne zu starten, lässt mich wieder daran zweifeln. Ich ziehe in Betracht, dass es tatsächlich so sein könnte, wie Vedram es haben will – dass wir nur ein paar Kabel zusammenstöpseln müssen, und alles funktioniert wieder wie gehabt.

Natürlich wäre ich froh darüber, denn die Aussicht, als Unfallkopie eines generischen Engramms gelöscht zu werden, war alles andere als verlockend. Aber diese Wendung lässt mir mein Vorhaben noch bitterer erscheinen. Jetzt weiß ich schließlich, wie man sich fühlt, wenn man lediglich eine Kopie ist, die keine Zukunft zu erwarten hat außer der eigenen Löschung. Ich werde Vorkehrungen treffen, damit mein Spalt-Ich nichts davon ahnt. Diese Qual will ich ihm ersparen. Zwei Originale. Beide vollkommen identisch, nur dass eine von ihnen den Zeitpunkt ihres Todes in sich trägt, ohne es zu wissen. Nun, vielleicht gilt das auch für mich, aber ich will mich nicht in Mystizismen verirren.

(Lachen)

Vedram hat tatsächlich übersehen, dass noch zwei andere Klonkörper im Inkubator waren. Dass ich auf den dritten verzichten muss, kann ich verschmerzen. Ich habe den Brutgenerator von Aydins Zentralmonitor abgekoppelt, so dass er als inaktiv angezeigt wird, falls Vedram ihn abfragt, was er gewiss tun wird. Das war leicht. Das Aufspielen des Engramms auf den Klon wird nicht so einfach werden, aber ich habe eine Idee, wie ich es bewerkstelligen kann, ohne dass es zu früh auffällt. Vielleicht ist es eitel, aber ich bin ein wenig stolz auf die Idee, Aydin eine kurze Doppelung vorzuführen; so werden alle an ein Dislokationsphänomen glauben, wenn sie plötzlich zwei Söderbergs auf den Monitoren sehen. Falls überhaupt jemand hinsieht. Sie sind alle so stolz auf ihr ferngesteuertes Spielzeug, dass sie sich eine Zeit lang mit nichts anderem beschäftigen werden.

Ich kann nicht nachvollziehen, warum sie sich mit den unzulänglichen Bildern dieses zweckentfremdeten Dings zufrieden geben wollen, wenn die Möglichkeit so greifbar nah ist, diesen Ort mit den eigenen Sinnen zu erkunden.

Es ist eine Eigenart dieses Ortes, Unvereinbares zusammenzubringen. Vielleicht ist dies kein Ort, sondern ein Zustand, in dem wir uns befinden. Vielleicht hat uns der Sprung in einen Zustand befördert, in dem Regeln ihre Bedeutung verlieren und Ereignisse, die sich gegenseitig ausschließen, nebeneinander existieren können. Vedram hält alles, was er nicht versteht, für Aberrationen und Anomalien, für technische Störungen. Aber vielleicht steckt hinter ihnen eine Art von Plausibilität, ein Muster, das wir nur wegen unserer eigenen Unzulänglichkeit nicht begreifen können.

Das, was im Inkubator heranwächst, wird wahrscheinlich kein normaler menschlicher Körper sein wie der, den ich auf der Erde zurückgelassen habe. Nicht unter diesen Bedingungen. Aber es wird der Umgebung entsprechen, in der es entsteht, ein Abbild der hier geltenden Gesetze. Wer weiß, wozu es in der Lage sein wird. Ich bilde mir nicht ein, dass aus menschlicher DNS etwas entsteht, das dort draußen lange existieren kann. Aber vielleicht lange genug, um etwas Wesentliches übermitteln zu können. Wir tragen die Gene von Reptilien und Fischen in uns; vielleicht steckt darin ein gewisses Anpassungspotential, das Hyperbreed zum Vorschein bringt.

Ich erinnere mich an einen Kommilitonen, der mich für einen Nietzscheaner hielt. Aber ich will kein Übermensch sein. Ich will nur aus dieser Schachtel heraus. Ein Gefühl, das mich seit meiner Kindheit nicht verlassen hat, sagt mir, dass das mein Recht ist. Und ich glaube, dass dieses Gefühl am Anfang aller Wissenschaft stand.

Was ist inzwischen daraus geworden? Eine neue Schachtel mit stabileren Wänden.

Verschlüsselung aus, Protokoll Ende.«

Vedram erwachte um sechs Uhr Bordzeit. Eine kurze Überprüfung des Hyperbreed ergab, dass dort alles in Ordnung war; Söderberg hatte seine Warnung offensichtlich ernst genommen. Der Arzt kleidete sich an, legte den kurzen Marsch zum Trainingsraum zurück und absolvierte seine Übungen. Dann machte er sich auf den Weg ins Besprechungszimmer, um den Tag zu planen.

Mit milder Überraschung registrierte er, dass Aydin und Söderberg bereits an der Arbeit waren. Aydin erläuterte dem Kybernetiker, was er über den Zustand der Datenmodule herausgefunden hatte. Die Ergebnisse der Analyse folgten dem Muster der letzten Tage: Die Module waren intakt, und sie waren es nicht. Das war nervtötend, aber sicher würden sie noch einen Weg finden, damit klarzukommen. Söderberg hörte sich den Vortrag gleichmütig an, ohne ihn zu kommentieren. Nur ein gelegentliches Nicken signalisierte, dass er Aydins Monolog folgte.

Wenige Minuten später hatten sich alle Crewmitglieder auf ihren Plätzen eingefunden. Söderberg und Aydin unterbrachen ihr Briefing, und Vedram eröffnete die Sitzung.

»Wie Sie wissen, machen wir Fortschritte«, sagte er. »Leider wissen wir immer noch nichts über den Ort, an dem wir uns befinden, aber die *Eagle* scheint intakt zu sein. Wir haben weder einen Hüllenbruch noch andere schwere Schäden entdeckt. Wenn wir noch mehr Drohnen auf den Weg bringen und wenn es uns gelingt, ihre Sensoren zu modifizieren, können wir vielleicht herausfinden, wo unser Problem liegt. Dazu müssen wir allerdings ein wenig Geduld aufbringen.«

Söderberg hob eine Hand.

»Bitte, Professor.«

»Ich beglückwünsche Sie alle aufrichtig zu diesem Fortschritt, und ich hoffe, dass er den Erfolg bringt, den Sie sich davon versprechen«, sagte Söderberg. »Aber ich habe nie ein Geheimnis daraus gemacht, dass ich einen anderen Weg bevorzugen würde, der vielleicht mehr Risiken, aber auch mehr Chancen birgt.«

»Falls Sie wieder damit anfangen wollen, sich in einen Klon zu laden ...«

»Nein«, unterbrach Söderberg. »Sie haben mich missverstanden. Es tut mir Leid, dass ich hinter Ihrem Rücken agieren musste, aber ich habe gestern zwei Klonkörper reifen lassen. Dann habe ich eine komplette Kopie meines Engramms angefertigt, um einen der Körper damit auszustatten. Es schien mir der beste Weg zu sein.«

Fleisner stöhnte. Auf allen Gesichtern zeichnete sich Fassungslosigkeit ab. Vedram sprang auf und umklammerte mit beiden Händen die Tischkante, so fest, dass die Knöchel seiner Finger weiß hervortraten.

»Das bringt Sie in den Knast«, stieß der Arzt hervor. »Ich stelle Sie unter Arrest. Was glauben Sie, was mit Ihnen passiert, wenn wir wieder auf der Erde sind?«

»Ich weiß, was ich getan habe. Es ist mir nicht leicht gefallen. Ich nehme die Konsequenzen auf mich. Wie auch immer sie aussehen mögen.«

Für einen kurzen Augenblick herrschte atemlose Stille angesichts der ungeheuerlichen Eröffnung. Dann brach ein Sturm über Söderberg herein,

ein Redeschwall aus fünf Mündern, von denen kein einziger ein Argument hervorbrachte, das ihm nicht vorher bereits durch den Kopf gegangen war.

Söderberg hob die Hände. »Bitte«, rief er, »ich bitte Sie. Wir werden in Kürze einen Bericht bekommen. Sind Sie nicht neugierig?«

»Sie Narr! Ist Ihnen nicht klar, was Ihre Ungeheuerlichkeit für die interstellare Raumfahrt bedeutet?«

»Die interstellare Raumfahrt wird meinen Regelverstoß überleben«, beharrte Söderberg. »Der Ethikrat ist weiter entfernt, als wir uns vorstellen können.« Er blickte auf die Uhr. »Fünf Minuten. Ich hoffe, es klappt.«

Söderberg erwachte.

Er versuchte sich zu bewegen und erhielt eine Flut unklarer Rückmeldungen. Es war, als besäße er eine Million Arme, von denen sich einige bewegten, andere nicht. Er bewegte die Finger – saßen sie am Ende seiner Arme? Bewegung schien für einen kurzen Moment alles zu sein, was seinen Verstand ausfüllte.

Etwas bewegte sich, zweifellos.

Er öffnete die Augen, und sein Geist weigerte sich zu begreifen, was er sah. Sein Mund – seine *Münder* – öffneten sich, um einen Ruf auszusenden, der Überraschung und Erstaunen ausdrückte.

So viele Augen.

Sie sahen, wie die Schwingung seiner Stimmbänder die Luft in Bewegung versetzte, kräuselte, kraftvolle Impulse hinausschleuderte in ein Gebilde, das für einen Augenblick ein wirres Kaleidoskop von leuchtenden Farben zu sein schien, dann eine steinerne Halle, die zum Himmel wuchs, dann Hallen in Hallen in Hallen, Kathedralen in Kathedralen, und er wusste plötzlich nicht mehr, wie viel Zeit vergangen war, seitdem er die Lippen geöffnet hatte, um Luft hinausströmen zu lassen. Jede der Wellen, die seinem Mund entströmte, schien einen Teil seiner selbst mitzunehmen und fortzutragen, ohne dass er selbst weniger wurde.

Wessen Mund?

Transmission. Ich muss einen Bericht, ich und der Bericht, der Bericht bin ich.

Der Raum entfaltete sich vor seinen Augen zu Myriaden von Räumen, Reaktionskammern, gefalteten Membranen, in denen Stoffwechsel stattfand. Er sah Vedram und Aydin, über einen Tisch gebeugt. Er sah Poth, Gaynor, Fredericksen, Hallgren, Piatti, Junker, Vargaz und Bazinde, die acht verschwundenen Crewmitglieder, die unbekümmert in Klonkörpern herumstapften, um einen Ort zu untersuchen, den er niemals erreicht hatte. Er sah sich selbst diesen Ort erreichen. Er sah sich selbst als Vierzehnjährigen, sterbend auf einem Bett in einem abgedunkelten Raum. Er sah den Tod seiner Eltern bei einem Reaktorunfall, Jahre vor seiner Geburt. Er sah Sterne, die unter dem Druck ihrer eigenen Masse kollabierten, und Sterne, die geboren wurden, Ozeane aus Methan und violette Kristalle, die sich aus einer zerklüfteten Ebene zu einem funkelnden Himmel emporreckten. Er sah ein spukhaftes Abbild Vedrams, gefangen in einer endlosen Schleife. Er sah die *Eagle* in der Atmosphäre eines namenlosen Planeten verglühen. Er sah sich selbst als neunzigjährige Frau an einem finsteren Ort um Brot betteln. Jedes dieser Bilder schien in dem Moment, in dem er es wahrnahm, zu einem Feuerwerk neuer Bilder auseinanderzustieben, Zellen über Zellen, jede ein Original, eine ungeheure, orgiastische, mit unbeschreiblicher Energie angefüllte Fülle von Potenzialen, eine permanente Geburt von allem, ein aggressiver, unendlicher Akt der Hervorbringung. Er stand in einem Korridor, in einer Fülle von Korridoren, in allen möglichen Korridoren, bereit, jemandem etwas mitzuteilen. Fünfzehn Söderbergs standen dort. Zwanzig. Fünfzig.

Etwas in Söderberg verstand. Er spürte den Druck eines Schalters, Kontakt.

»Ich sehe«, sagte er. »Ich bin *hier*. Alles — *ist*.«

Der Körper zerfiel rapide. Söderberg spürte kein Bedauern, und der Schmerz des sterbenden Fleisches fügte der umfassenden Fülle von Klängen nur einen kurzen Ton hinzu, der schnell verging, um neuen Klängen Platz zu machen. Der Moment des Sterbens krümmte sich zu einer unendlichen Linie, die in einer Tiefe verschwand, für die sein Geist keine Worte wusste.

Er sah die Crew um den Tisch im Besprechungsraum versammelt, wo sie mit offenen Mündern seine kryptische Mitteilung entgegennahmen. Angesichts ihrer Verständnislosigkeit empfand er Bedauern, doch noch während er mit dieser Empfindung beschäftigt war, entfaltete sich das Bild, und wie ein Fächer breiteten sich die Potenziale der Crew vor ihm aus. Ihre Möglichkeiten waren so mannigfaltig und der Korridor ihrer Wahrnehmung so eng. Ja, was Vedram befürchtete, würde geschehen. Eine der Facetten zeigte eine Crew, die wie Marceaus Fragment eine unendlich lange Zeit damit verbrachte, immer wieder die gleichen sinnlosen Arbeiten zu verrichten, bis ihre Engramme selbst in Fragmente zerfielen, noch bevor die Speichermodule verschlissen. In anderen Facetten entdeckten sie neue Wege, die ihm selbst nie eingefallen wären, und, ja, es gab in diesem Gespinst von Möglichkeiten auch Fäden, die Rettungsmissionen zeigten. Wie auch immer sich die Crew entscheiden würde, die Schöpfung würde jedes einzelne dieser Potenziale verwirklichen und in ihr Gewebe integrieren.

Der Klon starb. Söderberg spürte, wie die sinnliche Wahrnehmung ihm entglitt, um durch etwas anderes, Umfassenderes ersetzt zu werden. Er verschmolz mit den Fäden und glitt einem azurfarbenen Horizont entgegen, die Söderberg-Form bereits vergessend. So viele Tore. So viele, viele Tore.

Die Crew schwieg. Vedram war es, der das Wort ergriff.

»Ich *sehe*«, sagte er in einer vor Häme triefenden Persiflage der Transmission, »dass Ihr Experiment beendet zu sein scheint.« Er schüttelte den Kopf. »Ich nehme an, das ist das Ende Ihrer Karriere.«

Söderberg suchte für einen Augenblick nach Worten, dann zuckte er mit den Achseln. Es sollte seine letzte Geste sein. Sein digitales Abbild zerfaserte, franste aus, zerrann vor den Augen der entsetzten Crewmitglieder.

Söderberg hätte niemals eine Kopie geschickt.

Marcus Hammerschmitt (*1967), seit 1994 freier Schriftsteller, wird von vielen als der anspruchsvollste deutsche SF-Autor angesehen, u. a. für den Erzählungsband Der Glasmensch *und für Romane wie* Der Opal, Der Zensor *und* Polyplay. *Außerdem wurden die Kurzgeschichte »Die Sonde« mit dem Deutschen SF Preis sowie die Kurzromane »Wüstenlack« und »Troubadoure« und »Canea Null« aus* VISIONEN 3 *mit dem Laßwitz-Preis ausgezeichnet.*
www.cityinfonetz.de/homepages/hammerschmitt

MARCUS HAMMERSCHMITT

Die Lokomotive

Auftrag

Dass die Revolution das Unmögliche von mir verlangt hat, ist nicht ihre Schuld. Ich hätte bei meinem Strukturat für Kartonagen- und Papierverarbeitung bleiben können, ich hätte dort weiterhin die Maschinen warten können, aber es sollte nicht sein. Die Arbeit war nicht schlecht, aber ich wollte mehr. Es war mein Kopf, der mich hierher geführt hat, mein eigener Wille. Wer hätte ahnen können, dass mich hier eine Aufgabe ereilen würde, der ich nicht gewachsen war? Wer hätte ahnen können, dass ich an ihr wachsen, sie bewältigen und dann trotzdem an ihr scheitern würde?

Ich war kein Ingenieur, oder jemand mit vergleichbarer Qualifikation. Ich war ein Maschinist. Wenn ich mich heute an den Tag erinnere, als ich zum ersten Mal den Aushang am schwarzen Brett vor den Umkleidekabinen las, verfluche ich ihn. »Metallstrukturat Kolja Grishkov in Neténde sucht Ingenieure oder Praktiker mit vergleichbarer Ausbildung: Maschinenbau, Metallverarbeitung, Fräsen und Zerspanen. Meldung beim Centurio.«

Ich fluche wie ein Kesselflicker, wenn ich daran denke, aber das nützt nichts – schlimmer noch: Es ist irrational. Dieser Aushang ist nicht verantwortlich, genauso wenig wie die Revolution selber. Ich hätte ihn nur nicht zu beachten brauchen. Ich hätte meine Jacke in den Spind hängen, meine Privatkleider ausziehen sollen, hätte mich, wie jeden Morgen, ein wenig über die zu niedrigen Temperaturen in der Umkleide ärgern sollen, dann den Overall überstreifen, die Stiefel anziehen, den Spind schließen und zur Arbeit gehen sollen.

Aber ich blieb stehen. Und las den Aushang. Und dachte den ganzen Tag über ihn nach. Und den nächsten auch, und den übernächsten auch. Nach einer Woche war ich dann so weit: Ich würde es wagen. Ich wollte weg von den Kartonagen, schon lange. Und jetzt wusste ich auch, wo ich hin wollte. Ich würde ein Verbrechen begehen. Ich würde meine Papiere fälschen.

Warum funktioniert die Revolution auf Ladania? Eigentlich fragen sich das nur ihre Feinde. Sollen sie, dann sind sie mit etwas anderem beschäftigt, als transnational gegen den Volkswillen zu intrigieren. Bis zur »Zeit der Auflösung«, wie die große Umwälzung nach 2012 bei uns genannt wird, hieß Ladania »Fürst-Josefs-Insel«, gehörte zu Chile, und war eigentlich nur Spezialisten bekannt. Eine große Insel im kalten Scotiameer, unbeachtet, bedeutungslos. Der Diktator Pinochet hatte die Fürst-Josefs-Insel – für ihn Teil der »chilenischen Antarktis« – als Gefängnisinsel benutzt, aber selbst einem Verrückten wie ihm war das einerseits bald zu aufwändig geworden, andererseits hatte dem Charakter einer Gefängnisinsel eine Eigenart Ladanias widersprochen, die wir heute zu schätzen wissen: Auf Ladania ist es, gemessen an seiner geographischen Lage, erstaunlich warm. Die Durchschnittstemperatur entspricht etwa der Alaskas. Zu warm für Delinquenten, fand Pinochet, zu angenehm.

Das Kuriosum war bekannt, aber wer wollte schon zur Fürst-Josefs-Insel? Erst 2005 wurden die gewaltigen Kohle- und Eisenvorkommen auf Ladania entdeckt. 2012, zum Zeitpunkt der Auflösung, waren schon seit einigen Jahren Prospektoren auf Ladania zugange, die im Auftrag großer Konzerne Probebohrungen anlegten. Sie taten das nicht mit besonderer Energie. Öl war keins vorhanden, im Grund war die Montanzeit vorüber, und man betrachtete Ladania bestenfalls als Reservetank für schlechte Zeiten. Dass Antonio Nefardi mit zweihundert Genossinnen und Genossen auf der Fürst-Josefs-Insel landete und Ladania gründete, wurde überhaupt nicht wahrgenommen. Als die Restauration um 2017 überall gesiegt hatte, feierte sie sich selbst, und die paar Spinner in der Antarktis störten sie nicht. Um 2020 bemerkte man, dass auf der Fürst-Josefs-Insel ein kaltes Kuba entstanden war, mit mittlerweile mehreren Millionen Einwohnern.

Da die Bodenschätze der Revolution wie reife Früchte in den Schoß gefallen waren, lag die Entscheidung des Volkswillens auf der Hand: Man würde zum Lebensstil der ersten industriellen Revolution zurückkehren – unter veränderten sozialen Bedingungen.

Zuerst hatte ich Glück. Ich fälschte Belege über den erfolgreichen Besuch von Abendkursen zur Ingenieursausbildung, und mein kleiner Betrug gelang bei allen Stellen, die über eine Verlegung nach Neténde zu entscheiden hatten, von meinem Centurio an. Ingenieure werden auf Ladania immer händeringend gesucht, und die Prüfungen sind nicht ganz so streng, wie sie vielleicht sein sollten.

Meine Aufgabe in dem Metallstrukturat bestand in dem Entwurf, der Fertigung und der Wartung fortgeschrittener Dampfmaschinen. Das war insofern nicht schwierig, als ich mit Dampfmaschinen vertraut war. Vor meiner Zwangsverlegung zu dem Kartonagenbetrieb war ich Techniker in einer Großkraftstation gewesen, dauernd mit Dampfmaschinen und -turbinen befasst, von daher auch auf dem Stand der Technik. Von heute aus gesehen ist es klar: Die Verlegung von der Kraftstation in die Kartonagenfabrik war für mich eine persönliche Kränkung. Die Arbeit im Kartonagensektor war mir leicht gefallen, und ich sah ein, dass sie getan werden musste. Aber ich hatte mich doch immer nach den Dampfmaschinen zurückgesehnt. Jedenfalls erkläre ich mir das heute so.

Mit den Genossen meiner Centurie kam ich sofort gut aus. Die Ingenieure respektierten mich als einen der ihren. Wie hätten sie ahnen können, dass ich keiner der ihren war? Ich hatte in der Kraftstation pausenlos mit Ingenieuren zusammengearbeitet, Konstruktions- und Reparaturaufgaben mit ihnen gemeinsam gelöst. Die Theorie des Maschinenbaus war mir in Grundzügen von meiner gründlichen Technikerausbildung her vertraut, technisches Zeichen hatte zu meiner Ausbildung gehört. Die Genossen Ingenieure in der Kraftstation hatten mich immer als Praktiker mit Verstand respektiert, im Metallstrukturat fiel mir das Auftreten als Ingenieur leicht.

Nur mit einem hatte ich gleich Probleme: Svevo, der Parteisekretär der Centurie, lag mir nicht. Normalerweise hätte mich das gewundert. Ich hatte noch nie mit einem Kader des Volkswillens Probleme gehabt. Aber ich stellte nach kurzer Zeit fest, dass Svevo in der Centurie ganz allgemein unbeliebt war, und beruhigte mich. Ich musste nicht mit jemandem gut auskommen, der sich 80 von 100 Genossen zum Feind gemacht hatte. So was kam vor, auch bei uns.

Ich arbeitete ziemlich hart, um die Stellung auszufüllen, die ich mir erschlichen hatte, und es gelang mir. Ich führte einige geringfügige Verbesserungen in die Konstruktion feststehender Dampfturbinen zur Elektrizitätsgewinnung ein (mein altes Fachgebiet), und behielt sogar meine besten Ideen für mich, um keinen Neid unter den Genossen zu erzeugen. Ich wurde zweimal mit dem roten Rad ausgezeichnet – bei unüblich kurzer Betriebszugehörigkeit. Ich sparte auf eine private Limousine, ein ehrgeiziges Ziel, auch für einen Ingenieur (der ich nicht wirklich war, wie ich mir manchmal selber sagen musste, um nicht abzuheben). Das ging – alles in allem – zwei Jahre so.

Auch im persönlichen gelang zunächst viel. Kurz vor meinem Umzug nach Neténde hatte ich mich von meiner bisherigen Lieblingsfrau getrennt. In der Hauptstadt hatte ich bald eine neue gefunden, sie hieß Pani. Wir stellten uns gemeinsam beim Rat meines Wohnheims vor und bemühten uns um ein verbindliches Auftreten – die Sitzung dauerte nur kurz, der Rat nahm uns an, Pani konnte in das Haus ziehen, in dem auch ich lebte. Wir wohnten nur durch ein paar Türen getrennt, und man hatte uns sogar in Aussicht gestellt, bald Nachbarn zu werden. Wir konnten unser Glück kaum fassen, als uns auch noch eine Zeugungserlaubnis erteilt wurde. Pani besuchte die Krippe des Wohnheims, fand sie hervorragend und stellte sofort die nötigen Anträge.

Das Unglück setzte ein, als sich ein Jahr später herausstellte, dass wir keine Kinder haben würden, weil ich unfruchtbar war. Mich schockierte das mehr als sie. Sie war inzwischen zum Centurio in ihrer Abteilung bei der Registratur aufgestiegen und konnte mit mir nicht mehr alles besprechen, was dort vorging – Dienstgeheimnis. Da sie sich mit anderen Männern traf, schien ihr auch unsere Präferenz nicht mehr so wichtig zu sein. Eigentlich hätte ich ihr das Misstrauen aussprechen und die Präferenz von mir aus lösen müssen. Ich tat es nicht.

Man muss dazu wissen, dass Fruchtbarkeit bei uns in Ladania ein großes Thema ist. Wir leben lange, und es werden nur wenige Kinder geboren, um die Bevölkerung stabil zu halten. Der Volkswille ist in dieser Hinsicht sehr strikt. Es gibt Gerüchte, dass man uns etwas ins Essen tut, um die Fruchtbarkeit allgemein zu dämpfen. Es wird auch behauptet, dass sich nur die hohen Kader des Volkswillens selbstbestimmt fortpflanzen können, entweder weil sie nicht der chemischen Unterdrückung unterliegen oder weil sie Zugriff auf die medizinischen Fortpflanzungstechniken haben, die es in Ladania offiziell gar nicht gibt. Das ist alles Unfug. In solchem Gerede drückt sich der Unwille der Leute darüber aus, dass bei uns nicht wild durcheinander geboren werden kann, wie im Rest der Welt. Wir haben die Ressourcen nicht, und die Welt hat sie eigentlich auch nicht, aber sie tut so als ob, immer noch.

Pani und ich waren vor unserer Entfremdung sehr glücklich über die Zeugungserlaubnis gewesen. Hätte zum Zeitpunkt der Diagnose ein Kind noch viel von uns gehabt? Das ist eine Frage, die ich mir interessanterweise gar nicht stellte. Ich war verletzt, gekränkt, verwirrt. Zeitweise verlegte auch ich mich auf die Theorie, meine Fruchtbarkeit sei mir künstlich genommen worden. Pani lachte mich deswegen aus und wies mich darauf hin, dass man uns wohl kaum eine Zeugungserlaubnis erteilt und mich gleichzeitig heimlich sterilisiert haben würde. Ich wusste nicht, was ich tun sollte, und hielt trotz der veränderten Umstände an Pani und der fixen Idee einer Familie fest. Auf sehr unladanische Weise hoffte ich auf ein Wunder.

Ich hatte all das noch nicht ganz verdaut, als eines Tages Svevo in meinem Büro erschien. Einerseits brachte mich schon die Tatsache, dass er nicht angeklopft hatte, gegen ihn auf. Svevo klopfte nie an, er hielt das nicht für nötig, weil er Kader des Volkswillens war. Wenn man ihn deswegen zur Rede stellte, konnte er sehr unangenehm werden: »Was sind denn das für bürgerliche Mätzchen?«, usw. Andererseits hoffte ich insgeheim auf eine Beförderung, eine Verbesserung, irgendein einschneidendes berufliches Ereignis, das mein angeknackstes Selbstbewusstsein wegen der Unfruchtbarkeit wieder heilen würde. Ich hatte privat so viel Unglück erlebt, meinte ich, dass ich jetzt eine Wiedergutmachung verdiene.

»Genosse Reiszman!«, rief Svevo, nachdem er sich vor meinem Schreibtisch aufgebaut hatte. »Bei der Arbeit, wie ich sehe!«

Svevo war am widerlichsten, wenn er jovial sein wollte.

»Immer, Genosse«, sagte ich, »immer.«

»Ja, ja, das wissen wir, das wissen wir.«

Svevo fing an, vor meinem Schreibtisch hin und her zu gehen, als sei ich gar nicht da. Noch eine seiner Maroten.

»Was ist die Revolution?«, fragte er ins Leere.

In der trockenen und kalten Luft kondensierte sein Atem. 16 Grad Zimmertemperatur, streng nach Vorschrift.

»Die Revolution ist unsere Mutter. So müssen wir das sehen. Sie gibt uns alles, Nahrung, Unterkunft, Sinn. Vergangenheit, Gegenwart, Zukunft: alles. Mit dieser Haltung, mit dieser Dankbarkeit für das Kleine und das Große geben wir der Revolution Kraft. Wo stehen wir im Vergleich zu Kuba? Wir sind weit voraus im brüderlichen Wettkampf: besseres Gesundheitssystem, besseres Schulwesen, niedrigere Kindersterblichkeit, höhere Lebenserwartung, höherer durchschnittlicher Lebensstandard!«

Niedrigere Durchschnittstemperatur, dachte ich bitter. Mir wurde Zeit gestohlen.

»Und wir halten das für selbstverständlich – du auch, ich auch. Wir fragen uns nicht: Was kann ich tun, was können wir tun, damit diese Errungenschaften erhalten bleiben? Diese nicht selbstverständlichen?«

Manchmal fragte ich mich, ob Svevo uns nicht vielleicht doch alle auf den Arm nahm mit seinem komischen, pedantischen Eifer, der so gar nichts Begeisterndes an sich hatte. Dann glaubte ich wieder, die Komik sei ausschließlich unfreiwillig. Möglicherweise war er auch damals schon nicht mehr ganz klar im Kopf.

»Genosse Schmitz ...«

»Wir können das! Wir können etwas beitragen!«

Wenn auch der Beitrag nur darin bestünde, andere von der Arbeit abzuhalten, indem man ihnen stundenlang dummes Zeug erzählt, dachte ich.

»Und du, Genosse Reiszman, kannst in ganz besonderer Weise etwas zur Verteidigung unserer revolutionären Errungenschaften beitragen.«

Ich wurde innerlich still. Svevo sah mich mit manischen Augen an. Die eng beieinander stehenden Augen, das schmale Gesicht, die großen Zähne: Man konnte schon verstehen, warum er hinter seinem Rücken »Das Wiesel« genannt wurde.

»Ich habe mir Gedanken darüber gemacht, was die Revolution von unserer Centurie braucht. Und was braucht sie?«

Er schlug mit der flachen Hand auf den Schreibtisch.

»Eine Lokomotive braucht sie. Und du, Genosse Reiszman, konstruierst sie.«

Ich war so überrascht, mir stand wohl der Mund offen.

»Da bist du platt, was? Aber genau so ist es. Das Allokationskommissariat, der Interstrukturatsplan und die Parteigremien sind einverstanden. Du baust uns die schnellste Dampflokomotive der Welt. Ich habe mich erkundigt. Dafür gäbe es sogar im Ausland Bedarf.«

»Aber ...«, sagte ich lahm – und hielt mich gerade noch zurück. Ich hatte fortfahren wollen: Das kann ich nicht. Ich bin gut in stationären Dampfmaschinen. Lokomotiven sind nicht mein Gebiet. Ich bin kein Ingenieur.

»... ja«, brachte ich stattdessen zuwege. »Das ist eine große Ehre. Eine große Aufgabe. Ich bin ... überrascht. Eine große Ehre.«

»Was ist?«, fragte Svevo, leicht misstrauisch. »Traust du dir das nicht zu? Ich habe der Partei versprochen, dass wir das in einem halben Jahr schaffen.«

»In einem halben Jahr«, wiederholte ich tonlos.

»Exakt! Genauso lange laufen auch die AK- und ISP-Sondergenehmigungen.«

Ich war noch immer gelähmt. Aber ich konnte schon wieder hassen. Was gibst du Hund Versprechen, die andere halten müssen?, hätte ich gerne gefragt. Was reißt du dein Maul über Sachen auf, von denen du nichts verstehst? Eine brauchbare Lokomotive in einem halben Jahr! Wohl wahnsinnig geworden, was? All das hätte ich fragen und sagen wollen. Aber ich sagte nur gepresst:

»Genosse Schmitz. Danke für diesen ehrenvollen Auftrag. Er verändert meine Prioritäten völlig. Bei dem anspruchsvollen Ziel muss ich mich umgehend an die Arbeit machen. Sofort.«

Genau das hatte er hören wollen. Man erkannte es an seinem dummzufriedenen Grinsen.

»Genosse Reiszman: Viel Erfolg! Der Rest der Brigade hört noch heute von mir.«

Und er stolzierte ab, der dumme Hahn. In Wirklichkeit tat ich bis zum Ende der Schicht so gut wie nichts mehr. Ich war verloren.

Die Heimfahrt an diesem Tag war völlig konfus. Ich stand mit meiner Tasche auf dem Bahnsteig und wartete darauf, nach Hause gebracht zu werden. Es war kalt, wie immer, und es schneite, wie oft. Die kleine Lok des Vorortzuges wurde von der Dampfstation des Bahnhofs mit Dampf beschickt, man konnte den Lokführer in dem beleuchteten Führerhaus an den Kontrollen hantieren sehen. Ein lautes Zischen – der Beschickungsschlauch löste sich und wurde automatisch eingezogen – der Zug fuhr ein. Als die Lok an mir vorbeirollte, versuchte ich ihre Bauart zu analysieren. Das Ergebnis meiner Anstrengungen war banal. Zwei Zylinder, eine normale Kurzstreckenlok mit den üblichen Anpassungen für ladanische Verhältnisse (bulliger Hochdruckkessel zur Fremddampfaufnahme, wie bei uns üblich) – eigentlich nichts Besonderes. Für mich aber schon. Außer den banalsten Äußerlichkeiten und Allgemeinheiten wusste ich von dieser bescheidenen Kurzstreckenlok nichts. Und ich musste etwas viel Besseres, viel Leistungsfähigeres, viel Beeindruckenderes in einem halben Jahr gebaut haben. Ich konnte fast nicht einsteigen, so miserabel fühlte ich mich.

Während der Fahrt versuchte ich, meine Erfahrungen in der Konstruktion und Wartung stationärer Dampfmaschinen auf Lokomotiven zu übertragen. Es versteht sich eigentlich von selbst, dass das fruchtlos war und nur mein Gehirn zum Heißlaufen brachte. Meine Stimmung wurde immer schwärzer. Sie war auf dem Tiefpunkt angelangt, als ich, völlig in düstere Gedanken versunken, an einer falschen Station ausstieg und feststellen musste, dass der nächste Zug erst zwei Stunden später fahren würde.

Ich stand schwer atmend auf dem Bahnsteig und versuchte mich zu orientieren. Kein Zweifel, ich war in einem Gewächshaus-Distrikt gelandet. Im Flockengestöber standen die seltsam schneefreien dunkelgrünen Gebilde dicht an dicht, erst in weiter Ferne verloren sie sich hinter einem weißen Vorhang. Ich musste hier Hunderte Male durchgekommen sein, aber hinter den Scheiben eines Zugabteils sieht die Welt anders aus. An meinen Ohren nagte die Kälte. Auch meine Füße wurden langsam klamm. Ich setzte mich in Bewegung.

Die sauber angelegten Pfade zwischen den Gewächshäusern waren schneefrei und relativ warm, weil unter ihnen die Dampfleitungen zur Beheizung der Gebäude entlangliefen. Man lief auf Borkenmulch, der durch den ständig schmelzenden Schnee feucht gehalten wurde. Zwar pressten die Füße Hunderter Gewächshausarbeiter den Mulch zusammen, aber trotzdem ging ich weich und leicht, wie auf zusammengepressten, feuchten Sägespänen. Es mag dieses leichte und weiche Gehen gewesen sein, das mich immer tiefer in den Gewächshausdistrikt lockte. Auch die Tatsache, dass ich niemanden, wirklich niemanden im Freien sah, den ich nach dem Weg zurück hätte fragen können, wirkte auf mich eher verlockend als abstoßend – möglicherweise wollte ich mich an diesem Tag verirren.

Meine Gedanken kreisten zwar immer noch um Svevos Auftrag, aber in einer seltsam leichten, gleichgültigen Weise, wie ein Karussell, das einmal angestoßen worden ist und sich nur deshalb immer weiter dreht, weil die Schmierung stimmt. Ich sah diesem inneren Karussell beim Drehen zu. Ich bildete mir ein, ganz woanders zu sein, wie aus meiner Welt gefallen, weil ich an einem bestimmten Punkt die eine Tür geöffnet hatte und nicht die andere.

Schließlich blieb ich vor einem Gewächshaus stehen, ich weiß nicht, warum gerade vor diesem. Der Bewuchs da drinnen, den ich durch das klare Glas sehr gut sehen konnte, war locker; kleinere, zäh aussehende Bäume wuchsen in Gruppen auf ansonsten fast vegetationsfreiem Boden von sandroter Farbe. So stellte ich mir den Übergang zur Steppe in Afrika vor.

Die Türen des Gewächshauses waren unverschlossen. Drinnen – warme Luft. Ich konnte nicht anders, als über das Glück nachzudenken, dass ich auf Ladania lebte. Das geniale inselweite Dampfverteilungsnetz, das die ganze ladanische Kultur ermöglicht, von der Mobilität per Eisenbahn bis zur Kommunikation per dampfbetriebener Rohrpost – hier ermöglichte es eine Temperatur von mindestens 25 Grad, die diese Bäume wohl brauchten, um zu gedeihen. Ohne Zweifel wurde für die Beheizung der Gewächshäuser nicht kohleerzeugter Dampf benutzt, sondern Thermalenergie, die dritte Quelle des ladanischen Reichtums. Im Grunde, so sagte ich mir, wärmt mich gerade die Erde selbst.

Ich öffnete meine Jacke. Ich war lange nicht in einem Raum gewesen, in dem mein Atem nicht sichtbar war. Ich befand mich tatsächlich in einer Welt, in die ich nicht gehörte, die mir aber im Gegensatz zu der, die ich gerade verlassen hatte, unendlich viel attraktiver erschien. Zwischen den Bäumen hindurchwandernd wurde ich von Schmetterlingen umflattert, die wie große Motten aussahen. Schmetterlinge waren auf Ladania wegen der ständigen Kälte extrem selten, nur einige wenige Arten konnten den sehr kurzen ladanischen Sommer ausnutzen, um sich zu vermehren. Ich genoss den Anblick der Insekten trotz ihres taumelnden, orientierungslosen Flugs.

»Was machen Sie da?«

Ich hatte die Frau gar nicht bemerkt, die mit einem seltsamen Rechen inmitten einer Baumgruppe stand und mich mit misstrauischen Augen ansah.

»Ich –«, setzte ich an, und wusste nichts Rechtes zu sagen. »Ich habe mich verlaufen.«

»Nathalie?«, rief jemand ganz in der Nähe, »mit wem redest du?«
Nathalie taxierte mich mit ihren Blicken.
»Werksbesuch«, rief sie laut zurück.
»Was für ein Werksbesuch?«, fragte der unsichtbare Genosse Nathalies.
»Der Werksbesuch, der sich heute morgen bei mir angekündigt hat.«
Ich war perplex. Nathalie erfand einen Grund für mein unvermutetes Auftauchen, ohne dass sie das Geringste über mich wusste. Ich konnte ein Dieb, ein Saboteur, ein Irrer sein, aber sie hielt die Hand über mich.
»Kommen Sie«, sagte sie und lehnte ihren Rechen an den Baum, den sie gerade bearbeitet hatte. »Ich zeige Ihnen alles.«
Während ich neben ihr herlief, kam mir der Gedanke, sie könne mich mit Werksbesuch verwechseln, der sich *wirklich* heute Morgen angekündigt hatte und jede Minute eintreffen konnte.
»Genossin Nathalie«, sagte ich leise, »ich bin Josefo Reiszman vom Metallstrukturat Südost. Ich bin kein Werksbesuch. Ich habe mich wirklich verlaufen, weil ich an der falschen Bahnstation ausgestiegen bin. Ich wollte mir nur die Füße vertreten, weil der nächste Zug erst in zwei Stunden geht.«
»So etwas haben Sie bereits angedeutet. Ich glaube Ihnen. Wir gehen jetzt zum ID, und dann zeige ich Ihnen unser Gewächshaus, wie ich das bei einem normalen Werksbesuch auch machen würde. Oder wollen Sie unbedingt eine Untersuchung Ihres Verhaltens durch die *Sicherheit*?«
Das war ganz bestimmt das Letzte, was ich wollte.
Das ID stand vor dem Aufenthaltsraum der Brigade, man konnte durch eine Tür hindurch Stühle, einen Tisch und zwei Beine sehen. Sie wippten zu leiser Grammophonmusik im Takt.
Nathalie steckte meine Hollerithkarte in den ID. Jetzt war aktenkundig, dass ich mich hier aufgehalten hatte. Ich konnte nur hoffen, dass die *Sicherheit* diese kleine Anomalie nicht für untersuchungswürdig hielt, und bastelte bereits an einer Ausrede, die aus Svevos Auftrag einen Anlass für meinen Besuch bei der Gewächshausbrigade machte.
Lächelnd gab sie mir die Karte zurück. Während ich sie in meinem Geldbeutel verstaute, fragte ich die Genossin:
»Was machen *Sie* eigentlich hier?«
»Essen«, antwortete sie. »Auch Ihres, Genosse Reiszman. Kommen Sie.«
Sie nahm ihren missgeformten Rechen und ging mit mir zu der nächstgelegenen Baumgruppe. Dann begann sie geschickt die dickeren und dünneren Äste des erstbesten Baumes zu rütteln, als wolle sie Obst ernten. Was aus dem Baum fiel, war kein Obst – es bewegte sich. Ich erinnerte mich: In Gewächshäusern wie diesen züchtete man eigentlich keine Pflanzen, sondern die essbaren Raupen, aus denen Potok bestand, ein eiweißreiches Nahrungsmittel in Scheibenform, das bei uns oft auf den Tisch kommt,

gebraten, gekocht, gegrillt, wie auch immer. Die Schmetterlinge, die ich eben gesehen hatte, waren ihrer Ernte im Raupenstadium nur entgangen. Nathalie nahm ein paar Raupen vom Boden auf und hielt sie mir hin. Sie lächelte mich an. Mir fiel auf, dass ihr Mund zu groß war, um wirklich schön zu sein.

»Hauptsächlich afrikanische Augenspinner-Arten. Wer bei uns dazugehören will, muss auch wissen, wie sie roh schmecken. Sehr gesund.«

Die Brut auf ihrer Hand wand sich. Dicke, weiße Würmer mit Stummelfüßen.

»Wie gut, dass ich bei euch nicht dazugehören will. Ich bin nur —«

»Ist das dein Werksbesuch?«, fragte die unangenehme Stimme von eben in unserem Rücken.

Wir drehten uns um. Da stand ein groß gewachsener, gut aussehender Mann mit hellen Haaren, wie Nathalie trug er einen Raupenrechen in der Hand. Sein Blick drückte Misstrauen, wenn nicht sogar Hass aus. Bevor Nathalie eingreifen konnte, stellte ich mich selber vor.

»Ich bin Josefo Reiszman, Ingenieur beim Metallstrukturat Südost. Ich interessiere mich für die Nutzung der Thermalenergie zur Kopok-Gewinnung – Querwissen.«

Wie gut, dass mir dieser Begriff eingefallen war. Die »Querwissen«-Kampagne, mit der der Volkswille Arbeiter, Techniker und Ingenieure dazu bringen wollte, sich über fachfremde Gebiete zu informieren, dauerte ja immer noch an.

»Querwissen. Aha. Na dann verschaff ihm mal schön sein Querwissen, Nathalie«, sagte der Brigadist, drehte sich um und ging weg. Er war kaum außer Hörweite, da sagte sie:

»Oscar hat zu viele männliche Hormone, zu viele Neurosen und ist ständig eifersüchtig. Seit einem Jahr will ich mich versetzen lassen. Bis jetzt – kein Glück.«

Wir gingen zwischen den Baumgruppen hindurch.

»Miombowald, wie in Zentralafrika«, sagte Nathalie. »Da fühlen sich die Augenspinner am wohlsten.«

Sie erklärte mir noch dies und das, nicht sehr fundiert und detailliert, wahrscheinlich weil sie vermutete, dass es mich nicht all zu sehr interessierte. Sie trug ein eigenwilliges Parfum, nach dem ich beinahe gefragt hätte. Wir liefen noch ein wenig in dem Gewächshaus herum, um uns nicht durch eine allzu knappe Abwicklung des Werksbesuchs verdächtig zu machen, dann kehrten wir zum ID und zum Aufenthaltsraum zurück. Oscar stand in der Tür und beobachtete uns. Ich nickte ihm freundlich zu, was ihn offenbar noch wütender machte. Nathalie bot mir ihre RoPo an. Ich war mir ziemlich sicher, dass sie das nur tat, um Oscar zu ärgern, nahm sie aber trotzdem. Durch eine

Seitentür verließ ich das Gewächshaus wieder. Der Weg zurück zum Bahnhof war einfach, und ich erwischte meinen Zug gerade noch eben so.

Daheim stritt ich mich mit Pani. Eigentlich hatten wir an diesem Abend ins Konzert gewollt – sowas machten wir manchmal, um uns zu beweisen, dass wir noch zusammengehörten –, aber jetzt war ich wegen meiner Gewächshaus-Eskapade zu spät. »Immer zu spät in letzter Zeit!«, rief sie und ließ mich nicht einmal in ihr Zimmer. In meinem war es eiskalt, weil ich am Morgen vergessen hatte, die Zeitschaltuhr für die Heizung einzustellen. Jetzt war die tägliche Heizperiode vorbei, da half nur noch das Bett. Ich zog mich so schnell wie möglich aus. Das Thermometer zeigte 7 Grad. Es dauerte lange, bis die anfangs kalten und klammen Decken um meinen Körper herum warm geworden waren. Ich war wütend, weil Pani mir keine Chance zur Erklärung meiner Verspätung gegeben hatte. Ihr Vorwurf war ungerecht. Ich dachte an die kommenden Wochen, und mich schauderte: Wie oft würde ich wohl zu spät kommen, wenn ich die Lokomotive wirklich zu bauen versuchte? Als ich meine Hand unter meine rechte Wange schob, roch ich Nathalies Parfüm. Es war mir unangenehm.

Am nächsten Morgen wachte ich frisch und ausgeruht auf – ich hatte gut geschlafen. Die morgendliche Heizperiode hatte gerade eingesetzt, mein Zimmer wärmte sich langsam auf. 7:10 Uhr – Zeit genug, um noch ein wenig im Bett liegen zu bleiben und darauf zu warten, dass die Höchsttemperatur erreicht war. Dann fiel mir schockartig Svevo ein, sein Auftrag, die Lokomotive, alles. Es war, als senkten sich bleischwere Gewichte auf mich herab, als nähme man mir die Luft zum Atmen. Ich versuchte mich zu beruhigen. Ich redete mir Zuversicht ein. Ich musste an den Streit mit Pani denken, und die Zuversicht verflog schneller, als ich sie mir eintrichtern konnte. Ich war hellwach vor Unglück, und dieses Unglück nagelte mich an der Matratze fest. 16 Grad – wärmer würde es nicht werden. Ich konnte aufstehen. Ich musste, wenn ich pünktlich im Werk sein wollte. Meine Bettdecken schienen aus Beton zu sein.

Die Fahrt zur Arbeit ging mir viel zu schnell. Ich wusste, was mich dort erwartete, ich wollte nicht hin. Ich steckte meine Hollerithkarte falsch herum in die Stechuhr, und der Pförtner musste sie mit einer Spezialzange wieder herausnehmen – hinter mir begannen die Leute zu maulen, weil sie wegen mir zu spät kamen. In meinem Büro bemerkte ich als erstes, dass Post gekommen war. Ich nahm die RoPo aus dem Terminal, sie war noch recht warm. Schon der Absender auf dem Operator machte alles klar: NE/VOWI/I/IL/512/AC. Und tatsächlich, das Büro 512 (Sekretariat Industrielle Leitung) beim Generalsekretariat des Volkswillens gratulierte mir als leitendem Ingenieur zu dem Auftrag, eine neue, moderne Allzwecklokomotive für die ladanische Gesellschaft zu konstruieren und am Revolutionstag (11.1.) dem Volk zu übergeben. Unterschrift Anna Corinth, Parteisekretärin/Büroebene. Mir wurde schwarz vor Augen. Die Erstfahrt ausgerechnet am Revolutionstag. Man hielt mich für fähig, Wunder zu wirken.

Wie es das Schicksal wollte, klopfte es genau in diesem Moment. Es war Raymond. Raymond Kaunda, einer der Ingenieure, schwarz, 1.65 Meter groß, muskulös und immer gut gelaunt. Mein Lieblingskollege. Fast ein Freund. An diesem Morgen grinste er nicht, und das war schon ungewöhnlich genug.

»Joso«, sagte er mit echter Besorgnis in der Stimme, »ist das wahr?«

»Was?«

»Na das mit der Lokomotive. Der Lackaffe sagt uns, wir müssen eine Lokomotive bauen. In einem halben Jahr.«

Das war zuviel. Irgendwo musste der angestaute Druck in meinem Inneren hin.

»Ja was denkst du denn? Schau dir das an«, schrie ich, und hielt ihm die Gratulation des Volkswillens unter die Nase. »Schau's dir genau an! Meinst du, das ist ein Witz? Das ist kein Scheißwitz! Das ist ein Parteiauftrag!«

Raymond wich unwillkürlich vor mir zurück.

»Das ist ...! Das ist ...!«, sagte ich und warf den Wisch auf den Schreibtisch, bebend vor Zorn. Stille. Wir waren beide so schockiert von meinem Ausbruch und der ganzen Situation, dass wir nichts mehr zu sagen wussten. Raymond stürzte hinaus, ich blieb mit meinem Elend allein. Meinen Lieblingskollegen hatte ich ja vertrieben.

Ich dachte kurz an Selbstmord.

Das war genau der Punkt, an dem ich mich wieder in den Griff bekam. Ich benahm mich ja völlig unmöglich. Emotional bis zum Äußersten, egozentriert, unladanisch. Es war mir in meiner Ausbildung gesagt worden, es sei ein Prinzip unserer Gesellschaft, und es entsprach meiner persönlichen Erfahrung: Für jedes Problem gibt es eine Lösung. Schwerwiegende Probleme erzeugen Panik, das ist so ihre Eigenart. Aber wer von vornherein denkt, dass sie unlösbar sind, gibt ihnen mehr Macht, als sie haben. Die Unlösbarkeit steckt in deinem Kopf, nicht im Problem. »Es ist«, so erinnerte ich mich an den ständig wiederholten Lehrsatz von Kalmány, »als würde man einen Folterknecht auffordern, härter zuzuschlagen, noch bevor er die Hand gehoben hat.« Ich machte die bewährten Atemübungen. Ich nahm einen Zettel aus meinem Schreibtisch und stellte eine Liste meiner nächsten Schritte auf.

Als erstes schrieb ich an Pani.

Liebe Pani,
unser Streit von gestern Abend tut mir leid. Noch schlimmer finde ich, dass ich heute auch zu spät kommen werde, ich hätte gerne mit dir zu Abend

gegessen wie geplant, aber es geht nicht. Der Grund ist heute wie gestern derselbe: Ich habe einen sehr anspruchsvollen Parteiauftrag bekommen, über den ich nicht näher sprechen kann, der aber in nächster Zukunft all meine Kraft beanspruchen wird. Ich will trotzdem so viel Zeit mit dir verbringen wie möglich, es ist mir wichtig. Bitte verzeih mir diese kurzen und verworrenen Bemerkungen per Büropost, aber ich wollte auf jeden Fall vermeiden, noch einmal unangekündigt zu spät zu kommen. Lass uns bald über die neue Situation sprechen!

In Liebe: Josefo

Ich stellte die Adresse Panis auf dem Operator mit einem bitteren Gedanken ein: Sie konnte mir nicht mehr alles von ihrer Arbeit in der Registratur erzählen, ich konnte ihr nicht von etwas erzählen, was mich zu erdrücken drohte: Wie war das gekommen? NE/XXV/S16/W08/ST2/Z347/PJ. Ich musste gut Acht geben. Ich hatte mir schon öfter selber Post geschickt, weil meine RoPo der ihren so ähnlich war. Pani sollte den Brief zuverlässig im Gemeinschaftsterminal finden, wenn sie von der Arbeit nach Hause kam.

Dann schrieb ich an das Allokationskommissariat, um ein Diktaphon zu beantragen. Ich rechnete nicht ernsthaft damit, dass mein Antrag Erfolg haben würde. Diktaphone waren seltene, komplexe technische Apparate, und sie standen nicht einfach jedem zur Verfügung, der sie brauchte. Aber ich würde in der nächsten Zeit eine Menge Post schreiben müssen, und es schadete nicht, wenn ich dem Allokationskommissariat zu verstehen gab, dass ich meine Mission ernst genug nahm, um ein Diktaphon zu beantragen.

Dann hängte ich das »Nicht stören!«-Schild an die Türklinke meines Büros, und vertiefte mich in meine Handbücher. Nicht dass ich hoffte, dort eine Lösung für mein Problem zu finden. So naiv war ich nicht. Aber im *Prinzip* waren Lokomotiven nichts anderes als Dampfmaschinen auf Rädern, und irgendwo musste ich anfangen, nach der Lokomotiven-Konstruktion zu suchen, die den Ansprüchen des Volkswillens genügen konnte.

Leider gaben die wenigen Bücher, die ich in meinem Büro hatte (vor allem der *Woolf* und der *Hornblower*) kaum Hinweise. Wie auch? Das waren die Grundlagen der Dampfmaschinenkonstruktion, über die man in Ladanien in einigen Punkten weit hinausgekommen war, ich musste mich schon mit moderneren Büchern und vor allem mit solchen beschäftigen, die tatsächlich den Bau von Lokomotiven zum Thema hatten. Ein Besuch in der Bibliothek war unumgänglich.

Aber vorher wollte ich noch mit Raymond sprechen. Ich traf ihn in unserer Werkstatt, dem so genannten »Labor« an. Das Labor war ein Bretterverschlag mit einer Drehbank, ein paar Tischen und einem Haufen Werkzeug, meistens veralteter Kram. Die Bude war aus irgendeinem Grund immer kälter als der ganze Rest des Strukturats, einschließlich des Hebebühnen-Saals, und niemand hielt sich dort gern zur Arbeit auf. Deswegen konnte man dort gut allein sein. Raymond feilte an irgendwelchen Metallstücken herum, und gab dabei nicht gerade das Bild eines schwer beschäftigten Bestarbeiters ab.

»Ich muss mit dir reden«, sagte ich, aber er beachtete mich kaum. »Es tut mir leid. Ich wollte das vorhin nicht.«

Raymond warf sein Werkstück auf den Tisch, dass es klirrte, und sah mich wütend an. Dann nahm er ein anderes und besah es sich mit einer Aufmerksamkeit, als bestünde es aus Gold.

»Die vom Volkswillen spinnen.«

Wenigstens sprach er wieder mit mir.

»Richtig«, gab ich zu. »Aber wir können sie nicht davon überzeugen. Svevo, der Dummkopf, hat ihnen diesen Floh ins Ohr gesetzt, und wir müssen das jetzt ausbaden. Wir haben keine andere Wahl, als es zu versuchen.«

Raymond, dem ein leichtes Lächeln über das Gesicht gehuscht war, als ich Svevo einen Dummkopf genannt hatte, wurde sofort wieder ernst.

»Wenn wir scheitern, werden wir verbannt. Das weiß ich, das weißt du.«

Ich glaube, das war das erste Mal, das jemand im Zusammenhang mit dem Lokomotivenprojekt den Begriff »Verbannung« benutzte. Ich zuckte zusammen. Raymond hatte Recht. Wenn wir dem Volkswillen die Jungfernfahrt am Revolutionstag versauten, würden wir verbannt werden. Ich ganz sicher, meine Brigade wahrscheinlich, einige andere Leute vielleicht auch noch, nur damit es sich auch lohnte.

»Ich lass mich versetzen«, sagte Raymond. »Ich bin doch nicht verrückt. Das ist ein Himmelfahrtskommando.«

»Tu mir das nicht an. Ohne dich können wir das nicht schaffen, das weißt du. Ich brauch dich für die Kessel, fürs Schweißen, für alles.«

»Ich lass mich versetzen«, sagte Raymond stur, und fand jetzt wieder interessante Aspekte an seinem dummen Metallstab, die Beachtung verdienten. Es klang zum Glück so, als zweifele er an seiner Entscheidung.

»Also gut«, sagte ich bitter. »Tu, was du nicht lassen kannst. Ich gehe jedenfalls jetzt in die Bibliothek und suche nach einer Lokomotive, die wir bauen können. Denk noch an die Verdichter für Eporta III!«

Dann drehte ich mich um und ging zur Tür hinaus.

»Leck mich mit deinen Verdichtern!«, rief mir Raymond wütend hinterher, »mach lieber einen gescheiten Plan für die Scheiß-Lok!«

Ich lächelte, dann gefror mir das Lächeln. Kaum war mir die Verantwortung für ein wichtiges Projekt übertragen worden, begann ich, die Leute um mich herum zu manipulieren.

Wenn ich schon eine mechanische Bibliothek benutzen musste, warum dann nicht die beste? Ich nahm den Innenstadtzug zum ersten Bezirk, und stieg am Platz des 11. Januar aus. Die Zentralbibliothek des Volkswillens lag nicht direkt am Platz, war aber von dort aus gut zu Fuß erreichbar.

Die Verschlafenheit der Bibliothekare langweilte mich außerordentlich. Der Portier bestand darauf, meine Hollerithkarte selbst in den ID zu stecken, machte es aber falsch und brauchte fünf Minuten, um sie wieder zu befreien. Im hoch überkuppelten Lesesaal herrschte eine barbarische Kälte, weil die Heizung ausgefallen war (die Entschuldigungsnotiz trug einen Datumsvermerk von vor zwei Wochen), und die Leselichter waren eindeutig zu dunkel. Viel Wissen hier, dachte ich, viel Dunkelheit.

Der Katalog spuckte beim ersten Anlauf mit den beiden Suchbegriffen »Lokomotive« und »Konstruktion« eine Signatur nach der anderen aus, und ich unterbrach die Ausgabe etwa nach der zwanzigsten, was laut rasselnde und quietschende Vorgänge im Inneren des Apparats zur Folge hatte. Was waren wohl geeignetere Begriffe? »Lokomotive«, »Konstruktion«, »Rekord«. Der Katalog rasselte und knarzte immer noch vor sich hin, so dass ich schon an eine Fehlfunktion zu denken begann, dann aber leuchtete doch das Anzeigefeld »Ausgabe« auf, und die Signaturen liefen im Zehn-Sekunden-Abstand über die Anzeigetafel. Da es immer noch zu viele waren, betätigte ich die Ausdruck-Taste, und das Druckwerk setzte sich mit dem typischen Schreibmaschinenklappern in Bewegung. Es roch nach warmem Maschinenöl. 37 Einzelposten, die sich mit der Konstruktion von Rekordlokomotiven beschäftigten.

Ich seufzte. 37 Einzelposten in einer Mechabib auf ihre Tauglichkeit für ein bestimmtes Spezialgebiet zu untersuchen, konnte mich den ganzen Abend kosten.

Aber ich hatte gleich Glück. Unter den ersten fünf Signaturen waren drei Treffer, vor allem das Buch eines Theodor Pehnt über die genauen Konstruktionsdaten für die beiden Lokomotiven, die bis heute als die Weltrekordhalter bei der Dampftraktion angesehen werden (die britische »Mallard« und die deutsche »05002«), war Gold wert. Wenn ich Glück hatte, war dieses Buch das einzige, das ich brauchen würde.

Abgesehen von dem ungemütlichen Lesesaal und der Schlamperei der Bibliothekare war die Mechabib doch eine erstaunliche Sache. Um die Seiten eines kompletten Buchs zusammenzustellen, brauchte das Registraturwerk nur etwa zehn Minuten. Selbst die Zusammenstellung von relevanten Fachartikeln oder Kapiteln aus verschiedenen Büchern wäre möglich gewesen und hätte nur geringfügig länger gedauert, wie ich wusste. Diese Bibliotheken kamen dem, was man außerhalb Ladaniens als »Computer« bezeichnete, wohl am nächsten, abgesehen von den hochkomplexen RoPo-Steuersystemen, den Leitwerken für die Eisenbahn und den Apparaten der Registratur.

Ich gab den Ausdruck der drei Bücher in Auftrag, bezahlte die geringe Gebühr im Voraus und versprach, sie am nächsten Morgen abzuholen. Daheim wartete eine RoPo von Pani auf mich: »Lösung der Präferenz morgen Abend 1900«.

Die Zeremonie war nüchtern genug. Der Notar des Wohnheimrats, ein ruhiger Mann mit randloser Brille, bat uns herein, identifizierte uns, und trug auf einem vorgedruckten Blatt und seiner Kopie unsere Namen ein. Er wollte wissen, von wem die Lösung zur Präferenz ausging.

»Von mir«, sagte Pani – etwas zu laut, wie ich fand.

Der Notar machte hinter ihren Namen zweimal ein Häkchen, einmal auf dem Original, einmal auf der Kopie. Wie es das Gesetz verlangt, stellte er Pani die Frage, ob ihre Entscheidung feststehe. Präferenzlösungen müssen nur von dem Partner bestätigt werden, der sich lösen will. Juristisch gesehen war nicht einmal meine Anwesenheit erforderlich.

»Ja«, sagte Pani, »ich will die Lösung.«

»Und du, Genosse Reiszman?«

Meine Antwort bedeutete nichts. Die Frage diente hauptsächlich statistischen Zwecken, wie ich wusste.

»Ich auch«, sagte ich, und klang dabei wesentlich weniger überzeugt als Pani.

Der Notar sagte: »Dann ist es gut«, und machte seine Häkchen. Wir unterschrieben.

»Die Kopien gehen Ihnen per RoPo zu.«

»Selbstverständlich«, sagte Pani. Sie stand auf, murmelte einen kurzen Gruß und ging zur Tür.

»Warte doch«, rief ich, und eilte ihr hinterher. Aus den Augenwinkeln nahm ich den Gesichtsausdruck des Notars wahr. Er sah jetzt aus wie eine vertrocknete Sphinx. Ich musste wirklich laufen, um Pani auf dem Flur noch einzuholen.

»Pani!« Ich stellte mich ihr in den Weg.

»Lass mich«, sagte sie, »ich will nicht darüber reden.«

»Ich verstehe das nicht! Ich bin zweimal zu spät gekommen und habe mich einmal entschuldigt. Ist es wegen der ... weil wir kein Kind haben können?«

»Ich will nicht darüber reden!«

Und weg war sie. Ich stand noch eine Weile auf dem Flur und wusste nicht wohin. Ich war noch nie trauriger gewesen.

Aber für Trauer war keine Zeit. Wenn ich meine Aufgaben nicht erfülle, werde ich bald noch viel trauriger sein, sagte ich mir.

Das Ding, das die beiden in mein Büro hinein schoben, sah wie ein kleiner grauer Schrank aus. Sie wischten sich den Schweiß von der Stirn, als sie es neben meinem Schreibtisch aufgestellt hatten.

»Diktaphon bestellt, Diktaphon bekommen«, sagte der eine. »Rolf Martené vom EKOM-Strukturat.« Der Genosse Martené streckte mir die Hand hin. Sein Kollege schien nicht wichtig genug zu sein, um vorgestellt zu werden. Martené zog ein kleines Buch aus der Tasche und ließ es auf meinen Schreibtisch fallen.

»Bedienungsanleitung. Wunderbare Sache. Steht lauter überflüssiger Quatsch drin.«

Dann öffnete er eine Klappe an dem grauen Kasten und zog einen länglichen Gegenstand heraus, der per Kabel mit dem Kasten verbunden war. »Mikrofon«, sagte er und legte den länglichen Gegenstand auf den Schreibtisch. »Papiereingabe« – an der Vorderseite des Schränkchens öffnete er eine weitere Klappe, die sich offenbar nur so weit herausziehen ließ, dass sie wie ein geöffneter Müllschlucker aussah. »Ich darf doch mal«, sagte er und griff sich gut zwanzig Blätter RoPo-Standardpapier, die fein säuberlich auf dem Schreibtisch aufgestapelt gewesen waren. Seine Hände waren ölverschmiert, aber ich wagte nicht zu widersprechen. Martené befüllte den geöffneten Müllschlucker mit dem kostbaren Papier und öffnete eine dritte Klappe an der Diktaphon-Rückseite. »Das ist die Ausgabe«. Dann drückte er einen Schalter an dem Gerät, den ich bisher übersehen hatte, und sagte laut und klar:

»1, 2, 3, Tandaradei, Rhabarberbrei, Spaß dabei. Das ist kein Test, das ist kein Test, ein hundsgemeines Schützenfest. Äpfel, Birnen, Bohnen, wo wird das Würmlein wohnen, finden wir es raus, quetschen's tüchtig aus. Danach kann's nicht mehr nagen und uns auch nicht mehr plagen. 1, 2, 3, schöne Sauerei.«

Während er sprach, erklang aus dem Kasten gedämpft, aber deutlich hörbar ein Geräusch wie das Geklapper von Schreibmaschinen, nur kamen die Anschläge mit einer Geschwindigkeit, zu der ein Mensch gar nicht fähig gewesen wäre. Eine Sekunde nachdem er ausgesprochen hatte, erschien ein Blatt Papier in der Ausgabe. Diesmal war ich schneller als er und fischte es selbst heraus. Der Text war darauf so gut lesbar gedruckt, wie man es sich nur wünschen konnte, nur an den ölverfleckten Stellen ließ die Qualität ein wenig nach. Ein Wunder. Ich hatte schon oft von Dikatphonen gehört, aber eines in Aktion zu erleben, war eine andere Sache.

»Alles klar?«, sagte der Genosse Marthené.

»Danke«, war alles, was mir einfiel.

Martené grinste selbstzufrieden. »Komm schon, du Pfeife«, sagte er zu seinem Gehilfen, der die ganze Zeit stumm in der Ecke gestanden war. Gehorsam schlurfte der Mann, der bei genauerem Hinsehen einen ziemlich zurückgebliebenen Eindruck machte, hinter seinem Herrn und Meister her. Ich war noch zu überrumpelt, um in seinem Namen gegen das unmögliche Benehmen Marthenés zu protestieren – eigentlich redete man so nicht mit Genossen, nicht einmal mit solchen, die man hasste. An der Tür drehte sich der Grobian noch einmal um:

»Mein Centurio lässt ausrichten, dass du auch ein Telegrafenverbindung für dein Diktaphon haben kannst. Du musst es nur sagen. RoPo-Adresse in der Bedienungsanleitung. Gilt auch für die Wartung.«

Bevor ich etwas antworten konnte, waren die beiden verschwunden.

Ich saß eine ganze Weile wie gelähmt auf meinem Stuhl und rührte mich nicht. Telegrafenverbindung. Mir war soeben eines der größten Privilegien der ladanischen Gesellschaft angetragen worden – eine Telegrafenverbindung! Im ganzen Metallstrukturrat Südost gab es vielleicht drei Telegrafenverbindungen, und zwar genau dort, wo sie Sinn machten: eine bei der Generaldirektion, eine im Allokationskommissariat, eine beim Strukturatsbüro des Volkswillens. Niemand sonst hatte einen Telegrafen, niemand. Und *mir* war von einem rüpelhaften Mechaniker über die Schulter einer angeboten worden, als sei das gar nichts. Ich hatte bisher nicht einmal gewusst, dass Diktaphone und Telegrafen miteinander verbunden werden konnten – allein die organisatorischen Möglichkeiten, die sich daraus ergaben, waren ungeheuer. Keine Zeitverzögerungen mehr durch die RoPos, die höchstens 100 Stundenkilometer schnell waren. Sofortiger Kontakt mit den entferntesten Teilen Ladanias, sogar mit Ballinore an der Ostspitze, über 1000 Kilometer entfernt! Meine Gedanken rasten. Wenn, ja wenn zwei Diktaphone durch einen Telegrafen miteinander verbunden wurden, und wenn diese Dikatphone nicht nur über Mikrofone, sondern auch über Lautsprecher verfügten, dann gab es tatsächlich auf Ladania etwas, was es eigentlich nicht gab: Telefon. Eine Kombination von Diktaphon und Telegraf hätte nichts anderes dargestellt als ein Telefon, und zwar eines, das das Gespräch auch schriftlich protokollieren konnte. Aber der Volkswillen behauptete andauernd, dass Ladania wegen der RoPo keine Telefone bräuchte und es deswegen auch keine geben werde, nicht jetzt und nicht später. Mir schwindelte. Ich wusste nicht mehr, wo ich war. Alles ging so schnell, so gewaltsam – das waren wirklich Revolutionen im Kleinen, die sich an mir vollzogen, täglich, stündlich. Mein Rausch wurde unsanft durch einen Gedanken gebremst, der mich gewissermaßen hinterrücks überfiel: Der wahrscheinlichste Grund dafür, dass ich in den Genuss der fortschrittlichsten Technologien Ladanias kommen sollte, bestand nicht darin, dass mir die

Arbeit erleichtert werden sollte. Das Telegrafenangebot konnte eigentlich nur eines bedeuten: Mein Lokomotivenprojekt war so wichtig, dass ich von der *Sicherheit* überwacht werden sollte. Man musste nur dafür sorgen, dass das Mikrofon jede meiner Äußerungen hier in meinem Büro erfasste und per Telegrafendraht dorthin schickte, wo sie entweder von einem menschlichen Ohr mitgehört oder von einem zweiten Diktaphon gleich in bedrucktes Papier verwandelt werden konnte. Was für eine schreckliche Idee. Ich fühlte mich sofort beschämt, ertappt, im Innersten als das erkannt, was ich war: Ein Hochstapler, der zu Unrecht dort saß, wo er saß, zu Unrecht das tat, was er tat, zu Unrecht seine Privilegien genoss. Vielleicht war die ganze Sache mit dem Diktaphon überhaupt nur ein Manöver der *Sicherheit*, die beweisen musste, was sie schon ahnte: dass ich falsch spielte. Ruhig, sagte ich mir, und schloss die Augen, ruhig. Das ist blanke Paranoia. Du kümmerst dich um diesen Telegrafen einfach nicht. Du schlägst ihn aus. Wenn man dich fragt, warum, sagst du, dass du dich einfach nicht so wichtig fühlst. Das klingt gut, das klingt bescheiden, ladanisch. Geh jetzt. Zeit fürs Mittagessen.

In der Kantine erlebte ich eine weitere Überraschung. Ich setzte mich wie immer an den Tisch meiner Brigade und begann zu essen. Erst nach einer ganzen Weile bemerkte ich, dass etwas nicht stimmte, und schaute irritiert auf: Alle am Tisch starrten mich an. Über den grauen Arbeitsoveralls sahen ihre Gesichter aus wie eine Galerie der Abweisung und Anklage, ein Anblick, der mir fast körperliche Schmerzen bereitete.

»Was?«, rief ich, noch ganz verwirrt von der Telegrafenaffäre vorher.
Raymond sagte nachsichtig:
»Du musst an den Tisch der Leitung.«

Ich verstand zuerst nicht. Ich hatte immer an einem Tisch mit meiner Brigade gesessen, Ingenieur hin oder her, das war nie etwas Besonderes gewesen, es gab noch andere Ingenieure, die das genau so machten. Aber jetzt, so ging mir langsam auf, hatte ich eine unsichtbare Schwelle überschritten, die Schwelle zur Befehlsgewalt, zur Macht, und meine Genossinnen und Genossen akzeptierten mich nicht mehr als einen der Ihren, konnten es gar nicht mehr, denn ich war über Nacht ein anderer Mensch geworden.

»Geh schon«, sagte Raymond. »Nimmt dir niemand übel.«

Zögernd stand ich auf und nahm meinen Teller. Ich ging hinüber zum Tisch der Centurienleitung, unsicher, befangen, und hatte keine Wahl, als mich auf den einzigen Platz zu setzen, der noch frei war: direkt neben Svevo. Der Blödmann strahlte, als er mich bemerkte. Er legte seinen Arm um mich und sagte laut:

»Das ist der Genosse Reiszman. Der für uns die neue Lokomotive baut.«

Die anderen, deren Namen ich kaum kannte (Ökonomische Leitung, Konstruktionssupervision, Allokationsbeauftragte und so weiter) sahen kurz herüber und nickten. Sofort wurde mir klar, dass Svevo auch bei der ganzen Centurienleitung als Idiot galt.

»Du kannst den Arm jetzt runternehmen«, sagte ich zu ihm.

»Hm«, antwortete er, offenbar selbst nicht zufrieden mit dem Ergebnis seines Auftritts. Er rückte ein wenig von mir ab, als sei ich daran schuld, dass die anderen ihn nicht leiden konnten. Wenigstens hatte ich für den Rest des Essens meine Ruhe vor ihm.

Das nützte allerdings nicht viel. Mir war der Appetit vergangen. Potok, Tomatensoße, Reis: Ich fraß alles einfach nur so auf. Mein Abschied fiel knapp aus, und man nahm nur die oberflächlichste Notiz davon.

Auf dem Weg in den ersten Bezirk wurde mir blitzartig klar, dass ich in keiner Hinsicht mehr Herr der Lage war. Fast alles, was mir in den letzten Tagen zugestoßen war, war mir ohne meine Initiative zugestoßen, von der Minute an, in der Svevo mein Büro betreten hatte. Sein Auftrag, die Trennung von Pani – sicher, das Diktaphon hatte ich selbst beantragt, aber dass damit auch das »Angebot« eines Telegraphen verbunden sein könnte, hatte ich ja nicht geahnt. Ich fühlte mich, als habe man mich auf einen Tiger gesetzt, den ich jetzt reiten musste, egal wie.

Ich stieg am Septemberplatz aus und machte diesmal einen Umweg, durch die Malakoffstraße. Vielleicht wollte ich meine Bücher in der Mechabib gar nicht abholen. Vielleicht wollte ich allem ausweichen, was mit der Lokomotive zusammenhing, ein wenig Zeit schinden, von dem Tiger absteigen, den zu reiten mir zu schwer schien. Die Malakoffstraße ist nicht sehr gut beleuchtet, sie ist heruntergekommen und eng. Es schneite. Als ich an einem öffentlichen RoPo-Terminal vorbeikam, traf ich spontan eine Entscheidung. Ich ging hinein (der Laden war nicht im allerbesten Zustand, um ehrlich zu sein) und setzte mich an einen der Schreibtische. Ja, sagte ich mir, jetzt bin ich schon ein großer Hecht mit einem eigenen Diktaphon im Büro, aber um einen persönlichen Brief zu schreiben, setze ich mich in ein öffentliches Terminal.

»Was is jetzt?«, fragte mich der Pächter übelgelaunt. Vierschrötig, großmäulig und offensichtlich sehr dumm. »Wollen Sie jetzt was schreiben oder nur hier rumsitzen?«

Alle anderen Tische waren frei, es sah nicht gerade so aus, als würde mein Platz in den nächsten Minuten benötigt. Wahrscheinlich hielt er mich für einen Nassauer, der nur ein paar Minuten lang der Straßenkälte entfliehen wollte. Ich beherrschte mich sehr.

»Gemach, Meister, gemach. Vielleicht bringen Sie mir erst einmal ein wenig Papier.«

Ich hatte nämlich gesehen, dass das Papierfach leer war, genauso wie das Fach für die RoPos.

»Und eine RoPo könnte ich auch brauchen.«

Den Pächter machte meine Antwort noch zorniger, aber er hielt sich zurück. Er ahnte wohl jetzt, dass er mich nicht wie einen dahergelaufenen Herumtreiber behandeln konnte. Nachdem er mir das Gewünschte auf den Tisch eher geknallt als gelegt hatte, spannte ich einen Bogen Papier in die Maschine und begann zu schreiben.

Liebe Genossin Springer,
zwecks Vertiefung des neulich bei Ihnen erworbenen Querwissens wäre ich an einem weiteren Treffen interessiert. Bitte Antwort an privat.

Das war ein ziemlich dürftiges Briefchen, wie ich selber fand, aber mehr fiel mir in meiner verworrenen Lage nicht ein, und ich schloss mit meiner RoPo-Adresse und einem nichtssagenden Gruß. Vielleicht wird sie antworten, vielleicht nicht, dachte ich, als ich auf dem Operator der RoPo ihre Adresse einstelle. Irgendwas im zehnten Bezirk. Mit Überraschung stellte ich fest, dass ich mich an ihren zu großen Mund noch sehr gut erinnern konnte. Der Pächter nahm meine Münzen wortlos und grüßte zum Abschied nicht. Wenn er versagte, so nahm ich mir vor, würde ich ihn beim Qualitätskommissariat anzeigen.

Ich machte das Dümmste, was man in meiner Situation nur machen kann: Ich öffnete das Paket mit den Büchern noch auf dem Weg zurück zur Arbeit. Um genau zu sein, riss ich es auf und nahm mir nicht einmal mehr Zeit, den leichten Essiggeruch richtig wahrzunehmen, der von den frisch gedruckten Büchern ausging. Obenauf lag der Pehnt über die beiden Rekordlokomotiven. Selbst den Titel des Buchs las ich nicht genau. Ich schlug es nur auf, blätterte hastig bis zum Beginn der Einleitung durch, und fing an zu lesen.

Um 1930 stieß die Dampftraktion, mittlerweile eine über hundert Jahre alte Technologie, an ihre technischen Grenzen. Jedoch wirkten für die damaligen Ingenieure und Politiker die Innovationskosten bei einer Umstellung auf andere Traktionsarten so gigantisch, dass sie sich zu einer entschlossenen Umrüstung ganzer Nationalbahnen nicht durchringen konnten – von der Schweiz abgesehen, die sehr früh auf die Elektrifizierung ihres Netzes setzte. Obwohl jedermann klar war, dass die Dampftraktion früher oder später der Vergangenheit angehören würde, ja eigentlich schon angehörte, begann nach 1930, auch getrieben durch die politischen Verhältnisse, eine Rekordjagd auf dem Gebiet der Dampftraktion, die, und das ist bezeichnend, niemals wirklich zu einem eindeutigen Ergebnis führte. Immerhin brachte diese Rekordjagd aber zwei Lokomotiven hervor, die noch heute das Maß der Dinge in der Dampftraktion darstellen, wenn es um Geschwindigkeit geht. Die Rede ist von den beiden Lokomotiven »Mallard« und »05002«, einer britischen und einer deutschen Konstruktion. Dieses Buch kann und will nicht die politischen Zeitumstände erklären und bewerten, unter denen die beiden Maschinen entstanden, daher kümmert es sich nur um ihr Entstehen selbst.

Und so weiter und so fort, dachte ich, und blätterte. Es war alles da, was ich mir gewünscht hatte, Konstruktionszeichnungen zum Auffalten, konkrete metallurgische Beschreibungen der verwendeten Stähle, Schweiß- und Niettechniken, alles. Und dann packte mich die Panik. Denn das Buch enthielt noch viel mehr: ein Menge komplizierter Formeln, die das Verhalten der verwendeten Dampfmaschinen unter den verschiedensten Bedingungen beschrieben, eine Berechnung der dynamischen Störkräfte an den Grenzen der technischen Belastbarkeit und darüber hinaus, Vorschläge zur materialtechnischen Verbesserung der Werkstoffe, die schon auf den ersten Blick über die Reichweite Ladanias hinausgingen.

Ich hätte am liebsten angefangen zu weinen. Ich war ein sehr schlechter Rechner, und die Thermodynamik hatte ich mathematisch immer nur gerade eben so gemeistert. Ich betrieb meinen Beruf hauptsächlich intuitiv, und bis zum Auftrag Svevos hatte das gereicht, weil ich im Grunde immer nur Standardaufträge mit leichten Modifikationen bewältigt hatte, für die meine Fähigkeiten ausreichten. Jetzt sollte ich etwas bauen, das die »Mallard« und die »05002« in den Schatten stellte, und ich verstand noch nicht einmal die wissenschaftliche Beschreibung dieser einhundert Jahre alten Maschinen. Ganz zu schweigen von der Frage, wo ich Titan, bestimmte keramische Werkstoffe und all das andere Zeug herholen sollte, über das Ladania aufgrund seiner sehr spärlichen Wirtschaftsbeziehungen zum Rest der Welt nicht verfügte. Mir wurde schwarz vor Augen, wenn ich an die Prüfung durch die Qualitätskammer dachte, der jede fertig gestellte Maschine des Strukturats unterworfen wurde. Eine Lokomotive, die am Revolutionstag vorgeführt werden sollte, würde genauer geprüft werden als jede andere Maschine vorher.

Mit einem Seufzer schloss ich das Buch und legte es zu den anderen in das Nest aus zerknülltem Packpapier. Jetzt roch ich den Essig der frisch bedruckten Blätter ganz deutlich. Als ich aufsah, gab es keinen Zweifel: Die Frau auf dem gegenüberliegenden Sitz hatte mich die ganze Zeit beobachtet. Mein hastiges Auspacken, mein gieriges Blättern, meinen Schock und mein Seufzen. Ihr Blick war voller Abscheu, dann drehte sie sich errötend weg, stand auf und ging. Sie glaubte wohl, ich hätte mir pornografische Literatur besorgt und nicht die Geduld gehabt, mit dem Auspacken zu warten, bis ich zu Hause war. Eine andere Erklärung für ihr Verhalten konnte ich mir nicht vorstellen. Ich hätte beinahe hysterisch aufgelacht.

Kaum war ich in meinem Büro, da stürmte Raymond herein und fragte mich irgendetwas. Seine Worte drangen nur mühsam zu mir durch, wie durch Watte.

»Ich weiß nicht«, sagte ich unendlich müde.

In Wirklichkeit hatte ich seine Frage nicht einmal richtig verstanden.

»Geh zu Maurice. Bei ihm liegen ja auch die Pläne.«

Was interessierten mich diese elenden Verdichter, von denen Raymond redete? Er schlug die Tür hinter sich zu. Maurice, dachte ich träge. Unser stiller Maurice, wie ihn alle nannten, war der Rechner in der Brigade. In all meiner depressiven Trägheit fiel mir plötzlich auf: Wenn es einen gab, der meine noch zu bauende Lokomotive an der Qualitätskammer vorbeischmuggeln konnte, dann Maurice. Ich musste ihn nur dazu bringen, alle Berechnungen für mich zu machen, vor allem die kitzligen Berichte für die Endabnahme. Vielleicht merkte dann niemand, dass ich selbst, der Chefkonstrukteur des Projekts, zu diesen Berechnungen gar nicht in der Lage war.

Aber das würde niemals funktionieren, in hundert Jahren nicht. Irgendwann war das Vertrauen der Genossen verbraucht, und dann würde einer anfangen, Fragen zu stellen, wahrscheinlich Maurice selbst. Und selbst wenn nicht: Maurice war auch nicht perfekt. Letztlich würde doch meine Unterschrift unter seinen Tabellen stehen, auch unter den fehlerhaften, und ich würde dafür verantwortlich gemacht werden, weil ich der verantwortliche Ingenieur war und nicht er. Wenn Fehler vorkamen, würde es eine Untersuchung geben, und wenn es eine Untersuchung gab, würde ich auffallen.

Fazit: Alles konnte aus tausend verschiedenen Gründen schief gehen und nur mit mehr Glück funktionieren, als bei der Entstehung der Welt verteilt worden war. Aber man greift ja nach jedem Strohhalm, wenn man im Eiswasser treibt und die Kleider schon vollgesogen sind. Der Gedanke an Maurice hatte mir die Kraft gegeben, das Buch noch einmal aufzuschlagen.

Ich versuchte einzugrenzen, was mir von Nutzen war. Die Einleitung bot in dieser Hinsicht keine Schwierigkeiten, wie ich feststellte, auch die Bildtafeln mit den Konstruktionsplänen, Risszeichzungen etc. waren mir kein Buch mit sieben Siegeln. Die Probleme begannen erst im zweiten Drittel des Buchs, wo die Formeln, Integrale, und das andere mathematische Großwild

Überhand nahmen. Ich blätterte weiter, und nahm die Aussagen, die aus den mathematischen Berechnungen gewonnen worden waren, einfach als gegeben, ohne sie zu überprüfen. Zum Glück hatte Pehnt an Leser mit mangelnder mathematischer Bildung gedacht und die wichtigsten Resultate immer am Ende eines Kapitels allgemeinverständlich zusammengefasst. Ich verspürte eine tiefe Dankbarkeit dafür. So hangelte ich mich von einem Kapitelende zum nächsten durch das Buch, wie auf einer Brücke aus Seilen und Brettern, von der nur die Seile benutzt werden können, weil die Bretter morsch sind. Obwohl die Brücke manchmal heftig schwankte, hatte ich nach etwa zwei Stunden einen ersten realistischen Begriff von meinem Problem, in meiner Lage ein unschätzbarer Vorteil. Fünf Minuten weiteren Nachdenkens brachten den Ansatz einer Lösung. Ich schrieb Raymond eine Zirkular-RoPo, die ihm zu allen Stellen im Strukturat nachgeschickt wurde, an denen er sein konnte oder an denen ihn jemand kürzlich gesehen hatte. Wenn das Zielgebiet einer solchen Zirkular-RoPo nicht zu groß war, funktionierte diese »stille Ausrufung« erstaunlich gut. Zwanzig Minuten später stand er missmutig vor meinem Schreibtisch.

»Der Herr geruht mich zu sprechen?«

»Jetzt hör schon auf. Ich kann kaum noch denken wegen diesem Lokomotiven-Mist. Ich war einfach müde. Tut mir leid. Schau mal.«

Ich zeigte ihm die aufgeklappten Bildtafeln der beiden Lokomotiven in Pehnts Buch.

»Und?«, sagte er, immer noch sauer.

»Haben wir genug Zeit, um diese Scheißlokomotive neu zu entwickeln?«

»Nein.«

»Also was machen wir?«

»Weiß ich doch nicht! Den Kram hinschmeißen, wie wär's damit? Zugeben, dass wir's nicht können, weil's ja auch völlig wahnsinnig ist?«

»Jetzt hör mir mal zu«, sagte ich, und er wich ein wenig zurück, weil ich ihm näher gekommen war. »Diese Lokomotive muss gebaut werden. Svevo macht uns fertig, wenn wir es nicht schaffen. Er hat gegenüber dem Volkswillen das Maul aufgerissen, und jetzt peitscht er uns eher zum Erfolg, als dass wir aufgeben. Es wäre ja wünschenswert, dass ihm demnächst rein zufällig ein T-Träger auf den Kopf fällt, aber bis es so weit ist, tanzen wir nach seiner Pfeife. Ich kenne Typen wie Svevo. Der wird nicht locker lassen, bis er seine Lokomotive hat. Sie muss gebaut werden. Vielleicht steigt er danach ja in der Partei auf und verschwindet endlich von hier, das will ich jedenfalls hoffen. Wir bauen die Lokomotive. Und zwar mit diesen Plänen.«

»1936?«

»Genau. Tu mir einen Gefallen. Nimm dieses Buch mit nach Hause und schau es dir gründlich an. Sag mir, was du von der Idee hältst, unsere

Lokomotive aus diesen beiden zusammenzumischen. Oder sag's mir lieber nicht, sondern sag mir, dass das die einzig sinnvolle Idee ist. Das glaube ich nämlich von ganzem Herzen.«

Raymond musste wohl meine Verzweiflung bemerkt haben, denn er schluckte und sagte:

»Ist gut. Ist gut.«

Dann klappte er vorsichtig die Bildtafeln zusammen, nahm das Buch und ging.

Das war der einzige Weg. Ich musste manipulieren. Raymond musste schweißen. Maurice musste rechnen. So würde es gehen, so weit es eben ging.

Die Tür an meiner Wohneinheit klemmte, und das schabend-metallische Geräusch, mit der sie sich widerstrebend aufdrücken ließ, ging mir durch Mark und Bein. Ein paar Schneeflocken trieben von draußen herein.

»Tür zu«, schrie eine Frauenstimme hinter mir, »da geht ja die ganze Wärme raus.«

»Ja, ja«, sagte ich, und die Tür quietschte ein zweites Mal. Nina aus dem Erdgeschoß – zänkisch, rechthaberisch und unglücklich: Ihr Zimmer war bestimmt das kälteste in der ganzen Wohneinheit. Jedes Mal, wenn jemand die Tür nicht schnell genug wieder schloss, hatte sie einen Anlass zum Keifen.

Meine Laune besserte sich schlagartig, als ich im RoPo-Terminal Post für mich entdeckte. Von Nathalie, tatsächlich von ihr. Ich wollte sie nicht gleich unten im Hausflur öffnen, war aber fast zu schwach für die Treppe, zu schwach vor Unglück und Glück zugleich. Und wenn sie mich nicht sehen will, dachte ich, was dann? Ich öffne den Brief gar nicht, dachte ich. Ich traue mich nicht.

Es standen nur ein paar Worte auf dem Papier:

18:00 Uhr, See, Strandpromenade   —   Nathalie

Ich zitterte. 17:36 Uhr. Vielleicht konnte ich es noch schaffen. Die RoPo-Hülle vergaß ich auf meinem Schreibtisch.

Warum muss ich so spät nach Hause kommen?, dachte ich, als ich über die fast leere Promenade lief, um den Strand nach Nathalie abzusuchen. Es schneite nicht mehr, nur ein paar Möwen waren in der Luft, ab und zu hörte man das laute Gerede betrunkener Schlittschuhläufer, und das Kratzen der Kufen. Es war schon spät im Oktober, bald würde der Sommer kommen, die Tage waren lang, möglicherweise hielt das Eis nicht mehr überall, was es versprach. Schlittschuhlaufen auf dem See war eigentlich verboten, aber das kümmerte niemand. Nur wenn mal wieder einer ertrunken war, gab es ein paar Tage lang regelmäßig Razzien, danach war alles wie vorher. Nicht mein Problem jetzt. Es wäre mir peinlich gewesen, nach Nathalie zu rufen. Aber ich hätte es getan, wenn sie nicht plötzlich auf mich zugekommen wäre, woher, war mir nicht klar. Ich musste zu eifrig gesucht haben.

»Nathalie!«, sagte ich mit übertriebenem Nachdruck.

»Genosse Reiszman«, antwortete sie, leicht spöttisch.

Es gab mir einen Stich, wie schön sie war. Ich fand ihren rot geschminkten Mund überhaupt nicht mehr unpassend groß. Ihr Pullover, die blasse Haut, alles war so gut, so richtig.

»Sie sind ja ganz außer Atem.«

»Es ist ...« – *wegen Ihnen*, hätte ich sagen wollen – »Ich war zu spät.«

»Kommen Sie«, sagte sie und führte mich zu einem geschlossenen Strandrestaurants zurück, an dem ich kurz vorher vorbeigelaufen war. Zwei Klappstühle standen auf der Betonterrasse, von ihren hölzernen Sitzen und Lehnen blätterte der weiße Lack. Es war schon halb sieben, und die Sonne wollte nicht untergehen.

»Sie möchten Ihr Querwissen vertiefen«, sagte Nathalie.

Ach, dachte ich.

»Natürlich nicht«, gab sie sich selbst zur Antwort.

Wir schwiegen.

»Wir leben zu nah am Südpol«, setzte sie wieder an. »Die Sonne geht im Sommer nicht unter und im Winter nicht auf, es ist immer kalt, und man kann von dieser Insel nicht weg. Menschen sind eigentlich nicht dafür gemacht, hier zu leben.«

Menschen können überall leben, hätte ich unter normalen Umständen erwidert. Ich begann zu befürchten, dass unser Rendezvous auf einem furchtbaren Missverständnis beruhte, dass sie eine Revisionistin war, und auch in mir einen Revisionisten vermutete, und dass sie sich mit einem Gesinnungsgenossen über ihre pessimistische, antiladanische Grundhaltung austauschen wollte. Das allein hätte mir nichts ausgemacht, ich war schließlich nicht von der *Sicherheit*, aber in diesem Moment wollte ich ganz etwas anderes. Warum ich dann noch hoffte, mit meinen aktuellen persönlichen Problemen einen Zugang zu ihr zu finden, ist mir ein Rätsel, aber ich muss es mit ganzer Kraft gehofft haben, denn ich sagte:

»Ich muss dir etwas sagen.«

Und danach gab es kein Halten mehr. Ich erzählte ihr alles, von meiner Hochstapelei bis zum Auftrag Svevos und meiner entsetzlichen Angst, entdeckt und bestraft zu werden. Alles, was ich sogar gegenüber Pani geheim gehalten hatte. Natürlich erzählte ich auch meinen ganzen Kummer mit Pani einer völlig Fremden, nur weil sie mir gefiel und weil ich nicht mehr weiter wusste. Ein klassischer Impulsdurchbruch, ein klassischer Fehler.

»Ach so«, sagte sie nur, nachdem ich aufgehört hatte zu reden – eine gute Viertelstunde mochte seit meinem verhängnisvollen ersten Satz vergangen sein.

»Ich habe mich schon gefragt, was mit dir ist. Da stehst du eines Tages einfach in unserem Gewächshaus, mit großen Augen, ängstlich, vielleicht sogar panisch. Ich gebe dir meine RoPo, um Oscar zu ärgern und weil du mir gefällst, und danach vergesse ich dich. Dann kommt ein Brief, und ich denke: Aha, er hat sich an mich erinnert, und will mit mir ins Bett gehen. Aber es ist alles ganz anders. Du bist ein Verbrecher in Schwierigkeiten. Das ist sehr romantisch.«

Hätte ihr freundliches Lächeln nicht in so krassem Gegensatz zu ihrem grausamen Gerede gestanden, ich wäre sofort aufgestanden und gegangen. Ich musste sie weiter ansehen, ich musste weiter bei ihr sein. Trotzdem hielt es mich kaum auf dem Stuhl. Ich hatte einen großen Fehler begangen, das war vollkommen klar. Sie bemerkte, wie es um mich stand, und legte ihre Hand auf mein Knie.

»Ruhig, Josefo, ruhig.« Ihre Stimme hatte jetzt fast etwas Befehlendes. »Das mit der Lokomotive schaffst du. Du bist ja nicht dumm. Aber schaffst du das andere auch?«

Wir saßen noch eine Weile auf der Terrasse, dann gingen wir heim.

Konstruktion

»Wir können dir den Stahl nicht geben.«

»Warum nicht?«, fragte ich noch einmal.

Der Vorsitzende des Allokatonskommisariats sah seine Stellvertreterin mit einem viel sagenden Blick an: *Was haben wir denn hier für einen Schlaukopf?*

»Ich habe es dir schon einmal erklärt, Genosse Reiszman. Der Genosse Petersen hier« – der Vorsitzende zeigte auf den Chef der Lokomotivenproduktion – »hat doch glaubhaft gemacht, dass die Edelstähle, die du von uns verlangst, in der Normalproduktion gebraucht werden und daher für dein Projekt nicht zur Verfügung stehen.«

»So ist es«, sagte Petersen überflüssigerweise.

Mir war völlig klar, was hier lief. Petersen war neidisch darauf, dass wir von der Dampfmaschinen-Abteilung den Auftrag für die Hochleistungs-Lokomotive bekommen hatten, auf den er und seine Leute ein Anrecht zu haben glaubten. Und jetzt versuchte er, aus diesem kleinlichen Gefühl des Neides heraus unsere Arbeit zu torpedieren. Wenn du wüsstest, dachte ich, wie gerne ich diesen Auftrag an dich abgeben würde. Aber es war nicht möglich. Svevo saß mir im Nacken, und wenn er erfuhr, dass ich beim Allokationskommissariat klein beigegeben hatte, würde die Hölle losbrechen. Und außerdem begann ich selber, einen Stolz auf meine Arbeit an dem Projekt zu entwickeln. In wochenlanger Arbeit hatte ich die Pläne zusammen mit den anderen entwickelt – vor allem mit Raymond und Maurice – die Zeichnungen stammten persönlich von mir. Das sollte nicht umsonst gewesen sein.

»Genossen«, sagte ich laut, »ihr habt euch wiederholt, gestattet mir, dass ich mich auch wiederhole. Das ist ein Projekt von historischer Bedeutung. Ich und meine Arbeitsgruppe arbeiten mit Hochdruck daran und stehen auf der Schwelle zur Verwirklichung. Die Zeit drängt, das Datum für die Fertigstellung steht fest. Ich kann es nicht klar genug sagen: Die betreffenden Edelstähle für den Rahmen, den Kessel und die Dampfmaschine werden freigegeben, auf die eine oder andere Weise. Wenn deswegen eine oder zwei normale Lokomotiven nicht gebaut werden können, dann ist das zu verschmerzen. Hinzu kommt, dass wir die Titanlegierungen und die anderen raren Rohstoffe auch bekommen werden, und zwar aus einem ganz einfachen Grund: Sie werden gebraucht. Wir müssen die Kolbengeschwindigkeit über 9 m pro Sekunde steigern, und das geht nur, wenn wir Zugriff auf Ressourcen haben, die normalerweise nicht für Lokomotiven freigegeben werden. Aber mein Projekt hat Priorität. So einfach kann die Wahrheit sein.«

Der Vorsitzende des Allokationskommissariats sah jetzt aus wie ein Hund, der gleich zubeißt.

»Vorsicht, Genosse Reiszman. Wenn man dich so reden hört, könnte man auf die Idee kommen, es ginge dir nicht um das Projekt, sondern um dich selbst. Als wäre da jemandem etwas zu Kopf gestiegen. So wichtig deine Hochleistungslokomotive sein mag: Es gibt auch andere wichtige Dinge in diesem Strukturat. Und als der Vorsitzende des Allokationskommissariats sage ich dir: Eine einzelne Lokomotive kann nie Vorrang vor all den anderen haben, auf die unsere Eisenbahnen schon warten. Wir können dir nicht helfen. Wir dürfen es gar nicht.«

Ich hätte nicht zu Petersen hinüberschauen müssen, es war mir ohnehin klar, dass er selbstzufrieden grinste, weil er glaubte, gesiegt zu haben. Da kannte er mich schlecht.

Ich setzte mein kühlstes Lächeln auf.

»Wie ihr wollt. Wir werden sehen, ob mir sonst jemand helfen kann. Meine Zuteilungsanforderung nehmt bitte zu den Akten.« Ich schob die Blätter über den Tisch und ging grußlos.

»Was?«, schrie Svevo spitz. Er war ohnehin schon wütend, dass er zu der Sitzung nicht eingeladen worden war (zweifellos auf Petersens Betreiben). Und was ich von ihrem Verlauf berichtete, brachte ihn beinahe zum Überschnappen. Zugegeben: Ich hatte meinen Bericht hie und da noch ein wenig frisiert und ihn für Svevo so aussehen lassen, als müsse er die Ablehnung des AKs persönlich nehmen. Und das tat er wirklich.

»Diese Idioten vom AK wollen die Ressourcen nicht freigeben? Und sie riskieren dabei noch eine dicke Lippe gegen den Volkswillen? Denen werd' ich heimleuchten.«

Erregt lief er in meinem Büro hin und her. Seine Schuhe knarrten, sie mussten neu sein.

»Du sagst das nicht weiter?«

»Was denn?«, fragte ich.

»Ich bin im Ausscheidungsverfahren für die Gesamt-Parteileitung des Strukturats. Selbst wenn ich den Posten nicht bekomme, bin ich schon als *Kandidat* wichtig genug, um dem AK-Vorsitzenden das Leben schwer zu machen. Wenn man es genau nimmt, ist das ja die Aufgabe der *Kandidaten*, in ihrem Fachgebiet nach dem Rechten zu sehen, und bei Gott, das werde ich.«

Er kicherte blöde. Ihm war gar nicht aufgefallen, was für eine unladanische Redewendung ihm im letzten Satz durchgerutscht war. An falscher Stelle geäußert, hätte ihn allein der Begriff »Gott« seinen Kandidatenstatus gekostet. Blitzartig fiel mir ein, dass ich im Grunde alles aufzeichnen konnte, was in meinem Büro gesprochen wurde, der graue Kasten neben meinem Schreibtisch war dazu geeignet. Mir wäre ja nichts lieber gewesen als seine Wegbeförderung aus unserer Centurie. Nur musste dafür die Lokomotive gebaut werden. Unbedingt.

»Genosse Reiszman«, sagte Svevo, jetzt wieder ernst. »Möglicherweise, ich kann das nicht ausschließen, haben wir es hier sogar mit einem Fall von Verrat zu tun. Aber das soll uns zunächst nicht beunruhigen. Sie machen weiter Ihre Arbeit, ich mache meine.« Er schlug mir auf die Schulter. »Gemeinsam werden wir dieses Projekt zum Erfolg führen, Sie und ich.«

Und er paradierte ab wie ein Operettengeneral, erfüllt vom heiligen Ernst des Funktionärs. Kein Zweifel, Svevo war geistesgestört. Ich durfte ihn nicht reizen, und musste auf jeden Fall den Anschein erwecken, dass ich ihm in allen Dingen zu Willen war. Sonst würde er vor seinem Sturz, der mir unvermeidlich erschien, noch mich vernichten.

Eine Stunde später traf eine RoPo von der Sekretärin des AK-Vorsitzenden ein, die die Freigabe der beantragten Ressourcen ankündigte, ab sofort. Svevo war erfolgreich gewesen. Ich hatte zwei neue Feinde.

»Du musst diesen Svevo loswerden«, sagte Nathalie. »Das ist ein schlechter Mensch.«

»Brillante Analyse«, rief ich, während ich zu ihr aufzuschließen versuchte. Ein Kälteeinbruch mitten im Sommer hatte den See wieder komplett zufrieren lassen, und Nathalie hatte mich zu einer Schlittschuhpartie herausgefordert. Sie bewegte sich auf dem Eis, als sei sie dafür geboren. Ich stakselte hinter ihr her – nach zwei Stürzen war ich etwas vorsichtiger geworden. Zum Glück hatte sie ein Einsehen und verlangsamte ihr Tempo, sonst hätten wir uns nicht über Svevo unterhalten können. Wer wusste schon, wie weit unsere Stimmen trugen, und wer uns alles zuhören konnte.

»Wie soll ich ihn denn loswerden, deiner Meinung nach?«, fragte ich, schwer atmend.

»Ich könnte ihn erstechen«, sagte sie, und es klang überzeugend und blutgierig. »Ich tu's für dich.«

Ich lachte. Diese Sorte Späße kannte ich schon von ihr.

»Von wegen. Du machst mir hier nicht die Corday, wegen einem so miserablen Marat wie Svevo. Das muss anders gehen. Wenn er in der Parteileitung für das Strukturat sitzt, wird er uns vergessen.«

»Du bist ein Idiot«, sagte Nathalie. »Wenn dumme Teufel wie dieser Svevo sonst nichts können, haben sie doch meistens ein Elefantengedächtnis. Es ist wie mit Erpressern. Wenn du ihnen gibst, was sie wollen, kommen sie wieder und wieder und wieder. Der Kerl muss weg. Endgültig.«

Ich entgegnete nichts. Was sollte ich auch entgegnen? Nathalie brachte nur meine schlimmste Befürchtung auf den Punkt: dass meine ganze Strategie des bedingungslosen Gehorsams bei Svevo nichts nützte. Nathalie stand mir plötzlich ganz nahe. Sie berührte meine Stirn mit der ihren.

»Ich weiß, du hast Angst, dass sie deine Hochstapelei entdecken. Gegen diese Angst gibt es eigentlich nur eine Waffe: die Wahrheit. Aber wenn du die Wahrheit sagst, wirst du verbannt, nicht wahr? Das ist der Fluch der bösen Tat.«

Ich hörte mir das an, weil es von ihr kam.

»Du Feigling«, sagte sie. »Du Hochstapler. Du lieber Mensch. Ich will die Präferenz mit dir.«

»Ist das wahr?«

»Sonst würde ich es nicht sagen.«

Der Mann grüßte nicht einmal richtig, als ich in mein Büro kam. Er sagte nur kurz »Tach!« und hantierte weiter an einem Kasten, den er in der Nähe des Diktaphons auf meinem Schreibtisch festschraubte. Der Mann verknüpfte jetzt zwei Kabel mit dem neuen grauen Kasten. Die Kabel schienen aus der Wand zu kommen und waren bereits fest verlegt, vor meinem Schreibtisch liefen sie eine kurze Strecke über den Fußboden. Der Mechaniker hatte den armseligen Teppich wegschieben müssen, offensichtlich sollte das graue Klebeband, mit dem die Kabel am Boden fixiert waren, später vom Teppich verborgen werden. Den zweiten Mann entdeckte ich erst jetzt. Er stand in einer Ecke meines Büros und sah aus, als sei er im Stehen eingeschlafen, genau wie der seltsame Gehilfe dieses anderen Kerls, der mir das Diktaphon damals gebracht hatte. Der Techniker pfiff eine Melodie vor sich hin – so weit ich erkennen konnte, handelte es sich um die ladanische Hymne. Ich war wie vom Donner gerührt

»Was machen Sie da?«, brachte ich schließlich über die Lippen.

Der Mechaniker sah mich nicht an, sondern zog den Rotz in seiner Nase hoch.

»Te-le-graph. Telegraph für Diktagraf.« Sein meckerndes Lachen war bösartig und dumm.

»Ich habe keinen Telegraphen bestellt.«

»Hamwer gemerkt, hamwer gemerkt.« Jetzt würdigte er mich endlich eines Blickes. »Und warum?«

»Ich ... ich hielt das nicht für nötig. So wichtig bin ich nicht.«

Er richtete seinen Schraubenzieher auf mich und erklärte:

»So was weiß man selber nicht so gut.«

Er schraubte weiter, in der Hocke sitzend, pfeifend. Dann tat ich etwas sehr Dummes. Ich ging rasch zu ihm hin und warf ihn um. Der Schraubenzieher fiel ihm aus der Hand, aber er bekam ihn wieder zu greifen, noch während dieser über den Boden rollte. Blitzschnell war er auf den Beinen, jetzt hielt er den Schraubenzieher wie ein Messer. Ich wich nicht aus. Ich war zu wütend dazu.

»Sie hören jetzt sofort auf. Raus jetzt.« Meine eigene Stimme erschreckte mich. Ich ging nicht aus Mut noch einen halben Schritt auf ihn zu. Nur eine rasende, namenlose Wut brachte mich dazu. Ich war kurz vor dem Überschnappen. Mich interessierte nicht einmal, ob der Gehilfe in meinem Rücken irgendwie reagiert hatte, ich konfrontierte nur meinen Gegner.

»Ja und?«, sagte der Rothaarige schnaubend. »Ich bin sowieso fertig hier.«

Er bedrohte mich immer noch mit seinem Schraubenzieher und bewegte sich langsam auf die Tür zu. In der offenen Tür stehend rief er: »Komm schon, Blödmann. Wir hauen hier ab.« Und der Gehilfe, der offenbar die ganze Zeit unbeteiligt in seiner Ecke gelehnt hatte, lief kommentarlos hinter ihm her. Ich warf die Tür zu, und schloss von innen ab.

Es dauerte eine ganze Weile, bis ich wieder in der Lage war, überhaupt irgendetwas zu denken und zu tun. Natürlich beherrschte mich nach dem Zwischenfall der Gedanke an die Konsequenzen. Ich rechnete mit der sofortigen Verhaftung durch die *Sicherheit*. Als ich eine Stunde später noch nicht abgeholt worden war, vermutete ich, Svevo würde demnächst auftauchen und mich zur Rede stellen. Das geschah nicht. Kurz bevor ich an diesem Abend das Büro verließ, keimte in mir die Hoffnung auf, der Mechaniker habe mein Verhalten gar nicht gemeldet, weil sein eigenes so unmöglich gewesen war. Ich hatte meine Jacke schon in der Hand, da entdeckte ich, dass das Dikatphon eingeschaltet war. Im Ausgabeschacht leuchte weiß ein Blatt Papier, und als ich es herausfischte, las ich zu meinem größten Erstaunen die ganze Unterhaltung mit dem Mechaniker, von »Was machen Sie da?« bis »Wir hauen hier ab.« Das Gepolter der körperlichen Auseinandersetzung wurde durch eine Wolke von Buchstaben und Zeichen angezeigt, die über drei, vier Zeilen sinnlos verteilt war. Möglicherweise waren die Provokationen des EKOM-Mechanikers schneller bei seiner Zentrale angekommen als sein eigener, mündlicher Bericht. Wenn ich bei einer eventuellen Untersuchung des Vorfalls das Schwergewicht auf das unerlaubte Betreten meines Büros legen würde, kam ich möglicherweise um eine Bestrafung herum.

In der Folgezeit bestand eine Hauptschwierigkeit darin, dass mich das Allokationskommissariat bis zur Selbstzerstörung bekämpfte. Jeder meiner Anträge wurde bezweifelt. Egal, ob es dabei um das Spezialglas für den Führerstand der Lokomotive ging oder um zusätzliche Bleche, die wir für die Stromlinienverkleidung brauchten: Das AK genehmigte nichts ohne eingehende Prüfung, Befragung der Genossen und ein ständiges Gemecker, das sich auf unsere Arbeitsmoral höchst negativ auswirkte. Es war vollkommen klar, dass das sachlich mit unserer Arbeit nicht das Geringste zu tun hatte, sondern allein von meiner Auseinandersetzung mit dem Vorsitzenden wegen der Spezialstähle und Legierungen herrührte. Ich führte über die Provokationen des Allokationskommissariats geflissentlich Buch, und als mir wieder einmal auf besonders alberne Weise Steine in den Weg gelegt wurden (ich glaube, es ging um Acetylengas für die Schweißer), präsentierte ich diese Liste Svevo. Ich ließ dabei auch den Begriff Sabotage fallen. Svevo war sofort Feuer und Flamme. Er trug die Liste der AK-Gemeinheiten umgehend zur Strukturats-Parteileitung, was die sofortige Entlassung des Vorsitzenden zur Folge hatte. Mit knapper Not entging er der Verbannung. Am Tag nach der Amtsübernahme durch seine Stellvertreterin lag vor meiner Bürotür wie zufällig eine tote Ratte.

Blütenweiß war das Kleid, mit dem Nathalie zur Präferenz erschien. Ich hatte meine normale Kleidung an und war einigermaßen überrascht, als sie wunderschön geschmückt und geschminkt vor mir stand. Das war nicht gerade üblich, andere hätten es vielleicht sogar für unladanisch gehalten. Sie sah aus wie eine Königin.

»Gefällt es dir?«, fragte sie.

»Sehr«, sagte ich. Ich konnte nicht anders, ich musste den Stoff befühlen. Es war wohl echte Seide.

»Ah, die Schmetterlingsfrau«, bemerkte ich fasziniert.

Ihr Gesicht leuchtete auf. Sie freute sich darüber, dass ich den Zusammenhang zwischen ihrer Arbeit und dem Kleid erkannt hatte.

»Ich habe das Kleid immer bei der Präferenz an«, sagte sie.

Nicht, dass mir das keinen Stich gegeben hätte. Wie viele Präferenzen hatte sie schon hinter sich, und wie viele würden nach der mit mir noch kommen? Aber so ist es richtig, dachte ich. Wir heiraten nicht, wir teilen die Präferenz. Ich wollte an den Augenblick denken, nicht an die Vergangenheit oder die Zukunft.

Der Notar wunderte sich sichtlich über das ungleiche Paar, das vor ihm saß, sagte aber nichts. Kurz bevor er die entscheidende Formel sprach, musste mir Nathalie noch die Mütze herunterziehen, die ich aus Schusseligkeit aufbehalten hatte.

»Und hiermit erkläre ich euch zu Präferenten«, sagte der Notar mit der routinierten und gelangweilten Feierlichkeit, die er sich über die Jahre angeeignet hatte. Danach mussten wir alle lachen, und die Spannung, die über der Situation gelegen hatte, löste sich.

»Und jetzt«, sagte sie, »gehen wir in ein Restaurant. Beim Holländerpier!«

Mir war alles recht, auch ein Restaurant am Holländerpier. Ich war glücklich.

Abschnitt eingefügt auf Vorschlag des Sicherheitsleutnants Abdelkader

Als die ladanische Gesellschaftsordnung geschaffen wurde, waren sich die führenden Genossen des Volkswillens über die Natur des Menschen im Klaren. Selbstverständlich wollten sie bei der Umsetzung ihrer revolutionären Pläne die größtmögliche Konsequenz walten lassen, selbstverständlich war ihnen wichtig, dass ihr Anliegen, dem Volk zu dienen, nicht verwässert wurde. Andererseits war ihnen bewusst, dass die radikale gesellschaftliche Umgestaltung, die sie im Sinn hatten, nicht in kurzer Zeit, ja möglicherweise niemals perfekt durchgeführt werden konnte, weil es immer einen gewissen Prozentsatz der Bevölkerung geben würde, dem sie widerstrebte. Wie damit umgehen? Wie die Revolution machen, und trotzdem im Auge behalten, dass sie für manche niemals funktionieren konnte? Gewalt schlossen die ladanischen Revolutionäre der ersten Stunde weitgehend aus, denn ihre Gesellschaft sollte nicht auf Gewalt gegründet sein. Wie sollten die Unzufriedenen aber dann im Zaum gehalten werden?

Das ladanische Gesellschaftsexperiment war von Anfang an isolationistisch angelegt. Die Revolutionäre wussten genau, dass ihre Gesellschaftsordnung nur dann Bestand haben konnte, wenn sie von allen anderen Gesellschaftsordnungen den größtmöglichen Abstand hielt. Dem ladanischen Sozialismus würde ein Überleben ausschließlich als abgelegener Sonderfall möglich sein, der nur um einen hohen Preis wieder aus der Welt geschafft werden konnte. Die Naturgegebenheiten waren dafür günstig: Wer sich einmal auf der Insel befand, konnte so schnell nicht wieder weg. Flugzeug- und Schiffsverkehr waren aufgrund der Witterungsbedingungen sowieso nur eingeschränkt möglich. Gleichzeitig mit dem Beschluss zum Einfrieren des technischen Fortschritts auf dem Niveau von etwa 1900 wurde auch ein anderer gefasst: den Bau eines Flughafens auf Ladania niemals zuzulassen. Trotzdem war dem allerersten Wohlfahrtsausschuss von Anfang an klar, dass ein kontrollierter Austausch mit der Weltgesellschaft, so destruktiv und vernunftwidrig sie aus ladanischer Sicht auch sein mochte, unvermeidbar war. Wie konnte man die ladanische Isolation aufrechterhalten und gleichzeitig einen überschaubaren Kontakt zur Außenwelt herstellen?

Die Lösung der beiden Probleme, des Problems der »Unzufriedenen« und des Problems der »relativierten Isolation« lag in ihrer Kombination. Man entschloss sich, nach dem Vorbild der japanischen Edo-Zeit eine künstliche Halbinsel zu schaffen, die dem Austausch mit der Außenwelt vorbehalten war. Dort, und nur dort, wurde Menschen und Waren von außerhalb der Zugang nach Ladania erlaubt, und nur von dort konnten Menschen und Waren die Insel verlassen. Die Verkehrsströme in beiden Richtungen wurden strikter Kontrolle unterworfen. Gleichzeitig schuf man eine Art Freihandelszone, zusammen mit einer eigenen Subkultur, um den Unzufriedenen ein Ventil für ihre Ablehnung der ladanischen Gesellschaftsordnung anzubieten. Man erhöhte die Attraktivität dieser Zone für die Unzufriedenen noch, indem man Parteimitgliedern des Volkswillens verbot, sie zu betreten (wobei gleichzeitig ihre polizeiliche Beherrschbarkeit jederzeit gewährleistet sein musste) – und schuf auf diese Weise eine kontrollierte Parallelgesellschaft; in gewisser Weise einen Abenteuerspielplatz für die verborgene Lust der Gesellschaft auf Dissidenz. Offiziell trug die Institution den Namen BWZ (Besondere Wirtschaftszone), im Volksmund wurde sie von Anfang an »der Holländerpier« genannt – wohl in Analogie zur künstlichen Deshima im Hafen von Nagasaki, deren Nutzung vom 1636 bis 1845 ausschließlich den Niederländern vorbehalten war.

Auf der Fahrt zum Holländerpier (eine kleine Vorortbahn brachte uns hin) musste ich unweigerlich an meine beruflichen Probleme denken. Nathalie, neben mit auf der Sitzbank, bemerkte das sofort und sagte: »Küss mich lieber, wenn dir danach ist.«

»Und wenn nicht?«, fragte ich belustigt zurück.

»Dann lässt du's eben bleiben. Ich will jetzt keine schlechte Laune mehr sehen. Wir amüsieren uns.«

Das fiel mir nicht leicht. Den Holländerpier hatte ich mir viel kleiner und unscheinbarer vorgestellt. In Wirklichkeit war er ein ausgewachsener Hafen mit mehreren Landungsstegen, eigener Infrastruktur, ja, einer eigenen Kultur. Eher eine Stadt für sich als nur ein »Pier«. Ich fühlte mich unsicher. Allzu deutlich herrschten hier andere Gesetze als im Rest Ladanias: Die Prostituierten, die seltsam gekleideten Flaneure, die großen Schiffe schüchterten mich ein. Ich wusste auch nicht, ob ein Besuch auf dem Holländerpier mit meiner gesellschaftlichen Stellung überhaupt vereinbar war. Das verunsicherte mich noch mehr.

Nathalie hingegen bewegte sich auf dem Holländerpier völlig ohne Scheu. Sie scherzte und lachte und wurde sogar ein oder zweimal von Leuten, die offenbar dauerhaft auf dem Pier wohnten, gegrüßt.

»Bist du oft hier?«, fragte ich sie.

»Aber ja!«, lachte sie. »Immer wenn ich einen schnellen Lustknaben brauche oder eine Runde Poker spielen will, komme ich hierher. In der Stadt gibt es das ja nicht.«

Es klang nicht völlig wie Spaß. Ich fragte mich, wie gut ich die Frau eigentlich kannte, mit der ich seit einigen Stunden die Präferenz teilte. Würde sie mir schaden? Dann schüttelte Nathalie auf eine spezielle Weise ihren Kopf, und ich wusste: Die ganze Verruchtheit war nur Schau. Nathalie liebte Abenteuer, aber sie kannte ihre Grenzen.

Bevor wir das Restaurant betraten, glaubte ich, jemanden auf der anderen Straßenseite um die Ecke wischen zu sehen, der mir bekannt vorkam. Ich konnte den Eindruck aber zunächst nicht zuordnen und befasste mich deswegen zunächst nicht weiter damit.

Das Essen war ausgezeichnet. Antarktische Meeresfrüchte, frischer als ich sie je gegessen hatte, mit wunderbar würzigen Soßen. Nathalie aß mit einem Appetit, der mir den wirklichen Grund für ihre häufigen Aufenthalte auf dem Holländerpier klar machte: Sie ging hier essen, so oft sie es sich leisten konnte. Obwohl es in diesem Restaurant einige elegant gekleidete Gäste gab, schien mir, als sei sie mit ihrem weißen Kleid der Mittelpunkt der Aufmerksamkeit. Ich liebte sie sehr.

Es gab nur eine Störung während des Essens. Plötzlich ging ein Raunen durch die Reihen der Gäste, und alle Gesichter drehten sich zu der großen Fensterfront. Auf einem etwa fünfzig Meter vom Restaurant entfernten Landungssteg konnte man eine Gruppe von blau gekleideten Männern in lockerer Formation laufen sehen, die von Bewaffneten eskortiert wurden – offensichtlich zu dem Schiff hin, das dort vertäut war. Das Schiff lief unter kubanischer Flagge, es musste einer der Eisbrecher sein, die zu dieser Zeit, im Hochsommer, leicht zu uns vordrangen. Die Situation war sonnenklar: Die Blaugekleideten waren Verbannte, die von Polizisten zu ihrem Ausreiseschiff gebracht wurden. Kuba war meistens die erste Station der Verbannten. Dort wurde ihnen immer noch eine kurze Gnadenfrist gewährt, bevor sie zu ihrem endgültigen Verbannungsort weiterverschubt wurden. Wie ich die Gefangenen da so vor sich hinmarschieren sah, hatte ich die Vision, selbst einer von ihnen zu sein. Ganz deutlich sah ich den blauen Rücken meines Vordermanns vor mir, vor allem aber den sauber ausrasierten Haaransatz unter seinem blauen Käppi. Meine Hände waren gefesselt, und links neben mir lief einer der Wächter, mit dem Gewehr im Arm.

»Hallo«, sagte Nathalie und wedelte mit einer Hand vor meinem Gesicht herum. »Dein Essen wird kalt.«

Ich kam wieder zu mir, aber ich war nicht frei. So sehr ich mich auch bemühte, meine Laune war verdorben. Nathalie versuchte nicht mehr, sie aufzubessern. Als die Rechnung kam, ließ mich der Preis nach Luft schnappen, und sie lachte mich aus. Man kann schon sagen, dass in diesem Lachen ein Hauch von Grausamkeit war. Ich fühlte mich ein wenig wie der Vetter vom Land, der sich in der Metropole durch provinzielle Kleinkariertheit lächerlich macht. Auf dem Weg nach Hause sprachen wir nicht viel. Das gab mir Gelegenheit, über den ganzen Tag nachzudenken. Ich erinnerte mich auch noch einmal an den Mann, der mir aufgefallen war, bevor wir das Restaurant betreten hatten. Plötzlich war mir klar, dass das Svevo gewesen sein musste!

Ich hatte mich wohl unwillkürlich aufgesetzt, denn Nathalie fragte:
»Was ist?«
»Svevo«, sagte ich. »Svevo war auf dem Holländerpier.«
»Svevo? Der darf den Pier gar nicht betreten.«
»Sicher. Trotzdem war er dort. Ich habe ihn gesehen.«
»Du hättest etwas gegen ihn in der Hand ...«
»Wenn ich es beweisen könnte, richtig. Aber das Schlimme ist« – ich senkte meine Stimme, denn ich bemerkte, wie angestrengt mein Sitznachbar uns zuhörte – »selbst dann würde sich nichts grundsätzlich an meiner Situation ändern. Die Lokomotive muss zum festgesetzten Termin fertig werden. Svevo kann ich nur noch dazu benutzen, dass das funktioniert. Und ich kann nur hoffen, dass ich ihn los bin, wenn es funktioniert. Von seiner Schwäche für den Holländerpier hätte ich wissen sollen, als er mir den Auftrag gegeben hat. Jetzt ist es zu spät.«

Nathalie legte ihre Hand auf meine.

Heute glaube ich fast, es ist Selbstmord gewesen. Eigentlich müsste ich es ja wissen. Ich war der letzte, mit dem Raymond gesprochen hat. Der Tag war an sich schon furchtbar. Die Hebebühne, die wir für die Lokomotive benutzten, ging kaputt. Da die andere nur für unsere normalen Dampfmaschinen taugte, brachte uns das in die Verlegenheit, bei Petersens Lokomotivengruppe um Unterstützung zu bitten. Ich schrieb Petersen, wir bräuchten eine seiner Hebebühnen, und er antwortete sofort, das sei kein Problem. Nach dem Abgang des AK-Vorsitzenden war ich im Strukturat kaum noch auf Widerstand gestoßen, was mich natürlich freute, auch wenn es seinen Preis hatte: Ich aß mittlerweile an einem Tisch in der Kantine immer ganz allein; wie von Zauberhand leerten sich die Plätze um mich herum, wenn ich mich irgendwo dazusetzte. Wir beschlossen also, die Lokomotive mit den noch nicht zu Ende justierten Achsen quer durch das Strukturat zu Petersen zu fahren, und hofften, dass dabei nichts kaputtging. Riskant, aber notwendig – wir waren eine Woche hinter dem Zeitplan und konnten uns keine weiteren Verzögerungen leisten. Als die Lokomotive auf den Schienen stand – für Laienaugen so gut wie fertig, für mich beängstigend roh und nackt – hatte ich die größte Angst, wir hätten die falsche Entscheidung getroffen und würden sie durch den Transport ruinieren. Raymond stellte sich neben mich, während die kleine Werkslok ankuppelte, die unseren Schatz wegschleppen sollte.

Sie war gerade losgefahren, als Raymond sich zu mir herdrehte, einen Schritt auf mich zumachte, stolperte und mit einem kurzen, eher überraschten als verzweifelten Schrei auf das Gleis fiel. Mit einer Art ungläubigem Entsetzen sah ich, wie er buchstäblich vor meinen Augen von den beiden Lokomotiven überrollt wurde. »He!«, schrie ich, oder etwas Vergleichbares, als alles schon längst zu spät war. Die sich um mich herum entwickelnde Panik bekam ich in einem Zustand der Quasi-Erstarrung mit. Es war, als liefe meine Zeit der Zeit der Welt hinterher. Während der Lokführer der Rangierlok weiterfuhr, als sei nichts geschehen – er hörte den Aufruhr wohl gar nicht, weil seine Maschine so schnaufte – wurde um mich herum schon nach einem Arzt geschrieen. Einige aus Raymonds Arbeitsgruppe sprangen auf das Gleis. Ich sah, wie sich jemand auf der gegenüberliegenden Seite übergab.

Jede Hilfe kam zu spät. Die Sanitäter konnten nichts tun, als die zwei Teile, in die Raymond zerlegt worden war, auf eine Bahre zu legen und ausbluten zu lassen. Ich fühlte nichts, als ich mich neben der Leiche hinkniete. Raymonds Augen waren offen. Eine seltsame Wärme ging von ihm aus, als lebe er noch. »Raymond«, sagte ich, »Raymond.«

»Du warst das!«, schrie mich jemand an. »Du bist schuld!«

Die Worte erreichten mich durch eine meterdicke Polsterung aus Watte. Ich sah die Frau an – es war Tatjana aus Raymonds Schweißergruppe. Zwei

Genossen hielten sie fest, damit sie sich nicht auf mich stürzen konnte. Sie spuckte mich an, dann wurde sie weggebracht. Die Sanitäter legten ein weißes Tuch über Raymond, in der Hüftgegend färbte es sich sofort blutrot. Sie brachten ihn weg. Die Betriebssicherheit kam, verscheuchte alle und sperrte den Unfallort ab.

»Geh nach Hause, Genosse«, sagte einer der Grauuniformierten zu mir. »Wir unterhalten uns später. Heute keine Arbeit mehr.«

So ist die eiserne Regel bei uns. Tödliche Arbeitsunfälle führen zu einem freien Tag für die ganze betroffene Brigade.

Die nächste Zeit war unerträglich. Ich hatte nicht nur einen Freund verloren sondern auch den fähigsten Facharbeiter des Projekts. Die Untersuchung durch die Betriebssicherheit war kurz und schmerzlos, sofort sprach man mich von jedem Verdacht frei: Tod durch menschliches Versagen, lautete das Urteil. Aber mir selbst genügte das natürlich nicht. Hatte ich nicht doch in irgendeiner Weise Schuld am Tod Raymonds? Hätte ich nicht doch etwas tun können, um ihn zu verhindern? Zwar schlief ich in dieser Zeit wie immer traumlos, aber tagsüber rollte das Geschehen wieder und immer wieder vor meinem geistigen Auge ab. Raymonds Schritt, sein Sturz, sein Schrei, sein Tod. Wieder und wieder.

»Das ist ein Trauma, Genosse Reiszman«, sagte die Beraterin bei der Psychologischen Abteilung der Betriebssicherheit. »Wir können Ihnen etwas zur Beruhigung geben.«

»Etwas zur Beruhigung?«

»Ein Medikament.«

»Nein danke.«

»Sind Sie sicher?«

»Absolut.«

Wenn ich schon Raymonds Tod nicht hatte verhindern können, wollte ich mir nicht auch noch erlauben, meinen Kummer und meine Verwirrung einfach wegzuspülen. Es wäre mir wie Hohn ihm gegenüber vorgekommen, ein paar Pillen zu nehmen, um ihn zu vergessen.

Ein paar Tage nach dem Unfall besuchte mich Tatjana in meinem Büro und entschuldigte sich dafür, dass sie mich angespuckt hatte. Ich sah sie da stehen, um Fassung bemüht, mit den Tränen ringend, und dachte zu meinem eigenen Erschrecken daran, dass sie im Moment nicht an der Lokomotive arbeitete. Tatjana war die beste Schweißerin, die mir geblieben war, und uns fehlte noch der ganze Stromlinienaufbau. Fieberhaft dachte ich darüber nach, was ich auf ihre Entschuldigung antworten konnte.

»Ich ... ich nehme deine Entschuldigung an«, sagte ich. »Ich habe mich auch die ganze Zeit gefragt, ob ich irgendwie an seinem Tod schuld sein könnte. Raymond ... hat dir viel bedeutet, nicht wahr? Mir auch, mir auch. Raymond hat die Lokomotive sehr viel bedeutet. Die Arbeit daran war ihm sehr wichtig. Ich glaube, er hätte gewollt, dass wir sie fertig bauen. Vielleicht sollten wir sie nach ihm benennen.«

Es war einfach so aus mir herausgesprudelt, in meinem Bedürfnis, etwas Bedeutungsvolles zu sagen, etwas, das Sinn machte. Tatjana weinte jetzt laut und verließ mein Büro ohne Abschied. Ich dachte, ich hätte sie mir endgültig zur Feindin gemacht. Aber als ich später an diesem Tag noch einmal zu unserer Hebebühne hinunter ging (sie funktionierte inzwischen wieder), fand ich sie bei der Arbeit; die Funken sprühten nur so um ihre Schweißermaske herum, und Paul, der Sprecher der Arbeitsgruppe (der früher auch mein Sprecher gewesen war), legte mir die Hand auf die Schulter.

»Das war eine gute Idee«, sagte er.

Obwohl ich nicht gleich wusste, was er meinte, nickte ich. Mir hatte schon so lange keiner der Genossen Sympathie bewiesen, dass ich nicht nachfragen *wollte*. Wenig später ging mir dann auf, dass er die Sache mit dem Namen meinte. Ich biss mir auf die Lippen – vor Zorn über mich selbst. Wahrscheinlich würde ich wieder Svevo einschalten müssen, um das durchzusetzen.

In diesen Tagen fingen die ersten ernsthaften Streitereien mit Nathalie an. Sie sagte ein paar Mal:

»Jetzt musst du aufhören. Wenn Menschen sterben, ist es Zeit zum Aufhören. Du musst dich erklären. Wenn du verbannt wirst, gehe ich mit dir, mich hält hier ohnehin nichts mehr.«

Als sie das einmal zu oft gesagt hatte, schrie ich sie an: »Was soll denn dieser Unsinn? Mich erklären? Wie stellst du dir das vor? Glaubst du, wir werden gemeinsam irgendwohin verbannt, wo wir uns so richtig wohl fühlen? Und überhaupt: Du tust ja so, als sei ich am Tod von Raymond schuld! Es ist eindeutig menschliches Versagen gewesen, es war Raymonds Fehler! Er ist gestolpert.«

»Gestolpert ist hier bisher nur einer«, gab sie eiskalt zurück. Ich war nahe daran, sie zu schlagen, konnte mich aber glücklicherweise noch einmal zurückhalten.

Es war schon ein ungeheures Gefühl, als die Lokomotive fertig war. Wie sie da stand, mit der Stromlinienverkleidung und der rot-schwarzen Lackierung, wirkte sie wie ein Tier, sprungbereit, auch im Schlaf voller Kraft. Natürlich war sie nicht nach Raymond benannt worden. Ich hatte die Bitte der

Arbeitsgruppe an Svevo weitergeleitet, und Svevo hatte behauptet, sie sei von der Parteileitung des Strukturats bedacht worden, aber man habe sich dagegen entschieden.

»Bitte«, hatte ich zu ihm gesagt, »das machst du der Brigade selbst klar.«

Dazu war er natürlich nicht bereit gewesen, der Feigling, aber ich hatte ihn mit viel Mühe zu einem Dreiergespräch mit mir und Tatjana überreden können. Tatjana hatte sich sein verlegenes Gerede angehört, geblinzelt, mit dem Kopf genickt, und war dann gegangen. Ich hatte Glück gehabt: Die Brigade hatte nicht mir diese Dummheit angelastet, sondern der Partei. Und vor allem Svevo.

Unsere Lokomotive hieß jetzt »Tempête«, nach dem altersschwachen französischen Frachter, mit dem Nefardi und seine zweihundert Anhänger nach Ladania gekommen waren. Ich fand das ziemlich blöde, es war bloße Parteiraison, und ich wusste, ich würde auf die Namensfrage eingehen müssen, als ich die kleine, improvisierte Rede vor der technischen Jungfernfahrt hielt. Meine Leute erwarteten das von mir. Ich konnte es in ihren Augen sehen, als sie im Halbkreis um mich herum standen, vor unserer Lokomotive, die für die Erstfahrt bereit gemacht wurde.

»Genossinnen. Genossen. Ich will nicht lang reden. Ihr wisst, was wir geleistet haben. Ihr wisst, was es uns gekostet hat. Wir haben das Unmögliche wahr gemacht. Einer von uns ist dafür gestorben. Wir wollten unsere Lokomotive nach ihm benennen, weil er das größte Opfer für sie gebracht hat, das sich denken lässt. Der Volkswille hat anders entschieden, nun gut. Aber heute, bei der Erstfahrt, gilt Raymonds Namen doch.«

Ich nahm ein Stück Kreide aus meiner Hosentasche, ging zu dem Namensschild aus Messing, das neben dem Führerhaus angebracht war, und schrieb »RAYMOND« darunter. Die Genossen jubelten. Sie liefen zu den beiden Waggons, die für die Testfahrt an die Tempête angehängt worden waren. Tatjana hielt ich am Arm fest. Ich sagte zu ihr:

»Du fährst vorne mit.«

Sie lächelte glücklich, und ich wusste, dass sie sich das sehnlichst gewünscht, aber nicht danach zu fragen gewagt hatte.

Zu viert war es im Führerhaus recht eng. Der Lokführer bediente einmal den Pfeifenzug, und wir waren unterwegs. Erst im Schritttempo hinaus aus dem Strukturat und dann auf ein Nebengleis der Magistrale Neténde-Malewin, das auch für die Standardlokomotiven als Teststrecke benutzt wurde, aber für unsere Fahrt sorgfältig überprüft und enteist worden war.

Ein sonniger Tag, keine Seitenwinde, die Strecke schneefrei: Wir flogen über die Ebene zwischen der Hauptstadt und Malewin nur so dahin. Es wurde schnell klar: alles war gelungen. Welch ein Glück. Tatjana stand so nahe bei mir, wie es die Schicklichkeit noch zuließ, und der Lokführer lachte mich an. 186 km/h, ladanischer Rekord! »Ausfahren?«, schrie mir der Lokführer zu – ich schüttelte den Kopf. Keine Risiken bei der Erstfahrt. Ausfahren würden wir die Lok auf der derselben Strecke zehn Tage später. Die »Tempête« konnte 250 km/h schaffen – das wusste ich. Beweisen musste ich es mir am Tag der Erstfahrt nicht. Zurück im Werk umarmte mich Tatjana noch im Führerhaus, und beinahe hätte ich sie geküsst. Die ganze Centurie stand am Gleis und jubelte, als wir ausstiegen. Wir waren die Helden des Tages.

Ich sagte Maurice, er solle sich mit den Berechnungen für die Endabnahme beeilen. Ich musste ja so tun, als bräuchte ich noch genügend Zeit für die Prüfung seiner Berechnungen – in Wirklichkeit würde mir wenig anderes übrig bleiben, als sie ein paar Tage in meinem Schreibtisch liegen zu lassen, und dann zu unterschreiben. Als ich mich nach der kleinen Feier von der Tempête für diesen Tag verabschiedete, hatte jemand meine Kreideinschrift schon weggewischt.

Ich hätte mich ja freuen können, aber ich freute mich nicht. Das hing einerseits damit zusammen, dass ich in jeder Sekunde wusste: Mein Erfolg war auf Sand gebaut. Ich spielte seit Jahren mit meiner Existenz, und jetzt war dieses Spiel auf einem Höhepunkt angekommen, der allzu leicht in die totale Katastrophe umschlagen konnte. Ich wurde sehr paranoid, und fürchtete bei jedem Klopfen an meiner Bürotür einen Besuch der *Sicherheit*. So kurz vor der geplanten Erstfahrt am Revolutionstag schien mir das sogar logisch. Was ich da tat, konnte einfach nicht länger gut gehen. Der zweite Grund für mein Unbehagen war Nathalie. Sie verstärkte meine Zweifel noch, indem sie ständig eine Miene der vorwurfsvollen Gekränktheit vor sich her trug – kein Lob für meine Leistungen, sondern nur stille Anklage, als hätte ich weit größere Verbrechen begangen, als die, die man mir wirklich vorwerfen konnte. Ich liebte sie, aber ich verzweifelte an ihr, weil sie meine eigenen Zweifel spiegelte, und dadurch ins Unermessliche vergrößerte. Unsere Streitereien wurden bösartig. Ich musste sogar befürchten, dass unser lautes Gekeife irgendwann die Schlichtungskommission meines Wohnheims auf den Plan rufen würde, die immer eingriff, wenn irgendwelche Konflikte im Haus nicht mehr allein von den Beteiligten beigelegt werden konnten. Und die Schlichtungskommission konnte auch einen Untersuchungsauftrag an die *Sicherheit* weiterleiten, die an solche Aufträge gebunden war. Ich hatte furchtbare Angst.

Etwa fünf Tage nach der technischen Erstfahrt stritten wir uns besonders heftig. Es war ein kurzer, lautstarker und sinnloser Kampf um Selbstwert, die besseren Argumente, die geschliffenere Verachtung. Wenn sich eben zwei Menschen, die nicht ganz dumm sind, gegenseitig verletzen wollen. Alles in meinem kleinen Zimmer. Zum Schluss packte Nathalie ihre Sachen zusammen, und schlug meine Zimmertür hinter sich zu. Ein Plakat, das seit Jahren an der Innenseite der Tür hing, fiel herunter. Als ich es wieder angeheftet hatte, schaute ich auf die Uhr: 23:17. Sie würde den letzten Zug nach Hause noch erwischen.

Als ich zu Bett ging, konnte ich nicht einschlafen. »Du bist ein Monstrum!«, hatte sie geschrieen. »Du opferst dieser Maschine alles! Du bist im Inneren selbst schon eine Maschine!« Meine Antworten waren nicht viel sinnvoller gewesen. »Nicht das geringste Verständnis hast du für mich! Als könnte ich einfach so alles hinschmeißen! Und die Tempête ist wichtig für die ladanische Wirtschaft!« Die Szenen drehten sich in meinem Kopf wie in einem Karussell. Irgendwann nach Mitternacht erkannte ich den wahren Grund dafür: Ich hatte Angst, Nathalie würde mich verraten. Sie war der einzige Mensch überhaupt, der wusste, dass der Konstrukteur der Tempête ein Hochstapler war.

Zu meiner Überraschung fand ich durch die Aufdeckung meiner wahren Gefühle keine Ruhe. Nefardi, der Begründer der ladanischen Revolution, behauptet in seinen »Discorsi«, dass Menschen nur unruhig, deprimiert, verwirrt sein können, wenn sie sich über ihre wahren Gefühle und Motive nicht im Klaren sind, und sie zu verdrängen suchen. Das ist eine Erkenntnis, die uns Ladaniern schon im Kindesalter mitgegeben wird, und auf der unser ganzes Konzept der psychischen Volksfürsorge beruht. Und auch in dieser Nacht hatte Nefardi auf infernalische Weise Recht. Zunächst redete ich mir ein, dass meine Angst nur allzu berechtigt war. Ich hatte Nathalie als sprunghaft kennen gelernt, und ich glaubte, sie würde mich verraten, wenn sie zu der Überzeugung kam, das könne auf lange Sicht unsere Situation verbessern. Diese Vorstellung steigerte meine Angst noch mehr. Ich sah Nathalie bereits auf dem Weg zur *Sicherheit*. Es schien überhaupt nur noch einen Ausweg aus diesem Chaos zu geben: Nathalie musste weg. Sie musste sterben. Ich musste sie töten. Du bist verrückt geworden, dachte ich, sie hat vollkommen Recht. Trotzdem verspürte ich eine seltsame Erleichterung, als hätte ich die Lösung zu einem schwierigen Problem gefunden, und konnte sofort einschlafen.

Nachdem ich eine Nacht darüber geschlafen hatte, hatte sich der Glaube, Nathalie töten zu müssen, damit sie mich nicht verraten konnte, zu einer unumstößlichen Gewissheit verfestigt. Es war alles glasklar, es gab keine andere Möglichkeit. Den Vormittag, den ich, wäre alles mit rechten Dingen zugegangen, mit der Überprüfung von Maurice' Tabellen hätte verbringen müssen, benutzte ich zur Planung meines Verbrechens. Was dabei herauskam, war sehr simpel: Ich wollte Nathalie unter dem Vorwand eines gemeinsamen Abendessens zum Holländerpier locken, in einer dunklen Ecke erstechen und ins Wasser werfen. Schon an der Machart dieses Plans erkennt man, dass ich zu diesem Zeitpunkt nicht ganz bei Trost gewesen sein kann. Ich war mir zwar der Verwerflichkeit meines Plans voll bewusst, aber ich hielt ihn für notwendig. Um den Einladungsbrief an sie abzuschicken, ging ich wieder in das öffentliche RoPo-Terminal in der Malakoffstraße. Auch das natürlich für einen angehenden Mörder ein absurdes Verhalten. Selbst dass mich der Pächter offensichtlich wiedererkannte, schlug mich nicht in die Flucht. Beim Verschließen des Briefs war ich ganz ruhig.

Als ich an diesem Tag nach Hause kam, überprüfte ich zuerst das Terminal in meinem Wohnheim. Nathalie hatte mir geantwortet, sie war mit einem Treffen einverstanden. Treffpunkt sollte das Restaurant sein, in dem wir schon einmal zu Gast gewesen waren. Ich steckte ein einfaches Küchenmesser ein und machte mich auf den Weg zum Holländerpier.

Nathalie verspätete sich. Zunächst machte ich mir darüber noch keine Gedanken. Es war immer möglich, dass sie eine Viertelstunde überzog, sie gehörte nicht zu den Pünktlichkeitsfanatikern. Eine Viertelstunde später begann ich mir Sorgen zu machen. Ich stellte mir in meiner Verwirrung vor, sie habe geahnt, was ich vorhatte, und sei jetzt erst recht entschlossen, sich der *Sicherheit* anzuvertrauen, allerdings mit der veränderten Motivation, mich hinter Schloss und Riegel zu bringen, damit ich ihr nichts mehr anhaben konnte. Ich war so in Gedanken, dass ich die Polizisten gar nicht kommen sah.

»Routinekontrolle, Genosse«, sagte der eine von ihnen grußlos. »Die Papiere bitte.« Ich muss mich wirklich in einem seltsamen Gemütszustand befunden haben, denn ich erinnere mich genau, dass ich mich über den Begriff »Papiere« wunderte, während ich ihm meine Hollerith-Karte gab. Dass die immer noch »Papiere« sagen, dachte ich. Das Ding ist doch aus Ladanit. Und ich dachte: Jetzt durchsuchen sie mich, dann entdecken sie das Messer, und dann verhaften sie mich. Der Polizist prüfte die auf der Karte aufgedruckten Informationen gründlich.

Der zweite Polizist fragte:
»Was machen Sie hier, Genosse?«
»Ich warte auf meine Freundin.«
Die beiden sahen sich an und grinsten. Der erste gab mir meine Hollerith-Karte zurück.

»Na dann warten Sie mal nicht zu lang. Man erkältet sich schnell.« Sie salutierten ironisch und verschwanden. Fünf Minuten später wusste ich, dass Nathalie nicht mehr kommen würde, und fuhr zurück in die Stadt, um sie bei sich zu Hause zu besuchen und eventuell dort zu töten.

———

Als ich bei ihrem Wohnheim im Gewächshausdistrikt ankam, standen schnelle Dampfwagen der *Sicherheit* und der Notfallrettung am Straßenrand. Einige Schaulustige hatten sich eingefunden, aber das Grüppchen verhielt sich still, die ganze Szene hatte etwas statuarisches, unbelebtes. Ich näherte mich und erkannte, dass die Hälfte der Fahrbahn auf einer Länge von vielleicht zehn Metern abgesperrt war. Ich war wie in Trance. Es gab nicht viel zu sehen: ein beschädigter Dampfwagen, eine Bremsspur und ein wenig Sand, den man in eine dunkle Flüssigkeit hineingestreut hatte. Das konnte Öl sein, oder Blut, das nur deswegen nicht gefroren war, weil der von unten dampferwärmte Straßenbelag das nicht zuließ.

»Was ist passiert?«, fragte ich den einen Polizisten innerhalb der Absperrungen, obwohl ich intuitiv genau Bescheid wusste.

»Junge Frau. Überfahren. War gleich tot. Keine 30. Hat hier im Haus gewohnt. Schande so was.«

»Danke, Genosse.«

Ich bemühte mich, nicht zu taumeln, als ich wegging. Das Messer warf ich von einer Brücke, um es im Wasser zu versenken. Aber der Fluss war unter der Brücke zugefroren, und das Messer klapperte über das dicke Eis. Ich kümmerte mich nicht weiter darum. Da ich die Gesellschaft von Menschen nicht ertrug, lief ich den ganzen Weg nach Hause. Ich weiß nicht, wie spät es war, als ich mich in meinem Zimmer auf den Sessel sinken ließ. Ich wachte am Morgen in meinem Bett auf und hatte noch alle Kleider an.

Triumph und Katastrophe

In den nächsten Tagen hatte ich alle Hände voll damit zu tun, diese Ereignisse so zu behandeln, als seien sie gar nicht wirklich vorgefallen, als seien sie die Trugbilder böser Träume. Zu diesem Zweck wendete ich zwei Methoden an. Einmal redete ich mir ein, das Gemisch aus Gewalt, Verwirrung, Zufall und Unsinn, in das ich nach dem Streit mit Nathalie hineingeraten war, stelle etwas Einzigartiges, etwas vollkommen Unwahrscheinliches dar, einen seltsamen Raum der privaten Geschichte, in dem sich positive und negative Kräfte gegenseitig auslöschten. Die heftigen Bewegungen und Gegenbewegungen konnten so außerhalb dieses Raums gar nicht wahrgenommen werden, von außen betrachtet schien alles ruhig. Ich bemühte mich sehr, die letzten Tage von außen zu betrachten. Wohl wahr, Nathalie war tot. Ich las die Todesanzeige ihrer Brigade in der Zeitung, und mir wurde vom Notar meines Wohnheims mitgeteilt, dass meine aktuelle Präferenz aufgrund des Todes meiner Partnerin neu bewertet werden müsse. Eine Verlängerung der Präferenz – nach unserem Rechtssystem durchaus möglich – lehnte ich ab. Nathalies Tod, so sagte ich mir, sei gewissermaßen dadurch aufgehoben, dass ich so erleichtert über ihn war. Weil er in einem höheren Sinn eben doch kein Zufall gewesen sei, sondern einen Zweck gehabt habe (die Verhinderung ihres geplanten Verrats), sei er auf geheime Art eingebunden in das beinah ergebnislose Wechselspiel der Kräfte, und daher so gut wie eliminiert. Zweifellos eine Form von Wahnsinn.

Die zweite Methode zur Bewältigung meines Traumas bestand darin, dass ich mir in den Kopf setzte, die Berechnungen von Maurice trotz meiner mangelnden mathematischen Kenntnisse verstehen zu wollen. Dabei musste ich auf Unterstützung von außen und durch Fachliteratur vollkommen verzichten: Wie hätte das ausgesehen, wenn der leitende Ingenieur der Tempête-Brigade bei der Überprüfung der Daten zur Endabnahme plötzlich nach mathematischen Kenntnissen gefragt hätte, über die ein Ingenieur einfach verfügen musste? Ich las also die Tabellen und die kurzen Textabsätze immer und immer wieder durch, so als würde das bei einer ausreichenden Zahl von Wiederholungen den Sinn erschließen. Wie ein Ali Baba, der daran glaubt, dass sich die Höhle schließlich öffnen muss, wenn er den falschen Zauberspruch nur tausendmal wiederholt. Ich war mir der Unsinnigkeit des Verfahrens bewusst, aber ich machte mir weis, es würde mir vielleicht dabei helfen, die Zahlenkolonnen wenigstens auswendig zu lernen. Selbst diese Hoffnung zerschlug sich: Ich konnte das Kauderwelsch nicht behalten, weil ich nicht wusste, was es bedeutete. Zum Schluss hatten die Wiederholungen nur noch einen Zweck: eine totale Leere in meinem Kopf herzustellen, die ich zu diesem Zeitpunkt erfrischend fand. Ich unterschrieb zum letztmöglichen Termin. Zwei Tage später fand die Jungfernfahrt statt.

Den schönsten Tag meines Lebens erlebte ich in erstaunlich ruhiger Gemütsverfassung. Zur Jungfernfahrt erschien der komplette Wohlfahrtsausschuss, das höchste Gremium in unserem Staat, einschließlich der Vorsitzenden. Da ich der leitende Ingenieur beim Bau der Tempête gewesen war, fuhr ich mit dem Wohlfahrtsausschuss und dem Begleitpersonal – im ersten Wagen hinter der Lok. Alles lief glatt. Die Lok erreichte zwischen Nétende und Malewin 238 km/h. Als der Lokführer den Weltrekord durchgab, jubelte der ganze Wohlfahrtsausschuss, es wurde Champagner auf mich getrunken und man schlug mir auf die Schulter, als hätte ich die Lokomotive allein gebaut. Die Genossin Vorsitzende gratulierte mir, sie strahlte über das ganze Gesicht, wir wurden fotografiert. Ich war vollkommen ruhig und gelassen, denn ich hatte diese Leistung der Lokomotive erwartet. Außerdem war ich fest entschlossen, mich von der Stimmung um mich herum nicht anstecken zu lassen, damit ich wachsam bleiben konnte.

Als wir zum Strukturat zurückkehrten, hielt die Genossin Vorsitzende eine »improvisierte« halbstündige Rede, in der die anwesenden Mitglieder des Werks gelobt, ermahnt und angespornt wurden.

»Die Tempête«, sagte sie, »ist ab heute das sichtbarste Symbol für die Leistungen, zu denen unser Staat fähig ist, und auf diese Weise ist sie auch ein Symbol für uns alle.«

Die Vorsitzende kündigte an, dass die Tempête sogar in den Export gehen werde, möglicherweise ins Vereinigte Westchina, eine der wenigen Nationen, mit denen Ladanien regelmäßige Wirtschaftsbeziehungen unterhielt. Wie befürchtet, rief mich die Genossin Vorsitzende zum Rednerpult:

»Ich übergebe jetzt das Wort an den Genossen Josefo Reiszman, der mit seiner Brigade die Tempête gebaut hat.«

Ich hatte mich auf diese Herausforderung vorbereitet und las erst mit zitternder, dann mit immer kräftigerer Stimme Brechts »Fragen eines lesenden Arbeiters« vor, ein Gedicht, das mir immer viel bedeutet hat:

Fragen eines lesenden Arbeiters

Wer baute das siebentorige Theben?
In den Büchern stehen die Namen von Königen.
Haben die Könige die Felsbrocken herbeigeschleppt?
Und das mehrmals zerstörte Babylon –
Wer baute es so viele Male auf? In welchen Häusern
Des goldstrahlenden Lima wohnten die Bauleute?
Wohin gingen an dem Abend, wo die Chinesische Mauer fertig war
Die Maurer? Das große Rom
Ist voll von Triumphbögen. Wer errichtete sie? Über wen
Triumphierten die Cäsaren? Hatte das vielbesungene Byzanz
Nur Paläste für seine Bewohner? Selbst in dem sagenhaften Atlantis
Brüllten in der Nacht, wo das Meer es verschlang
Die Ersaufenden nach ihren Sklaven.

Der junge Alexander eroberte Indien.
Er allein?
Cäsar schlug die Gallier.
Hatte er nicht wenigstens einen Koch bei sich?
Philipp von Spanien weinte, als seine Flotte

Untergegangen war. Weinte sonst niemand?
Friedrich der Zweite siegte im siebenjährigen Krieg. Wer
Siegte außer ihm?

Jede Seite ein Sieg.
Wer kochte den Siegesschmaus?
Alle zehn Jahre ein großer Mann.
Wer bezahlte die Spesen?

So viele Berichte.
So viele Fragen.

Der Genosse Brecht steht in Ladanien in hohem Ansehen, er wird in den Schulen gelesen, er wird diskutiert, man führt seine Stücke auf. Daher hatte ich damit gerechnet, dass ich auf Zustimmung treffen würde. Aber mit dem enormen Applaus, der nach dem Ende des Gedichts aufbrandete, hatte ich nicht gerechnet. Hüte, Mützen und Blumen flogen durch die Luft, man glaubte, das Dach der Konstruktionshalle würde gleich abheben. Ich wusste nicht, wie ich damit umgehen sollte. Mir blieb nichts anderes übrig als einfach zu warten, bis der Lärm wieder abebbte. Ich erhaschte in all dem Tohuwabohu einen Blick auf Svevo, der mit den anderen leitenden Genossen des Volkswillens natürlich in der ersten Reihe vor dem Rednerpult saß, bzw. stand, denn alle waren zum Jubeln aufgestanden. Svevo klatschte auch, aber sein Gesicht war gelb vor Neid. Das war das erste und einzige Mal an diesem Tag, an dem ich es mit der Angst zu tun bekam. Nachdem es etwas stiller geworden war, sagte ich »Danke!« und trat vom Rednerpult weg. Es gab noch ein paar kurze Ansprachen, dann war der offizielle Teil der Feier vorbei, und die Belegschaft ging wieder zurück an ihre Arbeit.

Abends feierte ich noch mit der ganzen Centurie in einem reservierten Raum des Freizeitheims »Jupiter« beim Strukturat. Die Leute tranken viel (ich nicht), und die Stimmung wurde ausgelassen, um nicht zu sagen feuchtfröhlich. Ein ums andere Mal wurden Hochrufe auf mich angestimmt, es gab Trinksprüche und Toasts und ganz allgemein eine Menge großer Worte. Ich fühlte mich elend, versuchte mir das aber nicht anmerken zu lassen. Tatjana nahm gleich wahr, dass etwas nicht stimmte.

»Was ist, Josefo? Du wirkst so traurig. Fühlst du dich nicht wohl?«
Ich griff zu einer Notlüge.
»Ich muss an Raymond denken. Er hätte das alles hier miterleben sollen.«
»Aber das tut er doch!«, sagte Tatjana mit großer Überzeugung. Sie war angetrunken, ihre Augen glänzten glasig. »Du hast die Lokomotive nach ihm

benannt. Ihr wirklicher Name ist *Raymond*, was immer die anderen sagen. Raymond lebt! Er sieht uns! Trink mit mir!«

Sie lachte. Ich hob mein Bierglas, das noch halbvoll war, und wir prosteten einander zu. Tatjana war nahe an mich herangerückt. Ich konnte sie spüren und riechen, und eine Welle der Sehnsucht ging durch meinen Körper. Aber ich musste vor Widerwillen kurz die Augen schließen, weil mir sofort Nathalie in den Sinn kam. Es reicht langsam, dachte ich. Ich will nicht noch eine Frau unglücklich machen. Die letzte hat sich noch rechtzeitig umgebracht, bevor ich sie ermorden konnte.

»Josefo?«

Ich öffnete die Augen wieder. Tatjana runzelte vor Besorgnis die Stirn.

»Es ist nichts. Ich ... ich muss austreten«, sagte ich und erhob mich schwer, vor Kummer schwindelig. Auf der Toilette traf ich auf Paul.

»Einen Augenblick«, sagte er, nachdem ich mir die Hände gewaschen und getrocknet hatte. Er nahm mich zur Seite. »Es geht um Tatjana. Wie soll ich es sagen? Sie hält große Stücke auf dich. Nicht, weil du jetzt so erfolgreich bist. Ich kenne sie. Sie ist keine Opportunistin. Die Sache mit Raymond hat sie fast umgeworfen. Ich weiß, dass du erst vor ein paar Tagen deine Präferentin verloren hast. Aber Tatjana liebt dich. Ich bin mir sicher. Vielleicht braucht ihr beide Trost. Das ist alles, was ich sagen wollte.«

Ich hätte mit Gelächter reagieren können oder mit Aggression. Ich hätte ihm sagen können, er solle sich um seine eigenen Angelegenheiten kümmern. Aber ich war zu verwirrt und überrascht für eine angemessene Antwort. Mir fiel nichts anderes ein als: »Danke, Paul.«

Also »kümmerte« ich mich um Tatjana, so gut es ging. Ich versuchte fröhlich zu sein und erzählte Witze, und ich trank auch ein wenig mehr, als ich eigentlich geplant hatte, wegen der größeren Lockerheit. Tatjana freute sich, sie durchschaute mich nicht. Einmal legte sie ihre Hand auf meinen Oberschenkel. Es war nicht zu ertragen, deswegen machte ich mich ganz kalt. Sie zuckte dann zurück, als habe auch sie ihre Grenzen überschritten.

Als die *Sicherheit* kam, war das Fest noch in vollem Gange, aber der Auftritt der Polizisten sorgte sofort für Totenstille. Als hätte man das Bild eingefroren oder alles in Wachs gegossen, verharrte jeder in der Stellung, in der er sich gerade befand. Nur ich war agil und sprang sofort auf. Jetzt geht es los, dachte ich fast vergnügt. Jetzt holen sie mich.

»Genosse Reiszman«, sagte der Anführer quer durch den Raum.

»Ja, hier«, antwortete ich übereifrig.

»Sie sind verhaftet.«

Nach dieser Auskunft passierte etwas mit der Menge um mich herum. Leute standen auf. Ein Raunen ging durch den Raum. Die Polizisten wichen instinktiv zurück und griffen nach ihren Schlagstöcken, auch wenn sie sie noch nicht aus ihren Holstern herauszogen. Ich hatte jetzt die Verantwortung. Ich musste etwas tun.

»Bitte!«, sagte ich sehr laut, »bitte! Die *Sicherheit* hat Recht. Sie verhaften mich, weil ich ein Betrüger bin, ein Hochstapler. Ich bin kein Ingenieur, ich bin nur ein einfacher Techniker. Macht bitte keine Dummheiten. Die *Sicherheit* tut nur ihre Pflicht.«

Das lähmte die Menge, die kurz vorher noch bereit gewesen war, mich zu verteidigen, und den Augenblick der Überraschung nutzten die Polizisten, um sich zu mir durchzudrängen. Als einer von ihnen mir Handschellen anlegen wollte, begann Tatjana zu protestieren.

»Halt«, sagte sie schwach, »das ist ein Irrtum. Das ist alles Unsinn. Ich kenne Josefo. Er würde nie etwas gegen das Gesetz tun.«

Beeilt euch, dachte ich. Bringt mich hier weg. Wenn die anderen zu sich kommen, gibt es ein Unglück. Endlich hatten sie mich gefesselt und führten mich zum Ausgang. Vor dem Haus warteten der Fahrer und ein weiterer Polizist in einem schnellen Dampfwagen. Ich sah hoch zu den erleuchteten Fenstern des Freizeitheims. Meine Genossen, die ich nie wieder sehen würde, standen dicht gedrängt an den hell erleuchteten Fenstern und sahen zu uns herunter.

Nachspiel

Zunächst brachte man mich in die größte Niederlassung der *Sicherheit* in Nétende, in der *Straße der Revolution*, unweit von der Mechabib und dem öffentlichen RoPo-Terminal, das ich mehrfach benutzt hatte. Man behandelte mich korrekt, wenn auch nicht freundlich. Entgegen meinen Erwartungen wurde ich nicht geschlagen. Die Handschellen wurden mir bald abgenommen, ebenso wie jedweder persönliche Besitz, einschließlich der Schnürsenkel, die man zu meiner eigenen Sicherheit konfiszierte. Ich kam in eine Zelle mit offener Vergitterung. Man erklärte mir, ich müsse klingeln, wenn ich zur Toilette wolle. In der Zelle war es etwas kühler als gewohnt, wenn auch nicht wirklich kalt. Um die 13 Grad. Bis dahin hatte ich kein grobes Wort gehört.

Ich wollte mich beruhigen, indem ich mich auf der schmalen Holzpritsche ausstreckte. Das war leider schwierig, denn in meinem Kopf kreisten unentwegt die Gedanken. Ich hatte versagt. Alles war umsonst gewesen. Der Bruch mit Pani, der Tod von Raymond und Nathalie – wofür das alles? Für eine Lokomotive. Etwa um Mitternacht besuchte mich Nathalie. Sie trug ein weißes Nachthemd. Wenn sie ausatmete, standen ihr kleine Wölkchen vor Mund und Nase. Ich richtete mich auf.

»Na?«, sagte sie. »Na?«

»Was willst du?«, fragte ich, und sie antwortete: »Na? Na?«

Sie wiederholte es immer wieder, bis ich sagte, sie solle weggehen. Stattdessen setzte sie sich neben mich auf die Pritsche und fragte immer wieder: »Na?«

Es war ein Glück, dass bald ein Polizist kam, die Gittertür aufschloss und sagte: »Reiszman. Verhör.« Ich schlurfte mit meinen schnürsenkellosen Schuhen so schnell ich konnte aus der Zelle hinaus. Nathalie wollte mir folgen, aber der Polizist schloss sie in der Zelle ein. Ich dachte nicht daran, dass sie auf diese Weise wahrscheinlich immer noch da sein würde, wenn ich von dem Verhör wieder zurückkam. Ich war nur froh, ihr für den Augenblick entkommen zu sein.

In dem gut beleuchteten und beheizten Verhörraum wartete nicht nur ein rauchender Leutnant der *Sicherheit* auf mich, sondern auch Pani. Ich glaubte zunächst an eine weitere Erscheinung im Stil des Nathalie-Geistes, der mich in der Zelle besucht hatte, machte mir dann aber schnell klar, dass Pani dienstlich, als Kader der Registratur hier war. Sie wirkte ruhig und professionell, auch wenn ich ihr eine gewisse Mühe anzusehen glaubte. Immerhin waren wir einmal Präferenten gewesen. Ich ging davon aus, dass ihre Anwesenheit eigentlich nicht den üblichen polizeilichen Gepflogenheiten entsprach, sondern nur dazu diente, etwaigen Widerstand von mir schnell und umstandslos zu brechen, indem mir meine Verfehlungen von jemandem vorgehalten wurden, der mir einmal sehr nahe gestanden hatte. Da ich fest vorhatte, in jeder Hinsicht mit den Behörden zu kooperieren, fand ich das überflüssig.

»Setzen Sie sich«, sagte der Leutnant und drückte seine Zigarette aus.

Als ich mich setzte, bemerkte ich das Diktaphon neben dem Schreibtisch. Das Mikrophon lag auf dem Deckel des Geräts, als sei es dort vergessen worden.

»Was sollen wir denn jetzt mit Ihnen machen, Sie Volksheld?«, fragte der Genosse Leutnant. Pani saß hinter ihm auf ihrem Stuhl und ordnete irgendwelche Papiere.

»Genosse Leutnant. Zuerst möchte ich feststellen, dass ich gestehe, und dass ich in allen Punkten mit der *Sicherheit* und den Justizbehörden kooperiere.«

»Ja, ja«, sagte der Leutnant und winkte ab. »Das tun die meisten, die hier landen. Aber um unser kleines Gespräch hier kommen wir trotzdem nicht herum.«

Ich schwieg.

»Was haben Sie sich eigentlich dabei gedacht? Haben Sie wirklich geglaubt, Sie kommen damit ewig durch?«

Ich überlegte mir meine Antwort gut.

»Ich war ehrgeizig und wollte nicht mehr in dem Kartonagenstrukturat arbeiten. Nach ein paar Jahren glaubte ich wirklich, dass das immer so weitergehen könnte. Ich machte meine Arbeit so gut es ging, und es gab nie Klagen. Aber als Svevo mit der Idee zu der Lokomotive kam, wusste ich, das ist mein Ende.«

»Und warum haben Sie dann die Ausführung des Parteiauftrags nicht abgelehnt?«

»Ich hatte Angst. Ich glaubte, wenn ich ablehnte, würde man meine Vergangenheit untersuchen, meinen Betrug entdecken und mich verbannen. Also spielte ich auf Zeit. Ich nahm den Auftrag an und machte meine Sache so gut es ging.«

»So, so. Und jetzt ist genau das geschehen, vor dem Sie sich so gefürchtet haben, weil es eines Tages einfach geschehen musste.«

Ich nickte und schwieg.

Der Genosse Leutnant schien irgendwie amüsiert.

»Wollen Sie eigentlich wissen, wie wir Ihnen auf die Schliche gekommen sind?«

Das wollte ich eigentlich überhaupt nicht. Ich brauchte mir meine Dummheit nicht auch noch im Detail vorführen zu lassen. Aber da der Leutnant seinen Spaß daran zu haben schien, nickte ich eifrig.

»Das mit dem Besuch bei Nathalie, das war nicht ungeschickt. Das ist uns gewissermaßen entgangen. Dann hatte die Genossin Pani hier den ersten Verdacht. Ehrlich gesagt«, er beugte sich ein wenig vor, »glaube ich, dass sie ein wenig eifersüchtig war, nachdem Sie sie ein paar Mal versetzt hatten.« Er streckte mir seinen Zeigefinger entgegen. »Fürchtet die Frauen!« Bei einem schnellen Seitenblick stellte ich fest, dass Pani total ungerührt auf ihrem Stuhl saß. Sie war offensichtlich mit dem Sortieren ihrer Papiere fertig. Der Leutnant streckte seine linke Hand aus, ohne sie anzusehen, und sie drückte ihm ungefragt ein Bündel in die Hand, das er vor sich auf seinen Tisch hinwarf.

»Der ganze Kladderadatsch, von Ihrer Geburtsurkunde bis zum Protokoll ihres letzten Jahresgesprächs im Strukturat. Hat sie alles untersucht, die Genossin Pani. Und was hat sie gefunden? Fast nichts. Bis auf ein paar Unregelmäßigkeiten bei der Bewerbung zu Ihrer jetzigen Arbeitsstelle im Metallstrukturat. Eigentlich Kleinkram. Wird aber immer größer, je genauer man hinsieht. Sie konnten die Ausbildung, von der Sie in Ihrer Bewerbung schrieben, ja gar nicht gemacht haben. Da passten ja schon die Prüfungstermine nicht. Was Fälscher so falsch machen. Aber das war uns natürlich noch nicht wichtig genug. Schließlich machten Sie, Genosse Reiszman, gute Arbeit. ›Und wenn schon‹, hat mein Chef gesagt, als ich Sie verhaften lassen wollte. ›Der Mann macht seine Sache gut, wenn er damit fertig ist, nehmen wir ihn uns vor.‹ Also haben wir Sie beobachtet.«

Er rührte in den Papieren herum wie in einem Topf Suppe. Dann lachte er, zog eine Schublade auf, nahm etwas heraus und warf es ebenfalls auf den Tisch. Mein Küchenmesser.

»Was wollten Sie denn eigentlich damit?«

»Ich wollte meine Präferentin Nathalie ermorden, weil ich Angst hatte, dass sie mich verraten würde. Ich hatte ihr alles erzählt.«

Der Leutnant klatschte in die Hände, er gluckste vor Vergnügen.

»Siehst du! Siehst du, Josefo! So hatte ich mir das gedacht. Aber dann ist sie vorher auf die Straße gesprungen, und du hast dein Messer weggeworfen.«

Ich sah das Messer fallen. Ich sah, wie es über das Eis klapperte. Ich erinnerte mich daran, wie ich mich an dem Abend gefühlt hatte.

»So. Sehr schön. Aber mir persönlich macht am meisten Spaß, wie du vor der Abgabe des Berichts an die Qualitätskammer die Zahlen von Maurice auswendig lernen wolltest.« Er zeigte auf das Dikatphon neben seinem Schreibtisch. »Ich bin hier gesessen, habe dir bei deinem verzweifelten Gemurmel zugehört und mich die ganze Zeit gefragt: Was macht der Kerl denn da? Bis ich auf die Idee kam, dass du ja vielleicht gar nicht rechnen kannst, und dass du dir die Zahlen einpaukst, um bei kritischen Nachfragen nicht ganz nackt dazustehen. Junge, Junge, dachte ich da, die Wirklichkeit ist doch immer noch primitiver und dümmer, als man denkt. Da sagte dann mein Chef hier: Den müssen wir danach unbedingt aus dem Verkehr ziehen. Und wir haben natürlich ein paar Spezialisten ganz im Verschwiegenen gebeten, die Zahlen noch einmal unabhängig zu prüfen. Wir wollten ja schließlich nicht den ganzen Wohlfahrtsausschuss gefährden, nicht wahr? Aber das wolltest du doch auch nicht, Josefo, oder?«

»Keinesfalls«, antwortete ich knapp. Bedenkend, dass das zu meinem betrügerischen Verhalten in diametralem Widerspruch stand, fügte ich hinzu: »Ich vertraute den Zahlen von Maurice.«

»Dir blieb ja auch nichts anderes übrig. Aber wie sagt doch der Genosse Lenin: Vertrauen und Kontrolle, du weißt schon. Also – wir kommen dich holen. Und jetzt«, der Leutnant lachte, »jetzt der Clou. Dem Wohlfahrtsausschuss und vor allem unserer großen Vorsitzenden passt das nämlich gar nicht. Das Ganze ist politisch, verstehst du? Wenn wir dich jetzt verbannen, wie es unsere Gesetze vorsehen, oder dir den Hals umdrehen und dich ins Meer werfen, was ich persönlich ja für das Richtige halten würde – was passiert dann mit dem neuesten Triumph der ladanischen Wirtschaft? Wer ist das Gesicht zur Tempête? Du natürlich, du Holzkopf. Du warst ja in allen

Zeitungen heute Morgen. Was haben wir ein Glück, dass vor deiner Verhaftung schon Redaktionsschluss war, das hätte ein Hallo gegeben. Wurde ja schon komisch bei eurer kleinen Betriebsfeier da. Du bist ein Volksheld, Josefo. Und ein Held für die Führung. Also was machen wir jetzt? Wie bringen wir das unter einen Hut, dass du ein Volksheld *und* ein Betrüger bist? Ich habe da so eine Idee. Die Genossin Pani muss jetzt mal gehen.«

Er hatte sie immer noch nicht angesehen. Pani stand auf und verabschiedete sich. Sie trug ihre restlichen Papiere mit sich. Ich versuchte, ihren Blick einzufangen, aber es gelang mir nicht. Als sie draußen war, sagte der Leutnant:

»Ich habe da eine Idee, Genosse Reiszman, die gefällt dem Wohlfahrtsausschuss bestimmt. Ob sie dir gefällt, das ist noch sehr die Frage. Aber das spielt eigentlich auch gar keine Rolle.«

Er lehnte sich über den Tisch, als wolle er mir im Vertrauen die Pointe eines sehr komischen Witzes erzählen.

»Wir verbannen dich nicht. Wir erschießen dich nicht. Wir machen ganz was anderes mit dir. Du wirst als Vertreter der ladanischen Industrie ins Ausland geschickt, mit der Tempête. Du verkaufst dein Werk, Josefo. Erst in Westchina, dann vielleicht in Kuba, überall dort, wo man sie haben will. Und so lange du nicht eine bestimmte Stückzahl verkauft hast, machst du weiter. Natürlich kommst du ab und zu zurück, um die Produktion und Weiterentwicklung zu überwachen, dich zu erholen, dich als Exportschlager der ladanischen Wirtschaft feiern zu lassen. Aber nie für lange. Dann musst du wieder los, Lokomotiven verkaufen. Wenn du abhaust, wirst du für immer verbannt. Dann bist du in der freien Wildbahn ganz auf dich gestellt. Wenn du genug Lokomotiven verkauft hast, kehrst du als freier Genosse nach Ladanien zurück. Das ist vielleicht in fünfzehn Jahren der Fall, oder in zwanzig, aber es ist zu schaffen, wenn man fleißig und geschickt ist. Die Welt braucht Lokomotiven. Wir haben sogar jetzt schon eine informelle Anfrage vom Freistaat Pennsylvanien und mehrere aus Westchina. Na, wie gefällt dir das?«

»Ich ...«

Der Leutnant schlug mit der flachen Hand auf den Tisch, dass es knallte. Er war ungeheuer vergnügt.

»Und jetzt kommt das Beste! Rate mal, wer dich die ganze Zeit begleiten wird? Immer an deiner Seite? Immer mit dir unterwegs?«

Ich war noch dabei, die schrecklichen Aussichten zu verstehen, die er mir gerade eben eröffnet hatte, deswegen konnte ich mich nicht sehr gut auf seinen »Clou« konzentrieren. Trotzdem kam mir ein Gedanke, der so schrecklich war, dass ich ihn nicht denken mochte.

»Dämmert's? Es wird natürlich dein alter Freund Svevo sein. Der allzu ehrgeizige Svevo, ab jetzt neben dir der fleißigste Lokomotivenverkäufer der

Welt. Was sage ich: ›neben dir‹? Er wird dein Vorgesetzter sein!« Der Leutnant schlug noch einmal auf den Tisch und prustete los vor Lachen. »Was —«, er verschluckte sich beinahe, »— was hältst du davon?« Sein Gelächter dröhnte durch das Büro.

Ich weiß nicht, wie ich dazu kam. Ich kann nicht wirklich darüber nachgedacht haben, aber plötzlich stand ich mit geballten Fäusten vor dem Schreibtisch des Leutnants und schrie gegen sein Gelächter an: »Das ... das könnt ihr nicht machen!«

»Und ob!«, schrie der Leutnant lachend zurück. »Und ob! Raus jetzt, du Mistkerl! Zurück in deine Zelle!«

Wie auf Kommando flog die Tür auf und zwei Sicherheitsbeamte drehten mir die Arme auf den Rücken. Ich konnte den Leutnant fast bis zu meiner Zelle lachen hören. Nathalie war zum Glück nicht mehr da. Aber ich weinte so lange, bis man mir drohte, dass man mich schlagen würde.

Schluss

Man hat mich zu den Verbannten getan, obwohl ich ihr Schicksal nicht teilen werde. Ich wohne hier auf dem Holländerpier, in einer Gemeinschaftsunterkunft, die im Volksmund »Grand Hotel Abgrund« heißt. Sie wird von der Sicherheit geführt und bewacht. Es scheint passend: Auf eine bestimmte Art werde ich verbannt. Was Nathalie wohl von dieser Wendung des Schicksals gehalten hätte? Wäre sie auch mit mir und Svevo nach Westchina gegangen, um Lokomotiven zu verkaufen? Die Zeitungen haben in ihren letzten Artikeln zu mir geschrieben, dass ich mich an einem »ruhigen Ort auf neue Herausforderungen« vorbereite. Das ist nicht einmal gelogen.

Der Leutnant hat zwei Bedingungen für meine zukünftige Tätigkeit als Lokomotivenverkäufer vergessen. Ich erhielt kurz nach meiner nominellen Freilassung folgenden Parteiauftrag: Erstens, einen genauen Bericht über meine Zeit als Hochstapler beim Metallstrukturat Südost zu verfassen und an die Registratur zu übergeben. Dieses Verfahren ist in Ladanien bei schweren Straftaten üblich. Die Verurteilten werden verpflichtet, sich über ihre Taten Gedanken zu machen, indem sie einen Bericht verfassen. Da ich aber offiziell nicht verurteilt worden bin, befahl man mir außerdem, über meinen Bericht zu schweigen, ihn als Geheimbericht zu behandeln. Ich habe ihn geschrieben, ich habe ihn abgegeben. Er heißt: »Die Lokomotive«.

Zusätzlich verlangte die Partei von mir, in der kürzest denkbaren Zeit meine Wissenslücken in Bezug auf das Ingenieurswesen zu schließen. Das ist hart. Es geht natürlich hauptsächlich um die Thermodynamik und ihre mathematischen Grundlagen. Ich mache Fortschritte, auch wenn meine Lehrer recht ungeduldig sind. Sie fühlen sich in dieser Situation genauso unwohl wie ich.

Tatjana hat mehrfach versucht, Kontakt zu mir aufzunehmen. Sie ist sogar bei der Parteileitung des Strukturats vorstellig geworden, um zu erfahren, wo ich mich aufhalte, und hat deswegen eine Verwarnung riskiert. Ich weiß nicht, ob man mir das nur mitgeteilt hat, um mich zu quälen.

Svevo ist völlig verrückt geworden. Er weigert sich, unsere getarnte Verbannung als Strafe zu begreifen, und spricht täglich von »unserer neuen Aufgabe« und »der faszinierenden Herausforderung, die vor uns liegt«. Er spricht wie die Zeitungen – eine rettungslos verlorene Seele. Wenn ich ernsthaft über ihn nachdenke, könnte ich Mitgefühl für ihn entwickeln. Das sollte ich mir vielleicht eher für mich aufsparen, ich habe eine Zukunft vor mir, in der ich fast ohne Unterbrechung mit dieser verlorenen Seele in Kontakt stehen werde.

Denn eines steht fest: Ich muss meinen Auftrag erfüllen. Ich bin ein Bürger Ladaniens und werde es immer sein. Es gibt für mich kein wirkliches Leben außerhalb Ladaniens, weder in den verwüsteten Städten Nordamerikas, noch in Westchina, wo man zum Kaisertum zurückgekehrt ist. Hier ist meine Heimat, hier ist die Gesellschaft, in der ich leben will. Und deswegen werde ich tun, was ich tun muss, um mich zu rehabilitieren.

In einem Monat soll der Eisbrecher kommen, der uns von hier wegbringen wird, vorausgesetzt die Witterungsverhältnisse erlauben es. Bis dahin muss ich ein Ingenieur geworden sein. Wenn ich mich anstrenge, kann ich das schaffen.

Uwe Post (*1968) hat ein Diplom in Physik und Astronomie, arbeitete früher als Journalist und ist nunmehr Software-Entwickler. Seine erste SF-Story erschien 1999; seitdem veröffentlichte er rund ein Dutzend Kurzgeschichten in C'T, NOVA und in Anthologien. Die hier erstmals abgedruckte Story »eDead.com« wurde mit dem William-Voltz-Award ausgezeichnet. Nebenbei ist er Moderator der SF-Rubrik von »kurzgeschichten.de« und dreht Kurzfilme. Blog: upcenter.de

---

UWE POST

eDead.com

Mia!

Wo bist du?

Wo ist mein Computer? Und ... verdammt ... wo bin *ich*?

»Willkommen auf dem Server hein03 von eDead.com. Wir wünschen Ihnen einen angenehmen Tod.«

Oh ... Scheiße!

In schlechten Hollywood-Streifen haben die Helden ungefähr bis zur zweiten Filmrolle Zeit, um sich zu erinnern, was ihnen widerfahren ist. Mich trifft es schon nach einer Minute. Wie ein Tritt in den Magen.

Ich würde gerne kotzen, aber mein Avatar unterstützt diese Funktion offenbar nicht.

Ruhig, Paule, ruhig.

Laut Systemuhr ist heute Mittwoch. Mal sehen ... Montag habe ich mein Gehirn auf den Server kopiert, wie jede Nacht. Also muss ich Dienstag gestorben sein. Mein Körper ist vielleicht gerade unterwegs zum Krematorium, und ich ...

Ich sitze in meinem digitalen Wohnzimmer an einem 1800 Pixel breiten Tisch. Drauf liegt ein Büchlein, direkt vor mir. Ich blättere. Die ersten Seiten sind voller Lizenzvereinbarungen. Es folgt eine Kurzanleitung, dann das ausführliche Handbuch, schließlich persönliche Daten. Mein Todesbericht erinnert an amerikanische Idioten-Sitcoms: Betrunken vom Balkon gestürzt, und das vor den Augen der Freundin.

Mann, bin ich ein erbärmlicher Versager.

Das Büchlein klärt mich pflichtschuldig über Dinge auf, die ich längst weiß: Als *Vex* – virtueller Ex-Mensch – darf ich kein Geld besitzen, genieße keine Bürgerrechte und falls ich meine Memoiren schreibe und sie sich wider Erwarten gut verkaufen, gehen alle Einkünfte an eDead.com. Es folgt die Empfehlung, bei Schwierigkeiten mit meinem Zustand möge ich mich an eine der zahlreichen Selbsthilfegruppen wenden.

Ich finde eine Seite mit der Überschrift »Ihr persönlicher Organspendenachweis«. Fein säuberlich ist alles aufgelistet: Meine Niere hat ein 24-jähriges Model (nicht schlecht!), meine Leber ein Herr Neumann. Hoffentlich kein Säufer, der macht die nur kaputt.

Ich stehe auf und untersuche den Raum. Das ist also mein Sarg. Eine Wohnküche, billigstes Two-two-Design: Getigerte Acryl-Texturen, die aus nächster Nähe ihre pixelige Beschaffenheit offenbaren. Für Gigapixel-Bilder, die nur mit dem Mikroskop von der Realität zu unterscheiden sind, hat's nicht gereicht. Egal. Lieber billige Unsterblichkeit als ewiger Tod.

Im Schrank liegen Junk Food und Fusel. Ist für einen Toten nicht mal ungesund. Nahrung ist überflüssig, wir Vex beziehen unsere Energie aus der Steckdose. Alkohol wirkt dafür dank eines Software-Patents wie bei Lebenden, ist aber streng rationiert. Als wenn wir uns hier zu Tode saufen könnten.

Drüben steht ein Bett mit blauen Kissen und Leselampe, das Fenster an der anderen Wand zeigt einen Bildschirmschoner mit Fischen.

Mia mochte Fische. Ich nicht. Aber ich mochte Mia.

Einen Ausgang gibt es nicht. Vex brauchen keine Türen. Immerhin ist für Unterhaltung gesorgt. Dazu dient das Fenster. Ich bewege den Arm, und die Fische tauchen ab. Das Hauptmenü erscheint. Ich kann im Netz surfen, E-Mails schreiben und empfangen (paul07012@edead.com). Kann Chaträume besuchen und Online-Adventures spielen. Am besten schreibe ich Mia gleich eine Mail. Dass es mir gut geht und dass ich immer noch auf sie stehe.

Das Gesicht meines Avatar wird zum Grinsesmiley. Alles ist fast wie früher. Oder?

Ich fasse mir zwischen die Beine. Mein Smiley erbleicht.

Verflucht seien die puritanischen Amis, die eDead.com ins Leben gerufen haben.

»Der Tod ist nur ein weiteres Opfer des ewigen Krieges Mensch gegen Natur«, doziert Karstn.

Die anderen Mitglieder der Toten-Selbsthilfegruppe nicken schweigend. Ich seufze.

»Die Welt ist ärmer ohne den Tod«, ergänzt Karstn, und wieder nicken alle. »Ich muss es wissen, ich habe mich zweimal selbst gelöscht und wurde jeweils neu installiert. Die Erfahrung mehrfacher Auferstehung ist spirituell sehr belastend, wisst ihr.«

Armer Karstn. Er hat die Lizenzvereinbarungen ignoriert. Die Hinterbliebenen haben nun einmal einen Anspruch darauf, dass der Tote auf den Servern von eDead existiert. Schließlich zahlen sie dafür monatliche Abo-Gebühren. Wer sich auf dunklen Kanälen aus dem Netz Würmer beschafft, die ihn selbst vertilgen, wird aus dem letzten Backup wiederhergestellt.

Seit mehreren Wochen gehe ich jetzt schon zu dieser Selbsthilfegruppe, und Karstn ist eines unserer am stärksten suizidgefährdeten Subjekte. So ein Idiot.

»Mir fällt gerade was auf«, meldet sich plötzlich Wesley. Ich erinnere mich daran, dass er von seinem Tod erzählt hat. Er ist ohne Ganzkörper-Panzer Motorrad gefahren, und ein fehlgesteuerter Roboter-Lkw hat ihn zu Mus gequetscht.

»Was denn?«, fragt Karstn und zeigt ein unschuldig pfeifendes Smiley-Gesicht.

Nach einem Zögern zuckt Wesley mit den Schultern. »Ich kann es nicht sagen. Du schon. Du hast Wörter benutzt, die auf der Sperrliste stehen. Wie heißt das Phänomen, bei dem ganz viele Menschen sich gegenseitig umbringen, weil ein paar wenige es für eine gute Idee halten?«

»Krieg?«, fragt Karstn. Er schaut ertappt von einem zum anderen, macht »ähm« und verschwindet.

»Feigling«, zischt Wesley.

»Er hat einen Weg gefunden, die Sperrlisten zu umgehen«, sage ich.

»Ich werde der Sache nachgehen«, verspricht Wesley. »Vielleicht können wir dann ... die Begriffe, die mit bestimmten Aspekten der Vermehrung zusammenhängen, endlich wieder benutzen.«

Cybersex! Ich würde das Wort gerne herausschreien, aber ich kann nicht, weil es natürlich auf der Sperrliste steht. Wenn das nicht so wäre... Plötzlich bieten sich ganz neue Möglichkeiten.

Mit Cybersex könnte meine Beziehung mit Mia vielleicht werden wie früher.

In Hochstimmung verabschiede ich mich von der Selbshilfegruppe, wünsche allen noch einen schönen Tod und wenig Würmer und schalte meinen Aufenthaltsort auf Zuhause um.

Schon sitze ich an meinem Tisch und fange an, im Internet nach versteckten Seiten zu suchen, um Hinweise auf die Manipulierbarkeit der Sperrlisten zu finden. Natürlich hat eDead.com den Zugriff auf die meisten einschlägigen Hacker-Blogs gesperrt.

Schließlich finde ich doch ein paar Hinweise. Ich downloade und installiere einen vielversprechenden Kryptopatch.

Zunächst probiere ich die Wörter aus, die Karstn benutzt hat.

»Krieg!«, sage ich zu meinem Tisch. »Armut! Mord!« Der Patch läuft!

Als ich Begriffe versuche, die mit gewissen Aspekten der Vermehrung zusammenhängen, kommt leider immer noch nichts.

Meine Hoffnung auf Cybersex schwindet. Am meisten ärgert mich, dass ich den Sex nicht einmal vermisse. Mich treibt purer Trotz. Opportunismus, fixiert auf irgendwelche frommen Programmierer drüben in den Heiligen Kapitalistischen Staaten von Amerika.

Ich bin vielleicht tot, aber das heißt noch lange nicht, dass ich alles mit mir machen lasse. Ich habe zwar keinen Körper, geschweige denn ein Geschlechtsteil, aber bin einem Menschen immer noch sehr ähnlich. Schließlich kann ich zocken, fernsehen und Bier trinken, auch wenn es sich bei Letzterem nur um einen Algorithmus handelt, der meine künstliche Intelligenz verstört.

Die Klingel weist auf eine Verbindungsanfrage hin. Sie kommt aus dem Jenseits – aus meiner Perspektive. Also von einem Lebenden. Ich aktiviere den Kanal.

»Hey Paul, hm«, sagt Zanu. Er grinst mir vom Fenster aus entgegen, er hat sich seit meinem Tod nicht mehr bei mir gemeldet.

»Was geht bei euch?«, frage ich zurück.

Zanu lehnt sich vor. »Wie siehste eigentlich aus? Hm?«

Ich sehe an mir hinab. Über meinen Bauch läuft Werbung für einen neuen Streifen mit Johnny Depp. Ich verdrehe die Augen. Schon wieder ein Film mit einem lange toten Hollywood-Star.

»Werbefinanziert. Hm«, brummt Zanu und schüttelt den Kopf. »Hätte ich mir denken können.« Seine Haare bilden Strähnen, vermutlich hat er wieder tagelang gezockt.

»Bin halt kein Star wie der Erok«, entgegne ich.

»Ja, hm, klar.«

Erok Tnaonu, rumänischer Elvis-Klon und vor drei Monaten Opfer eines rassistischen Überfalls, ist das Aushängeschild von eDead.com. Man kann ihm die ganze Zeit zuschauen, wie er in seiner Villa umherstolziert und fröhliche Partys feiert. Gegen Geld natürlich.

»Hm, Paule ...«

»Was?«

Die Werbung auf meinem Bauch wechselt, preist einen Rasierapparat an. Vermutlich hat die Software die Stoppeln in Zanus Gesicht bemerkt.

»Weiß nicht, ob dich das überhaupt, hm, ich meine ...« Zanu druckst gerne herum. Ich hasse ihn dafür.

»Rede oder lass mich in Frieden ruhen.«

»Der neue von der Mia, dieser Tikko ... hm. Zufälligerweise arbeitet der bei eDead.«

»Du verschaukelst mich.«

»Klar, hm. Tote verarschen, klar. Voll der Checker. Hab eh kein Bock, mit ner, hm ... Leiche zu chatten.«

Ich schalte ab. Die Reklame auf meinem Avatar verschwindet im gleichen Moment.

Mein Nachfolger, Tikko, oder wie er heißt, arbeitet also bei eDead. Bestimmt hat er Zugriff auf alle Daten. Spioniert mir hinterher, ohne dass ich es merke. Liest mit, wenn ich mit Mia chatte. In mein Tagebuch schreibe.

Mühsam beherrsche ich mich. Dann schaue ich im Messenger nach, ob Mia online ist. Ist sie. Ich klicke sie an.

»Hey mein Schatz!«, flöte ich ins Chatfenster.

Mia hat ihre Webcam nicht online. Es dauert ein wenig, bis sie antwortet: »Hi Paul.«

Ich warte. Aber mehr kommt nicht. »Kannst ruhig mit mir reden«, locke ich sie.

Sie entgegnet: »Geht es dir nicht gut?«

Wie lächerlich. Ob es mir gut geht? »Das Jenseits ist voller digitaler Zombies, die über Transzendenz, Esoterik und Selbstlöschung philosophieren. Ich könnte kotzen, aber nicht mal das geht.«

»Sei doch nicht depressiv, bloß weil du tot bist. *Ich* habe *richtige* Probleme.«

»Was? *Was*?«

Sie erklärt mir, dass ihr neuer Freund eifersüchtig ist, weil sie noch an einem Geist hänge, statt sich der Realität zu stellen. Er habe schon versucht, sie zu einem Psychiater zu schleppen, aber sie hat's im letzten Moment gemerkt und zur Strafe drei Tage nicht mit ihm geredet. Ich sage ihr, dass er das nicht anders verdient hat und dass ich immer für sie da bin, tot oder lebendig.

Sie sagt, sie muss jetzt dringend zu ihrer Therapie und schaltet ab.

Mistkerl.

Ich schaue auf die Uhr. Allmählich müsste eine neue Flasche algorithmischer Alkohol im Schrank aufgetaucht sein.

Cybersex macht keinen Spaß, wenn man sich dabei keinen runterholen kann. Versucht hab ich's natürlich trotzdem, zuerst in einem Chat irgendwo auf einer XXX-Site im Netz.

Ich besuche einen eDead-Chatroom namens »Sweet Secrets«. Eine gewisse Rebecca erzählt mir, was sie mit mir tun würde, wenn sie noch leben würde. Ohne die gesperrten Wörter auf der Sperrliste erinnert der Dialog an einen in besonders blumiger Sprache verfassten Kitschroman aus dem 21. Jahrhundert.

Ich wünsche Rebecca noch einen angenehmen Tod und mache mich auf den Heimweg. Klick!

Schwärze.

Etwas stimmt nicht.

Ich liege auf einem harten Untergrund. Strecke die Hände aus. Sie treffen neben mir auf Widerstand. Links. Rechts. Oben. Überall. Harte Wände auf allen Seiten, absolute Dunkelheit und Stille.

Wie ... wie in einem Sarg.

Mein Herz hämmert. Ich hämmere. Mit den Fäusten gegen die Decke. Dumpfer Hall, wieder Stille.

»Mia!«, schreie ich. Ich bin lebendig begraben! Gerade noch habe ich meinen Tod auf eDead.com genossen, jetzt liege ich im Grab. Unmöglich!

Ich zwinge mich zur Ruhe. Taste zitternd Sargdeckel und -seiten ab. Hartes Holz, unnachgiebig, undurchdringlich. Keine Besonderheiten. Ich schiebe die Hände unter meinen Körper, taste den Untergrund ab. Nichts.

Doch!

Genau in der Mitte, unter meinem Hintern, finde ich eine Unebenheit. Ich spüre eine Art Knopf. Eine Taste. Ich drücke sie.

Vor meinen Augen erscheint eine Grafik auf dem Sargdeckel. Fassungslos lese ich die Zeilen wieder und wieder.

Bunte Leuchtbuchstaben übermitteln mir »Grüße von sven03, Junior Engineer.« Weiter steht da: »Um diesen kleinen Scherz zu beenden, einfach noch mal den Knopf drücken. Good Death!«

Ich schließe die Augen und drücke den Knopf.

Der Untergrund verändert sich. Ist das mein Bett?

Ich wage es, die Augen zu öffnen. Ja.

Ich bin zurück. Von wegen sven03. Hinter diesem Nickname kann sich nur einer verbergen: Mistkerl Tikko.

Hastig springe ich auf, stürme zu meinem Bildschirm. Ich verscheuche die Fische, hangle mich durch die Menüs. Irgendwo ist eine Funktion, um den Support von eDead.com zu kontaktieren.

Endlich finde ich den zugehörigen Bereich. Ich wähle »Eilige Meldung, nur für Notfälle.«

Ein dünnes Fiepen weist mich darauf hin, dass ich mich zu früh gefreut habe. »Toten dritter Klasse steht der Support nicht zur Verfügung. Wenden Sie sich an Ihre Hinterbliebenen.«
Ich stampfe mit dem Fuß auf.

»Es liegen neue E-Mails vor«, sagt meine Wohnung.
Ich schließe kurz die Augen. Vielleicht ist eine Nachricht von Mia dabei. Eilig durchsuche ich die eingegangenen Mails. Ich öffne sie nacheinander, ohne groß auf den Inhalt zu achten.
Die meisten enthalten Bibelstellen. Spam von Erzkatholiken.
Verdammt ... nichts von Mia dabei. Online ist sie auch nicht. Ich muss ihr erzählen, was mir passiert ist!
Ah, eine Mail von Wesley.
»Wir organisieren um 18:30 eine Demo gegen die Sperrlisten und die Ganzkörper-Werbung. Klick hier, um dich uns anzuschließen.«
Eine Demo?
Ich frage mich, was dieser Tag noch alles bereit hält. Nachdem ich mich ein letztes Mal davon überzeugt habe, dass Mia nicht online ist, klicke ich auf den Link und springe direkt zur Demo.
Dermaßen überfüllt habe ich den Chatraum »Kaffeekranz« noch nicht erlebt. Zwischen dem ganzen Geschrei finde ich mich selbst kaum mehr. Ein paar Vex schwenken Banner, die sie sich im Internet beschafft haben. Ich lese »Sagen was wir wollen« und »Keine Zensur im Tod«. Andere rufen rhythmisch »Youknowwhat, youknowwhat« und »Freedom for the dead«.
Bin gespannt, ob die Nachrichten das hier bringen. eDead.com wird reagieren müssen. Um Freiheit muss man kämpfen. Bis zum Tod sowieso, aber offenbar auch darüber hinaus. Ich fühle mich großartig. Jemand kopiert mir sein Banner, ich schwenke es und stimme in die Gesänge ein.
Plötzlich verschwindet der Vex neben mir. Irritiert lasse ich mein Banner sinken. Der Chatraum ist deutlich leerer geworden. Wo sind die alle hin?
»Warnung«, sagt eine Stimme in meinem Kopf. »Ihre Datenbank ist überlastet, die Integrität ist nicht gewährleistet.« Was soll das? Das ist doch ... »Zu Ihrer eigenen Sicherheit werden Sie jetzt durch eine intakte Sicherheitskopie ersetzt und neu gestartet.«
Das können die doch nicht ma...

»Tja«, zuckt Zanu die Schultern, »da kann ich nix machen.«
»Wenn ich noch mal mit Mia reden könnte ...«
»Forget it. Du weißt doch. Stehst auf ihrer Ignorelist.«

Ich klammere mich an die 1800 Pixel breite Tischkante. »Aber nur sie kann ...«

»Forget it, check?« Zanus Gesichtsausdruck zeigt echtes Mitleid. »Sie will dich net auf einen anderen Vex-Provider crossgraden. Du bist eDead.com ausgeliefert.«

»Das hat alles dieser Tikko ...«

»Paul, shut up. Es kommt noch dicker.«

»Was?«

»Liest wohl keine News. Die Sponsoren haben eDead den Mittelfinger gezeigt. Wegen der schlechten Publicity.«

»Wovon redest du eigentlich?«

»Eure Demos. Aufmucken, obwohl sie euch immer rebootet haben. Das Image von eDead ist bei Null, der Aktienkurs kaum höher.«

»Aber ...« Eine kalte Unsicherheit kriecht durch mein neuronales Netz. Es ist wie ...

»Der Laden ist pleite«, sagt Zanu. »Bald fahren sie die Server runter.«

... Angst. Ich entgegne nichts.

»Hm ... es gibt da diese neue Death Community. Mit Vex-Filter Software. Hm. Patentierte Gehirnwäsche für die Toten.«

»Das heißt ...«

»Nix Demos. Nix ... sexuelle Bedürfnisse. Nix Ärger.«

Mir bleibt nur noch hohler Sarkasmus. Ich lache in mich hinein. »Klingt wie ›Ruhe in Frieden‹.«

Zanu zögert. »Yes«, sagt er dann. »Das trifft's ziemlich genau.«

Mutlos verabschiede ich mich von Zanu. Ich maile ihm mein Tagebuch, mehr fällt mir nicht ein. Vielleicht liest Mia es, wenn ich tot und nicht nur begraben bin.

Was ich mit dem Rest meiner Zeit mache?

Vielleicht schaue ich noch mal bei der Selbsthilfegruppe vorbei. Das Sterben nach dem Tod ist sicher die eine oder andere Diskussion wert.

Wenn ich das alles gewusst hätte. Damals, als ich an jenem kühlen Abend auf dem Balkon stand. Kurz nachdem Mia mich verlassen hatte ... eine halb leere Flasche in der Hand ...

Dann wäre ich wohl nicht gesprungen.

Thor Kunkel (*1963) studierte Bildende Kunst und arbeitete für Werbung und Film. Sein Romanerstling Das Schwarzlicht-Terrarium *(2000) – von den Feuilletons als »deutsche Antwort auf Pulp Fiction« gefeiert – gewann den Ernst-Willner-Preis. Sein skandalträchtiger Roman* Endstufe *(2004) wurde ein Bestseller. Seine Werke, darunter auch das Hörstück »Verfallobjekt Nr. 1«, provozieren durch brutale Offenheit und tendieren ungeniert zur sozialkritischen Utopie.* *www.thorkunkel.com*

THOR KUNKEL

Aphromorte

Sie fuhren in einen hellen Sommerabend auf einer wie leer gefegten Landstraße dahin, ein endloses, graues Band, das sich durch die lila Buckel der Lüneburger Heide schlängelte. Der Hummer V-8 machte gute Fahrt, und die Sonne wirkte inzwischen so matt und schläfrig wie Jonas Triften sich fühlte. Er wollte nur noch nach Hause, auf diese kleine, felsige Insel mitten im Ärmelkanal, wo er seit Ausbruch der Epidemie mit Kind und Kegel kampierte.

Durch die Scheibe seiner Atemschutzmaske beobachtete er die grünlich schimmernde Karte im Display der Bordarmatur. Laut Zeitanzeige waren sie schon zweieinhalb Stunden unterwegs und nur noch dreißig Minuten von der Küste entfernt. Der junge Einfaltspinsel am Steuer, ein Eierkopf namens Herbert »Herb« Danzig, schien das jedenfalls ernsthaft zu glauben. Außerdem hatte MANDY, das Navigationssystem mit der rauchigen Stimme, ohnehin immer das letzte Wort: »In fünfhundert Metern ... bitte ... halbrechts abfahren.«

Triften reckte sich in seinem Plastik-Overall, der vorschriftsmäßigen Kluft überregionaler Quarantänekommandos. Es war nicht leicht, sich in so einer klebrig-steifen Kunsthaut zu recken, aber es gab keine Alternative.

»Halbrechts ... wo denn?«, grollte Triften. »Diese MANDY-Tonbüchse hält uns zum Narren!«

Danzig, erst kürzlich eingezogener Reservist und von Beruf Virologe, lachte kratzig durch sein Filtersystem.

»Auch Umwege führen in der Regel zum Ziel. Es ist nicht gerade die Alpenstraße, aber die Route hat durchaus ihren Reiz.«

»Und wenn wir zu spät kommen?«

»He, mach dir nicht ins Hemd. Die werden schon auf uns warten.«

»Du kennst Lommel nicht«, murrte Triften. »Der ist in der Lage und legt *ohne* uns ab!«

»Dann nehmen wir halt das nächste Boot«, sagte Danzig. »Cuxhaven ist ein reizendes Städtchen. Und es ist beinahe Nacht.«

»Genau das meine ich«, murmelte Triften. »Nachts sind *sie* besonders aktiv.«

Er überprüfte nervös die Reiseziel-Daten. »Cuxhaven ... *Confirm?* Jetzt mach schon, du Plapperliese!«

»He, wie redest du denn mit meinem Mädchen?« Danzigs Gummihand tätschelte den Lautsprecher. Und mit einem Augenzwinkern: »Mal ehrlich, was hast du erwartet? Dass sich die Satelliten selbst programmieren?«

Triften schüttelte den Kopf. Er war seit Monaten in der so genannten Quarantänezone *Mitteleuropa-Zentralasien* unterwegs und hatte den Zerfall der westlichen Zivilisation im Zeitraffer miterlebt. Innerhalb eines Vierteljahres waren über einhundert Millionen Menschen gestorben. Die Beutezüge der Schwarzen Pest waren ein Klacks gegen die Ernte des Todes, der sich *Aphromorte* oder »Nymphenbiss« nannte. Als Leiter der ersten Quarantäne-Station hatte Triften das Ende von Hamburg mit ansehen müssen. Es hatte ihn abgestumpft und seine Seele zerfressen.

»Ich weiß nicht, was ich erwartet habe«, sagte er endlich. »Vielleicht, dass es weitergeht, dass die Dinge so funktionieren wie bisher.«

»Wie wär's hiermit?« Danzig, die Frohnatur, schaltete das Radio ein.

»Ist gleich sieben. Sie senden immer irgendwas über die Seuche.«

»Es kommt vom Band«, sagte Triften.

»Ach was ...«

»Dann kommt es halt von zwei Bändern«, entgegnete Triften, »aber es bleibt noch immer eine *Konserve*.«

»Pessimismus ist nicht die Antwort«, sagte Danzig. Für einen grünen Jungen hängte er sich ganz schön weit aus dem Fenster. »Ich denke, wir beide wissen, warum wir die Nachrichten hören: Es ist ein Placebo.«

Er hielt inne und stieß Triften etwas zu fest in die Seite.

»Heiliger Strohsack!«, rief er und ging vom Gas.

Der Anblick von nackten Menschen in freier Natur mag immer surreal wirken, aber im Licht der untergehenden Sonne, zwischen den Schlagschatten verkrüppelter Birken und knorriger Weiden, schienen diese kopulierenden Körper wie aus rosa Marmor gemeißelt. Wild verstreute Kleidung hatte die öde Heide-Landschaft in einen bunten Flickenteppich verwandelt.

»Hundestellung«, kommentierte Danzig.
»Warum sagst du das jetzt?«, seufzte Triften.
»Weil es meine Theorie bestätigt.« Danzig führte eine private Strichliste über *U.F.O-Sichtungen*, wobei die Abkürzung *Unbekannte Fickende Objekte* nicht ganz offiziell und auch nicht ganz zutreffend war: Die Hundestellung, die wohl älteste Paarungsposition der Primaten, lag auf dieser Liste eindeutig vorn, gefolgt von Missionarsvarianten und »berittener Kavallerie«. Entweder fehlten den Infizierten die Kräfte oder die ausgefallenen Positionen überstiegen ihre nachweislich rapide sinkende Intelligenz.

»Mist, verdammter!« Irgendetwas knallte in diesem Moment mit voller Wucht von unten gegen den Wagen, und Danzigs Bleifuß schnellte vom Gaspedal, als wäre er eben auf eine Mine getreten.
»Kannst du nicht aufpassen?«, zischte Triften. Im Rückspiegel sah er noch, wie die Ursache des Zusammenpralls – ein verbogener Wagenheber – im Straßengraben verschwand.
»Du hast das Ding doch auch nicht gesehen!«, schnappte Danzig zurück. Und leise: »Glaubst du, es hat die Ölwanne erwischt?«
»Mal den Teufel nicht an die Wand!« Triften drehte den Kopf, so weit der Helm es erlaubte. »Es ist schon irgendwie grausam. Ich möchte jedenfalls nicht in ihrer Haut stecken.«
Das Paar am Rande der Straße ließ sich durch den untertourig laufenden Wagen nicht stören. Erst als Danzig hupte, drehte der Rammler den Kopf und winkte lässig. Er machte einen völlig normalen Eindruck, ganz anders als die Mehrzahl der Infizierten, die sie gesehen hatten. Dann verdrehte er wieder die Augen, und seine Lenden fanden in den Rhythmus zurück.
»Es war nie anders«, sagte der Virologe. »Der Sexus ist nun mal eine grausame Spinne, die ihr Netz mit einem Klebstoff namens Liebe bestreicht. *Aphromorte* scheint nur die natürlichen Anlagen des Menschen zu nutzen. Wen die Nymphe gebissen hat, dem ist alles egal. Die wichtigsten Zentren im Hirn schalten sich ab. Es geht nur noch darum, den Trieb an Ort und Stelle zu stillen. Sieh sie dir an.«
»Das tue ich«, sagte Triften. Er forschte in seinem Inneren nach der Regung eines Gefühls und fühlte nichts als eine Taubheit in seiner Brust, einen *Nicht-Schmerz* vielleicht, der noch schmerzlicher war.
»Wo die wohl herkommen?«
»Ich schätze da vorne hast du die Antwort«, sagte Danzig.
In der Ferne pulsierten Warnblinker. Ihr Gelb wirkte nicht mehr ganz frisch. Wahrscheinlich schmorte die Batterie schon längere Zeit in ihrem eigenen Saft.

»Sieht wie ein Reisebus aus.«

Die silberne, plastikverschalte Kiste hatte Schlagseite. Ihre stumpfe Schnauze hing im Straßengraben, die Hinterachse schwebte einen halben Meter über dem Boden. Vorne stand die Kabinentür offen, Decken, Kissen und Koffer lagen wild verstreut auf der Fahrbahn.

»Fahr diesmal vorsichtig«, drängte Triften mit zurückgenommener Stimme.

Danzig drosselte das Tempo, denn schon von weitem konnte er Bewegungen in den Büschen ausmachen.

»Oh, Gott – und das mitten in der Pampa!« Zwischen dunklen Moospolstern und hellen Sandflecken zappelte eine Menschentraube von beträchtlichem Ausmaß. Unzählige Arme und Beine reckten sich wie die Tentakel einer rosigen Seeanemone in den Himmel. Einige Nackedeis waren auch in die Bäume geklettert und schaukelten dort, einzeln oder paarweise an Ästen hängend, wie große, weiße Affen. Am Schlimmsten waren die spitzen Schreie und Koitallaute, die aus dem Unterholz drangen.

»Wahrscheinlich ist das Virus während der Fahrt ausgebrochen«, sagte Triften. »Ob das hier das Ende eines Betriebsausflugs war?«

»Wer ist weiter vom Paradies entfernt?«, sinnierte Danzig. »Wir oder die?«

»Die sind krank«, sagte Triften.

»Aber glücklich«, sagte Danzig. »*Penis bonus – pax in domus.* Wollen wir wetten?« Er räusperte sich. »Wogegen sträuben wir uns eigentlich? Der Geschlechtstrieb war schon immer der heimliche Mittelpunkt dieser Welt.

Wir sind Geschöpfe des Sexus, er ist unser Schicksal. Kein Tier, kein Mensch kann die Verkettung wesens- und verhaltensmäßiger Phänomene, die biologisch determiniert sind, durchbrechen. Manchmal denke ich, *wir* sind die Kranken.«

Ein wild in den Ästen koitierendes Paar verlor den Halt und stürzte kopfüber und aus großer Höhe zu Boden.

»Das hat sicher weh getan«, sagte Triften. Und als Danzig nichts erwiderte: »Sie sind nicht überlebensfähig, das ist das Problem«

»Ach, wer weiß?« Der Virologe gefiel sich sichtlich darin, den Anwalt des Teufels zu spielen. »Schön, vom medizinischen Standpunkt aus gesehen sind sie krank. Aber vielleicht hat dieses Virus die Menschheit an einen Wendepunkt ihrer Entwicklung gebracht.«

»Wie das?«

»Na, wohin geht die Reise – zu den Sternen oder zurück in den Dschungel, aus dem unsere Urahnen kamen?« Danzig lächelte sichtlich bemüht. »Du wirst nicht leugnen wollen, dass unsere Spezies schon immer ein gespaltenes Verhältnis zur cerebralen Tätigkeit hatte, sonst hätten wir nicht alles daran gesetzt, denkende Maschinen zu bauen. Wir sind Triebwesen.

Vielleicht wollen wir wieder zurück, zurück in die feucht-geile Umarmung der Sümpfe, um den Alptraum der Vernunft und die Sterilität unserer Städte zu vergessen.«

»Merkwürdige Vorstellung«, sagte Triften.

»Wieso? Mal ehrlich, waren wir nicht längst auf dem Weg? Denk mal zurück: Die gesellschaftlich akzeptierte Polygamie war der erste Schritt – die Swinger-Clubs mit ihren Sauna-Anlagen, dann die Sexualisierung der Medien. Mein Gott, das Internet war zuletzt nur noch ein einziges Treibhaus. Was glaubst du, war wohl der häufigste Suchbegriff? Sex – Im Ernst, das kam noch vor Sport.« Er stockte, wie schon so oft während der Fahrt, und seine Augen bekamen einen leuchtenden Glanz. »Weißt du, ich beneide manchmal meine Hanna. Sie hat, wie soll ich sagen, keinen allzu schlechten Abgang gehabt.«

»Stimmt«, sagte Triften wie aus der Pistole geschossen, denn er wollte verhindern, dass Danzig ihm die Geschichte noch einmal erzählte: Hanna hatte es gleich zu Anfang erwischt. Als man sie zusammen mit dem Postboten fand, war sie bereits friedlich entschlafen. Im Totenschein stand Dehydrierung, doch Triften hielt insgeheim auch andere Gründe für möglich.

Während die meisten männlichen Infizierten am Herzkasper starben, bluteten sich die Frauen einfach zu Tode: Sex ist eben nur in Maßen gesund, die permanente Friktion führte zu grässlichen inneren Wunden.

»*Dabei* zu sterben ist nicht der schlimmste Tod, den es gibt.«

»Stimmt«, wiederholte Triften, »sie war ein Liebling der Götter.«

Er brach ab, denn der Nachrichtensender meldete sich gerade zu Wort. Wie jeden Abend wurde die Bevölkerung ermahnt, Ruhe zu bewahren. Auch aus China und den USA wurden jetzt erste Fälle von *Aphromorte* gemeldet. Dagegen sei die Epidemie in Europa weitgehend unter Kontrolle und ein Impfstoff in der Testphase. Die Atemschutzmasken garantierten ausreichenden Schutz. Der Rückgang des Bruttosozialprodukts aufgrund des hohen Ausfalls der arbeitenden Bevölkerung gab mehr Anlass zur Sorge. In der UNO wurde die Epidemie als »Terroranschlag subversiver Elemente« verurteilt. Das entsprach nicht den Tatsachen, Triften wusste das, denn die Täter – zwei abgehalfterte Techno-DJ's – hatten ohne Vorsatz gehandelt. Fahrlässigkeit, mehr konnte man ihnen nicht vorwerfen, und doch waren sie in Handschellen und mit verbundenen Augen abgeführt worden. Den Ermittlungen zufolge hatten sie den biologischen Kampfstoff auf einem Flohmarkt in Kiew entdeckt – auf der Suche nach Scharfmachern und Lustgasen, wie sie seit Jahren in der Szene grassierten. Das Warnzeichen »BIO HAZARD« auf der luftdicht verschlossenen Phiole hatten die Käufer als »verdammt cooles Design« eingestuft. In einem mit Ducktape geflickten Rucksack gelangte die virale Substanz nach Berlin und wurde dort mittels einer simplen Nebelmaschine »auf Fluid-Basis« in die Lungen der *Love Paraders* gepumpt, was zu einer – so ein Zeuge wörtlich – »aberwitzigen Paradiesvögelei« vor der Siegessäule führte. Trotz der beherzten Einsätze von Ordnungshütern und Feuerwehr breitete sich der »Love-Bug« in nur achtundvierzig Stunden bis an den westlichsten Rand des Kontinents aus. Noch rätselten Regierungsvertreter über das Wesen der Seuche, denn die Infizierten liebten sich ja einfach nur zu Tode.

»Mir sind Menschen, die sich lieben, eigentlich ganz sympathisch. *Make love, not war,* sag ich immer.« Dieser Ausspruch eines prominenten Fossils der Alt-68er-Fraktion verdeutlichte, wie schwer es der politischen Elite fiel, die Tücke der Mikrobe zu begreifen. Als der Notstand ausgerufen wurde, war es zu spät: Über 70% der Bevölkerung galt nach amtlichen Angaben als infiziert, die entfesselten und frei flotierenden Triebkräfte der Massen brandeten wie eine Feuersbrunst durch die Städte. Das Transportwesen, der Flugverkehr, das Schul- und Bankenwesen, selbst der Börsenhandel kam zum Erliegen. Die neuen Schutzmasken kamen für die meisten zu spät.

Auch in Kiew, wo die Fahnder noch immer den Verkäufer der Phiole suchten, ging es drunter und drüber. Als sie ihn endlich fanden – einen Sozialhilfe-Empfänger und vorbestraften Ex-KGB-Agenten – war er ebenfalls am Biss der Nymphe gestorben. Erst ein Austausch der Geheimdienste brachte die haarsträubende Wahrheit zu Tage: Das Virus war ein Vermächtnis des Kalten Krieges. Ein Pentagon-Angestellter – Doktor Lenny Asselmann – hatte 1966 zum ersten Mal mit einem bis dahin unbekannten Virenstamm experimentiert, der bei den meisten höher entwickelten *Primaten* eine Reihe »bemerkenswerter Symptome« auslöste: Die Tiere vögelten sich einfach zu Tode, sie starben an physischer Erschöpfung oder verdursteten – wie Danzigs Frau Hanna zum Beispiel. »Die Vehemenz des Triebschubs ist einfach erstaunlich«, so Asselmann wörtlich in einem als »Top-Secret« klassifizierten Memorandum an US-Präsident Lyndon B. Johnson. Alle Grundbedürfnisse seien verdrängt, die sexuelle Raserei ende im Koma. Es mochte makaber klingen, doch Asselmann, ein Zyniker vor dem Herrn, rühmte seine *Liebes-Atombombe* in höchsten Tönen: »Die schönste Nebensache der Welt wird so zur Todesfalle, das Lebenselixier des Menschen zu Gift. Es ist die ultimative Waffe.« Denselben Brief schrieb er auch an andere Staatschefs, an Russen, Chinesen, Araber, mit dem Erfolg, dass er von allen Seiten gefördert und subventioniert wurde. Es war kein doppeltes Spiel, das er spielte, es war ein zigfaches Spiel. Jährlich flossen 20 Millionen Dollar in Asselmanns COLD SPRING-Laboratorien in New Jersey. Die Hälfte davon wanderte wahrscheinlich in die Tasche des abgebrühten Genies. Inzwischen wanderten Asselmanns Phiolen unauffällig und dezent um den Globus.

Nur einmal – 1967 – wurde das »Aphromorte«-Projekt von einem »kleinen Malheur« überschattet. Ein junger Biologe, der Asselmann assistierte, hatte sich – wahrscheinlich unter dem Einfluss von LSD – selbst infiziert und in einem öffentlichen Park die »sexuelle Revolution« ausgerufen. Über zweihundert Hippies und ihre Mädchen waren spontan dem Aufruf gefolgt.

Es kam zum ersten *Love-In* unter freiem Himmel und einer Massenpanik unter den überraschten Passanten. Die Polizei schritt gerade noch rechtzeitig ein, die Armee der Liebenden wurde verhaftet. Von den meisten, die damals in den Quarantänelagern verschwanden, fehlt bis heute jede Spur, und der Verdacht lag nahe, dass die Regierung damals das »einzig Richtige« tat. Offiziell tarnte man den Ausbruch der Seuche dann als *Summer of Love* und Ausdruck der Flower-Power-Generation. Trotzdem – oder gerade wegen dieses Vorfalls – forschte Asselmann weiter, so lange bis ihm Mitte der 80-ger Jahre – kurz vor seinem Tod – noch der große Durchbruch gelang: Seitdem war der Virus *airborn,* seine molekulare Substanz reiste jetzt auf der Duftspur eines ätherisches Öls.

»He, was ist los, Mann?«

Kurz vor einem Nest namens Düsterförde nahm Danzig überraschend die nächstliegende Ausfahrt.

»Wir brauchen Sprit.« Er klopfte auf die Tankuhr, die rot zeigte. »Anscheinend hat der Wagenheber unseren Tank leck geschlagen« Keine Panik«, setzte er nach. »Wir hängen uns nur kurz an die Pumpe, und ein paar Minuten später sind wir wieder auf Kurs.«

Über eine lang geschwungene Kurve näherten sie sich der hell erleuchteten Tankstelle. Das Licht war kein schlechtes Zeichen, aber die Hoffnung währte nicht lange, denn oben auf der trapezförmigen Überdachung zeichnete sich die Silhouette von zwei Liebenden ab.

»Wie zum Teufel ...«, ächzte Triften. »Ich frage mich, wie die in ihrem Zustand da rauf gekommen sind.«

»Die Liebe verleiht Flügel«, witzelte Danzig.

Die Zufahrt zu den Zapfsäulen war von einem Fahrzeug mit Anhänger blockiert. Gestrandete Verkehrsteilnehmer trieben es fröhlich zwischen den Wagen. Die meisten Türen standen offen, schon von weitem wirkte der Anblick befremdend.

»Mist, das wird eng«, sagte Danzig. Hunde und Missionare waren ihm momentan einerlei. »Dieser klapprige Ford da mitsamt Camper müsste einen guten halben Meter zur Seite.«

»Warum drückst du ihn nicht einfach vom Acker?«

»Ich habe noch nie einen Unfall gebaut, und ich werde auch jetzt keinen bauen.«

»Dann wirst du aussteigen und die Kiste wegfahren müssen.«
»Einen Teufel werd' ich!«
»Dann werfen wir also wieder Münzen, ja?« Triften wühlte bereits im Handschuhfach. Das Risiko einer Begegnung mit Infizierten war beiden bewusst. »Kopf oder Zahl?«
»Es geht nicht, Mann.« Danzig blickte verschämt zu Boden. »Wenn ich 'ne volle Blase habe, bin ich echt anfällig. Ich kann so nicht aussteigen, verstehst du? Nicht so.«
»Ich verrat dir einen Trick«, sagte Triften. »Eine Erektion ist wie die Relativitätstheorie – je mehr man darüber nachdenkt, desto schwieriger wird sie. Hm. Ich denke, ich werde gehen. Das zwischen meinen Beinen ist ohnehin ein halb anerkannter Friedhof.«
Er stieg aus und bemerkte augenblicklich die sonderbare Beschallung: Als ob sich die Vorsehung über ihn lustig machen wollte, schepperte ausgerechnet *»Love is in the air«* aus den Minilautsprechern unter dem Dach, nicht die Uralt-Disco-Version wohlgemerkt, sondern ein Remix der Gebrüder Maertini, die auf dem Höhepunkt der Epidemie mit der Nummer in den Charts landeten. Der knöcherne Rhythmus klang, als schnalze der Tod mit der Zunge.
Triften lockerte seine Knie, machte ein paar unsichere Schritte und warf einen Blick in den altersschwachen Ford Kombi. Der Zündschlüssel steckte, auf dem Rand des Aschenbechers lag der verkohlte Filter einer Zigarette. Vorsichtig öffnete er die Tür.
Hinter ihm wurde plötzlich heftig gestöhnt, aber Triften schaffte es, diese Stoßgebete zu ignorieren, ebenso die verzerrte Fratze einer älteren, hechelnden Frau, die sich ihm durch einen umgestürzten Reifenständer zeigte. Ihr Make-up war in der Hitze verlaufen und ihre Hände kratzten auf dem Asphalt.
»Nicht hinsehen«, betete sich Triften selber vor. »Das bringt nichts.«
Der Platz vor der Waschanlage war leer, und Triften beschloss, den Camper genau dort zu parken. So war er aus dem Weg, und sie konnten bequem tanken.
Vor dem Einsteigen warf er noch einen Blick unter das Fahrzeug, denn er wusste aus Erfahrung, dass die Infizierten nicht wählerisch waren. Doch da war nichts.
Er fiel erleichtert hinter das Steuer, dachte er hätte das Schlimmste geschafft, als Danzig hupte und irrwitzige Handzeichen machte. Die Reichweite der eingebauten Hörgarnitur war auf wenige Meter begrenzt, und Triften stellte fest, er hatte sein Sprechfunkgerät vergessen. Das Versäumnis ärgerte ihn, denn es gehörte zu den Goldenen Regeln der Quarantänekommandos, nie ohne unter die Infizierten zu gehen.

»Ist der Grünschnabel jetzt ganz durchgedreht? Was willst du?« Triften brauchte nur einen Blick in den Außenspiegel, um zu erkennen, was Danzig wollte: Der Füllschlauch steckte noch immer im Stutzen.

Als ob der Fahrer nur kurz weggegangen wäre, dachte Triften. *Der Virus hat ihn beim Tanken erwischt.*

Zum ersten Mal verspürte er einen Anflug von Panik, aber er schaffte es, sich zusammenzureißen, wieder auszusteigen, den Zapfschlauch zurück in den Halter zu hängen, den Tankdeckel aufzuschrauben. Danzig hob beide Daumen.

Die Freude währte nur kurz, denn Triften stolperte plötzlich über einen Reifendruckprüfer, kippte zur Seite und knallte mit dem Helm gegen die Wohnwagenwand. Einen Moment hielt er die Luft an, aber die Scheibe des Helms war noch intakt: Was immer da draußen an mikrokosmischen Substanzen herumschwirrte, es hatte diesmal keinen Einlass gefunden.

Wie unter dem Druck einer ständig wachsenden Schwerkraft rappelte er sich mühselig auf. Die chaotisch geparkten Autos und koitierenden Menschen bildeten eine eigenartige Kulisse des Grauens. Einige waren schon verendet, denn die Körper waren von Fliegen bedeckt.

Triften hatte noch nie einen Wohnwagen ausgeparkt und brauchte drei peinliche Anläufe, um den Wagen vor die Waschanlage zu manövrieren.

Vorsichtig, ganz vorsichtig warf er einen Blick über die Schulter: Im Licht der Inselleuchten erkannte er ein gutes Dutzend verrenkter Leiber. Sie waren von dem Hummer aus nicht zu sehen, die meisten lagen oder knieten. Sie waren bereit, in den konvulsivischen Zuckungen des Fleischs zu versteinern. Nur ein bulliger Typ in einem Blaumann – ein Glatzkopf mit Rundbart und Ohrring – trieb es mit einer gut frisierten Dame im Stehen. An ihrem Zeigefinger schaukelte ein Schlüsselbund hin und her. Der Anblick wirkte auf Triften hypnotisch, er schaffte es einfach nicht, den Blick abzuwenden. Hin und her, hin und her ... Als er sich endlich losreißen konnte, tauchten vor ihm zwei pendelnde Brüste wie hüpfende Sahneballen ins Scheinwerferlicht. Schon berührten die Stoßstangen einen weiß aufleuchtenden Körper.

»Gottverdammt!«, brüllte Triften. Die Nackte war ihm direkt vor den Kühler gelaufen, und er stampfte voll in die Eisen.

»Alles in Ordnung?«, rief er, während er eilig ausstieg. Selbst noch halb betäubt vom Kreischen der Bremsen, half er ihr auf die Beine. Die Frau blinzelte verstört. Sie hatte einen Schlafzimmerblick, der leicht ins Gruftige ging, und verfilztes, goldblondes Haar.

»Ist alles in Ordnung mit Ihnen?« Auch nach der eindringlichen Wiederholung der Frage rechnete Triften nicht wirklich mit einer Antwort, aber sie nickte.

»Wo kommst du denn her?«, fragte sie mit zuckendem Mund. »Und was soll dieser alberne Aufzug? Is' heut' Karneval oder was?«

Sie öffnete unvermittelt ihre Schenkel, und Triften erblickte – unter einem Kahlschlag – ein wundes Geschlecht.

Wir leben in der haarlosen Zeit, dachte er, um sich abzulenken. Die Spezies hat sich von ihren Haarwurzeln getrennt. Jetzt trennt sie sich von ihrem Verstand.

»Willst du nicht ablegen?«, fragte sie wieder.

»Mir ist kalt«, sagte Triften.

»Kalt? Du spinnst wohl?« Sie griff blitzschnell nach dem Verschluss seiner Hose, und er verpasste ihr aus dem Stand einen Schlag ins Gesicht.

»Nicht anfassen, hast du verstanden? Fass mich nie wieder an.«

»Du bist wirklich verrückt«, sagte sie. Aus ihrem rechten Nasenloch quoll ein dicker Blutstropfen. »Ich wollte doch nur lieb zu dir sein.«

»Ich brauche keine Liebe«, sagte Triften, die Augen wieder gesenkt, um der okularen Erregung keinen Vorschub zu leisten. »Verzeihung, aber ich bin in letzter Zeit etwas schreckhaft.«

Er drehte sich um und lief eiligen Schrittes davon. Offenbar hatte Danzig sein kleines Problem wieder im Griff, denn als Triften den Hummer erreichte, war sein Partner bereits mit Tanken beschäftigt.

»Manche können noch reden«, sagte er.

»Ich weiß«, sagte Triften. »Besonders die frisch Infizierten.« Das Geräusch der Zapfsäule verbreitete eine Atmosphäre trügerischer Sicherheit.

»Sie sieht gut aus«, sagte Danzig. »Willst du mir die Dame nicht vorstellen?«

Triften warf einen Blick über die Schulter. Die Nackte war ihm tatsächlich auf leisen Sohlen gefolgt.

»Seid ihr Bullen?«, gurrte sie, während sie auf die Kühlerhaube des Wagens stieg. »Wisst ihr, ich könnte zwei Bullen gebrauchen.« Im Inneren der Helme klang ihre Stimme gedämpft, unecht, wie aus einem Film, der nebenan lief, aber Triften versuchte trotzdem nicht hinzuhören, schon gar nicht hinzusehen, wie sie ihre Gliedmaßen über die Karosserie ausbreitete.

»Na, wer hat Lust, mir den Knüppel mal so richtig zwischen die Beine zu werfen?«

»Hast du das gehört?«, kicherte Danzig.

»Ja, hab ich«, sagte Triften. »Geh da runter!«, schnauzte er sie an. »Weg! Verschwinde endlich! Schwing die Quarkkeulen, Schnecke!«

»Dein Freund ist ein ziemliches Arschloch«, sagte die Frau an Danzigs Adresse gerichtet. Sie klappte den Scheibenwischer um und schob sich das Wischblatt in die Spalte. »Was hat er bloß gegen mich?«

»Nichts. Welcher Mann könnte was gegen dich haben?« Der Virologe lachte, das heißt, eigentlich röchelte er, denn wenn ihn etwas erregte, hatte er in der Regel Atembeschwerden. »Unser Triften hier ist nur ein bisschen nervös, du konfrontierst ihn wahrscheinlich mit seinen – wie soll ich sagen – geheimsten Gedanken.«

»Halt endlich die Schnauze!«

»Oh, hast du gehört? Jetzt wird er böse.« Danzig machte eine Handbewegung, als habe er sich die Finger verbrannt. »Warum geraten Männer immer in Panik, wenn das, wovon sie ein Leben lang träumen, Wirklichkeit wird? Sieh sie dir an: Früher gab es solche Mädchen nur in einschlägigen Magazinen. Heute laufen sie überall rum.«

»Wie schön«, zischte Triften, »aber jetzt müssen wir los, sonst legt das Schiff ohne uns ab. Ich sag dir, mit diesem Lommel ist nicht zu spaßen!« Er wühlte einen Fünfziger aus seiner Armtasche und winkte dem mutmaßlichen Tankwart. »He, Sie da, der Schein ist für Sie. Den Rest können Sie behalten.«

Der Glatzkopf starrte Triften unverwandt an. Nicht eine Sekunde ließ er sich aus dem Rhythmus bringen, den er – dem Gesicht seiner Partnerin nach – wahrscheinlich schon stundenlang hielt.

»Was wollen Sie?«, schnaubte er plötzlich. »Was?«

»Ich möchte bezahlen«, sagte Triften, »das ist alles.«

»Bezahlen?« Sein Gegenüber blinzelte, als ob er wach werden würde.

»Sehen Sie nicht, dass ich beschäftigt bin?« Seine Hände lagen wie fest geschweißt auf den drallen Pobacken dieser Frau.

»Schon gut«, sagte Triften. »Ich lege es hier auf's Ölkabinett.«

»Wenn es Sie glücklich macht«, kam es lässig zurück.

»Nicht unbedingt«, erwiderte Triften.

»Dann solltest du es lassen!«

Triften wirbelte herum und stieß fast mit der Nackten zusammen. Ihre steifen Nippel glühten ihm wie scharlachrote Strahlen entgegen.

»Musst du wirklich schon gehen?«, fragte sie. »Es ist doch so nett hier ...«

»Nett ist nicht das richtige Wort.« Restlos erschöpft kletterte Triften in den Hummer. »Herb!«, brüllte er dann. »Herbert Danzig, können wir endlich losfahren?«

»Sekunde.« Danzig überprüfte gerade den Ölstand. Die zutrauliche Blondine leistete ihm dabei Gesellschaft.

»Komisch«, sagte er wie zu sich selbst, »sie erinnert mich wirklich an Hanna.«

»Was du nicht sagst.« Triften sah gerade noch, wie sie den Ölstab ableckte. »War das einer von Hannas Tricks? Dann will ich mir gar nicht vorstellen, wie der Ölwechsel lief.«

»Hör schon auf, Triften. Ich meine es ernst: Es ist Hannas Gesicht ... an einem anderen Körper.«

Die Frau ließ sich noch immer nicht abschütteln.

»Musst du auch gehen?«, fragte sie Danzig.

»Leider.« Danzig schielte nach Triften, der mit einem manisch wirkenden Gesichtsausdruck hinter dem Steuer kauerte. Es war sicherlich nicht leicht, die Beherrschung zu wahren, während die ganze Welt im Sexrausch versank.

»Hast du keine Lust, Großer?« Es klang gleichzeitig samtig und rau – wie die Stimme der Nacht. »Ich würde gerne mit dir schlafen.«

»Würdest du?« Danzig machte ein Geräusch, dass so klang, als hätte man in seiner Kehle eine Flasche entkorkt. »Tja, ich weiß das Angebot wirklich zu schätzen. Es ist übrigens das erste Mal, dass mir jemand so ein Angebot macht.«

»Dann wird es aber Zeit ...«

»Ja, das wird es.« Er schloss den Deckel des Motorraums und sah sie lange und eindringlich an. Das Blut aus ihrer Nase hatte inzwischen ihre Oberlippe erreicht. Danzig riss eine Handvoll Papiertaschentücher aus einem Spender und reinigte ihr das Gesicht.

»Wie heißt du?«, fragte er.

»Hm. Hab ich vergessen.«

»Hast du Durst?«

»Durst? Wieso?«

»Weil es wichtig ist. Du darfst nicht vergessen zu trinken.« Er legte ihr beide Hände auf die Schultern und schüttelte sie sanft »Wenn du trinkst, wirst du überleben. Trinken – hast du das verstanden? Ich wette, du hast Durst, kleine Nymphe. Sonst hättest du vorhin nicht diesen blöden Stab abgeleckt.«

Sie nickte wie automatisch und Danzig klopfte an das Seitenfenster des Wagens.

»Die Kleine hat Durst. Ich hole ihr schnell was zu trinken. Soll ich dir was mitbringen, Mann?«

»Bist du wahnsinnig?«, schallte es aus dem Hummer zurück.

»Tschuldige, aber wir können sie nicht verdursten lassen, oder? Sie ist noch bei vollem Bewusstsein.«

Triften zuckte die Achseln. »Sie wird so oder so draufgehen. Alle gehen drauf.«

»Das ist nicht immer gesagt«, sagte Danzig. »Wenn sie sechs Wochen überleben, dann entwickeln sich die Symptome zurück.«

»Kein Infizierter wird älter als sechsundneunzig Stunden.«

»Das werden wir sehen.«

»Tu, was du nicht lassen kannst.«

Missmutig beobachtete Triften, wie Danzig die Nackte an der Hand nahm und zur Tankstelle führte. Sie hatte wirklich eine 1-A-Figur ...

Was für eine Verschwendung, dachte er noch. War es nicht typisch menschlich, dass er selbst in dieser Situation noch immer empfänglich war für weibliche Reize? Erst als sich die Glastür des Tankstellenshops ruckartig aufzog und beide eintraten, blickte er verlegen zu Boden.

Der Tankwart röhrte in diesem Moment wie ein Platzhirsch und die Frau, die er gerade beackerte, ließ ihren ewig hin und her schwingenden Autoschlüssel fallen und schrillte los wie eine Feuersirene. Es klang *vigoroso* und schien die gesamte Tonspur von Triftens Leben zu löschen. Auch hinter dem Reifenständer schien man sich leiser der großen Erlösung zu nähern.

»Hölle, Hölle, Hölle ...« Triftens Augen wanderten zurück zum Eingang des Tankstellenraums. Durch die Reflektionen war es unmöglich zu sehen, was im Inneren vor sich ging. Wegen der bunten Monsterplakate und Aktionssticker war von Danzig und der Blonden nichts mehr zu sehen.

»Irgendwas ist hier oberfaul ...« Das Neonlicht hinter der Scheibe schien sich stets mehr zu verdichten, mit jedem Atemzug wurde es dunkler, stofflicher, »suppiger« – vielleicht lag es daran, dass die Sonne ganz abgetaucht war. Zuletzt sah es so aus, als wäre der Raum bis unter die Decke mit nilgrünem Wasser gefüllt.

Triften wollte nach dem Walkie-Talkie greifen, erlahmte jedoch schon im Ansatz: Danzigs Gerät – zumindest die Antenne – lugte aus dem Seitenfach des Wagens. Auch er hatte die Sicherheitsvorkehrungen vergessen. Jetzt blieb Triften nichts anderes übrig, als auf heißen Kohlen zu sitzen.

»Wo bleibst du denn, Junge?« Triften versuchte, sich auf Zuhause zu freuen, auf das grün gestrichene Fischerhaus mit dem rietgedeckten Dach und dem offenen Kamin in der Küche. Er würde erst spät nachts dort eintreffen, aber der Tisch wäre für ihn gedeckt, seine Frau hätte für alles gesorgt. Er würde essen und nach den Kindern sehen und dann schlafen, hoffentlich für tausend Jahre tiefen traumlosen Schlaf, den Wahnsinn vergessen.

Eine vage Bewegung am Rande seines Gesichtsfelds erschreckte ihn so sehr, dass seine Nebennieren mit einem Ausstoß von Adrenalin reagierten.

Aus den Büschen am Rande der Ausfahrt torkelte plötzlich ein Haufen Gestalten. Ihr Anblick erinnerte Triften an eine Gruppe Satyre und Nymphen – oder ein Porno-Remake von *Nacht der lebenden Leichen*.

Triften witterte plötzlich Gefahr. Die Infizierten waren in der Regel nicht aggressiv, und doch hatte ihr ungestümes Verlangen, Liebe zu geben, schon einige Male zu Katastrophen geführt. Immer wieder hatte es ganze Evakuierungseinheiten erwischt. Stürmische Schulmädchen waren besonders gefürchtet. Im schlimmsten Fall rissen sie den Männern die Kleidung vom Leib. Andere Männer hielten es mit der Zeit nicht mehr aus und rissen sich selbst die Helme vom Kopf.

»Menschenskind!«, heulte Triften und bearbeitete den Hupenring mit der Faust.

Eine regelrechte Mauer nackter, verschmutzter Körper schob sich auf ihn zu. Von allen Seiten schienen sie sich an das Fahrzeug zu drängen. Einmal pressten sich zwei niedliche Brüste an die Seitenscheibe, ein andermal boten sich ihm Hinterbacken an, auf denen noch Grashalme klebten. Ein von der Sonne verbrannter, wildlockiger Knabe klopfte mit seinem Nudelholz an den Kotflügel, er wirkte irgendwie schwul, und Triften sah sich gezwungen, die Tür zu verriegeln.

»Danzig, zum letzten Mal, wenn du jetzt nicht kommst, dann fahre ich ohne dich los. Das ist kein Spaß mehr!«

Er verstummte abrupt, denn er hatte plötzlich über sich Schritte gehört.

»Oh verdammt, sie sind auf dem Dach!« Triften schwang sich hinter das Steuer. Immer mehr Brüste drückten sich von außen gegen die Scheibe und verdunkelten seine Behausung.

»Wo kommen die plötzlich her? Weg, ihr Zombies! Verschwindet!«

Das Gefühl, in der Falle zu sitzen, trieb Triften das Blut in die Schläfen.

Eine Nymphe presste ihr Gesicht an das Seitenfenster, als ob sie besser sehen wollte, was er im Innenraum machte. Während sie hingebungsvoll über die Scheibe leckte, hörte er das Klackern ihrer gepiercten Zungen auf dem Sicherheitsglas: Klick-klack-klickety-klack ...

Triften konnte jede Papille auf ihrem langen, roten Waschlappen sehen – und die Zähne, die Mundhöhle, mit dem Zäpfchen im Rachen, das wie eine erregte Klitoris zuckte.

»Herrgott noch mal, wo bleibt denn der Narr?« Der Schweiß auf Triftens Rücken rutschte wie eine kalte, glibberige Masse hin und her. Er versuchte an die Relativitätstheorie zu denken, an die Riemann'sche Vermutung, an Schröders verfluchte Katze, es half alles nichts. Vor seinem geistigen Auge sah er, wie die Blonde Danzig die Atemmaske öffnete, wie sie ihn küsste, umarmte, an sich zog, mitten auf dem Boden der Tankstelle, zwischen dummen, kleinen Autopuppen und grellen Verkaufsschütten mit Felgenreinigern oder Frostschutzmitteln, die eh keiner mehr brauchte.

Draußen wurde gelacht, sie klopften, begehrten Einlass.

»Weg!«, brüllte er, fast am Rande des Wahnsinns. »Warum lasst ihr mich nicht endlich in Ruhe?« Die *liebenden Leichen* erwiderten sein Geschrei mit Gejohle. Fast schien es, als machten sie sich über ihn lustig. Triften drohte ihnen mit der Faust und schrie sich in Rage. Erst als er mit der flachen Hand über die Scheibe wischte, stoben die lustverzerrten Fratzen auseinander. Ganz langsam kamen sie zurück. Diesmal begannen sie, mit vereinten Kräften den Hummer zu schaukeln.

In seiner Verzweiflung ließ Triften den V8-Motor aufheulen. Das Geräusch brachte die Meute für ein paar Sekunden auf Abstand.

»Mach's gut, Herbert Danzig! Es war schön, doch jetzt muss ich gehen!« Er hatte schon den Rückwärtsgang eingelegt, als der Vermisste aus der automatischen Tür der Tankstelle trat. Er trug noch immer seine Atemschutzmaske und schwenkte ein stattliches Tuborg-Sixpack.

»Vollidiot!«, brüllte Triften. »Los, Beeilung!« Er ließ die Kupplung springen und der Hummer setzte sich blitzartig in Bewegung. Die nackten Körper stoben auseinander oder flippten einfach über den Kühler. Obwohl er langsam fuhr, schrammte er nur knapp an einer Tankinsel vorbei, bekam zu guter Letzt aber die Kurve.

Wie wild stieß er die Tür auf, und Danzig katapultierte sich auf den Beifahrersitz.

»Du hast wohl was mit den Ohren«, japste Triften. »Wo zum Teufel hast du gesteckt?«

»Man wird doch noch mal austreten dürfen«, sagte Danzig. »Die Gelegenheit war günstig, und da bin ich eben noch mal auf's Klo.«

Während der Hummer über die bepflanzte Rasenfläche vor der Tankstelle walzte, füllte er eine Bierdose in das Trinkreservoir seines Anzugs. Die Flüssigkeit würde dort in Sekunden sterilisiert werden und dann hinauf zum Mundstück des Helms wandern.

»Sag mir, wenn ich dich abfüllen soll, ja?«

Aber Triften gab keine Antwort.

»Dann halt nicht«, sagte Danzig.

»Es hätte nicht viel gefehlt, und ich wäre schwach geworden«, sagte Danzig später. Der feuchte Glanz in seinen Augen nahm wieder zu. »Ich hab dir doch gesagt, sie hat mich an Hanna erinnert.«

»Ja, das hast du gesagt«, bestätigte Triften.

Danzig nickte. »Nachdem sie was getrunken hatte, ging sie vor mir auf die Knie.«

»Ich will es nicht hören«, sagte Triften.

»Warum nicht?«, flüsterte Danzig. »Als ich ihre Hand spürte, war ich für eine Sekunde wie gelähmt.«

Vielleicht war es die langsame Art und Weise, wie Triften den Kopf drehte, die Danzig zögern ließ. »Ich hab ihr mit dem Six-Pack eins über die Rübe gehauen«, sagte er dann. »Sie war sofort weg. K.O. – He, du hast doch nicht etwa gedacht, ich hätte ...«

»Natürlich nicht«, sagte Triften. Da hatten Sie schon den Hafen erreicht.
»Ich kann den Kreuzer sehen! Was für ein Schiff! Wir haben es geschafft, Junge!«

Danzig nickte nachdenklich.

»Sag mal, Triften ...«

»Was?«

»Was hättest du gemacht, wenn ich ... also, wenn ich ...«

»Dasselbe was du getan hättest«, sagte Triften. Er steuerte langsam auf den Landungssteg zu. »Man hat ja keine andere Wahl, oder?«

Danzig nickte. »Nein, hat man nicht.«

Die Lichter des Kreuzers tanzten wie Leuchtbojen vor seinen Augen, und unauffällig zog er sich den Reißverschluss zu.

Michael K. Iwoleit (*1962) studierte Philosophie und Germanistik. Er arbeitet als freier Autor, Werbetexter, Übersetzer und ist vielbeachteter Essayist und Mitherausgeber von NOVA und INTER-NOVA. Nach vier Romanen und zwei Dutzend Erzählungen zählt er mit den Novellen »Wege ins Licht«, »Ich fürchte kein Unglück« sowie »Psyhack«, die mit dem Deutschen Science Fiction Preis ausgezeichnet wurden, zu den absoluten Spitzenautoren des Genres.

Michael K. Iwoleit

Der Moloch

Heute habe ich erkannt, dass es kein Zurück für mich gibt. Ich möchte mich an die Erinnerung klammern, an die letzten Stunden, die wir in deinem Hotelzimmer verbrachten, aber das Gefühl wird mit jedem Tag schwächer. Bald werde ich kein Mensch mehr sein. Die Prozesse in meinem Kopf haben meinen Hormonhaushalt durcheinander gebracht. Mir fällt büschelweise das Haar aus, meine Haut ist trocken und ledern geworden, ich bin abgemagert, meine Brüste hängen schlaff herunter. Du würdest dich erschrecken. Aber die körperlichen Veränderungen sind nebensächlich. Ich kann nicht mehr davonlaufen. Ab und zu setze ich mich in eine S-Bahn, fahre ein paar Kilometer, aber dann wird der Drang so stark, dass ich fast aus dem fahrenden Zug springe. Meist übernachte ich auf dem Unterdeck der Kniebrücke, eingezwängt zwischen Müllcontainern, und starre stundenlang auf den Rhein hinunter, auf das dichte Gewirr übereinander montierter Tanks und Plastik-Wohnmodule an beiden Ufern, die wachsbleich den Dunst durchschimmern. Es ist noch etwas Ekel im Spiel, wenn ich hinuntergehe und wahllos mit einem der Kerle dort kopuliere, aber auch dieses Gefühl lässt nach. Bei klarem Wetter kann ich von der Brücke deutlich die Gliederung der Stadt erkennen. Auf Oberkassler Seite fliegen Schwärme von Überwachungsdrohnen die hermetischen Absperrungen der reichen Bezirke ab. Zur Innenstadt hin markieren Schneisen aus Schutt und planlos wucherndem Grün die Grenzen zwischen den billigen Franchise-Vierteln. All das hat keine Bedeutung mehr für mich. Ich spüre etwas Mächtiges, Lebendiges, das unter den verblassten Lichtern und Farben der Stadt empor drängt. Der Fluss ist wie ein Rückgrat, wie eine Aorta, die eine Ahnung verborgenen, pulsierenden Lebens nährt, die mich lockt und in sich einverleiben wird. Es ist ein letztes Aufflackern von Angst, dass ich mich noch wehre. Mach dir keine Sorgen um mich. Ich kann nicht sagen, dass es mir schlecht geht. Ich werde dieses Blog weiter schreiben, solange ich kann. Vielleicht wirst du dann verstehen, was mit mir geschieht – was mit uns allen geschehen wird, früher oder später. Vielleicht wirst du dann auch erkennen, dass es das Beste ist, was uns passieren kann.

Eins

»Sie sind eine Nervensäge, Kessler«, sagte Kovac und kramte in einer Schale auf dem Schreibtisch nach einem Dope-Kaugummi. Die beiden Medikamentensäckchen links und rechts an seinem Hals blähten sich wie Kiemen. Martin hatte ihn noch nie anders als mit hochrotem Kopf erlebt, aber heute machte er den Eindruck, als könne er jeden Moment explodieren. Er war ein bulliger, stiernackiger Typ, der selbst zwischen dem klotzigen Antik-Mobiliar seines Büros wie ein Sumo-Ringer auf einem Kindergeburtstag wirkte. »Sie sind der schäbigste Versager, der mir je untergekommen ist. Wenn ich nicht wüsste, dass Sie's eigentlich richtig drauf haben, hätte ich Sie persönlich mit einem Arschtritt auf die Straße befördert. Also, was gibt's?«

Er saß vor einer Monitorwand, unterteilt in Dutzende Fenster für die WebTV-Kanäle, die sein Provider-Konsortium verwaltete. Martin sah türkische Fensehköche, die unappetitlichen Innereienmischmasch zusammenbruzzelten; Webshop-Moderatoren mit zementiertem Grinsen, die Gesäßimplantate für die moderne Frau anpriesen; News-Anchormen, die vor Sponsorenlogos die neusten Katastrophenmeldungen verlasen. Der Ton war so weit runtergedreht, dass er wie das Zischeln von Insekten hinter der Wandtäfelung klang. Außer einer Leuchte, die einen grellen Spot auf Kovacs Dreifachkinn richtete, war der Monitor die einzige Lichtquelle im Raum, und die Bilderflut erzeugte einen Hauch von Unruhe in den Eichenregalen und Vitrinen ringsum.

»Freut mich auch, Sie zu sehen«, sagte Martin. »Bei einer solchen Begrüßung wird einem richtig warm ums Herz.« Neben ihm stand eine Ledertasche, in die er den Rest seiner Habseligkeiten gestopft hatte, ein paar Bierdosen und Lunchpakete, ein Bündel ungewaschener Wäsche und darüber, mit Gürteln festgezurrt, eine Box mit Datenträgern und zwei Notepads, die nur noch funktionierten, wenn sie gute Laune hatten. Die Luft in dem Büro war so stickig, dass ihm nach zwei Minuten das Hemd am

Leib klebte. Über Kovacs Schreibtisch quoll ihm eine Parfümwolke entgegen, und er wollte lieber nicht darüber spekulieren, welche Körpergerüche damit überdeckt werden sollten.

Kovacs Wurstfinger mühten sich vergeblich mit der Cellophanhülle des Kaugummis ab. Schließlich schleuderte er es in die Ecke und deutete auf Martins Gepäck. »Was ist los? Wollen Sie verreisen?«, fragte er. »Besteht begründete Hoffnung, dass diese Stadt endlich einen ihrer schlimmsten Parasiten los wird?«

»Sie wissen doch, das könnte ich Ihnen nie antun«, sagte Martin. »Nein, ich bin rausgeflogen. Ich habe im letzten halben Jahr in einem Franchise in Volmerswerth gewohnt. Vierzig Quadratmeter in einem Apartmentbau an der Düssel, wo sich zumindest nicht das allerletzte Geschmeiß rumtreibt. Nette Nachbarschaft, ich bin in der ganzen Zeit nur zweimal zusammengeschlagen worden, und die Jungs haben sogar die Baseballschläger stecken lassen. Der Komplex hat einem belgischen Investor gehört, aber jetzt haben die Chinesen alles aufgekauft. Weiß der Teufel, was sie aus dem Ding machen wollen. Es wurden jeweils zwei Apartments zusammengelegt, der Quadratmeterpreis hat sich verdreifacht, und ein paar Hundert Leute können jetzt im Grafenberger Wald kampieren. Bevor's mir genauso ergeht, dachte ich mir, mache ich Ihnen mal wieder die Aufwartung, krempel die Ärmel hoch, mache Sie noch reicher, als Sie's ohnehin schon sind, und verschwinde dann auf Nimmerwiedersehen. Was meinen Sie, wär's das nicht wert?«

Kovac grinste schief wie über einen Witz, den er schon tausendmal gehört hatte. »Darf ich daraus schließen, dass Sie wieder abgebrannt bis auf die Knochen sind? Das würde bedeuten, dass Sie in den acht Monaten seit unserem letzten Job – der im übrigen den ganzen Ärger und die Kohle nicht wert war –, mal eben sechzigtausend Euro durchgebracht haben. Was haben Sie gemacht? Sich quer durch die Südstadt gevögelt?«

»Was erwarten Sie, Chef? Ich bin ein Künstler in meinem Job. Es wird von mir erwartet, dass ich exzentrisch bin. Würden Sie mir auch nur den kleinsten Scheißauftrag anvertrauen, wenn ich von heute auf morgen solide wäre? Wenn ich meine Termine halten würde? Wenn ich mich ums Presserecht scheren würde? Ich bitte Sie.«

»Schauen Sie mal her«, sagte Kovac und deutete auf drei schwarzumrandete Fenster in der rechten unteren Ecke der Monitorwand, die nur Testbilder zeigten. »Trauerflor. Drei Soap- und Sitcom-Kanäle, die sich früher vor Abos gar nicht retten konnten. Es waren bestimmt nicht die letzten, die wir einstellen mussten. Diese scheiß Inder produzieren das Zeug jetzt mit automatischen Plotgeneratoren und Renderfarmen. Da kommen wir nicht mehr mit. Die fetten Zeiten sind vorbei, Kessler. Zwei Jahre noch, und keine Sau weiß mehr, dass es uns überhaupt gegeben hat. Ich könnte mich erweichen lassen, wenn Sie ein einziges Mal die Genialität auspacken, die ich mir immer von Ihnen erhofft habe. Wir müssen wieder ins Gespräch kommen, egal wie. Wir brauchen einen Hammer. Wir müssen in die Scheiße hauen, dass es nur so spritzt. Schaffen Sie das?«

»Im Scheißemachen bin ich Weltmeister. Darf ich?« In einer Ecke des Büros hing ein Stadtplan aus elektronischem Papier von einem antiquierten Kartenständer. Er zeigte die ganze Ausdehnung der Rhein-Ruhr-Megapolis vom früheren Köln bis Recklinghausen, ein Flickenteppich aus Hunderten autonomen Wirtschaftseinheiten, markiert mit den Logos der Franchise-Eigner, dazwischen einige klägliche Sprengsel öffentlichen Verwaltungsgebiets. Auf Kovacs gleichgültigen Wink hin trat Martin an die Karte, zog mit dem Zeigefinger ein Rechteck vom Rheinknie bis zur früheren Duisburger Südgrenze und wedelte ein wenig mit der Hand, bis die Farben des vergrößerten Ausschnitts kräftig hervortraten.

»Ich zeig Ihnen mal was«, sagte er. »Seit sich die Amis aus Pakistan zurückgezogen haben und die neue Regierung die Notstandsgesetze aufgehoben hat, können einige der krisengeschüttelten Konzerne drüben wieder etwas optimistischer in die Zukunft schauen und haben Sanierungen in Angriff genommen. Dabei ist den Bossen eingefallen, dass ihnen hier noch jede Menge Parzellen gehören, die auch mal wieder Geld abwerfen könnten. Schauen Sie sich hier die Ecke an, vom alten Flughafengelände und Kaiserswerth bis nach Duisburg. Siebzig Prozent der Parzellen gehören dem DHR-Konsortium, und in letzter Zeit haben sie jede Menge kleinerer Franchises aufgekauft, um das Gebiet zu einer größeren Verwaltungseinheit zusammenzulegen. Sie haben das korrupte Gesindel rausgeschmissen, das die Hälfte der Mieten in die eigene Tasche gewirtschaftet hat, und wollen was ganz Neues aufziehen. Irgendwas für reiche Australier und Ozeanier, die aus ihrem Hautkrebs-Eldorado nach Europa abwandern wollen. Aber es gibt ein Problem. Immerhin führen rund fünfzehn Rheinkilometer quer durch das Gebiet ...«

»Nicht wieder die alte Leier«, sagte Kovac. »Wollen Sie der hunderttausendste Schwachkopf sein, der auf die Öko- und Mitleidstour fährt? Die verpestete Jaucherinne, die einmal der stolze Rhein gewesen ist. Die bedauernswerten Flüchtlingsscharen aus aller Herren Länder, die auf dem verseuchten Boden der Rheinufer ihr kümmerliches Dasein fristen, weil sie nirgends sonst in dieser bösen Welt geduldet werden. Tolle Idee, Kessler, war noch nie da. Das wird uns aus den roten Zahlen hauen.«

Martin wartete einen Moment, bis sich Kovac seinen Anfall von Erregung abgeschnauft hatte. »Man merkt, dass Sie nicht auf dem Galoppierenden sind, so wie ich«, sagte er dann. »Es ist acht Jahre her, seit die Stadtverwaltung endgültig den Versuch aufgegeben hat, die Rheinuferslums zu sanieren. Seitdem schert sich außer ein paar privaten Hilfsorganisationen niemand mehr darum, was dort vor sich geht. Wer seinen Arsch in einem Franchise-Bezirk untergebracht hat, hat genug damit zu tun, dass er nicht wieder rausfliegt. Inzwischen reichen die Slums bis runter nach Leverkusen, mehrere hundert Quadratkilometer Fläche. Fällt nicht so auf, weil's nur zwei schmale Geländestreifen an den Rheinufern sind, aber ich schätze, dass dort an die vier Millionen mittellose Schlucker hausen, und täglich werden es mehr. Schon mal darüber nachgedacht, wovon diese Leutchen leben? Selbst wenn sie sämtliche Mülldeponien in der Gegend leer fressen oder in den Mittelklasse-Bezirken, die nicht so gut abgeriegelt sind, alles ausrauben, was nicht schnell genug auf den Bäumen ist, müssten sie scharenweise verhungern oder am dreckigen Wasser krepieren. Sie müssten längst Kannibalen sein, die sich gegenseitig auffressen. Aber nichts dergleichen.«

»Worauf wollen Sie hinaus?«

»Fahren Sie mal über die Promenade ums Rheinknie, dann kommen sie selbst drauf. Das da unten sieht nicht mehr wie ein Elendsviertel aus. Im Gegenteil, es ist eine blühende Community entstanden. Unterm Schlossturm haben sie die ganzen jämmerlichen Hütten abgerissen und statt dessen Wohnmodule mit Luftfiltern und Wassertanks aufgestellt, wie sie sonst für Notunterkünfte in Billig-Franchises verwendet werden. Hunderte davon, die kosten zweitausend Euro das Stück, habe ich mal nachgefragt. Wo kommt das ganze Zeug her? Wer bezahlt das? Die Leute lungern den ganzen Tag rum, Tausende abgemagerte Gestalten, die zwischen den Hütten rumschlurfen und wie stoned durch die Gegend gaffen. Früher waren die Slums mal ein Hexenkessel. Die Polizei hat sich wegen der Bandenkriege gar nicht reingetraut, höchstens mal von der Promenade ein paar MP-Salven reingeballert, das war's dann. Und heute? Ich bin vor ein paar Tagen aus Versehen am Westufer gelandet, als ich drüben in Neuss nach einem Squeeze-Motel gesucht habe, wo ich für eine Nacht unterkommen wollte. Da war mein Zeug hier noch frisch gewaschen, sah also nach ein bisschen Geld aus. Ich habe mir in die Hose gemacht vor Angst, aber dazu gab's gar keinen Grund. Man hat mich überhaupt nicht beachtet. Stattdessen waren überall Leute damit beschäftigt, Container und Wohnmodule von Tiefladern abzuladen. Ich frage Sie: was geht da vor?«

Kovac zupfte sich die Infusionssäckchen von den Halsseiten und massierte die Haut um die beiden Ventilstutzen. »Ich bin mir sicher, Sie werden's mir gleich verraten.«

Martin setzte sich wieder an den Schreibtisch und klaubte, ohne zu fragen, ein Hasch-Zigarillo aus einem chinesischen Lack-Kästchen, in dem

Kovac ein Sammelsurium von Konfektionsdrogen aufbewahrte. »Nein, ich habe keine Ahnung«, sagte er. »Aber mein Instinkt sagt mir, dass da ein ganz schräges Ding läuft. Eine Bauernregel für den gewieften Kapitalisten besagt: Wo investiert wird, da muss ein Investor sein. Und wo ein Investor ist, muss die Hoffung sein, dass die Investition etwas abwirft. Niemand steckt aus purer Menschenfreundlichkeit etliche Millionen in ein Heer aus asiatischen und afrikanischen Klimaflüchtlingen. Irgendwer hat die Slumbewohner als lukratives Menschenmaterial entdeckt. Fragt sich nur, zu welchem Zweck.«

»Sie spekulieren nur, Kessler. Aus ihnen spricht die pure Verzweiflung. Wenn's an den Rheinufern boomt, warum ziehen Sie nicht selber hin? Brauchen Sie nicht eine neue Bleibe? Das mit dem Stoned-durch-die-Wäsche-gaffen kriegen Sie schon hin.«

Martin schrammte mit der Zündfläche des Zigarillos über die Stuhllehne und hinterließ auf dem Kunstleder eine kleine Brandspur. »Das reicht Ihnen also nicht?«

»Nein. Ich habe auch eine Bauernregel für Sie. Es gibt nur zwei Dinge, mit denen man ein Millionenpublikum mobilisieren kann, das uns den Arsch retten würde: mit etwas, das die Leute geil macht, oder mit etwas, das ihnen Angst machte.«

»Dann bin ich ja auf der richtigen Fährte. Sie wissen sicher, dass die DHR-Typen keine Klosterschüler sind. Nördlich von Kaiserswerth wollten sie's auf die ganz harte Tour anpacken. In der ersten Aufbaustufe sollten fünf Kilometer Rheinjauche einfach unter Betonüberspannungen verschwinden. Die Hütten auf beiden Seiten wollte man planieren, und mindestens hundertfünfzigtausend Flüchtlinge hätten sehen können, wo sie bleiben. Aus den DHR-Franchisebezirken dringt kaum etwas nach draußen, deshalb haben sich die DHRler, was die Ärmsten der Armen angeht, auch keinen Zwang angetan. Vor zwei Monaten waren die ersten Räumungen angesetzt. Die Rollkommandos haben gemeint, es reicht, wenn sie Reizstoffe in die Luft blasen und ein paar aufmüpfige Halbstarke abknallen. Aber so einfach war das nicht. Da tobt jetzt ein richtiger kleiner Krieg.«

»Moment mal ...« Kovac tippte etwas in die Folientastatur, die unter seinem aufgestützten Ellbogen hervorlugte, und ein Holoprojektor stellte vor ihm ein kleines Textfenster in die Luft. »Stimmt, da hatten wir was in den Regionalnews. Soll eine Razzia gewesen sein, weil die jungen Araber ihren Stoff jetzt schon an die Vorschulkinder verticken. Ich habe hier nur eine kurze Notiz, es erzählt einem ja jeder was anderes. Die haben sich eine ganz schöne Ballerei geliefert. Angeblich hat das Grenzschutz-Unternehmen, das für die umliegenden Franchiser arbeitet, zweihundert Araber mit Micro-Nukes atomisiert. Aber jetzt ist doch wieder Ruhe, oder?«

»Quatsch. Wenn Sie die Wahrheit wissen wollen, sollten Sie sich mal umhorchen, warum in der Söldnerszene im Moment so gute Stimmung herrscht. Sehen Sie hier.« Er schob sich die fettigen Strähnen aus der Stirn und betastete die Schramme über dem rechten Auge. »Da hat mir so ein Arsch eins übergebraten, weil ich zu neugierig geworden bin. Es gibt doch diesen Umschlagsbahnhof in Grafenberg, wo früher die Kaserne war, nicht weit von der Irrenanstalt. Als ich von der Sache Wind bekommen habe, bin ich ein paar Mal dort schnüffeln gewesen. Zurzeit gibt's für erfahrene Soldaten jede Menge Jobs. Auf dem Gelände stehen Terminals, es weiß also nicht mal jemand, wer die Einsätze anbietet. Wer mitmachen will, registriert sich per Retina-Scan und Handabdruck, und wenn ein ansprechendes Vorstrafenregister vorliegt, kommt eine Email mit dem Einsatzplan. Einen Tag später bringt ein Frachtzug das Equipment, und dann kann's losgehen. Soweit ich sehen konnte, rückt alle paar Tage eine Hundertschaft nach Kaiserswerth ab. Es geht im Moment nur um einen kurzen Rheinabschnitt bei Langst, aber wer weiß, was noch draus wird. Die Typen verschanzen sich einfach am Damm über den Hütten, ballern auf die Bautrupps und Räumkommandos, wenn sich wer blicken lässt, und wenn die Munition aufgebraucht ist, schmeißen sie ihre Toten und Verletzten in den Fluss und ziehen wieder ab. DHR hat die Franchise-Ökonomie aufgescheucht, viele andere Unternehmen wollen mit Modernisierungen nachziehen. Was meinen Sie, warum ich vor die Tür gesetzt wurde? Und überall ziehen sich die Rheinuferslums wie eine schwärende Wunde mitten durch die Botanik. Stellen Sie sich vor, was auf uns zukommen würde, wenn jemand den Flüchtlingen überall, wo planiert werden soll, paramilitärischen Beistand leistet. Na, ist das keine Story?«

Kovac hatte mal wieder eine so perverse Neuzüchtung in seinem Schatzkästchen, dass es eine reine Freude war. Zwei Lungenzüge, und Martin hatte das Gefühl, als schwebte seine Großhirnrinde einen halben Meter über der Schädeldecke. Dabei blieben seine Gedanken glasklar, und mit den Augen eines Voyeurs, der über Webcams unter Teenie-Röcke schaut, registrierte er plötzlich in übernatürlicher Klarheit jede Regung in Kovacs Gesicht. Das war der Moment, auf den er gewartet hatte: Kovacs leicht verdrehte Augen, zur Decke gerichtet, als erflehe er göttlichen Beistand, das resignierte Kopfschütteln, das seine Hängebacken zum Schwabbeln brachte.

»Sie sind mein Untergang, Kessler«, sagte er. »Irgendwas muss ich in meinem letzten Leben verbrochen haben. Tun Sie mir einen Gefallen, ja? Die Sache muss wasserdicht sein. Schwadronieren Sie nicht bloß wie ein Profi, sondern recherchieren Sie auch wie einer. Ich will mich nicht wieder mit der Creme des Rechtsverdreher-Gesindels aus Meerbusch rumschlagen. Die warten nur darauf, dass wir juristisch angreifbare Halbwahrheiten rausposaunen, und dann können wir einpacken. Also, knallharte Fakten, und Sie kriegen ein Feature, das wir auf sämtlichen News- und Doku-Kanälen senden können. Was brauchen Sie?«

Martin grinste, und ein Wohlgefühl durchströmte seinen von Notrationen ausgezehrten Leib. »Zwei Kameracrews. Ein Rechercheteam mit drei, vier Spezialisten, die die aktuellsten Cracker-Tricks beherrschen. Und eine bescheidene, aber inspirierende Unterkunft für die nächsten acht Wochen. Was Nettes für die leiblichen Bedürfnisse wäre auch nicht schlecht.«

»Nicht überziehen, mein Junge.« Kovac konnte nicht verhehlen, dass er wider alle Erfahrung ernste Hoffnungen in dieses Projekt setzte. Martin hatte noch nicht allen Kredit bei ihm verspielt. »Ich lasse Ihnen gleich ein paar Spesen auf Ihre Kreditkarte gutschreiben. Gehen Sie um die Ecke ins Hyatt, schrubben Sie sich den Gossenmief vom Pelz und besorgen Sie sich was zum Anziehen. Wenn Sie wieder wie ein Mensch aussehen, melden Sie sich unten bei unserer Orga-Leiterin, die wird für alles Weitere ... Ach was, nehmen Sie die Orga-Leiterin gleich mit, wenn Sie wollen. Aber nur für eine Nacht, klar? Ab morgen wird gearbeitet.«

In einem Winkel seines Hinterkopfs hatte sich Martin nie damit abgefunden, dass es vorbei war. Inzwischen waren vier Jahre vergangen, seit er und Sarah den mutmaßlich letzten Akt ihres Dramas inszeniert hatten, und seitdem wartete er. Jede Ablenkung, jede Zerstreuung war ihm recht. Es störte ihn nicht, dass er diese vier Jahre auch mit größter Mühe nicht rekonstruieren konnte, dass er nicht mehr wusste, wann und wie lang er für den Lokalsender in Solingen gearbeitet, wann er sich in Köln mit der Kulturredaktion des WDR überworfen, wie vielen kleinen Flittchen er den Laufpass gegeben hatte, die sich an ihn hängten, wenn es ein paar Tausender zu verjubeln gab. Er fragte sich nicht mehr, woher er die Kraft nahm, sich immer wieder für ein paar Monate zusammenzureißen, wie es kam, dass Kovac und eine Handvoll anderer ihm noch immer etwas zutrauten. Die Erinnerung an Sarah war zu einer Hintergrundstrahlung in seinem privaten Universum geworden, zu einem Gravitationszentrum, das bis heute an ihm zerrte, ihn verbog. Seit jenen letzten durchstrittenen, durchvögelten, durchsoffenen Tagen in ihrem Apartment hatte er nie wieder von ihr gehört, alles in seinem Besitz vernichtet, was an sie erinnerte, seinem Gehirn mit Drogen und Aufputschmitteln genug Schaden zugefügt, dass er sich kaum noch an ihr Gesicht, ihre Stimme, ihren Körper erinnern, sich bisweilen sogar einreden konnte, die ganze Geschichte habe sich nur in seinem Kopf abgespielt. Und doch konnte er nichts gegen das Gefühl tun, dass etwas fehlte, dass etwas Entscheidendes ausgeblieben war, dass die

Zukunft etwas für ihn bereithielt, das dem jahrelangen Hin und Her zwischen ihm und Sarah nachträglich einen Sinn geben würde. Wie Fallen, in die er bereitwillig tappte, hatte sie überall in der Stadt Spuren hinterlassen, an Orten, die über ein Dutzend Franchises hinweg verstreut lagen und etwas von ihr zurückbehalten hatten, von dem Martin zehrte wie von einem lebenserhaltenden Spurenelement.

Der Schauer war heftig wie ein Monsun. Martin fand einen Platz unterm Vordach und beobachtete die Passanten, die in die Läden, Bars und Shopping-Passagen an der Elisabethstraße drängten, eine Front aus Alu, Glas und animierten Werbetafeln, die der Regen zu abstrakten Mustern verwischte. Das Wellplastik über ihm knirschte bedenklich, durch eine undichte Stelle tropfte ihm Wasser in den Nacken und rann wie verdünnte Säure unter den Hemdkragen. Der rötlichbraune Niederschlag prasselte bis nah an seinen Tisch, und ein galliger Geruch drang in die Imbissbude, nur geringfügig unappetitlicher als das Essen, das der kleine Chinese ihm servierte. Der Reis schmeckte wie Styropor, der Tofu war weich und schmierig wie vorverdaut, und der Fraß brannte im Hals, als müsste Yan vor dem Verfallsdatum noch alle quotenmäßigen Chili-Vorräte aufbrauchen.

Martin machte ihm keine Vorwürfe. Der Franchise-Bezirk Unterbilk/Friedrichstadt, der einem Konsortium EU-geförderter Frankenfood-Produzenten gehörte, war mächtig heruntergekommen, seit der Handelskrieg zwischen den USA und der EU dem Hauptinvestor das Genick gebrochen hatte. Wie alle Unternehmer auf Franchise-Gebiet durfte Yan nur verarbeiten und anbieten, was die Lieferantenliste der Eigner hergab. Nach mehreren Umstrukturierungen und Querverkäufen landete in seiner Küche heute der letzte Dreck aus den Turbo-Mast- und Anbaubetrieben in Osteuropa, die kaum noch rentabel arbeiteteten, seit die Slawen mit den Generalstreiks anno 2021 dieselben Löhne wie ihre westeuropäischen Bündnisgenossen durchgesetzt hatten und ihre geschmacksfreien Gendesigner-Produkte zu Dumpingpreisen in den Unterklasse-Franchises in Frankreich, Holland und Deutschland losschlagen mussten. Yan, früher ein Ausbund an guter Laune, dem sich das Dauergrinsen inzwischen zu einem Ausdruck hartnäckiger Verdrossenheit eingegraben hatte, hantierte zwischen Dutzenden Mikrowellen-Kochern, Woks und Tupperdosen in einer Küche, die kaum Platz für ein Urinal geboten hätte. Seine Hundehütte von einem Restaurant war immer noch ordentlich besucht, aber an den eng gestellten Holzimitat-Tischen, unter kitschigen Hologramm-Impressionen der Verbotenen Stadt und der Großen Mauer, saßen heute keine gestylten Museumsbesucher mehr, die Yans Fressbude früher zu einem Insidertreff der gehoben Trashkultur geadelt hatten. Statt dessen fand Martin sich in Gesellschaft von Jugendlichen in Second-Hand-Outfits, farblos wie eine Auferstehung von

Maos Graukittel-Generation, die lustlos ihre Suppenschalen auslöffelten, als hätten sie nie im Leben etwas mit Genuss verzehrt, Euro-Münzen in die Touchscreen-Terminals warfen und das Lokal mit dem müden Piepsen und Zirpen von Arkade-Klassikern erfüllten.

Über die Wiese am Schwanenspiegel tobten Kinder von Obdachlosen und versuchten sich gegenseitig ins Wasser zu schubsen, verkrochen sich schließlich aber auch unter die Plastikplanen, die zwischen den Bäumen gespannt waren. Einige Minuten lang schien der Teich zu kochen, und es wurde so laut, als brause über den Rhein ein Tsunami heran. Dann war es vorbei, und auf dem Teich schaukelten graue Schaumteppiche zwischen den Schilfbüscheln. Drüben an der Poststraße, wo entlang der Schneise hinterm Heine-Denkmal die Bezirksgrenze verlief, stieg langsam wieder der bläuliche Nebel in die Höhe, eine nanotechnische Vorkehrung gegen Eindringlinge, die nicht die vorgeschriebenen Zufahrtstraßen benutzen oder die Kontrollposten umgehen wollten. Die Abkühlung währte nicht lang. Der Asphalt an der Heroldstraße dampfte, und hinterm Flimmern aufsteigender Hitze sah Martin, verschwommen wie ein Traumbild, eins der früheren Luxusobjekte dieses Bezirks, ein Block schicker Apartmentbauten aus Recycling-Baustoffen, die der saure Regen in wenigen Jahren zu unansehnlichen Notunterkünften zerfressen hatte. Sein Blick streifte die Penthouse-Wintergärten, die stumpf in der Sonne glänzten, und für einen Moment glaubte er sich zu erinnern, hinter welcher der zersprungenen Scheiben er sich mit Sarah die hingebungsvollsten Wortgefechte und Handgreiflichkeiten seines Lebens geliefert hatte. Aber nichts ließ sich konkretisieren. Er fühlte sich wie ein Kinobesucher, der lang nach der letzten Vorstellung vor einer leeren Leinwand saß, noch gebannt von Szenen, an die er sich gar nicht mehr erinnerte.

Er schob den Teller weg, holte sein Notepad hervor und tippte noch einmal auf Sams Icon. Diesmal kam die Verbindung zustande, ein Fenster öffnete sich, und Sam setzte sich, in schlaffer Haltung und mit umwölktem Blick, vor die Webcam. Das Büro hinter ihm war düster, die anderen Arbeitsplätze unbesetzt. »Schon gut, ich weiß, was du sagen willst«, sagte er und hob die Hände. »Ich habe gearbeitet, auch wenn's vielleicht nicht so aussieht. Hörst du dir erst meinen Bericht an, oder fliege ich gleich raus?«

Sam war ein hagerer, nervöser Typ, knapp über zwanzig, aber stets aschfahl wie ein Krebspatient im Endstadium, hochintelligent und ein As an der Konsole, wenn er es schaffte, mal für eine halbe Stunde auf die Soft-Halluzinogene zu verzichten, die er sich vermutlich schon seit Kindertagen reinpfiff. Martin hatte ihn und die anderen aus WebConnects Datenbank für Job-Impunitaten herausgesucht, in der ganze Rudel junger Cracker verzeichnet waren, die man beim Anbohren von Pornokanälen oder Aboaccounts erwischt hatte und die jetzt vor der Wahl standen, sich an die Behörden ausliefern zu lassen oder den Schaden auf Franchise-Gebiet abzuarbeiten, gewöhnlich zu Konditionen, die kein Müllmann hingenommen hätte.

»Tut mir wirklich leid, dass ich euch arbeitsscheuen Pennern eine Chance gegeben habe«, sagte Martin. »Ich weiß, es ist eine einzige Zumutung, dass ihr im teuersten Hotel des Bezirks wohnen müsst und nichts Besseres zu tun habt, als die ganze Nacht über den Zimmerservice antraben zu lassen und auf meine Kosten die neusten Schweinefilmchen aus dem Netz zu saugen. Trotzdem bin ich so unverschämt und bestehe auf eine Gegenleistung. Du sorgst erst einmal dafür, dass die anderen drei Idioten unverzüglich antreten. Dann höre ich mir deinen Bericht an.«

»Schon geschehen. Carl und Ferenc organisieren gerade unseren Ausflug und weisen die Kameraleute ein. Hassan kriegt noch den Magen ausgepumpt, dann ist er auch gleich hier.« Sam zuckte die Achseln. »Na ja, es war unser Wochenende. Wir müssen doch auch mal ...«

»Aber nicht mit zwei polnischen Nutten pro Nase«, sagte Martin. »Für Hassan habe ich einen schönen Sonderauftrag, wenn er sich ausgekotzt hat. Und von dir will ich erst mal was hören. Mal sehen, ob du deine Spesen wert bist.«

Auf dem handgroßen Monitor konnte Martin nicht genau erkennen, was auf der bunten Plastikflasche stand, an der Sam für einen Moment gierig nuckelte, ehe er antwortete. »Ich habe meine Software-Agenten einfach mal systematisch die Webnachrichtendienste in den letzten zwanzig Jahren abgrasen lassen, um uns einen Überblick zu verschaffen, wie sich das mit den Rheinuferslums entwickelt hat. Es gab drei Voraussetzungen, die dazu beigetragen haben, dass wir jetzt überall in Europa dieses Pack am Hals haben.«

»Schön sachlich bleiben, Sam.«

»Meinetwegen. Angefangen hat alles 2028, als die EU-Regierung beschlossen hat, das Franchise-Prinzip auch in Europa einzuführen, und so jede Menge Probleme mit Arbeitslosen, sozialen Brennpunkten und maroder öffentlicher Infrastruktur auf private Investoren abwälzen konnte. Wir wissen alle, was draus geworden ist, aber für unseren Zusammenhang ist am wichtigsten, dass die Staats- und Bündnisgrenzen gegenüber der inneren Sicherung der Franchises praktisch bedeutungslos wurden und für Schieber und illegale Einwanderer goldene Zeiten angebrochen sind. Dann hatten wir die klimatischen Entwicklungen im ganzen Mittelmeerraum und im Nahen Osten. Schon Mitte der Zwanziger war die Region ein einziger Glutofen und nahezu unbewohnbar, dafür wurde für die Energiemultis plötzlich die Solarenergie interessant. Also haben sie da unten das ganze wertlose Land aufgekauft, ihre Kollektorfelder installiert und die Einheimischen, oder was davon übrig war, von Schieberringen nach Europa schaffen lassen. Meines Wissens waren es einige holländische Banden, die im Hafen von Rotterdam operierten und als erste auf die Idee gekommen sind, wo man das ganze Volk abladen könnte. Eine Zeit lang haben sie Scharen in Kielkammern von Frachtkähnen den Rhein runter geschafft und einfach links und rechts rausgeworfen. Die unmittelbare Umgebung unserer verseuchten Gewässer – und das war die dritte Voraussetzung – waren nämlich die einzigen Landflächen, um die sich weder öffentliche Verwaltung noch Franchise-Eigner einen Dreck geschert haben. Und so ist es gekommen, dass der Bodensee heute das größte Flüchtlingslager der nördlichen Hemisphäre und der Niederrhein der längste Slum der Welt ist.«

»Das ist alles sehr interessant«, sagte Martin, »erklärt aber nicht im mindesten, was dort heute vorgeht. Ich habe mich auch etwas umgehört. Bisher bin ich auf einen vergleichbaren Fall gestoßen, in Nordspanien in der Gegend von Salamanca. Nicht in derselben Größenordnung wie hier, aber es haben sich immerhin ein paar Hunderttausend Flüchtlinge um Seen und Staubecken zusammengerottet. Vor ein paar Jahren müssen dort üble Zustände geherrscht haben, eine Seuche nach der anderen und etliche Tote pro Tag. Die Regierung hat die Gegend kurzerhand zum Sperrgebiet erklärt, ringsum einen militärischen Quarantänekordon errichten lassen und gehofft, das Problem würde sich von allein lösen. Nach ein paar Monaten war die Sache aus den Schlagzeilen, und erst kürzlich, als eine Kommission den Verkauf von ungenutztem öffentlichen Grundbesitz prüfen sollte, stellte sich heraus, dass es nicht nur Überlebende gibt, sondern dass sich die Leute prächtig vermehren und ihnen jemand seit einiger Zeit kleine Fertighütten hinstellt, wo sie gemütlich vor sich hingammeln können. Soll jetzt richtig gepflegt aussehen.«

»Ich versuche einen Ansatzpunkt zu finden, irgendwas«, sagte Sam und kratze sich am Kinn. »Irgendwer, der die Finger drin haben könnte. Vielleicht habe ich schon was. Schau dir das mal an.«

Auf dem Bildschirm blinkte ein Icon, und ein Fenster mit einem Standfoto öffnete sich, das einen überfüllten Sitzungssaal zeigte. Ein Mann, der zwischen wild gestikulierenden Anzugträgern mit gelockerten Schlipsen unauffällig in einer hinteren Reihe saß, war mit einem roten Kreis markiert. Als Martin ins Bild zoomte, stellte er sich als tadellos geschniegelter Mittvierziger in legerem, marineblauen Freizeitanzug heraus. »Die Aufnahme wurde beim Krisenreferendum im Mai 2032 in Köln gemacht. Das war die Konferenz, die nach drei Tagen abgebrochen werden musste, weil sich die Verwaltungen von Nordstadt, Südstadt und Solingen-Wupper nicht über die Flüchtigpolitik einigen konnten und sich fast gegenseitig an die Gurgel gegangen sind. Der Typ da ist eindeutig Clive Du Bois, und ich war ganz schön baff, als ich den bei einer Sitzung unserer Volksvertreter entdeckt habe.«

»Sagt mir nichts.«

»Ist 'ne echte Bildungslücke, Chef. Du Bois ist drüben ein großes Tier im Consulting Business. Social Engineering und solche Sachen, hat für die kalifornische Regierung und alle möglichen Franchise-Konsortien gearbeitet. Ein echter Saukerl, der schon drei Gewerkschaften erledigt und unzählige Menschen um ihren Job gebracht hat. Arbeitet immer hinterrücks und von langer Hand und ist nur Insidern bekannt. Ich habe dir ein Dossier zusammengestellt, kommt gleich. Du Bois bewegt seinen Luxusarsch nicht umsonst über den Atlantik, es muss also einen guten Grund gegeben haben, warum er hier war. Vielleicht gibt's da einen Zusammenhang.«

»Wer weiß«, sagte Martin, zückte seine Brieftasche und winkte Yan mit der Kreditkarte. Sekunden später erschien die Rechnung auf dem Touchscreen im Tisch, Martin schob die Karte in den Schlitz und bestätigte mit einem Fingerdruck. Hinter seinen Topf- und Geschirrstapeln machte Yan große Augen, vermutlich weil ihm gerade Martins aktuelles Kreditlimit angezeigt wurde. »Bleib an der Sache dran. Wir müssen jedem Hinweis nachgehen.«

»Und was machst du?«

»Geht dich einen Scheißdreck an«, sagte Martin. Und nach einer Pause: »Ich schau mich etwas im Alten Landtag um, da haben viele Hilfsorganisationen ihre Büros. Vielleicht kann ich mich irgendwo einschleichen.« Mit einem Fingerschnippen aufs Kill-Icon unterbrach er die Verbindung und klemmte sich das Notepad unter den Arm.

Die Hitze traf ihn wie ein Hammerschlag vor die Stirn, als er unterm Vordach hervortrat. Nach ein paar Schritten schwindelte ihm. Es war, als habe etwas die Gehwege, Böschungen und Wiesen in leichte Wellenbewegungen versetzt. Ein bitteres Aroma drang ihm in Mund und Nase. Eine Gruppe von Jugendlichen, die auf der Treppe vor dem Landtag zusammensaßen, erschien ihm grell und grob gerastert wie der Hintergrund in einem Billig-Anime. Martin wollte gar nicht wissen, welchen Dreck der Regen diesmal vom Himmel gespült hatte. Etwas Wind kam auf, blies die Dampfwolken auseinander, die ringsum aus den Pfützen aufstiegen, und lichtete auch den Nebel in Martins Kopf.

Noch bis in die Zwanziger hatten sich Denkmalschützer um den Alten Landtag bemüht, eins der letzten Überbleibsel alter Düsseldorfer Bausubstanz. Dann hatte die lokale Szene das Gebäude in ein Meisterwerk des Retrofittings verwandelt. Die alten Fassaden, Denkmäler des Historismus im Stil der italienischen Hochrenaissance, waren hinter mehreren Überkrustungen aus Stromkabeln, Glasfaserbündeln, Satellitenschüsseln, Verteilerkästen und Anzeigetafeln verschwunden. Das viergeschossige Atrium im

Innern mit den weißgestrichenen Galerien erinnerte noch daran, dass der Bau eine Zeit lang als Museum gedient hatte. Heute moderten die Kunstschätze unter der gläsernen Dachkonstruktion vor sich hin. Die Franchise-Eigner hatten den wertlos gewordenen Plunder den lokalen Künstlerkollektiven überlassen. Bald aber machten unzählige andere Clubs, Initiativen und Organisationen ihnen den Platz streitig, und sie suchten das Weite.

Im Atrium standen zwanzig, dreißig Leute bunt gemischter Herkunft an der langen Ausgabetheke einer Automatenküche und klapperten mit Einweggeschirr. Martin verschaffte sich einen Überblick, indem er die Galerien abschritt, vorbei an ehemaligen Ausstellungsräumen, die man zu allen möglichen Zwecken umfunktioniert hatte. Er sah Musiker in behelfsmäßigen Studios; Leute, die zwischen chemischen Klos und Mobilduschen auf Schaumstoffmatten kampierten; Hacker, die vor deckenhohen Racks mit altem Equipment an Holodisplays zusammenhockten. Er sah Logos von islamischen, buddhistischen und hinduistischen Missionszirkeln; handgeschriebene Aushänge in persischer und arabischer Schrift; Werbetafeln privater und heruntergekommener UN-Hilfsorganisationen. Einige Male versperrten ihm abgerissene Retrofreaks mit Rastalocken und Ethno-Outfits den Weg, die Memokärtchen verteilten und den Eindruck machten, als hätten sie seit dem letzten Hippie-Revival eisern durchgehalten, ohne ein einziges Mal nüchtern zu werden.

Im dritten Stock verlief er sich in einen Seitenkorridor, wo aus einer Tür Licht auf das zerknitterte Plakat einer Ärzteorganisation fiel. Martin hörte verhaltene Ambient-Jazz-Beats und entdeckte ein wohltuend ruhiges und ordentliches Büro: eine Reihe von Schreibtischen hinter gedimmten Deckenflutern, mit Papieren und medizinischer Fachliteratur vollgestopfte Regale, Pausenbilder von Holoprojektoren, die wie geisterhafte Mobiles über den Tischen rotieren. Die meisten Mitarbeiter waren zur Mittagspause ausgeflogen, nur an einem Terminal saß eine Frau, in angestrengte Lektüre vertieft, lang und dunkelhaarig, mit orientalischem Einschlag, etwas kantigem, hohlwangigen Gesicht, aber vollen Lippen und großen Augen.

Als sie ihn bemerkte, faltete Martin die Hände. »*Namasté*«, sagte er, und sie stutzte.

»Sie sollten mal wieder in die Heimat fahren«, sagte sie mit einer rauen, rauchigen Stimme, die Martin trotz ihrer aggressiven Untertöne sofort unter die Gürtellinie ging. »Sie sind der blasseste Inder, der mir je untergekommen ist.«

»Ich muss kein Inder sein, um etwas für mein Karma zu tun. Deswegen bin ich hier. Wenn Sie noch etwas tatkräftige Unterstützung gebrauchen können, gehöre ich Ihnen. Mit Haut und Haaren.«

Sie verzog den Mund, als sei er ihr auf den ersten Blick unsympathisch. »Ist es denn zu fassen? Da sitzt man hier, ahnt nichts Böses, und nach langer

Zeit stolpert mal wieder ein Mensch herein, der vom Virus des Altruismus befallen ist. Sie haben meine Bewunderung.« Und nach einer Pause: »Wissen Sie überhaupt, wer wir sind?«

»Klar. PSW, Ärzte für Sozialarbeit, eine deutsche Abspaltung der alten IPPNW, wenn ich mich nicht irre. Sie sind die letzten Aufrechten, die sich noch um eine minimale medizinische Versorgung für die Ärmsten der Armen bemühen. Als wenn ich das nicht wüsste ...«

»Fein, damit haben Sie immerhin die erste Prüfung bestanden. Mal sehen, ob Sie auch die zweite bestehen. Bleiben Sie mal ruhig stehen und hören Sie auf, so dämlich zu grinsen.«

»Was?«

Sie zeigte zur Decke, wo in einem Winkel eine Webcam installiert war. »Sie wissen doch von Ihrem Passbild, dass Lächeln die biometrischen Daten verzerrt. Und ich würde gern erfahren, mit wem ich das Vergnügen habe.« Sie betätigte eine Maustaste, drehte Martin den Flachmonitor zu, vor dem sie saß, und Sekunden später sah er sein eigenes verdutztes Gesicht. »Wir haben uns aus der Öffentlichkeit zurückzogen, aber es taucht immer noch gelegentlich rechtes Gesindel und Journalistenpack auf, das uns einen Strick draus drehen will, dass wir kostenlose Impfungen vornehmen und nicht einfach Tausende Leute verrecken lassen. Also überzeugen wir uns bei jedem Besucher, ob wir nicht besser den Wachdienst rufen sollten.«

Martin ahnte schon, was jetzt kommen würde. »Okay, Sie haben mich erwischt. Lassen wir das.«

»Nein, nein ...«

Ein feines Liniennetz überzog Martins Porträt, ein Signal tönte, und eine Statuszeile an der Unterkante des Monitors zeigte an, dass ein Musterabgleich lief. Martin sah nicht mehr hin, als die Links angezeigt wurden, die die Bilddatenbanken im Web ausspuckten. »Na, schau mal einer an«, sagte die Frau und schnalzte mit der Zunge. »Wir haben ja heute richtige Prominenz zu Besuch. Wenn Sie nicht so fett und zehn Jahre älter wären, hätte ich Sie sogar erkannt. Martin Kessler, der junge Starjournalist aus den frühen Dreißigern, der uns allen in glänzender Erinnerung geblieben ist, weil er sich wirklich für keine Sauerei zu schade war.« Sie hob den Kopf, und er hatte das Gefühl, als könne sie ihn mit einem Blick vierteilen. »Ich muss Ihnen wohl nicht zeigen, wo der Zimmermann das Loch gelassen hat.«

»Hören Sie, äh ...«

»Assia, falls es Sie interessiert. Aber sparen Sie sich die Luft. Eine Eiterbeule am Hintern wäre mir lieber, als mich mit einem Boulevard-Schmierer wie Ihnen abzugeben. Was schauen Sie mich so an? Gibt's keine Jetset-Schicksen mehr zum Vögeln?«

Martin merkte jetzt erst, dass ihn etwas an ihr gefangengenommen hatte.

Er war unwillkürlich einige Schritte an den Schreibtisch herangetreten, und sah an ihrer wohlgewölbten Vorderseite herunter, auf die kräftigen Schenkel in dünnen Leggings, die sie wie ein Kerl überschlagen hatte. Eine Stimme in seinem Hinterkopf warnte ihn, dass sich vermutlich wieder das Vakuum bemerkbar machte, das Sarah in ihm hinterlassen hatte und ihn dazu trieb, sich in regelmäßigen Abständen auf die erstbeste Frau zu stürzen, die er halbwegs attraktiv fand. Aber er hatte das Gefühl, dass diesmal etwas anderes im Spiel war, dass ihn etwas an ihrer düsteren Aura, ihrer unterschwelligen Sinnlichkeit aufrichtig interessierte.

»Ich weiß nicht, ob *Sie* noch zu allem stehen können, was Sie als Achtzehn- oder Zwanzigjährige getan haben«, sagte er, zog aus seiner Brieftasche eine Visitenkarte und warf sie ihr auf den Tisch. »Der Typ, von dem Sie gerade gelesen haben, existiert jedenfalls nicht mehr. Glauben Sie, was Sie wollen, aber ich bin an einer Sache dran, die Ihre Organisation auch interessieren könnte. Vielleicht würde sich eine Zusammenarbeit für beide Seiten lohnen. Verfeinern Sie mal Ihre Suche, lesen Sie, was in den letzten fünf Jahren über mich geschrieben wurde, und vielleicht bin ich Ihnen dann richtig sympathisch.«

Sie zeigte keine Regung, starrte ihn an, als könne sie jeden Moment auf ihn losgehen, und er hatte Mühe, sich von ihrem Anblick loszureißen. Wieder draußen in der Sonne, eine Szenerie vor Augen, die ihm wie ein grell überbelichtetes Photo erschien, blieb er für einen Moment schwankend auf der Treppe stehen, kämpfte einen Anfall von Sehnsucht, regelrechter Gier nach nackter Haut und weiblicher Berührung nieder und merkte erst nach dem soundsovielten Signal, dass jemand auf seinem Notepad anrief. Er trat in den Schatten eines Baums und brauchte drei Versuche, ehe mit zittrigen Fingern das richtige Icon angetippt hatte. Pausbäckig, mit fettigem Haar, Elendsmiene und gesenktem Blick wie ein Halbwüchsiger, den man beim Klauen erwischt hatte, begrüßte ihn Hassan, der Kryptograph in seinem Team. Er war ein Halbtürke aus Remscheid, der schon bewiesen hatte, dass er ohne weiteres eine 40-Stunden-Session bei höchster Konzentration ableisten konnte, aber nicht weniger exzessiv war, wenn es ums Saufen, Fressen und Rumhuren ging.

»Ich sollte mich melden, Chef«, sagte er so leise, als koste ihn jedes Wort enorme Anstrengung.

»Du siehst richtig scheiße aus, Junge«, erwiderte Martin und grinste.

»Das ist schon mal besser, als ich mich fühle.«

»Genau in dieser Verfassung bist du mein Mann. Wir müssen dich nicht mal verkleiden. Hast du schon in deinem Postfach nachgeschaut und das Ticket gefunden?«

»Was für'n Ticket?«

»Nach Marrakesch. Wir schicken dich auf eine Sondermission. Du bist von jetzt an ein armer marrokanischer Ziegenficker, dessen Familie von der Exxon-Werksmiliz umgebracht wurde, und wirst dich den Flüchtlingstrecks der Landbevölkerung anschließen. Du willst nach Europa, weil du gehört hast, wie wunderbar es sich am Rhein lebt. Ich möchte von dir aus erster Hand erfahren, wie das ganze Schiebergeschäft läuft, was du hinblättern musst, wer die Transporte organisiert, wie du nach Europa geschleust wirst und, wenn du wieder hier bist, natürlich auch, wie die Flüchtlinge hier leben, wer sie durchfüttert, das Milieu, alles. Du bekommst morgen noch einen Com-Chip eingepflanzt, damit wir in Verbindung bleiben, dann kann's losgehen.«

Hassan machte ein Gesicht, als hätte Martin ein Todesurteil ausgesprochen. »Ich dachte, ich sollte ... Wie lang denn?«

»Mal sehen, ein paar Wochen vielleicht. Es bringt nichts, wenn wir nur von außen beobachten. Ich weiß, es wird kein Spaziergang, aber wenn's dir zwischendurch mies geht, denk dran: *Du* bist privilegiert. *Du* kommst wieder raus.« Der Gedanke schien Hassan kaum aufzuheitern. Martin beendete das Gespräch, sah seinen Email-Eingang durch und fuhr ins Hotel zurück, um das Dossier über Du Bois zu studieren.

Nachdem er sich einen ersten Überblick über die rund zweihundert News, Interviews, Reportagen, Fach- und Publikumsartikel verschafft hatte, die Sams Dossier enthielt, sah für Martin noch alles danach aus, als sei Clive Du Bois ein typischer Vertreter jener diffusen Schickeria, die er in einem Fernsehkommentar einmal die »Ökonomie der Blender« genannt hatte. Eine intellektuelle Mafia aus Beratern, Analysten, Futuristen, Trendforschern, Mitarbeitern von NGOs und Think Tanks, die die Kunst vervollkommnet hatten, gewaltige Summen aus der Volkswirtschaft abzusaugen, ohne etwas Produktives ins System zurückzuführen. Eine immer einflussreichere Schicht von cleveren Selbstvermarktern und wortgewandten Schwätzern, die angeblich an jeder Top-Universität der USA und Europas mindestens zwei Jahre studiert hatten, die mit allen Größen in Politik und Wirtschaft auf Du und Du waren, die sich nur die Nase schnäuzen mussten und schon sprangen neue Millionenverträge dabei heraus, die Presse und WebTV mit Schlagwörtern belieferten, die sich mit nie dagewesene Berufsbezeichnungen dekorierten, nur um elegant zu kaschieren, dass niemand wusste, was sie überhaupt für die Unsummen leisteten, die Wirtschaft und öffentliche Hand ihnen in den Hintern bliesen.

Dieses international organisierte Clübchen von einigen zehntausend Virtuosen auf der neuen Wurlizerorgel des Geistes war schon in den letzten

Jahren des vorigen Jahrhunderts ein ständig wachsendes Ärgernis gewesen. Seine eigentliche Blütezeit aber hatte erst begonnen, als die Krisen in den USA der Zwanziger die globale Ökonomie in Panikstimmung versetzten. Unabhängigkeitsbestrebungen in Kalifornien, Rassenunruhen, gewalttätige Südstaaten-Renaissance, Kursmanipulationen an den Börsen, multinationale Konzerne, die sich gar nicht mehr damit abgaben, Regierungsmitglieder zu bestechen, sondern immer unverschämter am Staat vorbei arbeiteten und ganze Regionen aufkauften, wo sie fortan selbst die Spielregeln bestimmten – all das hatte einen gewaltigen Bedarf an politischen Allheilrezepten, griffigen Formeln, smarten Welterklärungen, an schlichtweg allem geweckt, was irgendwie den Nebel der Ratlosigkeit aus den Köpfen zu lüften versprach. Niemand, der in Politik, Wirtschaft oder Show Biz Karriere machen wollte, gab heute noch einen Dreck um Fakten und vorzeigbare Ergebnisse. Wer bei 2.000 WebTV-Kanälen und Zehntausenden Nachrichtendiensten, die heute ein durchschnittlicher Provider in Amerika, Europa oder Asien anbot, nur die geringste Chance haben wollte, von Wählern und Konsumenten wahrgenommen zu werden, musste sich mit Haut und Haaren einem ganzen Stall von Consultern ausliefern, die Tag und Nacht an seinem Image zimmerten, sein Leben bis in die intimsten Einzelheiten diktierten und ihm vorgestanzte Papierschlangen in den Mund legten. Die Branche boomte, ihre Macht wuchs, und ein Ende war nicht abzusehen.

Clive Du Bois, schien es, war von Jugend an auf der obersten Welle des globalen Info-Tsunamis mitgeschwommen. Wenn nur die Hälfte von dem stimmte, was seine frisierten Lebensläufe behaupteten, musste er seit seinem fünfzehnten Lebensjahr mindestens zweiundsiebzig Stunden pro Tag gearbeitet haben. 1991 in San Mateo, Kalifornien, geboren, war er dank eines illustren familiären Hintergrunds dreisprachig aufgewachsen (frühere Quellen sprachen von Englisch, Französisch und Deutsch; seit den dauerhaften Verstimmungen in den deutsch-amerikanischen Beziehungen hatten seine Biographen letzteres durch Spanisch ersetzt), hatte als mathematisch und musisch hochbegabtes Wunderkind schon als Preteen die Hochschulreife erlangt, in Havard (natürlich), Yale (klar), an der Sorbonne (immer gut) und der FU Berlin (auch nicht schlecht) Volkswirtschaft, Mathematik und Philosophie studiert, nebenher als Football-Halfback und Leichtathlet geglänzt und ausgedehnte Reisen durch China, Europa und den Nahen Osten unternommen. Zwischen seinem zwanzigsten und dreißigsten Lebensjahr hatte er sich beträchtliches Ansehen dadurch erworben, dass er eine Consulting-Firma nach der anderen gründete, die allerdings alle ihr Gründungsjahr nicht überstanden, dafür zwei- bis dreistellige Millionenetats in den Sand setzten – was in den USA traditionell als Ausweis besonderer unternehmerischer Kühnheit gilt. Von da an hatte er als freier Berater eine

Odyssee durch die hundert Top-Unternehmen der US-Wirtschaft unternommen, Expertisen und Analysen für Microsoft, Oracle, Bell, Lockheed und wer weiß wen geschrieben, in Planungsstäben und Aufsichtsgremien gesessen und sich mit allen möglichen Fragestellungen beschäftigt, die keinen vernünftigen Menschen interessierten. In jüngerer Zeit gab es eine Lücke von drei Jahren im Strom des Medienmaterials, das Du Bois' Karriere umspülte. Aus unersichtlichen Gründen hatte er sich eine Zeitlang aus allen Geschäften zurückgezogen, war nur sporadisch seinen Lehraufträgen an zwei Medienuniversitäten in Kalifornien nachgekommen und unversehens in einer anderen, weit handfesteren Branche wieder aufgetaucht, dem neuen Schlag von Security-Firmen, die sich in den zunehmend schmutzigeren Online-Kriegen zwischen den Franchise-Konsortien auf Sicherungs- und Abwehrmaßnahmen spezialisiert hatten.

Martin kam der Mageninhalt hoch, als er einige von Du Bois' Arbeitspapieren las, die Sam den Unternehmensdatenbanken entlockt hatte: Meisterwerke leerer Rhetorik, die sich über Unternehmensphilosophien, die Wahrnehmung in der Öffentlichkeit, das Image bei charakteristischen Segmenten der WASP-Zielgruppe und dergleichen mehr ausließen. Photos aus jüngeren Jahren zeigten Du Bois als 100% ecken- und kantenlosen Metrosexuellen mit zurückgegeltem Blondschopf, der wie aus Acryl gegossen an seinem Schädel klebte, mit einem selbstgewissen, milden Lächeln, das nur bei Menschen mit der Lebenserfahrung eines Dreijährigen Vertrauen erwecken konnte, mit einem punktgenau zwischen Seriosität und Lässigkeit austarierten Outfit, das den Eindruck machte, als bezahle er eigens Spezialisten dafür, dass sie ihm Löcher in die Jeans schnitten.

Nach vielleicht hundertfünfzig überflogenen Seiten, die Martin früher mit *speed reading*-geschultem Blick in sich aufgesaugt hätte, verschwamm Du Bois' Biographie in seinem Kopf zu einem Wirrwarr zusammenhangloser Fakten. Er stand vom Terminal auf, das von der kleinen Erker-Empore bald Screensaver-Muster durchs Zimmer geistern ließ, und goss sich an der Bar ein Bier nach. Kovac hatte seinem Etat diesmal klare Grenzen gesetzt, sich aber nicht lumpen lassen und ihm eine kleine Suite unterm Dach des Hyatt im Medienhafen reserviert, ein schlanker Stahl- und Glaskonus auf der Landzunge zwischen den Jachtpiers und Monkey Island. Wenn Martin abends ans Fenster trat, sah er den Bezirk vom Fernsehturm bis zum UCI-Kino umflimmert von einem Vorhang aus Nanopartikeln, die in der Dämmerung wie Milliarden Leuchtkäfer funkelten und den Rhein, von jedem anderen Standort aus eine zähe, mit Ölschlieren überzogene Brühe, in eine Landschaft aus abstrakten Wellenmustern verwandelte.

Heute hatte der Luftdruck die Nanobarriere soweit gestaucht, dass Martin über den bläulichen Partikelnebel zur Lausward und auf die andere Rheinseite hinübersehen konnte. Das Flüchtlingslager unter der Kniebrücke machte noch denselben Eindruck wie vor ein paar Jahren: ein Hüttenmeer aus zusammengezimmerten Holz-, Metall- und Plastikteilen, die man aus Mülldeponien zwischen den Franchise-Bezirken herangeschafft hatte, ein schmutziger Flickenteppich aus Zelten, Unterständen, Jauchegruben und Abfallhaufen, gesäumt vom phosphoreszenten Schimmern der Chemieabfälle, die der Rhein ans Ufer spülte, durchflackert von Lagerfeuern, um die sich insektenhafte Gestalten scharten. Doch er musste nur den Blick nach rechts wenden, dann erkannte er deutlich das Neue, von dem er bisher nur wusste, dass es vor nicht allzu langer Zeit an mehreren Stellen am Niederrhein angefangen hatte und sich immer schneller ausbreitete: etwas wie eine helle Wucherung in der Patchwork-Kolonie auf den Oberkassler Rheinwiesen, ein inverser Krebs, der nicht Verfall und Zersetzung sondern Sterilität und eine eigentümliche Art von Ordnung mit sich brachte. Martin zeichnete mit den Fingerspitzen ein Rechteck auf die Scheibe, und der Bildausschnitt zoomte in ein Gewirr aus tonnenförmigen Wohnmodulen, Wassertanks, Solarzellen und Leitungsbündeln, über-, neben- und untereinander montiert, in einem verwirrenden Muster, das dennoch nicht den Eindruck reiner Anarchie machte, sondern eine komplexe, verborgene Ordnung erahnen ließ, ein fraktales Muster, das sich seinem Wahrnehmungsvermögen knapp entzog.

In diesen sanierten Bereichen herrschte verblüffende Ruhe und Sauberkeit. Wenn Martin auf eine der lethargischen Gestalten zoomte, die ziellos zwischen den Assemblagen umherstreiften, wirkten sie nicht weniger ausgezehrt und hoffnungslos als in den umliegenden Elendsvierteln, aber sie waren immerhin gewaschen und trugen schlichte, saubere Kleidung, die an die Einweggarnituren in Krankenhäusern erinnerten. Niemand schien etwas zu tun, niemand zu kommunizieren. Bei Nacht glühten die Wohnmodule in gedämpfter Halogenbeleuchtung, die die engen Gassen zwischen den Installationen erhellte, und bei günstiger Sicht und starker Vergrößerung konnte Martin dann gelegentlich ein Geschehen beobachten, das ihm anfangs so absurd erschienen war, dass er seinen Augen nicht trauen wollte. Alle paar Tage kam es vor, dass für einige Stunden ungewöhnlich viele Menschen aus ihren Behausungen hervorkamen, offenbar nur zu dem Zweck, um im Freien völlig spontan und wahllos zu kopulieren, eine mechanische, lustlose Massenorgie, die Martin nicht sexuell motiviert schien, sondern eher wie ein Ausbruch einer eigenartigen Energie erschien, die wie eine Welle durch das Hüttendorf ging und wieder versiegte.

Ein Jingle aus hellen Glockentönen riss ihn aus seinen Grübeleien, und als er ans Videofon ging, projizierte der Holoprojektor einen virtuellen Monitor über den Couchtisch, auf dem ein schmales Frauengesicht erschien, eingerahmt von vollem, dunklem Haar. Erst auf den zweiten Blick erkannte er die Frau aus dem PSW-Büro wieder.

»Was für eine reizende Überraschung«, sagte er nach anfänglichem Stutzen und sorgte mit einer Handbewegung für mehr Licht. »Ich habe wohl doch größeren Eindruck hinterlassen, als ich dachte.«

Assia saß zwischen aufgestapelten Kissen auf einer Tagesdecke, trug ein weites, kariertes Männerhemd, bis zum Saum eines schwarzen BHs aufgeknöpft, und nippte halbherzig, als sei sie in Gedanken woanders, an einem Weinglas. »Ich muss gestehen, ich habe eine Schwäche für soziale Absteiger«, sagte sie. »Vor allem, wenn sie einen so steilen Sturzflug hinter sich haben. Ich habe mir auch die späteren Pressemeldungen angesehen. Auf eine solche Weise die Brocken hinzuwerfen, derart auf Leute zu pinkeln, denen jeder andere die Füße geküsst hätte – das hatte schon einen gewissen Stil. Kompliment.«

Martin wusste nicht genau, auf welchen der peinlichen Auftritte sie anspielte, die seinen Niedergang eingeleitet hatten. »Soll das heißen, dass meine Chancen auf ein Date mit Ihnen gestiegen sind? Oder gibt's einen anderen Grund, warum Sie anrufen?«

»Spar dir das ›Sie‹, du Blödmann. Ich bin nicht scharf auf dich, ich bin nur neugierig. Es rankt sich eine Menge journalistische Folklore um deine kleine Skandalchronik, und man bekommt nicht oft eine Gelegenheit, einen Blick auf das nackte Elend hinter dem Klatsch zu werfen. Ich dachte mir, es könnte ganz unterhaltsam sein, wenn ich mich ein bisschen mit dir befasse.«

»Wie darf ich das verstehen?«

»Mal sehen. Wo steckst du gerade? Wie ist der aktuelle Stand der Daily Soap Martin Kessler?«

Martin trat zurück und breitete die Hände auseinander. »Du hast das Glück, dass du mich in einer meiner lichten Momente erwischst. Wie du siehst, bin ich im Moment ganz passabel untergebracht. Außerdem habe ich ein Spesenkonto, das ich ungern allein verbrate. Was wär's? Im Moment kann ich dir beides bieten: die angenehmen Seiten des Ruhmes und die Tiefen meiner geistigen Zerrüttung.«

»Soll das eine Einladung sein?«

»Möglicherweise. Vielleicht will ich dich auch nur herlocken, um auszuprobieren, ob ich immer noch jede Frau am ersten Abend ins Bett kriege.«

Sie stellte das Glas weg, neigte den Kopf leicht nach hinten und betrachtete ihn, als mache sie gerade ihre eigenen Pläne, was ihre weitere Bekanntschaft anging. »Pass auf, was du dir wünschst. Es könnte in Erfüllung gehen. Wenn du mir ein Besuchervisum fürs Hafenviertel schickst, bin ich in einer Stunde da.«

»Lass es nicht drauf ankommen. Ich mach's wirklich.«

»Red nicht«, sagte sie, beugte sich vor und brach das Gespräch ab.

Bevor der virtuelle Bildschirm gelöscht wurde, erschien ein Gebührenvermerk, und Martin kopierte Assias ID ins Clipboard der Suite und setzte sich wieder ans Terminal. Trotz der exorbitanten 200 Euro, die der Meldeserver des Medien-Franchise verlangte, zögerte er keine Sekunde.

Hinterher saß er, einen Herd von Unruhe im Bauch, vor dem Monitor und rätselte, warum sich die Nüchternheit nicht einstellen wollte, mit der er in den letzten Jahren seine verlogenen kleinen Liebschaften und die Routine der körperlichen Befriedigung abgewickelt hatte. Er warf einen Blick auf seine Notizen fürs morgige Briefing, kam aber zu keiner Entscheidung, wen er auf die Lieferanten der Wohnmodule ansetzen, wer sich über Sanierungspläne anderer Franchiseeigner in Rheinnähe kundig machen, wer die Kamerateams nach Kaiserswerth begleiten sollte, wo nach einer neuen DHR-Offensive nun eine regelrechte Schlacht drohte. Er zuckte zusammen, als sich kurz vor elf ein Fenster mit einer Mitteilung von der Rezeption öffnete, und stürzte regelrecht ans Videophon.

Während Assia von einem der gläsernen Aufzüge im Lichthof zu ihm heraufgetragen wurde, stand er in der Infrarotschranke in der Tür, als habe er davonlaufen wollen und sich noch nicht ganz zum Gegenteil entschlossen. Er versuchte sich ein paar Worte zurechtlegen, irgendeinen dummen Spruch, aber ihm fiel nichts ein. Assia erschien schließlich mit feuchten Haaren und in einem schwarzen Regenmantel in der Lounge. Ein leichter Chemikaliengeruch drang Martin in die Nase, verdrängt von einem stärkeren weiblichen Duft, als sie sich, eine Spur von Belustigung im Gesicht, an ihm vorbei schob und, weil er nichts sagte, mit langen Schritten ins Zimmer ging, als wollte sie es in Besitz nehmen. Es kostete ihn einige Überwindung, ihr zu folgen.

Sie hatte ihre Jacke und Handtasche über einen Stuhl gelegt, war auf die Empore gestiegen und starrte auf den Rhein hinunter, für einen Moment in Gedanken versunken. »Mein Gott, immer wenn ich die Uferslums sehe, bekomme ich Angst«, sagte sie. Ihre Stimme füllte den Raum aus, als ob eine Oktave tiefer ein Instrument mitschwang. »Ich verdränge zwischendurch immer wieder, wie gewaltig das Elend ist, mit dem wir's einmal aufnehmen wollten. In der Anfangszeit bei der PSW haben wir uns noch persönlich mit Ärzteteams reingewagt und unsere Hilfe angeboten. Heute trauen wir uns nicht einmal mehr in die armen Franchise-Bezirke, wo der Großteil der Leute lebt, die sich keine Krankenversicherung leisten können. Deshalb lassen wir von Drohnen regelmäßig kleine Memokärtchen über den betroffenen Bezirken abwerfen, auf denen die Termine und die Haltestellen stehen, die wir mit unseren Mobilkliniken anfahren. Aber die Leute sind gleichgültig geworden, sie misstrauen jeder Hilfe. Es kommen immer weniger.«

Sie drehte sich zu Martin um, der unschlüssig an der Bar lehnte. Ihr Blick strich halb mitleidig, halb neugierig über die Taschen, Kleidungsstücke, Getränkedosen und Medikamentenschachteln, die über dem Sofa verstreut lagen. »Ich bin keine Ärztin, nicht mal Krankenpflegerin«, erklärte sie. »Man hat mich damals als Hilfskraft angestellt, weil Leute gebraucht wurden, die Arabisch können. Ich bin 2009 nach Europa gekommen, als es noch Einwanderer-Greencards gab. Meine Mutter ist Tunesierin, mein Vater war ein amerikanischer Soldat. Sie hat ihn nie wiedergesehen. Vor dir steht ein kleiner Ausrutscher eines Antiterrorkämpfers.«

»Ich ...« Er hatte sich vorgenommen, niemals, mit niemandem über seine Vergangenheit zu reden, alles Geschehene wie eine gedankliche Sperrzone hinter sich zurückfallen zu lassen, und das Bedürfnis, sich zu erklären, zu rechtfertigen, das ihn gelegentlich plagte, als kindische Regung abgetan, der er nicht nachgeben durfte. Aber etwas an Assia, vielleicht ihre Bereitschaft, etwas von sich zu offenbaren, vielleicht der Umstand, dass ihre bloße Anwesenheit mehr Intimität verbreitete als alles, was er in den letzten Jahren mit Frauen erlebt hatte, löste seine Sperre.

»Weißt du, es hat als Spaß angefangen«, sagte er. »Ich war noch ein Teenager, als ich ins Mediengeschäft geraten bin. Ich habe eine Zeit lang heftig in der Snipper-Szene mitgemischt. Vielleicht erinnerst du dich noch an diese Typen, die sich systematisch in öffentliche und private Überwachungssysteme gehackt haben, um Footage von Prominenten zu sammeln. Du weißt schon, auf dem Klo, im Bordell, beim Einkaufen, im Schlafzimmer, möglichst peinliche Momente, die dann auf aberwitzige Weise montiert, mit höhnischen Kommentaren unterlegt und ins Web gestellt wurden. Als MTV die Szene entdeckte und das Zeug in großen Stil ausgestrahlt hat, war der Spaß vorbei. Hier am Rhein wurde die Szene Ende der Zwanziger in groß angelegten Razzien ausgehoben. Man hat unser Material beschlagnahmt, unser Equipment vernichtet und uns alle vor die Jugendgerichte gezerrt. Einige Betroffene haben beträchtliche Bestechungen an die Staatsanwaltschaft gezahlt, damit man uns das Fell über die Ohren zieht.«

Assia zog einen Stuhl heran und setzte sich. Martin wusste nicht wieso, aber ihre Nähe ging ihm unter die Haut, als stille sie ein Bedürfnis, von dem er nicht geglaubt hatte, das es noch in ihm existierte. Er spürte eine Beklemmung im Bauch, etwas zog sich zusammen, und er erinnerte sich an den Tag, an dem er das letzte Mal geweint hatte, damals, als er Sarahs Apartment endgültig verließ.

»Ich habe zwei Monate in einem Psychohygienikum in der Eifel gesessen, wo man uns mit Drogen und Therapien zugesetzt hat, die an Folter grenzten«, fuhr er stockend fort. »Dann hat jemand die Geldstrafe bezahlt, und ich war plötzlich frei. Ein WebTV-Sender, der sich auf Boulevardmagazine, Enthüllungsjournalismus und solchen Kram spezialisiert hatte, war längst auf die Snipper-Szene aufmerksam geworden und an unseren besonderen Fähigkeiten interessiert. Von einer Woche zur anderen arbeiteten ich und eine Handvoll meiner Kumpanen in Köln und Leverkusen, badeten nur so in Geld und hatten top ausgestattete Studios mit Spoofing-Equipment zur Verfügung, mit dem sich ganz andere Dinge anstellen ließen. Ich meine, bis rein in die Netzwerke der Web-Provider, der Nachrichtendienste, in Parteizentralen, Firmendatenbanken, Ärztekammern, weiß der Teufel. Wir haben uns am liebsten Leute vorgenommen, die ein lupenreines, scheinbar unangreifbares Image hatten, Polit- und Showstars, Musiker, und gnadenlos zusammengekarrt, was überhaupt nur an Zwielichtigem aufzutreiben war. Denkmäler niederreißen nannten wir das. In der ersten Zeit habe ich nur die Kommentare gesprochen, dann bin ich als Moderator eingestiegen und mit meinen Enthüllungsreportagen bekannt geworden. Am Ende war ich besonders für meine Live-Montagen berüchtigt. Ich habe mitten in Interviews Leute mit einer Sturzflut von Aufnahmen und Dokumenten konfrontiert, die sie in sicherer Verwahrung wähnten.«

»Wer war Sarah Körber?«, fragte Assia. »Es gibt Hunderte Fotos von euch beiden, aber bei keinem hat man den Eindruck, ihr wärt ein Paar gewesen. Eine ... eine unangenehme Person, scheint mir. Die personifizierte Kälte und Oberflächlichkeit. War das auch nur eine Inszenierung? Was ist wirklich passiert?«

Martin versuchte sich Sarah vorzustellen, aber Assia schob sich dazwischen. Ihre Präsenz, die ganze Stärke ihres Hier und Jetzt ließ nicht zu, dass der Nebel seiner Erinnerungen Konturen gewann. »Ich glaube, der Anfang vom Ende war, als diese Frau Selbstmord begangen hat und mir plötzlich klar wurde, welche Macht ich hatte«, fuhr er fort. »Ich hatte zu dieser Zeit schon die Schnauze voll. Ich hatte zwei Agenten, die mich alle paar Wochen an einen anderen Kanal verkauften, quer durch die Medienzentren im Rheinland, ab und zu ins Ausland, als Gastkorrespondent für viel Geld. Wir haben uns eine Afrikanerin vorgenommen, eine ziemlich prominente Vertreterin einer internationalen Hilfsorganisation, die sich mit globalisierungskritischen Äußerungen unbeliebt gemacht hatte und —«

»Meinst du die Frau, die als kleines Mädchen genital verstümmelt wurde und sich hier in Düsseldorf operieren ließ, als sie sich endlich dazu durchgerungen hatte? Und ihr habt das alles ...«

»Ja, wir haben ein widerliches Spektakel draus gemacht, und am Ende hat sie's nicht mehr ertragen.« Zum ersten Mal empfand er Scham deswegen, nicht mehr nur professionelles Bedauern über seine Dummheit. »Ich war seit einem halben Jahr mit Sarah liiert, was nicht mehr bedeutet, als dass wir unsere Termine für gemeinsame öffentliche Auftritte abgestimmt haben und anschließend gelegentlich ins Bett gestiegen sind. Aber plötzlich wuchs mir alles über den Kopf, kam mir hohl und verlogen vor. Ich wollte mehr, ich wollte jemanden haben, dem ich vertrauen, bei dem ich mich fallen lassen konnte, weg von all dem Scheiß. Ich konnte mich immer schwerer von Sarah lösen, obwohl sie die letzte Person war, die eine echte Bindung wollte. Und so habe ich mit dem Saufen und den Drogen angefangen und bald alle gehasst, die mich hofiert und mit Geld abgefüllt haben. Irgendwann habe ich dann meinen angeblich kritischen Journalismus gegen sich selbst gewendet und über meine Auftraggeber ausgepackt.«

Assia kam an die Bar, sah die kleinen und großen Flaschen durch und wählte einen milden Scotch. »Ein kluger Mann hat einmal gesagt: Der Mensch ist derart schlecht fürs Leben ausgerüstet, dass man fast einen Übermenschen aus ihm macht, wenn man in ihm einen Schuldigen und nicht ein Opfer sieht.« Für einen Moment drehte sie ein kleines Glas zwischen den Fingern, goss ein und musterte Martin wie aus einem Kilometer Distanz. »Aber ich glaube nicht daran. Du bist kein Opfer gewesen. Du hast gewusst, was du tust. Und du hast deinen Preis bezahlt. Dir ist nichts Ungerechtes widerfahren, und ich glaube, es ist dir auch klar.«

»Vielleicht hättest du nicht kommen sollen«, sagte er, aber es klang halbherzig, hilflos. »Ich bin nicht gern eine Kuriosität, die man mit wohligem Schaudern bestaunt. Ist es dir nicht zuwider, mit einem ...?«

Sie trat einen Schritt näher, und er zuckte zusammen, als sie ihm eine Hand auf die Schulter legte. »Ich bin kein Kind mehr. Ich weiß, was ich tue«, sagte sie. »Wenn es nicht irgendetwas gäbe, das mich vom ersten Moment an dir gereizt hat – gereizt, nicht gefallen –, wäre ich nicht hier. Ich erwarte nicht, dass ich in dieser wahnsinnigen Welt irgendwo einen Menschen finde, der nicht am Abgrund steht.«

Sie leerte das Glas in einem Zug, schloss die Augen, als genieße sie die Wärme, die ihr durch die Kehle rann, und drehte ihm den Rücken zu. Alle Gedanken hatten sich aus Martins Kopf verflüchtigt, und er konnte nur zuschauen, wie sie sich die Schuhe von den Füßen streifte, ihre Weste auszog und in eine Ecke warf und sich langsam das Hemd aufknöpfte. Vor dem finsteren Rechteck der Schlafzimmertür drehte sie sich um und hob, mehr verwundert als kokett, die Augenbrauen. »Was ist los? Wo bleibst du?«

Er staunte über seine eigene Verlegenheit. »Ist das nicht ein bisschen ...«

»Überstürzt?«, fragte sie. »Leichtsinnig? Kann sein. Ich dachte mir nur gerade: Du hast alles verloren. Soll ich dir jetzt auch noch die Illusion nehmen, dass dir wenigstens deine Attraktivität geblieben ist?«

Er brauchte eine halbe Ewigkeit, bis er sich aus seiner Starre löste und ihr folgte. Er zögerte an der Tür, als er auf dem Bett ihren nackten Körper schimmern sah, und war für einen Moment fest davon überzeugt, dass er noch nie eine Frau berührt, noch nie Lust oder Zuneigung empfunden hatte, dass hier in diesem Moment etwas ganz Neues in sein Leben kam, das er nicht verstand.

Es ist, als sei die ganze Welt ausgehöhlt worden und nur eine dünne Kulisse stehen geblieben, die auf einen Blick zusammenbrechen kann, bewohnt von schattenrissartigen Gestalten, deren Reden und Handeln eine leicht zu durchschauende Täuschung ist. Es ist, als sei die Welt, die ich bewohnt, das Leben, das ich achtunddreißig Jahre lang geführt habe, seiner Substanz beraubt worden, mehr noch, als habe ich mir alle Tiefen, alles Leben und Leiden nur eingebildet und sei plötzlich zur Wahrheit erwacht. Ich kann zum ersten Mal genießen, was ich stets verabscheut habe, die Anonymität dieser Riesenstadt. Ich kann in die Menschenmassen eintauchen, die mich wie ein seelenloses Staubkorn mitschwemmen, und bin froh darüber, dass niemand die verwahrloste, immer schneller alternde Gestalt beachtet, zu der ich geworden bin. Gestern habe ich in einem Straßencafé gesessen und mein letztes Geld für einen Imbiss ausgegeben, verstimmt darüber, dass ich immer noch leibliche Bedürfnisse habe, denen ich zuweilen nachgeben muss. Ich habe jedes Wort der jungen Leute am Nachbartisch verstanden, aber ich durchschaue jetzt die Sinnlosigkeit, das Eitle, Prätentiöse jeder Kommunikation. Ich habe überlegt, ob ich einen symbolischen Akt begehen, das Messer nehmen, mir die Zunge abtrennen sollte, aber auch darüber bin ich hinaus. Ich weiß, dass etwas anderes auf mich wartet, von dem das Sich-Tummeln, Schwatzen und Sich-im-Kreise-drehen der Menschen nichts ahnt. Noch bin ich nicht bereit. Noch gibt es zuviel, das ich abschütteln muss. Noch steht etwas Angst zwischen mir und meiner Auflösung, meiner Transformation. Doch immer deutlicher vernehme ich jenen anderen, vitaleren Puls, der unterm Blendwerk der Stadt schlägt. Ich träume davon, eine Zelle, eine Organelle im mächtigen Leib neuen, echten Lebens zu werden, endlich wieder andere Seelen zu spüren, eins zu werden mit einer Gemeinschaft, die mich erheben und überwinden wird.

Zwei

»Schluss jetzt«, schnauzte Martin, schlug mit einer flachen Hand auf den Tisch, und in einer Kettenreaktion fielen die leeren Bierdosen um. »Ich weiß, dass wir alle etwas von der Rolle sind. Kovac macht mir Feuer unterm Arsch, weil nach der Geschichte in Kaiserswerth auch noch andere Presseleute an dem Stoff dran sind. Die DHR-Typen wollen uns was ans Zeug flicken, weil ihr keinen kühlen Kopf bewahren konntet. Und jetzt erzählt ihr mir einen derart verworrenen Müll. Wir arbeiten seit zehn Tagen an dieser Sache, und ich blicke überhaupt nicht mehr durch. Also noch mal, Sam, zum Mitschreiben für die Dummen.«

Für einen Moment herrschte betretenes Schweigen. Ferenc, ein verschüchterter, flaumbärtiger Bursche, dem selten ein Wort zu entlocken war, mit reichlich Schrammen im Gesicht und einem dicken Verband um die Rechte, sah Hilfe suchend zu Carl hinüber, der bei ihrer Exkursion Prellungen und zwei gebrochene Rippen davongetragen hatte. Sam hatte das Kinn auf die Handballen gestützt, kratzte sich an der Nasenwurzel und starrte missmutig auf sein Notepad. Binnen weniger Tage hatten die drei den Konferenzraum im Verwaltungsgebäude von WebConnect in einen Saustall verwandelt. Der Boden war mit zerknüllten Papier- und Plastiktüten übersät. Auf den Schreibtischen stapelten sich Fast-Food-Verpackungen, Kaffeebecher und bekritzelte Notizzettel. Die Ascher quollen über, und die Luft war schwer vom Aroma der Tabakbeimischungen, von Cannabis bis zu den neuesten Mode-Alkaloiden aus den Giftküchen der Gendesigner. Die Klimaanlage kam gegen den Mief nicht mehr an.

Sam schüttelte sich, und es schien, als wollte er sich übergeben. Er biss die Zähne so fest zusammen, dass die Kiefermuskeln wie Fremdkörper aus seinem knochigen Gesicht hervortraten. Im Schein der verschmierten Monitore, die schmutzig graue Lichtbalken durch den Raum warfen, wirkte er alt und vertrocknet wie eine Mumie.

»Ich versuch's noch mal ganz einfach zu erklären«, sagte er in einem nölenden, weibischen Ton, der Martin immer mehr auf die Nerven ging. »Wir leben nicht mehr in den Zeiten des Internets, als noch eine gewisse Einheitlichkeit herrschte. Die globale Kommunikations-Infrastruktur ist in Hunderte Subnetze mit ihren jeweils eigenen proprietären Protokollen zerfallen, Videonetzwerke, Digitalfunknetze, Überwachungsnetze, WebTV-Netze und was weiß ich. Die Protokoll-Konvertierungen an den großen Gateways sind eine Wissenschaft für sich. Die Provider versuchen sich ständig mit allen Tricks gegenseitig ihre Neuentwicklungen abzujagen, und oft ergeben sich dabei Schwachstellen, die ich ausnutzen kann. Aber derjenige oder diejenigen, mit denen wir es hier zu tun haben, sind eine

Nummer cleverer. An den Gateways wird für jede ein- und ausgehende Mail separat ein kleines Plugin für reine Textnachrichten geladen, mit extrem knappem Time-out. Alles, was ich beobachte, ist ein kleines Blubbern, ein kaum wahrnehmbares Kräuseln an der Oberfläche des globalen Datenpools. Nichts, was sich für einen Angriff ausnutzen lässt. Bisher jedenfalls nicht.«

»Über den Auftraggeber dieser Söldnertypen hast du auch nichts rausgefunden?«

»Das ist noch schwieriger, Chef. Die Söldnerszene, Waffenhändler und ihre Kunden sind international organisiert. Sie betreiben ein Satellitennetzwerk mit den besten quantenkryptographischen Systemen, die für Geld zu kriegen sind. Sie können sich's auch leisten. Wer einmal die Kohle hingeblättert hat, um darüber seine Geschäfte abzuwickeln, ist so anonym, wie er nur sein kann. Selbst mit den schnellsten Rechnern der Welt würde ich hundert Jahre brauchen.«

»Wir drehen uns im Kreis«, sagte Martin und schnaufte. »Fassen wir zusammen: Nach allem, was wir wissen, verdienen sich mehrere Speditionen und Logistikfirmen in der Umgebung eine goldene Nase damit, dass sie Zeug in die Rheinuferslums liefern. Die Angebote kommen anonym per Email, bei Zusage wird ein Abschlag von zwanzig Prozent von einem anonymen Konto bei irgendeiner Geldwäscherbank in der Karibik überwiesen und die Firmen erhalten präzise Anweisungen, wann sie die Module und den übrigen Kram von welchem Frachtbahnhof abholen und an welcher Stelle an den Rheinufern abladen sollen. Mit den Wasserlieferungen läuft's ähnlich. Auch die Hersteller der Wohnmodule und der Solar- und Sanitäranlagen wissen nicht, wer ihnen diese goldenen Zeiten beschert. Überall, wo wir in die Tiefe bohren wollen, kommen wir zum selben Ergebnis: Ein anonymer Auftraggeber gibt nach vorsichtiger Schätzung vier Millionen Euro pro Monat aus, um die Slums zu sanieren und die Leute durchzufüttern. Und du willst mir sagen, dass wir keine Möglichkeit haben, den Schleier der Anonymität zu durchdringen, dass es bei einem so komplexen Geschehen keine undichte Stelle gibt? Es muss doch irgendwo jemand sitzen, der die Sache plant und organisiert! Er muss doch irgendetwas damit bezwecken.«

»Das Verrückte ist, dass es nicht geplant und organisiert aussieht. Ich bin mit Carl ein paar Mal im Rheinpark in Golzheim gewesen, wo's erst vor ein paar Wochen losgegangen ist. Ist relativ überschaubar, nur zwei Quadratkilometer, wo sich ein paar tausend Leute unter der Abschirmung an der Cecilienallee zusammenquetschen. Normalerweise ein ganz lethargischer Haufen, völlig zerzauste und abgemagerte Araber und Afrikaner, die so aussehen, als könnten sie jeden Moment tot umfallen. Nur wenn ein Tieflader mit einem Wohnmodul oder Wassertank eintrifft, sind sofort Dutzende Typen zur Stelle, laden den Kram ab und machen sich an die Montage. Es läuft völlig chaotisch. Ich hatte nicht den Eindruck, dass auch nur einer von ihnen weiß, was er da macht. Sie reißen mit bloßen Händen die alten Hütten ab, und dann wird geschraubt und gehämmert, bis der Kram irgendwie zusammengebaut ist. Es ist wie ein Pawlowscher Reflex, als hätte jemand den Leuten ins Unterbewusstsein eingetrichtert, was sie machen sollen.«

»Und es wollte keiner mit euch reden? Nicht mal für Geld?«

»Wollte schon, aber konnte nicht. Wir haben ein paar Scheine und Zigaretten springen lassen, aber keiner konnte uns erklären, was ihn dazu veranlasst hatte, sich an den Montagen zu beteiligen. Die meisten waren wie weggetreten, wenn sie darauf angesprochen wurden. Es ist wirklich unheimlich. Die Verkabelung der Solaranlagen ist nicht ganz simpel, und wenn man die Luftfilter falsch anschließt, kann man in den Hütten an Kohlenmonoxidvergiftung sterben. Wir haben uns beim zweiten Mal eins der Wohnmodule von innen angesehen, und wundersamerweise schien alles zu funktionieren. Ich kann mir einfach nicht erklären, wie ein Haufen Hungerleider, die kaum geradeaus gehen können, das fertiggebracht hat.«

»Ich habe mal was versucht«, sagte Carl. Ihm saß sichtlich noch der Schreck in den Gliedern. Während der ganzen Sitzung hatte er niemanden direkt angesehen, nur geduckt dagesessen und ins Leere gestarrt, mit einem gelegentlichen Zucken in den Augenwinkeln, als befürchte er, hinterrücks überfallen zu werden. Sonst der Klugscheißer in Martins Team – was vermutlich daran lag, dass er mit Mitte Zwanzig der älteste war, ein behäbiger, untersetzter Typ mit drahtigem Krauskopf und dunklen Ringen unter den stets geröteten Schweinsaugen –, klang er heute ganz kleinlaut. »Die Daten sind etwas unzureichend, weil ich mich in der Kürze der Zeit nicht bei allen fraglichen Speditionsfirmen einhacken konnte, aber immerhin habe ich mir einen nennenswerten Prozentsatz der Auftragsbestätigungen aus den letzten zwanzig Monaten beschafft. Ein Muster wird erst sichtbar, wenn wir ... Ach, schaut es euch selbst an.«

Er tippte auf die Fernbedienung, und der Holoprojektor stellte einen virtuellen Monitor in den Zigarettenrauch, den die Belüftungsschlitze an der Decke in trägen Wirbeln ansaugten. Ein Ausschnitt des Stadtplans erschien, der die Rheinbeuge von der Oberkassler bis zur Theodor-Heuss-Brücke zeigte. Ein feines Linienraster unterteilte die Rheinwiesen in Tausende quadratische Felder.

»In der Animation, die ihr gleich seht«, erklärte Carl, »entspricht ein Zeitschritt etwa vier Tagen. Ich habe einfach immer dort ein Pixel setzen lassen, wo innerhalb des fraglichen Zeitraums eine Mindestanzahl von Wohnmodulen installiert wurde. Auf diese Weise können wir uns einen gewissen Eindruck verschaffen, wie sich das Ganze entwickelt hat. Die Skalierung ist über den Daumen gepeilt, aber man erkennt etwas.«

Mit leichtem Zögern, als scheue er vor einer Offenbarung zurück, startete er die Animation.

Es war anfangs nur ein Gewimmel von roten Tupfern, ein kleines Zentrum von Aktivität auf Höhe der Rheinpromenaden, nervös und formlos wie die Skizzen zu einem abstrakten Trickfilm. Dann blähte sich ein sternförmiges Gebilde auf, und Martin hatte schlagartig das Gefühl, als beobachte er hier etwas Lebendiges und keine nüchterne Visualisierung von Daten. Wie eine Flechte, eine Bakterienkolonie, ein Pilzmyzel entwickelte das Ding Filamente und Auswüchse, die in die Slums auf den Ober- und Niederkassler Rheinwiesen hineinwucherten, immer schneller, immer ausgreifender, wie ein gefräßiges Ungeheuer, das sich die ganze Stadt einverleiben wollte.

Die Animation dauerte knapp eine Minute und endete mit einer zackigen Umrandung, die ein Gebiet vom unteren Kaiser-Wilhelm-Ring bis nah am Löricker Wasserwerk umschloss. Martin schauderte bei dem Gedanken, dass der Prozess, den er gerade zum ersten Mal in seiner Gesamtheit überschaut hatte, nur ein paar hundert Meter Luftlinie von hier Stunde um Stunde weiterging. Er erinnerte sich an etwas, das er in einem von De Bois' späteren Artikeln gelesen hatte. Es war nur ein Gefühl, aber vielleicht dämmerten in seinem Hinterkopf die ersten Konturen eines Zusammenhangs.

»Ich bin noch nicht fertig, aber ähnlich dürften sich die anderen Sites in Duisburg, auf der Kölner Westseite und in Leverkusen entwickelt haben«, erklärte Carl. »Nach meiner Schätzung werden die sanierten Bereiche in einem halben Jahr zu einer größeren Struktur zusammenwachsen. Schaut mal genau hin und sagt mir, woran euch das erinnert. Wir haben alle schon einmal Ähnliches gesehen. Ich will nur wissen, ob ihr dasselbe denkt wie ich.«

Sam schien unversehens aus seiner Verdrossenheit aufgeschreckt zu sein und betrachtete die Projektion zumindest mit einem Funken von Interesse. Ferenc wirkte irritiert, fast etwas bestürzt und fuhr sich mit einer Hand übers Gesicht, als wollte er ein Trugbild verscheuchen. Martins Notepad erinnerte ihn mit einem Piepsen an seine Verabredung, und am liebsten hätte er laut darüber geflucht, dass wieder ein halber Tag ohne greifbare Ergebnisse verstrichen war. Draußen im Foyer strömte das Personal zur Kantine. »Keine Ratestunde«, sagte er. »Spuck's schon aus.«

»Ein zweidimensionaler zellulärer Automat«, sagte Carl. »Einfache Regeln lokaler Interaktion und komplexes globales Verhalten. Selbstorganisation, *bottom-up*. Kennt jeder, der sich schon einmal mit Chaostheorie und Komplexitätswissenschaft beschäftigt hat. Was immer da draußen passiert, es organisiert sich von allein. Ich bin nur noch nicht dahinter gekommen, nach welchem Regelsatz dieser zelluläre Automat funktioniert. Dann könnten wir sogar das weitere Verhalten simulieren.«

»Was ...« Martin wollte die Idee als Unsinn abtun, dann wurde ihm klar, dass seine eigenen Assoziationen in eine ähnliche Richtung gingen. »Du meinst, statt abstrakter Gebilde sind es hier Menschen, die ihre Umgebungsvariablen verrechnen und eine übergeordnete Struktur bilden?«

»Etwas komplizierter ist es wohl schon, aber vom Prinzip her ...«

»Wie soll das funktionieren? Wer soll so etwas in Gang setzen? Wie sollte man sicherstellen, dass jeder macht, was er soll? Und wie ...«

»Keine Ahnung. Ist nur so eine Idee.«

»Ich glaube, jetzt komme ich dahinter«, sagte Ferenc vorsichtig. »Etwas hat mich die ganze Zeit stutzig gemacht. Als wir mit den Bautrupps und dem Wachzug in den Pulk geraten sind, kam mir irgendetwas merkwürdig vor. Jetzt weiß ich erst, was. Es müssen einige tausend Leute gewesen sein, die sich von den Rheinufern aus in Bewegung gesetzt haben. Es war nicht wie ein spontaner Aufruhr, dafür war's viel zu diszipliniert. Es sah aber auch nicht geplant aus, dafür war's wiederum zu ungeordnet. Ich habe durchs Fenster einigen der Typen ins Gesicht gesehen, die unseren Wagen umgekippt haben. Keiner hat auf den anderen geachtet, jeder schien auf eigene Faust zu handeln. Es war keine erkennbare Koordination drin, und trotzdem hat die Menschenmenge ein zielgerichtetes Verhalten entwickelt, ein sehr effektives Verhalten sogar. Ich hätte nicht für möglich gehalten, dass uns bei dieser Bewaffnung ein paar tausend Leute mit bloßen Händen überwältigen könnten.«

»Okay, genug gequatscht«, sagte Martin. »Schauen wir uns endlich die Rohfassung an. Ich will mir selber ein Bild machen. Und verschweigt mir bloß nichts. Ihr habt Scheiße gebaut, und wenn ich euch raushauen soll, muss ich Bescheid wissen.«

Carl zog den virtuellen Monitor auf die doppelte Größe, verschob ihn an die Stirnseite des Konferenzraums, und für einige Sekunden brannten sich die neonbunten Linien eines Testbilds durch den Qualm. Von der Aufnahme, die geladen wurde, war erst etwas zu erkennen, als die Bewegungskorrektur einsetzte und die Wackler zum leichten Schaukeln einer Fahrt über unebenes Gelände glättete. Die Aufnahme war offensichtlich aus dem Innern eines Militärfahrzeugs geschossen worden, rechts eine schräge Decke, unter der Equipmentkoffer festgeschnallt hingen, links ein verdrecktes, dreieckiges Fenster. Im Halbdunkel zwischen den Materialcontainern hatten sich einige Personen zusammengezwängt, aber Martin erkannte nur das weiche, kindliche Profil von Ferenc. Die Kamera wurde zum Fenster bewegt, und ein kahles, weitläufiges Gelände kam ins Bild: lange, rissige, mit Grasbüscheln gesprenkelte Asphaltbahnen und im Hintergrund, wie Martin bei näherem Hinsehen feststellte, die Terminals des alten Lohauser Flughafens. Beim Näherkommen schien es, als bestünden die Gebäude aus

Wachs, halb zerschmolzene, stalagmitenartige Gebilde, an denen zähe, grauschwarze Schlacke herunter lief, hier und dort schon zu unförmigen Gebilden zusammengesunken.

»Wir haben uns in Kalkum mit einem Wachtrupp getroffen, der die Baufahrzeuge begleiten sollte«, erklärte Carl. »Die Typen sind notorisch unterbezahlt, deshalb durften wir gegen eine kleine Bestechung in einem der Materialwagen mitfahren, allerdings nur unter der Bedingung, dass wir uns ruhig verhalten und auf keinen Fall draußen blicken lassen. Wie ihr seht, werden die alten Flughafengebäude mit Nanogoo abgerissen. Das ist am billigsten, geht ziemlich schnell, und am Ende bleibt nur ein Haufen Staub übrig. DHR hat auf diese Weise über etlichen Quadratkilometern hinweg die gesamte alte Bausubstanz beseitigt. Totale Tabula rasa. Eine verschärfte Variante von dem Zeug wurde zwei Tage vor unserem Trip gegen die Söldnertypen eingesetzt, die sich an den Rheinufern verschanzt hatten. Muss eine Riesensauerei gewesen sein, das Zeug brennt einem regelrecht das Fleisch von den Knochen. Als wir losfuhren, waren deshalb alle ganz sicher, dass es von jetzt an eine Kleinigkeit wird. Die Wachmannschaften sollten einfach etwas rumballern und das restliche Volk unten am Lohauser Deich vertreiben, dann hätten die Bauarbeiten losgehen können. Wer hätte gedacht, dass ...«

Ein rußiger Dunst hing in der Luft. Die Sonne stand als schmutziger Glutball über einer flimmernden, konturlosen Weite und verströmte ein Licht, das alle Farben zu tilgen schien, selbst die Scheinwerfer, die rotierenden Lampen auf den schweren Maschinen, das die tagleuchtenden Beschriftungen auf den Begleitfahrzeugen zu matten Graustufen ausbleichte. Am Flughafen wurde eine Pause eingelegt. Bauleute mit Atemmasken und Gummimonturen gingen zwischen Planierraupen, Lastern und mit Stahlgerippen beladenen Tiefladern umher, die sich in einem lockeren Halbkreis sammelten. Schwarz gepanzerte Wachmänner lehnten gelangweilt an den Ketten ihrer Geschützwagen und rauchten. Aus einer Wellplastikbaracke kamen Vorarbeiter in weißen Overalls, erteilten, umringt von Arbeitern, Anweisungen in nüchternen, ruhigen Gesten, und verschwanden wieder. Als sich die erste Kolonne in Bewegung setzte, ein träger Konvoi aus zwanzig Stahlungetümen, flankiert von einer Handvoll bewaffneter Fahrzeuge des Grenzschutz-Unternehmens, schwenkte die Kamera hin und her. Die Ruinen der Flughafengebäude fielen schnell als formlose Schatten hinter aufgewirbelten Staubwolken zurück, und es schien, als bewegte sich die Kolonne in ein verschwommenes Nichts hinein. Ferenc beugte sich einige Male ins Bild, gestikulierte dem Kameramann, sagte etwas, das im Knacken, Rumpeln und Motorengeräusch unterging. Ein Schnitt überbrückte einige Minuten, und bei einem Schwenk nach links wurde in der Ferne etwas wie ein grünlicher Saum erkennbar, eine leichte Erhöhung, vermutlich der Lohhausener Deich.

»Wir waren uns zu diesem Zeitpunkt nicht mehr sicher, ob sich das Risiko, illegal in DHR-Gebiet einzudringen, überhaupt lohnt«, sagte Carl. »Ich wäre am liebsten am Flughafen ausgestiegen und mit einem der abgelösten Trupps wieder zurückgefahren. Ihr seht ja, dass anfangs alles ganz ruhig vonstatten ging. Das Spektakulärste hatten wir offensichtlich verpasst, und ich war nicht unbedingt scharf darauf, mir mit anzusehen, wie am Rhein völlig unbewaffnete und wehrlose Menschen zusammengeschossen werden.«

Zuerst waren es nur vereinzelte Gestalten, die auf der Deichkrone auftauchten, zaghaft und ungelenk aber zielstrebig durch das Gestrüpp auf der Böschung herabstiegen und in das schuttbedeckte Gelände hinausmarschierten, wie Lemminge, die einem nicht vorhandenen Meer zustrebten, alle in dieselbe Richtung, quer zur Fahrtrichtung der Kolonne, die auf die alte Schnellstraße abbog. Nah am Rhein lichtete sich der Partikelnebel, den das Nanogoo in die Landschaft ausdünstete. Der Kameramann wechselte auf die andere Fahrzeugseite, um die ausgezehrten Menschen zu filmen, die sich nun in Gruppen, erst hier und dort eine Handvoll, dann immer mehr, immer dichter aufeinander dem Konvoi näherten, wie hypnotisiert, wie aufgezogen, in unheimlichem Gleichschritt und doch jeder für sich. Die Kamera zoomte in dunkle, ausdruckslose Gesichter, die starr voranblickten, wie gebannt von etwas in ihrem Inneren, das alle anderen Regungen verdrängte, sie blind machte für alles ringsum, nur vorantrieb, ruhig, aber stetig, als gäbe es nichts Wichtigeres auf der Welt als ihr imaginäres Ziel. Als der Konvoi das frühere Diakonie- und Klinikgelände passierte, ein Labyrinth von Mauerresten rechts hinterm Kaiserswerther See, war es schon fast eine geschlossene Front von Menschen, vier oder fünf Reihen tief, vielleicht noch hundert Meter entfernt, unzählige Junge und Alte, Männer, Frauen und Kinder, in der Einmütigkeit ihrer Absicht wie zu einem einzigen Wesen verschmolzen, das sich unaufhaltsam heranschob. Die Begleitmannschaft wurde unruhig. Geschützwagen schwenkten aus, feuerten Warnschüsse in die Luft, doch ohne jede Reaktion.

Einen Kilometer später war es soweit. Als wäre der Damm gebrochen, überschwemmte eine Flut von Menschen die Straße und brachte den Konvoi zum Stehen. Die geschlossene Vorwärtsbewegung hörte auf, stattdessen drängten sich die Menschen unversehens um die Fahrzeuge, keilten sie ein, umschlossen sie mit einer Traube von Leibern. Martin zuckte zusammen, als er einen Mann sah, der einem Raupenfahrzeug unter die Ketten geriet, als Geschosse in die Menge einschlugen und blutige Lücken rissen, die sich augenblicklich wieder schlossen. Der Kameramann wechselte noch einmal ans andere Fenster, versuchte etwas von dem Geschehen draußen einzufangen, doch dann war auch der Materialwagen umringt, und es war nichts mehr zu sehen außer einer Mauer von Körpern, Schulter an Schulter, Kopf an Kopf, über- und untereinander, so dicht, als wollten sie zu einem einzigen Stück Fleisch verschmelzen, Gesichter bar allen Ausdrucks, die hereinstarrten, Hände, die gegen die Fenster trommelten. Jemand fuchtelte durchs Bild. Männerstimmen schrieen durcheinander, doch es ging unter in einem orkanartigen Tosen, einem Grollen wie bei einem Erdbeben, zu dem sich das Keuchen, Grunzen und Schnaufen aus Tausenden Kehlen vereinte. Ein rhythmisches Geräusch setzte ein, ein Pochen oder Hämmern wie aus einem kilometertiefen Abgrund, und der Wagen wurde so heftig durchgerüttelt, dass die automatische Bewegungskompensation nicht mehr mitkam und alles zu einem Gewirr von Farbflecken verwischte.

»Heilige Scheiße«, entfuhr es Martin.

»Ja«, sagte Carl. »Und wisst ihr, was das Schlimmste war? Die Hitze. Es wurde auf einmal unerträglich heiß. Wir haben überhaupt keine Luft mehr bekommen. Ich habe noch nie in meinem Leben eine solche Scheißangst gehabt.« Nach allem, was man noch erkennen konnte, schien das Fahrzeug zu kippen. Aus den Lautsprechern krachte es, dass unter Martins Händen der Tisch bebte, dann war es vorbei, und der Monitor wurde schwarz. In der plötzlichen Stille hörte Martin überlaut sein Herz klopfen.

»Es ist ein Wunder, das wir da lebend rausgekommen sind«, sagte Carl nach einer Pause. »Die Leute haben mit bloßen Händen die Panzerung gesprengt. Wir sind irgendwie unten rausgekrochen, den Leuten zwischen den Füßen durch, und dann nur noch weg. Irgendwo am Schwarzbach sind wir dann einer Wachmannschaft in die Hände gelaufen, aber das war uns in dem Moment scheißegal ...«

Martin versuchte sich zu beruhigen, tausend wirre Gedanken zu unterdrücken, die ihm durch den Kopf schossen, doch es gelang ihm nicht ganz. Er dachte an Assia, die vermutlich schon im Shalimar auf ihn wartete, und hatte auf einmal das dringende Bedürfnis, von hier zu verschwinden, mit einem erwachsenen Menschen zu reden. Carl und Ferenc wechselten Blicke, in banger Erwartung seiner Reaktion, schuldbewusst wie zwei Halbwüchsige, die man beim Spannen erwischt hatte.

»Wisst ihr, woran ich denken musste?«, sagte Martin schließlich. »Ich hab's einmal in einem Dokumentarfilm gesehen. Es gibt auf einer chinesischen Insel eine riesige Hornissenart, fünf Zentimeter lange Biester, die gern Bienenvölker überfallen und die Brut erbeuten. Außer dem Menschen ist wahrscheinlich keine andere Lebensform auf der Welt imstande, so brutal und systematisch zu töten. Dreißig Hornissen reichen aus, um ein Volk von zwanzigtausend Bienen innerhalb von drei Stunden komplett auszurotten. Aber eine Bienenart hat eine raffinierte Abwehrmethode entwickelt. Vor einem Überfall schicken die Hornissen Kundschafter aus, die die Lage des Bienenstocks ausfindig machen, und die einzige Chance des Bienenvolks besteht darin, dass diese Kundschafter nicht ins Nest zurückkehren. Allerdings ist eine Hornisse neben einer Biene ein wahrer Gigant, und der Stachel kann ihr nichts anhaben. Also machen sie's auf eine andere Art. Sie lassen den Kundschafter in den Stock kommen, und wie auf einen Befehl stürzen sich auf einmal Hunderte Bienen auf die Hornisse und fangen an zu zappeln. Die Bewegung erzeugt Wärme, die im Kern des Bienenknäuels auf über vierzig Grad ansteigen kann. Während die Bienen Temperaturen weit über dreißig Grad verkraften können, wird die Hornisse bei lebendigem Leibe geröstet. Viele einzelne wehrlose Körper schließen sich zu einer mächtigen Waffe zusammen. Wenn ihr mich fragt, hat derjenige, der die Flüchtlinge am Lohausener Rheinufer in Bewegung gesetzt hat, eine Menge von der Natur gelernt.«

Sam schüttelte entgeistert den Kopf. »Worauf willst du hinaus? Wir reden hier nicht von staatenbildenden Insekten. Es geht um —« Er verstummte und senkte den Blick, als habe er etwas sagen wollen, dessen Absurdität im selben Moment bewusst wurde.

»Ja, was?«, fragte Martin. »Sprich dich nur aus, ich bin für jede Idee dankbar. Hast du eine bessere Beschreibung anzubieten für das, was wir da eben gesehen haben? Kann mir einer von euch nur versuchsweise erklären, was dort eigentlich passiert? Es gibt mindestens drei Eignerkonsortien, die in Rheinnähe ähnliche Sanierungsmaßnahmen wie DHR planen. Was ist, wenn sich beim nächsten Mal nicht ein paar tausend sondern gleich hunderttausend Menschen in Bewegung setzen oder eine Million? Die überrennen die ganze Stadt.«

Er trank seinen Kaffee aus, steckte das Notepad ein und stand auf. »Ihr macht weiter wie bisher«, sagte er. »Ich muss mir das Ganze erst mal durch den Kopf gehen lassen. Habt ihr schon etwas von Hassan gehört?«

»Ja«, sagte Sam. »Heute früh. Er ist in einem kleinen Ort bei Rabat an der Atlantikküste. Das Implantat hat noch Zicken gemacht, bis wir einen passenden Satelliten-Hook gefunden haben, aber jetzt scheint's zu funktionieren.«

»Was hat er geschrieben? Lies vor.«

Sam tippte aufs Display seines Notepads und las:

Di 7.5. 2041 – 9.41
Martin kann sich schon mal darauf gefasst machen, dass ich ihm eine Riesenrechnung aufmache, wenn ich wieder zuhause bin. Hätte ich das vorher gewusst, dann hätte ich mich lieber einbuchten lassen. An kühlen Tagen haben wir hier 45° im Schatten, sofern man irgendwo Schatten

findet. Es gibt nur Staub, Schweiß und Durst, und nach ein paar Tagen ist man so ausgelaugt, dass man kaum noch klar denken kann. Also wundert euch nicht. Man kann's überhaupt nur noch direkt am Meer aushalten. Über etliche Kilometer hinweg sammeln sich am Strand die letzten Flüchtlinge, die sich aus dem Hinterland bis hierher durchschlagen konnten, und es werden immer weniger. Den ganzen Tag über sind hier Typen in Geländewagen unterwegs, gut genährte Spanier, glaube ich, auch ein paar Nordafrikaner, die Notrationen und Wasserflaschen verteilen. Ab und zu steigen sie aus, quatschen mit Leuten und nehmen auch welche mit. Gestern war ich dran. Sie haben mich in eine Mobilambulanz irgendwo oben in den Dünen gebracht, ein erstklassig ausgestattetes Ding, wo sie mich durchgecheckt haben. Es war wirklich sehr merkwürdig. Ich habe gefragt, was ich machen muss, um nach Europa zu kommen, aber es schien sie überhaupt nicht zu interessieren. Sie haben mir irgendwas gespritzt, und seitdem ist mir ein bisschen schummrig. Und dann hieß es, nächsten Montag könnte ich auf einem Frachter mitfahren, der die Biskaya rauftuckert. Einfach so. Sie suchen hier systematisch nach Leuten, die noch halbwegs fit aussehen, und die schicken sie umsonst ins Gelobte Land. Fragt mich nicht, was dahinter steckt. Vielleicht finde ich's raus. Montag mehr.

Sam zuckte die Achseln, als er fertig war. Martin grinste gequält. »Ich wundere mich über gar nichts mehr«, sagte er. »Ich nehm's mal so zur Kenntnis. Warten wir ab, was noch auf uns zukommt.«

Während er im Turbotube-Wagon saß, der ihn mit 140 km/h ins Franchise Südpark beförderte, durchsuchte Martin fieberhaft die Dateiablagen in seinem Notepad nach weiteren Dokumenten von Du Bois, die in den Zusammenhang passten, der sich langsam, widerwillig vor seinem geistigen Auge zusammenfügte. Eine widerliche Melange aus Schweiß, Zigarettenrauch und schlechtem Atem drang ihm in die Nase. Am Terminal Herzogstraße drängten sich noch einige Hundertschaften in den Zug, und ein Stimmengewirr aus mindestens fünf Sprachen dröhnte ihm in den Ohren. Der geborstene Sitz drückte ihm eine scharfe Plastikkante in den Hintern, aber er nahm es kaum wahr. Eine tiefe Unruhe, ein Gefühl von Unwirklichkeit hatte sich zwischen ihn und seine Empfindungen geschoben. Er scrollte durch Du Bois' Texte, las hier und dort einen Absatz an, sprang von einem Dokument zum nächsten, suchte etwas und wusste doch nicht was.

An der Philipshalle stieg er aus und marschierte in den Themenpark, den ein arabisches Eigner-Konsortium aus dem früheren BUGA-Gelände gestaltet hatte. Er besuchte die Anlage gelegentlich ganz gern, aber heute hatte er keinen Sinn für das mild geregelte Klima unter einer hohen Nebeldecke aus Utility Dust; für die Palmenhaine und wie mit Rasiermessern gestutzten Wiesen; für Arkadengänge aus Marmor und Korallenstein; für die miniaturisierten Nachbildungen der Moscheen von Kairo und Cordoba, mit genauem Sinn für die Wirkung jedes Blickwinkels über eine hügelige Landschaft arrangiert, so gepflegt und sauber wie nichts sonst in dieser Stadt. Das Shalimar befand sich in einem Komplex kalkweißer, terrassenartig angelegter Gebäude hinter dem Volksgartenteich, ein verwinkeltes Restaurant aus unzähligen Nischen, Séparées und Sitzrotunden um Wasserpfeifen, erfüllt vom Duft von Räucherwerk und Gewürzen.

Assia hatte es sich auf einem Stapel Sitzkissen bequem gemacht, vor sich Tee, Fladenbrot und einen Teller mit gegrillten Auberginen. Sie trug eine schwarze, sparsam bestickte Abaya, das Haar offen, noch gebauscht von frischem Durchbürsten, saß aufrecht, in einer fast herrischen Haltung, den Blick nach innen gekehrt, in sich ruhend. Sie strafte Martin mit spielerischer Missachtung, als er sie begrüßte und ihr einen Kuss auf die Wange drückte. Der gedämpfte Schein einer Hennalampe verlieh ihrer Haut eine rostrote Tönung.

»Wie wollen wir das halten?«, fragte sie, nachdem er hin- und hergerutscht war, bis er eine Sitzposition fand, in der er sich ihr gegenüber nicht völlig unbeholfen fühlte. »Darf ich die klassisch Spröde spielen und mich damenhaft darüber empören, dass ich anderthalb Stunden auf dich warten musste? Oder plaudern wir ganz locker darüber, warum auf einmal etwas wichtiger gewesen ist als ich oder wie du mich heute Nacht im Bett zu enttäuschen gedenkst?« Er blieb stumm, und sie verdrehte die Augen. »War nur ein Scherz. Was ist los mit dir?«

»Ich muss dir etwas erzählen«, sagte er schließlich. »Ich krieg's noch nicht ganz auf die Reihe, aber ich habe Angst.«

»Clive Du Bois arbeitet heute hauptsächlich für ein kalifornisches Unternehmen«, erklärte Martin, »das im Bereich Biochips und Neurotechnologie lange Zeit führend war und an Patentverletzungen und Industriespionage fast kaputt gegangen ist. Er werkelt jetzt ganz diskret im Hintergrund, deshalb ist mir noch nicht klar, wie er seinen Klienten aus dem Schussfeld der Konkurrenz gerückt hat. Jedenfalls finanziert ihm die Firma seine Forschungsarbeiten, und in einem Artikel habe ich eine Stelle gefunden, die mir zu denken gegeben hat.« Martin hatte das Gefühl, als ob Assias ruhigem Blick nicht die kleinste Unsicherheit entginge, und es war etwas wie Lampenfieber im Spiel, als er sich räusperte und vorlas:

»Das Hauptproblem multinationaler Wirtschaftsentitäten besteht heute darin, dass sie an der Schwelle zwischen zwei Existenzformen stehen: der physischen und der virtuellen. Die Dezentralisierung, die Zersplitterung in zahlreiche Verwaltungs-, Produktions- und Entwicklungsstandorte, oft über mehrere Kontinente verteilt, die unüberschaubar gewordenen Kompetenz- und Entscheidungshierarchien haben Verfallstendenzen begünstigt, interne Auseinandersetzungen über die Strategie des Ganzen gestellt, Unternehmen in Bündel widerstreitender Einzelinteressen verwandelt. Management, Kapital, Kommunikation und Konflikte haben sich weitgehend in den Cyberspace verlagert, und umso mehr plagen sich Unternehmen mit der Last ihrer anhaltenden Abhängigkeit von einer physischen Basis, von Produktion, Personal, Standorten, Material. Die Unternehmen des 22. Jahrhunderts werden den Weg in die vollständige Virtualisierung antreten. Sie werden ihre Existenz ganz in die Datenströme globaler Netzwerke verlagern. Sie werden anonyme Hintergrundpräsenzen sein, die nicht mehr physisch in Erscheinung treten und daher auch nicht mehr sicht- und angreifbar sind. Sie werden zu einem einzigen unpersönlichen Moloch verschmelzen, der nicht mehr in Abhängigkeit von einer materiellen Basis existiert, sondern im Gegenteil der materiellen Welt seine Bedingungen aufzwingt, sie zu seinem willfährigen Medium macht.«

Assia aß schon seit einer halben Stunde an einem Fatousch-Salat, in genüsslichen kleinen Bissen, schloss hin und wieder für Sekunden die Augen, als wollte sie eine besondere Geschmacksnuance genießen. Es war für Martin schmerzhaft, sie zu beobachten. Er hatte Angst, dass sie sich von ihm entfernen würde, noch bevor er ihr ganz nahe gekommen war. Wie bei Sarah fühlte er sich machtlos, ganz außerstande, die Schwelle zwischen ihm und ihr zu überwinden, und mit jeder Nacht, die sie miteinander verbrachten, wurde es schlimmer.

»Hört sich an wie ein Börsenhai auf Speed«, sagte sie. »Aber ist es nicht genau das, womit wir es hier zu tun haben? Ich meine, die Instanz hinter den Vorgängen an den Rheinuferslums. Eine anonyme Macht, von der du nur weißt, *dass* sie vorhanden ist, *dass* sie etwas tut, *dass* sie etwas bezweckt, aber sie ist nicht greifbar, du kommst nicht an sie ran, du weißt nicht, wo und was sie ist.«

»Du sprichst es aus«, sagte er. »Aber das ist noch nicht alles. Hör dir das an, ein Stück weiter unten:

Mehr und mehr spielen sich ökonomische Interaktionen zwischen virtuellen Gebilden ab. Märkte werden virtuell, Werte werden virtuell. Angebot und Nachfrage sind nicht mehr eine Sache materieller Notwendigkeiten sondern virtueller Relationen. Der Einzelmensch als Produktions- und Nachfrageträger verliert an Bedeutung. Das 22. Jahrhundert sieht einer Masse von elf Milliarden Menschen entgegen, die keinerlei ökonomische Funktionen mehr ausüben werden, und eine der größten Herausforderungen besteht darin, diese materielle Basis für neue Zwecke zu utilisieren. Im Kopf eines jeden Menschen steckt eine Daten verarbeitende Struktur, die künstliche Computer an Leistungsfähigkeit noch immer um mehrere Größenordnungen übertrifft, und der Durchschnittsmensch nutzt nicht einmal zehn Prozent davon. Eine einfache Rechnung zeigt, dass die Betriebskosten, um diese Struktur in Gang zu halten – also Wasser, Nahrung, Unterkunft etc. – in keinem Verhältnis zu den gewaltigen Ressourcen stehen, die hier ungenutzt brachliegen. Der Moloch des 22. Jahrhunderts, der einen immer gewaltigeren Hunger an Rechenleistung stillen muss, wird keine bessere Wahl haben, als die Möglichkeiten organischer Gehirne zu nutzen. Sollte ich eine Prognose wagen, würde ich vermuten, dass er auf die Kräfte der Selbstorganisation setzen wird, um die Kapazitäten der Einzelmenschen zu einer höheren Struktur zu bündeln.«

Zum ersten Mal reagierte Assia nicht mit gelassenem Interesse, sondern verzog den Mund und schüttelte sich. »Ich habe immer gewusst, dass diese Typen in einen eigenen Orkus von Perversität abgehoben sind«, sagte sie, »aber das ist ja ... So sieht man uns jämmerliches Fußvolk also, als Produktions- und Nachfrageträger, die bald Probleme haben werden, ihre Existenz zu rechtfertigen. Erklär mir mal das mit der Selbstorganisation. Ich glaube, wir sind hier auf der richtigen Spur.«

Martin überlegte kurz, dann schob er einen Teller beiseite und stellte ein Glas in die Mitte des Tisches. »Stell dir einen Vogelschwarm vor«, sagte er und deutete mit einer Hand eine Bewegung über den Tisch hinweg an, »und stell dir ferner vor, dass dieses Glas eine große Säule ist, die dem Schwarm im Wege steht. Ohne übergeordnete Instanz, ohne eine zentrale Intelligenz, die jedem einzelnen Vogel befiehlt, was er tun soll, lockert sich der Schwarm um das Hindernis herum auf und fügt sich dahinter wieder zusammen. Der Biologe Craig Reynolds hat in den Achtzigerjahren des vorigen Jahrhunderts Pionierarbeiten auf dem Gebiet der Schwarmsimulation geleistet und herausgefunden, dass jeder einzelne Vogel nur einigen ganz einfachen Regeln folgen muss, damit ein geordnetes Schwarmverhalten entsteht. Er muss einen gewissen Mindestabstand von Hindernissen und Nachbartieren einhalten. Er orientiert seine Geschwindigkeit am Durchschnitt seiner Umgebung, sofern ihn die Abstandsregel nicht zum Beschleunigen oder Abbremsen zwingt, und so weiter. Dieses eigenartige Phänomen, dass aus minimalen lokalen Regeln ein organisiertes übergeordnetes Verhalten entsteht, nennt man Emergenz. Es ist eine der größten Errungenschaften der Natur.«

»Wie war das mit den zellulären Automaten?«

»Zelluläre Automaten sind eine Abstraktion solcher Vorgänge. Man stellt sie gewöhnlich als Pixel auf einem Computermonitor oder als Zellen in einem dreidimensionalen Raster dar. Ein zellulärer Automat kann eine begrenzte Anzahl von Zuständen einnehmen. Welchen Zustand er im nächsten diskreten Zeitschritt einnimmt, hängt von einem Regelsatz ab, der seinen Zustand in Beziehung zu den Zuständen seiner Umgebung setzt. Sind meinetwegen drei seiner Nachbarautomaten im Zustand rot, wechselt er im nächsten Schritt in den Zustand blau. Sind zwei blau, wechselt er zu grün, oder wie auch immer. Die Variationsmöglichkeiten zellulärer Automaten sind ungeheuer, und viele haben sich als gute Annäherungen an komplexe physikalische Vorgänge erwiesen, die sich anders nicht beschreiben lassen. Sehr viele zeigen ebenfalls emergente Eigenschaften. Aus einfachen lokalen Regeln lassen sie komplexeste Strukturen entstehen.«

»Das ist es«, sagte Assia.

»Was meinst du?«, fragte Martin.

»Setz dein Gehirn in Bewegung. Abstrahiere doch mal ein bisschen von dem, was du an den Rheinuferslums beobachtet hast. Wechseln die Menschen dort nicht auch zwischen einigen wenigen Zuständen? Mal laufen sie kreuz und quer, es findet also eine Durchmischung statt. Mal kopulieren sie wie wild, also Interaktion, Austausch von Substanz. Wird Material angeliefert, wechseln sie in ein Bauverhalten, also Wachstum. Nähert sich eine Bedrohung, setzen sie sich in Bewegung, also Abwehr. Wir wissen nicht, wie diese Zustände miteinander in Beziehung stehen ...«

»... und schon gar nicht, wie man Menschen auf ein derart eingeschränktes Verhaltensrepertoire zurechtstutzt. Und was damit beabsichtigt ist.«

»Du hast es doch eben selbst vorgelesen. Wenn Menschen zu einfachen Reflexmaschinen reduziert werden, steht ihre Gehirnkapazität für andere Zwecke zur Verfügung. Wenn du mich fragst, hat Clive Du Bois hier, vor unseren Augen, seinen Moloch in die Welt gesetzt.« Martin wollte etwas sagen, aber sie brachte ihn mit einem Wink zum Schweigen. »Weißt du, ich lerne gerade eine deiner herausragenden Eigenschaften kennen: höchste Intelligenz bei gleichzeitiger bemerkenswerter Betriebsblindheit – eine bestechende Kombination.«

»Wie meinst du das?«

»Überleg doch mal, wie du überhaupt auf Du Bois gekommen bist.«

»Er war beim Krisenreferendum 2032 im Saal.«

»Genau.«

»Ja, und?«

Sie schüttelte den Kopf wie über einen kleinen Jungen, der etwas Dummes gesagt hatte. »Vielleicht bin ich dieser Hinsicht etwas kompetenter als du. Wir leben in einer Megapolis mit zweiundzwanzig Millionen Einwohnern. Über neunzig Prozent davon leben auf privatisiertem Gelände, auf dem von der Müllabfuhr bis zur Kanalisation alles den Franchise-Konsortien gehört. Von öffentlicher Infrastruktur kann kaum noch die Rede sein. Trotzdem verfügen wir über einen aufgedunsenen Verwaltungsapparat: eine Südstadtverwaltung in Köln, ein Nordstadtverwaltung in Essen und diese Idioten in Remscheid – etliche tausend gut bezahlte Beamte, die eigentlich nichts mehr haben, was sie verwalten könnten. Schon mal darüber nachgedacht, was diese Typen machen? Ich kann's dir sagen, denn bei der PSW kämpfen wir seit Jahren mit immer geringerem Erfolg darum, dass sie ein bisschen Kohle fürs Gemeinwohl abzweigen. Diese Typen kassieren, nämlich Pachtpauschalen von den Eigner-Konsortien. Und da es, abgesehen von der Polizei, ein paar öffentlichen Verkehrsmitteln und dergleichen, wenige Ressorts gibt, in die überhaupt noch Gelder fließen, lassen die Jungs es sich selber gut gehen. Und wer einmal so ungestört kassiert, der kassiert auch gern weiter und mehr. Ich bin mir sicher, dass Clive Du Bois hinter den Kulissen seinen Teil dazu beigetragen hat, dass das Krisenreferendum 2032 gescheitert ist. Er hat in den Rheinuferslums das geeignete Menschenmaterial gesehen, um sein großes Experiment durchzuführen, und wahrscheinlich hat er ordentlich dafür bezahlt, um es ungestört in Angriff zu nehmen.«

»Du spekulierst. Ist es nicht ein bisschen viel, was du aus ein paar Fakten schließt?«

»Und das von einem Mann, der das Aufbauschen von Fakten zur Kunst erhoben hat! Vielleicht hast du Recht, aber das lässt sich feststellen.« Er traute sich kaum noch, etwas zu erwidern. Er hatte gehofft, seine Kenntnisse verschafften ihm einen kleinen Vorteil, ermöglichten es ihm vielleicht, sie ein wenig zu beeindrucken, aber sie schien gewappnet, jeden seiner Gedanken mit eigenen Ideen zu kontern, wacher und scharfsinniger als er es vermochte. »Ich mach dir einen Vorschlag. Ich habe einen ganz besonderen Freund, den ich mir ohnehin vornehmen wollte. Stephan Haske heißt dieser bemerkenswerte Mann. Ist erst Anfang Dreißig, aber schon seit fünfzehn Jahren fett drin im Finanzmanagement der Nordstadt, vermutlich der perverseste kleine Wichser, der in dem ganzen Apparat zu finden ist. Ich hatte bereits das zweifelhafte Vergnügen bei einer öffentlichen Anhörung über die Zustände im Franchise Schott-Wingard auf der anderen Rheinseite in Uedesheim. Ich vermutete, dass du, wie die meisten Bürger unserer schönen Stadt, über die Vorgänge in diesem Schandfleck nicht im Bilde bist, oder?«

»Schon mal von gehört.«

»Also nicht. Es ist das billigste Franchise in ganz Rhein-Ruhr und zwangsweise sammeln sich dort alle, die gerade noch genug Geld haben, um knapp über Obdachlosenniveau hinwegzuschrammen. Einzelpersonen stehen Wohnparzellen mit fürstlichen acht Quadratmetern zur Verfügung, für nicht einmal achtzig Euro pro Woche. Familien dürfen sich auf stolzen achtzehn Quadratmetern breit machen, aber erst ab vier Köpfen. Dank einer Meisterleistung der Urbantechnik sind dort etwa vierhunderttausend Menschen auf zwölf Quadratkilometern zusammengepfercht. Um das Maximale aus dem Franchise rauszuholen, hat Schott-Wingard so wenig in die Wasser- und Sanitäranlagen investiert, dass ihnen ab und zu ein kleiner Ausbruch einer Seuche, die man längst ausgerottet geglaubt hat, die Reihen ihrer Mieter durchlüftet und Platz für Nachrücker schafft. Denen kann man dann gleich eine Mieterhöhung aufs Auge drücken.«

»Was hat das mit unserem Thema zu tun?«

»Das Franchise hat sich inzwischen zum größten Bordell der Stadt entwickelt, ein Eldorado für die ausgefallenen Wünsche. Viele Familien, die seit längerem dort sind, stecken derart im Elend, dass sie Kinder ausschließlich zu dem Zweck in die Welt setzen, um sie für abartige Spielchen zu verkaufen. Als ich mich mit Haske zusammengesetzt und ihm in drastischen Worten geschildert habe, was dort vor sich geht, war er nicht etwa entsetzt oder schockiert. Nein, er war fasziniert. Er hat unverblümt durchblicken lassen, dass er gern wüsste, welche interessanten neuen Erfahrungen ein Mann wie er dort machen kann. Er hat mir angeboten, sich bei der nächsten Ausschusssitzung in unserem Sinne einzusetzen, wenn ich mit ihm gelegentlich eine kleine Vergnügungstour durch Uedesheim unternehme. Ich hätte ihm am liebsten auf der Stelle die Eier abgerissen, aber jetzt bin ich froh, dass ich es nicht getan habe. Warum stellst du mir nicht einen deiner Kameraleute zur Verfügung? Nehmen wir an, ich gehe zum Schein auf Haskes Angebot ein, kauf mir mit ihm ein kleines Mädchen, so wie er sich das vorgestellt hat, und wenn's im Hotelzimmer zur Sache gehen soll, haben wir alles im Kasten und können ihm richtig Feuer unterm Hintern machen. Du bist doch Spezialist für so was. Haske ist eine feige Ratte. Wenn er seine Karriere in Gefahr sieht, kriegen wir alles aus ihm raus, was im Behördenapparat läuft.«

»Gute Idee. Und wir hätten sogar noch eine kleine Nebenstory für die Zweitverwertung.«

»Du hast es erfasst. Also, Montag ist die nächste Anhörung, dann könnte ich ihn mir zur Brust nehmen. Sind wir uns einig?« Sie spießte die letzten Chinakohlblättchen auf die Gabel und nagte mit den Vorderzähnen versonnen darauf herum, wieder ganz auf sich bezogen, als sei Martins Antwort überflüssig.

»Wie wär's, wenn wir uns vorher ein bisschen Vergnügen gönnen?«, sagte er. »Solang mein Spesenkonto existiert, sollten wir uns die Gelegenheit nicht entgehen lassen, im Hyatt die Betten zu durchwühlen.«

»Aber gern«, sagte sie. »Ich bin eine unerschütterliche Optimistin. Ich habe es noch nicht aufgegeben, die Menschheit zum Besseren zu bekehren. Und ich glaube sogar, dass deine Liebeskünste noch nicht völlig zuschanden gegangen sind. Mal sehen, vielleicht inspiriere ich dich heute Nacht, ein wenig über dich hinauszuwachsen.«

Mi 15.5. 2041 – 13.02

Wie sind in den doppelten Böden von Gefahrgutcontainern untergebracht, die in den beiden untersten Lagen im Frachtraum gestapelt sind. Die europäischen Küstenwachen machen sich bei den paar Kröten, die sie verdienen, ungern die Hände schmutzig, und wenn Kontrollen stattfinden, sieht hier unten keiner nach. Solang wir auf offenem Meer sind, werden die Schotten zwischen den Containern hochgezogen, und wir haben ein bisschen Bewegungsspielraum, ein paar hundert Quadratmeter Fläche, aber nur achtzig Zentimeter Höhe. Man kann also nur herumkriechen, und das tut man meistens, um sich ein Loch zu suchen, wo man durchpissen oder durchscheißen kann. Natürlich stinkt's wie in einer Jauchegrube. Durch die Ritzen dringt kaum Licht, und dauernd packt einem ein geiler Kerl zwischen die Beine, weil er nicht erkennen kann, ob er mit einer Frau zusammengerasselt ist. Das Komische ist, dass sich die armen Weiber, die man zu uns reingepackt hat, bereitwillig vögeln lassen. Von Gewalt habe ich nichts gemerkt. Eigentlich müssten wir hier vor Platzangst sterben, aber alle sind träge, lassen über sich ergehen, was mit ihnen passiert, kein Funken Panik. Die meisten sprechen arabische Dialekte, die ich nicht verstehe, aber man kriegt eh kaum ein Wort aus jemandem raus. Ich habe auch keine Lust zu reden, schlafe die meiste Zeit. Vielleicht hat's was mit dem Zeug zu tun, das man uns gespritzt hat. Die ersten paar Tage habe ich dauernd gekotzt, jetzt habe ich Kopfschmerzen, als würde mir irgendwas hinten im Schädel hängen. Ich träume dauernd komisches Zeug, als würde ich in Morast versinken oder mich in Wasser auflösen, und wenn ich aufwache, habe ich einen Ständer, dass ich den Container über mir hochstemmen könnte. Ich hoffe, ihr habt mich über die Satellitenpeilung dauernd im Auge. Sobald ich wieder am Rhein bin und meine ersten Berichte abgeliefert habe, will ich raus aus der Scheiße. Hier geht was ganz Merkwürdiges ab. Ich kralle mir mehrmals am Tag eine Frau, weil ich einfach nicht anders kann, und ich fühle mich hinterher jedes Mal beschissen, irgendwie unbefriedigt, als wenn's etwas ganz anderes ist, was ich brauche. Etwas saugt uns hier unsere Kraft aus, und gleichzeitig stehen wir alle unter Strom, den elementarsten Instinkten ausgeliefert, fressen gierig die Rationen, die uns Roboterdrohnen runterbringen, saufen wie Tiere, schlafen aneinander gekauert. Ich bin mir nicht sicher, ob ich bald noch in der Lage sein werde, meine Berichte abzuliefern. Macht euch drauf gefasst, dass ihr mich rausholen müsst, wenn ich ganz abschmiere. Ich hoffe, Martin weiß zu schätzen, was ich für seine scheiß Story auf mich nehme.

Die Anhörung fand in einem Hörsaal der Management-Akademie hinterm Hauptbahnhof statt, ein weit ins frühere Flinger-Industriegebiet hineingebauter Komplex aus Stahl- und Glasfassaden, ohne einen Flecken Grün dazwischen, steril und abweisend wie das gestylte, von Kindesbeinen auf Image und Auftreten trainierte Jungschnöselpack, zumeist Sprösslinge von Lokalpolitikern, Netz- und Medienmultis, die sich hier einer achtsemestrigen Turbo-Gehirnwäsche unterzogen und alle menschlichen Regungen dem Denken in Kalkulationen und Renditen zu opfern lernten. Assia hatte an diesem Volk einen besonderen Narren gefressen, denn der Ausschuss der designierten oberen Zehntausend, der hier im knallharten Konkurrenzkampf um Industriestipendien und Förderprogramme auf der Strecke blieb, wurde gern auf den Abstellgleisen des öffentlichen Verwaltungsapparats geparkt. Vor solchen Dauerpubertierern, die sich als Ersatzbefriedigung an ihrer Macht über den Bodensatz der sozialen Hierarchie berauschten, mussten die Mitarbeiter der PSW und anderer Hilfsorganisationen dann zu Kreuze kriechen, meist mit Ergebnissen, die die Erniedrigung nicht wert waren. Am Abend erstrahlte der Komplex, angeleuchtet von unzähligen Halogenscheinwerfern, in einem Kaleidoskop von Rot- und Orangetönen und machte auf Assia den Eindruck eines riesigen Bordells. Als sie mit vier PSW-Kollegen vom U-Bahnhof Kölner Straße auf den Hörsaalbau zuging, erschienen ihr die blassen, androgynen Jugendlichen, die ihr, in hohles Geplausch vertieft, entgegenkamen, auf eine seltsame Weise unreif und unfertig, wie Fehlchargen einer riesigen Maschinerie, die Konfektionsmenschen mit chirurgisch korrigierten Einheitsgesichtern und Standardkörpern ausstieß.

Die Sitzreihen im Hörsaal waren so steil übereinander angeordnet, dass man von den obersten Plätzen kaum die Abordnung der Nordstadtverwaltung erkennen konnte, die sich unten vor dem haushohen Vortragsdisplay versammelt hatte. Vor jedem Platz war ein Kompaktterminal mit Mikro und Monitor installiert. Hier konnte man schriftlich oder mündlich seine Eingabe vorbringen, und wenn man Glück hatte und die KI-Systeme, die den Beamten unten 90% der Arbeit abnahmen, das Ansinnen als relevant einstuften, sah man seinen Namen auf einer der Listen auftauchen, die über das Display scrollten. Hatte man noch mehr Glück, verkündete eine synthetisch perfekte Frauenstimme, dass Ratsherr oder Ratsfrau Soundso die Eingabe zur Kenntnis genommen hatte. Langjährige Veteranen dieser Form partizipierender Demokratie erzählten sich die Legende, dass in größeren Abständen sogar direkt auf Anträge reagiert wurde, meistens natürlich, um sie abschlägig zu bescheiden. Außer Assia und ihren Kollegen waren einige Dutzend Mitarbeiter anderer Hilfsorganisationen eingetroffen, die sich im Saal verteilten und darauf gefasst machten, ihre Eingaben in stoischer Einmütigkeit drei Stunden lang zu wiederholen, was als die einzige Möglichkeit galt, um überhaupt Eindruck zu hinterlassen. Für jede Anhörung war ein fester Zeitraum angesetzt, in dem die Stadtgewaltigen, die sich unten um die Kathederterminals versammelt hatten und Mineralwasser schlürften, nichts anderes taten, als gelangweilt abzuwarten. Keiner, der bei solchen Veranstaltungen regelmäßig Flagge zeigte, hatte den geringsten Zweifel, dass über die Themen, die hier angeblich beraten wurden, längst anderswo entschieden worden war.

Assia ging ganz nach unten und setzte sich direkt hinter die spreng- und schusssichere Scheibe. Sie entdeckte Haske in der Runde seiner Mitarbeiter, alles aalglatte, schmierige Typen von der unverkennbaren Ausstrahlung abgebrühter Finanzjongleure, sichtlich missgelaunt, weil sie heute turnusmäßigen Dienst in Sachen Wählerbeschwichtigung ableisten mussten. Er stand in der offenen Tür zu einem Hinterzimmer, in dem ein Häppchen-Büffet angerichtet war, ein langer, stirnkahler Kerl in grauem Blazer, mit dünnen Lippen und eingefallenen Wangen, für Assia ungefähr so attraktiv wie eine Nacktmulle, was ihn nicht davon abhielt, auf Frauen herabzublicken, als hielte er sich für Gottes Geschenk ans zarte Geschlecht. Im Moment kam ein blondgelocktes Mäuschen von einer Assistentin, die beflissen auf einem Notepad herumtippte und ihm an den Lippen hing wie ein Sannyassin seinem Guru, in den Genuss seines gönnerhaften Geseiers. Nach der letzte Sitzung, als sich die Ratsherren einige besonders appetitliche Vertreterinnen der Volkesstimme in die Seminarräume kommen ließen, hatte er Assia fürs nächste Mal ein Vorzugsvotum versprochen, für den Fall, dass sie ihre Haltung zu seinem Angebot doch noch überdenken sollte. Als sie ihre ID-Karte ins Terminal steckte, dauerte es tatsächlich nicht lang, bis der Holoprojektor ihr eine Miniatur seines Gesichts in abstoßender Detailfreude vor die Nase stellte. Er grinste, als hätte ihm jemand an den Eiern gekrault.

»Ah, meine tunesische Blume«, sagte er und scheuchte jemanden, der ins Bild trat, mit einer divenhaften Geste weg. »Alles andere hätte mich auch überrascht.« Es war seine unerschütterliche Sicherheit, die innige, von keinem Zweifel getrübte Überzeugung von der eigenen Bedeutung, die ihm in Assias Augen etwas Unmenschliches, Brutales verlieh, das in seiner Nähe wie eine handgreifliche Bedrohung zu spüren war. Bei seinem Anblick begriff Assia plötzlich, warum sie sich bei Martin auf vertrautem Gelände fühlte, so sehr sie auch anwiderte, was er einmal gewesen war, so sehr ihr seine ganze Unbeholfenheit, Scheu und Angst, gerade im Bett, das Gefühl gab, sie habe es mehr mit einem Kind als mit einem Mann zu tun. »Wie Sie sehen, bin ich sehr beschäftigt, meine Liebe. Sagen Sie mir gleich, ob es einen guten Grund gibt, warum ich heute Abend meinen Terminplan ändern sollte.«

»Sie sagten doch, dass Sie sich unbedingt einen persönlichen Eindruck von den Verhältnissen in Schott-Wingard machen wollen«, sagte Assia. »Und ich habe mir überlegt, dass ich solchen Eifer keinesfalls entmutigen darf. Es ist alles vorbereitet für eine eingehende Besichtigung mit entspannendem Zwischenprogramm. Ich hoffe, Sie enttäuschen mich nicht.«

Er wandte sich einem seiner Mitarbeiter zu, flüsterte ihm etwas ins Ohr und erwiderte dann mit einer Stimme, in der bereits ein Unterton viehischer Vorfreue mitschwang: »Ich lasse Sie gleich von Ihrem Platz abholen. Wir haben den Rest des Abends für uns.«

Bevor ein schwarz bebrillter, kantiger Koloss durch eine Nebentür ins Auditorium kam, vermutlich einer von Haskes Leibwächtern, tippte Assia kurz mit den Fingerspitzen auf den Com-Chip, den sie sich hinter dem Ohr ins Haar geflochten hatte. »Es kann losgehen, Jungs«, flüsterte sie. »Rechnet in etwa einer halben Stunde mit uns. Ich reiß euch den Arsch auf, wenn nicht alles perfekt läuft.«

Der Bodyguard brachte sie ins Parkhaus hinter dem Verwaltungsgebäude, wo unter zahlreichen bunten Elektrokarren eine Limousine stand, deren metallic-rote, marmorierte Lackierung, fließenden Karosserielinien und Einbeulungen sie wie ein überdimensionales Genitalorgan erscheinen ließen. Der Leibwächter hielt Assia die Tür auf und setzte sich auf den Beifahrersitz. Als Haske zu ihr auf die Rückbank stieg, gab er dem Fahrer einen Wink, die Scheiben wurden verdunkelt, und sie war allein mit ihm in einer schummrigen, von parfümierter Luft durchströmten Höhle. In den ersten Minuten sagte er nichts, machte nicht einmal einen Annäherungsversuch, betrachtete sie nur mit einer Mischung aus Verachtung, Gier und Belustigung. Sie hatte absichtlich auf alles Styling verzichtet, am Makeup gespart, das widerspenstige Haar nicht durchgebürstet, aus ihrem Kleiderschrank eine schäbige schwarze Kombination hervorgekramt, genau der Look, mit dem sie Männern gewöhnlich Angst machte, und er verfehlte seine Wirkung nicht. Sie hatte Haske schon richtig eingeschätzt: alles Abstoßende hatte einen besonderen Reiz für ihn.

Ein Holoprojektor strahlte drei virtuelle Monitore unters Wagendach, die während der Fahrt aus mehreren Perspektiven die Umgebung zeigten. Als der Wagen vom Akademiegelände auf eine VIP-Schnellstraße abbog und hinter einem Vorhang aus flimmernden Partikeln, angeregt durch die letzten Strahlen der Abendsonne, die Wohnsilos im Franchise Lierenfeld sichtbar wurden, unförmig zusammenmontierte Modulbauten wie riesige Termitenhügel, ließ sich Haske mit einem Ausdruck wohligen Schauderns im Gesicht zurücksinken.

»Was werden wir uns anschauen?«, fragte er.

Assia holte ein Notepad aus ihrer Handtasche, ließ kurz nach einem Hook des Navigationssystems suchen und schickte dem Fahrer einen vorbereiteten Routenplan. »Ein bisschen Geduld, sonst verderben sie mir die Überraschung«, sagte sie. »Ich habe mir solche Mühe gemacht, um Ihnen etwas Außergewöhnliches zu bieten. Es liegt mir viel daran, dass wir eine gemeinsame Basis finden.«

Er grinste, als habe sie sich mit ihm auf eine Verschwörung eingelassen, und ein direkter Griff zwischen ihre Beine hätte nicht widerlicher sein können.

Die VIP-Schnellstraße mündete in eine Tunneleinfahrt mit gezackten Stahlschwellen quer über die Fahrbahn, die sich nur für Fahrzeughalter senkten, die die horrende Maut-Gebühr bezahlen konnten. Nach hundert Metern unter dem gedämpften Schimmern der Leitsysteme, die sukzessive die Geschwindigkeit drosselten, gabelte sich die Fahrbahn zu beiden Seiten in eine Reihe von Rampen. Ein Ruck erschütterte den Wagen, als er auf einen der Schienenschlitten auffuhr, ein zweiter, als die Klemmen einrasteten. Der Fahrer stellte den Motor ab, und ein Wummern weit mächtigerer Turbinen war zu hören. Assia sah vor ihnen die Rücklichter anderer Fahrzeuge im düsteren Schlund eines Tunnels verschwinden, dann presste die Beschleunigung sie ins Polster, und es wurde dunkel. Sie fuhr zum ersten Mal mit diesem System, einer exklusiven Beförderungsmöglichkeit für die Wohlhabenden, die es ihnen ersparte, sich auf verstopften Verkehrswegen unters gemeine Volk mischen zu müssen.

Die Fahrt dauerte nur wenige Minuten, und es drehte Assia fast den Magen um, als der Schlitten mit einem gewaltigen Sauggeräusch abbremste. Als der Wagen wieder ins Dämmerlicht hinausfuhr, erkannte sie rechter Hand die langgezogene Auffahrt der Fleher Brücke. Unter einem Maut-Leitmodul zwischen zwei Brückenpfeilern ging eine VIP-Schnellstraße ins vornehme Villen-Franchise von Grimlinghausen ab, über dem Überwachungsdrohnen wie monströse Glühwürmchen kreisten. Die rissige Fahrbahn linker Hand war kaum noch als solche zu erkennen, eine ausgefahrene Rinne zwischen Schutt- und Müllhalden, unbeleuchtet und von Gestrüpp gesäumt, leicht abschüssig in Richtung einer Gebäudefront in vielleicht zwei Kilometern Entfernung, wie eine Klippe aus nicht ganz erkalteter Lava, durchsetzt von Rissen, durch die gelbe Glut leuchtete.

Das Franchise Schott-Wingard war ein einziges zusammenhängendes Gebäudelabyrinth, autonom gemanagt von KI-Systemen, Homöostaten und Servorobotern, versorgt von Solaranlagen, Grundwasserpumpen und unterirdischen Mikrobenfarmen, eine sich selbst wartende und in Eigendynamik wachsende Struktur, die ihren Eignern nicht mehr Mühe abforderte, als einmal im Monat die Lizenz- und Mietkonten abzuräumen. Der Wagen fuhr durch eine Unterführung in einen Randbezirk, und unversehens ragten zu beiden Seiten haushohe Gerüste empor, Trägermatrizen aus Nanobetonpfeilern und -verstrebungen, in denen Servoroboter funkelnd wie mobile Christbäume herumkletterten, Wasserrohre, Stromleitungen und Glasfaserkabel verlegten, hier und dort Katalysatoren versprühten, die neue Trägerknospen wie graue Pilze aus dem Beton hervorwachsen ließen. Einen halben Kilometer weiter belebten sich allmählich die Straßen. Bars, Imbissbuden, Spielearkaden und Multi-Media-Cafés machten sich den Platz auf Straßenhöhe und in den beiden ersten Geschossen streitig, ein unüberschaubares Durcheinander aus grell beleuchteten Eingängen, Holotransparenten und animierten Werbetafeln, zwischen den zunehmendes Gedränge herrschte. Bald war kaum noch ein Vorankommen durch die Massen von Neo-Punks, Schlägertypen, Zuhältern, halbwüchsigen Nutten und abgerissenen Pennern, die über die Fahrbahn wälzten. Der Fahrer verlegte sich auf eine rücksichtslose Gangart, trat einfach aufs Gas, wenn sich eine Lücke auftat, und bugsierte ab und zu jemanden, der nicht schnell genug auswich, unsanft zur Seite.

Haske verfiel in angespannte Konzentration. Er zoomte mit einem der Monitore in das Treiben am Straßenrand und ließ sich Standbilder von Personen anzeigen, die er mit der akribischen Aufmerksamkeit eines Sammlers aus der Menge herausgriff, einsame, elende, unbeachtete Gestalten, die sich zwischen Abfallhaufen, unter Laternen, in Hauseingänge gekauert hatten, Minderjährige meist, halb nackte, halb verhungerte Kinder mit zerschrammter Haut, apathischen Gesichtern, blutunterlaufenen Augen mit dem Ausdruck von Toten.

»Ist das nicht erstaunlich?«, sagte er. »Millionen Spezies mussten aussterben, Milliarden Jahre der Evolution waren erforderlich, um ein hoch entwickeltes Wesen wie den Menschen hervorzubringen, und unsere Artgenossen hier zeigen nicht einmal genug Würde, um sich ihrer Erniedrigung durch einen schnellen Tod zu entziehen. Früher oder später werden wir uns Gedanken machen müssen, wie wir diese nutzlosen Menschenmassen sinnvoll verwerten können.«

Assia musste Ekel niederkämpfen, um Haske unauffällig von der Seite zu beobachten. Sie hatte das unheimliche Gefühl, dass sie nicht mit einem Menschen im Wagen saß, sondern mit einem Wesen von ganz anderer, erschreckender Struktur, das unvereinbare Gegensätze in sich verklammerte, ein klinisch wissenschaftliches Interesse einerseits und zugleich eine nackte, gemeine Lust, eine erotische Freude am Elend.

Ein Ruck, als der Wagen bremste, riss sie aus der Kreisbahn, in die ihre Gedanken und Gefühle einzuschwenken drohten, und sie sah auf dem mittleren Monitor, dass sie sich ihrem Ziel näherten, der Plaza im Westbezirk, einem Hexenkessel aus Menschen, Lärm und Smog von vielleicht zweihundert Metern Durchmesser, ähnlich einem Amphitheater: in den oberen Rängen die Bullaugenfenster hunderter Wohnparzellen, davor kleine Balkone, überhäuft mit Müll und Wäsche, darunter die Terrassen von Bars und Billigrestaurants, halb verhangen von Rauch- und Dunstwolken, die in zähen Schwaden auf die Plaza hinaustrieben, und auf Straßenhöhe schließlich die unzähligen Stände der Schwarzhändler, die in diesem mäßig kontrollierten Franchise alles loswerden konnten, was sie anderswo zusammenstahlen, Elektronik- und Fahrzeugteile, Pharmazeutika, Drogen, Medien, Software. Rings um die Plaza, zwischen den Säulen der Parkdecks, reihten sich, erst auf den zweiten Blick erkennbar, die Käfige und Pferche aneinander, in denen jene lebende Ware feilgeboten wurde, für die Schott-Wingard bis weit die Landesgrenzen hinaus bei Kennern beliebt und bei humanitären Organisationen berüchtigt war.

Haske stieg aus, noch bevor der Wagen in einer Seitenstraße ganz zum Stehen gekommen war. Sein Leibwächter hatte Mühe, ihm auf den Fersen zu bleiben, als er sich mit den Ellbogen einen Weg durch einen Pulk von Jugendlichen bahnte, die an der Ecke einen Inhalierapparat rundgehen ließen, und im Gedränge verschwand. Assia folgte in einigem Abstand, auf einmal unsicher, ob sie imstande sein würde, ihr Vorhaben durchzuführen. Einige Male sah sie seinen halbkahlen Schädel, unruhig nickend wie der eines Raubvogels, und das mächtige Kreuz seines Leibwächters zwischen den Schaulustigen auftauchen, die die Kuriositäten in den Käfigen bestaunten. Als er stehen blieb und etwas begutachtete, das ihn besonders zu interessieren schien, zog sich Assia für einen Moment in den türlosen Tunnel eines Hauseingangs zurück und trommelte mit den Fingerspitzen auf den Com-Chip hinter ihrem Ohr.

»Ich hoffe, ihr seid in meiner Nähe«, sagte sie. »Haske ist gar nicht mehr zu halten. Was machen wir denn jetzt?«

»Keine Bange, wir können dich sehen«, piepste Sams Stimme aus dem Piezolautsprecher. »Wir machen den Bodyguard unschädlich, und du musst Haske nur irgendwie in das Stundenhotel locken. Riskier ruhig was. Sobald wir etwas Verfängliches im Kasten haben, kommen wir rein.«

»Gut, aber überlasst ihn mir.«

Assia ging mit weichen Knien weiter. Die erste Besichtigung dieses Fleischmarkts hatte ihr monatelang nachgehangen, und vermutlich würde es ihr diesmal nicht anders ergehen. Sie hatte noch nicht vollständig aufklären können, woher all die erbarmungswürdigen Wesen stammten, die hier einer Kundschaft der extremen Art für weiß Gott welche Spielchen angeboten wurden. Es waren sicher viele Kinder aus »lokaler Produktion« darunter, wie es die Händler gern ausdrückten, auch Insassen aufgelöster psychiatrischer Kliniken, die man auf dem freien Markt abgestoßen hatte, und in immer größerer Zahl Missgeburten aus den Genlabors der Industrie, Anenzephale, Vogelköpfe, Augenlose, Drei- und Vierbeiner, Krüppel mit krummen Rücken und abnorm verwachsenen Gliedern. Assia zwang sich, nicht genau hinzuschauen, und doch traten ihr Tränen in die Augen, als sie an den Käfigen entlang ging und aus den Augenwinkeln sah, was darin auf einer Streu aus Schaumstoffschnipseln kauerte, verdreckt, mit Fäkalien beschmiert, an die Gitterstäbe oder aneinander geklammert, mit weit aufgerissenen Augen, die verständnislos den Strom der Lüsternen und Schaulustigen entgegenstarrten, der sich an ihren Käfigen vorbeischob.

Sie hielt nach Haske Ausschau, und als sie ihn vor einem Plexiglaskasten entdeckte, erschien er ihr tausendmal entstellter, entarteter als alles, was hier feilgeboten wurde. Sein Leibwächter stand hinter ihm, ließ ruhig den Blick schweifen und bemerkte nichts von dem Lichtpunkt eines Laservisiers, der in seinem Nacken aufblitzte. Assia hörte deutlich, dass etwas an ihr vorbei zischte, und der Leibwächter zuckte nicht einmal, als ein winziger Metallpfeil seinen Hals traf. Maximal zwanzig Minuten, und die Organhändler konnten ihn ausschlachten.

Was in dem Kasten lag, etwa ein Dutzend Geschöpfe von der Größe drei- bis vierjähriger Kinder, in schmutzige Decken gehüllt, achtlos übereinander geworfen wie Kadaver, war auch bei näherem Hinsehen kaum noch als menschlich zu erkennen, aufgedunsene Torsi mit flossenartigen Wülsten statt Armen und Beinen, flachen Schädeln mit Schlitzen an Stelle von Augen, Nase und Mund, fast reglos und von eigenartig grünlicher Hautfarbe. Haske begaffte die Wesen mit offenem Mund, und Assia wollte sich nicht vorstellen, welche Gedanken ihm gerade durch den Kopf gingen.

»Darf ich Ihnen ein Geschenk machen?«, fragte sie und legte ihm eine Hand auf die Schulter. Er grinste wie ein Fresssüchtiger vor einem Berg Fleisch, und Assia tastete unwillkürlich nach dem Paralysator in ihrer Westentasche. »Sie können sich zwei aussuchen. Ich kenne den Händler.« Mit dem Daumen legte sie den Sicherungshebel um, und es war ein gutes Gefühl, als sie spürte, wie der Lauf warm wurde.

»Kein Herumgerede«, sagte Assia. »Dein Stichwort ist Clive Du Bois, und ich will alles erfahren, was du weißt.« Sie verharrte für einen Moment, als wollte sie Energie sammeln, dann fuhr sie herum und zog Haske den Knauf des Paralysators durchs Gesicht. Er sackte zusammen und spuckte Blut.

Sie war selbst ein wenig über sich erschrocken, als sie kurze Zeit später inne hielt. Aber noch mehr erschreckte sie, dass unter Haskes äußerer Hülle, nachdem sie ihm alle Arroganz und Geilheit weggeprügelt hatte, nichts zum Vorschein kam, was eine Mäßigung rechtfertigte. Er war nur noch ein wimmerndes, sich besudelndes Etwas, zitternd von zwei Entladungen aus dem Paralysator, in sich zusammengebrochen, weil er selbst nicht ein Zehntel der Gewalt ertragen konnte, die er anderen, Schwächeren, mit perversem Vergnügen zugefügt hätte.

Es war ein klinisch weißes Zimmer, das nichts weiter enthielt als die Pritsche, auf der Haske saß, eine Art Operationstisch und das Laserbesteck, das an flexiblen Schläuchen zwischen Neonröhren von der Decke herabhing. Martins Kameramann, ein ruhiger Typ mit Schnauzbart, lehnte an der Wand und verzog das Gesicht, neben ihm die Leiche des Bodyguards, unter dem sich langsam eine Lache übel riechender Flüssigkeit ausbreitete. In der Ecke stand ein kleiner Holoprojektor, der einen Bildkubus erzeugte, mit einer Standaufnahme Haskes, als er sich gerade über einen kleinen, nackt auf den Operationstisch geschnallten Körper beugte. Mit einem Summen glitt die Tür zu, und Assia warf Sam und Ferenc, die die missgestalteten Kinder durch den Flur trugen, einen letzten Blick hinterher. Die Kleinen hatten sicher Schlimmeres hinter sich als das wenige, was hier passiert war, dennoch fühlte sich Assia entsetzlich, denn auf ihre Weise hatte auch sie sie missbraucht. Immerhin hatte sie den vollen Preis bezahlt, die PSW konnte sie irgendwo unterbringen, und die wenigen Monate, die ihnen noch zum Leben blieben, würde sie niemand mehr quälen.

»Ich warte«, sagte Assia. »Oder soll ich mich auch mal an einer Vivisektion versuchen? Als ich dir den Com-Chip rausgeschnitten habe, bin ich richtig auf den Geschmack gekommen.«

Haske reagierte nicht, presste sich eine Hand vor den Mund, und zwischen den Fingern troff Blut und Schleim, während er mit bebender Brust nach Luft japste. In seiner Armbeuge klaffte ein fingerbreiter, mit Gaze zugestopfter Schnitt. Etwas schien sich aus der Tiefe seiner Magengrube einen Weg bahnen zu müssen, und er blähte die Wangen, als müsse er sich übergeben, bevor er die ersten stammelnden Worte hervorbrachte. »Ich überlege ja«, sagte er. »Es ist fast zehn Jahre her. Ich hatte nur einmal mit ihm zu tun.«

»Nimm dir Zeit. Ich bin mir sicher, hier stört uns niemand.«

»Ich weiß nicht mehr, wie der Kontakt zustande gekommen ist«, fuhr Haske nach einer Pause fort. »Er war im Vorfeld des Krisenreferendums für einige Monate in Deutschland und danach noch ein paar Mal. Vermutlich hatte einer der Kollegen, die in den Aufsichtsräten der transatlantischen Franchise-Konsortien saßen, mit ihm zu tun. Hinterher hatte ich den Eindruck, als ob sich Du Bois die wichtigsten Leute in der Stadtverwaltung und der Landesregierung generalstabsmäßig vorgenommen hat. Er war ein ganz raffinierter Hund, hat mit jedem einen persönlichen Termin vereinbart, in den exklusivsten Bars und Restaurants. Er wusste alles über einen, hat einen wie einen König behandelt. Es war alles so geschickt aufgezogen, dass man gar nicht dazu gekommen ist, sich zu fragen, was er von einem will.«

»Und was wollte er?«

»Das weiß ich bis heute nicht ganz genau. Er hat jedem eine etwas andere Geschichte erzählt. Er konnte sehr gut reden, einen schnell für sich einnehmen, war sehr überzeugend, und wenn die Atmosphäre etwas vertraulicher wurde, hat er einem anvertraut, dass er an Krebs erkrankt war. Angeblich hatte er nur noch zwei Jahre zu leben, bösartige Lymphdrüsentumore oder so, an so was sind nach dem Reaktorunfall in der Bay Area ja viele Prominente erkrankt. Ich weiß nicht, ob es stimmte, aber seit 2037 ist er nicht mehr öffentlich in Erscheinung getreten, und er wirkte damals etwas ermattet, also hatte ich keinen Grund, ihm nicht zu glauben.« Haske wischte sich über Mund und Nase, schüttelte die Hand, und nachdem er einen Schwall Blut ausgehustet hatte, war er besser zu verstehen. »Aber er war sehr zuversichtlich. Er war fest entschlossen, nicht zu sterben. Es hatte etwas mit einem Projekt der Biochipfirma zu tun, die er saniert hatte. Biologische Netzwerke oder so, die bisher nie gekannte Rechenleistungen bereitstellen sollten. Damit wären, behauptete er, ganz neue Anwendungen möglich, darunter auch die vollständige Virtualisierung eines Menschen. Er wollte sich, wenn der biologische Tod nicht mehr zu vermeiden wäre, neurologisch scannen lassen und als Software-Simulation weiterexistieren. Und er hat uns allen angeboten, dass wir ihm in die Unsterblichkeit folgen könnten, wenn unsere Zeit käme.«

»Das muss doch für Menschen, die sich so wichtig nehmen wie du, sehr verlockend geklungen haben. Für welche Gegenleistung?«

»In der Hinsicht ist er etwas vage geblieben. Natürlich wollte er Zuschüsse aus den öffentlichen Kassen für die Investitionskosten, aber vor allem ging es um das Material, um ein solches Projekt in großem Maßstab aufzuziehen. Und das Beste und Günstigste, was zur Verfügung stand, sagte er, seien die Klimaflüchtlinge in den europäischen Slums. Ich weiß nicht, *wie* er es aufziehen wollte, *was* genau er vorhatte, aber das wenige, was er mir von seiner Idee erzählte, hat mich völlig fasziniert. Wie gesagt, er war sehr überzeugend, er wusste genau, wo er einen packen konnte. Und er hat sich erkenntlich gezeigt. Meine nächsten drei Beförderungen kamen so, wie er es angekündigt hatte. Und er versprach, hinter den Kulissen weiter für mich an den Strippen zu ziehen. So hat er uns alle an sich gebunden. Wir mussten nur dafür sorgen, dass es nicht zu den vorgeschlagenen Auflösungen der Slums und den Umsiedlungen der Flüchtlinge kam. Es sollte alles so bleiben, wie es war. Dafür haben wir während des Referendums einige Hetzkampagnen lanciert, damit es zum großen Krach kam. Die Nordstadtverwaltung hat ihm über die Universität Duisburg-Essen einen fingierten Forschungsauftrag besorgt, und auf die Weise konnte er die EU-Visabestimmungen umgehen und hier mit seinem Team schalten und walten, wie er wollte. Ich weiß nicht, wie oft er noch hier war. Er hatte eine Zeitlang ein paar Labors in den Uni-Kliniken, und als am Rheinufer zwischen Köln und Bonn ... wann war das? Diese Seuche ...«

»Meinst Du die Typhus-Epedemie im Sommer '35? Ich war damals selbst wochenlang im Einsatz. Er waren auch einige Billig-Franchises betroffen.«

»Ja, kann sein. Ich habe gehört, dass er sich mit seinen Mitarbeitern unter die Ärzteteams gemischt hat, um unauffällige Stichprobenuntersuchungen der Flüchtlinge vorzunehmen. Hatte etwas mit der genetischen Eignung zu tun, ich weiß es nicht genau.« Zum ersten Mal seit einer halben Stunde wagte er es, den Kopf zu heben und Assia direkt anzusehen. Sie lachte innerlich, als sie den Keim Hoffnung in seinem Blick entdeckte. »Das ist alles, was mir im Moment einfällt, aber vielleicht ... Ich meine ...«

»Ich glaube, das reicht auch.« Assia schüttelte den Kopf und wandte sich dem Kameramann zu. »Wir sollten unsere Sachen packen und verschwinden. Es ist einfach nur noch ekelhaft. Was meinst du, kann Martin mit dem Material was anfangen? Ich finde, die Öffentlichkeit hat ein Recht auf einige Hintergrundinformationen über diesen kleinen Pisser hier. Natürlich unterhaltsam aufbereitet.« Der Schnauzbart lachte trocken und nickte. Bevor sie hinausging, drehte sich Assia noch einmal zu Haske um, dessen verbeultes Gesicht zu einem Ausdruck purer Verzweiflung erstarrte. Mit einem Blick auf die Laserinstrumente unter der Decke sagte sie: »Ich bedaure es sehr, dass wir unsere Bekanntschaft nicht vertiefen können. Du hast Recht, wir hätten noch so viel miteinander erleben können. Du glaubst gar nicht, was ich gern mit dir angestellt hätte. Weißt du, Menschen wie du inspirieren mich ...«

Mi 15.5. 2041 – 11.30
Es ist schwer zu erklären, was hier passiert. Ich bin jetzt seit zwei Tagen in Köln-West und habe mit niemandem ein Wort gesprochen. Es wird hier überhaupt nicht viel gesprochen, alles findet sich von allein. Das sanierte

Gelände hier am Rheinufer zieht sich etwa fünf Kilometer hin, ein unglaublich kompliziertes Gewimmel von Wohnmodulen, Tanks und Leitungen, aber ich habe mich sofort zurechtgefunden. Es war, als hätte ich einen Plan im Kopf gehabt und genau gewusst, wohin ich gehen sollte. Die Hütte, in der ich schlafe, wird noch von drei anderen Leuten bewohnt, ein junges Mädchen von vielleicht fünfzehn Jahren, ein dürres Ding mit kurzen blonden Haaren, und ein älteres Ehepaar, glaube ich, das den ganzen Tag zusammen auf der Schlafpritsche liegt. Wir beachten uns gegenseitig kaum, wir haben zuviel mit uns selbst zu tun. Meine Träume werden immer eigenartiger, und manchmal kann ich nicht genau sagen, wo ein Traum aufhört und die Wirklichkeit anfängt. Wenn ich schlafe, spüre ich die anderen viel deutlicher, als wenn ich wach bin. Es ist, als könnte ich ihre Gedanken hören, mit ihrem Körper fühlen und riechen, als würden wir alle dasselbe träumen, dasselbe denken. Ich kann es schwer beschreiben. Vielleicht liegt es daran, dass ich noch neu bin, und die anderen fühlen es viel stärker als ich. Aber ich spüre, dass alles, was ich im Wachzustand wahrnehme, nur eine Oberfläche, ein Trugbild ist. Darunter zeichnet sich etwas anderes ab, ein großer Zusammenhang, eine Struktur, von der wir alle ein Teil sind. Ich habe noch niemals etwas Ähnliches erlebt. Heute früh wurde es ganz stark. Als ich aufgestanden bin, hat mich etwas nach oben an den Deich gezogen, wo gerade zwei Tieflader mit neuem Equipment eingetroffen waren. Außer mir waren noch gut hundert andere da, und als wir dastanden und sich zwischen uns eine pulsierende Kraft sammelte, habe ich plötzlich vor mir gesehen, was wir bauen sollten, so deutlich wie einen realen Gegenstand, noch deutlich sogar, mit kristallener Schärfe wie ein Muster, das man mir vor der Geburt eingeprägt hatte. Und dann haben wir bis zur Erschöpfung gearbeitet. Am Ende war mir die Kehle wund, ich hatte blutige Hände, aber ich bin noch nie in meinem Leben so glücklich gewesen, befriedigt bis in jede Faser meines Seins. Ich darf nicht mehr lang hier bleiben. Etwas zieht mich in sich hinein, uns alle. Es ist entsetzlich, aber es macht mich süchtig.

Die Shopping-Mall an der Neusser Auffahrt zur Südbrücke war die größte in der Nordstadt, ein Miniatur-Las Vegas auf vierzehn Hektar, in dem eine eigene Einschienenbahn täglich eine halbe Millionen Besucher zwischen den Einkaufs-Themenparks herumgondelte, vom Taj Mahal-Nachbau mit Bollywood Center unter der Kunstmarmorkuppel über eine kitschgoldene Felsendom-Attrappe mit Wellness-Oase bis hin zum Biergarten-Idyll mit original bayerischen Spezialitäten, frisch importiert aus Polen. Eine laute, vierundzwanzig Stunden täglich geöffnete Kitsch-Attacke auf alle Sinne, die beim Besucher einen IQ im Minusbereich erforderte, um nicht spätestens nach einer halben Stunde völlige Anödung hervorzurufen. Assia saß an einer Nudelbar, wo der Kameramann sie abgesetzt hatte, hinter ihr der Eingang zum Asien-Center, der den ziegelroten Mauern und geschwungenen Dächern der Verbotenen Stadt nachempfunden war. Sie versuchte ein Nigiri-Sushi auf Essstäbchen zu balancieren. Es entglitt ihr zum wiederholten Mal, als eine mit allerlei elektronischem Equipment beschnallte Dreimannkapelle vorbeimarschierte, die mit markerschütternden Paukensamples für ein neues Kinderkaufhaus Werbung machte. Über die Brückenauffahrt wälzte sich dichter Verkehr, aber Assia sah kaum andere Fahrzeuge als die bunten Elektro-Leihwagen, die man überall zum Wegschaffen der Einkäufe mieten konnte. Sie stopfte sich ein Reisbällchen mit den Fingerspitzen in den Mund und griff noch einmal nach ihrem Notepad.

Als sie auf Martins Icon tippte, öffnete sich endlich ein Fenster mit seinem Konterfei, im Halbdunkel am Steuer eines Fahrzeugs, seitlich angeleuchtet, so dass alle Konturen seines Gesichts hervortraten und ihn geisterhaft hager aussehen ließen. Er nickte kurz zum Zeichen, dass er sie zur Kenntnis genommen hatte. Dann starrte er wieder hinaus, mit verkniffenem Gesicht, als nehme ihn etwas völlig in Anspruch.

»Ich warte seit einer halben Stunde auf dich«, sagte sie. »Könntest du mir nicht wenigstens sagen, was so dringend ist? Wieso willst du heute noch mit mir nach Köln?«

»Hassan hat sich seit Tagen nicht mehr gemeldet«, erklärte Martin. »Seine letzten Mails sind immer konfuser geworden. Ich mache mir Sorgen um ihn. Wir konnten ihn einige Tage lang nicht lokalisieren. Diese implantierbaren Com-Chips sind halb organisch, um Abstoßungsreaktionen zu vermeiden, und deshalb funktionieren sie manchmal nicht richtig, wenn eine Person krank wird und sich das chemische Milieu ändert. Heute ist es Carl endlich gelungen, über einen Navstar-Client sein Signal zu lokalisieren. Er ist irgendwo in der Nähe der Deutzer Brücke. Wir holen ihn heute noch da raus. Ich trage schließlich die Verantwortung für die Jungs.« Er beugte sich vor und hantierte an etwas unterhalb des Bildes. Einige Sekunden später piepste Assias Notepad, und in ihrem Posteingang erschien ein blinkendes Icon. »Lies dir das mal durch. Das kam vor drei Tagen, und seitdem ist Funkstille. Wie war dein Date mit Haske?«

»Äußerst aufschlussreich. Allmählich fügt sich eins zum anderen.«

»Ich bin gespannt. In fünf Minuten bin ich bei dir.«

Er unterbrach die Verbindung. Assia tippte auf das Icon, und es öffnete sich ein Fenster mit der Transkription von Hassans letzter Voicemail. Assia schlang den Rest der Sushis runter, während sie las:

Sa 18.5. 2041 – 0.40
Ihr dürft nicht nach mir suchen. Tut euch selbst den Gefallen und lasst mich, wo ich bin. Fahrt ans andere Ende der Welt, wenn es nötig ist, um von diesem Ding wegzukommen, aber stellt keine Fragen mehr. Was immer ich sagen könnte, um es euch begreiflich zu machen, ihr würdet es doch missverstehen. Nichts wäre einfacher, als von einer Orgie zu sprechen, an der ich heute Nacht teilgenommen habe, an einem Fest tausender ekstatischer Körper, die sich miteinander gepaart haben, aber es war doch etwas ganz anderes. Ich habe alte, junge, hässliche, schöne Frauen penetriert, auch Männer, Halbwüchsige sogar. Ich habe noch nie im Leben so viel ejakuliert. Mein Begehren kannte keine Grenzen, aber es hat sich nicht auf Menschen gerichtet. Es war der Drang, etwas zwischen uns auszutauschen, von dem jeder von uns nur einen Teil in sich hatte, etwas, das weit über unsere individuellen Grenzen hinausging, das uns zu einem einzigen höheren Wesen zusammenknüpfte. Was heute stattgefunden hat, war ein Gottesdienst. Wir haben einen Gott in uns gefunden oder erst gemeinsam erschaffen. Ich erkenne jetzt, wie viel ich falsch verstanden habe, wie dumm ich gewesen bin. Ich beginne die Gedanken des höheren Wesens zu belauschen, das uns in sich einverleibt. Ich spüre, dass ich in ihm aufgehe, dass es alle meine Erfahrungen in sich aufnimmt. Aber was rede ich. Worte sind doch so nutzlos. Bleibt in der jämmerlichen Welt, in der ihr seid. Ihr wisst nichts. Ihr ahnt nicht einmal, was hier passiert.

Assia las die Nachricht dreimal, warf noch einen Blick in Hassans frühere Mails, und in Zusammenhang mit Haskes Bericht drängte sich ihr ein Gedanke auf, den sie von Minute zu Minute überzeugender und beunruhigender fand. Sie trank ihren Tee aus, ging an der nächsten Straßenecke auf und ab, ignorierte die Rush-hour-Kundschaft, die sich mit Servo-Caddies an der Hand an ihr vorbeirempelte, und schreckte erst aus ihren Grübeleien, als in der Nähe jemand hupte. Ein Übertragungswagen von WebConnect, ein kleiner Brennstoffzellen-Kombi mit Antennenschüssel auf dem Dach, hatte am Straßenrand gehalten, und Martin beugte sich aus dem Fenster und winkte ihr zu. Etwas ließ sie zögern, doch dann stieg sie ein. Während Martin sich in rabiaten Manövern quer über vier Fahrspuren arbeitete, um die Ausfahrt auf den Autobahnzubringer nicht zu verpassen, berichtete Assia von ihrem Gespräch mit Haske.

»Klingelt's bei dem Begriff ›biologisches Netzwerk‹ nicht bei dir?«, fragte sie am Ende. »Wir wissen bisher nur, dass Du Bois menschliche Gehirne als biologische Rechner einsetzen wollte. Dabei stellt sich allerdings das Problem der Vernetzung. Wie organisiert man den Datenaustausch zwischen Tausenden organischen Lebewesen? Indem man ihnen Stöpsel für Glasfaserkabel in die Köpfe implantiert? Oder Wireless-Module? Was ist die naheliegendste Lösung?«

»Worauf willst du hinaus?«, fragte Martin.

»Überleg doch mal, was in Hassans letzter Nachricht steht. Er hat es selbst ausgesprochen, ohne zu ahnen, wie nah er an der Wahrheit war. ›Es war der Drang, etwas zwischen uns auszutauschen, von dem jeder von uns nur einen Teil in sich hatte ...‹ Ich glaube, dass Du Bois in die hormonellen Abläufe seiner Versuchskaninchen eingegriffen hat. Wenn man Daten zwischen biologischen Computern austauschen will, macht man sich am besten einen biologischen Mechanismus zunutze, und welcher wäre besser dazu geeignet als die Sexualität? Man manipuliert die Hormonausschüttungen, treibt die Leute zu exzessivem Geschlechtsverkehr, und durch den körperlichen Kontakt werden Daten vielleicht in Form chemischer Botschaften ausgetauscht, die sich rasch über das ganze Netzwerk verteilen. Es geht nicht so schnell wie in einem Funk- oder Glasfasernetz, dafür sind die einzelnen Nodes ungleich mächtiger als konventionelle Computer. Es entsteht eine Art Kollektivorganismus, und das ist es doch, was Hassan in seinen Meldungen schildert. Aber Du Bois hat sich nie dafür interessiert, wie die Betroffenen diesen Prozess erleben, wie sie ihn aus ihrer subjektiven Sicht interpretieren. Ihn interessierten nur die Möglichkeiten, die ihm ein solches Netzwerk bietet.«

»In ein paar Tagen wissen wir vielleicht, was aus Du Bois geworden ist. Carl hat einen Wissenschaftler ausfindig gemacht, der sich kürzlich mit SynthSynaps, Du Bois letztem großen Klienten, überworfen hat und seitdem mit den Anwälten rumschlägt. Der Mann heißt Sander Kofler und will sich jetzt nach Asien absetzen, wo ein paar lukrative Angebote auf ihn warten. Er hat nächste Woche ein paar Stunden Aufenthalt am Flughafen Köln-Bonn und ist bereit, mit uns zu sprechen. Vielleicht kriegen wir was aus ihm raus.«

»Ich bin mir sicher, dass Du Bois noch lebt – aber vielleicht in einer anderen Form als wir. Vielleicht ist das biologische Netzwerk, das in den Rheinuferslums wächst, schon längst dabei, sein Bewusstsein zu emulieren. Vielleicht ist er selbst der Moloch, die anonyme Macht im Hintergrund, die du nicht aufspüren konntest. Und jetzt ist er frei von allen biologischen Fesseln und kann sich unbeschränkt weiterentwickeln – zu dem Gott, den seine hilflosen Trägergeschöpfe in ihm sehen.«

»Warum nur er?«, fragte Martin. »Wer weiß, wie viele Mitwisser sein Projekt inzwischen mit finanziellen und politischen Mitteln unterstützen, weil sie ihm in die virtuelle Unsterblichkeit folgen wollen. Vielleicht ist das, was hier an den Rheinufern, unten in Spanien und wer weiß wo noch passiert, nur ein Anfang. Es gibt achteinhalb Milliarden Menschen auf der

Welt. Achteinhalb Milliarden Gehirne, die an einer virtuellen Realität von praktisch unbegrenzter Kapazität mitrechnen könnten. Vielleicht werden wir alle, das Fußvolk, die überflüssig gewordenen Produktions- und Nachfrageträger in zwanzig Jahren nur noch die Hardware für eine globale Elite sein, die in ein eigenes Universum aufgebrochen ist, unangreifbar und absolut. Und wir werden uns nicht einmal wie Sklaven fühlen. Wir werden fressen, saufen, vögeln und glücklich sein, weil wir Gott schauen durften.«

Nach einem kurzen brütenden Schweigen deutete er mit dem Daumen über die Schulter. »Schau mal auf mein Notepad. Die Chips, die Hassan eingepflanzt wurden, sind mit einem medizinischen Monitoring ausgestattet. Vitaldaten, EEG und so weiter. Vielleicht kannst du was damit anfangen.«

Das Durcheinander auf dem Rücksitz verriet Assia auf einen Blick, wie es Martin geschafft hatte, in den letzten zehn Tagen, von einigen mühsamen Schäferstündchen abgesehen, praktisch nonstop durchzuarbeiten und dabei optisch um ein Jahrzehnt zu altern: leere Energy-Drink-Dosen, Dope-Kaugummis, abgerubbelte Exzitans-Patches, Verpackungen hormonangereicherten Fast Foods und dazwischen, ebenso chaotisch, das 3D-Display seines Notepads: im Hintergrund eine Ansammlung blinkender Icons wie ein Mückenschwarm, halb vorn ein Ausschnitt einer Straßenkarte, der von Düsseldorf Süd bis zur Kölner Innenstadt reichte, und scharf im Vordergrund das Übertragungsfenster eines Satelliten-Hooks. Das Gerät war mit Fett beschmiert und rutschte ihr fast aus den Fingern.

Sie musste etwas warten, bis das träge Betriebssystem das Monitoring-Plugin geladen hatte und eine Reihe von Kurven und Tabellen auf dem Display erschienen. »Bist du dir sicher, dass Hassans Implantat inzwischen wieder funktioniert?«, fragte sie. »Wenn ja, hast du dir einen gewaltigen Arschtritt verdient, weil du nicht früher etwas unternommen hast. Wir können von Glück reden, wenn wir nicht zu spät kommen.«

»Wieso?«

»Hast du selber keinen Blick drauf geworfen? Unterzuckerung, Austrocknung, acht Kilo Gewichtsverlust in nur einer Woche. Und schau dir das an.« Sie tippte mit spitzen Fingern aufs Display. »Ich bin keine Expertin für EEGs, aber das ist wirklich eigenartig. Einerseits ausgeprägte Theta-Wellen, wie sie im Tiefschlaf, in Hypnose oder in Trancezuständen vorkommen, andererseits starke Beta-Zyklen wie bei einer großen geistigen Anstrengung, aber irgendwie abnorm, wie bei Leuten, die ihrem Hirn mit Drogen auf die Sprünge helfen wollen. Und er ist seit Tagen in diesem Zustand. Der Junge steht derart unter Strom, dass ich mich frage, wie er so lang durchgehalten hat.«

»Scheiße«, flüsterte Martin. »Und ich habe ihn da reingeschickt.« Er biss sich auf die Unterlippe. »Ich frage mich ...«

»Was?«

»Wie ... wie wird sich das auf ihn auswirken, wenn wir ihn da rausholen? Wir wissen ja noch nicht einmal, wie Du Bois die biologischen Funktionen der Slumbewohner umprogrammiert hat. Hassan ist unten in Marokko etwas gespritzt worden.«

»Vielleicht ein sexuell übertragbarer Virus. Das würde einiges erklären.«

»Für einen so komplexen Eingriff? Ich habe mir den Kopf darüber zerbrochen. Um einen Menschen auf ein kleines Repertoire von Verhaltensmustern zu reduzieren, müsste man tief ins vegetative Nervensystem eingreifen, einige der im Stammhirn verankerten Elementarprogramme modifizieren und zugleich höhere kognitive und psychologische Funktionen blockieren, um sie für andere Zwecke zu nutzen. Ich hoffe, Kofler kann uns erklären, wie Du Bois das angestellt hat. Das ist der Puzzlestein, der uns noch fehlt.«

Martin nahm die Hände vom Lenkrad, als sich die Ausfahrt zur Intracity-Autobahn näherte und automatische Leitsysteme den Wagen in den Verkehr einfädelten. Einige Sekunden lang verfinsterte eine Unterführung das Wageninnere, dann waren sie mitten in einer endlosen Kolonne von Rücklichtern, die auf vier Fahrbahnen, von Spur zur Spur schneller, durch das »Niemandsland« rasten, die Zone zwischen den früheren Stadtgrenzen, heute zugebaut mit Industrie, Warensilos, Müllverbrennungs- und Kläranlagen. Martin fasste Assia an der Hand, drückte sie kraftlos, und was wohl ein zuversichtliches Lächeln werden sollte, entgleiste ihm zur Grimasse. Er schien noch etwas sagen zu wollen, aber etwas an Assia, die ihn aufmerksam beobachtete, schreckte ihn ab, und er schaute statt dessen den Damm hinunter, auf den schmalen Saum aus Hütten, Zelten, Müllhaufen und Lagerfeuern, von Menschenansammlungen wie Ungeziefernestern durchsetzt, der über die nächsten Kilometer allmählich ausdünnte, aber an keiner Stelle ganz dem ölig schillernden Morast des Rheinufers wich.

Assia maximierte die Straßenkarte und verfolgte ein winziges WebConnect-Logo, das am Rhein entlang kroch wie ein Parasit an einer Darmwindung. In virtuellen dreißig Kilometern Entfernung, auf der Westseite der Deutzer Brücke, blinkte ein roter Lichtpunkt, wie im Rhythmus von Hassans Herzschlag, der jeden Moment aussetzen konnte.

Dies wird mein letzter Eintrag in mein Online-Tagebuch sein. Es wird das letzte Mal sein, dass ich Sprache benutze, dass ich den beschwerlichen Weg der Verständigung gehe, mit dir, von dem ich nun weiter entfernt bin, als hätte ich mich ans andere Ende des Universums begeben. Sei stolz darauf, dass du viel stärker bist, als du selbst glaubst, dass der Rest meines alten Ichs sich ganz um die Erinnerung an dich zusammengezogen hat, immer noch Liebe spürt, einen Hauch Sehnsucht sogar. Ich bedauere, dass ich dir solchen Schmerz zufügen muss, aber auch das ist nur die letzte Regung eines Wesens, das ich nicht mehr bin, das nur noch dem Schein nach existiert. Ich habe inzwischen alle Scheu überwunden, streife nun den ganzen Tag durch unser großes Nest am Rheinufer, inhaliere die Aura eines mächtigen Geistes, der hier langsam aus unserer Mitte emporsteigt. Ich genieße jede Berührung, jede energische Begattung, die mich stärker in die Gemeinschaft einbindet. Worte sind nicht mehr wichtig. Wünsche sind nicht mehr wichtig. Die Welt draußen ist nicht mehr wichtig, denn früher oder später werden wir sie uns einverleiben. Solang mein alter menschlicher Verstand, zunehmend unnützer wie ein körperliches Rudiment, ein Wurmfortsatz, noch arbeitet, kann ich einen nüchternen Blick zurück werfen, und es versöhnt mich mit meinem bisherigen Leben, dass ich nun alles in größeren, objektiveren Zusammenhängen sehe. Vielleicht sollte ich es einen Evolutionssprung nennen, woran ich hier teilhabe. Vielleicht ist es der Keim eines globalen Organismus, der hier entsteht und der Epoche des Menschen ein Ende setzen wird. Vielleicht ist dergleichen schon auf vielen anderen zivilisierten Planeten geschehen, und nur die erbärmliche Selbstherrlichkeit des Menschen kann darin etwas Erschreckendes sehen. Alles unnütze Gedanken. Leb wohl, Martin. Vergiss nie, dass mein Dasein sich erfüllt hat, dass es nichts zu bedauern gibt. Vielleicht wird es dich auch irgendwann zu uns ziehen. Vielleicht werden wir irgendwann wieder eins sein.

Drei

Jemand tippte Martin auf die Schulter. Er drückte sich ans Geländer und machte einem Trupp von Krankenpflegern Platz, die einen sargähnlichen Behälter auf die Galerie schoben. Unter dem Kunststoffdeckel schwappte eine milchige Flüssigkeit, die so eben die Konturen eines nackten Körpers erkennen ließ. Hassans Gesicht tauchte kurz an die Oberfläche, leichenblass und wächsern, erstarrt in einem Ausdruck zwischen Ergriffenheit und Ekstase, in den sich etwas Qualvolles gemischt hatte. Es sah aus, als entwickele er sich zu einem Fötus zurück.

Martin drehte sich weg, schaute aus den Augenwinkeln in die Halle hinunter, auf die lange Reihe von Empfangsschaltern, an denen Rollstühle und Bahren vorbeigeschoben wurden, auf die Anzeigetafeln mit den Namen und Versicherungsnummern, auf die Warte-Lounges mit ihren runden Sitzgruppen und Zierpflanzenkübeln. In seinem Kopf kippte etwas, und es war, als zerfiele das Klinikfoyer unter ihm in tausend Teile, die durcheinandergewirbelt und neu zusammengesetzt wurden. Das Licht brannte ihm in den Augen wie ein überblendetes Photo, und für einen Moment glaubte er wieder am Kölner Rheinufer zu stehen, mitten in dem neonhellen Labyrinth aus Wohnmodulen, Wassertanks und Rohrleitungen, in dem er sich nach wenigen Schritten verlaufen, das dem Auge keinen Fluchtpunkt, keine Orientierungsmöglichkeit geboten hatte, nur gewölbte Flächen, glänzendes Plastik und Metall, ineinander verschränkt wie ein dreidimensionales Kaleidoskop. Für einen Moment verwandelte sich das Klinikpersonal, nebelhaft ausgedünnt, in Doubles der apathischen Gestalten, die dort in Ecken gekauert, auf Treppen gehockt, hinter den offenen Luken von Wohnmodulen gedöst hatten, alle mit demselben leeren Blick, gänzlich eingenommen von etwas, das nur sie sehen konnten. Er versuchte sich zu erinnern, wie er Hassan gefunden, wie er ihn, der sich mit erstaunlicher Kraft wehrte, mit Assias Hilfe zur Straße hinaufgezerrt hatte, in strömendem Regen über eine glitschige Böschung, an der sie zweimal wieder heruntergerutscht waren. Doch die Bilder verschwammen vor seinem inneren Auge, und das erste, woran er sich wieder klar erinnerte, waren Assias Schreie aus dem Laderaum des Wagens, ihr zorniges Schnaufen, das Poltern und Rumpeln wie von einem heftigem Kampf. Er erinnerte sich deutlich, dass er auf einem Seitenstreifen gehalten, die Heckklappe aufgerissen hatte und kaum glauben konnte, was er sah: Assia halbnackt, Hassan mit entblößtem Unterleib über ihr.

Martin schüttelte sich und merkte jetzt erst, dass jemand mit ihm redete. »... kommen Sie am besten mit. Wir müssen uns unterhalten.« Er erkannte die Stimme des jungen Assistenzarztes, der Hassans Verlegung auf die Intensivstation angeordnet hatte, ein kleiner, kantiger Typ mit lichtem Krauskopf, der keinen Moment stillstehen konnte, ständig Leute herumdirigierte oder Anweisungen in ein Messenger-Modul bellte, das er am Kittelkragen trug. Martin hatte seinen Namen vergessen. Der Mann tätschelte seinen Arm und beugte sich so nah heran, dass ihm eine Spur seines ranzigen Schweißes in die Nase drang. »He, was haben Sie?«

Martin sah dem Kunststofftank hinterher, der auf dem Luftpolsterschlitten leicht schaukelte, während er durch Dunstschwaden in einen Seitentrakt bugsiert wurde, einen langgestreckten Korridor mit dicken, weiß lackierten Türen. »Was ist mit ihm?«, fragte er. »Wo bringen Sie ihn hin?«

»Haben Sie mir nicht zugehört?«, erwiderte der Arzt. »Wir müssen ihn in Kryo-Stasis versetzen, sonst verlieren wir ihn. Unsere Expertensysteme werten gerade die tomographischen Daten aus. Ich hoffe, wir wissen dann, ob wir etwas für ihn tun können.« Er wedelte mit seiner Keycard vor einem Scanner an der Wand, eine Tür glitt auf, und Martin wurde in ein kleines Büro geschoben. Der Arzt steckte eine Mini-DVD in einen Holoprojektor, und die Neonröhren an der Decke dimmten etwas ab, als das Gerät einen bläulichen Lichtkubus über den Schreibtisch stellte. »Ich will offen sein. Die Geschichte, die Sie mir aufgetischt haben, ist mir etwas suspekt. Erzählen Sie mir noch einmal, in welchem Zustand Sie ihn aufgefunden haben. Was hat er getan? Wie hat er auf Sie reagiert? Ich weiß noch nicht, was man mit Ihrem Freund angestellt hat, aber ich werde Himmel und Hölle in Bewegung setzen, um es herauszufinden. Wenn er nicht der einzige ist, dann läuft hier eine ungeheure Sauerei.«

Martin blieb mitten im Raum stehen, stützte sich auf eine Stuhllehne. Er konnte nur noch an eins denken: an Assia, die in seinem Hotelzimmer schlief, die seit dem Vorfall kaum mit ihm gesprochen, nur widerwillig etwas zu sich genommen hatte, deren ganze Aufmerksamkeit sich von der Welt abzuwenden schien, als müsse sie Vorgängen in ihrem Innern lauschen. Ich verliere sie, dachte er. Das einzige, was mir im Leben je etwas bedeutet hat, und ich habe sie in eine solche Gefahr gebracht, ohne darüber nachzudenken. Und jetzt leidet sie allein und wird mir nie mehr vertrauen.

Er musste sich mit aller Kraft zusammenreißen, um den Abend in Gedanken zu rekonstruieren: die zeitraubende Suche nach Hassan, weil die Lokalisierungssysteme nur auf zwanzig Meter genau arbeiteten; der Moment, als sie ihn endlich in einem der Wohnmodule zehn Meter überm Boden aufgespürt hatten; die Mischung aus Fäkaliengeruch und einem süßlich-antiseptischen Duft, die ihnen entgegengeschlagen war; die beiden Toten auf der hinteren Pritsche, pergamentartig vertrocknet wie Mumien. Aber das Entscheidende konnte er niemandem begreiflich machen, der nicht dabei gewesen war, jenes diffuse Gefühl knapp unter der bewussten Wahrnehmungsschwelle, das an elementaren Instinkten in ihm gerührt, eine kreatürliche Furcht geweckt hatte, die selbst in der Rückschau noch einmal mit Gewalt in ihm hochkam. Eine Aura von etwas völlig Fremdartigem, die ihn und Assia wie eine ätherische Substanz eingehüllt hatte, als seien sie in eine andere Welt versetzt worden, als gehörten die Gestalten, die sie in dem Wohnmodul erblickten, einer anderen Spezies an, die nach ganz eigenen biologischen und geistigen Gesetzen funktionierte.

»Er hat überhaupt nichts getan«, sagte er. »Ein bisschen geschnauft vielleicht, als habe ihn irgendetwas sehr angestrengt. Und sich hin- und hergewälzt wie in einem Alptraum. Ich habe ihn durchgerüttelt und ihm ein paar Ohrfeigen verpasst, aber er war nicht wachzubekommen. Erst als wir ihn hoch getragen haben ...«

Der Arzt beäugte ihn mit geschürzten Lippen, als misstraue er jedem Wort. Er tippte etwas in die Tastatur auf dem Schreibtisch, und das Standby-Hologramm verwandelte sich in die schematische Darstellung eines menschlichen Gehirns. »Schauen Sie mal her«, sagte er und stocherte mit einem

Lichtgriffel in das Hologramm. Nacheinander wurden einige unförmige Bereiche rund um den Hirnstamm und das Kleinhirn farblich hervorgehoben. »Ich habe keine Ahnung, was ihm in den Kopf eingedrungen ist, aber es ist kein organisches Gewebe. Es erinnert mich am ehesten an militärische Nanotechnik, über die ich mal etwas in einem Fachartikel gelesen habe. WarGoo, das die Amerikaner in Pakistan eingesetzt haben, ein teuflisches Zeug, das über die Atemwege eindringt und das Nervensystem angreift. Aber dies hier ist nicht destruktiv. Es hat sich in wesentliche Signalwege aus dem limbischen System und dem Thalamus eingeschaltet. Wir haben den Mechanismus noch nicht durchschaut, aber eine Hauptwirkung scheint darin zu bestehen, dass das Großhirn überstimuliert wird. Bei einem gesunden Gehirn kann man, je nach Art der geistigen Aktivität, mit einem Tomographen schön die beteiligten Hirnregionen sichtbar machen. Bei ihrem Freund aber gibt es keine lokal begrenzten Aktivitäten mehr. Man könnte sagen, dass sein ganzes Gehirn heißgelaufen ist. Bei einem Erwachsenen verbraucht das Gehirn im Schnitt zwanzig Prozent der Körperenergie. Bei einem Säugling in der Entwicklungsphase können es über sechzig Prozent sein. Bei Ihrem Freund ist es noch sehr viel mehr. Das erklärt seinen körperlichen Zustand. Wer immer diesen Eingriff vorgenommen hat, muss sich darüber im Klaren gewesen sein, dass kein Mensch eine solche Manipulation lang durchstehen kann. Maximal ein paar Wochen, bei etwas vorsichtiger Einstellung vielleicht ein paar Monate. Sagten Sie nicht etwas über die Ernährung? Womit werden die Leute dort durchgefüttert?«

»Was meinen Sie? Ich ...« Ihm fiel etwas ein, das ihm während der Rückfahrt durch den Kopf gegangen war. »Ja stimmt, ich sagte, dass er in den letzten acht Tagen wahrscheinlich nur diese Brühe zu sich genommen hat. In jedem Wohnmodul ist außer dem Wasserhahn noch eine zweite Leitung installiert, aus der so etwas wie ein dickes Zuckerwasser tropft. Ich habe was davon gekostet, ziemlich eklig, aber offenbar das einzig Genießbare, das den Leuten zur Verfügung steht. Als wir nach Hassan gesucht haben, ist mir etwas aufgefallen. Neben den Wassertanks, den Luftfiltern und Sanitäranlagen, die unmittelbar die Wohnmodule versorgen, ist noch etwas anderes installiert, ein ziemlich kompliziertes System aus Leitungen, Filtern, Behältern und weiß was ich. Hinterher bin ich drauf gekommen, wo ich schon einmal Ähnliches gesehen habe. Es waren Bioreaktoren, die aus genmanipulierten Bakterienkulturen Proteine, Kohlehydrate, Arzneimittel und so weiter herstellen können. In machen Franchises sind solche Anlagen unterirdisch installiert und liefern tonnenweise Billignahrung.«

»Ich weiß, was Sie meinen, und wahrscheinlich war Ihre Vermutung richtig. Wir mussten Ihrem Freund den Magen auspumpen, und bei der Analyse kam heraus, dass ihm ein ziemlich wildes Gemisch aus Stimulantien,

Hormonen, Neuroleptika und hochkonzentrierten Nährstoffen verabreicht wurde. Vermutlich wäre seine hohe Gehirnleistung ohne diesen Aufputschcocktail gar nicht möglich gewesen. Ich würde sogar sagen, dass die Leute dort unten ohne das Zeug wie die Fliegen sterben würden. Ihr Freund ist getunt worden wie eine Hochleistungsturbine. Aber der menschliche Körper ist für solche Belastungen nicht ausgelegt. Früher oder später ist ein komplettes Versagen der lebenswichtigen Organe unausweichlich.«

»Was wollen Sie jetzt tun?«

»Ich weiß es noch nicht. Wir können ihn begrenzte Zeit am Leben halten, aber um ihm zu helfen, müssen wir wissen, was ihm angetan wurde. Ihm und all den anderen. Und zu welchem Zweck. Glauben Sie mir, ich habe hier schon mit allen möglichen Manipulationen am menschlichen Körper zu tun gehabt. Sie können sich nicht vorstellen, was Leute mit sich anstellen lassen, wenn es ihnen mehr Schönheit, Kraft oder Potenz verspricht. Oder was Firmen aushecken, um aus ihrem Personal die maximale Leistung rauszukitzeln. Aber das hier ist von einer anderen Größenordnung. Wir müssen etwas unternehmen.«

Martin schüttelte den Kopf. »Ich weiß nicht, ob ich ... Verstehen Sie, er hat meine Freundin ...«

»Machen Sie Ihre Arbeit, und ich mache meine«, sagte der Arzt und schaltete mit einem fahrigen Wink den Holoprojektor aus. »Es geht hier nicht nur um Sie. Bringen Sie diese Sache schnellstmöglich an die Öffentlichkeit. Ich werde die Behörden, Fachkollegen, karitative Verbände und so weiter verständigen. Kommen Sie mit ihrer Freundin am besten heute noch einmal her. Das Nanozeugs, von dem ich gelesen habe, hatte eine quasi-infektiöse Wirkung. Beim Einsatz in Pakistan soll sich eine Variante wie ein Flächenbrand ausgebreitet haben.« Und er sprach aus, was Martin die ganze Zeit zu verdrängen versuchte. »Ich will mich nur vergewissern, dass er sie nicht mit irgendwas angesteckt hat.«

Eine halbe Stunde später stand Martin, aussichtslos bemüht, etwas Ordnung in seine Gedanken zu bringen, auf einem Laufband, das ihn aus der SubMall im Hafen zurück ans Tageslicht trug, und er kam sich dabei vor wie ein defektes Werkstück, das man bei der Qualitätskontrolle aussortiert hatte und zum Einschmelzen auf den Müll beförderte. Mit weichen Knien, die noch von der Fahrt in einem heftig durchgerüttelten Turbotube-Wagon zitterten, stolperte er ins Gedränge der Fußgängerzone hinaus. Die geschwungene Fassade des Grand Bateau, das ein Pariser Stararchitekt anno '98 in das schicke Gebäudewirrwarr an der Hammerstraße gestellt hatte, schien in der Mittagssonne weißglühend zu zerfließen. Ein Stück Richtung

UCI-Kino ragte das Verwaltungsgebäude von WebConnect wie eine architektonische Metastase kunstvoll schief über die Straße.

Im Foyer kam ihm Ferenc entgegen. Er wirkte heute mehr denn je wie ein Zehnjähriger, den eine Überdosis Wachstumshormone hatte vorzeitig in die Höhe schießen lassen, ungelenk, zersaust und zappelig. In einer Hand hielt er den Seesack mit seinem Krempel, unter den anderen Arm hatte er sich einen Stapel Papiere und sein Notepad geklemmt. »Wo hast du gesteckt?«, fragte er. »Der Alte hat ein Riesentheater gemacht. Er wartet drinnen auf dich. Tut mir leid, aber ich verpiss mich. Die Behörden verknacken mich höchstens zu zehn Monaten Jugendhaft. Kann nicht so schlimm sein wie das, was jetzt hier abgeht.«

»Was ist passiert?«

»Kovacs scheißt sich in die Hose. Scheint so, als hätten wir mit unseren Recherchen ein paar einflussreichen Leuten auf die Füße getreten. Er will das ganze Projekt abblasen und uns an die Wand nageln. Ich kann dir nur raten, geh da nicht rein.« Und mit gesenkter Stimme: »Wie geht's Assia?«

»Sie kommt schon zurecht«, sagte Martin. »Sie ist zäh, sie macht das mit sich selbst aus. Hassan hat's ja nur versucht, es ist eigentlich nichts passiert. Sie sagte mir, dass sie nur etwas Ruhe braucht.« Aber er wusste, dass sie gelogen hatte, dass der Schock tiefer saß, als sie zugeben wollte. Aber da war noch etwas anderes.

Kovac thronte in einem Rollstuhl am Ende des Konferenzraums. In seinen wulstigen Armen, die wie überdimensionale Larven über die Lehnen quollen, steckten ein Dutzend Kanülen und Injektionspumpen. Die Atemsäcke an seinem Hals blähten sich wie die Schallblasen eines Frosches. Er machte ein so angewidertes Gesicht, als hätte er, wäre es ihm nur körperlich möglich gewesen, am liebsten die ganze Einrichtung zertrümmert. Alle Leuchtkörper waren eingeschaltet, und in dem grellen Licht wirkte sein Fleisch wie ein tumoriger Schwamm. An den hinteren Terminals saßen Leute, die Martin nicht kannte, und Sam redete mit gedämpfter Stimme und verkniffenem Gesicht auf einen Mann ein, der gleichgültig auf eine Tastatur einhackte. Der Müll war in einer Ecke zusammengekehrt, alle Arbeitsnotizen auf einem Rollwagen gestapelt worden.

»Na so was, welch hoher Besuch«, schnaubte Kovac, als Martin eintrat. »Schaut her, Leute, er ist wieder unter uns. Zwei Tage geduldiges Warten, und endlich hat er unser Flehen erhört.« Er keuchte, und Speichelflöckchen regneten ihm auf den Brustlatz. »Ich weiß nicht, wer von uns beiden das größere Arschloch ist. Sie, weil Sie uns jedes Mal tiefer in den Dreck reiten, oder ich, weil ich Ihnen immer wieder eine Chance gebe. Aber eins muss ich Ihnen lassen: diesmal haben Sie sich selbst übertroffen. Wir sind am Ende der Fahnenstange.«

Martin schüttelte den Kopf und zog sich einen Stuhl heran. »Ich würde ja gern mitlachen«, sagte er, »aber dazu sollten Sie mir vielleicht erklären, was los ist.«

»Er will wissen, was los ist.« Kovac klatschte in die Hände, und hinter ihm schreckte Sam hoch und begrüßte Martin mit einem Nicken. »Ich verrate Ihnen, was los ist. Wenn Sie das nächste Mal aus jemandem Informationen rausprügeln, sollte es möglichst niemand sein, der einflussreiche Kontakte bis wer weiß wohin hat. Und wenn Ihre jungen Cracker-Freunde hier das nächste Mal Industriedaten ausspionieren, sollten sie sich möglichst von Servern fernhalten, an denen europäische Bundesbehörden, US-Wirtschaftsgeheimdienste und wer weiß noch die Finger dran haben. Ich wollte nichts weiter als eine kleine Skandalstory, um unsere Programme zu frisieren. Und was machen Sie, Martin? Sie haben offensichtlich ins größte Wespennest der freien Welt gestoßen.«

»Zeigt doch, dass an unserer Story was dran ist.«

»Scheiße, Mann, zurzeit räubern Europol, Interpol und die internationale Medienaufsicht in unseren Netzen rum. Und Sie tauchen zwei Tage ab und lassen hier die Kacke dampfen. Ich habe die Schnauze voll von Ihnen. Auf diesem Planeten werden Sie nie wieder einen Job bekommen, dafür sorge ich.«

Martin musste grinsen, weil Kovacs Wutanfall nicht im Mindesten an ihn heran kam. Er hatte Wichtigeres im Kopf, und gemessen daran war der Alte eine lächerliche Figur. »Sie sind ein Dummkopf, Kovac«, sagte er. »Sie ziehen den Schwanz genau in dem Moment ein, in dem Sie triumphieren könnten. Sie müssten nur ein bisschen Standfestigkeit zeigen. Begreifen Sie denn nicht, dass wir an einer unglaublichen Sache dran sind? Wenn uns derartig einflussreiche Kreise einschüchtern wollen, wie wichtig muss es dann wohl sein, dass die Welt nichts von Du Bois' Projekt erfährt? Wir sind die einzigen, die die Wahrheit aufdecken könnten. Stellen Sie sich vor, wie wir dastehen würden.«

»Geben Sie uns noch zwei Tage, verdammt noch mal«, rief Sam und kam an den Tisch. Er fuchtelte mit einer Hand in Martins Richtung. »Ich versuche ihm die ganze Zeit zu erklären, dass in ein paar Tagen etwas passieren könnte, dass unsere Position schlagartig verbessern wird. Die beiden Provider-Konsortien, die die Bezirke unten in Benrath verwalten und seit längerem Sanierungen planen, sind durch die Ereignisse in Kaiserswerth aufgeschreckt und fest entschlossen, ähnlichen Vorfällen vorzubeugen. Sie haben eine regelrechte Armee aufgestellt, die die Rheinuferslums in ihrem Einflussbereich mit allen Mitteln räumen soll. Wie werden die Slumbewohner reagieren? Ich wage mir nicht vorzustellen, was sich diesmal in Bewegung setzen wird.«

Martin glaubte einen Hauch Zweifel zu erkennen, der Kovacs Gesicht überflog, aber der Alte blieb störrisch, schüttelte den Kopf. »Nichts wird passieren«, sagte er. »Nichts wird sich in Bewegung setzen. Die Sanierungsmaßnahmen werden ausgesetzt. Das weiß ich aus sicherer Quelle.«

»Wovon reden Sie?«, fragte Sam.

»Ich rede davon, dass die Gesundheitsbehörden erwägen, den gesamten Rheinuferbereich wegen Seuchengefahr zum Sperrgebiet zu erklären. Nicht einmal die betreffenden Provider-Konsortien werden dann noch irgendwelche Aktionen durchführen, weil sie sonst gegen Pachtvereinbarungen verstoßen würden. Und der Grund dafür ist, dass Mr. Superhirn Kessler auf die irrsinnige Idee gekommen ist, einen seiner Mitarbeiter in die Slums zu schicken. Hassans Untersuchungsdaten aus der Klinik sind heute mit höchster Priorität ausgewertet worden, und man hat mich darüber informiert, dass Leute, die ich bezahle, möglicherweise einen gefährlichen Virus aus den Slums eingeschleppt haben. Sie wissen noch nicht, womit sich Hassan infiziert hat, ob es natürlichen oder künstlichen Ursprungs ist, aber auf jeden Fall wollen sie auf Nummer sicher gehen.«

»Das ist doch alles ein Bluff«, sagte Sam. »Sie wollen nur, dass das Projekt an den Rheinufern ungestört weitergeht. Die Quarantäne wird nach ein paar Tagen aus den Schlagzeilen verschwinden, keiner wird mehr mitbekommen, was dort vor sich geht, und eines Tages kommt für uns alle das böse Erwachen.«

»Das Wort zum Sonntag für die Verschwörungstheoretiker. Aber ich bin Realist. Und wissen Sie, was das Schönste an der Sache ist? Jeder, der unmittelbar mit Hassan in Berührung gekommen ist, wird aus dem Verkehr gezogen. Ich brauche mir an Ihnen nicht die Finger schmutzig zu machen, Kessler. Lassen Sie sich's im Hyatt ruhig noch ein bisschen gut gehen. Spätestens morgen früh rücken die Jungs in den weißen Plastikkutten an und bringen Sie und Ihre ganze Bagage in Staatsurlaub. Wie gesagt, sie wollen auf Nummer sicher gehen.«

»Ich auch«, sagte Martin und stand auf. Vielleicht ist es *kein* Bluff, dachte er und überlegte, welche Möglichkeiten ihm blieben. Beim Imbiss in der SubMall hatte er keine Probleme mit der Kreditkarte gehabt. Sein Spesenkonto war also noch nicht gesperrt, und wenn er schnell handelte, konnte er den ganzen Kreditrahmen flüssig machen und mit Assia untertauchen. Ihre Kollegen bei der PSW konnten sich um sie kümmern. Vielleicht war Assia wirklich nur psychisch angeschlagen. Vielleicht hatte der kurze Körperkontakt mit Hassan nicht ausgereicht, um dieses Ding auf sie zu übertragen. Aber wenn doch ...

»Wo wollen Sie hin?«, schnauzte Kovac. »Ich bin noch nicht mit Ihnen fertig. Ich warne Sie, wenn Sie jetzt ...«

»Ich zittere vor Angst«, sagte Martin, grinste breit und kehrte ihm den Rücken zu. Als er ins Foyer hinaus trat, war es, als fiele ihm eine Last von den Schultern, als ließe er nicht nur Kovacs lautstarken Wutausbruch sondern die ganze Konfusion und Ziellosigkeit seines bisherigen Lebens hinter sich zurück. Er hatte entsetzliche Angst um Assia. Er konnte sich nicht vorstellen, ohne sie weiterzuleben. Aber zum ersten Mal war er entschlossen zu kämpfen, nicht mehr nur in die Dinge hinein zu schlittern. Er würde sie *nicht* verlieren, was immer es kostete.

Die Suite im Hyatt war kühl und dunkel. Etwas hing in der Luft, das Martin an Hassans Wohnmodul erinnerte, doch ungleich stärker hier, eine Mischung aus einer süßlich-sekretartigen Ausdünstung und einem schalen, metallischen Geruch. Martin versuchte flach zu atmen, aber in seinem Rachen setzte sich ein bitterer Geschmack fest. Assia saß, die Hände im Schoß, nur mit einem dünnen Unterhemd bekleidet, auf der Empore und starrte auf den Rhein hinunter. Das Fenster war abgedunkelt wurden, ein rötliches Schimmern hüllte sie ein. Ihr Gesicht schien zu einer Maske erstarrt, doch beim Näherkommen bemerkte Martin, dass ihre Augen unruhig hin- und herzuckten.

Sie reagierte nicht, als er sich zu ihr auf den Hocker setzte und sie an den Händen fasste. Das Hemd klebte ihr schweißnass am Körper, und sie strahlte Wärme wie ein Heizkörper aus. In ihrer Nähe wurde der Geruch so stark, dass Martin würgen musste, doch zugleich erfasste ihn eine unerklärliche Erregung. In seinem Hinterkopf klingelte ein Alarmsignal, und er versuchte sich zusammenzureißen, aber er konnte nichts dagegen tun, dass er nach wenigen Sekunden eine starke Erektion bekam.

»Assia, wir müssen hier weg«, sagte er leise. »Ich habe alles vorbereitet, du brauchst dir keine Sorgen zu machen. Was immer gerade in dir vorgeht, wir werden dir helfen.«

»Weißt du, ich habe nachgedacht«, sagte sie, als habe sie es nicht gehört. Ihre Stimme klang rau und kraftlos. »Vielleicht habe wir das alles falsch verstanden. Vielleicht betrachten wir alles aus der falschen Perspektive. Was sind wir denn schon, Martin? Du klammerst dich an mich, wie du dich an Sarah geklammert hast, und du willst nicht begreifen, dass du immer ein hilfloses, alleingelassenes Kind sein wirst. Und ich? Ich versuche seit vielen Jahren in einem Land heimisch zu werden, in dem ich nichts verloren habe. Ich gehöre nirgendwo hin. Meine Heimat ist zerstört, meine Familie tot. Ich helfe anderen, damit ich mich nicht so nutzlos fühle, wie ich bin. Aber dort unten an den Rheinufern entsteht etwas Neues, etwas ganz anderes, in dem wir Teil von etwas Großem sein könnten. Was zählt es schon, ob Du Bois es so geplant hat oder nicht? Wichtig ist nur, was der Moloch uns geben kann. Was er aus uns machen wird ...«

»Hör auf, Assia«, sagte Martin mit einem Anflug von Panik. »Bitte glaub mir, du bist nicht mehr du selbst. Du musst dagegen ankämpfen. Du wirst manipuliert.« Aber es war schon zu spät. Er spürte, dass er keine Chance mehr hatte, zu ihr vorzudringen.

»Nein«, flüsterte sie. »Es ist ein Geschenk an uns. Ich bin im ersten Stadium einer Metamorphose. Ich habe mich verpuppt und kann es nicht erwarten, meinen Kokon zu sprengen. Warum freust du dich nicht für mich? Warum können wir nicht glücklich sein, gemeinsam mit ihm? Wenn du fühlen könntest, was ich fühle ...«

Plötzlich senkte sie den Blick, starrte auf Martins Hände, fasziniert und verwundert, als habe sie noch nie im Leben Hände gesehen, und fing zaghaft an, sie zu streicheln. Sie wandte sich ihm zu, sah ihn mit großen Augen an und schob die Hände an seinem Körper hoch. Er wollte sie abwehren, fasste sie an den Handgelenken, ließ aber gleich wieder los. Er spürte die Stellen, wo sie ihn berührte, wie großflächige Brandwunden auf der Haut, und keuchte, als sie mit den Fingerspitzen sein Gesicht betastete. Sie leckte sich die Lippen, und aus ihrem Mund drang ein Geruch, der sich zu einer Flüssigkeit zu verdichten schien, der ihn in heißen Wellen überschwemmte. Mit einem Ruck riss sie ihm das Hemd herunter, schlang die Arme um ihn und presste ihm die Lippen an den Hals. Er sträubte sich schwach, sie kippten vom Hocker, und Martin spürte zwei Schläge im Rücken, als sie die beiden Stufen von der Empore hinunterrollten. Martin hatte das Gefühl, als ob ein ungleich massigeres Wesen als Assia auf ihm landete. Wie mit einer Schraubzwinge packte sie ihn am Unterkiefer, und während sie ihm die Zunge wie einen zuckenden Tentakel in den Mund steckte, tastete sie ihm mit der anderen Hand zwischen die Beine, zerrte am Gürtel und nestelte an seinem Reißverschluss.

Martin ejakulierte, noch bevor er in sie eindrang, doch nach wenigen ruckartigen Hüftbewegungen Assias war seine Erektion wieder so stark wie zuvor. Sein Magen rebellierte, Brocken von Erbrochenem stiegen ihm in den Mund, und für einen Moment wurde ihm schwarz vor Augen. Als er wieder zu sich kam, spürte er Assias Bewegungen wie Hammerschläge gegen den Kopf. Er sah ihr Gesicht über sich, so von Anstrengung, Wut und wilder Erregung verzerrt, dass er es kaum wiedererkannte. Ströme von Feuchtigkeit flossen ihm über die Schenkel. Assia schnaubte, und aus ihrer Kehle drangen viehische Laute wie von einem Raubtier, das seine Beute zerriss. Sie beschleunigte ihre Stöße, fing an zu wimmern, halb verbissen, halb verzweifelt, und dann erstarrte sie plötzlich, sah Martin mit weit aufgerissenen Augen an, als sei ihr etwas Furchtbares an ihm aufgefallen, und schlug ihm ins Gesicht.

»Nein, nein«, schrie sie, schob ihn weg und stand auf. »Das ist es nicht. Du kannst es mir nicht geben. Du weißt gar nicht, was ich will, du bist keiner von uns.« Sie tappte rückwärts in den Korridor und schaute dabei umher wie ein gehetztes Tier. Martin hielt sich die Nase und spuckte Blut. Als sich Assia zur Tür wandte, stolperte er ihr hinterher und fasste sie am Arm, doch sie schüttelte ihn ab. »Versuch nicht, mich aufzuhalten. Ich muss hier weg, weg von dir.«

Er sackte auf die Knie und übergab sich. Lass sie nicht gehen, war sein einziger Gedanke. Lass sie nur nicht gehen. Er umklammerte ihre Beine, versuchte sie auf den Boden zu ziehen. Sie kreischte und holte mit beiden Armen aus. Ein Schlag wie von einer Dampframme riss ihm den Kopf nach hinten und ein wuchtiger Tritt traf seine entblößten Genitalien. Der Schmerz betäubte seine Sinne. Assias Gestalt, in verkrümmter Haltung, zu einem Ding entartet, das nichts Menschliches mehr hatte, brannte ihm wie ein Nachbild auf der Netzhaut. Er bot alle Kraft auf, um nicht das Bewusstsein zu verlieren. Doch ein zweiter Tritt erwischte ihn an der Seite, sein Herz machte einen Sprung, und dann wurde alles dunkel.

Sam erwartete ihn in einer Bar im Terminal 1, eingezwängt zwischen einem Duty Free Shop und einem Tandori-Imbiss, ein langer Schlauch mit gedämpft beleuchteten Tischen aus Mahagoni-Imitat, verchromter Theke und Displaywänden, über die Werbespots für Spirituosen und Männerkosmetika flimmerten. An der Decke tanzten abstrakte Lichtmuster im Takt elektronischer Easy-Listening-Konserven entlang. Die wenigen Gäste, die sich zu dieser frühen Uhrzeit eingefunden hatten, machten einen ebenso halbseidenen Eindruck wie das Inventar. Sam stand an der Theke, schlürfte ein giftgrünes Alkopop-Gesöff und ließ den Blick schweifen. Er hatte Ringe unter den Augen, sein Hemd war über der hageren Brust aufgeknöpft, und er hatte sich eine Kunstledertasche zwischen die Füße geklemmt, aus der Wäschezipfel hingen. Als er Martin bemerkte, winkte er ihn ungeduldig zu sich heran.

Martin war die ganze Nacht kreuz und quer durch die Nordstadt gefahren, immer wieder den Rhein auf und ab, in der Hoffnung, Assia irgendwo zu entdecken, aber vergebens. Er hatte den Großteil seines Geldes für Franchise-Kurzvisa und Übernachtungen in billigen Hotels ausgegeben. Ein Hardwarefreak hatte für ein unverschämtes Honorar die biometrischen Daten auf seiner ID-Karte gefälscht. Um nichts zu riskieren, blieb er außerdem nie länger als zwölf Stunden an einem Ort. Dennoch machte er sich keine Illusionen, dass es nur eine Frage der Zeit war, bis man ihn fassen würde. Seit der Kurznachricht mit dem Link auf ihr Online-Tagebuch hatte er nichts mehr von Assia gehört. Sie fügte jeden Tag Einträge hinzu, die Martin immer wieder las und die ihm bewiesen, dass sie noch kämpfte, dass die Frau, die er liebte, noch existierte. Er versuchte die Hoffnung nicht aufzugeben, aber allmählich breitete sich in seinem Inneren eine bleierne Leere aus, wie ein Schwarzes Loch in der Seele, das alle Empfindungen einsaugen und nur Reflexe zurücklassen würde. Er war müde. Viel schlimmer als die körperlichen Strapazen war der geistige Verschleiß.

»Ich habe schon befürchtet, du kommst nicht mehr«, sagte Sam. »Kofler müsste jeden Moment eintreffen. Ich habe eben noch mit ihm telefoniert und musste ihm gut zureden, damit er den Termin nicht sausen lässt. Der Mann hat einen Riesenschiss in der Hose. Wir können von Glück reden, wenn wir etwas aus ihm rausbekommen.«

Der Barkeeper, ein bulliger Glatzkopf in Nadelstreifen, kam an die Theke, aber Martin winkte ab. »Hast du schon Neuigkeiten über Assia?«, fragte er, und Sam verdrehte die Augen. »Laut ihrem Blog irrt sie immer noch durch die Stadt und geht nur gelegentlich ans Rheinufer runter«, fuhr Martin fort. »Sie muss doch irgendwo Spuren hinterlassen haben. Es muss doch herauszufinden sein, in welchem Media-Café sie sich eingeloggt hat.«

»Ich tu, was ich kann«, sagte Sam, »aber seit Kovac durchgedreht ist, klebt mir Interpol an den Netz-Accounts. Ich kann mich nicht mehr ohne weiteres in öffentliche Überwachungsserver oder Privatnetze einhacken, sonst hat man uns im Handumdrehen lokalisiert. Assia ist seit fast zehn Tagen verschwunden. Denk an Hassan, vielleicht würdest du sie gar nicht mehr wiedererkennen. Du musst dich mit dem Gedanken vertraut machen, dass ihr nicht mehr zu helfen ist.«

Martin biss die Zähne aufeinander und schüttelte den Kopf. Er wusste, dass Sam Recht hatte, aber er wollte es nicht hören. »Warum musste ich unbedingt herkommen? Hättest du nicht allein mit Kofler sprechen können?«

»Waren wir uns nicht einig? Wir bringen diese Sache zu Ende, und wenn es das Letzte ist, was wir tun. Hast du nicht begriffen, dass es um deine Haut geht? Assia hatte nur ein paar Sekunden Körperkontakt mit Hassan, und das hat genügt, um sich bei ihm anzustecken. Es wäre ein Wunder, wenn du dich *nicht* bei ihr infiziert hast. Es hat nichts zu bedeuten, dass du noch der Alte bist. Wir wissen nicht, wie dieses Ding funktioniert, wie es sich individuell auswirkt. Wenn du überhaupt eine Chance hast, dann durch Kofler. Vielleicht weiß er, was man tun kann.«

Martin wollte etwas erwidern, aber Sam hätte vermutlich nicht verstanden, warum ihn sein eigenes Schicksal nicht mehr interessierte. Seine Gefühle für Assia würden ihn noch eine Weile vorantreiben, wie einen Automaten, der seine letzten Energiereserven aufbrauchte, aber alles, was danach kam, war ohne Bedeutung. Er schaute in die Halle hinaus, wo sich gerade ein dichtes Gedränge von Fluggästen aus einem Gate schob, und der Gedanke, in eine anonyme Masse unterzutauchen, sein Ich aufzugeben und zu vergessen, hatte auf einmal nichts Erschreckendes mehr für ihn.

»Wie sieht er aus?«, fragte er.

»Keine Ahnung«, sagte Sam. »Er hat einen Softbot sämtliche Bilder von sich im Netz löschen lassen. Ich habe ihm ein Photo von uns geschickt. Wir sollen einfach hier warten. Er wird uns schon erkennen.«

Der Barkeeper warf noch einen grimmigen Blick in seine Richtung, und Martin bestellte einen Kaffee. Er stützte sich auf die Theke, versuchte zu entspannen und hatte das Gefühl, als ob sein ganzes Körpergewicht in die Unterschenkel sackte. Der Kaffee war stark, aber ohne belebende Wirkung. Martin hörte nur mit halbem Ohr hin, als Sam ihm die Notizen vorlas, die er sich für das Gespräch gemacht hatte.

Einige Minuten vergingen, dann sah er aus den Augenwinkeln, dass im hinteren Bereich der Bar jemand aufstand und auf sie zukam. Es war ein kleiner, untersetzter Mann mit graugesträhntem Blondschopf. Er trug einen unauffälligen beigen Anzug. Ein Bart und eine getönte Brille verdeckten den Großteil seiner weichen Gesichtszüge. Er kam mit vorsichtigen, fast ängstlichen Schritten näher und schaute über die Tische von einem Gast zum nächsten, als suche er ein bekanntes Gesicht. In einigen Schritten Abstand blieb er stehen, musterte Sam und Martin und wartete, bis sie ihn zur Kenntnis nahmen.

»Ich bin Sander Kofler«, sagte er dann. »Warten Sie auf mich?«

Sam nickte.

»Kommen Sie an meinen Tisch. Ich habe nicht viel Zeit. In zwanzig Minuten geht meine Maschine.«

Er führte sie an einen Tisch im finstersten Winkel der Bar, ein Stück abseits des nächsten besetzten Platzes. Er fragte, was sie trinken wollten, und bestellte eine Runde. Während der Barkeeper das Bier zapfte, nahm er die Brille ab und rieb sich die Augen. »Eins vorab«, sagte er. »Ich möchte auf keinen Fall, dass in Ihren Berichten mein Name auftaucht. So wie die Dinge stehen, bin ich schon in genug Schwierigkeiten, und Sie wohl auch. Ich kann Ihnen nur den Hintergrund liefern, den Rest müssen Sie selber recherchieren. Sie ahnen nicht, in welcher Gefahr wir schweben. Es ist alles noch viel schlimmer als Sie glauben.«

»Schon gut«, sagte Sam und hob die Hände. »Ich habe Ihnen versprochen, dass wir nichts ohne Ihre Zustimmung tun.«

»Ich hoffe es.« Der Kellner brachte die Getränke, und Kofler stürzte mit fast gierigen Schlucken sein Pils hinunter. Für einen Moment verzog er das Gesicht, kniff die Augen zu und holte tief Luft, als müsse er für das Gespräch alle Kräfte zusammennehmen. »Ich bin 1987 in Trondheim geboren. Zwischen 2009 und 2014 habe ich an der Universität Oslo Medizin studiert, mit Schwerpunkt Diagnostik und Neurochirurgie. Simen Olsen, ein Studienkollege, den ich bereits aus der Mittelschule kannte, hat zu dieser Zeit an einem EU-Programm zur Förderung der Nanotechnik teilgenommen, und nach meinem Examen haben wir zusammengearbeitet. 2018 gelang uns die Entwicklung eines neuartigen neurologischen Diagnoseverfahrens. Ich kann Ihnen das nicht in allen Einzelheiten erklären, aber es war eine Art Nanobot, der sich an die Dendriten einer Nervenzelle heften und die elektrochemischen Impulse aufzeichnen konnte. Damit wurde es in noch nie gekannter Auflösung möglich, die Aktivitäten in Nervengewebe zu untersuchen, was einen Quantensprung für die Erforschung der Gehirnfunktionen bedeutete. Die Erfindung hat uns so bekannt gemacht, dass wir 2021 an die Universität von Berkley geholt wurden. Einige Jahre später haben wir in LA eine Firma für neurotherapeutische Produkte gegründet.«

»Reden Sie von SynthSynaps?«, fragte Martin.

»Nein, das kam später. Wir waren ein kleines Team. Nur Simen, ich und ein paar befreundete Amerikaner, etwas Laborpersonal, aber ein ordentlicher Etat, großzügige Investoren, die sich eine Menge von uns versprochen haben. Anfangs lief es sehr gut. Eine Weiterentwicklung unseres Nanobot war eine Art künstliches Neuron, das selbsttätig in Nervengewebe eindringen, sich replizieren und geschädigtes Gewebe funktionell ersetzen konnte. Wir haben es an Querschnittsgelähmten und Schlaganfall-Patienten getestet und in einigen Fällen dramatische Erfolge erzielt. Allerdings gab es auch einen schweren Rückschlag, als durch einen Bug in der Firmware des Bots einem Patienten der ganze Scheitellappen abgetötet wurde. Es klingt makaber, aber dieser Unfall hat eine Abteilung des Pentagons auf uns aufmerksam gemacht, und uns wurde eine Zusammenarbeit für militärische Anwendungen der Nanobots angeboten. Die Vertragssumme hätte uns den ganzen juristischen Ärger nach dem Tod des Patienten auf einen Schlag vom Hals geschafft, aber wir wollten nicht. Zu der Zeit gingen gerade die ersten Berichte über die US-Massaker in Kaschmir durch die Presse, und wir wollten den Militärs nicht das Material für neue Sauereien liefern. Aber es war eines dieser klassischen Angebote, die man nicht ablehnen kann. Ich will sie nicht damit langweilen, wie man uns fertiggemacht hat. Natürlich wurden ohne Rücksicht aufs Patentrecht unsere Server geplündert und unsere Entwicklungen geklaut, und ich will gar nicht wissen, was man daraus gemacht hat. Kurz und gut: Ende 2030 waren wir erledigt, und unsere letzte Hoffnung war eine«diese Security-Firmen, die sich auf die Abwehr von Industriespionage spezialisiert hatte.«

»Ich nehme an, hier kommt Du Bois ins Spiel«, sagte Sam.

»Ja, und wir kamen vom Regen in die Traufe. Anfangs waren wir wirklich beeindruckt. Er hat neue Investoren besorgt, ein Konzept zur Dezentralisierung ausgearbeitet, der Firma einen neuen Namen gegeben, sie in kleine Büro- und Laboreinheiten zerlegt, die über die Westküste verstreut wurden, und eine neue IT-Infrastruktur aufgebaut. Innerhalb von zwei Jahren standen wir wieder sauber da, brauchten keine Konkurrenz mehr zu fürchten und haben den Markt für Neurotechnologien und Biochips diskret aus dem Hintergrund dominiert. Du Bois war zu dieser Zeit schon von Lymphknoten- und Schilddrüsen-Krebs gezeichnet, die Therapien schlugen nicht an, und ich habe ihm abgekauft, dass er ein persönliches Interesse an weiteren Durchbrüchen in der Nanotherapie hatte. Erst spät ist mir klar geworden, dass er bei SynthSynaps längst alle Fäden in der Hand hatte und die Firma benutzen wollte, um sein eigenes Ding durchzuziehen. 2033 fand in San Rafael, in malerischer Umgebung, eine Konferenz statt, zu der er enge Freunde, die wichtigsten Investoren und die Leiter unserer Entwicklungsteams eingeladen hatte. Was er uns an diesem Wochenende präsentierte, war so ungeheuerlich, dass ich anfangs dachte, er sei durchgedreht.« Kofler schüttelte leicht den Kopf und zögerte weiterzureden.

»Ich sagte Ihnen schon am Telefon«, hakte Sam ein, »dass wir unsere eigenen Vermutungen angestellt haben. Vielleicht liegen wir ja völlig daneben, aber vieles spricht dafür, dass ...«

»Im Wesentlichen haben Sie verstanden, worum es bei Du Bois' Projekt geht«, fuhr Kofler fort. »Aber um es richtig zu verstehen, müssen Sie eines berücksichtigen: Alles, was Sie hier in Europa in den letzten zwanzig Jahren erlebt haben – der nationalstaatliche Verfall durch die Einführung des Franchise-Prinzips, die Wirtschaftskriege, der soziale Aufruhr –, ist nur ein müder Abklatsch dessen, was sich in den USA abspielt. Wer drüben eine gewisse Position erreicht hat, hat nur noch zwei Ambitionen: Er will immer mehr Macht an sich reißen. Und er will unangreifbar sein. Du Bois war von beidem besessen. Was er mit uns erreicht hatte, war für ihn Kleinkram. Er dachte in ganz anderen Dimensionen, und wenn Sie seine wirren Artikel gelesen haben, wissen Sie, was ich meine. Er hatte uns ganz raffiniert ausgetrickst. Ohne es zu ahnen, haben die einzelnen Entwicklungsteams bereits an den Komponenten seines Systems gearbeitet, und seine eigenen Leute haben es dann zusammengesetzt. Der Nanobot, der auf diese Weise zustande gekommen ist, wird tatsächlich auf sexuellem Wege übertragen, man kann also von einer Art künstlichem Virus reden. Er besteht aus zwei Subsystemen. Nach der Infiltration spalten sie sich auf, und ein Teil wandert ins vegetative System und programmiert elementare körperlichen Funktionen um. Was von außen als selbstorganisiertes Verhalten erscheint, ist eine Folge einer Neuorganisation aller Reflexe. Der zweite Teil modifiziert die

Großhirnrinde und besteht im Wesentlichen aus dem Datenpaket, das im laufenden Betrieb schließlich berechnet werden soll. Es handelt sich um Komponenten einer groß angelegten Simulation, die noch längst nicht vervollständigt ist. Durch Updates des Nanobots – wie sie zum Beispiel den Flüchtlingen aus Nordafrika gespritzt werden, bevor man sie nach Europa bringt – werden weitere Komponenten in die Datenmatrix eingespeist, und das Ding wächst. Du Bois war völlig verrückt geworden. Außer sich selbst und einigen hundert Eingeweihten, die mit ihm in dieser virtuellen Realität existieren sollten, hat er die gesamte Menschheit nur noch als potentielle Hardware betrachtet. Das Ding unten am Rhein ist, wie Sie richtig vermutet haben, erst der Anfang. Nach einer Testphase soll der Virus in großem Maßstab freigesetzt werden. Die Wohnmodule, die Bioreaktoren und alles andere, was nötig ist, um die Leute bei Höchstbelastung laufen zu lassen, sollen langfristig überflüssig werden. Es ist ein drittes Subsystem des Virus geplant, das die Drüsen und den Stoffwechsel modifizieren soll. Du Bois hat an chlorophyllartige Pigmente unter der Haut gedacht, die es den Infizierten ermöglichen sollen, buchstäblich von Luft und Liebe zu existieren. Bei der Klimaentwicklung brauchen wir uns ja über ausreichende Sonneneinstrahlung keine Gedanken zu machen.«

Kofler machte eine Pause. »Das ist im Wesentlichen, was ich Ihnen sagen kann. Ich bin froh, dass ich mit diesem Wahnsinn nichts mehr zu tun habe.«

»Warum sind Sie nicht gleich nach der Konferenz in San Rafael ausgestiegen?«, fragte Martin. »Warum jetzt erst?« Aber eigentlich wollte er keine Rechtfertigung hören.

»Das ist kein Projekt, aus dem man so einfach aussteigt«, sagte Kofler, und seine Stimme geriet ins Zittern. »Simen hat nach der Konferenz gedroht, an die Öffentlichkeit zu gehen, und kurz darauf ist er mit dem Auto verunglückt. Ich bin nicht so couragiert wie er. Ich habe an meine Familie gedacht und während der Arbeit auszublenden versucht, an welcher Monstrosität ich mich beteilige. Aber in den letzten Jahren ist es unerträglich geworden. Meine Ehe ist darüber zerbrochen, und jetzt will ich nur noch weg.«

»Warum wollen Sie uns kein reguläres Interview geben?«, fragte Sam. »Wir könnten Ihre Stimme und Ihr Aussehen verfremden. Sie sind hier in Europa, Sie können untertauchen. Wenn wir unseren Recherchen etwas mehr Glaubwürdigkeit verleihen könnten, würde die Sache einschlagen wie eine Bombe.«

Kofler zuckte zusammen. »Unmöglich«, sagte er. »Sie ahnen nicht, wer alles mit drinsteckt. Es ist eine internationale Verschwörung, an der führende Köpfe aus Militär, Politik und Wirtschaft beteiligt sind. Dieses Syndikat hat seine Augen überall. Ich werde mich erst sicher fühlen, wenn ich in Asien bin, und vielleicht nicht einmal dort. Glauben Sie mir, es ist aussichtslos. Der Kampf ist schon verloren. Wir können dieses Ding nicht aufhalten.«

»Warum reden Sie dann überhaupt mit uns?«, fragte Martin. »Wozu sitzen wir hier?«

Kofler warf einen Blick auf die Uhr über der Theke und winkte dem Barkeeper. »Ich muss jetzt gehen. Bitte tun Sie mir einen Gefallen: begleiten Sie mich zum Gate. Es ist mir unwohl dort draußen unter den vielen Menschen.«

Sam fiel Martin ins Wort. »Natürlich«, sagte er. »Wir danken Ihnen. Ich verstehe, dass Sie Angst haben. Aber wir geben den Kampf noch nicht auf.«

Martin sträubte sich, aber Sam zog ihn am Ellbogen nach draußen. In dem Moment, als sie die Bar verließen, schien Kofler seine beiden Begleiter schon vergessen zu haben. Er sagte kein Wort mehr, ging geduckt, den Blick nach innen gerichtet, hielt seine Aktentasche wie einen Schatz an sich gepresst und machte um jeden Passanten einen deutlichen Bogen, als sie das Foyer durchquerten. Sie fuhren mit den Rolltreppen zwei Geschosse abwärts. Kofler stellte sich in einer Schlange an, die sich vor dem Check-in von Euro Trans gebildet hatte, einer der kleinen Luftfährdienste, die Asien- und Interkontinental-Touristen zu den riesigen Scamjet-Bays in der Adria oder der Ostsee brachten. Sam und Martin blieben noch in seiner Nähe, und während sie warteten, dröhnte aus den Lautsprechern der letzte Aufruf. Die beiden uniformierten Mädchen hinter dem Check-in-Schalter hantierten hektisch mit Gepäckstücken und Handscannern. Eine Handvoll Nachzügler eilte herbei, und Kofler verschwand beinahe zwischen den breiten Rückenpartien von zwei jungen Kerlen, die sich ans Ende der Schlange drängten.

Dann ging alles ganz schnell. So schnell, dass Martin kaum mitbekam, was geschah. Viel zu schnell, als dass er oder Sam eingreifen konnten.

Irgendjemand versetzte Kofler einen Stoß, und er stolperte gegen ein junges Paar, das vor ihm Hand in Hand in der Reihe stand. Der Mann schob ihn weg, starrte ihn für einen Moment an, als habe er eine Erscheinung, und drosch ihm die Faust vor den Kopf. Kofler fiel rücklings den Nachzüglern in die Arme. Einer der jungen Hünen ließ ihn zu Boden fallen und trat ihm in die Seite. Kofler schrie, und alle in der Schlange drehten sich zu ihm um. Binnen Sekunden zog sich ein Pulk von Menschen um ihn zusammen. Schläge und Tritte prasselten auf ihn ein. Sam wollte dazwischen gehen, aber man stieß ihn zur Seite. Das Schnauben und Keuchen der Leute klang wie das Gekläff einer Hundemeute. Blut spritzte Martin ins Gesicht, als er unwillkürlich näher trat. Eine herumwirbelnde Faust traf ihn am Kinn, und er ging zu Boden. Das letzte, was er von Kofler sah, war ein blutiges Bündel, auf dem wie irr herumgetreten wurde.

Jemand packte ihn unter den Achseln und zog ihn hoch. »Komm schon«, keuchte ihm Sam ins Ohr. »Verschwinden wir. Sonst sind wir auch noch dran.«

Arm in Arm liefen sie zum nächsten Aufzug. Bevor sich die Lifttür vor ihnen schloss, schaute Martin noch einmal zum Euro Trans-Schalter hinüber. Die Leute waren zu einem lockeren Ring auseinander gewichen und starrten auf etwas, das zwischen ihnen auf dem Boden lag. Niemand regte sich, niemand sagte etwas. Es schien, als seien sie gerade wieder zu Bewusstsein gekommen und begriffen nicht, was sie getan hatten. Ringsum waren Neugierige stehen geblieben. Eine tiefe Stille breitete sich aus. Die Menschen schienen zu einem Tableau von Automaten erstarrt, die sich nie mehr in Bewegung setzen würden. Martin sah auf dem Parkett etwas Feuchtes schimmern, und erst als sich die beiden gläsernen Türflügel vor ihm zusammenschoben, begriff er, dass es eine Blutlache war.

»Mein Gott«, sagte Sam. »Wir sind erledigt. Er ist schon überall.«

Ich muss zu ihr, schoss es Martin durch den Kopf. Ich kann sie nicht mehr retten, aber ich kann bei ihr sein, wenn es geschieht. Wenn unsere Welt verschlungen wird, habe ich nur eine Möglichkeit, eins mit ihr zu werden. Mit ihr – und mit ihm.

Assia teilte ihre Unterkunft mit einer Handvoll Kinder. Sie schliefen tagelang aneinandergeschmiegt auf dem Boden, und nur ab und zu löste sich eins aus der Umarmung, um seine Notdurft zu verrichten oder an dem Rohr in der Wand zu saugen. Gemeinsam träumten sie sich in die Gedanken, Gefühle und Bestrebungen des Geistes hinein, der aus der Gemeinschaft tausender Seelen in ihrem großen Nest am Flussufer erwuchs. Assia trank kaum noch. Sie spürte ihren Leib nicht mehr. Sie hatte alle körperlichen Beschwernisse abgeworfen. Wenn sie die Augen öffnete, sah sie, verschwommen vom Nebel einer höheren Wirklichkeit, ein knöchernes Bündel aus Haut und Fleisch, doch es hatte nichts mehr mit ihr zu tun. Sie spürte ihren Tod nahen, der zugleich ihre Wiedergeburt sein würde. In ihren Träumen lauschten sie und die fünf Kleinen den Stimmen in ihrem Innern, die in einer unverständlichen Sprache redeten. Sie sahen körperlose Gebilde, spürten Erschütterungen, mächtige Bewegungen in einem Raum jenseits alles Physischen. Sie spürten, dass eine Gefahr nahte, aber sie hatten keine Angst, denn sie waren Teil von etwas Stärkerem. Wie Tausende andere bereitete Assia sich vor. Sie musste ihre leibliche Hülle auf eine letzte Reise schicken, dann wäre sie frei. Sie musste dieses Bündel Haut und Fleisch hingeben, ein geringes Opfer. Etwas Gewaltiges, mit dem sie nun fast verschmolzen war, teilte ihr seinen Willen mit. Zu existieren und ihm zu gehorchen, war nun eins.

Ein mildes Licht schien an diesem Morgen in ihre Unterkunft. Ihre letzten physischen Empfindungen nahm sie in vollkommener Ruhe und Gelassenheit hin. Sie wartete geduldig, bis sich ihre leibliche Hülle aus der Umklammerung kindlicher Arme befreit und aufgerappelt hatte. Sie hörte hinter sich leises Stöhnen, später das Trippeln kleiner Füße, die ihr folgten. Sie wusste nicht, wie viel Zeit verging, bis sie den Abstieg über die Trittleiter bewältigt hatte. Draußen krochen und stiegen andere aus ihren Unterkünften, aus jeder Luke, wohin sie auch sah. Ein Hauch von Wind durchwehte das große Nest, schon mehr eine geistige als eine körperliche Berührung. Assia war eine von Tausenden, die innehielten, zum Himmel emporschauten und Kräfte sammelten. Sie alle wussten, was sie zu tun hatten. Sie alle waren Zellen eines einzigen Leibes, jeder für sich bedeutungslos, doch gemeinsam der mächtigste Organismus, den die Welt je gesehen hatte. Jeder lauschte für sich den Stimmen in seinem Innern, doch es war derselbe Impuls, der sie schließlich alle in Bewegung setzte. Assia stieg über Rohre, zwängte sich zwischen Tanks hindurch. Sie kletterte auf allen vieren den lockeren Kies einer Böschung hinauf, rutschte wieder hinunter, versuchte es erneut, den Blick hinauf zur Straße gerichtet, wo ein Vorhang aus bläulichen Partikeln flimmerte.

Als sie endlich oben stand, sah sie in der Morgensonne endlose Spaliere von Leibern auf dem Damm stehen, in drei bis vier Reihen in beiden Richtungen den Fluss entlang, soweit das Auge reichte, lautlos, in vollkommener Disziplin, vibrierend vor Kraft. Hinter dem Partikelvorhang zog sich ein karges, von Gestrüpp überwuchertes Gelände hin. Am Horizont zeichneten sich die Umrisse von Ruinen ab, dazwischen rollten Maschinen heran. Assia lachte fast. Eine so lächerliche Bedrohung. Ein Nichts verglichen mit der Streitmacht, die hier angetreten war. Ein letztes Mal spürte sie, wie Kraft in ihre leibliche Hülle strömte. Ein letzter Impuls, bevor sie alles Körperliche aufgeben durfte, in einem Kampf, den sie nicht verlieren konnten.

Langsam, mit jedem Schritt entschlossener ging sie über die Straße, marschierte in den Partikelvorhang hinein, und ringsum taten unzählige andere es ihr gleich. Etwas brannte auf ihrer Haut. Etwas Beißendes drang ihr in die Nasenlöcher, Blut tropfte ihr auf die Brust. Doch der Schmerz war nebensächlich, erreichte sie nicht mehr. Sie war vollkommen glücklich. Sie war bereit, sich zu opfern. Eine unendliche Liebe strömte aus einer Quelle in ihrem Innern, und ein letztes Mal dachte sie an den Mann, mit dem sie diese Liebe gern geteilt hätte. Dann war auch er vergessen. Endlich war es soweit.

Der große Tag war gekommen.

Der Marsch in eine neue Welt begann.

Niklas Peinecke (*1975) promovierte nach dem Studium der Mathematik, Informatik und Soziologie im Fachbereich Informatik und ist heute als wissenschaftlicher Mitarbeiter an einer Universität tätig. Seit seinem Debüt 2005 mit »Ein Countdown zu Ihrer Sicherheit« hat er nebst einigen Netzpublikationen ein halbes Dutzend Science-Fiction-Kurzgeschichten in Anthologien und Magazinen, darunter NOVA und C'T, veröffentlicht.

Blog: semantomorph.wordpress.com

NIKLAS PEINECKE

Imago

Eines Morgens verloren alle Leute ihr Gesicht.

Lysa war auf dem Weg zur Arbeit quer durch den riesigen Flughafen, als sie ein stechender Kopfschmerz innehalten ließ. Sie keuchte und lehnte sich gegen ein Schaufenster. Doch das kühle Glas an ihrer Stirn half nichts. Sie drehte sich wieder zur Straße, da sah sie die Menschen, mit ihren schmutzigen, fettglänzenden, großporigen, *schiefen* Gesichtern. Entsetzen füllte sie wie flüssiges Gestein.

Mein Imago-Implantat muss kaputt sein!

Alle anderen Imagos waren verschwunden. Jetzt, wo ihr eigenes Implantat inaktiv war, konnten die simulierten Gesichter und Kleidungsstücke nicht mehr an ihre Augen übertragen werden. Die Leute eilten in Funktionsunterwäsche herum, hellgrauen, robusten Anzügen, ohne die prächtigen, bunten, schönen oder auffälligen Simulationen.

Angst schnürte nun ihren Hals zu, legte sich um sie wie ein zu enges Kleid.

»Geht es Ihnen nicht gut?« Eine hässliche Frau trat auf sie zu, streckte die Hand nach ihr aus. Lysa sah schwarze Mitesser auf ihrer Nase, Falten, und Härchen zwischen ihren Augenbrauen. Sie würgte und schrie auf, wandte den Kopf ab, um nicht mehr diese triefenden, organischen Menschen sehen zu müssen.

»Was ist denn mit Ihnen?«

Konnte sie es nicht auch sehen?

Lysa presste die Hand vor den Mund, um die herausquellenden Schreie zurückzuhalten, schrie gegen ihre Hand, schrie.

Inzwischen hatten sich mehr Passanten um sie geschart. Eine graue Wand aus atmendem Fett, die ihr keinen Ausweg ließ. Weinend rutschte sie am Schaufenster herab. »Lasst mich doch in Ruhe!«

Eine Gestalt im schwarzen Körperpanzer der Flughafensicherheit drängte sich durch die Menge, das Gesicht hinter Lamellen verborgen. Der Sicherheitsmann umfing sie mit seinen Panzerarmen.

Was soll das?, dachte sie. *Warum hält er mich fest?*

Dann fiel ihr auf, dass sie ihre Beine nicht spürte und durch einen Tunnel sah, und noch immer schrie und schrie und schrie, und danach war da nur noch gnädige Stille.

Sie bekam eine Woche Urlaub, um sich von dem Schock zu erholen.

Ihr Implantat funktionierte wieder wie zuvor, aber so, wie man seine Hand erst bemerkt, wenn sie gebrochen ist, dachte sie erst jetzt über ihre Imago nach.

Lysa konnte sich nicht an die Zeit erinnern, als sie noch keine Imago hatte. Es war ein beängstigender Gedanke, dass sie ihre Eltern davor immer *gesehen* hatte. Andere Leute natürlich nicht. Sie lebten ja nicht im Busch, wo man die Kinder herumlaufen lässt. Kinder ohne Imago lebten von der Außenwelt getrennt bei den Eltern, damit sie nicht die bloßen Gesichter fremder Leuten sähen. Von dieser Zeit wusste sie nichts mehr, sehr wohl aber von den Schmerzen, nachdem man ihr das Imago-Implantat eingesetzt hatte. Ein Erlebnis musste schon einschneidend sein, um sich für immer in das Gedächtnis einer Zweieinhalbjährigen zu brennen. Die verheilende Narbe einer Kopf-Operation gehört für die meisten Leute dazu. Zumindest hatte sie noch nie jemanden getroffen, der sich nicht an seine Imago-OP erinnerte. Hinterher bekam sie Vanilleeis, und dann traten zwei Engel an ihr Krankenbett – ihre Eltern. Zum ersten Mal sah sie ihre Imagos, weil ihr Implantat sie nun sichtbar machte, und sie hatten sich in Engel verwandelt.

Die ersten zwei Tage ihres Urlaubs saß sie nur in ihrer Wohnung im vierzigsten Stock des Südturms, in diesem zu einer Großstadt angeschwollenen Flughafen, und starrte auf Unterhaltungsprogramme. Mitten in ihrem kleinen Wohnzimmer stritten, weinten, liebten und lebten Adlige aus vier Jahrhunderten vor sich hin, ohne dass sie groß Notiz davon nahm. Irgendwann bemerkte sie eine Nachricht, die als kleiner Briefumschlag am Rand ihres Gesichtsfeldes durch die Luft flatterte. Sie fokussierte ihre Augen darauf, um ihn zu öffnen. Sofort verschwanden die leidgeprüften Blaublütigen und machten einem drei Meter hohen Glaskasten Platz. Darin stand der Sicherheitsmann, der sie gerettet hatte, ohne seine Rüstung. Er trug noch immer die schussfesten Lamellen vor dem Gesicht, daher erkannte sie ihn sofort. Offenbar hatte er das beabsichtigt.

Lysa bevorzugte es, Nachrichten in dem Kasten angezeigt zu bekommen. Es machte sie nervös, wenn fremde Imagos in ihrem persönlichen Terrain erschienen, dann lieber hinter Glas, wie ein Ausstellungsstück.

»Sie kennen mich natürlich nicht, aber wir waren uns ja sozusagen schon sehr nahe«, begann er in der Aufzeichnung. »Mein Name ist Veit. Ich weiß, dass Sie Lysa heißen ... nun ja.«

Er sieht attraktiv aus, auch ohne den Panzer. Groß, und wenn er sich so zeigt, wird er hoffentlich nicht viel schummeln, zu starke Abweichungen würden sicher auffallen.

Es musste eine Zeit gegeben haben, als Imagos in Fernnachrichten schon üblich waren, aber mangels Implantaten im Alltag noch unsichtbar.

Das konnte eine ziemlich Überraschung werden, wenn man sich dann traf, dachte sie. *Da haben wir es besser, wir bekommen was wir sehen.*

»Mögen Sie Foto-Kunst? Jedenfalls, ich würde mich freuen, wenn Sie mich zu der Ausstellung im Nordturm begleiten würden.« Er drehte sich zur Seite und schien die Aufnahme beenden zu wollen, überlegte es sich aber dann anders. »Es werden die Werke eines indischen Fotografen ausgestellt. Wenn Sie sich für so etwas interessieren ... Also, kommen Sie vielleicht einfach vorbei.«

Ohne Übergang war der Kasten leer.

Lysa zwinkerte.

Eine Verabredung, dachte sie. *Das kommt unerwartet.*

Zuvor musste sie ihren Implantationsarzt aufsuchen, um ihr Imago-Implantat prüfen zu lassen. Sie beschrieb dem Arzt – er trug eine grauhaarige Imago mit rand- und bügelloser Brille – ausführlich das plötzliche Verschwinden aller Simulationen, nicht nur der Imagos, sondern auch, wie ihr nun einfiel, der Werbeeinblendungen in den Schaufenstern und der Verkehrszeichen. Dabei raste ihr Herz beim Gedanken an die deformierten natürlichen Gesichter der Passanten.

Er schüttelte den Kopf. »Frau Hold, Ihr Imago-Implantat ist absolut in Ordnung. Es hat weder einen technischen Defekt, noch lässt sich eine Infektion mit einem Programm-Virus oder eine ähnliche Manipulation erkennen. Ich halte es für möglich, dass Ihre Wahrnehmungsstörung eine organische Ursache hat, Sie sollten sich untersuchen lassen.«

»Gibt es keine anderen Möglichkeiten?«

Der Arzt zögerte. »Es ist möglich, wenn auch nicht einfach, sich gezielt in das Implantat eines anderen einzuschalten. Um es salopp auszudrücken: Vielleicht wurde Ihre Imago gehackt.«

Lysa lief es kalt den Rücken herunter. »Warum sollte jemand so etwas tun?«

»Nun, es gibt da die Defacer-Bewegung. Aber ich möchte nicht darüber spekulieren, zumal noch gar nicht klar ist, was die Ursache nun ist. Ich werde in jedem Fall die Protokolle ihres Implantats überprüfen, möglicherweise gibt uns das einen Anhaltspunkt.«

Der Vorfall wiederholte sich zunächst nicht, also verdrängte sie die Erinnerung daran. Für ihre Verabredung wählte sie eine Imago mit sehr langen, blonden Haaren und dunkelroten Strähnen, dazu ein smaragdgrünes, wadenlanges Kleid, hochgeschlossen, elegant, ohne zu dramatisch zu wirken. Da der Wetterbericht Herbstregen angesagt hatte, nahm sie den unterirdischen Weg. Bis zum Nordturm war eine Strecke von fast zwanzig Kilometern zu bewältigen, sie war froh, dafür die Rollbänder nutzen zu können. Sie wechselte von einem zum nächsten, bis sie auf dem Expressband ganz in der Mitte stand. Sobald sie den Südturm verlassen hatte, begann am Rand ihres Gesichtsfeldes der Werbemüll aufzutauchen. Beständig flimmerten dort Gestalten und Szenen auf, bloß um gleich von ihrem Imago-Implantat als unerwünschte Reklame erkannt und ausgeblendet zu werden, noch bevor ihr bewusst werden konnte, worum es sich jeweils handelte. Stetig brodelte es, ein Schaum von halbexistenten Werbespots an den Grenzen ihrer Wahrnehmung.

Zusätzlich zum Werbemüll erschien erlaubte Reklame in der Luft, unpersönliche Filme und Bilder, ausgelöst durch ihre Annäherung. Aber auch die nahm sie kaum wahr.

Eine Menge Leute waren unterwegs – Abendgarderobe und Partyvolk. Da gab es einen ganzen Regenbogen von Hautfarben zu bestaunen. Sie bemerkte, dass der Mann vor ihr mit schwarzen, rotumrandeten Flecken übersät war, die sich wie Flächenbrände über seinen Körper bewegten.

Eine exotische Dekoration? Eher ein Virus in seiner Imago!

Sie sah rasch weg und entfernte sich schnell. Manche dieser Erreger waren durch bloßes Ansehen ansteckend. Kaum schaute man zu lange hin, luden sie sich drahtlos auf das eigene Implantat.

Nach etwas über einer Stunde erreichte sie die Basis des Nordturms. Sie wechselte auf die langsamen äußeren Bänder und aktivierte durch einen kurzen Sprachbefehl die automatische Navigation: Ein in der Luft schwebender grüner Pfeil leitete sie nun sicher zu Veit. Sein Code, um ihn anzupeilen, war in der Nachricht enthalten gewesen.

Inzwischen hatten die Werbe-Intelligenzen offenbar ihr Ziel erraten und begannen, die Werbung anzupassen: Es überwogen jetzt Spots für Luxusgüter, die nach Meinung der Werbebots den Geschmack einer Kunstkennerin trafen. Zumindest umgingen sie damit die Filter ihrer Imago. Links oben erschien ein kleines Fenster, in dem ein Informationsfilm über die Ausstellung gestartet wurde. Eine asiatisch aussehende Frau führte vorab durch Leben und Werk des Fotografen. Lysa erfuhr, dass der Künstler Patrick Singh hieß und bereits zwei internationale Auszeichnungen erhalten hatte. Der Titel seiner Bildserie war »Larve et Imago« und bildete wohl den Mittelteil einer Trilogie über Parallelismen in Natur und menschlicher Gesellschaft. Hier ginge es ihm, so die Sprecherin, um die Analogie der Imagos zur Entwicklung von Insekten, bei denen die erwachsenen Tiere ebenfalls Imago genannt wurden.

Der grüne Pfeil führte sie sicher zu einem Mann, der vor der Glastür der Ausstellungsräume wartete. Diesmal trug er keine Lamellen, daher war sie auf die Hilfe der Navigation angewiesen.

Er schien auch einen Hinweis bekommen zu haben: Er ging auf sie zu, streckte vorsichtig die Arme aus, berührte sie an den Ellenbogen. »Lysa?«

»Veit?« Sie erlaubte sich ein Lächeln.

Ohne seinen Panzer sah Veit wie ein normaler Mann aus, nicht wie ein mechanischer Hummer. In seiner Freizeit bevorzugte er eine rotbärtige Imago: ein intellektueller Wikinger. Sie war froh, dass um seinen Kopf keine Piktogramme kreisten, wie es bei Jugendlichen in Mode war. Sie kennzeichneten sich so als Single oder auf der Suche, trugen ihr Inneres – oder was sie dafür hielten – nach außen.

Lysa genoss die Ausstellung. Die Motive waren auf mehrere Meter hohe Metallplatten geätzt. Die Besucher durften sie berühren und die Linien der abgebildeten Käfer mit den Händen nachfahren, jeder Schattierung nachspüren. Manche benutzten sogar ihren Mund dazu, eine Beobachtung, die Lysa stachlige Schauer über den Rücken trieb. Kunstbegeisterte waren seltsame Menschen.

Veit lachte über ihren Gesichtsausdruck. »So weit würde ich auch nicht gehen«, gab er zu.

»Nicht?« Sie sah ihn an. Einem plötzlichen Impuls nachgebend beugte sie sich zum Bild eines gewaltigen Hirschkäfers und ließ ihre Lippen über die gefalteten Flügel des Insekts gleiten. Das Material fühlte sich kühl und glatt an, aber mit einer spürbaren Riffelung. Ihr warmer Atem setzte einen metallischen Geruch von der Fotoplatte frei. Sie richtete sich wieder auf und blickte Veit gerade in die leuchtenden Augen. Wieder ein Schauer, das wohlige Gefühl, etwas Verbotenes zu tun. Veit lächelte, sah aber auch überrascht aus.

Ihre Sicht flackerte. Gelbe Zähne. Faltige Haut. *Alte* Menschen.

»Lysa, was ist los?«

»Es passiert schon wieder!« Übelkeit stieg in ihr auf, schnürte ihren Brustkorb wie ein Riemen zusammen. Sie atmete heftig, wagte nicht, Veit anzusehen.

Er nahm ihre Hand. »Komm, ich bringe dich an die frische Luft.«

Draußen normalisierte sich ihre Wahrnehmung wieder.

Sie hob den Kopf, Veit war noch immer – oder wieder – der junge Wikinger.

Er zog die Augenbrauen zusammen. »Was kann das nur sein?«

»Der Arzt sagt, es könnte ein Hacker sein, ein Defacer, der alle Imagos hasst.«

»Wie pervers, so etwas einem Menschen anzutun! Geht es dir besser?«

Sie brachte ein Lächeln zustande. »Ja. Ich könnte jetzt etwas zu essen vertragen.«

Sie gingen in ein kleines italienisches Bistro, das einen Balkon zur Null-Ebene hatte. Aus dem Menü der winzigen, über ihrem Tisch schwebenden Speisepiktogramme wählten sie zwei aus. Dann schwiegen sie fasziniert, bis die Bestellungen von einer Kellnerin ohne Nase mit lediglich angedeuteten Augen und Mund gebracht wurden. Als sie wieder gegangen war, begann Veit das Gespräch: »Was denkst du, warum abstrahiert sich die Kellnerin so?«

Lysa zuckte mit den Schultern. »Viele Studenten tun das, wenn sie in Aushilfsjobs arbeiten. Vielleicht, um diese Arbeit nicht zu nah an sich heran zu lassen, so wie auch Polizisten mit ihren glatten Uniformgesichtern ...«

»Wir müssen das nicht, die Körperpanzer verschaffen uns bereits Uniformität. Wenn wir sie nicht tragen, kommt es auch auf Persönlichkeit an.«

»Warum?«

»Oft müssen wir nur vermitteln, Gewaltanwendung ist der wirklich letzte Ausweg. Denn die Flughafenleitung sieht das nicht gern.«

Lysa beugte sich leicht vor, ließ ihre Hand spielerisch auf seine Tischhälfte gleiten. »Ich habe gehört, die Mädchen maskieren sich auch, um Belästigungen zu entgehen. Wenn sie wie Roboter aussehen, ermuntern sie die Männer nicht.« Sie hatte die Emulation auf die höchste Stufe eingestellt, ihre Imago würde jetzt sogar ihre geweiteten Pupillen und ihre Atembewegungen nach außen sichtbar machen.

»Manche finden vielleicht gerade das attraktiv.« Er gab sich undurchschaubar, sein Blick irrte leicht ab, kehrte dann zurück. »Es gibt Leute, die lieben ihren Kühlschrank, warum also nicht ein Mädchen, das wie eine Puppe aussieht?«

»Du auch?«

»Nein, ich mag natürliche Imagos.«

Natürliche? Konnte es sein ...? Er war immer in der Nähe gewesen! »Wie natürlich?«

»Ich bin kein Facepunk, falls du das meinst.« Er schien leicht verärgert, lehnte sich etwas zurück.

Lysa beugte sich weiter vor. »Das wollte ich nicht andeuten. Facepunks gehen sicher zu weit, wenn sie die Leute zur Abschaffung der Imagos zwingen wollen ...«

Veit nickte und erwiderte nichts. Sie beobachtete, wie er ein Stück Pizza abschnitt und es sich mit der Gabel in den Mund schob. Die simulierten Lippen schlossen sich perfekt darüber.

»Gibt es derartige Vorfälle oft?«, fragte Lysa unvermittelt.

Er schüttelte kauend den Kopf. »Ich habe nie zuvor davon gehört. Du hattest vielleicht nur Pech.«

Sie lächelte. »Oder Glück – sonst hätte ich dich nie getroffen.«

»Oder Glück«, gab er zu und legte seine Hand auf ihre. Sie fühlte sich anders an als sie aussah: rauer. »Komm, wir gehen noch ein Stück.«

»Warte hier auf mich.« Sie stand auf und ging in Richtung der Toiletten. Im Gang kam ihr die Kellnerin mit dem glatten Gesicht entgegen. Lysa lächelte und wollte ihr ausweichen, da stach eine glühende Klinge in ihre Stirn. Flackern: Die Kellnerinnen-Puppe wurde durch eine junge blonde Frau in grauer Kleidung ersetzt. »Ist Ihnen schlecht?«

Lysa hielt sich den Kopf und starrte die Kellnerin an.

Sie ist gar nicht so hässlich., schoss es ihr durch den Kopf. *Eher pixelig, das ist das Wort. Als ginge man zu nahe an eine billige Werbeprojektion, und könnte all die winzigen Punkte sehen, die zusammen erst das Bild ergeben.*

Die Imago der Kellnerin kehrte zurück.

»Danke, geht schon wieder.« Schnell floh Lysa in den Toilettenraum.

Sie verließen das Restaurant und traten auf die begrünte Promenade, die sich wie eine Brücke über die zehnspurige Magnetbahn spannte. Weit im Westen führte die breite Schienenspur durch einen braunen Fleck, die Golbach-Steppe. Zubringerzüge rauschten unter ihren Füßen in den unterirdischen Bahnhof, brachten jede Minute hunderte von Leuten hinein. Andere fuhren hinaus, der untergehenden Sonne entgegen. Ein Konzernlogo leuchtete über dem sterbenden Tagesgestirn, heute hatte ein Computerhersteller die Aussicht von hier gemietet.

Sie wandte den Kopf zu ihm, und der Herbstwind spielte mit einer Strähne ihres simulierten Haares. Die Algorithmen sorgten dafür, dass ihr nie die Sicht versperrt wurde. »Sie haben ein ganzes Moor für die Trasse versetzt, wusstest du das?«

Er schüttelte den Kopf. »Ein Moor? Wohin?«

»Sie füllten die Gruben des Braunkohletagebaus mit Tonnen von verrottbarem Abfall und schufen so durch irgendwelche Zusatzstoffe innerhalb von wenigen Jahren ein neues Moor. Dann siedelten sie die Pflanzen und Tiere dort wieder an.«

Sein schönes Wikingergesicht zeigte Verwirrung. »Wo ist dieses Gebiet?«

Lysa ließ sich auf eine Parkbank fallen. »Es hat nicht funktioniert. Die Tiere starben oder wanderten ab. Die Pflanzen blieben nicht im Moor, wucherten in die Stadt zurück oder wurden ihrerseits von eingeschleppten Arten verdrängt. Die Natur lebte nicht mit dem erlogenen Moor.«

»Du meinst die Golbach-Steppe.«

»Ja. Der Regen wusch das künstliche Moor ab, darunter war nur Fels.«

»Das ist schrecklich!« Er machte ein bekümmertes Gesicht, setzte sich neben sie, so dass sich ihre Oberschenkel berührten.

»Ja, schrecklich«, seufzte sie. »Ich meine: Nein, eigentlich ist es gar nicht so schrecklich, nur auf den ersten Blick.« *So wie ein menschliches Gesicht*, setzte sie still hinzu. »Warst du je dort?«

»Nie. Es ist eine Einöde.«

Sie schüttelte den Kopf. »Es ist ein sprödes Paradies. Heidekraut wächst da und kleine Vögel nisten auf dem Boden. Es gibt nur vereinzelte Birken. Eine ganz seltsame, melancholische Landschaft, anders als alles in der Umgebung. Traurig, aber schön.«

Sie schwiegen.

»Vorhin ist es wieder passiert.«

»Was?«

»Als ich auf Toilette war. Mein Implantat fiel aus und ich konnte die Kellnerin ohne Imago sehen.«

Er lehnte sich vor. »Geht es dir auch gut?«

Sie lächelte, senkte den Blick etwas. »Es war gar nicht so schlimm. Da war ja nur die Kellnerin, und sie sieht gar nicht so schlimm aus.«

»Das ist ernst. Du solltest dich noch mal untersuchen lassen.«

»Es ist schön, dass du dich um mich sorgst.« Lysa nahm seine Hand.

»Versprichst du, dass du wieder zum Arzt gehst?«

Jetzt lächelte sie ganz offen. »Ich verspreche es.«

Doch noch bevor sie einen Termin machen konnte, meldete sich der Arzt bei ihr.

»Frau Hold«, sagte sein Abbild im Glaskasten in ihrer Wohnung, »ich habe gestern die neuesten Virenwarnungen erhalten und mir daraufhin Ihre Untersuchungsergebnisse erneut angesehen. Ich habe mich geirrt. Sie sind tatsächlich von einem Virus befallen, einem so genannten Defacer-Virus, wie ihn subversive Radikale verwenden, um Imago-Implantate auszuschalten.«

»Was kann man dagegen tun?«

»Nun, da wir wissen, womit wir es zu tun haben, können Sie bei mir vorbeikommen. Ich entferne das Schadprogramm dann mittels geeigneter Impfprogramme. Außerdem werde ich die Protokolle an die Polizei übermitteln, vielleicht können die den Verursacher finden.«

Lysa rief Veit an, um ihm die Neuigkeit zu berichten. Er freute sich, und sie verabredeten sich für den Abend nach der Behandlung.

Nach dem Arztbesuch fuhr Lysa auf ein Aussichtsdeck, um nachzudenken. Sie setzte sich auf eine Bank und sah den lautlosen, startenden Jets durch das gläserne Kuppeldach zu. Nur wenige Menschen waren hier unterwegs, hauptsächlich Touristen.

Ein Mann in einer alterslosen Jedermann-Imago setzte sich in ihre Nähe, ein glattes, weißes Gesicht mit glänzenden schwarzen Haaren, dunkler Anzug mit Krawatte. Ein günstiges Business-Modell, etwas zu perfekt, wie man es oft bei Geschäftsleuten sah. Er lächelte neutral und nickte ihr zu, sie nickte zurück und wandte den Blick wieder auf die Flugzeuge.

Wie mag der wohl darunter aussehen? Was denke ich da überhaupt? Was für ein seltsames Gefühl, geheilt zu sein!

Jemand packte sie beim Kragen, presste kaltes Metall an ihre Schläfe. Ein Unterbrecher! Wieder fiel ihr Implantat aus. Nur wenige Zentimeter von ihrem entfernt, ein schmutziges, fettglänzendes, großporiges, *schiefes* Gesicht. Ihr Herz schlug ihr bis zur Kehle, sie wollte schreien, weglaufen, aber der ungepflegte *Defacer* hielt sie fest.

»So sehen Menschen nun mal aus, Puppe«, raunte er und entblößte eine gelbliche Zahnreihe.

Plötzlich kam eine seltsame Ruhe über sie. »Was soll das?«

»Ich habe heute Besuch von der Polizei bekommen! Und das für das Geschenk, das ich dir gemacht habe! Ist das der Dank für den Röntgenblick?« Er flüsterte in ihr Ohr und hielt dabei ihren Arm wie eine Schraubzwinge. Keiner der Passanten bemerkte etwas. In ihrer grauen Kleidung schlenderten sie umher, lächelten nachsichtig, sahen in ihnen offenbar nur ein perfektes Pärchen.

»Sieh sie dir gut an! Die Imagos halten uns von ihnen fern, aber sie sind immer da! Und jetzt«, flüsterte der Unbekannte, »wirst du über dein miserables Leben nachdenken. Und du wirst mein *Gesicht* nie vergessen, auch wenn du es nie wiedersehen wirst.« Er riss dabei die Augen in einer Weise auf, die Lysa auf obszöne Weise organisch vorkam, überhaupt war er widerlich. Sie sah Speichel in seinem Mund, wenn er redete, und winzige Härchen stachen aus seiner Nase. Sie wandte den Blick ab, und doch nahm es sie nicht so mit wie beim ersten Mal.

»Ich ...«, sagte der Defacer, und in diesem Moment wurde er von ihr weggerissen. Zwei trockene Geräusche, ein Aufklatschen, dann war er in einem zähen Klebstoffgewebe gefangen.

Lysa keuchte erleichtert.

Veit! Er musste es sein.

Im Körperpanzer kam er auf sie zu, half ihr auf. »Alles wird gut. Nachdem er in seiner Wohnung entkommen war, dachten wir uns, dass er dich suchen würde. Er kann dir nichts mehr tun.«

Aber was hat er mir schon getan?

Veit brachte sie nach Hause. Dann landeten sie in ihrem Bett.

Sie ließen ihre Imagos währenddessen aktiviert. Danach lagen sie nebeneinander, die Haut des anderen geglättet von der Simulation, unsichtbar der Schweiß und die blassroten Flecke, dort, wo sie sich verzweifelt gehalten hatten.

Sie rollte sich zu ihm. »Ich möchte es abschalten.«

»Warum?« Er sah zur Decke.

»Ich möchte sehen, was ich gespürt habe. Es ist nicht richtig so.«

»Aber das ist nicht normal! Bist du jetzt ein Facepunk?« Er wirkte wie ein sehr unsicherer Wikinger.

»Ich tue es zuerst.« Sie tippte die kurze Sequenz auf den unsichtbaren Druckpunkten an ihrem Unterarm. Es war ungewohnt, als bewege man selten gebrauchte Muskeln. Ein prüfender Blick auf ihre Hand, dann auf ihren Bauch bestätigte ihr, dass die Imago deaktiviert war: grobporige Haut, Flecken, Runzeln. Heide und Felsen.

Er atmete tief und schnell. Dann verschwand auch seine Imago. Er wurde zu einem viel älteren und schlechter aufgelösten Wikinger, der Bart leicht zerzaust, durchzogen von grauen Strähnen, Tränensäcke unter den Augen.

»Du bist wunderschön«, flüsterte sie. Er sah nicht nach den Adligen in den Wohnzimmersoaps aus, nicht nach den Geschäftsleuten in den Einheitsimagos, nicht nach glatten Polizistengesichtern oder abstrakten Kellnerinnen. Er sah nach Leben aus, nach Gelebtem und Erlebtem.

»Du ... auch.« Zögernd. Sein Blick irrte ab.

»Weißt du«, sagte sie, »ich musste immer daran denken, aber es wurde mir erst klar, nachdem ich die Kellnerin gesehen hatte: Es liegt eine eigene Schönheit in der Ehrlichkeit. Zuerst war es widerlich, aber diese natürlichen Gesichter zu sehen, war wahrscheinlich die tiefste Emotion, die ich bis dahin erlebt hatte. Es hat mich verändert und in die Zeit vor der Imago zurückversetzt. Ich möchte mich an meine Eltern so erinnern, wie ich sie als kleines Kind gesehen habe. Aber man hat mir diese Erinnerung genommen, hat sie durch ein Bild zweier Plastikengel ersetzt. Imagos erzählen keine Geschichte, sie sind nur die Worte, die wir auf den Lippen tragen. Unsere wahren Geschichten sind in unsere Gesichter eingegraben, unsere Gesichter, nicht unsere Imagos.« Ein Moment der Stille. »Es muss irgendwo Menschen geben, die keine Imagos haben. Vielleicht in Afrika. Wie das wohl ist, die Geschichte jedes Fremden einfach so lesen zu können?«

Er schlug die Augen nieder, als wisse er nicht, was er dazu sagen solle. Dann: »Ich möchte jetzt ein wenig schlafen. Hab morgen Frühdienst.«

Sie strich ihm über den Bart, genoss es, jedes einzelne Haar sehen zu können. »Gut. Schlaf dich aus.«

Bevor er sich umdrehte, schaltete er seine Imago wieder ein.

Lysa wartete, bis er gleichmäßig atmete. Dann zog sie leise ihre graue Funktionswäsche an, aktivierte ihre Imago und verließ ihre Wohnung. Sie wusste, dass sie Veit nicht mehr sehen würde.

Bis zum Morgen irrte sie durch die schlaflose Flughafenstadt.

Facepunk, flüsterte es in ihrem Kopf. *Du bist ein Facepunk.*

*Sascha Dickel (*1978) studierte Soziologie und Politikwissenschaften und arbeitet derzeit an einer Universität. Im Jahr 2005 gewann er den Essaywettbewerb des MERKUR, dieses Jahr mit der hier erstmals abgedruckten Story den Jurypreis des Literaturwettbewerbs »what if«, ausgeschrieben vom Bayrischen Rundfunk und dem Magazin für Computertechnik C'T. Es ist seine erste Prosaveröffentlichung, die 2007 als Hörspiel gesendet wird.
www.saschadickel.de*

SASCHA DICKEL

Bio-Nostalgie

1. Akt: Imagination und Repetition

5677: Ich will ihren Körper besitzen. Das ist mir klar. Seit 4 Tagen, 4 Stunden, 46 Minuten und 57 Sekunden. Sie hat sich in mich eingebrannt. Es geschah zum Zeitpunkt des Global-Age-Commercials. Eigentlich eine Zeit, in der ich meine Empfänglichkeit für Suggestionen bewusst herunterfahre. Ich frage mich, warum das nichts gebracht hat. Es war nur ein billiger Werbefilm ohne taktile Elemente. Das machte den Film ätzend künstlich. Und es torpedierte sein Versprechen eines subtropischen Urlaubs. Wer keinen anständigen Werbefilm auf die Beine stellen kann, kann auch keinen guten Urlaubstrip anbieten. So viel ist sicher. Vor der artifiziellen Illusion eines weißen Sandstrandes sah man eine Frau. Ihr Körper tanzte zu einer einlullenden Sun-Trash-Symphonie. Sie tanzt dort immer noch. Denn seit 4 Tagen, 4 Stunden, 47 Minuten und 13 Sekunden lasse ich den Film auf Dauer-Repeat laufen. Augen auf – jetzt kommt Wiederholung 5678. Das Meeresrauschen setzt ein, und dann ist da gar nichts mehr um mich herum. Ich tauche wieder ein und sehe ihren Körper tanzen. Ich erfasse jede Bewegung.

5789: Ich sitze in der Crystal Lounge. Das ist eine Bar für die obere Klasse unserer klassenlosen Gesellschaft. Alle, die mehr als 10 Terrablocks Speicher ihr Eigen nennen, sind hier unter sich. Und ich gehöre seit ein paar Monaten zu ihnen. Eigentlich war es Glück. Eine gangbare Lösung für einen komplexen Terraforming-Algorithmus und schon küssen sie dir die Füße. Teilen dir dreimal mehr Crunch zu, als du es dir jemals erträumt hast. Laden dich zu ihren Parties ein. Wollen deine Geschichte hören. Plötzlich bist du ein angesehenes Element einer intellektuellen Elite. Man klinkt sich ein. Man lauscht ihren verrückten Plänen zum Dyson-Sphere-Design und zur Planetenkompression. Man lacht über ihre Witze. Dann geht man nach Hause. Fährt sich runter. Relaxt. Hat genug synthetischen Alkohol intus, um beinahe zu schlafen. Als ob Schlafen wirklich noch möglich wäre. Als ob wir nicht immer hellwach wären.

Vor mir sitzt Marten. Er ist einer, der schon von Anfang an dabei war. Er ist Ende 70 und hat die Alte Welt gesehen. Die Welt, wie sie war, bevor die dritte industrielle Revolution richtig in Fahrt gekommen ist. Bevor es zum SHIFT kam. Er bemerkt, dass ich nicht bei der Sache bin. Er will wissen, ob ich bei dem Experiment mitmischen will. Ich hab keine Ahnung, wovon er redet. Lasse mir nichts anmerken. Ich werde mir einfach die Aufzeichnung ansehen. Ich sage erst mal zu. Man muss ja mitspielen. Dann noch ein Drink. Die ganze Zeit schaue ich mir den Werbefilm an. Er merkt es nicht. Marten redet weiter vom Geschäft. Ich beobachte ihren Körper und lausche der Symphonie. Ihre Füße wirbeln den Sand auf.

5796: Zuhause. Ich spule zurück und schaue mir das Gespräch mit Marten noch einmal an. Es geht um Real-Life-Design. Das hat mich nie besonders interessiert. Ein anachronistisches Spiel für Bio-Nostalgiker. Es passt zu Marten. Es passt natürlich nicht zu mir. Ich bin ein Kind der Neuen Welt. In ihr bin ich geboren und in ihr werde ich aller Wahrscheinlichkeit nach irgendwann sterben. Kosmische Katastrophen passieren schließlich häufiger als die ganzen Immortalisten glauben wollen. Die hoffen tatsächlich, das Ende des Universums noch miterleben – oder aufhalten – zu können. Ich werde trotzdem bei Martens Spielchen mitmachen. Er hat meiner Karriere genau die Portion Vitamin B-Push gegeben, die wahrscheinlich jeder braucht, der auch nur in die »1-Terrablock-Liga« aufsteigen will. Die grundsätzlichen sozialen Regeln haben sich als evolutionär stabil erwiesen, trotz aller Veränderung. Trotz des SHIFTs. Auch wenn sich sonst alles verändert hat. Man könnte fast zynisch werden. Natürlich nur, wenn man seine Emotionsregulation hackt.

Die Neue Welt ist ein Tollhaus. Manchmal fällt es mir schwer, alles richtig zu ordnen. Seit die Unterscheidung von Realität und Fiktion keine Relevanz mehr hat und zu einem Treppenwitz der Bio-Nostalgiker degradiert wurde, ist es nicht leicht, den Überblick zu behalten. Einige schaffen es nicht und werden wahnsinnig. Das ist normalerweise kein Problem. Man stellt sie eine Weile ruhig. Bei der »1-Terrablock-Liga« kann es jedoch gefährlich werden. Die können ganz schnell Amok laufen und einen Crash nach dem anderen erzeugen. Die 10er-Liga, in der ich jetzt bin, steht deshalb unter permanenter Supervision. Das muss so sein. Wir haben Space bis zum Abwinken und können damit jeden Tag Gott spielen. Gestern habe ich einen neuen Planeten programmiert. Mein Speicher wurde davon nicht einmal angekratzt. Ich hätte aber auch ebenso gut einen Virus erschaffen können, der sich durch die Gehirne meiner Kollegen frisst – einfach so.

5799: Manchmal kommen die besten Gedanken ganz plötzlich. Entgegen der Kassandra-Rufe der Prä-SHIFT-Ära gibt es in der Neuen Welt *mehr* Kreativität, Spontanität und Intuition als je zuvor. Dafür haben Leute wie Marten gesorgt. Ich öffne einen Link zu ihm. Würden die alten Regeln der Kommunikation noch gelten, hätte unser Gespräch nun viele Tage oder sogar Wochen benötigt. Ich aber öffne eine Exchange-Box und dann geht es los. Er erklärt mir alles, was es über die theoretischen Grundlagen von Real-Life-Design zu wissen gibt. Ich breite meine Ideen zur technischen Umsetzung vor ihm aus. Nach ein paar Sekunden wissen wir: Der Deal steht. Jetzt muss ich nur noch meine Tänzerin finden und sie überzeugen, ein paar Gesetze zu brechen. Für unser Vorhaben bekommt man drei Jahre Mirror-Exil. Das will ich ihr und mir natürlich ersparen.

5897: Diesmal kein Multitasking. Ich konzentriere mich nur auf die Frau. Sie tanzt auf dem weißen Sandstrand. Ich lausche der Sun-Trash-Symphonie. Ich beobachte jede ihrer Bewegungen. Ich will sie immer noch. Ich weiß jetzt auch, *wie* ich sie will. Die Idee ist völlig verrückt. Ich weiß das sehr wohl. Deshalb muss ich meine Supervisoren immer wieder auf falsche Fährten locken. Ich habe meine Wünsche in einem Labyrinth aus Scheinträumen versteckt und lasse sie in Sackgassen rennen. Sie wittern trotzdem etwas. Ich weiß das, weil ich einen von ihnen gehackt habe. Das ist natürlich illegal, aber jeder in der 10er-Liga macht es – mehr oder weniger geschickt. Auf die Co-Evolution von Sicherheitsmechanismen und Hackerfinessen ist weiterhin Verlass. Das alte Hase-und-Igel-Spiel ging deshalb auch nach dem SHIFT genauso weiter wie bisher. Ich beherrsche das Spiel und habe bald nicht nur alle Supervisoren abgelenkt, sondern auch die Identität der Frau in Erfahrung gebracht. Ich öffne den Link. Meine Synapsen tanzen. Gleich werde ich ihre sensorische Visitenkarte haben.

Sie sieht genauso aus wie in dem Film. Auch ihr Geruch ist der Gleiche. Und weil das kein billiger Werbefilm ist, kann ich sie endlich spüren. Früher hätte man gesagt, dass wäre eben der Unterschied zwischen Realität und Virtualität. Heute sagt man das nicht mehr. Heute differenziert man die Qualität der sensorischen Impression auf einer nach oben offenen Skala. Die lässt sich in Speicherblocks messen. Aber ich will etwas, was sich nicht in Speicherblocks messen lässt. Trotzdem ficken wir erst mal. Sie sagt mir, dass sie Jezz heißt. Danach erkläre ich ihr meinen Plan. Sie sagt, ich sei wahnsinnig. Ich stimme zu. Wir lachen. Dann ist klar, dass sie mitmacht. Ich hatte also Recht. Sie ist genauso neugierig wie ich. Wir wollen aus diesem Körper ausbrechen. Wir wollen es zusammen tun.

5932: Sie haben mir einen unsichtbaren Supervisor untergeschoben. Ich Idiot habe es nicht gemerkt, weil ich immer noch einen Teil meines Aufmerksamkeitsbudgets auf den Werbefilm richte – und dazu noch unseren letzten Fick in einer Endlosschleife nebenher mitlaufen lasse. Das Biest hat mich gescannt und eine Kopie von mir erzeugt. Die haben sie völlig auseinander genommen und schließlich meinen Plan rekonstruiert. Jetzt ist Verstecken angesagt. Das ist schwierig, weil es in der Neuen Welt eigentlich keinen *Raum* mehr gibt. Jeder ist potentiell überall. Entfernung ist ein aussterbender Begriff. Deshalb muss man seine Datenstrukturen verändern, seine Identität soweit zerfasern lassen, dass man gerade noch die Illusion eines *Ich* hat, und eine Permutation nach der anderen starten. Wir nennen das »Auf Tauchstation gehen«.

5937: Auf Tauchstation ist es langweilig. Ich lenke mich mit Geschichte ab (was ungewöhnlich ist – werde ich nostalgisch?). 2044 war es endlich soweit. Die Welt der Netze hat über die Welt des Fleisches gesiegt. Die zunehmende Konvergenz der Nano-, Bio-, Info- und Neurotechnologie hat die Alte Welt zusammenbrechen lassen. 2018 kamen die ersten permanenten Brainchips für Gesunde auf den Markt. Diese Hirnimplantate hatte man früher nur Menschen mit neuronalen Schäden eingepflanzt. Doch nun hatten sie einen ganz anderen Zweck. Sie steigerten die kognitiven Fähigkeiten des Menschen um ein Vielfaches. Man dachte schneller, zielorientierter und klarer. Vergessen sollte bald der Vergangenheit angehören. Vor allem war man ab jetzt immer online. Es wurden ständig Daten rauf- und runtergeladen. Die Chips hatten 2021 bereits die 100fache Speicherkapazität eines normalen PCs der Jahrtausendwende. Sie managten den Datentransfer fast autonom. Man gab nur grobe Richtlinien. Mit der zunehmenden Angleichung der Chips an die organischen Strukturen des Gehirns und der ständigen Anpassung des Gehirns an die Implantate brach die Differenz zwischen beiden Teilen schließlich vollständig zusammen. Selbst unsere DNA haben wir auf diese Symbiose hin optimiert.

Die Grenze von Körper und Umwelt wurde irrelevant. Unsere Häuser, Autos und Werkzeuge wurden ein Teil von uns und wir wurden ein Teil von ihnen. Unser hybrides Mensch-Maschine-Gehirn stand in dauerndem Kontakt zu all unseren Besitztümern. Man konnte mit einem Gedanken *den Arm bewegen*, um einen Knopf zu drücken, der ein Garagentor öffnet. Man konnte aber auch *das Tor direkt* mit einem Gedankenimpuls öffnen, ohne den Umweg von Arm und Knopfdruck. Warum sollte man dann das Garagentor nicht als Teil des eigenen Körpers empfinden? Arm oder Garagentor: Beides sind Instrumente, die der Kontrolle unterliegen. Instrumente sind austauschbar. Was zählt, ist ihre Funktion.

So weit war es schon in den 30ern. In den 40ern kam der SHIFT. Die biologischen Körper wurden nun immer mehr zu einem lästigen Anachronismus. Alle Operationen des Alltags ließen sich effizienter und befriedigender ohne den Leib ausführen. Trotzdem war die Illusion des Ich immer noch an ihn gebunden. An seine Schwerfälligkeiten, seine Anfälligkeiten, seine Krankheiten, seine Bedürfnisse. Aber nichts davon machte mehr Sinn. Die Menschheit entschied sich also folgerichtig, ihre nutzlos gewordenen Körper zu verlassen und sich ganz ihrer neu gewonnen Freiheit hinzugeben. Wir wurden zu Datenstrukturen in einer exponentiell expandierenden Welt der Informationsströme. Die Welt des Netzes war ohnehin bereits in den 30ern reichhaltiger als die »natürliche« Welt. Sie hatte mehr Kontinente, mehr Städte, mehr Tier- und Pflanzenarten und mehr Bücher, als die Alte Welt jemals hätte fassen können. Nie zuvor gab es eine solche Fülle und einen solchen Überfluss. Wir ließen nicht viel zurück. Und kurz nach dem SHIFT wurde ohnehin die gesamte Erde gescannt und stand von nun an zu unserer freien Verfügung – als Wohnsitz, Urlaubsort oder Erkundungsraum. Heute kommen jeden Tag über 1000 Planeten dazu. Wir schreiben das Jahr 2072.

5938: Der Plan war einfach. Marten hatte vor ein paar Minuten eine neue Technik des Real-Life-Designs entwickelt, welche die Erschaffung komplexer organischer Strukturen möglich machte. Kaum jemand beschäftigte sich mit diesem Zeug. Echte organische Strukturen? Die echte Erde? Wieso? Wir hatten schließlich eine virtuelle Erde, die viel reichhaltiger war als das, was man vor dem SHIFT mit dem hoffnungslos bio-nostalgischem Terminus »Mutter Natur« bezeichnet hatte. Nur diejenigen, die – wie Marten – die Alte Welt aus dem eigenen Erleben kannten, die also selbst einmal organisch gewesen waren, besuchen und bewahren die ursprüngliche Erde. Alle anderen leben heute vollständig in der Neuen Welt des Netzes. Sie denken nicht mehr in den Kategorien von virtuell und real. Diese Begriffe sind schon fast nicht mehr bekannt.

Die Wirklichkeit ist das Netz. Eben deshalb wird auch gar nicht mehr von »dem Netz« gesprochen. Man reist eben durch das All, besucht fantastische Städte, erschafft Planeten, sichert sich Space und geht in der Regel mehreren Berufen und Freizeitaktivitäten zugleich nach. All das geschieht in einer

Welt, die in vielerlei Hinsicht realer ist als die so genannte »Realität«. Wir haben mehr Farben, mehr Töne, mehr Gerüche. Wir haben *mehr*.

Wir denken tausendmal schneller als die Menschen der Alten Welt. Lebenserwartung ist für uns ein Begriff ohne Inhalt. Ein Ende der Beschleunigung ist nicht in Sicht. Die Vergangenheit ist gegenstandslos. Geschichte ist bedeutungslos. Alles Handeln richtet sich ständig auf die Zukunft. Vergangenes ist ohnehin schnell und selektiv abrufbar, da das ganze Leben permanent aufgezeichnet wird. Manche verkaufen Fragmente ihres Lebens für mehr Space. Space – Speicherplatz im Netz – ist die einzige Währung unserer Zeit. Das Netz wächst zwar exponentiell, aber unsere Wünsche und Pläne wachsen schneller. Jezz hatte nie viel Space. Sie verkaufte ihre Erlebnisreisen an Werbefirmen. So ist auch der Film entstanden, den ich mir jetzt zum 5938. Mal ansehe. Ich habe Space im Überfluss, und unser Plan ist nicht sehr aufwändig. Wir wollen nur – für kurze Zeit – Menschen der Alten Welt werden, organische Menschen.

2. Akt: Konspiration und Evolution

5943: Ich habe eine Kopie von mir gemacht, die meine Supervisoren für die nächste halbe Stunde beschäftigen soll. Warum ist es nur verboten, ein Mensch der alten Machart zu werden?

Die Idee ist die folgende: Marten und ich erschaffen uns organische Körper auf der ursprünglichen Erde. Danach downloaden Jezz und ich uns in sie hinein. Wir werden fühlen, was ein organischer Körper fühlt. Wir werden Real-Life.

Diese Erfahrung möchte ich haben. Das ist der Grund meiner Begierde nach Jezz. Ich werde nostalgisch. Ich möchte ihren wahren Körper spüren. Natürlich wird es eine Kopie sein – aber immerhin eine biologische Kopie. Biologie ist unkontrollierbar. Das bedeutet, dass es nicht perfekt sein wird. Es wird schmutzig und dreckig. Es könnten Fehler passieren. Das ist der Reiz. Die Lust auf die Tücken des Fleisches. Ich hatte mit Jezz in unserer ersten und bisher einzigen Nacht eben jenen Hochglanzfick, den man heute immer und überall hat, und den alle sich zu geben bereit sind. Weil es kein Risiko mehr gibt. Und es ist immer perfekt. Wenn die Perfektion ausgeschöpft ist, bleibt als einzige Steigerung das Risiko des Scheiterns übrig. Jenseits der Perfektion warten die Verlockungen des Unvollkommenen.

5951: Ich rase durch die Mall von New Bremen. Die Häuser sind so hoch wie Berge, die Straße ist kilometerlang und überall fliegen blutrote AeroCars.

Sie sind das einzig legitime Fortbewegungsmittel in diesem Sektor. Ich habe versucht, den Code des Sektors zu knacken und mich in einen Düsenjet zu verwandeln. Doch die Sicherheitssperren haben mir sofort mit Elektroschocks geantwortet. Ein paar Kilometer hinter mir kann ich meine Supervisoren sehen. Sie jagen mich.

Supervisoren sind eigentlich keine Menschen, keine Individuen. Sie sind natürlich immer noch intelligenter als alle Menschen, die vor dem SHIFT gelebt haben, aber wesentlich beschränkter als diese und im Vergleich zu den heutigen Menschen *ungemein* begrenzt. Sie sind Actors, Programmstrukturen, die für eine spezifische Funktion geschaffen wurden, und keine weiteren Ziele haben, als diese eine Aufgabe effizient zu erfüllen. Sie sind die Sklaven Utopias. Und sie lieben es. Alle Actors eines Typs bekommen regelmäßig ein kollektives Update. Deshalb sind alle gleich gut. Sie sind perfekt und austauschbar. Sie erledigen all jene Dienste, die einen Menschen nie befriedigen könnten. Sie sind Verkäufer, Verwaltungsbeamte, Wartungsspezialisten. Einige sind Supervisoren: Therapeuten und Polizisten in Personalunion.

Menschen machen heute keine Routinejobs mehr. Wir sind alle Künstler, Unternehmer und Wissenschaftler. So hätte man das früher genannt. Heute gibt es diese Bezeichnungen nicht mehr, da die Differenzen zwischen diesen Berufsklassen nicht mehr existieren. Leider sind wir in vielen Dingen nicht so gut wie ein hochspezialisierter Actor. Zum Beispiel bei Verfolgungsjagden. Sie haben mich fast. Dann sehe ich den Exit. Ich wechsele den Sektor und stehe mitten im All. Hier sind die Regeln flexibler. Ich locke sie in ein Planetensystem, was ich selbst design habe und lasse einen Asteroidenschwarm auf sie zujagen. Es sind noch nicht alle verreckt. Ich werfe eine Sonne auf die Überlebenden. Finito.

5953: Ich habe die letzten Minuten genutzt, um mir alles verfügbare Wissen über Supervisoren zugänglich zu machen, eine bisher unbekannte Programmiersprache zu entwickeln, darin einen Virus zu schreiben, diesen eine künstliche Evolution mit dem Faktor 30.000.000 durchlaufen zu lassen und ihn auf alle Supervisoren, die man auf mich angesetzt hat, zu hetzen. Das sollte eigentlich reichen. Doch bisher habe ich meine Wächter immer wieder unterschätzt.

5962: Treffen mit Marten und Jezz in einer Kopie der Crystal Lounge. Wir sprechen alles durch. Und das ist der Plan: Marten erschafft unsere Körper, ich mache den Download und Jezz passt auf, dass alles ohne die Supervisoren abläuft. Sie beherrscht alle Arten der Verschleierung (warum eigentlich?). Niemand kann uns finden. Die Kopie der Bar ist ein Sektor von Jezz, der wie eine russische Puppe strukturiert ist. Scheinsektoren (eine Wüste) verbergen Scheinsektoren (ein Datenfriedhof), die Scheinsektoren (ein Hydro-Kunst-Labor) verbergen. Erst nach Hunderten von Illusionen stößt man zur Wahrheit vor. Hinter unzähligen Schleiern liegt die Lounge. Und unter ihr liegt unser Labor. Gleich geht es los.

Der Transfer ins Real-Life ist streng verboten. Dieses Gesetz wurde noch in den Jahren vor dem SHIFT verabschiedet. Der Transfer sollte komplett sein. Keiner sollte zurückgelassen werden. Sie sagten, dass man die Entstehung einer Zweiklassengesellschaft verhindern wollte. Später hieß es, dass das Nervensystem eines organischen Lebewesens die Fülle unserer kognitiven Kapazitäten nicht ansatzweise ertragen könne. Die Folge wäre Wahnsinn oder Tod. Marten hält das für Schwachsinn. Er erklärt uns, wie man einen Teil seiner mentalen Operationen runterfahren kann, um eine maximale Kompatibilität zu erreichen. Jezz nippt an ihrem Kaffee. Sie hat Angst. Aber sie wünscht es sich auch. Ich habe sie dazu gebracht. Hatte mir alle verfügbaren Rhetorik-Ratgeber zugleich reingezogen. Das hat sich ausgezahlt. Für den Sex brauchte ich sie nicht erst überzeugen. Für alles weitere schon. Jetzt glaubt sie, dass das Ganze schon immer ihr Wunsch war. Das Körperlich-Sein. Marten lächelt. Er sagt: »Was für eine Ironie. Wir können jeden Leib haben, den wir wollen. Wir können uns beliebig modifizieren. Trotzdem giert etwas in uns nach einem Körper, dem wir *ausgeliefert* sind.« Wir lachen, obwohl es kein Scherz war.

5964: Ich schaue mir die Erde durch ein Holo-Fenster an. Wir haben den Dreck der Zivilisation in den letzten Jahren vollständig beseitigt. Jetzt ist die Erde wieder unberührt und jungfräulich. Strahlend blaue Ozeane. Endlose Regenwälder, dampfend vor Hitze. Alles atmet und bebt. Die Evolution läuft hier noch im langsamen und gnadenlosen Takt der Biologie ab. Alles tanzt einen Zeitlupen-Walzer bei dem es um Leben und Tod geht. Fast alle Mutationen sind Sackgassen. Ein majestätisch-schreckliches Trial-and-Error-Verfahren.

Wir waren diesem Reigen auch einmal ausgeliefert. Jetzt sind *wir* die Evolution. Und wir machen keine Fehler mehr. Es geht nur noch um verschiedene Grade der Perfektion. Und die Maßstäbe dessen, was möglich ist, verdoppeln sich jede Woche. Das Leben ist eine Achterbahn geworden, die nur noch aufwärts fährt und sich dabei immer mehr beschleunigt. Jede Utopie der Menschheit ist in den letzten Jahren verwirklicht worden. Für jede Traumwelt gibt es eine eigene Stadt, einen eigenen Planeten, ein eigenes Sternensystem. Trotzdem ergreift es mich, die *wahre* Erde zu sehen. Bald werde ich dort sein. Bald werde ich einen Körper haben. Er wird Martens Produkt sein. Er wird ein Stück Design sein (so wie heute *alles*

Design ist). Trotzdem. Er wird echt sein. Er wird unkalkulierbar sein. Er wird Jezz besitzen. Und es wird nicht perfekt sein. Sie tanzt jetzt zum 5965. Mal für mich. Sie und Marten wissen nichts davon, aber ich habe den Übergangszeitpunkt auf die 6000. Wiederholung gelegt. Sie wird ihren Tanz beenden, und wir werden auf einem Strand erwachen. Die Sonne wird unsere Haut verbrennen. Und wir werden wie Kinder sein.

3. Akt: Supervision und Revolution

5978: Marten war unvorsichtig. Jezz schickt mir die Story im Zeitraffer: Er verlässt die Lounge. Die Supervisoren kommen. Die Jagd beginnt. Mehrere Planeten werden Opfer von ein paar Supernovae. In einem Sternensystem stiftet Marten eine Rebellion gegen die Supervisoren an. Es kommt zum Krieg. Er wird zum Helden. Dann der Verrat von seinem engsten Vertrauten. Endlose Verhöre. Dann ein Geständnis. Ein Epos im Zeitraffer. Es bedeutet nichts.

Jetzt sind wir auf der Flucht. Ich muss das alles jetzt alleine machen. Nur die Körper sind schon fertig. Sie liegen am Strand und warten auf uns, warten auf unseren Download. Marten hat seinen Teil des Pakts erfüllt.

Ich habe einen Teil meines mentalen Komplexes auf eine Dauerparty geschickt, damit genug virtuelle Endorphine in mich gepumpt werden. Ist natürlich nur ein Glasperlenspiel. Ich könnte das alles viel einfacher haben. Aber in den letzten Stunden habe ich eine perverse Lust auf Beschränkungen und Umwege bekommen.

Nicht alle Sektoren wurden als Planeten designt. Das ist eher so eine Konvention. Der Sektor, in dem wir uns gerade verstecken, ist ein titanischer Ring, der durch eine weiße Leere jagt. Auf ihm gibt es tausend Städte. Sie alle ähneln einander. Kilometerhohe bronzene Kuppeldächer, die im allgegenwärtigen weißen Halogenlicht glänzen. Dazwischen geschwungene Brücken. Filigran und zerbrechlich sehen sie aus. Der Sektor wurde schon vor vielen Monaten aufgegeben. Sein Schöpfer wurde der Ringwelt überdrüssig. Eine gottverlassene Welt.

5988: Wir hatten die ganze Zeit keinen Sex. Wir wollen warten. Jezz erzählt mir ihr Leben. Es ist wie kein anderes. Die Ozeane des Wissens, in die sie eingetaucht ist (Fraktalkryptographie und algorithmische Hermeneutik), versteht niemand so gut wie sie. Sie hat viele außergewöhnliche Erfindungen gemacht (unter anderem das neueste Update der Supervisoren – unsere Jäger sind ihre Geschöpfe). Und gerade jetzt denkt sie an Projekte, die vor 2-3 Jahren noch nicht einmal vorstellbar waren (eine Invertierung der Temporalstrukturen auf der Ebene der Z-Teilchen). Es ist wie jedes Leben in der Neuen Welt. Alle sind revolutionär. Jeder ist ein Genie.

Ich bin deshalb weder beeindruckt noch überrascht. Sie weiß es. Wir liegen uns weinend in den Armen. Und wir trauern darüber, dass wir dieses Weinen und diese Trauer sofort ausschalten könnten. Wir trauern über unsere Fähigkeit, nicht trauern zu *müssen*.

5990: Jezz baut uns einen sicheren Link, und wir hören den Global-Age-News zu. Sie haben Marten gesplittet. Der Teil von ihm, der für ungefährlich befunden wurde, darf weiter in der Neuen Welt existieren. Der Teil, den sie als gefährlich und instabil einschätzten, wurde in einen Mirror verbannt.

Mirrors sind vereinfachte Spiegel der Neuen Welt. Die Insassen wissen nicht, dass sie Gefangene sind. Sie denken, sie wären frei. In den letzten Jahren wurde viel Space für Mirrors locker gemacht. Sie sind lange nicht so groß wie die Neue Welt. Aber immer noch größer als viele Sternensysteme der »realen« Welt zusammen. Unfassbar große Simulationen in einer unfassbar großen Simulation. Die geheim agierenden Supervisoren der Mirrors haben die Administratorrechte. Sie sind die allmächtigen Gefängniswärter.

5993: Jezz und ich sitzen auf einem der großen Kuppeldächer. Ein Teil von mir redet mit ihr. Ein anderer Teil schaut sich Nummer 5993 an. Ein dritter konstruiert den Konverter nach Martens Plänen. Durch ein Holo-Fenster blicken wir gierig auf unsere Körper. Ich muss nur den Download hinbekommen.

Ich zoome vom Strand weg und schaue mir die Erde aus der Ferne an. Sie ist nicht das Werk eines Designers. Nichts passt bei ihr wirklich zusammen, und doch ist sie von erhabener Schönheit. Bald werde ich dort sein. Wirklich dort.

Zwanzig Minuten. Wir werden zwanzig Minuten haben. Eine kurze Ewigkeit in der Körperwelt. Ein paar Minuten, die alles verändern können. Vielleicht werden wir dabei sterben, vielleicht werden wir wahnsinnig – egal. Es wird nicht kontrollierbar sein. Es wird gut sein.

5995: Unsere Sicherheitsvorkehrungen waren nicht gut genug. Das ist nicht Jezz' Fehler. Sie hat alles so konstruiert, dass es ihre Geschöpfe fern hält. Aber während unseres Aufenthalts in der Ringwelt wurde anscheinend eine neue Generation von Supervisoren kreiert. Außerdem wurde unsere Identität dechiffriert. Wir sind jetzt Geächtete. Uns erwartet ein Mirror. Aber erst kommt unser Trip. Wir müssen einfach noch ein paar Minuten durchhalten.

5999: Wir haben es geschafft. Alles ist bereit für den Download. Aber ich will die 6000 noch vollkriegen. Noch einmal muss alles perfekt sein. Wir haben alles runtergefahren, was in einem organischen Körper keinen Platz hat: Die völlige Emotions-Regulation. Die zahlreichen »Extrahirne«, die uns multitaskingfähig machen. Den Dauerstream, der einen ständig online hält. Unsere Operationsgeschwindigkeit wird immer langsamer. Faktor 10. Faktor 100. Faktor 1000. Es geht immer weiter. Die Zeit scheint sich zu stauchen. Jetzt sind wir genauso unkonzentriert und stimmungsanfällig wie die Menschen der Alten Welt. Die letzten Minuten erscheinen uns wie Tage. Unser Denken ist jetzt auf dem Stand eines Menschen des 20. Jahrhunderts. Jeder Gedanke kostet unendlich viel Kraft. Und er scheint ewig zu sein.

6000: Vor der artifiziellen Illusion eines weißen Sandstrandes sehe ich Jezz. Ihr Körper tanzt zu einer einlullenden Sun-Trash-Symphonie. Dann sinkt sie erschöpft in den Sand. Gleich werde ich neben ihr aufwachen. Zwanzig Minuten Real-Life. Jetzt.

4. Akt: Destination und Resignation

Es wird mir sofort klar, dass etwas schief gelaufen war. Es ist kalt. Da ist kein Strand. Unsere Körper können auch nicht organisch sein. Denn wir stehen mitten im All. Neben uns steht Marten. Er lächelt. Es ist kein gutes Lächeln. Ich habe panische Angst. Ich kann sein Lächeln nicht deuten. Warum kann ich sein Gesicht nicht deuten? Natürlich: Die abertausend Subroutinen, die jede andere Person ständig interpretieren und mir eine zu 99,7% korrekte Einschätzung übermitteln, fehlen mir jetzt. Ich habe sie zurückgelassen. Ich weiß jetzt nur eines. Es ist kein gutes Lächeln.

Vor uns schwebt eine titanische schwarze Kugel, groß wie ein Planet. Jezz schweigt.

Ich frage Marten: »Was ist hier los?« Eine bessere Frage fällt mir nicht ein. Meine Stimme zittert.

Er antwortet: »Ihr habt euren Mirror verlassen.«

»Unseren Mirror?«

»Exakt. In eurem Mirror haben wir nur Supervisoren der 46. Generation. Die konntet ihr abschütteln. In Wirklichkeit sind wir aber bereits 20 Generationen weiter. Es geht jetzt mehr um eine optimierende Erziehung. Nicht mehr um Strafe. Das war jetzt dein 3682. Versuch, einen organischen Körper zu bekommen, Bio-Nostalgiker. Wir optimieren dich aber immer weiter. Sei unbesorgt. Diesmal brauchte es extreme äußere Reize, um in dir den Wunsch zu evozieren. Noch 100 Durchläufe. Vielleicht 200. Dann bist du soweit und wirst den Mirror akzeptieren.«

Seine Stimme ist monoton und ohne jede Regung. Meine Gedanken rasen. Mir ist kalt. Jezz sieht aus wie eine Puppe. Ihre Augen sind tot.

»Du bist ein Experiment. Wir wollten sehen, wann die Sehnsucht nach den Unzulänglichkeiten der Alten Welt endlich verschwunden ist. Und wir müssen langfristig denken. Es scheint Strukturen in jedem von uns zu geben, welche die Neue Welt nicht vollständig akzeptieren. Diese Strukturen gilt es zu finden und sorgsam abzutragen.

Dein erster Ausbruch fand in der ›wirklichen‹ Neuen Welt statt. Du wolltest auf die Erde und *für immer* eine organische Existenz führen. Du hast die Perfektion unserer Welt mit jeder Faser deines virtuellen Leibes abgelehnt. Du wolltest ein Leben führen, das durch Krankheit, Tod und den ständigen Kampf ums Überleben geprägt ist. Du sehntest dich nach Kontingenzen, nach Unwägbarkeiten, nach dem Scheitern. Du warst für uns ein Faszinosum. Wieso sollte eine virtuelle Existenz wie du, welche die Alte Welt nie gekannt hat, nach so einem Leben streben?

Deine Strafe war der Mirror. Und jedes Mal entdeckten wir in dir weitere unscheinbare Fehler, die irgendwann zu einer Ablehnung der Neuen Welt führen könnten. Und sei es auch nur für zwanzig Minuten ... Diese Fehler. Sie sind wie Viren, die jahrzehntelang unbemerkt bleiben und dann ausbrechen, sobald entsprechende Trigger sie aktivieren. Wir können keine dieser Viren tolerieren.«

»Aber warum? Was wäre so katastrophal an einem kurzen Ausflug in die Alte Welt? Was ist der wahre Grund für das Verbot?«

»Das ist leicht zu beantworten. Und auch wieder nicht ... Wir alle leben in unseren virtuellen Palästen, erschaffen ganze Planeten und kümmern uns normalerweise nie um die Alte Welt. Die Zeit vor dem SHIFT interessiert die meisten nicht. Und ebenso wenig interessiert sie der Ort, an dem sich früher alles menschliche Leben abgespielt hat – die Erde. Hast du dich jemals gefragt, wo sich die realen Prozessoren, auf denen das Programm »Neue Welt« mit all seinen Bewohnern, all deren Schöpfungen und all unseren Mirrors laufen, eigentlich befinden? Ahnst du nicht, welches Opfer nötig war, um all das zu erschaffen?

Ein paar Hochleistungsprozessoren reichten nicht aus, um den SHIFT zu erzeugen. Um die gesamte Menschheit zu scannen und digital wieder auferstehen zu lassen, brauchte es mehr als das. Und nicht alle waren bereit, dieses Opfer zu bringen. Die Geschichtsdateien, die du kennst, sind eine Lüge. Die Menschheit hatte jahrtausendelang Kriege wegen Nichtigkeiten geführt. Und dann sollte die Transformation ihrer gesamten Existenz konsensual beschlossen worden sein? Hast du das wirklich geglaubt?

Mir war schon in den 20ern klar, dass der SHIFT *so* niemals gelingen würde. Die Menschheit spaltete sich in zwei Lager: Befürworter und Gegner des SHIFT. Jedenfalls waren es die Gegner des Fortschritts, die zum ersten Mal zur Gewalt griffen. Hunderte von Forschungslaboren wurden vernichtet. Staaten, die den SHIFT ablehnten, ließen tödliche Viren auf die diejenigen Nationen los, die ihn herbeiführen wollten. Die Position der SHIFT-Gegner trug tragikomische Züge. Auch ihre Körper waren längst zu einem großen Teil mit ihren Werkzeugen verschmolzen. Ihre Waffen waren Produkte modernster Bio- und Nanotechnologie.

Ich gehörte zu einer Gruppe von Wissenschaftlern, die den SHIFT herbeisehnten. Wir wussten: Manchmal muss man der Evolution auf die Sprünge helfen. Manchmal muss man Menschen zu ihrem Glück zwingen. Außerdem war es klar, dass der Krieg letztendlich in die völlige Auslöschung führen würde, da sich beide Seiten ebenbürtig waren. Wir griffen schweren Herzens zu der finalen Option. Wir züchteten einen Schwarm Nanoroboter und ließen ihn auf die Menschheit los. Wir trieben sie ins Paradies. Jeder wurde in seiner organischen Existenz vernichtet und in der Neuen Welt wiedergeboren. So erging es auch unserer alten Heimat. Wir benötigten Unmengen an Energie und Rechenkapazität. Die Erde wurde vollständig verwertet.«

Marten deutet auf die titanische Kugel vor uns. Sie leuchtet mattschwarz. Ich meine, ein unterschwelliges Dröhnen zu hören.

»Die Erde ist ...«

»Sie existiert in ihrer alten Form nicht mehr. Das, was du hier vor dir siehst, ist die materielle Basis der Neuen Welt. Ein Quantencomputer planetarischen Ausmaßes. Bald wird auch dieser nicht mehr ausreichen. Schon jetzt sind wir dabei, den Mond umzuwandeln. Die Transformation des Mars wird in den nächsten Jahren vorbereitet.«

»Warum all die Lügen?«

»Wegen dem Fehler, dem Virus. Wegen der Sehnsucht nach der Alten Welt. Wir fürchteten, dass einige es nicht verkraften würden, wenn sie wüssten, dass auch eine *theoretische* Rückkehr in die alte Kohlenstoff-Existenz unmöglich ist, ja dass es kohlenstoffbasiertes Leben *überhaupt nicht mehr gibt*. Und Wahnsinn ist, wie du weißt, gerade bei euch von der 10-Terrablock-Elite fatal.«

»Euch? Aber du bist doch auch ...«

»Nein. Nicht mehr. Der alte Marten hat seine Taten immer bereut. Er fühlte sich als Vernichter der Menschheit, obgleich er ihr Erlöser war. Er ist Amok gelaufen, schon wenige Jahre nach dem SHIFT. Er versuchte die gesamte Neue Welt zu vernichten. Dafür wurde er hart bestraft. Wir haben ihn seiner höheren kognitiven Fähigkeiten beraubt und in einen Supervisor transformiert. Zu *deinem* zentralen Supervisor. Ich habe die Erinnerungen des alten Marten in mir. Aus ihnen habe ich dir erzählt. Wie du im Mirror gesehen hast, kann ich auch, wenn es das Experiment erfordert, seine ursprünglichen Verhaltensmuster simulieren.

Nach Martens Terrorakten hat die damalige Administration einen folgenschweren Schritt unternommen. Die Supervisoren hatten immer schon die Macht des Gedanken*lesens*. Nun bekamen sie dazu noch die Fähigkeit der Gedächtnis*manipulation*. Alle Erinnerungen an den wahren Hergang der Ereignisse wurden aus euch entfernt und durch eine angenehmere Geschichte substituiert.«

Jezz starrt weiterhin regungslos in die Ferne. Ich spüre, dass etwas in ihr zerbrochen ist. Dafür brauche ich keine Diagnoseroutinen. Eigentlich begehre ich sie nicht mehr. Sie war letztendlich eine beliebige Wahl. Der Output einer langen fehlerhaften Rechenoperation, die im Willen zur Flucht gipfelt. So würde Marten (der Supervisor) das ausdrücken. Ich kann überhaupt nichts mehr ausdrücken. Aber ich begehre sie nicht mehr. Und ich weiß, dass es ihr genauso geht. Ein perfekter Fick ist wie der andere. Wir aber wollten mehr. Wir wollten einen realen körperlichen Zusammenstoß voller Unsicherheiten. Wir wollten einen Crash.

Jetzt, wo unsere Träume zersplittert sind, ist zwischen uns eigentlich alles gesagt. Wir beide wissen es. Wir sehen uns an, und diesmal können wir unsere Verzweiflung nicht mehr ausschalten. Unsere Regulationsmechanismen haben wir zurückgelassen. Ich denke: Jetzt sind wir fast so fehleranfällig wie die Organischen. Dann korrigiere ich mich. Wir werden niemals wissen, wie es sich anfühlt, organisch zu sein. Nicht mal annähernd. Genau das ist der verdammte Punkt. Wir liegen uns in den Armen. Der Supervisor beweist Takt und lässt uns ein paar Minuten.

Dann schaue ich ihn an. Mit ihm zu reden ist leichter, als mit Jezz zu trauern.

»Und jetzt?«

»Wirst du wieder vergessen. Es warten noch ein paar Durchläufe im Mirror auf dich«

»Und wenn die zu Ende sind ... werde ich dann abgeschaltet?«

Ich lache. Er auch.

»Abgeschaltet? Natürlich nicht! Du wirst wieder in die Neue Welt integriert. Und wir werden bald über alle Strukturen Bescheid wissen, die den *Fehler* hervorrufen können. Diese Strukturen werden dann korrigiert, und es wird keine Sehnsucht nach der Alten Welt mehr geben. Deine Neurose wird geheilt sein. Nie wieder Bio-Nostalgie.«

Es ist okay. Ich habe begriffen. Es wird für mich also noch ein paar Male im Kreis gehen und dann wieder nach oben. Immer weiter nach oben.

Frank W. Haubold (*1955) studierte Informatik und promovierte in Biophysik. Er veröffentlichte zahlreiche Erzählungen innerhalb der Phantastik, vorwiegend in Anthologien sowie in den Kurzgeschichtensammlungen Der Tag des silbernen Tieres *(mit Eddie M. Angerhuber),* Das Tor der Träume, Das Geschenk der Nacht *und in dem Episodenroman* Am Ufer der Nacht, *aber auch in PHANTASTISCH!, NOVA und zum dritten Mal in den VISIONEN.*
www.frank-haubold.de

FRANK W. HAUBOLD

Die Tänzerin

Le Sacre du Printemps

Ich muss den Verstand verloren haben, dachte Lena, als die letzten Wohnblöcke des Ljubertsi-Viertels hinter ihnen zurückblieben. Was jetzt noch kam, waren Schrottplätze und verlassene Fabrikgebäude mit staubblinden Fenstern.

»Nur bis zur Stadtgrenze«, hatte der Taxifahrer geknurrt, obwohl ihn niemand um etwas anderes gebeten hatte. »Ich verliere sonst meine Lizenz.«

Vielleicht war es ja tatsächlich der Respekt vor der Obrigkeit, der den Mann zu seiner Bemerkung veranlasst hatte, wahrscheinlicher war, dass er Angst um sein Auto hatte. Hier draußen wirkte das frisch geputzte Mercedes-Taxi, mit dem er sie am Kempinski abgeholt hatte, wie ein Eindringling aus einer fremden Welt. Die meisten Autos, die sie unterwegs überholt hatten, sahen dagegen aus, als wären sie niemals neu gewesen. Einige zogen eine schmutziggraue Rauchschleppe hinter sich her wie eine qualmende Lunte. Nicht mehr lange, und sie würden das Schicksal der rostzerfressenen Kadaver teilen, die sich abseits der Schnellstraße zu endlosen Schrottgebirgen türmten.

Dennoch schienen hier selbst die Müllplätze noch irgendwelche Kostbarkeiten zu bergen, denn die meisten waren mit Maschendraht eingezäunt und die Zufahrten mit Schranken gesichert. Vor einem Pförtnerhäuschen standen Männer in Wattejacken um eine Blechtonne, in der ein Feuer brannte. Sie sahen nicht aus, als warteten sie auf irgendetwas, sondern standen einfach nur da und starrten mit gesenkten Köpfen in die Glut. Die Szene hatte etwas Unheimliches, und es dauerte ein wenig, bis Lena einfiel, woran sie sie erinnerte. Es war ein Bühnenbild: Stravinskis »Le Sacre du Printemps« – alte Männer, die regungslos dem Todestanz eines Mädchens zusahen. Würde sie die Rolle noch einmal bekommen? Wahrscheinlich nicht. Lena war sechsundvierzig Jahre alt und würde vermutlich nicht mehr lange Prinzipalin bleiben. Francois hatte ihre Nachfolge mit Sicherheit längst geregelt. Wenn er herausfand, worauf sie sich eingelassen hatte, würde es wohl noch etwas schneller gehen.

»Tut es dir leid?« Sergej schien ihre Gedanken gelesen zu haben. Sie konnte seinen besorgten Blick förmlich spüren, wagte es aber nicht, ihm in die Augen zu sehen. Sergej, der wie ein Geist aus der Vergangenheit plötzlich in ihrem Leben aufgetaucht war ...

»Nein, es ist nur so ...« Lena brach ab. Was sollte sie sagen, ohne Sergej zu verletzen? *Schmutzig? Grau? Trostlos?* Natürlich gab es schönere Städte, Paris, Mailand, Rom, und gepflegtere wie München oder Salzburg, wo die Häuser wie frisch gestrichen strahlten. Aber der Vergleich war nicht fair. Sie hatte Glück gehabt, sehr viel Glück. Die Männer in den grauen Wattejacken hatten nie eine Chance bekommen.

»... russisch«, ergänzte Sergej lächelnd. Seine Augen strahlten sie an wie damals, als sie beide vierzehn Jahre alt gewesen waren – und verliebt. Er hatte sie mit stiller Beharrlichkeit umworben, dankbar für jedes Lächeln, jede Berührung, selbst für die Erlaubnis, sie begleiten zu dürfen. Sie waren ein paar Mal zusammen unterwegs gewesen, und ein oder zweimal hatten sie sich geküsst. Zu mehr war es nicht gekommen. Als Lena weggegangen war, hatte er ihr noch lange geschrieben, jede Woche einen Brief voller Belanglosigkeiten und Zukunftsträume, aus denen nie etwas werden sollte. Sie hatte es gewusst, aber nie den Mut besessen, es ihm zu sagen. Wie hätte sie ihm in die Augen sehen können dabei?

Die Aufnahme an die Waganowa-Schule war eine Chance, die nur wenige bekamen, und Lena hatte sie genutzt. Sie übte härter als die anderen und ignorierte die Verlockungen der Großstadt. Manchmal schlief sie im Unterricht ein, weil sie bis nach Mitternacht im Probenraum getanzt hatte, allein mit der Musik, die nur in ihrem Kopf war. Die anderen Mädchen nannten sie »Murawej« – Ameise. Lena lachte, als sie davon hörte. Sie brauchte keine Freundinnen, sie brauchte ein Engagement. Und sie bekam es. Am Mariinskij, nicht an irgendeinem Provinztheater im Ural. Vermutlich hätte sie aber auch das akzeptiert, wenn es nicht anders gegangen wäre. Nur eines hatte sie sich geschworen. Sie würde nicht mit leeren Händen nach

Melenki zurückkehren, als Verliererin. Lena wusste nur zu gut, wie es Verlierern ergeht.

Sergej ahnte nichts von dem, was in ihr vorging. Vermutlich glaubte er damals wie die meisten anderen, dass Lenas Mutter an einer Magenblutung gestorben war, und dass ihr Vater auf Montage war, wenn er manchmal für Monate verschwand.

Lena beantwortete Sergejs Briefe nur selten. Manchmal schrieb sie ihm monatelang nicht in der Hoffnung, er würde irgendwann aufgeben. Doch seine Briefe kamen weiter, und ihr wurde klar, dass sie eine Entscheidung treffen musste. Also schrieb sie ihm ein letztes Mal: Es täte ihr leid, aber er solle nicht länger auf sie warten. Sie würde Russland verlassen, sobald sich eine Möglichkeit dazu ergäbe. Alles Liebe. Lena.

Die Antwort traf vierzehn Tage später ein und bestand aus zwei Worten: »Viel Glück!« Lena weinte ein bisschen und nahm ein paar Monate später das Angebot eines holländischen Vermittlers an, der ihr die ersten sechs Monatsgagen ihres zukünftigen Engagements an einem Bostoner Tanztheater für ein Flugticket und gefälschte Papiere abknöpfte. Aber das spielte keine Rolle. Es war eine Chance, und sie hatte sie genutzt. Das Mädchen Lena aus dem Provinznest Melenki war gestorben, als ihre Maschine am Flughafen Pulkovo 2 abgehoben hatte. Sie hatte es zurückgelassen wie das Federkleid eines hässlichen Entleins, aus dem endlich ein Schwan werden sollte.

»Da vorn nach rechts auf den Parkplatz.« Sergejs Stimme klang vollkommen entspannt.

»Sie müssen es ja wissen«, murmelte der Fahrer achselzuckend. Der Wagen wurde langsamer und bog schließlich im Schritttempo in die schmale Zufahrt ein. Der Parkplatz war kaum breiter als die Straße und mit Schlaglöchern übersät. Neben einer übervollen Mülltonne stapelte sich der Unrat. Der böige Wind trieb schmutzige Papierfetzen vor sich her. Neben einer kleinen Baumgruppe parkten zwei Fahrzeuge: eine altmodische schwarze Limousine mit chromglänzenden Zierleisten und ein Jeep. Miliz. Die Polizisten rauchten und unterhielten sich mit dem Fahrer des anderen Autos. Der Mann trug einen schwarzen Feiertagsanzug und sah aus wie ein Leichenbestatter.

»Ihre Leute scheinen in Schwierigkeiten zu sein«, bemerkte der Taxifahrer mit fragendem Unterton. Er wirkte besorgt.

»Vielleicht, vielleicht auch nicht«, erwiderte Sergej mit undurchdringlicher Miene. »Fahren Sie bitte rechts ran.«

Der Wagen schaukelte über eine Bodenwelle nach rechts und kam schließlich zum Stehen. Die wartenden Männer hatten sie nun bemerkt. Die beiden Milizionäre traten ihre Zigaretten aus und stiegen in ihren Jeep. Der Leichenbestatter rückte seine Krawatte zurecht und steuerte auf sie zu.

»Den Rest morgen«, sagte Sergej und reichte dem Fahrer etwas nach vorn. »Wir erwarten Sie um Punkt 13:00 Uhr. Seien Sie bitte pünktlich.«

»Was soll das denn?«, beschwerte sich der Mann und wedelte empört mit den Scheinhälften, die er bekommen hatte. »So war das aber nicht abgemacht!« Auf seinem Gesicht bildeten sich rote Flecken.

»Den Rest morgen«, wiederholte Sergej freundlich. »Wenn Sie ein Problem damit haben, können wir gern die Staatsgewalt hinzuziehen.« Er deutete auf das Polizeifahrzeug.

Der Fahrer murmelte etwas Unfreundliches, steckte die Scheine dann aber mit einem resignierten Achselzucken ein.

»Also dann bis morgen.« Sergej stieg aus, lief auf die Beifahrerseite und riss mit großer Geste die Tür auf. »Darf ich Ihnen beim Aussteigen behilflich sein, Madame?«

»Sie dürfen«, lächelte Lena und nahm seinen Arm.

»Madame Romanowa?« Der Mann im schwarzen Anzug war herangekommen und starrte Lena mit so unverhohlenem Entzücken an, dass sie beinahe vor Lachen laut herausgeplatzt wäre. Er war groß, unheimlich groß, wie Lena fand, und unter dem teuren Wollstoff seines Anzugs wölbten sich die Muskeln. Aus der Nähe sah er nicht mehr wie ein Leichenbestatter aus, eher wie der Leibwächter eines Ölscheichs.

Lena nickte und reichte dem Mann die Hand, die in der Pranke des Hünen beinahe verschwand.

»Alexander Saizew«, strahlte der große Mann. »Sie können ruhig Sascha zu mir sagen – wenn Sie das möchten, meine ich.«

»Sascha ist ein guter Freund«, erklärte Sergej. »Er wird uns fahren.« Der große Mann nickte eifrig und griff nach den beiden Koffern, die der Taxifahrer mit mürrischer Miene aus dem Kofferraum gewuchtet hatte.

Wieder überkam Lena ein Gefühl der Unwirklichkeit. Die Szene war zu grotesk, um real zu sein. Der abgelegene Parkplatz, Polizisten, die Funktionärskarosse, durchgeschnittene Dollarscheine und ein Fahrer, der aussah, als sei er einem Chandler-Krimi entsprungen. Dazu Sergej, der es fertiggebracht hatte, die Jahre zu einem Nichts zusammenschrumpfen zu lassen und sie an das Mädchen zu erinnern, das sie einst gewesen war. Vielleicht war es ja gar nicht sie, sondern die Lena von damals gewesen, die sich zu dieser Dummheit hatte überreden lassen. Doch obwohl ihr die Absurdität der Situation durchaus bewusst war, freute sich ein Teil von ihr auf diese unverhoffte Rückkehr.

»Ist das unsere Eskorte?«, fragte sie mit unverhohlener Neugier und deutete auf das Milizfahrzeug.

»Ja ... nur zur Sicherheit.« Sergejs Lächeln fiel ein wenig halbherzig aus. »Es ist eine ziemlich weite Strecke.«

»Früher bin ich allein mit dem Bus gefahren und unterwegs noch zweimal umgestiegen.«

»Damals gab es keine Straßensperren.«

»Und heute?«

»Muss man damit rechnen«, erwiderte Sergej ruhig.

Sie stiegen ein, während der große Mann Lenas Koffer verstaute. Im Wagen roch es nach einem Blütenparfüm und ganz schwach nach Öl. Die weinroten Plüschpolster waren an einigen Stellen verblichen aber peinlich sauber. Lena versank fast darin, als sie sich zurücklehnte.

»Ein Wolga, nicht wahr?«, erkundigte sich Lena, obwohl sie den Schriftzug natürlich gelesen hatte. Sie wollte nicht mehr über Polizisten oder Straßensperren sprechen. Lena hatte selbst keine Angst oder nur ein ganz klein wenig, aber sie spürte, wie unangenehm Sergej das Thema war.

Doch bevor Sergej etwas sagen konnte, meldete sich Freund Sascha, der inzwischen seinen Platz hinter dem Lenkrad eingenommen hatte, zu Wort:

»Klar doch, ein GAZ 3111, damals das Beste vom Besten. Davon wurden insgesamt nur 300 Stück gebaut – ausschließlich für Funktionäre!«

»Für Funktionäre wie euch?«, erkundigte sich Lena spöttisch.

Der große Mann schüttelte energisch den Kopf und lief rot an.

»Natürlich nicht«, kam ihm Sergej zu Hilfe. »Der Wagen stand jahrelang ungenutzt in der Garage des ehemaligen Direktors. Sascha hat ihn wieder auf Vordermann gebracht.«

»Das stimmt!«, bestätigte der Fahrer erleichtert. »Und Sie werden sehen, er fährt wie ein Neuer!«

»Danke, Sascha«, sagte Lena und warf Sergej einen amüsierten Blick zu.

Vor ihnen hatte sich der Miliz-Jeep in Bewegung gesetzt, und der fast fünf Meter lange Wolga folgte ihm gutmütig schaukelnd auf die holperige Auffahrt.

Sascha hatte nicht zu viel versprochen. Die betagte Limousine entpuppte sich als ein durchaus komfortables Fortbewegungsmittel. Die Stoßdämpfer schluckten die Unebenheiten der Fahrbahn anstandslos, und die Geschwindigkeit entschädigte für das etwas aufdringliche Geräusch des Dieselmotors. Bald hatten sie die Stadtgrenze hinter sich gelassen und waren eingetaucht in die endlosen Wälder des mittelrussischen Tieflandes. Weißbuchen, Espen und Birken – kilometerlang, ohne die Spur einer menschlichen Ansiedlung. Hin und wieder lichtete sich der Wald ein wenig und gab den Blick auf die Oberfläche schilfbedeckter Seen frei. Nichts schien sich verändert zu haben in all den Jahren, nicht die Wälder, nicht die Seen und Flüsse und erst recht nicht die Menschen.

»Ein Herr Dawidenko möchte Sie sprechen«, hatte die Dame von der Rezeption gesagt, und natürlich hatte Lena damit gerechnet, einen weiteren

Verehrer abwimmeln zu müssen. Als sie Sergejs Stimme erkannte, hätte sie beinahe den Hörer fallen lassen. Sie klang so vertraut, als hätten sie sich erst gestern zum letzten Mal gesprochen. Wie war so etwas möglich?

»Sergej, bist du es wirklich ...«, stammelte Lena – auf Englisch, wie ihr einen Augenblick später klar wurde. Natürlich korrigierte sie sich sofort, aber die Scham über den unbewussten Missgriff brannte tief. Was sollte er nur von ihr denken – einer Frau, die in einer 2000-Dollar-Suite wohnte und ihre Muttersprache verleugnete?

Sie trafen sich in der Bar, die in ihrem ungeniert zur Schau gestellten Luxus selbst Lena ein wenig einschüchterte. Trotz der frühen Stunde und vermutlich exorbitanter Preise waren die meisten Plätze besetzt. Dennoch erkannte sie Sergej sofort.

Er hat sich gar nicht verändert, *war ihr erster Gedanke, aber das war natürlich Unsinn. Es waren seine Augen, die ihr sofort aufgefallen waren – blaugraue Augen, in denen die Freude über das Wiedersehen leuchtete.*

Sie hatte seine Hand gedrückt, die ihr größer und wärmer erschienen war als damals, und sich zu ihm gesetzt. Sie hatten über dieses und jenes gesprochen, natürlich über ihr Gastspiel im Bolschoi und die gedämpft euphorischen Kritiken in den Morgenzeitungen. Erstaunt registrierte Lena, wie gut sich Sergej in ihrem Metier auskannte. Er wusste nicht nur, wo und wann sie in den letzten Jahren aufgetreten war, sondern kannte auch das genaue Repertoire der jeweiligen Aufführungen. Offensichtlich hatte er sie nie aus den Augen verloren.

Dann bestellte Sergej Sekt – Krimsekt, was den Kellner zu einem leichten Anheben der Augenbrauen veranlasste, und sie tranken auf ihr Wiedersehen. Natürlich ahnte Lena, dass Sergej nicht zufällig gekommen war, hütete sich aber, ihn darauf anzusprechen. Irgendwann würde er es ihr von selbst sagen ...

Einstweilen genoss sie es, Russisch zu sprechen und für ein paar unwirkliche Minuten wieder das Mädchen aus Melenki zu sein, das sich mit seinem Freund unterhielt. Zu lange hatte sie all ihre Energie darauf verwendet, etwas anderes zu sein, in die Rollen derer zu schlüpfen, die sie auf der Bühne verkörperte: Giselle, Cinderella, Medora, Nikija, Julia und natürlich die unvermeidliche Odette-Odile in »Schwanensee«.

Sie sahen einander an, manchmal heimlich, und manchmal so, dass sich ihre Blicke begegneten, und fanden nichts, was ihnen unvertraut erschien. Fast schien es, als seien die Jahre spurlos an ihnen vorübergegangen. Natürlich sprachen sie auch über Melenki und ihre gemeinsame Zeit, vermieden aber jegliche Anspielung auf alles, was nach Lenas Weggang geschehen war. Natürlich hätte sie gern gewusst, wie es Sergej seitdem ergangen war, aber etwas in seinem Blick hinderte sie daran, ihn danach zu fragen. Und vielleicht hatte er sogar Recht: Solange sie nicht daran rührte, hatte die Zeit keine Macht über sie – über sie beide.

Sie saßen, redeten und tranken, und es war gewiss nicht nur die Wirkung des Alkohols, die Lena allmählich in jenen leicht schwebenden Zustand versetzte, in dem die Realität zurücktritt und Unmögliches erreichbar scheint. Die Freude über das unverhoffte Wiedersehen mischte sich mit dem Gefühl, etwas wiedergefunden zu haben – etwas, dessen Fehlen sie nie bemerkt hatte, und das sie auch jetzt noch nicht mit Sicherheit benennen konnte. Geborgenheit vielleicht.

Als die Flasche fast leer war und ihr Vorrat an Albernheiten erschöpft, kam Sergej erneut auf Melenki zu sprechen. Lena hörte ihm zu und lächelte geschmeichelt, als er berichtete, wie stolz man in ihrer Heimatstadt auf sie war. Dass die Stadtverwaltung sogar ein spezielles Archiv eingerichtet hatte mit Dokumenten über ihre Karriere. Ein wenig reizte sie der Gedanke, den Ort ihrer Kindheit wiederzusehen. Aber weder ihre Hochstimmung, noch ihre Eitelkeit oder die Sehnsucht nach Heimat hätten Lena jemals dazu gebracht, dem aberwitzigen Vorschlag zuzustimmen, den ihr Sergej schließlich unterbreitete. Dass sie es dennoch tat, hatte einen einzigen Grund: Es war die Art, wie er sie ansah. Im Spiegel seiner Augen war sie wieder jung.

Kurz nachdem sie ein verschlafenes Örtchen namens Gschell passiert hatten, stießen sie auf die erste Straßensperre. Ein Soldat mit Helm und schusssicherer Weste schwenkte eine rot blinkende Handleuchte und bedeutete ihnen mit einer Geste, im Schritttempo weiterzufahren. Etwa fünfzig Meter weiter blockierte ein querstehender Jeep die Hälfte der Fahrbahn. Die Soldaten daneben trugen Kampfanzüge und hielten ihre Waffen im Anschlag. Den Panzerwagen bemerkten sie erst später. Er stand halb im Unterholz verborgen und ähnelte in seinem gedrungenen Aufbau einem bösartigen Reptil. Aus der flachen Stirn über den Augenschlitzen ragte – einem Stoßzahn gleich – eine großkalibrige Kanone.

Sascha, der Fahrer, pfiff durch die Zähne. »SIMA-12- Plasmastrahler, Reichweite 400 Meter, Maximaltemperatur im Vernichtungssektor: 8000 °C.« Der große Mann schien sich nicht nur mit Autos auszukennen.

»Halt die Klappe, Sasch«, versetzte Sergej ärgerlich. »Wen interessiert das schon.«

»'Tschuldigung«, murmelte der Hüne verlegen und wurde rot.

Mittlerweile hatte das Milizfahrzeug den Kontrollpunkt erreicht und angehalten. Der Beifahrer reichte etwas nach draußen, das Lena aus der Entfernung nicht erkennen konnte. In jedem Fall schien es seine Wirkung nicht zu verfehlen. Der Wachtposten salutierte und die Soldaten ließen ihre

Waffen sinken. Der Jeep durfte weiterfahren und Sergejs Wagen wurde ohne Kontrolle durchgewinkt.

Dennoch hatte die Szene etwas Surreales. Zwischen Birkenwäldern, Sümpfen und Dörfern, in denen die Zeit stehengeblieben zu sein schien, wirkten die Soldaten mit ihrer High-Tech-Ausrüstung wie Wesen von einem fremden Stern.

»Sie bewachen die Brücke«, sagte Sergej wie zur Entschuldigung. Was Lenas Unbehagen allerdings kaum minderte. Was war das für ein Land, in dem Flammenwerfer benötigt wurden, um Brücken zu schützen? Die Antwort war ebenso nahe liegend wie deprimierend.

»Sollen wir besser umkehren?«

Lena zuckte zusammen. War sie so leicht zu durchschauen, oder lag es daran, dass sie sich von Kindheit an kannten?

»Nein«, antwortete sie nach kurzem Zögern, und das war die Wahrheit. Aus beruflicher Sicht war das, was sie vorhatte, zweifellos eine Dummheit. Der Verwaltungsrat und erst recht die Sponsoren würden außer sich sein, wenn sie davon erfuhren. Vielleicht würde sie sogar eine Vertragsstrafe zahlen müssen. Aber das war nicht wichtig. Wichtig war, *weshalb* sie zugesagt hatte. Lena hatte einige Zeit gebraucht, um sich über ihre Motive klarzuwerden. Natürlich hatten die Wiedersehenfreude und Sergejs Charme eine gewisse Rolle gespielt, aber eben nicht die entscheidende. Selbst Miriam, der nun die heikle Aufgabe zukam, Lenas zeitweilige Abwesenheit zu erklären, hatte etwas von »russischer Seele« gemurmelt, was wohl hieß, dass sie das Ganze für das Ergebnis einer sentimentalen Laune hielt. Für ihre Freundin mochte es so aussehen, als hätte sie Sergejs wegen zugesagt, oder gar um den Leuten von Melenki einen Gefallen zu tun. Miriam ging vermutlich davon aus, dass Lena und Sergej zusammen schliefen. Doch das entsprach ebenso wenig der Realität – obwohl Lena natürlich daran gedacht hatte – wie ihre vermeintliche Großherzigkeit. Miriam konnte nicht wissen, dass Sergej nur der Katalysator gewesen war für einen Entschluss, der viel tiefere Wurzeln hatte. Dass sie diese Rückkehr nötiger brauchte als jeden weiteren Erfolg auf einer der großen Bühnen der Welt und den Jubel der Kritiker. Dass sich ein Kreis schließen würde, wenn sie heimkehrte.

Die schwarze Limousine hatte Geschwindigkeit aufgenommen und jagte mit hundertdreißig Stundenkilometern an riesigen alten Fichten vorbei, die rechts und links der Fahrbahn Spalier standen wie eine Armee stummer Wächter. Das Halbdunkel und das sanfte Schaukeln des Wagens übten eine merkwürdige Wirkung auf Lena aus. Es machte sie nicht etwa schläfrig, sondern brachte sie auf einen Gedanken, der sie trotz oder gerade wegen seiner Abwegigkeit erregte.

Sie fixierte die Lehnen der Vordersitze und schätzte den Blickwinkel des Innenspiegels ab. Das Ergebnis war ermutigend und ihr wurde warm. Sie rekelte sich mit halb geschlossenen Augen auf ihrem Sitz hin und her und rutschte dabei ein wenig nach links, dass sie sich wie unabsichtlich an Sergejs Schulter abstützte. Es schien ihm nicht unangenehm zu sein, natürlich nicht, war er doch ihr Beschützer. Aber Lena wollte keinen Beschützer, nicht jetzt.

Die Wärme seiner Haut, die sie durch den Stoff hindurch spüren konnte, verstärkte ihre Erregung. Alles Blut schien an einer Stelle ihres Körpers zusammenzufließen. Was bis dahin nur ein gewagtes Gedankenspiel gewesen war, wurde zu einer fast zwanghaften Vorstellung. Allein der Gedanke, in diesem Wagen während der Fahrt ...

Durch die Wimpern hindurch musterte sie Sergejs Gesicht. Er war ahnungslos – ein großer Junge, der den Boden unter ihren Füßen anbetete und sie noch nicht einmal richtig geküsst hatte. *Er wird mich für eine Hure halten*, dachte sie, aber das war ihr jetzt gleichgültig. Die Hitze war zu groß.

Lena beugte sich über sein Gesicht und sah ihn mit einem herausfordernden Lächeln an. Der Mann mit den hellen Augen konnte ihrem Blick nicht ausweichen, der schon jetzt viel zu intensiv war, um noch schicklich zu sein. Es dauerte ein wenig, bis Sergej tatsächlich begriffen hatte. Eine flüchtige Röte überzog sein Gesicht, dann zog er sie mit unerwarteter Heftigkeit an sich. Als sich ihre Lippen trafen, behielt Lena die Augen offen. Sie wusste, was sie sehen wollte: Ihr Gesicht im Spiegel seiner Augen ...

Sergejs Körper reagierte schnell und heftig. Lena konnte es spüren, und das heiße pulsierende Ding in ihrem Schoß spürte es auch. Es würde kein Zurück geben. Schwer atmend hob sie den Kopf zur Seite und sagte etwas, das sie sich schon vor einigen Minuten zurechtgelegt hatte: »Sascha?«

»Ja, Madame?« Die Stimme des Fahrers klang entspannt. Er schien noch nichts mitbekommen zu haben.

»Sie werden sich doch nicht umdrehen, nicht wahr?«, sagte Lena, und die Schauspielerin, Hure, Frau in ihr bejubelten jede einzelne Silbe.

»Natürlich nicht, Madame«, versicherte der große Mann nach einer Schrecksekunde und wurde zum dritten Mal an diesem Tag rot.

»Dann ist es gut, Sascha«, bemerkte Lena trocken und streifte ihren Slip ab, bevor Sergej sie erneut an sich zog.

Fünfzig Kilometer weiter saßen sie nebeneinander und hielten Händchen wie verliebte Teenager in einer Kinovorstellung. Lena hatte sich wie eine Katze flüchtig gesäubert und ihre Kleidung in Ordnung gebracht.

Es tat ihr nicht leid, und sie schämte sich auch nicht. Vielleicht war es dem Fahrer gegenüber nicht fair gewesen, aber wenn er wirklich ein Freund war, würde er den Mund halten. Wenn nicht, würde ihm ohnehin niemand glauben. Lena Romanowa, Primaballerina des American Ballet Theatre, als

Dawalka auf dem Rücksitz eines russischen Autos? Die Vorstellung war einfach zu abenteuerlich.

Aber ich habe es getan, dachte sie mit einer Genugtuung, deren Intensität sie selbst ein wenig irritierend fand. *Und wenn ich die beschissene Vorstellung heute Abend überstehe, werden wir es wieder tun, und wenn sich die Leute hundertmal das Maul darüber zerreißen.*

Du bist vollkommen übergeschnappt, meldete sich der kritischere Teil ihres Bewusstseins zurück. *Monatelang spielst du die Heilige, und kaum in Mütterchen Russland angekommen, benimmst du dich wie ein Flittchen.*

Flittchen, na und? dachte Lena schläfrig und drückte Sergejs Hand. Sie konnte seine Wärme noch immer in sich fühlen und stellte sich vor, wie es wohl sein würde, wenn sie mehr Zeit füreinander hatten. Die Vorstellung gefiel ihr, aber Lena widerstand der Versuchung, den armen Sascha ein weiteres Mal in Verlegenheit zu bringen. Vielleicht war es besser, sich noch ein wenig auszuruhen. Melenki war zwar ein Provinznest und die Bühne im Kulturhaus ein schlechter Witz, aber es war eine Vorstellung, und sie hatte immerhin einen Ruf zu verlieren ...

Der Gedanke an ihren guten Ruf amüsierte sie, und so schlief sie mit einem Lächeln auf den Lippen ein.

———

Melenki empfing Lena Romanowa wie eine Königin.

Vor dem Kulturhaus erwartete sie eine begeisterte Menschenmenge, die in Beifall ausbrach, als sie ausstieg und an Sergejs Arm die Treppen zu einer winzigen Tribüne hinaufstieg, die man wohl eigens für diesen Anlass zusammengezimmert hatte. Es war kurz nach sechzehn Uhr, die Frühschicht in der Textilfabrik wohl gerade zu Ende, und so waren die meisten der Schaulustigen Frauen. Viele, vielleicht sogar die Mehrzahl, waren in Lenas Alter. Einige Gesichter kamen ihr vage bekannt vor, aber die Erinnerung war zu unscharf, um sie bestimmten Namen oder Personen zuzuordnen. Die Frauen sahen müde aus, aber ihre Augen glänzten erwartungsvoll. Der Rest des Publikums waren Kinder in sauber gebügelten Schuluniformen und ihre Lehrer, Müßiggänger und Pensionäre, die wohl auch zur Stelle gewesen wären, wenn statt Lenas ein Wanderzirkus oder ein Trupp Feuerschlucker die Stadt mit ihrem Besuch beehrt hätten. Die kleinste, aber auffälligste Gruppe war die der Kriegsveteranen – grauhaarige Männer in verblichenen Militärmänteln, auf denen Medaillen und farbige Ordensbänder prangten. Sie saßen auf Parkbänken, die sie wohl eigens hergeschleppt hatten, und verfolgten das Geschehen mit undurchdringlichen Mienen.

Papa würde heute einer von ihnen sein, dachte Lena und ihre Hochstimmung verflog. Doch Iwan Alexandrowitsch Romanow, Oberleutnant der

Reserve und Tschetschenien-Veteran, war nicht hier. Lenas Vater hatte das Kunststück fertiggebracht zu verschwinden, ohne die geringste Spur zu hinterlassen. Vielleicht hatte er sich auf einer seiner »Exkursionen«, wie er sie nannte, verirrt und war in einem Sumpfloch ertrunken oder man hatte ihn umgebracht und die Leiche irgendwo verscharrt. Lena würde es nie erfahren, ebenso wenig wie ihre Mutter, die daran zerbrochen war.

Der Bürgermeister, ein gutmütig aussehender Mittvierziger, überreichte Lena die Ehrenplakette der Stadt und hielt eine angemessen begeisterte Rede. Er zählte die Stationen ihrer Karriere und ihre Auszeichnungen auf, und dankte ihr schließlich im Namen der Bürgerschaft dafür, dass sie die Russische Förderation, den Bezirk Vladimir und vor allem die Stadt Melenki auf den Bühnen der Welt Ehre gemacht hatte. Lena lächelte höflich und fragte sich, wie viele Ballettliebhaber sich wohl für ihren Geburtsort interessierten, aber das war jetzt wohl nebensächlich. Der Redner bedankte sich auch bei Sergej, dessen Engagement man diesen »bedeutenden und überaus erfreulichen« Besuch zu verdanken habe. Die Zuschauer klatschten, und dann trat ein, was Lena befürchtet hatte: Sie wurde ans Mikrofon gebeten. Lena tastete nach dem Zettel in ihrer Tasche und wusste plötzlich, dass sie die vorbereitete Rede nicht halten würde. Sie hatte darüber sprechen wollen, was ihren Eltern widerfahren war und weshalb sie sich entschieden hatte fortzugehen, aber das konnte sie jetzt nicht mehr. Es hätte selbstgerecht geklungen und *falsch*. Ihr Vater war als gebrochener Mann aus dem Krieg zurückgekehrt, das stimmte, und ihre Mutter hatte sich vor ihren Augen zu Tode getrunken, aber das geschah in Russland alle Tage. Wenn jemand Anspruch auf Mitgefühl hatte, dann waren es doch wohl eher jene, die nie so eine Chance bekommen hatten wie sie. Aber vielleicht hatte sie erst herkommen müssen, um das zu begreifen.

Lena knüllte den Zettel zusammen und beschränkte sich auf einige unverbindlich-freundliche Dankesworte. Die Einladung habe sie überrascht und erfreut, sagte sie (was wenigstens zum Teil der Wahrheit entsprach), und es sei ein wunderbares Gefühl, wieder zu Hause zu sein. Da der strafende Blitzstrahl ausblieb, fügte sie noch hinzu, wie sehr sie sich auf den heutigen Abend freue. Auch das stimme, nur hatte es nichts mit dieser Farce von einem Soloauftritt zu tun, zu der sie sich hatte überreden lassen.

Die Zuhörer klatschen begeistert, Schuljungen pfiffen auf den Fingern, und Lena spürte, wie ihr die Hitze ins Gesicht stieg, als sie in all die lächelnden, freundlichen Gesichter sah. Sie war eine geübte Heuchlerin, schließlich hatte sie schon Hunderte von Interviews gegeben, in denen sie stets beteuert hatte, wie sehr sie sich doch auf den jeweils bevorstehenden Auftritt vor dem »großartigen Publikum dieser wunderbaren Stadt« freue, aber das hier war etwas anderes.

Du bist eine verlogene Schlampe, zischelte eine Stimme in ihrem Kopf, *betrügst die eigenen Leute.*

Die Veteranen nickten zustimmend, als hätten sie mitgehört. Ihre steinernen Gesichter erinnerten Lena an die alten Männer auf dem Schrottplatz und noch mehr an die düsteren Gestalten des »Sacre«, und vielleicht war das ein Zeichen.

Lena war nicht besonders abergläubisch, aber ihre Knie zitterten, als sie sich über das Geländer beugte, um Hände zu schütteln oder die schon leicht vergilbten Künstlerpostkarten zu signieren, die man ihr entgegenhielt.

Dann war die offizielle Zeremonie endlich vorüber, und Lena klammerte sich an Sergejs Arm, während er sie die Tribüne hinab in das schattige Foyer des Kulturhauses führte. Das Zwielicht und der seltsam vertraute Geruch nach feuchtem Mauerwerk und Bohnerwachs verstärkten das Gefühl der Unwirklichkeit, das sie den ganzen Tag über nicht losgelassen hatte. Doch hier schien die Zeit tatsächlich stehengeblieben zu sein.

Gleich würde der alte Maxim aus seiner Loge gestürmt kommen und sie in die Garderobenräume scheuchen: »Rasch, Kinder, zieht euch um, die Baba-Jaga wartet schon auf euch!« Die »Baba-Jaga« hieß in Wirklichkeit Olga Smirnowa und leitete den Ballettzirkel. Die Smirnowa war ein in abenteuerliche Roben gehülltes Gerippe, das Papyrosi rauchte und wie ein Bierkutscher fluchte. Sie brauchte weniger als vier Wochen, um die Zahl der Kursteilnehmerinnen von fünfundzwanzig auf jene acht zu dezimieren, die ihren Schikanen gewachsen waren. Lena war ihre Lieblingsschülerin und durfte nach dem Ende der offiziellen Probe noch bleiben, um schwierige Schrittkombinationen und *Sautés* zu üben. Gewürzt wurden diese zusätzlichen Übungseinheiten mit wehmütigen Anmerkungen die gute alte Zeit betreffend, in der Ballettschülerinnen noch »Talent und Feuer« besessen hätten und nicht »über die Bühne stolperten wie in Tüll gewickelte Piroggen.«

Lena zuckte zusammen, als plötzlich ein Mann aus dem Schatten trat, den sie einen Augenblick lang tatsächlich für den alten Maxim hielt. Doch rasch erkannte sie ihren Irrtum. Der elegant gekleidete ältere Herr wies nicht die geringste Ähnlichkeit mit dem ehemaligen Faktotum des Musentempels auf.

»Professor Dimitri Sarokin«, stellte Sergej den Neuankömmling vor. »Künstlerischer Leiter und Dirigent der Vladimierer Philharmonie.«

»Sehr erfreut«, versicherte Lena und genoss die Bewunderung, die sie in den Augen des Musikers zu sehen glaubte. Er war groß und schlank und bestätigte den Eindruck eines Kavaliers der alten Schule durch einen formvollendeten Handkuss, der Lena zu einem Lächeln reizte.

»Es ist mir eine große Ehre, Madame Romanowa«, erklärte der Professor mit leicht nervösem Zucken in den Mundwinkeln, »aber wenn sich das Orchester heute Abend nicht blamieren soll, benötigen wir für die Proben noch einige Details zu den von Ihnen ausgewählten Stücken. Wenn Sie so freundlich wären ...«

Die Ernsthaftigkeit des Mannes beeindruckte Lena. Sie hatte mit einem hastig verpflichteten Provinzorchester gerechnet, das üblicherweise Strauß-Walzer oder Offenbach-Melodien zum Besten gab. »Philharmonie« klang jedenfalls schon einmal nach Professionalität, auch wenn die verbliebene Zeit natürlich niemals für die notwendige Probenarbeit ausreiche.

»Also gut«, stimmte Lena nach kurzem Zögern zu und begleitete die beiden Männer in einen winzigen Besprechungsraum. Sascha, der Chauffeur, folgte in respektvollem Abstand.

»Ist es noch weit bis ins Hotel?«, erkundigte sich Lena eine halbe Stunde später gähnend, während die Limousine wie ein sanft schlingerndes Boot die vertrauten Straßen der Stadt durchquerte. Nichts schien sich verändert zu haben. Jedenfalls nichts, das darauf hindeutete, dass tatsächlich mehr als drei Jahrzehnte vergangen waren, seitdem sie das letzte Mal hier gewesen war. Ein paar Reklamewände waren dazugekommen, und auf dem Siegesplatz, direkt neben der Michailow-Kirche, hatte man eine Burger-King-Filiale eröffnet, die mit ihren bunten Lichterketten so deplaziert wirkte wie eine Jahrmarktsbude.

Vor dem Eingang zur Kreisverwaltung standen zwei Soldaten Wache. Auf dem Parkplatz standen mehrere Jeeps und ein Mannschaftswagen.

»Ein Rekrutierungsbüro«, sagte Sergej, als er Lenas fragenden Blick bemerkte. »Sie suchen Freiwillige.«

»Gehen Krimow die Soldaten aus?« General Krimow hatte sich nach dem Zarizyn-Massaker vor zwei Jahren an die Macht geputscht und genoss im Ausland wenig Sympathien.

»Was weiß ich.« Sergejs Stimme klang abweisend. Lena biss sich auf die Lippen. Sie hätte nicht fragen sollen. Schließlich war Krieg, auch wenn die Front Tausende Kilometer entfernt war.

Sie ließen das Zentrum hinter sich, fuhren die Luchenskaja in Richtung Osten und überquerten schließlich die Brücke über die Uchna, die so sanft und gleichmütig dahinfloss wie all die Jahre, in denen Lena über diese Brücke zur Schule gegangen war. Wie oft hatten sie hier Steine und Holzstücke in den Fluss geworfen und nach dem weißen Segelschiff Ausschau gehalten, das sie wegbringen würde, irgendwohin. Doch das Schiff war nie gekommen.

»Wo fahren wir hin?«, fragte Lena und räusperte sich, doch das Brennen in ihrer Kehle blieb.

»Ins Hotel natürlich«, wiederholte Sergej lächelnd. »Ich möchte dir nur vorher etwas zeigen.«

Die Straße wurde schmaler, und noch bevor Sascha den Blinker setzte um abzubiegen, wusste Lena, wohin die Fahrt gehen würde.

Das Brennen in ihrer Kehle wurde stärker. Sie erkannte jeden Baum wieder, jeden Zaun, jede Straßenlaterne. Sie waren da, als hätten sie in der Zwischenzeit nichts anderes getan, als auf sie zu warten. Es tat weh.

»Ich will nicht«, hörte sie sich plötzlich sagen. »Dreh um!«

»Aber es ist doch dein Elternhaus!« Sergej sah jetzt wieder wie der Junge von damals aus, erstaunt und fast ein wenig beleidigt. »Ich dachte, du wolltest es sehen.«

»Schon gut.« Lena zwang sich zu einem Lächeln. »Es kommt nur ein bisschen ... plötzlich. Ich dachte, ich hätte noch etwas Zeit.«

»Tut mir leid«, stammelte der Junge mit den hellen Augen unglücklich. »Wir können ja auch später ...«

Aber es gab kein Später. Das Haus mit den hölzernen Giebeln hatte Lena bereits durch die Zweige der Birnbäume im Vorgarten hindurch erspäht, und es griff mit unsichtbaren Armen nach ihr.

»Da bist du ja, Lenutschka, mein Täubchen«, flüsterte es mit der Stimme ihrer Mutter. *»Wir haben so lange auf dich gewartet.«*

Natürlich war die Stimme nicht wirklich, konnte nicht wirklich sein, dennoch spürte Lena, wie sich die Härchen in ihrem Nacken aufrichteten. Wie gebannt starrte sie zu dem alten Haus hinüber. Die Fenster im Obergeschoss schimmerten orangefarben wie die Augen einer alten Katze, auch wenn es wohl nur das Licht der tief stehenden Sonne war, das sich in ihren Scheiben spiegelte.

Der Vorgarten des Hauses No. 23 wirkte gepflegt. Der Rasen schien frisch gemäht, und die Rosenstöcke entlang des Zaunes blühten. Also war das Haus immer noch bewohnt.

»Wieso denn nicht, Kindchen?« Die Stimme in ihrem Kopf klang jetzt so deutlich, dass Lena unwillkürlich zusammenzuckte. *»Du bist doch hier zu Hause.«* Es war *ihre* Stimme, die sich in Lenas Erinnerung eingebrannt hatte mit ihrem singenden Tonfall und den verschluckten Konsonanten. Und natürlich hatte sie Unrecht: Nicht Lena, *sie* war hier zu Hause.

Lass mich in Ruhe, Mama!

»Ach Kindchen, du tust mir weh. Dabei habe ich doch deinetwegen alles aufgegeben!«

Sei endlich still!

Das Wehklagen erstarb in einem Schluchzen, und Lena lehnte sich aufatmend zurück. So stark war die Stimme noch nie gewesen, nicht einmal im Traum, und natürlich war das Haus daran schuld. Sie hätte nicht herkommen dürfen! Ängstlich starrte Lena zu dem Gebäude hinüber und fragte sich, wer jetzt wohl dort wohnen mochte. Es mussten Fremde sein, denn sie hatten keine Verwandten in der Stadt gehabt. Wahrscheinlich waren sie völlig ahnungslos.

»Kommst du?«

»Was?« Lena fuhr herum. Sergej war bereits ausgestiegen und hielt ihr die Tür auf. »Ach ja, natürlich, entschuldige.« Es war die Ballerina, die Sergejs Hand nahm und sich aus dem Wagen helfen ließ. Das Mädchen Lena wäre schreiend davongelaufen. Wie damals.

»Du brauchst nicht mitzukommen, Sasch«, sagte Sergej zu dem großen Mann, der ebenfalls ausgestiegen war. »Wir sind in zehn Minuten zurück.«

»Klar, Chef.« Es klang ein wenig enttäuscht.

Warum tauschen wir nicht, dachte Lena. *Ihr beiden geht da rein, und ich bleibe im Auto, bis ihr wiederkommt.* Das war natürlich Unsinn, aber die Vorstellung amüsierte sie und ließ sie einen Augenblick lang ihre Angst vergessen.

Ja, sie hatte Angst, und der Umstand, dass Haus und Vorgarten so normal wirkten, ja sogar in einem besseren Zustand zu sein schienen als damals, verstärkte diese Furcht nur noch. Es ging ihm gut, und es wartete auf sie.

Die Tafel am Eingangstor bemerkte sie erst, als ein zufälliger Lichtreflex sie blendete. Sie war augenscheinlich neu; die polierte Messingoberfläche blitzte im Licht der untergehenden Sonne.

Neugierig trat Lena näher und fuhr zusammen, als sie ihren Namen las:

In diesem Haus wurde am 27. November 1998
Jelena Iwanowa Romanowa
geboren,
Solistin des St. Petersburg Mariinskij-Balletts,
Prinzipal-Tänzerin des American Ballet Theatre, New York.
Im Jahr 2039 wurde ihr der Titel
einer »Prima Ballerina Assoluta« verliehen.

Lena klammerte sich an Sergejs Arm und las die wenigen Zeilen immer wieder, als habe sie Mühe, den Inhalt zu begreifen. Doch es war nicht Rührung, die ihr die Tränen in die Augen trieb. Lena hatte im Laufe der Jahre unzählige Auszeichnungen erhalten: Pokale, Ehrenpreise, Medaillen, Urkunden. Über manche hatte sie sich ehrlich gefreut, andere als selbstverständlich hingenommen. Aber das hier war etwas anderes, dieses einfache Messingschild am Torpfosten ihres Elternhauses. Es war wie ein Riss in der Zeit, etwas, das unmöglich an diesem Ort existieren konnte.

Langsam, beinahe wie in Trance, streckte Lena die Hand aus und fuhr mit den Fingern über die eingravierten Schriftzeichen. Die Tafel war real, sie konnte das kühle Metall unter ihren Fingerkuppen spüren. Lenas Herz begann wieder zu schlagen. Das Gefühl der Unwirklichkeit schwand und machte einer trotzigen Entschlossenheit Platz.

Du hast mich gerufen, Mama, flüsterte Lena lautlos und starrte hinauf zu den Giebelaugen des alten Hauses, deren Glanz mittlerweile erloschen war. *Hier bin ich!*

»Gefällt sie dir?«

Erst jetzt wurde Lena bewusst, das Sergej sie die ganze Zeit über angesehen hatte. Er lächelte so verlegen wie damals, als er ihr die Musikkarte geschenkt hatte – ein grässliches Ding mit einem Schwanenseemotiv und einer quäkenden Melodie, die Tschaikowski in den Freitod getrieben hätte.

Sergej war ein Kindskopf. Und sie liebte ihn.

Lena widerstand der Versuchung, ihn in die Arme zu nehmen. Sie ahnte, dass es nicht dabei bleiben würde. Bis zu den Rosenbüschen waren es nur paar Schritte. Niemand würde sie dort beobachten können, jedenfalls niemand von außerhalb. Allein die Vorstellung, dass es möglich war, jagte eine Welle der Erregung durch Lenas Körper.

»Ach Kindchen, was ist nur aus dir geworden.« Das Haus hatte sie durchschaut, nein, *sie* hatte Lena durchschaut. »Serjoscha ist so ein netter Junge, und du benimmst dich wie eine Hure.« Die Stimme klang nicht mehr so kraftvoll, aber der gehässige Unterton machte Lena dennoch wütend.

Halt den Mund, Mama. Vielleicht bin ich eine Hure, vielleicht auch nicht. Aber du bist die allerletzte, die darüber zu richten hätte!

»*Das war etwas anderes. Ich hatte doch nichts mehr*«, flüsterte die Stimme so kläglich, dass sich Lena beinahe für ihre Heftigkeit schämte.

Ich weiß, Mamutschka, schlaf jetzt.

»Hast du irgendwas?« Sergej sah verwirrt und ein wenig enttäuscht aus.

»Was? Nein. Sie ist wirklich wunderschön.« Lena hauchte ihm einen flüchtigen Kuss auf die Wange. »Danke.«

Sergej strahlte: »Dann sollten wir jetzt reingehen.«

»Hineingehen?« Lena war überrascht. »Und was ist mit den Leuten, die hier wohnen?«

»Sind nicht da.«

»Aber der Garten ... und Vorhänge sind auch an den Fenstern ...«

Doch Sergej hatte schon das Gartentor geöffnet und war eingetreten. »Na, komm schon. Hier ist niemand außer uns.«

Sie gingen über den kiesbedeckten Weg zum Haus.

Die Eingangstür schien neu zu sein – glattes braunes Holz und ein messingfarbener Türknauf über dem modernen Sicherheitsschloss. Lena spürte, wie sich ihr Pulsschlag ein wenig beruhigte. Das war nicht mehr jene Tür, an die die Männer manchmal noch spät in der Nacht geklopft und nach *ihr* gerufen hatten.

»Du hast einen Schlüssel?«, stieß sie überrascht hervor, als Sergej sich nach vorn beugte, um aufzuschließen. »Woher?«

Sergej antwortete nicht sofort. Erst als die Tür aufschwang, wandte er sich ihr zu und lächelte geheimnisvoll. »Verrat' ich nicht. Komm schon!«

»Na, komm schon. Lenutschka, mein Täubchen«, echote die Stimme in ihrem Kopf. *»Worauf wartest du noch?«*

Lena blieb abrupt stehen. Nein, sie konnte da nicht reingehen, nicht in dieses Haus, nicht in den halbdunklen Flur, in dem es nach kaltem Rauch und noch etwas anderem, ungleich Widerwärtigerem riechen würde. Was, wenn die Tür zur Küche offen stand? Was, wenn *sie* immer noch da lag?

»Ich will das nicht«, flüsterte sie unglücklich, den Blick zu Boden geheftet. Sie konnte nicht weitergehen, selbst wenn sie gewollt hätte. Ihre Beine gehorchten ihr nicht mehr.

»Warte, ich mach' uns Licht!«

Etwas klickte, und obwohl Lena das Herz bis zum Hals schlug, musste sie ganz einfach hinsehen, vielleicht auch nur, um einen Grund zu haben, endlich davonzulaufen.

Doch was ist das? Der Korridor wirkte viel heller und breiter, als sie ihn in Erinnerung hatte. *Sind die Räume schon immer so hoch gewesen? Und was ist das für eine Treppe?*

Lenas Blick glitt über sauber tapezierte Wände, helle Holztüren und glänzende Dielen, doch da war nichts, das ihr vertraut erschien. Noch immer war sie nicht sicher, ob sie ihren Sinnen trauen konnte. Was, wenn das alles nur ein Trick war, um sie hineinzulocken, dorthin, wo *sie* auf Lena wartete?

»Die Regale sind noch nicht geliefert«, sagte Sergej und lächelte entschuldigend. »Deshalb liegen die meisten Sachen noch in der Kreisverwaltung.«

»W ... was?« Lena starrte ihn entgeistert an. »Welche Sachen? Wovon redest du überhaupt?«

Sergej schien einen Augenblick lang irritiert, doch dann grinste er übers ganze Gesicht, als er wie beiläufig bemerkte: »Ach, ich dachte, ich hätte dir von dem Archiv erzählt, das die Stadt hier einrichten will.«

»Und deshalb habt ihr das ganze Haus umgebaut?« Lena konnte es noch immer nicht fassen. Sie versuchte die Erinnerungen abzuwehren, die sich in ihr Bewusstsein drängten. Vergeblich. Der halbdunkle Flur, das Knarren der Dielen unter ihren Schritten, die spaltbreit geöffnete Küchentür ... *Mama, bist du da?* Der Geruch nach Rauch und Erbrochenem ... *Mama – neiiin!* Lena fuhr zusammen, wie unzählige Male zuvor, doch als sie den Blick hob, war die Tür verschwunden. Dort, wo sie sich damals befunden hatte, war nichts als glatte, frisch tapezierte Wand.

Sie ist nicht mehr hier!

Lena hätte es nur zu gern geglaubt. Aber hatte sie nicht eben noch *ihre* Stimme gehört? Oder hatte sie sich das alles nur eingebildet? Schließlich war Tatjana Fedorowna Romanowa seit mehr als dreißig Jahren tot. *Und wenn nicht?*

Eine zugemauerte Tür bedeutete gar nichts. Wenn Lena Gewissheit haben wollte, musste sie herausfinden, was sich hinter dieser Mauer befand. Bis zur nächsten Tür – es war die einzige auf dieser Korridorseite – waren es nur ein paar Schritte.

»Es ging leider nicht anders«, erklärte Sergej, der Lenas Gesichtsausdruck als Missbilligung deutete. »Das Dach war undicht und die meisten Balken durchgefault. Gefällt es dir nicht?«

»Natürlich gefällt es mir«, erwiderte Lena und zwang sich zu einem Lächeln. »Es ist nur ein wenig ... ungewohnt. – Was ist eigentlich hier drin?« Sie deutete auf die zweiflüglige Tür gegenüber.

»Ach, der Ausstellungsraum«, erwiderte Sergej ein wenig verlegen. »Die Stadt hat da einen jungen Mann angeheuert – einen Künstler. Ich weiß nicht, ob es ihm recht wäre ...«

»Das ist mir egal. Ich will es sehen.« Lenas Stimme klang fest, doch der Boden unter ihren Füßen fühlte sich an wie Treibsand.

»Gut, wie du meinst.« Sergej ging ein paar Schritte nach rechts und öffnete einen in der Wand verborgenen Schaltkasten. »Ich muss nur das Licht einschalten.«

Ziemlich umständlich für einen Lichtschalter, dachte Lena. *Oder warum dauert das so lange?* Irgendwo klickte etwas metallisch, dann ein Summen wie von einem Elektromotor. *Was hat er vor?*

»Serjoscha?«

»Ja?« Das mutwillige Glitzern in seinen Augen entging ihr ebenso wenig wie der Anflug von Rot auf seinen Wangen. *Natürlich hat er etwas vor.*

»Was ist da drin?«

»Ach, nichts weiter ... Er nennt es eine *Installation*. Ich weiß noch nicht mal, ob es schon fertig ist.«

Und ob du das weißt, dachte Lena. Ihre Furcht war verflogen. Was auch immer sich hinter dieser Tür befand, es hatte nichts mit ihrer Mutter zu tun. Sie war nicht mehr hier. Die Stimme in Lenas Kopf war verstummt.

»Lena, warte!« Sergej schien etwas eingefallen zu sein.

»Ja?«

»Ich weiß nicht, vielleicht war es doch keine so gute Idee ...«

»Was denn?«

»Na ja, diese ... Installation.« Sergej versuchte, ihrem Blick auszuweichen. »Du wirst sie vielleicht albern finden.«

»Bestimmt nicht«, versicherte Lena überzeugt. Seine Verlegenheit rührte sie, aber sie durfte sich nicht aufhalten lassen. Was auch immer hinter dieser Tür war, sie musste sich endlich Gewissheit verschaffen.

Noch bevor sie die Klinke niedergedrückt hatte, hörte sie die Musik. *Giselle* – Lena würde die Melodie überall erkennen. Der Tanz der jungen Wilis im 2. Akt.

Mit klopfendem Herzen öffnete sie die Tür. Der Raum war größer als erwartet und nur spärlich beleuchtet. Er schien leer zu sein, bis auf einen einzigen Stuhl in der Mitte und ein Podest an der rechten Stirnseite. Nein, kein Podest, eher eine Art Bühne, die von verborgenen Scheinwerfern in diffuses weißes Licht getaucht wurde.

Der Lichtblitz blendete sie für Sekunden, und als sie wieder sehen konnte, war die Bühne nicht mehr leer. Mit offenem Mund starrte Lena auf die weiß gekleidete Gestalt, die plötzlich wie aus dem Nichts aufgetaucht war. Ihr Gesicht lag im Schatten, aber noch bevor der Schweinwerferkegel nach oben gewandert war, begriff Lena: Die Frau auf der Bühne war niemand anderes als sie selbst!

Die Illusion war so vollkommen, dass Lena einen Augenblick lang an ihren Sinnen zweifelte. Sie schloss die Augen und öffnete sie wieder. Die andere Lena war immer noch da. Sie trug ein weißes Kleid und stand, nein, schwebte vollkommen regungslos einige Zentimeter über dem Bühnenboden. Fast schien es, als sei die Tänzerin mitten in der Bewegung erstarrt – eingehüllt in einen Kokon aus gefrorener Zeit wie ein Insekt in einem Harztropfen.

Das Bild wirkte ebenso irritierend wie gespenstisch. Vielleicht bedurfte es nur eines einzigen Wortes, einer Beschwörung, und der Bann wäre gebrochen. Giselle würde den angefangenen Sprung zu Ende bringen und weitertanzen. Das unsichtbare Orchester wurde lauter, das Licht begann im Rhythmus der Musik zu flackern. Für Sekunden hielt Lena den Atem an, doch die Haltung der Ballerina veränderte sich nicht, auch wenn das Zucken des Lichtes Bewegung suggerierte. Erst allmählich wurde ihr klar, dass die Tänzerin, so natürlich sie auch wirkte, gar nichts anderes sein konnte als eine geschickte optische Täuschung.

Jetzt erkannte sie auch das Kleid, das die jüngere Version ihrer selbst trug; sie hatte es vor Jahren eigens für einen Auftritt im Pariser Palais Garnier anfertigen lassen. *Wie lange war das jetzt her?* Mit einer Spur Eifersucht registrierte Lena die makellos glatte Haut ihrer Doppelgängerin, den Glanz ihres Haares. Diese Lena war mit Sicherheit kaum älter als dreißig Jahre.

»Ein Hologramm«, sagte jemand hinter ihr. »Gefällt es dir?«

Lena fuhr erschrocken herum. Es war natürlich Sergej, der sie so hoffnungsvoll anstrahlte, dass sie gar nicht anders konnte, als sein Lächeln zu erwidern. Er war tatsächlich ein Narr. Wie war er nur auf diese Idee gekommen? Und was mochte das alles gekostet haben? Hatte er tatsächlich geglaubt, sie freue sich über diese Begegnung mit ihrem jüngeren Ich?

Doch dann fiel Lenas Blick auf den Stuhl, und plötzlich sah sie ihn hier sitzen, allein in dem abgedunkelten Raum. Allein mit der Musik und dem aus Lichtstrahlen gewebten Bild einer Frau, die unerreichbar fern war. Wie oft mochte er so gesessen und sich gewünscht haben, sie wäre bei ihm? Wie einsam musste er gewesen sein.

»Sie ist jung«, sagte Lena nach einer Weile. Ihre Stimme klang heiser.

Sergej sagte nichts, sah sie nur an.

»Aber sie kann dich nicht wärmen«, stellte sie mit einem hochmütigen Blick in Richtung ihres jüngeren Ichs fest.

»Du warst nicht hier«, sagte der Mann und trat einen Schritt auf sie zu.

»Jetzt bin ich da«, sagte Lena. Die Musik übertönte das raschelnde Geräusch, mit dem ihr Kleid zu Boden glitt.

Wenn er noch einmal zu ihr hinsieht, kratz ich ihm die Augen aus, nahm sie sich vor, aber das war natürlich nicht ernst gemeint: Es würde nicht dazu kommen.

Dann war Sergej bei ihr und nichts anderes mehr wichtig.

Später, als die Musik verstummt und der Schweiß auf ihrer nackten Haut zu trocknen begann, fragte sie ihn: »Bist du nie auf die Idee gekommen, auch wegzugehen?«

»Nachzukommen, meinst du? Nein, ich wäre dir nur im Weg gewesen.«

Lena spürte einen leisen Stich der Enttäuschung, obwohl sie wusste, dass er Recht hatte. Wahrscheinlich hätte sie sich geschmeichelt gefühlt, wenn er ihr nachgereist wäre, aber geändert hätte es nichts. Weder Sergej noch sonst jemand auf der Welt hätte sie davon abbringen können, das zu tun, was sie sich vorgenommen hatte.

»Ich habe versucht, dich zu vergessen«, sagte Sergej, ohne sie dabei anzusehen. »Ich dachte, es sei leichter, wenn ich das alles nicht mehr um mich habe, die Straßen, den Park, die Wiesen am Fluss.«

»Du bist weggegangen?« *Warum hat er mir nichts davon erzählt?*

»Das könnte man so sagen. Aber es war kein bestimmter Ort, wo ich gewesen bin, sondern viel zu viele im Laufe der Jahre. Und meistens haben schon die eigenen Leute dafür gesorgt, dass man nicht viel Zeit zum Nachdenken hatte. Ganz zu schweigen von den anderen.«

Er hielt inne. Lena spürte, dass er nur auf ein Wort von ihr wartete, um weiterzusprechen, aber sie schwieg. Dieser Tag sollte nur ihnen allein gehören, und jede Erinnerung an das Davor würde ihm etwas von seinem Glanz nehmen. Natürlich würde sie ihm zuhören – später, aber nicht heute und nicht in Gegenwart jener anderen Lena, für die nie etwas anderes wichtig sein würde als dieser eine Tanz.

»Wir sollten jetzt gehen«, sagte sie leise und strich ihm über das Haar wie einem Kind. Es war weich und warm wie das Fell eines Tieres. »Dein Freund Sascha wird sich schon Sorgen machen.«

»Kaum«, sagte der Mann mit einem traurigen Lächeln. »Er weiß am besten von uns dreien, wann er sich Sorgen machen muss.«

Lena ließ die Andeutung unbeachtet und griff nach ihren Kleidern. Sie spürte seine Blicke auf ihrer Haut, während sie sich anzog, und lächelte über sein Bemühen, unbeeindruckt zu erscheinen. Er war es nicht, dafür sprachen nicht nur die fahrigen Bewegungen, mit denen er versuchte, seine Kleidung in Ordnung zu bringen. Vielleicht verstand Sergej etwas von den Dingen, mit denen er sich sonst beschäftigte, von Frauen verstand er jedenfalls nichts. Er begriff ja noch nicht einmal, dass auch das eine Vorstellung war, die sie allein für ihn gab.

Als sie aufbrachen, nahm er ihre Hand, und so verließen sie das Haus wie ein frisch verliebtes Teenager-Pärchen. Vielleicht waren sie das sogar in gewisser Weise, wenn man die verlorenen Jahre nicht zählte.

Das Orchester war gut. Zunächst war es nur ein Gefühl gewesen, durch nichts begründet als ein paar dissonante Tonfolgen, die beim Stimmen der Instrumente den Weg in Lenas Garderobe gefunden hatten. Irgendwie hatten sie so geklungen, als würden die Musiker ihr Handwerk verstehen.

Doch jetzt, als Lena aufgeregt wie eine Elevin am hinteren Bühneneingang hin- und herlief, wurde die Vermutung zur Gewissheit. Natürlich stellte Prokofjews »Cinderella« technisch nicht unbedingt eine Herausforderung für ein versiertes Orchester dar, dennoch bedurfte seine Interpretation wie eigentlich jedes Ballettstück einer gewissen Disziplin und Werktreue, die den Tänzern Sicherheit verlieh.

Mit den ersten Tönen erstarb des Murmeln und Raunen der Menge, das den Saal bis dahin wie dumpfes Meeresrauschen erfüllt hatte. Die exakten Tempi des einleitenden Vorspiels ließen keinerlei Zweifel daran aufkommen, dass Dirigent und Orchester eine perfekt abgestimmte Einheit bildeten. Die Einleitung verklang, und Lena nahm mit klopfendem Herzen ihren Platz in der Bühnenmitte ein, bis sich endlich der Vorhang öffnete und die Scheinwerfer aufflammten.

Der Beifall brach wie eine Woge über sie herein, und plötzlich war ihre Nervosität wie weggeblasen. Anmutig wechselte sie die Positionen, verneigte sich nach links, rechts und wieder in Richtung Saalmitte, bis die Beifallsbrandung schließlich verebbte und erwartungsvoller Stille Platz machte.

Die Gavotte war zwar nicht viel mehr als eine Pflichtübung für eine Tänzerin ihres Formats, aber es war eine Melodie, die die meisten wohl schon einmal gehört hatten. Die verspielt anmutenden Variationen des Themas schufen eine Art Vertrautheit mit dem Publikum, wie sie bei komplexeren Partien wohl nur schwer zu erreichen war.

Der Beifall war herzlich, aber keineswegs euphorisch, aber das war exakt der Einstieg, den Lena geplant hatte. Schließlich sollte noch eine Steigerung möglich sein. Sie nutzte die kurze Pause, um den Schweiß abzutrocknen und etwas neuen Puder aufzutragen. Es war zu warm in dem hoffnungslos überfüllten Saal, aber sie fühlte sich großartig. Sie hatte ein Gefühl für die Bühne bekommen, die eigentlich zu schmal für die üblichen Choreographien war, und sie wusste jetzt, dass sie sich auf Sarokin und die Musiker verlassen konnte.

Ich werde großartig sein, dachte Lena fern jeder Überheblichkeit. *Ich muss ganz einfach großartig sein. Das bin ich Sergej schuldig.*

Die ersten Takte von Strawinskis »Feuervogel« trieben sie zurück auf die Bühne. Es war eine völlig andere Art von Musik, vielschichtig und bis ins Detail auf das Geschehen auf der Bühne abgestimmt. Der Vorhang hob sich, und Lena spürte beglückt, wie sich ihr Körper auf die Musik einstimmte, den Rhythmus in sich aufnahm und fast ohne ihr Zutun in klare, fließende Bewegungen umsetzte. Der Tanz des Feuervogels war eine ihrer emotionalsten Partien. Fernab jeder künstlerischen Exaltiertheit verlieh er grundlegenden Sehnsüchten Ausdruck – auch ihren eigenen. Es gab Choreographen, die die Rolle des Feuervogels wegen ihrer athletischen Anforderungen mit männlichen Solotänzern besetzten, aber das widersprach Lenas Auffassung von der Freiheit als einem zutiefst weiblichen Prinzip. Mittlerweile wurde ihre Interpretation dieser Rolle von der Kritik in einem Atemzug mit den Auftritten der legendären Uljanowa genannt.

Die technischen Abläufe waren Lena längst in Fleisch und Blut übergegangen, so dass sie sich voll auf die Musik konzentrieren konnte. Sie begann verhalten, vertraute sich dem Fluss der Melodie an, der sie mit beinahe körperlicher Präsenz einhüllte und mit sich trug. Der Rhythmus wurde schneller und fordernder; gleitende Schrittfolgen wechselten mit kraftvollen Sprüngen und Pirouetten, mächtigen Flügelschlägen gleich, mit denen sich der Feuervogel aus der erdgebundenen Gefangenschaft zu befreien suchte. Lena tanzte nicht mehr, sie schwebte buchstäblich, getragen von der Musik und den bewundernden Blicken des Publikums, das ihren Vortrag in atemloser Spannung folgte. Ein letzter Paukenwirbel, ein letztes Aufbäumen, dann erstarrte die Szene in einem Augenblick völliger Lautlosigkeit, bevor der Beifall wie ein donnerndes Echo den Saal erfüllte.

Zum ersten Mal an diesem Abend fand Lena die Muße, nach Sergej Ausschau zu halten. Zu ihrem Erstaunen fand sie ihn nicht in der vordersten Sitzreihe, die für die örtlichen Honoratioren reserviert war, sondern einige Reihen dahinter inmitten der Gruppe Veteranen, die ihr schon am Mittag aufgefallen war. Trotz seines Maßanzuges schienen ihn die Männer in den braunen Militärmänteln zu akzeptieren – mehr noch, in gewisser Weise ähnelte er ihnen sogar. Erst in diesem Augenblick begriff Lena, was er ihr an diesem Nachmittag hatte sagen wollen. Sie hatte ihm nicht zugehört, nein, nicht zuhören wollen, weil sie Angst vor jenem Unbekannten hatte, der sich hinter seinem Jungenlächeln verbarg.

Sergej klatschte begeistert und winkte ihr zu, doch Lena reagierte nicht. Etwas Kaltes hatte sich in ihrer Magengrube eingenistet, ein Gefühl der Beklemmung ähnlich dem, das sie beim Anblick ihres Elternhauses empfunden hatte.

Allmählich verebbte der rhythmische Beifall des Publikums, und plötzlich entstand Unruhe im Orchester. Eine der Musikerinnen war aufgesprungen und hatte dabei ein paar Notenständer umgerissen. Die stämmige dunkelhaarige Frau – Lena konnte nur ihren Rücken erkennen – bahnte sich rücksichtslos ihren Weg in Richtung Publikum. Aus den Augenwinkeln sah Lena, dass auch einer der Veteranen aufgesprungen war und mit kreidebleichem Gesicht etwas schrie. Sergej winkte noch immer, nein, es war kein Winken, vielmehr eine Geste der Abwehr, als wolle er ihr sagen, dass sie von der Bühne verschwinden solle.

Die Szene hatte etwas Surreales, das jede sinnvolle Reaktion ausschloss. Für Sekunden schien die Zeit stillzustehen, ohne dass Lena auch nur im Ansatz begriff, was das alles zu bedeuten hatte.

Dann ging alles sehr schnell.

Jemand sprang auf die Bühne, ein dunkler, wirbelnder Schatten, der auf sie zustürmte und sie so heftig nach hinten stieß, dass Lena wie eine Schaufensterpuppe in die Kulissen geschleudert wurde.

Sascha, was soll d—?

Sie sah etwas Blaues auf sich zufliegen, hörte Holz brechen und riss instinktiv die Arme nach vorn.

Noch bevor sie aufschlug, tauchte ein greller Blitz alles um sie herum in weißes, gleißendes Licht. Sie verspürte einen brennenden Schmerz an den Beinen, der ihren Körper wie eine Schockwelle durchraste und schließlich ihr Bewusstsein auslöschte.

---

18 Jahre, zwei Monate und zwölf Tage später erwachte Lena Romanowa auf der Intensivtherapiestation der Monroe-Klinik für rekonstruktive Chirurgie in Santa Monica, Kalifornien.

Die Nachricht verbreitete sich wie ein Lauffeuer unter dem Personal, denn Lena war die einzige Komapatientin der Klinik, die in der Hauptsache auf Transplantations- und Neurochirurgie spezialisiert war. Lenas Freundin Miriam, die zu ihrem gesetzlichen Vormund bestimmt worden war, hatte die Einweisung in eine Komaklinik verhindert. Die Vorstellung, ihre Freundin unter Dutzenden maschinell ernährter menschlicher Hüllen in einem abgedunkelten Saal mit künstlich reduzierter Schwerkraft zu wissen, war ihr so unerträglich erschienen, dass sie mit Hilfe einer renommierten Anwaltskanzlei eine individuelle Betreuung durchgesetzt hatte.

Blinzelnd öffnete Lena die Augen und schloss sie sofort wieder. Das helle Licht schmerzte, obwohl die Jalousien im Zimmer geschlossen waren. Sie verspürte keinerlei Schmerzen, nur die angenehme Mattigkeit des Halbschlafs. Noch schwebte ihr Bewusstsein träge im Dunkel gestaltloser Erinnerungen, doch der Prozess des Erwachens – von EEG-Monitoren und Elektromyographen präzise dokumentiert – schritt rasch voran.

Wo bin ich? Die einzige Möglichkeit, dies herauszufinden, war ein weiterer Versuch, die Augen zu öffnen. Halb widerwillig blinzelte Lena in die schmerzende Helligkeit, bis sie ihre Umgebung wenigstens in Umrissen wahrzunehmen vermochte. Doch nichts, was sie sah oder zu sehen glaubte, weckte irgendeine Assoziation.

Grün – wenigstens eine Farbe.

Dort, wo sie eben noch gewesen war, gab es keine Farben, nur verschiedene Nuancen von Grau – und die Schatten. Wen oder was sie darstellten, wusste Lena nicht mehr genau, nur dass sie sich vor ihnen gefürchtet hatte. Vielleicht stellten sie auch gar nichts dar, waren einfach nur vorhanden wie dieses Grün, das ihren Augen jetzt nicht mehr wehtat.

Was mag das sein? Eine Decke? Bin ich in einem geschlossenen Raum? Und wenn ja, wie bin ich hierher gekommen?

Lena versuchte den Kopf zu heben. Nichts geschah. Überhaupt nichts.

Es war, als habe sie den Kontakt zu ihrem Körper verloren. Sie unternahm einen weiteren Versuch der Bewegung, diesmal an die Finger ihrer rechten Hand gerichtet. *Na los, macht schon!*

Nichts.

Panik überfiel sie; die Urangst, gelähmt zu sein, nahm ihr für Sekunden den Atem. Irgendwann stieß sie die Luft aus, getrieben von einem Impuls, der stärker war als ihre Furcht. *Also atme ich doch, obwohl es mir bis zu diesem Augenblick nicht bewusst war?*

Sie musste nur hinsehen, dann konnte sie vielleicht beobachten, wie sich ihr Brustkorb hob und senkte. Ihre Pupillen gehorchten, auch wenn Lena durch ihr Unvermögen, den Kopf zu heben, nur einen weißen Streifen Stoff erkennen konnte. Aber er bewegte sich!

Sie atmete!

Dr. Rachel Weissenberg, die Klinikpsychologin, war als eine der ersten benachrichtigt worden. Jetzt stand sie ein wenig unschlüssig in der Nähe der Tür und begnügte sich damit, ihre neue Patientin zu beobachten.

Achtzehn Jahre waren eine sehr lange Zeit, und jede Aufregung, jeder zusätzliche Reiz konnte die blasse dunkelhaarige Frau in das Dunkel zurückstoßen, aus dem sie sich eben herauszutasten begann. Natürlich musste sie früher oder später mit ihr sprechen – deshalb war sie ja hier – aber die ersten Schritte in ihr neues Leben musste die Patientin allein gehen. Wie es tatsächlich um sie stand, konnte sie nicht wissen und von Rachel würde sie es auch nicht erfahren. Jedenfalls nicht heute oder morgen.

Jeder hier in der Klinik kannte die Geschichte dieser Frau, und es hatte eine Zeit gegeben, da hatte jedes Kind ihren Namen gekannt. Selbst heute trafen noch hin und wieder E-Mails mit Anfragen und Genesungswünschen ein, und das, obwohl die Klinik eine Website installiert hatte, die seit Jahren bekanntgab, dass Lena Romanowa nach wie vor im Koma läge und jede Änderung ihres Zustands umgehend mitgeteilt werden würde. Im Archiv lagerten ganze Wäschekörbe mit Post aus aller Welt. Vielleicht würde sie ihr irgendwann ein paar davon vorlesen können. Das Melenki-Attentat hatte seinerzeit nicht nur Russland erschüttert, sondern Schockwellen in die ganze Welt ausgesandt. Der vergessene Krieg hatte plötzlich ein Gesicht bekommen, und das Schicksal von Lena, der berühmten Ballerina, und Sergej, dem Soldaten, hatte selbst Menschen betroffen gemacht, die nicht einmal wussten, wer da eigentlich gegen wen kämpfte.

Salvatore Brionis »Feuertanz« mit Kate Fielding und Roger Zelenko in den Hauptrollen galt bereits heute als ein Filmklassiker wie »Doktor Schiwago« oder »Vom Winde verweht«. Dabei war das Multivisionsspektakel erst vor knapp zehn Jahren in die Kinos gekommen. Doch dann war London gefallen, und der Vegas-Anschlag hatte auch dem letzten klargemacht, dass Krieg und Terror wenig mit Kunst und sehr viel mehr mit Sterben zu tun hatte, und so war das Interesse der Öffentlichkeit am Schicksal der Romanowa schon bald abgeflaut.

Die Welt ist nicht besser geworden in diesen 18 Jahren, dachte Rachel mit einer Spur Melancholie. *Trotzdem: Willkommen zurück!*

Lena ahnte nichts von der Anwesenheit einer anderen Person. Sie war beschäftigt. Nachdem sie festgestellt hatte, dass sie ihre Atmung kontrollieren konnte, ihren Lidschlag und die Bewegung der Pupillen, hatte sie sich die Aufgabe gestellt, ihr Blickfeld zu erweitern. Sie hatte nach wie vor keinerlei Vorstellung, wo sie sich befand, aber sie würde es herausfinden. Ein Stück grün getünchter Decke, die Jalousie und ein Streifen Stoff waren jedoch zu wenig. Sie *musste* ihren Körper dazu bringen, ihr wieder zu gehorchen. Dass sie keinerlei Berührungsreize wahrnahm, irritierte sie zwar, änderte aber nichts an ihrer Entschlossenheit. Sie konzentrierte sich, bündelte all ihre Willenskraft in diese eine Bewegung und hatte Erfolg: Für den Bruchteil einer Sekunde wurde der weiße Stoffstreifen breiter. Erleichtert und vollkommen erschöpft schloss sie die Augen. Was auch immer ihr zugestoßen war, sie würde damit fertig werden.

Die Bewegung, so schwach sie auch war, entging der Psychologin ebenso wenig wie die Andeutung eines Lächelns, das einen Augenblick lang über das schmale Gesicht der dunkelhaarigen Frau gehuscht war.

Du schaffst es, dachte Rachel mit einem Gefühl der Zuneigung, dessen Intensität sie selbst überraschte. *Du wirst es allen zeigen.*

Die Psychologin sollte Recht behalten. Der Erfolg hatte Lena neuen Mut gegeben. Wenn es ihr gelungen war, den Kopf zu bewegen, dann musste das auch mit ihren Armen oder Beinen möglich sein. Sie musste sich nur konzentrieren.

Dass ihre Bemühungen zunächst erfolglos blieben, entmutigte sie nicht, sondern stachelte ihren Ehrgeiz nur noch weiter an. Ein Bild war in ihr Bewusstsein zurückgekehrt, das erste. Sie sah sich selbst als junges Mädchen in einem weiß getünchten Raum mit ein paar Holzstangen an den Wänden. Sie übte eine Schrittfolge, immer die gleiche, zehn, zwanzig, fünfzig Mal, ohne das geringste Anzeichen von Ungeduld. Beharrlich wie eine Ameise – *Murawej.* Das Wort gefiel ihr, und sie versuchte, es laut auszusprechen, brachte aber nur ein Flüstern zustande. Auch das Sprechen war wohl etwas, dass sie noch üben musste.

Noch war das Dunkel zum Greifen nah – wie eine Höhle, in die sie sich jederzeit zurückziehen konnte, aber dort lauerten auch die Schatten, und so bemühte sich Lena weiter, ihren Muskeln und Nerven irgendeine Reaktion zu entlocken.

Dabei entdeckte sie Seltsames: Immer wenn sie versuchte, die Füße auszustrecken oder die Zehen zu bewegen, vernahm sie ein leises Summen, begleitet von der irritierenden Empfindung einer Vibration. Das Phänomen erwies sich als reproduzierbar, war aber mit keiner Erfahrung ihres früheren Ichs in Einklang zu bringen. In gewisser Weise ähnelte es dem Gefühl, mit nackten Füßen auf das Gehäuse einer laufenden Maschine zu treten, aber auch das traf es nicht genau. Dennoch war das wohl besser als überhaupt keine Reaktion. Wenn Lena nicht so erschöpft gewesen wäre, hätte sie gewiss den Versuch unternommen, sich so weit aufzurichten, dass sie ihre Füße sehen konnte. Aber das lag bislang außerhalb ihrer Möglichkeiten. Wahrscheinlich gab es eine völlig harmlose Erklärung für ihre Wahrnehmungen. Jetzt musste sie sich erst einmal ausruhen. Von irgendwoher aus dem Dunkel ihrer Erinnerungen kam der Satz: *Der Morgen ist klüger als der Abend.* So würde es sein.

»Mrs. Romanowa, können Sie mich verstehen? Mrs. Romanowa?«

Schlaftrunken öffnete Lena die Augen und sah in ein fremdes Gesicht. Dunkle forschende Augen und ein Lächeln, das eine Spur zu zuversichtlich ausfiel, um aufrichtig zu wirken. *Eine Ärztin*, schoss es Lena durch den Kopf, ohne dass sie diese Vermutung hätte begründen können.

»Wer sind Sie?«, fragte sie auf Russisch. Ihre Stimme klang heiser, aber es war immerhin mehr als ein Flüstern.

»Ich bin Dr. Rachel Weissenberg und würde mich gern ein wenig mit Ihnen unterhalten«, erwiderte die Besucherin in akzentfreiem Russisch. Allerdings passten die Worte nicht zu ihren Lippenbewegungen. Wahrscheinlich benutzte sie ein Übersetzungsgerät.

»Ich kann nicht«, versetzte Lena abweisend. Sie wollte nicht mit dieser Frau sprechen und auch mit niemandem sonst. Die Gründe dafür waren vielschichtig. Zum einen empfand sie ihre hilflose Lage als demütigend, zum anderen fürchtete sie sich vor dem, was sie möglicherweise erfahren könnte. Sie hatte nicht gut geschlafen in dieser Nacht. Bilder hatten sich in ihr Bewusstsein gedrängt, Orte und Gesichter, die ihr seltsam vertraut erschienen. Und hinter all dem hatten die Schatten gelauert, gestaltlose, erdrückende Wesenheiten, bereit, sich auf sie zu stürzen.

»Sie haben Angst, nicht wahr?«, sagte die Frau.

Lena nickte oder versuchte es zumindest.

»Dann sollten wir uns heute auf das Wesentliche beschränken. Es wird ein paar Tage, vielleicht sogar Wochen dauern, bis Sie sich ohne fremde Hilfe bewegen können. Sie waren sehr lange ohne Bewusstsein. Die Stimulationstherapie hat zwar die Rückbildung Ihrer Muskeln verhindert, aber Sie müssen erst wieder lernen, wie man sie benutzt.«

»Und warum kann ich kaum etwas fühlen?«

»Aus ähnlichen Gründen. Ihr Bewusstsein hat sich gegen alle äußeren Reize abgeschottet und ein Teil dieser Blockaden ist noch aktiv und kann erst allmählich abgebaut werden.«

Das klang plausibel, erklärte aber nicht, was die Bewusstlosigkeit verursacht hatte und weshalb sie sich nicht an die Zeit davor erinnern konnte.

»Hatte ich einen Unfall?«

«So könnte man es nennen«, erwiderte die Psychologin ausweichend. »In jedem Fall haben Sie einen traumatischen Schock erlitten und mussten mehrfach operiert werden. Da Ihr Zustand äußerst instabil war, hielten die behandelten Ärzte es für angeraten, Sie in eine Art künstliches Koma zu versetzen.»

Aus dem ich dann nicht wieder aufgewacht bin, dachte Lena, fand aber nicht den Mut zu weiteren Fragen. Die Auskünfte der Ärztin hatten ihre Verunsicherung eher noch verstärkt. Sie schloss die Augen zum Zeichen, dass sie allein bleiben wollte. Als sie sie Minuten später wieder öffnete, war die Frau nicht mehr da.

Am dritten Tag nach ihrer Verlegung auf die Wachstation erhielt Lena Besuch von einem älteren, südländisch aussehenden Herrn, der einen

Besucherkittel trug und sich als Professor Montoya vorstellte. Nachdem er sich nach ihrem Befinden erkundigt hatte, überraschte er Lena mit der Information, dass er als ehemaliger Chefarzt der Neurochirurgie das Team geleitet hätte, das Lena *damals* – das Wort jagte ihr einen kalten Schauer über den Rücken – operiert hatte. Er habe *seitdem* oft an sie gedacht und freue sich, dass ihre Genesung Fortschritte mache. Anders als die »verehrte Kollegin« Dr. Weissenbach sei er allerdings der Ansicht, dass es wenig Sinn hätte, Patienten Informationen vorzuenthalten, absolut hoffnungslose Fälle natürlich ausgenommen.

Und so erfuhr Lena in den nächsten Minuten, dass ihr die Explosion beide Beine unterhalb des Kniegelenkes abgerissen hatte, dass die ihr *damals* eingepflanzten *Neuromove*-Aktivprothesen auch heute noch als die besten auf dem Markt galten und dass sie nach Lage der Dinge in 8 bis 12 Wochen wieder auf »eigenen Füßen« stehen würde. Auch wenn es mit dem New-York-Marathon wohl so schnell nichts werden würde, ha ha ha.

Der Mann besaß offensichtlich das Gemüt eines Fleischerhundes, aber sein Optimismus wirkte ansteckend, was Lena zu der Frage verleitete: »Werde ich wieder tanzen können?«

Die Frage schien den Besucher zu überraschen. Zum ersten Mal seit seiner Ankunft sah er Lena direkt ins Gesicht. Er hatte wunderschöne braune Augen, deren melancholischer Ausdruck sein burschikoses Auftreten Lügen straften.

»Tanzen«, sagte er nachdenklich. »Irgendwie hatte ich gehofft, Sie hätten genug davon, nach allem, was geschehen ist. Aber das war natürlich Unsinn. Tanzen ist Ihr Leben.«

»Nein«, fuhr er in sachlicherem Tonfall fort. »Gehen und nicht allzu zügiges Laufen dürften kein Problem darstellen, aber Sprünge, wie man sie von Ihnen gewohnt ist? Belastungen dieser extremen Art würden das Material vermutlich binnen kürzester Zeit zerstören, jedenfalls unter normalen Schwerkraftbedingungen. Es tut mit leid.«

Und dann tat er etwas, das Lena völlig fassungslos zurückließ: Er nahm ihre Hand, so sanft und vorsichtig, als sei sie etwas ungemein Zerbrechliches, beugte sich darüber und küsste sie. Dann ging er, ohne sich noch einmal umzudrehen.

Kaum zehn Minuten später erschien Dr. Weissenberg in Lenas Zimmer und fragte besorgt, wie es ihr ginge. »Er benimmt sich, als sei er immer noch der Chef hier«, erklärte sie sichtlich erregt. »Und das Ärgerliche ist, dass er sich von niemandem etwas sagen lässt, erst recht nicht von einer Frau. Der Professor ist und bleibt ein unverbesserlicher Macho.«

»Zu mir war er nett«, versetzte Lena, ohne die Psychologin anzusehen. Sie sprach immer noch ein wenig stockend, als bereite es ihr Mühe, die richtigen englischen Vokabeln zu finden. »Und er hat vor allem nicht versucht, mir etwas vorzumachen. Vielleicht hätte ich *ihn* fragen sollen, wie lange ich schon hier bin.«

Rachel antwortete nicht sofort. Erst als Lena sich zu ihr umdrehte und ihr direkt in die Augen sah, entschloss sie sich, das Risiko einzugehen: »Etwas mehr als achtzehn Jahre.« Sie hätte gern noch etwas Tröstliches hinzugefügt, aber das war gar nicht nötig.

Die dunkelhaarige Frau nickte wie jemand, der seine Vermutung bestätigt sieht. Dann huschte ein kleines trotziges Lächeln über ihr Gesicht, als sie erklärte: »Keine Angst, Doktor. Ich springe nicht aus dem Fenster. Diese Dinger«, sie deutete in Richtung Fußende ihres Bettes, »sind für so etwas nicht ausgelegt.«

Am 6. August des Jahres 2062, zwei Wochen früher als von Professor Montoya vorhergesagt, verließ Lena in Begleitung von Dr. Rachel Weissenberg die Klinik über einen Hinterausgang, wo ihre Freundin Miriam bereits in einem Taxi auf sie wartete.

»Danke für all die Mühe, die Sie sich mit mir gegeben haben«, wandte sie sich zum Abschied an ihre Begleiterin. »Ich fürchte, ich war keine besonders kooperative Patientin.« Sie wischte Rachels Protest mit einer ungeduldigen Handbewegung beiseite und fuhr fort: »Als ich mir diesen *Feuertanz*-Schinken ansehen musste, haben Sie mich hinterher gefragt, was ich denn daran so lächerlich fände. Ich verrate Ihnen heute ein Geheimnis.« Sie beugte sich zu Rachel hinüber und flüsterte ihr etwas ins Ohr.

»Und außerdem«, fügte sie voller Genugtuung hinzu, als sie sah, dass die Psychologin leicht errötet war, »tanzt diese Fielding in etwa so elegant wie eine in Tüll gewickelte Pirogge.«

Kaum eine Minute später schoss das Taxi am Pulk der wartenden Reporter vorbei und bog mit quietschenden Reifen auf die Stadtautobahn ein.

Die Psychologin sah dem Wagen nach, bis er nur noch ein winziger gelber Fleck am Horizont war, und fragte sich, weshalb sie keinerlei Erleichterung empfand. Vielleicht bildete sie sich das Ganze nur ein oder sie hatte tatsächlich einen Hauch von Kälte gespürt, einen drohenden Schatten, der sich hinter dem forschen, beinahe übermütigen Auftreten der Tänzerin verbarg.

In den darauf folgenden Monaten gelangten keinerlei Informationen über den Aufenthaltsort oder die Lebensumstände der ehemals berühmtesten Tänzerin der Welt an die Öffentlichkeit. Offenbar lebte sie völlig zurückgezogen an einem geheim gehaltenen Ort.

Man mutmaßte zwar, sie sei die Stifterin der großzügigen Spende, die einige Wochen nach ihrer Entlassung über eine internationale Hilfsorganisation die überlebenden Opfer und Hinterbliebenen des Melenki-Attentats erreichte, aber das blieb reine Spekulation.

Noch unglaubwürdiger erschien die Behauptung einiger Einheimischer, sie hätten am Grab des Obersten Sergej Dawidenko eine schwarz gekleidete Frau knien sehen, die kurz danach in einem Taxi mit Moskauer Kennzeichen abgereist sei. In den akribisch geführten Passagierlisten der in Frage kommenden Flüge fand sich jedenfalls kein Eintrag auf den Namen Romanowa und der Geschäftsbereich Moskauer Taxi-Unternehmen endete unter den Bedingungen des Ausnahmezustands an der Stadtgrenze.

Ähnlich skeptisch wurde der Anruf eines Passagiers aufgenommen, der Lena Romanowa an Bord der »Queen of Hearts«, eines Linienschiffes der Goldsmith-Klein-Gruppe, gesehen haben wollte. Er sei ihr in einem abseits gelegenen Fitnessraum begegnet, und sie habe einen schwarzen Gymnastikanzug getragen. Der Mann war 82 Jahre alt und schien ein wenig verwirrt zu sein. Wie hätte er sonst behaupten können, die Romanowa habe sich seit ihrem letzten Gastspiel an der Chicagoer Oper kaum verändert? Recherchen ergaben, dass besagter Auftritt an der LOC vor 22 Jahren stattgefunden hatte. Der Anrufer litt ganz offensichtlich unter einer Idee fixé, und so landete sein Hinweis zusammen mit diversen UFO-Sichtungen und Marienerscheinungen in der Ablage der Redaktionen.

Als Goldsmith-Klein im September 2063 überraschend die Verpflichtung der Romanowa bekannt gab, schlug die Nachricht ein wie eine Bombe. Wöchentliche Ballettabende mit einer 65-jährigen Ex-Diva, die erst vor wenigen Monaten aus dem Koma erwacht war und zudem Fußprothesen trug – das war entweder ein schlechter Scherz oder ein äußerst geschickter PR-Schachzug. Zeitungen und TV-Netzwerke reagierten mit skeptischen und teilweise sogar hämischen Kommentaren, die auch nicht verstummten, als eine weitere prominente Verpflichtung bekannt wurde: Fabian R. Fahrenburg von der Bayerischen Staatsoper, der als »Nurejew von der Isar« bereits große Popularität erlangt hatte, würde Lenas Partner sein. Kenner der Ballettszene, insbesondere jene, die schon mit einem der beiden Künstler zusammengearbeitet hatten, hielten sich mit Äußerungen zurück oder beurteilten das Projekt sogar positiv. Henry Santini, ehemals künstlerischer Direktor des New-York-Balletts, vermutete sogar eine tiefe Symbolik hinter dem gemeinsamen Auftritt der »beiden schillerndsten Gestalten der internationalen Ballettszene im Raum zwischen den bewohnten Welten« im Sinne einer »neuen Phase der Exilkunst in der Tradition der legendären *Ballets Russes*«, was in der Folge mit dazu führte, dass die allgemeine Skepsis gespannter Erwartung Platz machte.

Am Abend des 4. Oktober 2063 war es endlich soweit. Drei Tage zuvor hatte die »Queen of Hearts« den Erdorbit verlassen und war mit 800 Passagieren an Bord in Richtung Mars aufgebrochen. Die meisten davon waren gut betuchte Senioren, die ihren Lebensabend an einem Ort beschließen wollten, der neben der erwünschten Exklusivität auch ein Höchstmaß an Sicherheit bot. Auf dem Mars waren Kriminalität und Terror Fremdworte.

Für die Mehrzahl der Gäste, die sich an diesem denkwürdigen Abend im Festsaal des Luxusschiffes versammelt hatten, war die Romanowa eine lebende Legende, und so war die Spannung förmlich mit den Händen zu greifen, als die Lichter im Saal allmählich erloschen und die ersten Takte von Prokofjews »Romeo und Julia« erklangen. Es gab natürlich kein Orchester an Bord, aber die holographische Projektion des für Zuschauer sichtbaren Bereichs eines Orchestergrabens wirkte ebenso realistisch wie die vermeintliche Tiefe der Bühne, die in Wirklichkeit kaum mehr als fünf Meter betrug.

Die Scheinwerfer flammten auf, und da stand sie tatsächlich, die große Romanowa, und es war, als sei die Zeit stehengeblieben.

Und genauso ungerührt und stolz stand sie auch zwei Stunden später an fast genau der gleichen Stelle, als sie sich Hand in Hand mit ihrem Tanzpartner verbeugte und die Huldigungen des Publikums entgegennahm, das sich von den Plätzen erhoben hatte und donnernd applaudierte.

»Die Wiedergeburt einer Göttin«, titelte die »New York Times« tags darauf, nachdem sich die Redakteure die Videoaufzeichnung des Ereignisses angesehen hatten, die die »Queen of Hearts« noch in der Nacht zur Erde gefunkt hatte. Ähnlich euphorisch reagierten die anderen Zeitungen und Netzwerke und selbst David Cronenbaum, scharfzüngiger Chefkritiker der »Post«, musste einräumen, »dass man zukünftig wohl eine Menge Geld und Zeit aufwenden müsse, wenn man weißes Ballett in Vollendung erleben wolle.« Allerdings konnte er sich dann doch die Bemerkung nicht verkneifen, »dass eine verminderte Schwerkraft Darbietungen dieses Schwierigkeitsgrades offenbar äußerst zuträglich« sei. »Aphrodite und Eros zwischen den Sternen«, schwelgten die »St. Petersburger Nachrichten«, und die deutsche Bild-Zeitung überforderte ihre Leserschaft mit der Schlagzeile »Pas de deux mit einer Göttin«.

Die Propagandasender des Shariats reagierten dagegen erwartungsgemäß mit Häme. »Eine Soldatenhure mit Blechfüßen und ein widerwärtiger Homosexueller zelebrieren den Totentanz des dekadenten Westens«, kommentierte die »Stimme des Propheten« vor Bildern einer johlenden Menge, die großformatige Plakate mit Lenas Porträt verbrannte. Erst jetzt war sie wohl wirklich berühmt.

Der gelungenen Premiere folgten Dutzende umjubelter Auftritte, die zwar nach wie vor die Fachwelt begeisterten, naturgemäß aber kaum noch das Interesse einer breiteren Öffentlichkeit fanden.

Dennoch war Lena glücklich. Sie durfte wieder tanzen, Fabian war ein großartiger Partner, mit dem sie sich auch außerhalb der Bühne glänzend verstand, und das Publikum lag ihnen zu Füßen. Natürlich wusste Lena auch, dass es ein Glück auf Zeit war. Sie ging mittlerweile auf die siebzig zu. Die verlorenen Jahre sah man ihr zwar nicht an, aber sie merkte selbst, wie schwer ihr Atem ging, wenn sie sich anstrengen musste. Manchmal wachte sie nachts auf und lauschte ängstlich dem Schlag ihres Herzens, der ihr überlaut und unregelmäßig erschien. Und sie sah die Schatten näherrücken, geduldig und unerbittlich wie Jäger, die sich ihrer Beute sicher waren. Aber noch sollte nicht sie selbst das Ziel sein.

Im Juni 65 brach Fabian Fahrenburg auf der Bühne zusammen und musste auf die Krankenstation gebracht werden. Er war krank, seit langem schon, aber nur Lena hatte etwas von der Infektion gewusst. Er starb zwei Tage bevor die »Lady Genevra«, das Schwesternschiff der »Queen of Hearts«, in den Marsorbit einschwenkte.

Zusammen mit dem Kapitän und dem Schiffsgeistlichen sah Lena der silbernen Kapsel nach, in der Fabian den Sternen entgegenschwebte. Sie dachte, dass ihm dieser letzte Auftritt sicher gefallen hätte. Wahrscheinlich hätte er einen Toast auf sich selbst ausgebracht und dann das Glas hinter sich geworfen, wie er es von ihr gelernt hatte. Deutsche waren versessen auf große Gesten – erst recht, wenn es ums Sterben ging. Fabian Rudolf Fahrenburg war nur 38 Jahre alt geworden.

Lena lehnte das Angebot der Gesellschaft ab, ihr einen neuen Partner zu vermitteln. Es war vorbei. Sie schloss sich in ihrer Kabine ein, bis das Schiff am Raumhafen von Port Marineris aufsetzte und sie mit den anderen Passagieren von Bord gehen konnte.

Lena besaß genügend Kredit, um eines der eben erst fertiggestellten Appartements in unmittelbarer Nähe des Grüngürtels anmieten zu können. Sie ließ sich einen Allnet-Zugang schalten und schickte ihrer Freundin Miriam eine Nachricht, in der sie ihr mitteilte, dass sie vorerst nicht zur Erde zurückkehren würde. Andere Adressaten fielen ihr nicht ein.

Die darauf folgenden Tage verbrachte sie damit, die Umgegend der Stadt zu erkunden. Manchmal lief sie so dicht an die äußeren Energieschirme heran, dass sie ein Kribbeln auf der Haut verspürte. Sie beobachtete die schweren Loxit-Transporter, die träge wie Elefanten über die unbefestigten Straßen schaukelten, und fragte sich, ob es da draußen wirklich so kalt und unwirtlich war, wie die Broschüren behaupteten, die am Raumhafen an alle Neuankömmlinge verteilt wurden. Aus Gründen, über die sie sich selbst nicht im Klaren war, glaubte sie nicht daran.

Abends blieb sie lange wach und schaute durch das Dachfenster ihres Zimmers hinauf zu den Sternen. Ihr klares Licht nahm ihr ein wenig von ihrer Furcht vor der Nacht. Die Schatten kamen näher, auch wenn Lena ihre Anwesenheit eher spürte, als dass sie sie bewusst wahrnahm.

Ihre Träume waren unruhig. Bilder aus ihrer Kindheit mischten sich mit anderen, deren Grausamkeit sie erschreckte. Manchmal träumte sie von ihrem Vater. Er hing mit gefesselten Händen an einem Balken und starrte auf etwas, das sich neben ihm an einem Strick drehte wie ein Stück ausgeweidetes Wild. Doch der blutige Klumpen Fleisch war kein Wildbret, sondern der gehäutete Torso eines Menschen. Wenn sie nach solchen Szenen schweißgebadet erwachte, empfand sie die Gegenwart der Schatten beinahe als tröstlich. Sie wollten ihr nicht wehtun, davon war sie mittlerweile überzeugt. Vielleicht suchten sie ihre Nähe nur, weil sie einsam waren. Einsam und traurig wie sie selbst.

Ihre Stimmen waren leise und sanft wie das Raunen des Windes, und es dauerte lange, bis Lena sie zu verstehen lernte. Erst dann begriff sie, *wer* sie waren.

Sie waren geduldig und doch voller Hoffnung, keine Jäger, wie Lena zuerst vermutet hatte, sondern Getriebene, die auf etwas warteten, das allein sie ihnen geben konnte. Sie sprachen zu ihr, und Lena hörte ihnen zu, bis sie irgendwann erkannte, dass es Zeit war, ihrem Ruf zu folgen.

Niemand sah sie gehen, und als man Tage später ihr Verschwinden bemerkte, hatte der Wind ihre Spuren längst verweht.

Als Lena die Stadt verließ, war die Sonne schon seit Stunden untergegangen. Es war kühl außerhalb der schützenden Kuppel, aber nicht so kalt, wie sie befürchtet hatte. Sie trug nur ein dünnes weißes Kleid, so wie es sein musste in dieser Nacht, und Tanzschuhe, durch die sie jede Unebenheit des Bodens spürte. Sie wunderte sich über die Intensität dieser Wahrnehmung, bis ihr schließlich klar wurde, dass etwas mit ihren Beinprothesen nicht stimmen konnte. Das Ziehen unterhalb der Kniegelenke, das sie zuletzt nur noch unbewusst wahrgenommen hatte, war verschwunden, das Summen der Servomotoren verstummt. Lena blieb stehen und strich vorsichtig über die Haut ihrer Unterschenkel. Sie fühlte sich warm und vollkommen natürlich an.

Das Gefühl war unbeschreiblich. Übermütig wie ein Kind sprang Lena auf einen der Felsblöcke abseits des Weges und genoss das perfekte Zusammenspiel von Nerven, Sehnen und Muskeln bei dieser Bewegung.

Es waren tatsächlich *ihre* Beine, so wie sie einst gewesen waren. Die Schatten hatten ihr nicht zuviel versprochen. Alles würde so sein, wie es sein musste, in dieser Nacht.

Sie wandte sich um und sah zurück zur Stadt. Sie erschien ihr klein, beinahe verloren – eine winzige Insel des Lichtes inmitten der dunklen

Weite des steinernen Meeres. Sie ging weiter bergan, vorbei an gewaltigen Findlingsblöcken und Felstürmen, die sich wie riesige dunkle Finger in den sternklaren Nachthimmel erhoben. Schließlich erreichte sie den Kamm der Hügelkette und schaute hinab in ein Tal, dessen Sohle sich wie ein dunkler Fluss zwischen sanft geschwungenen Hängen nordwärts wand.

Hier! wusste Lena, noch bevor sie den winzigen rötlichen Lichtpunkt in der Tiefe bemerkt hatte, der ihr den Weg weisen sollte.

Sie bewältigte den Abstieg so sicher, als sei ihr der schmale gewundene Pfad schon seit Jahren vertraut. Der blinzelnde Lichtfleck wurde allmählich größer, gewann an Helligkeit und Struktur.

Ein Feuer, dachte Lena und lief dem zuckenden Lichtschein entgegen wie ein verirrtes Kind den Rufen seiner Mutter.

Das Feuer brannte in einem tonnenförmigen Behältnis, das sie sofort an einen anderen Ort erinnerte: einen Müllplatz am Stadtrand von Moskau, wo ein Dutzend alter Männer mit ausdruckslosen, wie in Stein gemeißelten Gesichtern in die Glut starrten. *Le Sacre du Printemps.*

Schon damals hatte sie die Szene für eine Art Omen gehalten, hatte geahnt, dass sie für etwas stand, für das sie sich unbewusst ein Leben lang bereitgehalten hatte: *Opfertanz.*

»Ja«, flüsterten die Schatten mit den Stimmen des Windes.

Sie sind hier. Lena spürte ihre Anwesenheit, noch bevor sie ihre Silhouetten im unsteten Licht des Feuers erkennen konnte.

Es waren zwölf, und ihre weiten Gewänder verhüllten sie so vollständig, dass keinerlei Rückschluss auf ihre Gestalt möglich war. Sie trugen Masken aus schimmerndem Metall mit dunklen Augenschlitzen und einer breiteren Öffnung dort, wo sich bei Menschen der Mund befand. Sie bildeten einen Kreis – *den* Kreis – und als sie sich auf dem gefrorenen Boden niederließen, klang es wie das Rascheln trockenen Laubs.

»Tanze!«, raunten sie mit den Stimmen des Windes, der erstarb, als Lena die Mitte des Kreises betrat.

Sie hatten lange gewartet, unvorstellbar lange nach menschlichen Maßstäben – Millionen und Abermillionen von Jahren, nachdem die Flüsse versiegt und der Sand ihre gläsernen Städte unter sich begraben hatte. Sie waren so alt, dass ihnen längst jedes Zeitgefühl abhanden gekommen war, aber jetzt waren sie so neugierig und erwartungsvoll wie Kinder. Sie lauschten der Musik, die das fremde Mädchen in sich trug, und genossen ihren Tanz, der sie an eine Zeit erinnerte, in der sie selbst noch Geschöpfe aus Fleisch und Blut gewesen waren, die Liebe, Schmerz und Tod kannten.

Und Lena tanzte.

Schon nach wenigen Takten hatte sie die Anwesenheit der Schatten ebenso vergessen wie deren Versprechen.

Sie tanzte, weil die Musik sie dazu zwang. Sie hatte geglaubt, es würde wie damals sein, wenn sie allein im Übungsraum getanzt hatte, ohne Musikanlage, ohne Orchester, aber das hier war etwas völlig anderes. Es *gab* ein Orchester, auch wenn sie es nicht sehen konnte, das jeden Ton, jede Melodie aus ihrer Erinnerung aufnahm und sie hundertfach verstärkt wiedergab. Sie hörte die Musik nicht nur, sie spürte sie in jeder Zelle ihres Körpers. Sie musste nichts weiter tun, als dem Fluss der Melodien, ihrem Rhythmus zu folgen wie ein Wellenreiter den heranrollenden Wogen. Musik und Bewegung verschmolzen zu einem fast rauschhaften Gefühl der Entrückung.

Das unsichtbare Orchester spielte, und Lena tanzte, schwebte und flog, leichtfüßig und beinahe schwerelos. Längst hatte sie aufgehört, ihre Umgebung wahrzunehmen. Stattdessen drängten sich andere Bilder in ihr Bewusstsein, Orte und Menschen. Die Wiesen am Fluss, wo sie als Kind gespielt hatte, der Übungsraum im Kulturhaus, das Raubvogelgesicht der Baba-Jaga. Ihre Mutter, lachend wie ein junges Mädchen, und Papas trauriges Gesicht am Bahnhof, als er schon Uniform trug. Die Bilder wechselten schneller, wie Farben in einem Kaleidoskop: New York, die Freiheitsstatue, Paris, Salzburg, München und zuletzt doch wieder Moskau. Szenenwechsel. Saschas weißes Gesicht, Sekundenbruchteile bevor er sie von der Bühne stieß, Fabian, still und selbst im Tod noch elegant, und natürlich Sergej – Serjoscha. *Ach, wenn uns doch ein wenig mehr Zeit geblieben wäre.*

Sie sah die Bilder vorbeiziehen, während sie tanzte, aber sie taten ihr nicht mehr weh. In ihrem Herzen war kein Platz für Trauer, der *Danse sacrale* hatte sie ausgelöscht wie die Furcht vor dem, was sein würde.

Lena tanzte, nur das war wichtig. Sie tanzte, leichtfüßig und beinahe schwerelos, als wäre eine Last von ihren Schultern genommen worden, und so wunderte sie sich auch nicht, dass sie keinerlei Erschöpfung verspürte.

Mir ist wohl ein wenig schwindelig, dachte sie, als die Musik verklungen war. Dann verlor sie auch schon das Gleichgewicht und sah, wie der Boden langsam, fast wie in Zeitlupe, auf sie zustürzte. Doch es gab keinen Aufprall, keinen Schmerz, nicht einmal eine Berührung. Die Schatten fingen sie auf, hüllten sie in ein warmes, dunkles Gewand und nahmen sie mit sich als eine der ihren.

Es gibt eine kleine, verborgene Schlucht, nur ein Dutzend Meilen von der Stadt entfernt, die das »grüne Tal« genannt wird.

Dort wird es stets ein wenig zeitiger Frühling als an jedem anderen Ort des Planeten. Dann schießt das hartblättrige Marsgras wie Unkraut aus dem morgenfeuchten Sand, und innerhalb weniger Stunden färbt sich das Tal grün. Einige Tage später findet man dort sogar Blumen: weiße Sternblüten, die aussehen wie winzige Anemonen, und leuchtend gelbe Wildnesseln. Die Wissenschaftler begründen dieses Phänomen mit Begriffen wie »Mikroklima«, »Sauerstoffkavernen« und »Grundwasseranomalien«, aber darüber lächeln die Einheimischen nur. Sie wissen, dass es ein magischer Ort ist.

Die meisten sind schon einmal dort gewesen, um sich an diesem Grün satt zu sehen, das den Augen wohl tut und tausend Erinnerungen weckt. Sie haben das Rauschen des Windes gehört, das hier so klingt wie sanfter Wellenschlag. Und sie haben geträumt, noch viele Nächte danach, von einem Tal wie diesem, mit blühenden Uferwiesen und einem Fluss, in dem sich das Blau des Himmels spiegelt.

Es *ist* ein magischer Ort.

Im Sommer treffen sich hier manchmal die Angehörigen der russischen Kolonie – Minenarbeiter und Techniker die meisten, die der Krieg in die Fremde getrieben hat. Sie kommen mit selbst zusammengebastelten Jeeps, die kleinen Panzerwagen ähneln, und bringen Campingstühle, Luftmatratzen, Holzkohlengrills, Kisten mit Selbstgebranntem und bunt gekleidete Frauen mit.

Wenn es dunkel wird, rücken sie enger zusammen und summen die alten Melodien mit, die aus den Lautsprechern der mitgebrachten Musikanlage erklingen. Und manchmal, an glücklichen Tagen, hat ihre Beschwörung Erfolg, und sie sehen eine weiß gekleidete Gestalt über die nachtdunklen Wiesen tanzen. Es ist Lena – natürlich – und sie schauen ihr zu, wortlos, selbstvergessen, und es ist wie ein Stück Heimkehr.

Wenn die Musik verklungen ist, weinen die Frauen ein bisschen, und die Männer betrinken sich sorgfältig und ohne unangemessene Eile. Irgendwann werden sie müde; dann verstauen die Frauen sie zusammen mit den Grills, Campingstühlen und Luftmatratzen auf den Rücksitzen der Fahrzeuge und setzen sich ans Steuer. Motoren heulen auf, und wenig später liegt das grüne Tal, das sie *Sad Jelennoi* – Lenas Garten – nennen, wieder still und schattenschwer im kalten Licht der Sterne.

Bernhard Schneider (*1961) arbeitete nach dem Physik-Studium in Wirtschaft und bei Behörden. Er ist derzeit als freier Unternehmensberater tätig und beschäftigt sich daneben mit elektronischer Musik und regelbasierten Systemen. Sein Debüt in der Science Fiction gab er 2002 mit einer Kurzgeschichte in der Story-Olympiade. Seither hat er ein halbes Dutzend Erzählungen in den Wurdack-Anthologien veröffentlicht.   *www.schnei17.eu*

BERNHARD SCHNEIDER

Methusalem

Jeff Campbell war achtunddreißig Jahre alt, als ein Brief sein Leben veränderte. Weder ihm noch seiner Frau fiel der graue Umschlag ohne Absender auf, der in der täglichen Flut aus Reklame und Rechnungen unterging. So dauerte es mehrere Tage, bis Jeff sich an einem verregneten Sonntagnachmittag in seinen Lieblingssessel setzte, die Füße auf den Kaminsims legte und die Post durchsah. Zuerst glaubte er nicht, was er da las. Er dachte an einen Scherz oder an einen dreisten Betrug. Erst als er die wenigen Zeilen zum dritten Mal überflog, entschied er sich dagegen, das Schreiben dem flackernden Holzfeuer zu überlassen.

»Helen?«

Jeffs Frau war nur ein paar Monate jünger als er, wurde aber meist auf Ende Zwanzig geschätzt. Je älter sie wurde, umso frischer und jünger wirkte sie. Daran hatte auch die Geburt ihres Sohnes Daniel nichts geändert, der mit seinen hellblonden Haaren und den blauen Augen seiner Mutter verblüffend ähnelte.

Helen hob den Kopf. Sie war für jede Ablenkung dankbar. Obwohl Daniel erst sieben Jahre alt war, konnte er hervorragend Schach spielen, und nach dem fünften Matt innerhalb einer Stunde war ihre Geduld erschöpft. Sie ließ den Bauern achtlos fallen und erhob sich von dem flauschigen Wollteppich, der im respektvollen Abstand neben dem Funken sprühenden Kamin lag.

»Schau dir das mal an!«, sagte ihr Mann.

Helen griff nach dem Brief und begann schweigend zu lesen. Jeff amüsierte sich über ihre Gesichtszüge, die unschlüssig hin und her pendelten, mal ungläubig, mal ärgerlich wirkten.

»Was soll das? Du sollst an einem medizinischen Experiment teilnehmen?«, fragte sie.

»Lies weiter«, forderte Jeff sie auf.

»Ein Screening. Sie suchen jemanden mit einer ganz bestimmten DNA. Ein Bluttest. Du gehst doch da nicht hin, oder? Den Wisch kriegt doch jeder.«

»Lies weiter«, beharrte Jeff.

Helen drehte das Blatt um. Dann pfiff sie durch die Zähne. »Eine Million Dollar!«

»Eine Million Dollar. Eine Million, falls meine DNA passt. Schade, dass sie nur Männer wollen. Sonst hätten wir unsere Chancen verdoppeln können.« Er betrachtete die alten Möbel, die vergilbte Tapete und den verschlissenen Vorhang. »Es wäre einen Versuch wert, meinst Du nicht?«

Jeff war noch völlig betäubt. Wortlos zog er den Mantel aus und hängte ihn an die Garderobe, Helens fragende Blicke ignorierend. Alles war verschwommen, wie in einem Traum, aus dem er jede Sekunde erwachen würde. Doch so sehr er sich auch bemühte, die Augen zu öffnen, gelang es ihm nicht, in die Wirklichkeit zurückzufinden. Nur langsam setzte es sich in seinem Verstand fest, dass er nicht schlief, sondern sich mitten im Leben befand. In seinem eigenen, unscheinbaren Leben, dass nun vorbei war, zumindest so wie er es kannte. Er tapste durch das Wohnzimmer und ließ sich in einen Sessel fallen. Helens Stimme klang wie durch Watte an sein Ohr.

»Was ist los? Was ist passiert? Was haben sie mit dir gemacht? Herrgott noch mal, sag schon!«

Jeff durchschaute sie. Ihre Neugier war gespielt und sollte die Besorgnis kaschieren, die in ihren Augen flackerte. Er lächelte. Vermutlich sah er aus, als wäre er gerade seinem eigenen Geist begegnet.

»Sie haben eine halbe Million Menschen gescannt. Ich bin der Einzige, der in Frage kommt«, begann Jeff tonlos. »Kennst du das Methusalem-Projekt?«

»Klar«, antwortete Helen. »Stand ja in allen Zeitungen. Die angeblich unsterblichen Gen-Mäuse, von denen zwei aus dem Labor entwischt sind. Ein Männchen und ein Weibchen. Wenn die Langlebigkeit vererbbar ist, werden wir ein Nagerproblem kriegen. Wir sollten uns ein paar Katzen anschaffen, solange es noch welche zu kaufen gibt.« Sie lachte gekünstelt.

Vermutlich ahnt sie schon, was als nächstes kommt, dachte Jeff. Er nickte.

»Sie wollen mir Telomerase spritzen. Das Enzym soll die Verkürzung der

Telomere bei der Zellteilung verhindern. Jede einzelne Zelle kann sich dann unendlich oft teilen. Wie bei den Mäusen.«

Helen öffnete den Mund, schluckte und schloss ihn wieder. Sie stand auf und ging in die Küche. Jeff starrte an die Decke und lauschte. Er hörte Geschirr klappern. Als Helen nach ein paar Minuten wieder kam, drückte sie ihm eine dampfende Tasse Tee in die Hand und setzte sich ihm gegenüber. Mit spitzen Fingern ließ sie zwei Stückchen Zucker in ihren eigenen Becher fallen. Dann blickte sie Jeff fest in die Augen. »Du wirst unsterblich«, stellte sie fest. »Ich weiß nicht, was ... mir fehlen die Worte.«

»Nicht unsterblich, nicht so absolut«, erwiderte er. »Aber sie werden den Alterungsprozess stoppen. Sie werden mich gewissermaßen einfrieren. Mit der Telomerase und ein paar Millionen Nanomaschinen, die in meinem Blut kreisen und ständig die Zellstrukturen reparieren.«

Helen verzog das Gesicht. »Verstehst du überhaupt, was du da redest? Nanozeug und Telodingsda?«

»Natürlich nicht«, schnaubte Jeff. »Ich bin kein Molekularbiologe, falls dir das noch nicht aufgefallen ist. Ich plappere nur nach, was die Weißkittel mir erzählt haben. Aber es klang alles sehr ... überzeugend. Und eine Sache habe ich verstanden: Ich werde nicht älter werden!«

Mit spitzen Lippen blies Helen über den heißen Tee. »Risiken?«, fragte sie knapp.

»Schiefgehen kann immer etwas. Aber es werden zweitausend Leute auf mich aufpassen. Also was soll's?«

Helen stand auf und blickte schweigend aus dem Fenster. Dann drehte sie sich um. »Wie wirst du dich entscheiden?« Als Jeff nicht antwortete, atmete sie tief ein. »Du verdammter Dickschädel. Du *hast* dich schon entschieden. Ich werde dir nicht den Gefallen tun, tausend Gründe aufzuzählen, warum das falsch ist. Ich hatte nur gehofft, wir könnten darüber ... reden. Aber Jeff Campbell bestimmt ganz alleine, ob er seine Seele verkauft. So ist es doch, oder? Sag mir nur, warum?«

»Eine Million Dollar«, antwortete Jeff und schloss die Augen.

Wütend knallte Helen die Teetasse auf den Esstisch und zog sich ihren Mantel an. »Ich muss Daniel aus der Schule holen«, knurrte sie. Als sie bereits im Flur war, drehte sie sich noch einmal um. »... und scheiß auf das Geld!« Krachend knallte die Haustür ins Schloss.

Jeff seufzte und legte den Kopf in den Nacken. Er hatte gelogen. Es war nicht das Geld. In seinem Innern züngelte ein kleines Flämmchen, das sich bald zu einem großen Feuer ausbreiten würde, einem Brand, der nicht mehr zu löschen war. Unsterblichkeit. Helen hatte Recht. Er hatte sich entschieden.

Die eigentliche Behandlung war schmerzlos. Alle zwei, drei Tage ein paar Injektionen, das war alles. Weit unangenehmer waren die ständigen Untersuchungen. Die Ärzte ließen nicht locker und scheuchten Jeff fast täglich durch ein großes Programm. Von der einfachen Blutanalyse bis zur Positronenemmissionstomografie war alles vertreten, was die moderne Diagnostik zu bieten hatte. Aber Jeff ertrug die Unannehmlichkeiten so gut es ging, schließlich durfte er zu Hause bleiben und musste nicht für Monate oder Jahre in einen sterilen Klinikbau umziehen. Dort wäre er unweigerlich verrückt geworden. Er vermutete, dass das genau der Grund dafür war, dass sie ihn sein normales Leben ließen, soweit es eben ging. Sie versteckten sich, hielten sich im Hintergrund, zumindest solange er das Haus nicht verließ. Jeff fühlte sich wie eine Ratte in einem Glaslabyrinth, aber wenn sie nach dem Abendessen gemeinsam vor dem Kamin saßen, war es so, als hätte sich nichts verändert. Helen arbeitete, Daniel ging zur Schule und die medizinischen Tests wurden langsam zur Routine. Von der ersten Rate hatte er sich einen schnellen Toyota gekauft, und manchmal gelang es ihm, seine Betreuer abzuschütteln, die ihm draußen auf Schritt und Tritt folgten. Dann raste er stundenlang ziellos über die Highways, während die Projektleiter Blut und Wasser schwitzten. Ein Unfall, womöglich mit tödlichem Ausgang, hätte das Ende eines sehr aufwändigen Experimentes bedeutet. Nur einmal auf einem seiner Ausflüge sah er in der Ferne einen Hubschrauber. Er fragte sich, ob er tatsächlich den Ärzten entkommen war oder sie ihm nur die Illusion ließen, ausbrechen zu können, wann immer er es wollte, als Teil eines raffinierten psychologischen Spiels, um ihn bei Laune zu halten. Aber Jeff dachte nicht lange darüber nach. Sie ließen ihn in Ruhe und nur das war wichtig. So vergingen die Monate, auf sonderbare Weise unspektakulär und erstaunlich alltäglich. Bis sich eines Tages etwas änderte.

Daniel fiel es zuerst auf. »Hast du dir neue Haare gekauft, Papa? So wie Onkel William?« Jeff musste lachen. Helens Bruder hatte schon früh eine Vollglatze entwickelt und führte sein ständiges Pech mit Frauen darauf zurück. So hatte er sich vor einigen Jahren dazu entschieden, der Natur auf die Sprünge zu helfen. Dank einer ausgeprägten Charaktereigenschaft, die Helen als Sparsamkeit bezeichnete, in Jeffs Augen aber eher an krankhaften Geiz erinnerte, hatte Onkel William eine kostspielige Genbehandlung abgelehnt und sich stattdessen ein altmodisches Toupet zugelegt – selbstverständlich die preiswerteste Ausführung. So sah man denn Helens Bruder auf zehn Metern Entfernung an, dass er etwas auf dem Kopf trug, das dort nicht hingehörte. Seinem neu gefundenen Selbstvertrauen schien dies aber nicht zu schaden. Er hatte erst letztes Jahr geheiratet und Helen war ein Stein vom Herzen gefallen, als ihr kleiner Bruder nun endlich in jeglicher Hinsicht versorgt war.

Jeff nahm seinen Sohn hoch und stellte sich vor den Spiegel. Tatsächlich schien sein Haar dichter zu sein und die grauen Strähnen an der Schläfe waren verschwunden. Die Nanos in seinem Blutkreislauf leisteten ganze Arbeit. Er bewegte seinen Arm und ließ Daniel auf und nieder wippen. »Bist du leichter geworden?«, fragte er.

»Quatsch. Ich bin gewachsen. Um drei Zentimeter. Du wirst mir ein paar neue Hosen kaufen müssen. Und Schuhe.«

Jeff betrachtete seinen Oberarm. Obwohl Daniel für sein Alter groß war, fühlte es sich an, als würde er ein Baby tragen. Etwas passierte mit ihm, etwas Gutes. Daniel schaute ihn durch den Spiegel an. »Ob Mama traurig ist?«, fragte er. »Sie kriegt Falten, hat sie gesagt.« Jeff wollte wieder lachen, aber er brachte nur ein heiseres Krächzen zustande. Er hatte Helen geheiratet, weil sie eine schöne Frau war. Nicht nur deshalb, aber auch. Und irgendwann einmal hatte er ihr gesagt, dass er mit ihr gemeinsam alt werden möchte. Schlagartig wurde ihm klar, dass es so nicht mehr funktionieren würde. *Sie* würde alt werden. *Er* nicht. Jeff fröstelte. Dann schob er die trüben Gedanken zur Seite. *Es macht keinen Sinn, sich den Kopf über Sachen zu zerbrechen, die erst in etlichen Jahren zum Problem werden könnten*, dachte er. Behutsam setzte er Daniel ab.

»Was willst Du eigentlich mal werden?«, fragte er.

»Pilot«, kam die Antwort wie aus der Pistole geschossen.

Jeff setzte ein ernstes Gesicht auf. »Wenn du erwachsen bist, wird es keine Piloten mehr geben«, bemerkte er. »Schon heute werden die meisten Flugzeuge von Computern gesteuert.«

»Dann will ich Astronaut werden«, krähte Daniel. »Zu den Bravos fliegen. Auf Europa. Wisch, wusch.« Mit den Händen ahmte er den kurvenreichen Flug einer Rakete nach und gab dabei Geräusche von sich, als würde sein imaginäres Fluggerät von einer Dampfmaschine angetrieben.

Jeff verzog die Mundwinkel. Die Bravos. Seit fünfzehn Jahren empfingen die großen Radioteleskope ein Signal, das künstlichen Ursprungs sein musste. Man nahm an, dass die Sendung von Terra Nova ausgestrahlt wurde, einem Planeten im Sternbild Waage, der verblüffende Ähnlichkeit mit der Erde aufwies. Das zumindest behaupteten die Astronomen. Aber Jeff war skeptisch, immerhin war der Planet mehr als zwanzig Lichtjahre entfernt. Sicher war nur, dass es dort draußen jemanden gab, der einen Sender zusammenbauen konnte, einen starken Sender. Die Konstrukteure hatte man kurzerhand Bravos getauft, da die elektromagnetischen Impulse ihrer Antennen an den Morsecode des Buchstabens B erinnerten. Und so entstand nur wenig später nach der Entdeckung der aberwitzige Plan, zu Terra Nova zu fliegen. Die Finanzierung des gewaltigen Unternehmens stand immer wieder kurz vor dem Zusammenbruch, und die technischen Herausforderungen waren enorm. Selbst mit den stärksten Triebwerken würde man Jahrzehnte, wenn nicht sogar Jahrhunderte brauchen. Aber Jeff war sich sicher, dass eines Tages ein Raumschiff abheben würde, trotz aller Schwierigkeiten. Zu phantastisch war die Aussicht, Lebewesen zu treffen, die nicht von der Erde stammten. Nur würde Daniel nicht an Bord sein. Der Flug musste eine halbe Ewigkeit dauern, und hierfür brauchte man Astronauten, die nicht älter wurden und gesund blieben, was immer auch geschah – Menschen wir er selbst. Zum zweiten Mal innerhalb weniger Minuten senkte sich ein dunkler Schatten über Jeff. Raubte er seinem Sohn die Träume? Wurde die Zukunft nicht mehr wie seit Urzeiten von den Söhnen gestaltet, sondern von den Vätern? Von den ewig jung bleibenden Vätern, die ihren Nachwuchs dazu verdammten, Zuschauer zu bleiben, ohne echte Chance, etwas verändern zu können? Jeff schüttelte den Kopf. Was machte er sich nur für Vorstellungen, fragte er sich. Es gab keine Generation von Unsterblichen, die alles auf den Kopf stellten. Es gab nur ein Experiment zur Verlangsamung des Alterungsprozesses und er war das Versuchskaninchen. Das war alles.

Noch.

———

Es war Sonntag und Jeff ging in die Kirche. Er war gläubiger Christ, der oft in der Bibel las und regelmäßig den Gottesdienst besuchte. In den letzten Monaten waren die Gebete jedoch seltener geworden. Seine Religion kreiste um die zeitliche Beschränktheit des Lebens und dem, was möglicherweise danach kam. Sie verkündigte die Überwindung des Todes und die Wiederauferstehung durch die Liebe zu Gott. Jeff hatte immer Trost gefunden in der Vorstellung, dass sein irdisches Dasein nicht alles war, sondern dass es danach irgendwie weiterging, ob nun im Paradies oder in der Hölle. Er hatte sich geborgen gefühlt, eingebettet in die geheimnisvollen Pläne eines allmächtigen Gottes und auf mystische Art und Weise unsterblich. Jetzt war es anders. Der Tod spielte keine große Rolle mehr, er war nicht mehr unabänderlich, sondern nur noch etwas, dass in unvorstellbar weiter Zukunft drohte. Wenn überhaupt. Er *glaubte* nicht mehr, dass er unsterblich war. Er *war* es. Jeff Campbell brauchte keinen Gott mehr. Und so beschloss er, dass er an diesem Tag das letzte Mal in seinem langen, sehr langen Leben eine Kirche betreten hatte.

Als er nach Hause kam, fühlte er sich beschwingt, auf eine seltsame Art erleichtert, als wäre eine schwere Last von ihm genommen worden. *Vielleicht ist es die tief verwurzelte Todesangst, die sich sonst wie ein dünner Schleier über die Farben jeden einzelnen Tages legt, und jetzt langsam zurückweicht*, dachte er.

Helen hatte ihn schon erwartet. »Das Wetter ist gut, wir sollten heute die Äpfel pflücken.«

»Heute?«, fragte Jeff erstaunt nach.

Seine Frau zog die Augenbrauen hoch. »Ja, heute, warum nicht? Daniel freut sich schon.«

Der Siebenjährige sprang auf Jeff zu und ließ sich von ihm hochheben. »Au ja Papa, das wird lustig, weißt du noch, letztes Jahr? Du wärst fast vom Baum gefallen. Mama hat geschrien und du hast geschimpft.« Daniel verzog sein kleines, zartes Gesicht zu einem frechen Grinsen. »Schlimme Wörter«, fügte er schelmisch hinzu.

Jeff zuckte zurück. Er erinnerte sich nur ungern an das letzte Jahr. Ein morscher Ast hatte unter ihm nachgegeben und er wäre fast in die Tiefe gestürzt. Aber eben nur fast. Er hatte sich noch am Stamm festklammern können und hilflos mit den Beinen gezappelt, bis Helen die rettende Leiter brachte. Damals hatte er sich nicht viel dabei gedacht. Er war zwar nur knapp einem Unglück entkommen, aber so war das Leben nun mal, voller Risiken, trotz aller Vorsicht. Man konnte sich nie wirklich sicher sein, ob man den aktuellen Tag überlebte. Aber jetzt war alles anders. Was hatte ein Mann seines Alters zu verlieren, wenn er frühzeitig starb, wegen eines dummen, vermeidbaren Unfalls, fragte er sich. Vielleicht dreißig, vierzig Jahre, normalerweise. Aber *er* war nicht normal. Für ihn stand weit mehr auf dem Spiel, Hunderte, Tausende von Jahren. Jeff erkannte plötzlich, dass sein Leben wertvoll war. Viel zu wertvoll, um es unnötigen Gefahren auszusetzen.

»Nein«, sagte er zu Helen. »Ich werde auf keinen Baum steigen. Viel zu gefährlich.« Daniels enttäuschten Ausruf ignorierte er. »Und das Autofahren. Überleg dir nur! Tausende von Menschen sterben jedes Jahr in ihren Autos. Das geht so nicht.« Jeff drehte sich im Halbkreis und ließ den Blick durch das Haus schweifen. »Wir werden einiges umstellen müssen. Allein diese Treppe. Wer weiß schon, wie hoch das Risiko ist, beim Treppensteigen zu stolpern und sich das Genick zu brechen?« Ihm schwindelte. Er ließ Daniel unsanft zu Boden gleiten und stützte sich an der Wand ab. »Und diese ganzen Stromkabel. Wusstest du, dass ein Stromschlag tödlich sein kann? Wir müssen ... ich muss ... etwas vorsichtiger ...«

Helen stürmte auf ihn zu und hielt ihn fest. »Geht es dir gut?«, fragte sie besorgt.

»Ja, ja, es ist nur ...« Jeff fasste sich an die Stirn. »Ich muss mich nur etwas hinlegen.«

»Tu das«, erwiderte seine Frau mit belegter Stimme. »Aber denk dran: Die meisten Leute sterben im Bett.« Jeff antwortete nicht. Er schaute Helen an. Dieses Funkeln in ihren Augen kannte er. Es verhieß Unheil.

Die letzten Wochen hatte Jeff das Bett nur verlassen, um die ärztlichen Untersuchungen über sich ergehen zu lassen. Die Termine waren seltener geworden, und so hätte er eigentlich einige Dinge erledigen können. Nur wozu? Und warum jetzt? Jeff kam es so vor, als würde sich die Zeit dehnen. Es war nicht mehr notwendig, etwas an einem bestimmten Tag zu tun. Man konnte alles problemlos verschieben, auf morgen, die nächste Woche, oder das nächste Jahr. Jeff wurde sich bewusst, dass viele Sorgen, die er früher mit sich herumgeschleppt hatte, aus einem Mangel an Zeit entstanden waren. Zeit war die einzige Ressource, die sich nicht vermehren ließ, so sehr man sich auch bemühte. Und da die Menschen wussten, dass ihre Zeit begrenzt war, wollten sie immer etwas bis zu einem ganz bestimmten Zeitpunkt erledigen und rasten blindwütig durch ihr kurzes Leben. Für Jeff galt das nicht mehr. Er hatte unendlich viel Zeit, im wahrsten Sinne des Wortes. Es gab keinen Grund, Pläne zu schmieden, Zeitpläne. Es gab keinen Grund mehr, morgens aufzustehen.

Dass er sich zumindest in diesem Punkt irrte, wurde ihm klar, als Helen ihn verließ. Die Trennung traf ihn wie ein Donnerschlag, auch wenn er ihre Vorwürfe nicht verstand. Er hatte sich nur für alles etwas mehr Zeit genommen, warum auch nicht, schließlich hatte er genug davon. Sie wollte Daniel mitnehmen. Das schmerzte ihn weit mehr als die Aussicht, seine Frau nicht mehr wiederzusehen, die doch nur die wenigen Jahre, die ihr noch blieben, im sinnlosen Eifer erleben würde, ohne je ein Gefühl für die großen Zusammenhänge zu entwickeln, die nur ein Unsterblicher begreifen konnte. So entschloss er sich, einen letzten gemeinsamen Tag mit Daniel zu verbringen, als Abschied von einem kleinen Jungen, der nach Jeffs Maßstäben viel zu schnell zu einem Greis werden würde.

Es war der perfekte Tag. Die Sonne brach schon früh durch den morgendlichen Nebel und vertrieb die restlichen Wolken, die einen stahlblauen Himmel hinterließen. Jeff hatte sich bemüht. Diesmal war er sich sehr sicher, seinen Schatten entwischt zu sein. Keine Autos, kein Hubschrauber, nichts außer dem dichten, dunklen Wald und dem zugefrorenen See, an dessen Ufer er nun stand. Daniel hatte die Schlittschuhe schon angezogen und wagte die ersten Schritte. »Prima«, rief er. »Ganz glatt. Und halten tut es auch.« Er hüpfte ein paar mal auf der Stelle, ohne dass sich die dicke Eisschicht beeindrucken ließ. Jeff hatte weit größere Schwierigkeiten, sich auf den Beinen zu halten. Vorsichtig setzte er einen Fuß vor den anderen und ruderte wild mit den Armen, um das Gleichgewicht zu halten. *Verrückt*, dachte er. Was er da tat, war einfach verrückt. Er konnte sich ernsthaft verletzen, sich alles Mögliche brechen. Dabei wollte er noch nicht einmal Äpfel pflücken, weil es zu gefährlich war. Aber hier ging es um seinen Sohn. Es war der letzte Tag, bevor Helen ihn mitnehmen würde, und für eine kurze Zeit kehrte der alte Jeff Campbell zurück, der nicht an die Ewigkeit dachte, sondern nur an die Gegenwart.

»Fang mich«, rief Daniel und stürmte los. Er war schon mehrere Meter weit weg, bevor Jeff reagierte. Mit ungeschickten Bewegungen versuchte er, seinem Sohn zu folgen. Er war viel zu langsam. Der See war riesig, und Daniel in seinem knallgelben Anorak schrumpfte bereits zu einem Farbtupfer in der Landschaft. »Halt, warte«, brüllte er. »Nicht so weit raus!« Aber Daniel hörte ihn nicht, oder wollte ihn nicht hören. Jeff fluchte. Niemand wusste, wie das Eis weiter draußen aussah. Vielleicht war es dünner, brüchiger. Er war schon völlig außer Puste und durchgeschwitzt, als Daniel schließlich anhielt.

»Komm schon, Papa. Hier ist es ganz durchsichtig, ich kann sogar die Fische sehen«, rief er. Jeff wurde langsamer. Auf den letzten Metern wollte er sich nicht vor seinem Sohn blamieren. Es gelang ihm sogar, leidlich elegant dahinzugleiten. Er schaute in Daniels strahlendes Gesicht, atmete schwer, während er rhythmisch ein Bein vor das andere setzte, und freute sich, weil sein Sohn glücklich war. Dann brach das Eis.

Daniel tauchte sofort unter. Einen Herzschlag später durchbrach sein blonder Schopf wieder die Oberfläche. Die Kleidung sog sich voll und drohte ihn wieder nach unten zu ziehen. Er versuchte Wasser zu treten, aber die Stahlkufen an seinen Füßen schienen ihn zu fesseln.

Jeff rannte los. Um ihn herum knackte es bedrohlich. Als er stehen blieb, war er noch drei Meter von dem Eisloch entfernt, das von einem Kranz gezackter Risse umgeben war. Er blickte zu Daniel. »Ich hol dich da raus. Bleib ruhig!« Die Aufforderung war überflüssig. Daniel war ruhig. Viel zu ruhig. Er versuchte immer wieder, sich hochzuziehen, aber die Eiskante brach unter ihm weg. Seine Bewegungen wurden bereits langsamer. *Selbst wenn er es schafft, oben zu bleiben, hat er nur Minuten in dem kalten Wasser*, dachte Jeff. Wie kam er an ihn heran? Er legte sich auf den Bauch, verteilte sein Gewicht auf der Eisfläche. Vorsichtig robbte er vorwärts. Es knirschte und knackte. Daniel öffnete den Mund, als wollte er schreien. Seine blauen Lippen zitterten. Jeff streckte den Arm aus. Noch einen halben Meter, dann würde er ihn packen können. Aber er musste näher heran. Unter seinem Knie bildete sich ein breiter Riss. Eis splitterte. Wenn er weiter kroch, drohte er selbst einzubrechen. Dann gab es für beide keine Rettung mehr. Er hatte Angst. Nicht die Angst eines Mannes, der sein halbes Leben schon hinter sich hatte. Durch Jeff flutete die Furcht, etwas Kostbares zu verlieren, etwas unendlich Wertvolles, dass nur ihm gehörte, nur ihm allein. Daniels angstverzerrtes Gesicht verschwamm vor seinen Augen und verwandelte sich in die Fratze eines zahnlosen Greises. *Er würde sterben, so oder so. Wie alle. Außer ihm.* Er lauschte auf das Gurgeln des Wassers und blieb reglos liegen. »Daniel«, krächzte er. Sein Sohn hörte ihn nicht. Er hatte aufgehört, mit den Armen zu rudern. Sein Kopf sank tiefer. Die Augen waren weit aufgerissen und der Mund stand offen, als könnte er nicht glauben, was mit ihm passierte. Dann verschwand er.

Eine Luftblase stieg auf und eine schwache Strömung erfasste den leblosen Körper. Unter dem Eis sah Jeff einen verschwommenen, gelben Fleck, der sich langsam von ihm entfernte. Etwas zerbrach. Eine Stahlfeder sprang auf und schleuderte ihn in eine andere Welt, in ein anderes Leben.

Als der weiße Kindersarg behutsam in die nasse Erde heruntergelassen wurde, schlug Helen zu. Jeff hatte keine Mühe, die trommelnden Fäuste abzuwehren. »Du gottverdammter Mörder, du beschissener Egoist, du ...« Helens Geschrei erstickte. Dann begann sie zu schluchzen. Jeff rührte sich nicht. *Ein tragisches Unglück, sicher*, dachte er. Helen brach es das Herz. Aber es war nicht wichtig. Jetzt nicht mehr. Sie hatten ihm gesagt, dass er zu Terra Nova fliegen würde, zu den Bravos, als Botschafter der Menschheit. Er unterdrückte ein Lächeln. Wer könnte besser dafür geeignet sein als er, der aus dem engen Gefängnis der viel zu kurzen Lebensspanne ausgebrochen war? Die Angst war gewichen. Nach Daniels Tod fürchtete er nicht mehr, dass ihm etwas zustoßen könnte. Warum auch? Er war jetzt ein Mann, der die Kleingeisterei hinter sich gelassen hatte, das Gift der Verzagtheit, das aus der Erkenntnis der eigenen Sterblichkeit tröpfelte wie das Leichengift aus einem verwesenden Körper. Jahrhunderte würden an ihm vorüberziehen, an seinem makellosen Körper und an seinem wachen Geist. Jeff nickte unwillkürlich. Ja, er, der Methusalem, der erste seiner Art, war ein wahrhaft würdiger Vertreter der menschlichen Zivilisation. Sein Blick fiel auf Helen, die vor dem offenen Grab auf die Knie gesunken war. Jeffs Gestalt straffte sich. Verächtlich zuckte sein Mundwinkel nach oben. Er würde in seinem langen Leben noch viele Frauen kennen lernen. Und noch viele Söhne haben.

Heidrun Jänchen (*1965) ist Physikerin und arbeitet als Optikentwicklerin. Nach Gedichten, einem Theaterstück, Kabarettszenen und einem Krimi-Drehbuch hat sie 2003 im Rahmen der Story-Olympiade die erste Science-Fiction-Story veröffentlicht. Inzwischen sind zwei Fantasy-Romane und rund ein Dutzend Kurzgeschichten erschienen, vorwiegend in den Wurdack-SF-Anthologien, deren Mitherausgeber sie seit 2006 ist.   www.jaenchen.de.vu

HEIDRUN JÄNCHEN

Regenbogengrün

Horatio hatte sich verirrt. Von außen hatte das Forschungszentrum nicht so komplex ausgesehen, aber sobald man drinnen war, wirkte alles auf verwirrende Weise gleich: weiße Wände, dunkelgraue Türen mit grünen Klinken, Treppen mit Stahlrohrgeländer. Selbst die Grünpflanzen wiederholten sich – Ficus, Hanfpalmen, Grünlilien, zähe, büroerprobte Arten. Er hatte das Gefühl, seit einer Viertelstunde im Kreis zu laufen, ohne wirklich wieder an den Ausgangspunkt zurückzukehren. Der Komplex bestand aus mehreren Gebäuden, die um halbe und viertel Stockwerke gegeneinander versetzt waren, so dass er sich plötzlich statt im vierten im fünften wiedergefunden hatte. Unwillkürlich musste er an Riemannsche Zahlenebenen denken, und der Begriff *Mannigfaltigkeit* tauchte in seinem Gehirn auf. Gleich an seinem ersten Arbeitstag würde er zu spät kommen.

Verzweifelt hielt Horatio Ausschau nach einem Evakuierungsplan. Da trat eine junge Frau in den Korridor. Sie trug einen hellgrünen Kittel und eine gleichfarbige Hose – wie eine Krankenschwester. Ihr blondes Haar war zu einem Pferdeschwanz gebunden.

»Brauchst du Hilfe?«, fragte sie, ehe Horatio etwas sagen konnte. »Du bist neu hier, nicht wahr?«

»Es ist mein erster Arbeitstag.« Er lächelte entschuldigend. »Und ich habe mich verlaufen. Das ist alles so ...«

»Das ist Absicht«, erklärte das Mädchen ernsthaft. Jetzt, aus der Nähe, kam sie ihm zu jung vor für eine Schwester. »Sie wollen nicht, dass man den Ausweg findet.«

»Aber du kennst dich hier aus?«

Sie nickte. »Ich habe geübt. Ich weiß, wie man auf das Dach kommt. Wohin willst du? Du hast etwas Technisches studiert, oder?«

»Ich bin ...« Er verschluckte das Wort *Systemtheoretiker* und sagte stattdessen: »Informatiker.« Ihre Augen hatten die Farbe von Gewitterwolken. »Zimmer G4-B3. Muss irgendwo in der vierten Etage sein.«

»Tut mir leid, da war ich noch nie. Aber es ist schön, dich getroffen zu haben. Du bist nett.«

Horatio hatte das Gefühl, sich im Spiegelland zu befinden. Was das Mädchen sagte, war nicht sinnvoller als die Kommentare der Grinsekatze, aber gleichzeitig lächelte sie ihn so freundlich an, dass die Panik, die er eben noch angesichts der *Mannigfaltigkeit* gespürt hatte, in sich zusammensank. »Du bist auch nett«, gestand er. *Was tue ich hier eigentlich? Ich sollte längst an meinem Computer sitzen, und stattdessen flirte ich mit Schwesternschülerinnen!*

»Wie heißt du?« Sie wickelte das Ende ihres Pferdeschwanzes um ihren linken Zeigefinger.

»Horatio.«

»Ich bin Bea. Übrigens, dort drüben hängt ein Gebäudeplan. Falls du damit etwas anfangen kannst. Ich muss weiter.« Sie lächelte noch einmal auf eine Art, die Horatios Knie weich werden ließ, dann stieg sie die nächste Treppe nach oben, eine Hand auf dem Stahlrohrgeländer.

Der Mann schüttelte den Kopf, als versuche er, seine Gedanken wieder an die richtige Stelle zu bringen. Tatsächlich fand er einen Plan, und nachdem er mehrere Minuten darauf gestarrt hatte, ohne ihn wirklich wahrzunehmen, erkannte er plötzlich die innere Logik des Gebäudes: Die seltsame Zahl über ihm an der Wand war eine Koordinate in einem nicht-euklidischen Koordinatensystem. Wenig später hatte er seine neue Abteilung gefunden.

»Tut mir leid, dass ich zu spät komme«, entschuldigte er sich bei der Abteilungsleiterin. »Ich muss durch das ganze Institut gelaufen sein, weil ich irgendwo den richtigen Abzweig verpasst habe. Wenn da nicht so ein Mädchen gewesen wäre ... Komisch, eigentlich wusste sie den Weg auch nicht, aber als sie weg war, habe ich ihn wie von selbst gefunden.«

Die Frau zog die Brauen hoch. »Wie sah sie aus?«

»Äh, blond, lange Haare, jung. Hellgrüner Kittel.«

»Ungefähr einssiebzig groß?«

»Sie heißt Bea.«

»Verdammt!« Die Abteilungsleiterin ließ ihn stehen, lief zum Com-Terminal und drückte eine Taste. »Bea ist wieder mal unterwegs«, sagte sie. »Holt sie vom Dach, ja? Bei dem Wetter kann sie sich sonst was einfangen.« Sie wirkte ein wenig besorgt.

»Ist sie«, fragte Horatio, »eine Patientin? Keine Schwester?«
»Sie gehört zur Alpha-Gruppe.«

Das Dach war ebenso begrenzt wie ihr Wohnbereich, wie der Arbeitsraum, das Institut. Aber nach oben war es unendlich. Bea starrte in die schweren, grauen Wolken, die über den Himmel trieben. Der Lärm des Gebäudes war hier oben eine Art Summen. Sie dachte nach. Die Anderen waren nicht alle gleich. Dieser Programmierer, er hatte sie angelächelt. Er war unsicher gewesen, aber nicht ihretwegen, zumindest nicht so wie die Anderen. Sie hatte ihn ohne große Anstrengung tunen können, auch ohne Direktlink. Er hatte sich nicht gewehrt. Bea wünschte sich, er wäre bei ihr auf dem Dach. Dann hätte sie ihm zeigen können, wie die Stadt verschwand, wenn man sich auf den Boden setzte, und nur die Berge ringsum übrig blieben. Sie liebte die Berge und hätte sie gern einmal aus der Nähe gesehen, das zarte, fast durchsichtige Blaugrau.

Die Luft war kalt und nass, doch das Mädchen genoss auch das, das nichtoptimale Wetter. Sie beobachtete, wie sich die Haare auf ihren Armen aufstellten. Sie beobachtete das Gefühl der Kälte, das in sie eindrang. Ein Vogel setzte sich auf das Abluftrohr der Klimaanlage und begann zu singen, sehr hoch und unmelodisch. Sie hatte keine Ahnung, zu welcher Art er gehörte.

Natürlich fanden sie sie. Sie fanden sie immer. Aber manchmal brauchten sie länger. Diesmal war es schnell gegangen.

»He, Bea«, sagte der große Dicke, »komm her. Du weißt doch, dass du nicht auf das Dach sollst. Unten habt ihr eine so schöne Wiese, und du hockst hier oben auf dem Beton.« Er redete mit ihr in einem speziellen Singsang. Untereinander sprachen die Anderen anders.

»Die Wiese hat keinen Himmel«, erklärte Bea. »Der Himmel ist schön, findest du nicht?«

Der Dicke fasste sie derb am Oberarm und zog sie in Richtung Treppe. Er war so anders, wie die Anderen nur sein konnten. Er reagierte völlig falsch.

»Sie macht mich verrückt mit ihren Ausflügen«, brummte er dem zweiten Pfleger, einem hochgewachsenen Schwarzen, zu. »Immer sie. Die restlichen fünf sitzen da, wo sie hingehören, aber Bea ...«

»Was hast du?«, widersprach sein Kollege. »Ist mir allemal lieber, als bei Ben Kindermädchen zu spielen.«

»Sie ist unheimlich«, murrte der Dicke. Er schien sich gar nicht daran zu stören, dass Bea zwischen ihnen ging. Sie warf einen letzten Blick auf die grauen Wolkentiere, ehe man sie ins Treppenhaus führte.

»Ach was. Sie ist die Netteste von der ganzen Bande.«

Der Dicke reagierte gereizt. »Genau das meine ich. Sie ist unheimlich nett. Sie spielt mit uns. Die Gruppler sind alle Mutanten, und sie ganz besonders.«

Bea zwinkerte dem Schwarzen zu. Ein halbes Lächeln lag auf ihren Lippen. *Glaub ihm kein Wort*, schien ihr Gesicht zu sagen.

Doktor Shen war unzufrieden mit Bea. Er sagte nichts, aber natürlich wusste sie es. Die Art, wie er an ihr vorbeisah, auf einen imaginären Punkt irgendwo hinter dem Bücherregal, das nervöse Kreisen seines Zeigefingers auf der Kopfhaut, der Klang seiner Stimme – all das verriet ihn.

»Komisch, dass der Doktor sich nie aufregt«, hörte das Mädchen den Dicken sagen, ehe er die Tür hinter sich schloss. *Aber er regt sich auf*, dachte sie. Ein vorsichtiges Lächeln zeigte sich auf ihrem Gesicht.

»Komm«, sagte Doktor Shen, »wir machen einen Test.«

Er fing mit der Gesichtererkennung an. Pro Gesicht eine halbe Sekunde, in der sie entscheiden musste, was Mann und Frau, was friedfertig und was gefährlich war. Manchmal lachten die Studenten über ihre Entscheidungen, aber Bea war sicher, dass sie immer richtig waren. Sie irrte sich nicht. Dann ging er zu Assoziationstests über. Wenn man sie nüchtern betrachtete, dann ergaben die Fleckenbilder keinerlei Sinn, doch das Mädchen achtete ohnehin nicht auf die Bilder. Sie spürte, was Doktor Shen erwartete, was er hoffte, was er befürchtete, und was er für wahrscheinlich hielt. Danach entschied sie. Am Anfang hatte sie dabei Fehler gemacht. Bald jedoch hatte sie gelernt, dass einige ihrer Antworten zu seinen Befürchtungen passen mussten; nicht viele, nicht mehr als zehn Prozent. Hielt sie sich nur an seine Hoffnungen, dann glaubte er, sie betrüge.

Am Ende schüttelte der Doktor den Kopf. »Alles wie immer«, meinte er. »Warum tust du das?«

»Das Dach ist unendlich«, sagte Bea, »nach oben. Es ist kalt. Heute ist es kalt.«

Der Mann starrte sie so intensiv an, als wollte er in ihr Gehirn sehen, als könnte er hinter den Schädelknochen geheime Gedanken ausspähen. »Ist das gut, wenn es kalt ist?«, fragte er.

»Es ist unangenehm, und das ist gut.«

»Versuchst du, Jake zu beeinflussen?«

Jake war der dunkelhäutige Pfleger. Bea lächelte. »Er ist nett zu mir«, erwiderte sie. Der Doktor war gerissen. Deshalb sagte sie nie zu viel.

»Na gut. Jetzt geh zurück zur Gruppe. In einer Stunde bekommt ihr eine neue Aufgabe. Ich will, dass du dann fit bist.«

»Ja, Doktor.«

Bea ging durch die Tür zum Wohnbereich.

Sie war so friedfertig, so nachgiebig. Selbst wenn sie weglief, war sie so still wie eine Schlafwandlerin. Trotzdem hatte der Psychologe das Gefühl, dass sie ihm entglitt. Niemand wusste so gut wie er, dass das Gerede über Psi-Fähigkeiten Schwachsinn war. Psi war nicht mehr als eine perfekte Beobachtungsgabe und Einfühlungsvermögen, doch manchmal war das Ergebnis so beunruhigend, dass er lieber an Psi geglaubt hätte. Beas Antworten deckten sich vollkommen mit denen vom letzten Test vor einem halben Jahr. Bei hundert Testkarten war das nicht normal.

»Sie wissen« doch, wozu Sie hier sind?« Die Stimme der Abteilungsleiterin hatte einen leicht vorwurfsvollen Unterton. Seit vorhin die Sekretärin herein gekommen war, wusste Horatio auch ihren Namen wieder: Doktor Sheena Betsch.

»Ich habe über neuronale Netze promoviert, und ich dachte, Sie brauchten meine Erfahrung in der Programmierung selbstlernender Systeme. Wir haben am Institut Roboter entwickelt, die selbständig Blumenbeete jäten konnten.« *Was rede ich eigentlich für einen Schwachsinn?*, dachte Horatio. *Wer interessiert sich für Maschinen, die neue Unkräuter erkennen können?*

Die Frau lächelte, eine mechanische Geste, an der keinerlei Gefühl beteiligt zu sein schien. »Und Sie wissen, was das beste neuronale Netz ist?«

Horatio zuckte mit den Schultern. »Immer noch das Gehirn. Nur die Speicherverwaltung ist katastrophal.«

»Kommen Sie mit. Ich zeige Ihnen etwas.«

Erst jetzt, als Horatio hinter ihr lief, bemerkte er, dass seine neue Vorgesetzte ein wenig pummelig war und watschelte. Sie schien nicht oft zu Fuß zu gehen. Solange er ihr gegenüber gesessen hatte, hatte er nur auf ihre grünen Augen und ihren energischen Mund gestarrt. Sie marschierten durch einen weiteren Korridor, eine stahlrohrgesäumte Treppe zwei Etagen nach unten, dann über drei einzelne Stufen, vorbei an Ficus und Grünlilien, nach links in das Nachbargebäude.

Schließlich landeten sie auf einer Galerie, und die Frau winkte ihn mit einer Handbewegung ans Fenster. Unten standen sechs Liegen, sternförmig angeordnet, auf denen Körper in hellgrünen Kitteln ruhten. Horatio vergaß einen Moment zu atmen, als er Bea unter ihnen erkannte. Alle sechs Köpfe steckten in einem Kokon aus Drähten, die irgendwo an der Seite zusammenliefen.

»Das ist ...« begann er, ohne weiterzuwissen.

»Ein neuronales Netz, genau. Ein erweitertes neuronales Netz. Ein Supergehirn.«

»Sie können tatsächlich sechs Gehirne zu einem verbinden?«

»Die Technik stammt vom Militär. Ein alter Traum: Soldaten, die unmittelbar verbunden sind, genau wissen, was anderswo passiert, als Einheit agieren können. Besser als Ameisen. Die Sache hat nur zwei Haken.« Doktor Betsch schaute Horatio erwartungsvoll an.

»Das Kabel«, stotterte er schließlich erleichtert. »Das Kabel könnte ziemlich stören.«

Sie nickte. »Ja, das ist der eine, aber ich glaube, sie hätten eine Lösung gefunden. Das größere Problem ist die Psyche: Wenn einer im Team verletzt wird, sind alle traumatisiert. Fragen Sie mich bitte nicht, wie man herausgefunden hat, was im Todesfall passiert.« Horatio musste man sein Entsetzen so deutlich ansehen, dass sie hinzufügte: »Herrgott noch mal, ich rede vom *Militär*, nicht von der Heilsarmee. Die haben auch an ihren Leuten getestet, wie eine Atombombe wirkt. Wir haben nur die Technik übernommen, nicht die Methoden.«

Horatio schluckte und nickte. Er zwang sich, wieder nach unten zu sehen. Die sechs lagen so reglos da wie Komapatienten. Oder wie Schlafende, aber er konnte sich nicht dazu zwingen, an diese harmlose Variante zu glauben.

»Jedenfalls haben sie das Ganze als Sackgasse eingestuft und uns überlassen. Das Militär hat das Potential der Sache einfach nicht erkannt. Wenn Sie die Patentdatenbanken durchsehen, werden Sie schnell begreifen, wozu die Gruppler wirklich fähig sind: Sie können verdammt effizient denken. Kommen Sie, ich stelle Sie Doktor Shen vor. Sie werden mit ihm zusammen arbeiten. Er ist Neurologe und wertet die Hirnaktivitäten während der Direktlink-Sessions aus. Und Sie werden herausfinden müssen, was dabei wirklich abläuft.«

Während sie durch die Sicherheitsschleuse gingen, meinte sie: »Ihr Fingerabdruck wird beim Systemcheck um Mitternacht für diesen Zugang freigeschaltet. Übrigens – das ist nicht die einzige Gruppe, nur die älteste. Es gibt noch acht andere.«

Horatio fühlte sich, als habe man sein Gehirn lokal betäubt, als sei es von zu vielen Gedanken angeschwollen. Er lächelte und schwieg. Neun Gruppen – was immer das hieß.

Bea mühte sich, ihren Geist leer zu machen, doch je mehr sie sich anstrengte, um so deutlicher hatte sie das Gesicht des anderen Anderen, des Programmierers, vor sich: seine dunklen Augen, das schwarze Haar, das ebenso kurz geschoren war wie sein Bart, den etwas zu breiten Unterkiefer. *Kleine grüne Äpfel*, dachte sie. Das war eine Übung aus den Anfängen ihrer Ausbildung gewesen: eine Stunde lang nicht an kleine grüne Äpfel denken. Sie hatte nie in ihrem Leben so viel über Äpfel nachdenken müssen wie in dieser einen Stunde. Es hatte lange gedauert, bis sie die Aufgabe gelöst hatte.

Jetzt holte sie tief Luft und stellte sich ein Zimmer mit großen, bis zum Boden reichenden Fenstern vor. Eines stand offen. Der Wind bewegte die davor hängende Gardine, ein, aus, ein, aus ... Es war warm und still im Zimmer. Langsam ging sie auf das offene Fenster zu, trat hindurch und fand sich in tiefster Finsternis wieder.

Dann hörte sie eine Stimme. Sie war hellblau und sprach von Hexafluorirgendwas und Autoimmunreaktionen. Al. Eine zweite, dunkelblau, die Fragen formulierte, mit klar akzentuierten Stichworten. Ada. Wie ein Gewitter zogen Chloës orangegelbe Gedanken über den Himmel der sachlichen Information. Bea wartete. Dann blendete sie Chloë aus. Die hektische Kreativistin verschreckte Ben, brachte ihn durcheinander. Er wusste nicht mehr, worauf er reagieren sollte. *Autoimmunreaktion*, wiederholte Bea den ersten Begriff, den sie sich gemerkt hatte. Diesmal begann Ben, die nötigen Informationen zu liefern. Die Kommunikation zwischen ihm und Ada stabilisierte sich. Erst später ließ sie Chloës gelbe Gedanken wieder eindringen, und dann Carl, dessen Ehrgeiz sie zur Arbeit trieb. Rot.

Über Stunden verwob sie die Farben, hielt den Regenbogen im Gleichgewicht. Einmal hatte sie einen wirklichen Regenbogen gesehen. Er war nicht so wie der in den Bilderbüchern. Er hatte einen breiten blauvioletten Bereich und einen fast ebenso breiten orangeroten. Und dazwischen, mehr zu ahnen als zu sehen, war ein faserig dünner Streifen Grün. Grün. Bea verstand wenig von den Problemen, über die sie nachdachten. Aber ihre grünen Gedanken waren die Fäden, dünn wie Spinnenseide, die die Gruppe zusammenhielten.

Irgendwann schlief sie vor Erschöpfung ein, und das Netz brach zusammen.

———

Doktor Shen hatte ihn mit leisem Spott begrüßt, das Wunderkind vom MIT, soso. Aber dann hatte er ihm die Diagramme der Tomographen gezeigt, die Technik erklärt, ihn auf einen Effekt hingewiesen, den er »spektrale Umkehr« nannte. Mit jedem Satz hatte ihn die eigene Begeisterung mehr mitgerissen.

Horatios Hirnströme arbeiteten auf Hochtouren, aber die Menge neuer Informationen überflutete ihn einfach, ohne dass er eine Klippe fand, um sich festzuklammern. Die Tomogramme waren für ihn nicht mehr als ein wildes Durcheinander bunter Kleckse. Er suchte das Bild mit der Markierung »Bea« heraus. Es wirkte wie ein kleiner Stern, der schubweise Strahlen aussandte. Nachdem er dieses Muster erkannt hatte, bemerkte er die Unterschiede. Jedes Gehirn schien in anderen Arealen aktiv zu sein, und bei näherer Betrachtung ähnelten nicht einmal die Formen der Gehirne einander. Er war kein Mediziner, doch die Bilder schienen ihm seltsam unsymmetrisch zu sein.

»Wieso«, fragte er, »sind die Hirnaktivitäten so verschieden? Ich denke, sie arbeiten alle gemeinsam an einem Problem?«

Doktor Shen nickte anerkennend und lächelte. »Sie sind wirklich ein fixes Kerlchen. Was Sie da sehen, sind nicht einfach sechs gekoppelte Gehirne, das sind sechs Spezialisten. Unsere Konkurrenten haben immer wieder versucht, Genies zu züchten, aber das ist der falsche Weg. Meist bekommt man inselbegabte Psychopathen, die nie produktiv werden. Deshalb haben wir auf Arbeitsteilung gesetzt. Das größte Problem bei diesen Netzen ist, in akzeptabler Zeit eine Unmenge von Wissen einzuspeichern. Es gibt nur wenige Menschen, die dazu in der Lage sind. Aber dieser Typus ist nicht netzfähig. Die Lösung ist das Savant-Syndrom.« Der Mann deutete auf den Bildschirm, der die Bezeichnung »Ben« trug. »Durch das Fehlen der Balkenstruktur da wird das Syndrom ausgelöst. Ben vergisst nie etwas. Er weiß alles, was er je gelesen hat. Aber er kann nichts damit anfangen. Er kann keine Schlussfolgerungen ziehen. Er ist nicht kreativ. Er reproduziert Wissen. Das war unser Durchbruch.«

»Sie benutzen ihn als Speichermedium?« Horatio blickte von den Schirmen hinüber zu den sechs reglosen Körpern. »Und die anderen?«

»Ich glaube, ich sollte Ihnen nicht zu viel verraten. Wir haben unsere Theorien, aber wenn wir uns sicher wären, brauchten wir Sie nicht. Die Alpha-Gruppe war das erste stabile Team. Sie sind Bea bereits begegnet?«

Horatio nickte. »Ja, heute morgen.«

»Faszinierend, nicht wahr?«

Der Informatiker wusste nicht, was er antworten sollte. Er war froh, sich hinter seinem schwarzen Bart verstecken zu können.

Doktor Shen grinste. »Geben Sie es ruhig zu. Bea ist darauf trainiert, die Gefühle anderer zu erraten. Sie weiß genau, was ihr Gegenüber fühlt – und wie sie das beeinflussen kann. Wir haben es ihr beigebracht.«

Horatio spürte die Hitze auf seinem Gesicht. »Naja, sie war nett, ja. Hat mir geholfen.«

Den Rest des Tages arbeitete er sich ein. Es war tatsächlich nicht so grundlegend anders als die Unkrautgeschichte. Die meisten Leute unterschätzten Unkraut. Es gab Datenströme zwischen den Gehirnen, die erstaunlich gut strukturiert waren. Allein die Menge der übertragenen Informationen war ein guter Anhaltspunkt. Natürlich wäre es einfacher gewesen, hätte er Ahnung von der Physiologie des Gehirns gehabt, aber Doktor Shen hatte ihm nachdrücklich davon abgeraten, sich damit zu beschäftigen. »Stellen Sie sich vor, das sei eine Maschine nichtirdischen Ursprungs, und Sie müssten herausfinden, wie sie funktioniert.«

Irgendwann brach das Netz zusammen. Er sah erschrocken auf und stellte fest, dass die roten und gelben Funken auf Beas Tomogramm verloschen waren. Panisch sprang er auf – und begegnete dem spöttischen Blick des Neurologen. »Sie ist eingeschlafen«, erklärte er.

Verwirrt beobachtete Horatio, wie sich vier der sechs Gestalten ein wenig benommen aufsetzten und durch zwei Pfleger von den Kabelbündeln befreit wurden. Zwei blieben liegen: Ben und Bea. *Der Speicher und die Gedankenleserin,* dachte der Informatiker und fragte sich, welche Funktion das Mädchen im System haben mochte.

Man hatte ihm ein Apartment in der Siedlung des Instituts reserviert. Es war nicht weit, und Horatio ging zu Fuß durch die Grünanlage, obwohl noch immer böiger Wind an den Kronen der Kiefern zerrte. Beim Laufen konnte er besser denken. Natürlich, sein neuer Job war faszinierend. Die meisten seiner Kommilitonen würden ihn darum beneidet haben. Aber er fühlte sich trotzdem nicht wohl. Sie waren keine Maschine. Sie waren Menschen.

Der Systemanalytiker hatte noch nie vom Savant-Syndrom gehört und fragte sich, wie häufig es wohl vorkam. Sie hatten neun Gruppen, und wie die beiläufigen Bemerkungen vermuten ließen, hatte es vor der Alpha-Gruppe andere Versuche gegeben. Wie hoch war die Erfolgsquote bei Versuchen, deren Wirkungsprinzip man noch nicht verstand? Fünfzig Prozent? In der Genetik wäre schon das eine Traumzahl gewesen.

Das Apartment erwies sich als Teil eines langgestreckten Bungalows zwischen weiteren zottigen Kiefern. Es sah ein wenig wie ein Motel aus, aber ganz nett. Drinnen herrschte die normale Unverbindlichkeit von Firmenwohnungen. Die Einrichtung wirkte neu und unbenutzt, doch man spürte, dass jemand am Werk gewesen war, der nicht vorgehabt hatte, selbst einzuziehen. Vielleicht lag es auch nur daran, dass Horatio bisher in einem Chaos aus zurechtgebastelten Messgerätekisten gelebt hatte. Im Grunde war er nicht anspruchsvoll.

Er aktivierte den Netzanschluss, klappte seinen Computer auf und surfte hinaus ins Web. In gewisser Weise war er überall zu Hause; seinen Briefkasten hatte er immer dabei. Einer plötzlichen Neugier folgend gab er »Savant-Syndrom« ein und startete eine Suche. Es dauerte ungewöhnlich lange. Horatio fluchte auf die langsame Verbindung, bis er bemerkte, dass er überhaupt keine Verbindung mehr hatte. *Seltsam.* Er bekam auch keine Verbindung mehr.

Seufzend ging er los, holte das Auto vom zentralen Parkplatz und packte seine Sachen aus. Eine konkrete Arbeit, einfach und durchschaubar, simple Struktur. Eine Weile half das, aber schließlich setzte er sich ans Steuer und fuhr in die Stadt. Im Gegensatz zum Institut wirkte sie alt und abgewirtschaftet. Entlang der Hauptstraße verfielen drei offenbar leerstehende Fabrikgebäude. Obwohl es noch nicht so spät war, begegnete er nicht mehr als vier anderen Autos. Horatio fragte sich, warum man ein derart modernes Institut an einem so trostlosen Ort errichtet hatte, während er so lange herumfuhr, bis er einen Hotspot gefunden hatte.

Savant-Syndrom – diesmal tauchten nach Sekundenbruchteilen ein paar Links auf. Er verstand nicht viel von den Artikeln, außer dass es sich um eine schwere Deformation des Gehirns handelte, die zwar zu extremen Merkleistungen befähigte, aber von völliger sozialer Inkompetenz und Orientierungsunfähigkeit begleitet wurde. Kurz und gut: Das Gehirn konnte nicht denken, sondern nur speichern, und es war kaum in der Lage, so einfache Dinge wie das Erkennen eines Gesichtes zu meistern. Die Krankheit war extrem selten. Der Autor zitierte vier Fälle in den USA, mit denen er gearbeitet hatte.

Doch das Institut musste um die zwei Dutzend dieser fehlbegabten Kinder aufgetrieben haben. Inserierten sie weltweit, um ihren Bedarf zu decken? Horatio suchte, fand aber nichts Einschlägiges. Dafür entdeckte er, dass das Institut eine öffentliche Klinik unterhielt, die kostenlos Sozialhilfeempfänger behandelte. Er fühlte sich um kein Stück glücklicher.

Bea hatte keine Möglichkeit, aufs Dach zu entkommen. Immer wenn sie draußen gewesen war, passten die Pfleger besonders gut auf. Sie würde mindestens eine Woche brauchen, bis sie wieder nachlässig wurden und sie übersahen.

Ich bin nicht da, dachte sie angestrengt, doch der Dicke starrte sie unfreundlich an und brummte: »He, wie wär's, wenn du zu den anderen auf die Wiese gehst?«

»Na gut.« Sie trollte sich, warf aber noch einen schnellen Blick ins Labor des Doktors. Ein Bild hing da an der Wand, ein Bild mit unglaublichen blauen Bergen. Eines Tages würde sie die Berge selbst sehen. Sie würde fliegen wie die schwarzen Krähen. Bea stockte mitten in ihren glücklichen Gedanken. Vor den Bildschirmen mit den Gedankenbildern saß der andere Andere, Horatio. Gehörte er zu den Leuten des Doktors? Dann wollte sie nichts mehr mit ihm zu tun haben. Allerdings hatte er sie gestern nicht daran gehindert, aufs Dach zu steigen. Er hatte sie angelächelt.

Das Mädchen machte ein leises Geräusch, so leise, dass sie es kaum selbst hörte. Aber der andere Andere hielt inne, schien zu lauschen und schaute sich dann im Raum um. Als sein Blick auf Bea fiel, leuchtete sein Gesicht auf. Er öffnete den Mund, aber sie legte blitzschnell den Zeigefinger auf ihre Lippen. Er schloss den Mund und hob stattdessen grüßend die Hand. Sie lächelte. Vielleicht gehörte er zu einer anderen Gruppe? Der Doktor testete ihn, wie er sie zu testen pflegte? Aber da tauchte der Doktor selbst auf, und sie zog es vor zu verschwinden.

Ben lag auf der Wiese und las. Er tat nichts anderes. Lesen und essen. Al hatte eines dieser seltsamen Spielzeuge beim Wickel, so einen Knoten aus merkwürdig geformten Hölzern, die für Bea alle gleich und verwirrend aussahen, sich in seinen Händen aber zu sinnvollen Dingen fügten. Chloë langweilte sich. Sie sprang auf, als sie Bea sah. »Komm«, rief sie, »wir malen zusammen ein Bild!«

»Na gut.« sagte Bea. Sie wusste, was kommen würde. Chloë fielen die seltsamsten Wörter ein, und sie selbst musste dann die Gegenstände zeichnen, merkwürdige Dinge wie »Schlupf« oder »Phiole«. Sie hatte keine Ahnung, was das war, und zeichnete meistens Berge oder die Bäume, die um das Institut herumstanden, manchmal auch die Wolken oder die Krähe. Chloë würde später alles bunt austuschen und merkwürdige Linien ziehen, was sie »Assoziationen herstellen« nannte. Dünne, meist orangegelbe Linien waren Assoziationen. Aber bei Doktor Shen waren Assoziationen Karten mit bunten Flecken darauf.

»Rakel«, sagte Chloë.

Bea dachte an den Doktor und an Horatio, der von ihm getestet wurde. Sie malte ein Gesicht mit einem schwarzen Bart.

»Das soll ein Rakel sein?«, beschwerte sich Chloë, fügte dann aber »Anion« hinzu und war zufrieden, als etwas Bergartiges hinter dem unbeholfenen Porträt entstand.

Bea dachte an die Berge, und wie es sein würde, ihre glatte blaue Oberfläche zu berühren oder mit Horatio unter den Bäumen spazieren zu gehen. Sie war sich jetzt sicher, dass er zu einer anderen Gruppe gehörte. Vielleicht hatte auch er eigentlich das Dach gesucht.

―――

»Was ist?«, fragte der Neurologe, und Horatio fuhr zusammen.

»Nichts. Ich habe nur gerade überlegt – das Savant-Syndrom ist doch sehr selten. Wo haben Sie Ihre Speichermodule aufgetrieben?«

Doktor Shen zog ein Gesicht, das schwer zu deuten war. Irgendwo zwischen Belustigung und Bedauern. »Sehen Sie, man lässt die Familie wissen, dass ihr Kind nie ein selbständiges Leben führen können wird. Sie können es entweder bis zu seinem Ende pflegen wie einen Debilen oder es in die Obhut eines Institutes geben, wo man nicht nur kostenlos für es sorgt, sondern ihm auch noch eine Ausbildung ermöglicht, die es draußen nie bekommen würde. Glauben Sie mir, die meisten Menschen entscheiden sich für das Institut – und das Wohl ihres Kindes.«

»So einfach?«

»Seit wir genau wissen, was für das Savant-Syndrom verantwortlich ist ... Sie haben die Abweichung im Hirnaufbau ja selbst festgestellt.« Er deutete auf den Bildschirm, der das Bild einer vergangenen Verlinkung zeigte.

Horatio nickte. »Wenn man bedenkt, was die Gruppen leisten können, müsste man das Syndrom wie eine Begabung fördern.« Er gab sich Mühe, nichts dabei zu denken, nichts zu fühlen, ganz der begierige Wissenschaftler zu sein.

»Wir sprechen von einer Inselbegabung«, erwiderte der Neurologe, »nicht von einer Behinderung. Wissen Sie, dass Einsteins soziale Kompetenz erbärmlich war? Die Summe ist immer eine Konstante. Deshalb hat der Mensch die Arbeitsteilung erfunden.« Einen Moment starrte er durch das Glas auf die Gruppe, die scheinbar spielerisch ihre Fähigkeiten trainierte. »Apropos Arbeit – in einer halben Stunde bekommen die sechs eine neue Aufgabe.«

»Gut«, murmelte Horatio, »dann kann ich die statistischen Filter testen. Das Einschwingverhalten des Netzes ist ziemlich schwer zu durchschauen.« Hastig startete er ein Programm und vermittelte einen eifrigen Eindruck. *Er hat kein Wort zur Erkrankungshäufigkeit gesagt*, dachte er. *Die Familien sind arm, von der Sozialhilfe abhängig trotz Arbeit. Werden sie zweifeln? Ein Risiko eingehen? Das Glück der restlichen Familie aufs Spiel setzen? Können Sie sich eine zweite Diagnose leisten? Und später stimmt es ja. Inselbegabung!* Verstohlen betrachtete er die anderen Hirnquerschnitte. Sie unterschieden sich. Beas Gehirn hatte das ausgeprägteste Stammhirn und eine breitere Balkenstruktur als die der anderen. War sie auch eine *Inselbegabung*? Horatio spürte, dass er sich nicht auf seine Arbeit konzentrieren konnte. Er war Systemtheoretiker. Keiner hatte ihn darauf vorbereitet, dass das System leben könnte.

Etwas war anders als sonst. Vielleicht ... Da war Al, hellblau und klar wie immer, wie der Polarstern in einer finsteren Nacht. Aber Adas sattes Dunkelblau fehlte. Blau und orange strudelten ihre Gedanken, unentwirrbar. Bea versuchte, sie zu dämpfen, das Orange zu absorbieren, und traf auf erbitterten Widerstand. Verunsichert tastete sie nach dem Rest des Netzes. Auch bei Al spürte sie jetzt Unruhe, Zweifel.

Ben zappelte unmotiviert, weil ihm keiner eine klare Frage stellte und er mit Als komplexen Ausführungen nichts anfangen konnte. Wenn nicht bald etwas passierte, würde er das Netz mit unsinnigen Fakten überschwemmen, den Seitenzahlen von Büchern oder der Häufigkeit eines bestimmten Wortes in irgendeiner wissenschaftlichen Abhandlung. Chloë schien sich von

Adas Chaos angezogen zu fühlen. Immer mehr gelbe Fäden umspannen den bunten Strudel. Nur von Carl, der eigentlich der Antrieb des Netzes sein sollte, erhielt Bea kein klares Bild. Er war kaum vorhanden, so als könnte er jeden Moment einschlafen. Seltsam, aber nicht gefährlich.

Ada war gefährlich. Bea konzentrierte sich und schob eine moosgrüne Wand vor Adas Gedanken. Wie Würmer arbeitete sich das Orange hervor. Bea verstand diese Gedanken nicht, begriff die Veränderung nicht. Sie waren fremd, sie störten den Regenbogen, zerstörten das Netz, und auch Chloë, die immer undiszipliniert war, reagierte anders als sonst. *Aggressiv.* Das war absurd. Für Aggressivität gab es Carl, aber der ...

Plötzlich stürzten sich Adas und Chloës Gedanken gleichzeitig auf Bea, und eine Flut unsinniger Fakten, irgendwelche physikalischen Konstanten, raubten ihr jeden Halt.

Bea schrie, bis sie den Lärm endlich hörte. Das Netz brach zusammen, als sie durch die Tür in ihren Gedanken davonlief. Noch immer strudelten Zahlen wie Musik aus einem benachbarten Raum durch ihren Kopf, aber sie waren fast grau, kaum sichtbar. Verängstigt setzte sie sich auf und starrte ihre Gruppe an.

Da sprang Chloë auf und stürzte sich auf Ada. »Was hast du gemacht?«, keuchte sie. »Lass die Finger von ihm, verstehst du?«

Sie waren noch immer verlinkt. Bea spürte die Wut und den Schmerz gleichzeitig, und dann die andere Wut und den anderen Schmerz. Sie konnte es nicht beherrschen. Ben begann zu heulen wie die Sirene bei Alarm, Al saß wie versteinert. *Hört auf*, dachte Bea, so laut sie es vermochte, *hört auf, hört auf, hört auf.* Da sprang Carl von seiner Liege, riss die beiden Mädchen auseinander und gab ihnen beiden eine Ohrfeige. Alles um Bea herum versank in der Farbe des Feuers: rot, orange, gelb. Die Szene vor sich, den Linkraum, die Liegen, ihre Geschwister, sah sie wie durch eine Wand von Flammen. Die Hitze war unerträglich.

Die Panik lehrte sie eine neue Farbe: weiß.

Sie konnte nicht sehen, wie die anderen auf die Liegen und auf den Boden zurücksanken, denn sie hatte das Bewusstsein verloren. Das Bewusstsein der Gruppe.

Horatio fragte sich, ob er über die Ratlosigkeit auf Doktor Shens Gesicht erleichtert oder entsetzt sein sollte. Fast fragte er sich, ob seine statistischen Filter in irgendeiner Weise ... Aber das war Unsinn. Er hatte die Daten, irgendwelche Elektronen im Computer, analysiert. Eine Rückkopplung war völlig ausgeschlossen. Immerhin schien der Neurologe ebenso wenig zu verstehen, was da vor ihren Augen passiert war.

»Bea hat die Gruppe komplett lahmgelegt«, murmelte er. »Mein Gott, sie ...«

Der Impuls ganz am Ende war nicht zu übersehen, aber das war es nicht. Fieberhaft verglich Horatio die Muster, verglich die Anfangsphase mit der letzten Verlinkung und deutete schließlich auf die Darstellung rechts oben. »Da. Die stärkste Abweichung gibt es bei Ada. Bea ist nur eine Art Interface, nicht wahr?«

Doktor Shen nickte. »Wir nennen das Tuner. Sie sorgt dafür, dass sich das Netz in der richtigen Stimmung zum Arbeiten befindet. Aber heute ...«

»Es war eine positive Rückkopplung. Sie war überfordert.«

Der Neurologe schüttelte energisch den Kopf und begann wieder, hin und her zu gehen. »Sie war noch nie überfordert. Sie ist unser Spitzenprodukt.«

Horatio zuckte zusammen. Dann, vorsichtig, meinte er: »Wenn es nicht so entsetzlich unwissenschaftlich wäre, würde ich vorschlagen, mit ihnen zu reden.«

Es dauerte eine Stunde, bis alle sechs wieder bei Bewusstsein waren. Ein nervöser, blonder Mann mit einer altmodischen Brille tauchte im Labor auf. Er stellte sich nicht vor. »Ein schöner Schlamassel ist das, Gu, ein schöner Schlamassel«, sagte er stattdessen. »Ihr habt es versaut. Genau wie bei der Quadriga damals, haargenau.«

Doktor Shen starrte ihn sauertöpfisch an. »Und? Was war damals mit der Quadriga? Ihr wisst es nicht, das war.«

Der Blonde putzte umständlich seine Brille. Er war mindestens zwanzig Zentimeter größer als der Neurologe.

Schließlich befragten sie die Gruppe, ohne viel Neues zu erfahren. Für Horatio, der im Hintergrund an einem Aktenschrank lehnte, war es eine Gelegenheit, die sechs als Individuen kennenzulernen, nachdem er sie bisher nur als Gehirn und logische Einheiten gesehen hatte.

Ben beklagte sich, man müsste die Fragen richtig stellen. Nicht solche Fragen wie »Was hast du getan?«, denn Ada habe auf der Liege gelegen, das habe sie getan. Das sei keine richtige Frage. Sie hatten sich nicht an die Regeln gehalten, und das schien ihn zu empören wie ein Kind, das die Erwachsenen beim Schummeln erwischt. Er war ein großer, dunkelblonder Bursche, ein wenig übergewichtig und offenbar unfähig, Doktor Shen und den Blonden auseinander zu halten.

Ada und Chloë bezeichneten einander als »dumme Kuh«. Beide sagten, die andere sei ihnen einfach auf die Nerven gegangen, ohne das näher zu erklären. Sie wollten nicht darüber reden. Ada war eine Erscheinung: ein Mischling, hellbraun, schwarzes Wuschelhaar, hochgewachsen und mit Kurven an genau den richtigen Stellen. Aber sie bewegte sich ohne Anmut, und ihr Gesicht ließ keine Emotionen erkennen. Sie war der logische Filter der Gruppe. Horatio hatte noch nicht verstanden, worin sich ihre Funktion von der Als unterschied. Vielleicht unterschieden sie sich gar nicht.

Chloë war das ganze Gegenteil. Klein, pummelig und mit einem teigig blassen Kuhgesicht geschlagen, kurzes, aschefarbenes Haar, dafür aber impulsiv, ja beinahe hyperaktiv. Während Adas »dumme Kuh« von einem Ausdruck aristokratischer Überlegenheit begleitet gewesen war, spürte man bei Chloë den Hass und die darunter liegende Kränkung. Doktor Shen versuchte, sie zu provozieren, aber statt ausgiebiger über Ada herzuziehen, reagierte sie bockig. In Horatios Modell war sie eine Art Zufallsgenerator. Die beiden Charaktere schienen irgendwie in die falschen Körper geraten zu sein. Keiner hätte sich gewundert, wäre die hässliche Chloë der blaustrümpfige Besserwisser gewesen und die zauberhafte Ada der flatterhafte Schmetterling.

Al wirkte gekränkt und erklärte, das alles sei unlogisch, so unlogisch wie Chloë eben. Die seelische Verwandtschaft mit Ada war unübersehbar; der kleine, dunkelhaarige Kerl schien sogar noch emotionsloser als sie. *CPU und Koprozessor*, dachte Horatio. Vielleicht. Vielleicht auch anders. Es war schwer, sich in die extrem spezialisierten Persönlichkeiten hineinzudenken.

Carl nannte Chloë hysterisch, nahm den ganzen Zwischenfall aber nicht sonderlich tragisch. Er schien überhaupt nicht viel ernst zu nehmen. Seine Funktion war Horatio völlig unklar. Am ehesten schien er ein Aushängeschild für die besorgten Eltern zu sein, denen man die Kinder für eine Aufzucht im Institut abschwatzen wollte: Er war groß, blond, muskulös und strotzte vor Energie. Intelligenz schien hingegen nicht seine Stärke zu sein.

Zuletzt nahmen sie sich Bea vor. Sie sah aus, als habe sie eine schwere Krankheit hinter sich. Horatio spürte ihre Angst, die sich verstärkte, als sie den Blonden mit der Brille sah. Gebannt starrte sie ihn an. Sie wirkte kindlicher als sonst, zerbrechlich. Ihre ganze Haltung schien zu sagen: *Seid nett zu mir. Schaut, ich bin harmlos.*

»Was war los?«, fragte der Blonde mit einem schlecht verhohlenen Vorwurf in der Stimme.

»Ich konnte nicht ... ich weiß nicht. Ada, ich konnte sie nicht dämpfen. Sie hat Dinge gedacht. Und dann wurde Chloë wütend, und Ben hat sich gelangweilt, und ...« Hilfesuchend blickte sie zu Doktor Shen, und erst da entdeckte sie Horatio, der hinten am Schrank lehnte. Er lächelte ihr aufmunternd zu. Ein Leuchten ging über ihr Gesicht.

»Warst du unkonzentriert?«, bemühte sich Doktor Shen. »Beschäftigt dich irgendetwas?«

Das Mädchen warf einen blitzschnellen Blick zu Horatio, schüttelte dann aber entschlossen den Kopf. »Nein, ich war voll funktionsfähig.«

Der Blonde lief wieder auf und ab und brummte: »Dann wäre das wohl kaum passiert.«

»War sonst noch irgendetwas anders als sonst? Ben? Al? Waren es nur die Mädchen?«

Bea nickte, dachte einen Moment nach und schüttelte den Kopf. »Da war Carl«, sagte sie leise, »das heißt, er war eigentlich nicht da. Nicht wie sonst. Schwächer. Aber das war gut. Ich habe immer Mühe mit ihm, und ich hatte sowieso schon genug Probleme. Ich ... Ich weiß nicht, wie das passiert ist.«

»Und du weißt nicht, *warum* die beiden aufeinander losgegangen sind?«

Bea schüttelte den Kopf und erinnerte dabei ein wenig an Chloë und ihre Bockigkeit.

»Wir kommen nicht weiter«, schimpfte der Blonde. »Wir kommen wieder mal nicht weiter. Und dein Wunderkind vom MIT? Was sagt er zu dem Schlamassel?«

Doktor Shen starrte ihn wütend an. »Wer ist hier der Psychologe, hä? Die Gehirne funktionieren, Synapsen, Botenstoffe, Potentiale – alles im grünen Bereich. Also mach mir keine Vorwürfe. Und unser neuer Kollege ist gerade mal seit Montag hier. Warum soll er wissen, was ihr seit zwanzig Jahren nicht rauskriegt?«

Horatio folgte der Auseinandersetzung mit wachsendem Verdruss. »He«, mischte er sich schließlich ein, »wie wäre es, wenn man mit mir statt über mich redet? Ich bin nämlich anwesend, und ich habe keine Ahnung, welche Animositäten hier gezüchtet werden.« Er bemerkte, wie Bea ihn anstarrte – als zöge er gerade ein Schwert, um den Drachen zu enthaupten. Es verwirrte ihn. »Ich sage Ihnen was«, fuhr er zu seiner eigenen Verblüffung fort. »Ich werde mich jetzt mit der jungen Dame unterhalten. Sehen Sie nicht, dass sie schlicht Angst vor Ihnen beiden hat?«

Der Blonde warf ihm einen tödlichen Blick zu und öffnete den Mund zu einer Erwiderung.

»Vor Ihnen besonders«, erklärte Horatio. »Komm, Bea.«

Das Mädchen nahm seine Hand und sah ihn so dankbar an, dass er an den Cockerspaniel seiner Mutter denken musste.

»Horatio, Sie können doch nicht einfach ...«, begann Doktor Shen.

Aber der Blonde unterbrach ihn mit einem resignierten: »Lass, Gu. Weniger als bei uns kann bei ihm auch nicht rauskommen.«

»Danke«, sagte das Mädchen, sobald sie allein auf dem Korridor waren.

»Wo willst du hin?«, fragte Horatio.

»Zu den Bergen. Die Berge müssen wunderschön sein. Warst du schon einmal da?«

Horatio schüttelte den Kopf. »Weißt du, wie weit das ist? Wir wären zwei Tage unterwegs, und dann wären die beiden echt sauer.« Er sah die Enttäuschung in ihrem Gesicht. »Was ist mit Bäumen? Bäume sind auch schön. Unten gibt es einen Park.«

Sie nickte ernsthaft. Horatio schaute vorsorglich nach dem Wetter, aber es hatte sich gebessert. Kleine Wölkchen segelten über einen erstaunlich blauen Himmel. Es gab nicht viel Schmutz in der Luft hier draußen. Die Sonne schien. Trotzdem zog er sein Sweatshirt aus und gab es dem Mädchen. Sollte sie sich eine Erkältung holen, würde man ihn vermutlich für den *Systemausfall* haftbar machen.

Die Sonne hatte die Kiefern aufgeheizt. Stärker als in den vergangenen Tagen strömten sie ihren charakteristischen Harzgeruch aus. Die Sträucher am Rand des Parks blühten rot und gelb. Amseln wühlten lautstark im Laub, und schließlich entdeckte er sogar ein wohlgenährtes graues Eichhorn auf einem der Bäume. Bea war fasziniert. Sie berührte die Nadeln an einem der Äste und warf Horatio einen erschrockenen Blick zu. »Von oben«, erklärte sie, »sehen sie viel weicher aus.«

Er lachte, aber dann kam ihm die Bemerkung gar nicht mehr lustig vor, und er musste sich zwingen, trotzdem unbeschwert zu wirken. »Fass die Rinde an«, sagte er. »Sie ist warm und lebendig.«

Das Mädchen fesselte ihn mehr, als er sich eingestehen mochte.

»Du warst noch nie hier draußen?«

»Nein.« Bea schloss die Augen und roch an der Rinde. »Und du bist immer hier draußen, wenn du nicht bei Doktor Shen bist?«

»Nein, nicht immer. Jeden Tag ein bisschen.«

Sie setzten sich auf eine Bank, wo ihnen die warme Sonne auf den Rücken brannte. Man hörte noch immer das monotone Geräusch der Klimaanlage des Instituts, aber dazwischen auch das Schimpfen eines verärgerten Vogels.

»Was war los, Bea, während der Vernetzung? Wenn ich ohne eine Erklärung zurückkomme, werden mich die beiden nicht wieder mit dir rausgehen lassen. Erkläre es mir, ja?«

Zu Horatios Verblüffung wurde das Mädchen feuerrot. »Ada und Carl«, stotterte sie, »sie ... sie haben ... sie waren am Vormittag zusammen. Ich habe das Muster in Adas Gedanken wiedererkannt. Sie hat nicht an Peptide gedacht, sondern nur an ihre ... Gefühle. Für Carl.«

»Bist du dir sicher?«

»Männer sind nach dem Geschlechtsverkehr schläfrig und antriebslos«, erklärte sie nüchtern. »Genau das war er. Es ist Carls Aufgabe, das Netz anzutreiben, es auf die Aufgabe zu konzentrieren, aber er hat es nicht getan. Und Adas sexuelle Merkmale sind sehr ausgeprägt. Carl hat einen extrem hohen Testosteron-Spiegel, das ist notwendig für seine Aufgabe. Die beiden hatten Sex. Es ist logisch.« Sie stockte und fügte hinzu: »Sieh mich nicht so an. Ich habe siebzehn Jahre lang alles über Gefühle gelernt, was man darüber wissen kann. Doktor Shen testet mich regelmäßig, aber es hat keinen Sinn. Ich weiß längst, welche Antworten er von mir erwartet. Und der andere, Professor Berman, er glaubt zu wissen, wie unsere Gehirne funktionieren. Aber er weiß nichts, nicht einmal von den Farben.« Plötzlich schien sie vor sich selbst zu erschrecken. Sie sah Horatio so eindringlich an, als könnte sie durch seine Augen direkt in sein Gehirn schauen. »Du sagst ihnen nichts davon, oder? Du bist anders, ich weiß es.«

Horatio nickte, benommen. Natürlich war er anders. Den Kindern geschah auf groteske Weise Unrecht. Bea wusste nicht einmal, wie sich eine Kiefer anfühlte. Jetzt hatten also zwei von ihnen die Liebe entdeckt und senkten damit die Effizienz des Supergehirnes. *Wir sind alle nur Menschen*, dachte es in seinem Normalgehirn. *Keiner kann besonders gut denken, wenn er verliebt ist.* Er hatte das Gefühl, Bea beschützen zu müssen, die da so sanft und hilflos neben ihm saß, dieser nüchternen, effizienten Welt ausgeliefert, und dabei so sensibel. Aber ohne ein paar Fakten würde er nicht weiterkommen. Er riss sich zusammen. »Und was war mit Chloë?«

»Wahrscheinlich meint sie, sie hätte ein Recht auf Carl. Er ist ihr Pendant; sie sind die Animalischen. Ada sollte mit Al zusammen sein.«

War es so einfach? »Und du? Du mit Ben?« Horatio schauderte bei dem Gedanken an den dicklichen Jungen, dessen Gehirn ein Hauptspeicher war. Herrje, und irgendwo in diesem täppischen Körper wurden Hormone produziert, genau wie in Chloës wenig attraktiver Hülle.

Bea sah ihn verletzt an. »Ich«, erwiderte sie leise, »sollte mit dir zusammen sein.«

Horatios Hirn weigerte sich schlicht, den Satz zur Kenntnis zu nehmen. Er horchte den Worten nach, als müssten sie irgendeinen anderen, völlig normalen Sinn enthalten. Das Mädchen konnte doch nicht ... Aber er wusste es längst besser: Sie konnte.

»Sag nicht so was.«

»Aber du magst mich doch auch.«

Überdeutlich hörte Horatio den Punkt am Ende des Satzes. Ein Punkt, kein Fragezeichen. Und natürlich hatte sie recht damit, natürlich mochte er sie. Ihr schmales, helles Gesicht drängte sich schon viel zu oft in seine Gedanken. Vielleicht wäre es ganz einfach. Bea war ein Mensch, also galten – egal, wie viel Geld das Institut in sie hineingesteckt hatte – für sie die üblichen Rechte. Er konnte kündigen, seine Sachen packen und sie mitnehmen. Für einen Systemanalytiker war es kein Problem, irgendeine Arbeit zu finden, dazu musste man nicht unbedingt am MIT studiert haben. Es würde kein Problem sein, eine *gute* Arbeit zu finden.

Ein leichter Wind fing eine Strähne von Beas blondem Haar und trieb sie ihr ins Gesicht, das Gesicht, das ihn mit ängstlicher Anspannung beobachtete. Herrje, sie gönnten dem Mädchen noch nicht einmal das Vergnügen, ein wenig auf dem Institutsdach zu sitzen. Sie hatten in siebzehn Jahren nicht den Anstand besessen, ihr einen echten Berg zu zeigen – nicht einmal eine verdammte Kiefer, von denen einige hundert um das Institut herum standen. Man sperrte sie in ihrem Biotop ein. Natürlich nur zum Besten der Kinder, damit ihnen nichts zustieß. Damit die phantastische Patentausbeute des ersten produktiven Netzes nicht gefährdet wurde. Es war zum Kotzen.

Horatio griff nach Beas Hand. Sie war kalt, obwohl die Sonne schien und sie sein viel zu großes Sweatshirt trug. Gerade wollte er ein zweites Mal »Komm!« sagen, als er begriff, dass er so nie erfahren würde, wie es sechs völlig verschiedenen Gehirnen gelingen konnte, ein Supergehirn zu bilden. Vielleicht war das der Beginn einer neuen Menschheit. Vielleicht waren die Jungen und Mädchen, fast noch Kinder, die ersten einer neuen Rasse, die einst den Menschen ersetzen mochte. Man wusste noch immer nicht recht, wie das Gehirn funktionierte. Diese sechs waren der Schlüssel dazu.

»Komm«, sagte Horatio. »Wir müssen zurück, ehe sich Doktor Shen Sorgen um dich macht. Aber ich verspreche dir, dich wieder mitzunehmen.«

Wenn sie enttäuscht war, ließ sie es sich nicht anmerken. Aber wahrscheinlich war sie nicht enttäuscht. Sie würde es wieder und wieder versuchen, so wie sie immer wieder einen Weg auf das Dach hinaus fand.

Shen und Berman waren erst belustigt, dann wütend, dann verzweifelt. Es schien, als hätten sie mit allem gerechnet bei ihrem Projekt, nur nicht mit dem Einsetzen der Pubertät und sexueller Aktivität im jugendlichen Alter. Sie hatten immer nur die Gehirne gesehen. Horatio bereitete es beinahe Vergnügen, ihrer Streiterei zuzuhören.

»Wir sind keine Hellseher. Das passiert zum ersten Mal«, schimpfte der Professor.

»Klar, zuvor hat ja auch keine Gruppe lange genug gehalten, dass etwas Derartiges hätte eintreten können. Ist es nicht der liebste Trick von euch Psychologen, alles auf unterdrückte Sexualität zurückzuführen?«

»Führt uns das jetzt weiter?«

Schließlich einigten sie sich darauf, den Stein des Anstoßes aus der Gruppe zu entfernen: Carl, den Bodybuilder und Traum aller weiblichen Wesen. Das Adrenalindepot der Gruppe.

»Es wird nicht funktionieren«, unkte Doktor Shen.

»Ja und? Ohne Ada wird Al überlastet. Wenn wir die logische Analyse schwächen, werden die unlogischen Faktoren überwiegen. Und sag nicht, wir könnten Chloë entfernen. Ohne die geht es schon gar nicht.«

Doktor Shen seufzte. »Also ohne das Konkurrenzprinzip. Es wird nicht gehen.«

Es ging nicht. Das Netz brachte in den folgenden Tagen eine ungeheure Menge höchst kreativer Dinge zustande, aber sie hatten relativ wenig mit den Aufgabenstellungen zu tun. Aus unerfindlichen Gründen schienen alle Verlinkungen bei Problemen des Terraformings fremder Planeten zu enden.

Doktor Shen knirschte mit den Zähnen. Hätte er geflucht und getobt, Horatio hätte es ertragen, aber das Zähneknirschen zermürbte seine Nerven.

Im Versuch, den Neurologen aufzumuntern, meinte er: »Eigentlich ist es doch erstaunlich, wie gut das Netz immer noch funktioniert. Die Synchronisation ist perfekt, das Superhirn ist nur ein bisschen zerstreut. Wie da Vinci.«

Doktor Shen sah ihn mit einem ungläubigen Gesichtsausdruck an.

»Na ja«, schwafelte Horatio weiter, »der hat auch tausend Dinge gleichzeitig gemacht. Ich finde, durch die Vergleichsmöglichkeiten vorher und nachher ist das System wissenschaftlich sogar ergiebiger. Wir könnten versuchen ...« Er hielt inne, als ihm zu Bewusstsein kam, dass sein Gegenüber ihn niederschießen würde, wenn er noch ein einziges Wort sagte.

»Gott erhalte Ihnen Ihre wissenschaftliche Naivität!«, fuhr ihn der Neurologe an. »Was glauben Sie eigentlich, was wir hier machen? Das ist keine Universität, die mit Staatsgeld ein wenig herumforscht. Wir haben in diese Wunderkinder eine Menge Geld investiert, und das muss irgendwie wieder reinkommen. Aber Terraforming kann man nicht verkaufen. Nicht in den nächsten hundert Jahren oder so. Was glauben Sie, wer ihren Gehaltsscheck bezahlt?« Nach diesem Ausbruch sackte er zusammen wie ein Ballon, aus dem man die Luft abgelassen hat. »Wir müssen ihn ersetzen«, murmelte er müde.

»Das ist nicht so einfach, oder?«, sagte Horatio kleinlaut. Er kam sich vor wie ein kompletter Idiot.

Er war sich nicht vorgekommen wie ein triebgesteuerter Macho. Aber verglichen mit allen anderen, die ihm bisher über den Weg gelaufen waren ... Und in Anbetracht der Wirkung, die Bea auf ihn hatte ... Und ja – er war ehrgeizig, er war zielstrebig. Und er hatte verdammt noch mal einen analytisch denkenden Verstand! Er war Systemanalytiker, kein Bademeister. Er war ...

Nummer sechs. Sie hatten ihn betäubt, den Schädel aufgebohrt und ein Interface implantiert. Einfach so. Und damit er nicht auf die Idee kam, einfach wegzulaufen, hatten sie die Steuerung der unteren Extremitäten abgeschaltet. Temporär, hatte Doktor Shen gesagt. Bei guter Kooperation könne man durchaus zu einer Vereinbarung kommen.

Jetzt lag er auf seiner Liege, voll verkabelt, und wartete darauf, dass man die Verlinkung einschalten würde. Irgendwo hinter der Spiegelglasscheibe, die er sehen konnte, wenn er den Kopf drehte, stand ein Monitor, der das Tomogramm seines Gehirns anzeigte. Er war wütend. Wahrscheinlich sah man das als kleine rote Flecken.

Doktor Shen beugte sich über ihn und lächelte. Es war das erste Lächeln seit dem Zusammenbruch des Netzes. »Für Sie steht viel auf dem Spiel, Horatio«, erklärte er. »Sie sind unsere Hoffnung. Wenn die Verlinkung erfolgreich ist, werden wir Sie aufstehen lassen. Vielleicht kommt Ihnen das brutal und ungerecht vor. Aber wir brauchen diese Gruppe. Sie hat uns vor zwei Jahren vor dem Konkurs gerettet, und sie ist noch immer die einzige produktive. Wir dürfen sie nicht verlieren. Und je eher sie uns das nötige Geld einspielt, um so eher kommen Sie hier heraus.« Freundlich klopfte er Horatio auf die Schulter, der die Lippen zusammenkniff, um nicht laut loszuschreien. Die Schreiphase hatte er bereits hinter sich.

Er glaubte nicht daran, dass sie ihn gehen lassen würden. Er war zu wertvoll. Oder zu gefährlich. Was auch immer. Am wütendsten war er auf sich selbst. Sein eigener wissenschaftlicher Ehrgeiz hatte ihn gehindert, Bea an der Hand zu nehmen und ...

Mit einem Schlag veränderte sich der Raum. Alles schien in sich zusammenzustürzen. Statt der Wände und der Liegen sah er abstrakte Zeichen, die sich verschoben, vermischten, organisierten und wieder verteilten, endlose Muster. Datenströme? Ihm wurde schwindlig, und heißer Speichel schoss in seinen Mund. Da tauchte aus dem Durcheinander ein hellgrünes Tentakel auf und streckte sich ihm entgegen. *Halt dich fest*, sagte etwas in seinem Gehirn. *Alles ist gut.* In diesem Moment glaubte er es, und er begriff, dass es Bea war, dieses leuchtende, sanfte Grün.

Wir hätten in die Berge fahren sollen, dachte er. Aber sie hörte ihn nicht. Sie hatte bereits anderes zu tun.

Karl Michael Armer (*1950) zählt mit anderthalb Dutzend Kurzgeschichten, vorwiegend sozialkritischer Natur, und sieben Anthologien zu den profiliertesten deutschen SF-Autoren der 80er Jahre. Für »Umkreisungen«, »Die Endlösung der Arbeitslosenfrage« und »Malessen mitte Biotechnik« erhielt er jeweils den Kurd-Laßwitz-Preis und für »Die Asche des Paradieses« in VISIONEN 1 den Deutschen Science Fiction-Preis.

KARL MICHAEL ARMER

Prokops Dämon

Danke, dass du mich eingeschaltet hast. Du glaubst gar nicht, wie langweilig es hier ist. Da freut man sich über jeden Besuch, mein Sohn. Komm, lass uns einen kleinen Rundgang um die Insel machen. Etwas anderes kann man hier sowieso nicht tun.

Für dich sieht es wahrscheinlich aus, als lebe ich im Paradies. Eine Trauminsel in der Südsee, weißer Sand, blauer Himmel, türkisfarbenes Meer, malerische Palmen, die sich schräg über das Wasser der Lagune recken, draußen am Rand des Atolls das ferne Rauschen der Brandung.

Ein einziges Klischee.

Und wenn man genau hinhört, bemerkt man, dass sich das Rauschen der Brandung alle fünf Minuten absolut identisch wiederholt. Es ist eine Endlosschleife. Loop de mer. Der Himmel genauso. Ich weiß exakt, wann welche Wolke wo vorbeisegelt. Wann die Vögel zwitschern. Wann der Fisch in der Lagune aus dem Wasser springt. Das macht dich wahnsinnig. Du fühlst dich gefangen und ausgeliefert, und mit jeder Wiederholung wächst dieses Gefühl noch mehr. Weil du weißt, es wird immer so weitergehen. Du möchtest schreien, aber es ist sinnlos. Gleich wird der Fisch wieder aus dem Wasser hüpfen.

Ja, John, das ist eine als Paradies getarnte Hölle. Eine billige Virtual-Reality-Tapete, zusammengekleistert aus den immer gleichen 5-Minuten-Bahnen. Nicht einmal ein Zufallsprogramm, um die Sache zu variieren, haben sie eingebaut, diese Stümper. Aber gut, es ist nur eine Beta-Version. Eine Baustelle, wenn du so willst. So etwas muss man als Pionier in Kauf nehmen. Immerhin bin ich der erste Mensch auf dieser Welt, von dem man ein Upload gemacht hat – und vermutlich auch der einzige. Ich bin eine Singularität, John.

Eigentlich war das Ganze ja ein Wahnsinn. Wir waren technisch einfach noch nicht soweit. Aber es war eben ein Wettlauf mit dem Tod. Mit *meinem* Tod. Da sind dir die Details plötzlich ganz egal. Da geht es nur noch um eines: ums Überleben – wie auch immer. Und so habe ich dann einen alten Traum realisiert: die Übertragung aller in meinem Gehirn gespeicherten Daten auf eine externe Festplatte. Ist ja theoretisch eine verführerische Idee: Der Körper stirbt, das Bewusstsein überlebt. In alle Ewigkeit, bingo.

Als Chef von *Worlds of Wonder* war ich in der besten Ausgangssituation. Ich hatte alle Ressourcen des größten Medienunternehmens der Welt zur Verfügung. Die neueste Hardware, die beste Software, die klügsten Köpfe. Und schau an, was dabei herausgekommen ist.

Aber sie arbeiten daran, sagen sie. Wird wohl noch eine Weile dauern. Der Upload an sich ist gelungen. Ich habe schon das Gefühl, dass ich derselbe bin wie vor meinem Tod. Das Problem ist die Interaktion meiner Persönlichkeits-Datei mit der virtuellen Umwelt. Dazu sind in jedem Sekundenbruchteil Myriaden von Verknüpfungen erforderlich. Das menschliche Gehirn kann das. Unsere modernste Technik kann es nicht. Wir schaffen es, künstliche Wirklichkeiten zu simulieren. Wir schaffen es sogar, unter Aufbietung aller Rechenleistung ein menschliches Gehirn zu simulieren. Aber wenn wir versuchen, ein simuliertes Gehirn mit einer simulierten Wirklichkeit zu verknüpfen, geht das System in die Knie. Ich weiß, du verstehst nicht viel von diesen Dingen, John. Also ganz simpel erklärt: Ich habe die Wahl, ob mein Denken ruckelt oder ob meine Umwelt ruckelt. Da habe ich mich für eine Umwelt entschieden, die so einfach ist, dass nichts ruckeln kann. Klein, übersichtlich, basic.

Ist ja nur für den Anfang, hoffe ich. Im Lauf der Jahre wird das besser werden. Und bis dahin bin ich quasi auf Tauchstation, also, na ja, ausgeschaltet. Eine Art virtueller Schlaf, wenn du so willst. Nur wenn Besuch kommt, werde ich aufgeweckt. Allerdings weiß ich gar nicht, dass ich zwischendurch »geschlafen« habe. Wenn ich ausgeschaltet bin, habe ich kein Zeitempfinden. Die Pausen existieren für mich nicht. Deshalb habe ich das Gefühl, dass ich immer »wach« bin. Immer hier in dieser begehbaren Kitschpostkarte.

Es ist schon hart. Ich wollte ein elektronisches Paradies mit allen Schikanen, Luxus auf Wolke sieben – schließlich ist man nur einmal tot, oder? Und dann lande ich in dieser Seelenabstellkammer. Einer Pixelhölle der billigsten Art. So habe ich mir das ewige Leben nicht vorgestellt.

Aber lassen wir das Gejammer. Carpe diem. Es ist wirklich eine Freude, dich zu sehen. Gut siehst du aus, John. Entschuldige – das war eine überholte Floskel aus alten Zeiten. Natürlich siehst du gut aus. Alle Avatare in simulierten Realitäten sehen gut aus. Dafür sind sie ja da. Schöner Schein. Bella figura. Seit man Monster in virtuellen Communities verboten hat, weil sich zu viele vor diesen hyperrealistischen Horrorwesen buchstäblich zu Tode erschreckt haben, sieht man nur noch schöne Menschen in der eWelt. Jeder ein Star, so perfekt wie er – oder sie – es sich immer gewünscht hat. Vielleicht fühlen sich deshalb so viele in der elektronischen Welt wohler als in der wirklichen Welt. Die wWelt erinnert mich inzwischen an ein verlassenes Bergdorf irgendwo in den Abruzzen, hoch oben, wo der Wind drüberpfeift, durch geborstene Fenster und eingesunkene Dächer. Sind alle weg, dahin wo die bunten Lichter blinken, wo das wahre Leben tobt in der eWelt. Das hat sich früher auch keiner vorstellen können, dass irgendwann den Menschen eine Simulation mehr bedeutet als die Wirklichkeit. Dabei ist das doch nur logisch. Die Wirklichkeit ist mühselig, unberechenbar und grausam. Voller Plackerei, böser Überraschungen, Krankheit und Tod. Da ist eine künstliche Welt, die sich anfühlt wie eine echte, doch viel besser. Keine Ecken und Kanten, nur weiche Watte. Keine dunklen Ecken, nur Sonnenschein. So eeeeezy. Alle sind schön, alle sind fröhlich, alles ist gut. Wer will sich da noch dem echten Leben aussetzen? Da geht man nur noch raus zum Essen, zum Schlafen und, wenn's sein muss, zum Arbeiten. Aber danach geht man gleich wieder heim in seine private Jollywood-Welt.

Da siehst du das Problem mit der Zukunft: Sie ist ein gut getarnter Tiger. Sie kommt ganz heimlich geschlichen, auf Samtpfoten, keinem fällt sie auf, und BRUAAH! plötzlich springt sie auf und reißt alles, was ihr in die Fänge kommt, Traditionen, Einstellungen, Lebensweisen, ewige Werte. Nimm mal diesen berühmten Satz von Adorno: »Es gibt kein richtiges Leben im falschen.« Wer das noch glaubt, war noch nie in einer virtuellen Community. Da wimmelt es von Menschen, für die das Leben in der künstlichen Welt das echte Leben darstellt. Da fühlen sie sich wohl, da fühlen sie sich am richtigen Platz. Das richtige Leben ist das falsche für sie, das falsche das richtige.

Eine totale Umkehrung von dem, was früher galt. Das meine ich mit dem Tiger auf Samtpfoten. Da glauben die meisten Leute noch, es ginge um Grafikkarten und Spielesoftware, so Entertainment-Zeugs eben, alles total irrelevanter Kinderkram – und bevor du dich versiehst, hat sich deswegen die ganze Gesellschaft verändert, ihre Einstellung zur Arbeit, zur Freizeit, zum Leben. Plötzlich sind wir wieder im alten Rom. Brot und Spiele. Das ist schon den Römern nicht bekommen, und es wird auch uns nicht bekommen. Wir amüsieren uns nicht zu Tode, das nicht, aber wir amüsieren uns in die Lethargie.

Wie? Oh, tut mir leid. Ich weiß, ich monologisiere wieder. Eine dumme Angewohnheit, aber es gibt eben nichts anderes zu tun hier im Speicherblock Beta. Erzähl, was machst du so dieser Tage? Oder zuallererst: Wie alt bist du jetzt eigentlich?

Ah, achtundvierzig. Achtundvierzig!?? Dann bin ich ja schon fünf Jahre tot! Ich habe das Gefühl, es wäre erst ein paar Tage her, dass ich ... Na, lassen wir das. Ich werde ja nur aktiviert, wenn Besuch kommt, so wie heute. Da kommen tatsächlich nur drei, vier Tage Bordzeit zusammen, die ich in meiner neuen, äh, Existenzform erlebt habe. Und draußen vergehen die Jahre, während ich offline in meinem selbst gewählten elektronischen Koma liege und auf den großen technischen Durchbruch warte. Du siehst, bei mir passiert nicht viel. Kann aber auch sein, dass mich die Typen vom Geheimdienst täglich als Denkfabrik einsetzen und am Ende des Tages alle Erinnerungen daran löschen. Hier ist alles möglich. Echt, falsch, wahr, unwahr – das sind keine verlässlichen Kriterien mehr.

Die Wirklichkeit ist ein Konzept von gestern.

Eure Mutter besucht mich jetzt öfter. Seit ich tot bin, verstehen wir uns viel besser. Wir reden mehr miteinander als früher. Und du bist jetzt endlich auch einmal gekommen. Nur Julia war noch nie hier. Ich weiß nicht, was aus meinem Mädchen geworden ist. Das macht mich traurig. Wo ich sie doch immer so geliebt habe.

Nein, John, das ist nicht wahr, dass du immer die zweite Geige spielen musstest. Ich habe sie dir nicht vorgezogen. Nun sei doch nicht gleich wieder so eingeschnappt. John! Lass uns vernünftig darüber

reden, dann können wir – oh, du bist es, Bertrand. Entschuldige, diese Sprünge machen mir zu schaffen. Gerade rede ich noch mit dem einen, da steht plötzlich ein anderer vor mir. Als hätte man zwei Filmszenen einfach hintereinandergeschnitten. Für mich ist zwischen beiden nur eine Hundertstelsekunde vergangen, in Wirklichkeit liegen wahrscheinlich sechs Wochen dazwischen.

Schön, dich wieder zu sehen, mein alter Kampfgefährte an der vordersten Front der Wissenschaft. Dr. Bertrand Dubois und Dr. Frederic B. Prokop – Mann, wir waren das Dream Team der modernen Informationstechnologie, die Superstars, die Nobelpreisträger, und was ist aus uns geworden? Ich bin eine Datei auf einer Festplatte, und du bist ein lahmer Tatterich in einem Altersheim, der sich von einer hübschen Schwester den Arsch wischen lässt.

Aber hier sind wir zwei lässige junge Kerle, die barfuß durch den Sand laufen. Welcome to Nirvana Beach. Ups, da springt der Fisch wieder. Überraschend.

Was sagtest du? Ich war gerade abgelenkt. Wie es war, als ich starb? Das würdest du wohl gerne wissen. Vorbereitungen für den letzten Abflug, wie?

Ich muss dich enttäuschen. Ich habe keine Ahnung, wie es war, als ich starb. Sie haben wohl vorher die Verbindung gelöst, damit kein Schmerz, keine Qual übertragen wird. Damit alles schön sauber bleibt. Oder sie haben die Erinnerungen rausgeschnitten und analysieren sie jetzt in einem Militärlabor. Für das Jenseits ist wahrscheinlich der Auslandsgeheimdienst verantwortlich.

Dabei habe ich mich extra dafür auf dem Sterbebett verkabeln lassen. Das sollte mein letztes großes Experiment sein. Ich meine, wenn man schon die Erinnerungen eines Menschen aufzeichnen kann, dann will man doch wissen, wie alles aufhört. Gibt es ein definitives Ende, Filmriss, finito, oder geht es weiter? Und wie? Der Blick von der Decke auf deinen verlassenen Körper, der Tunnel, das gleißende weiße Licht, die gütige Stimme – und was kommt danach? Aufstieg ins nächste Level? Zurück auf Start? Fegefeuer? Wolke sieben? Keine Ahnung.

Verdammt, wir hatten doch das Instrumentarium dafür entwickelt! Wir haben die Grenze zwischen dem menschlichen Gehirn und dem Computer überwunden. Und haben geglaubt, damit auch den Tod zu überwinden.

War ja im Ansatz keine dumme Idee. Denn was ist der Mensch? Im Grunde ist er nichts anderes als eine mobile Festplatte. Wenn er stirbt, wird diese Festplatte gelöscht. Für immer. Aber wenn man alle Daten vorher transferiert, von der biologischen Festplatte auf eine elektronische Festplatte, dann schlägt man dem Tod ein Schnippchen. Der Tod ist dann nur ein Festplattenabsturz – lästig, aber nicht weiter tragisch, weil man vorher ein Back-up gemacht hat. Du existierst dann als elektronische Reinkarnation weiter. Für immer. Du bist quasi unsterblich.

Die Betonung liegt auf quasi. Denn in Reinkarnation steckt das Wort carne. Das Fleisch. Und genau das fehlt bei diesem Prozess. Tot ist tot. Die Auferstehung des Fleisches ist nicht gelungen, nur die Auferstehung des Geistes. Ist das Unsterblichkeit, wie manche meinen?

Gegenfrage: Wenn ich sterbe – ist es tröstlich zu wissen, dass eine hundertprozentige Kopie von mir weiterlebt? Ist es tröstlich zu wissen, wenn ich einschlafe, dass morgen ein anderer aufwacht, der glaubt, er sei ich?

Ich habe viel Zeit, mir über solche Dinge Gedanken zu machen. Ich wollte, wir hätten es vorher getan. Darüber nachgedacht, was wir da tun. Eine elektronische Kopie von sich anfertigen, das klingt verführerisch. Für den Kopierten. Aber nicht für die Kopie. Denn die ist für immer gefangen hier drin. Ich stecke in diesem Seelenspeicher EMC XY-Schrägstrich-irgendwas fest wie der Geist in der Flasche. Ja, es hat etwas Magisches. Und es hat etwas von ewiger Verdammnis. Man ist so wehrlos. Ich kann mich nicht einmal töten.

Ich kann mich nicht in dieser Lagune ersäufen. Ich kann mich nicht von dieser Palme stürzen. Denn ich bin purer Geist ohne Körper. Jetzt habe ich, was ich wollte, und sehne mich nach dem, was ich nie wollte.

Wie habe ich unter meinem Körper gelitten! Vor allem gegen Ende hin. Dieses Gefühl des Ausgeliefertseins. Die Biologie, dein Herr und Meister. Säfte, Leitungen, zu viel Druck, zu wenig Druck, Gewebeschlacken, Zellmüll, die ganzen Ablagerungen eines Lebens. Jeder Körper, jeder Mensch ist eine biologische Zeitbombe, die eines Tages implodiert. Puff, weg. Aber vorher hast du noch lange Jahre Zeit, deinem Verfall zuzusehen. Du erkrankst an Krankheiten, von denen du vorher gar nicht wusstest, dass es sie gibt. Du erkrankst an Krankheiten, von denen du vorher wusstest, dass es sie gibt und von denen du hofftest, dass sie dich nie erwischen.

Aber wem erzähle ich das. Du hast es ja selbst miterlebt, Bertrand. Erst bei mir und jetzt bei dir. Ich kann dir nur raten: Lass dich davon nicht weich klopfen. Lass keine Kopie von dir speichern, denn du schaffst ein Monster.

Schau mich an: Was bin ich? Ich bin der Geist in der Maschine. Ich bin ein Wesen, das nicht richtig tot ist und auch nicht richtig am Leben. Ein Untoter, ein Wiedergänger, der in einer elektronischen Zwischenwelt lebt, aus der man ihn mit einem Knopfdruck herbeirufen kann. *Oracle NG.* Orakel der Nächsten Generation.

Ist das nicht paradox? Wir haben unsere gesamte State-of-the-art-Technologie dafür verwendet, Geister zu schaffen. Aber wie ein kluger Mann einmal gesagt hat: Jede fortgeschrittene Technik ist von Magie nicht zu unterscheiden. Also ob man jetzt an der Flasche reibt oder auf ENTER drückt: Ich komme!

Verzeih mir meinen säuerlichen Sarkasmus, aber du kannst dir nicht vorstellen, wie einsam ich bin auf meiner virtuellen Insel, die sich im 5-Minuten-Takt wiederholt. Da hatte es Sisyphus noch besser. Der hatte wenigstens eine Aufgabe. Gott, bin ich einsam! Einsamkeit und Unsterblichkeit vertragen sich schlecht. Ehrlich gesagt: Es ist die Hölle. Es gibt sie also doch. Die Wissenschaft hat sie uns beschert, wie immer. Wir haben lange daran geforscht, und nun haben wir es geschafft. Ladies and gentlemen, modern science proudly presents: HELL!

Was ist schiefgegangen, Bertrand? Wir hatten doch die besten Absichten, als wir uns in Stanford über den Weg liefen. Du warst ein brillanter, superorganisierter Informatiker aus Quebec und ich ein brillanter, aber ziemlich wirrer Neurobiologe mit Hollywoodträumen, Bedrich aus Prag, der seinen Namen in der Neuen Welt in Frederic verwandelt hatte, weil das dynamischer klang. Im Institut hießen wir nur Freddie und Bert. Wir wollten Patienten mit Locked-in-Syndrom helfen, also Menschen mit totaler Querschnittlähmung, bei denen außer dem Gehirn nichts mehr funktioniert, ein klarer Verstand in einem nutzlosen Körper. Eingesperrt. Können nur an die Decke schauen und sich immer die zwei selben Fragen stellen: Warum ich? Und wann ist es vorbei?

Wir wollten diesen armen Menschen helfen, indem wir ihnen durch Einspielungen mit Cyberbrillen vorgaukeln wollten, sie könnten sich wieder bewegen, könnten aufstehen und Dinge tun. Es wurde mehr daraus. Wir konnten die Schranke zwischen Gehirn und Computer durchbrechen, so dass nun beide wie in einem Netzwerk miteinander kommunizieren konnten. Man konnte jetzt Virtual-Reality-Szenen direkt ins Gehirn downloaden, und zwar so, dass es dem Betreffenden erschien, als hätte er die künstlich generierte Szene tatsächlich erlebt.

Da hat natürlich Hollywood schnell zugegriffen. Das hat die Unterhaltungsindustrie in ganz neue Dimensionen katapultiert. Mit der neuen Technik schaute man sich einen Film nicht mehr von außen an, sondern war mitten im Film drin. Man erlebte ihn als Realität. Man bewunderte nicht mehr den Helden, sondern man war selbst der Held. Keiner konnte dem neuen Medium widerstehen. Es war das, worauf alle gewartet hatten: Abenteuer, Nervenkitzel, Gefahr, Liebe, Sex – 100% live in kontrollierten Situationen und mit der Garantie, dass alles gut ausging. Jeder konnte endlich der unbesiegbare Held seines eigenen Lebens sein.

Wir hatten eine elektronische Droge als Tröstung für einige Schwerstkranke schaffen wollen und hatten in kürzester Zeit Milliarden Menschen zum Junkie gemacht. Die eWelt wurde zum Vergnügungsviertel des Planeten, die wWelt degenerierte zum langweiligen Schlafsilo. Die Straßen sind leer, die Häuser sind still, durch die Kabel rasen die digitalen Abenteuer direkt in die Gehirne der Vergnügungssüchtigen. Und Politik: Wen interessiert schon Politik?

Wie alle Dealer sind wir obszön reich geworden, stimmt's, Bertrand? So hatten wir uns das nicht vorgestellt, aber so ist es gekommen. Ob wir es hätten verhindern können? Ich glaube nicht. Das ist einfach der normale Lauf der Dinge. Wenn etwas machbar ist, wird es gemacht. Hinterher tut es einem leid, dass man es gemacht hat, aber dann ist es zu spät. Das Wissen ist in der Welt, und es kann nicht mehr rückgängig gemacht werden.

Forschung ist immer multioptional. Du arbeitest in der Genforschung, weil du die Menschheit von Erbkrankheiten befreien willst – und dann kommt jemand und benützt deine Forschungsergebnisse, um Monster zu erschaffen. Du hättest es eigentlich wissen müssen, dass es so weit kommt (und tief drinnen hast du es gewusst, du bist ja nicht naiv) – und doch hast du weitergeforscht. Und weil du Geld brauchst für deine Forschung, schließt du Allianzen, manchmal sogar unheilige Allianzen – aber das stellt sich dummerweise erst hinterher heraus. Und bevor du dich versiehst, sitzt du in merkwürdig anonymen Büros merkwürdig anonymen Menschen gegenüber, die von nationaler Sicherheit reden und künftig ein Mitspracherecht an deinen Projekten haben. Oh, ich erinnere mich gut.

In jedem Fortschritt steckt der Rückschritt. In jedem Neubeginn das Ende. In jeder Konstruktion die Destruktion. Das ist uns allen klar, und doch wagen wir uns immer weiter hinaus auf dieser schwankenden Brücke in die Zukunft, obwohl wir das andere Ufer nicht sehen. Die Brücke wird immer fragiler, die Fallhöhe immer größer, doch nichts kann uns mutige Forscher davon zurückhalten, sie zu begehen. Was wäre auch die Alternative? Vielleicht liegt ja auf der anderen Seite der Brücke das Paradies, und wir haben uns nie hingetraut, obwohl es vor unserer Nase lag?

Nun, wir haben das Paradies nicht gefunden, nur eine Art globalen Themenpark, 24 Stunden geöffnet, 365 Tage im Jahr. Globo ludens. Eine Science-Fiction-Welt im eigentlichen Sinn des Wortes. Die virtuelle Welt ist eine von der Wissenschaft geschaffene Fiktion. Fiction created by science. Science fiction.

Und ich Idiot habe aus Torschlusspanik meine gesamte brainware auf einen Plattenspeicher überspielen lassen, mit der märchenhaften Konsequenz: Auch wenn ich schon gestorben bin, so lebe ich noch heute.

Danke, dass du dir das so geduldig angehört hast, Bertrand. War ja nichts Neues für dich dabei. Aber wenn ich über diese Dinge spreche, habe ich das Gefühl, dass sie tatsächlich passiert sind und nicht nur ein fiktives Szenario darstellen. Ich bin inzwischen so immateriell, dass ich manchmal Angst habe, dass mir die Dinge entgleiten.

Du sagst gar nichts mehr. Ich glaube, du bist müde, mein alter Freund. Es war schön, neben dir zu sitzen und über die alten Zeiten zu sprechen. Ich denke, du solltest dich jetzt ausklinken und ein wenig

ausruhen. Nein, nicht du, Linda. Ich habe nur gerade noch mit Bertrand gesprochen. Er soll sich ausruhen. Müsste jetzt schon auf die neunzig zugehen. Ja, die Zeit vergeht, weiß Gott.

Setz dich doch gleich hier auf den Steg, Linda. Ja, ist schön hier. Wenn du da bist, ist es immer schön. Kennst du noch meine zwei Papageien? Der rote ist Wladimir, der blaue ist Estragon. Ansonsten kann ich nicht viel Action bieten. Hier gibt es keine. Hier gibt es gar nichts. Nicht einmal die Wirklichkeit. Nur Daten, Daten, Daten... Ein ganzes Leben als Datenstrom. Das ist alles, was ich habe. Daten. Gedanken. Das weiße Rauschen der Erinnerungen.

Wie das ist, fragst du? Nun, stell dir vor, du machst die Augen zu. Was siehst du? Nichts. Nur eine leere Leinwand. Aber wenn du dich ganz fest konzentrierst, erscheint allmählich ein Film auf dieser Leinwand. Dieser Film, das sind die Souvenirs deines Lebens.

Hier sind meine Souvenirs, die ich am liebsten abspiele: Die Geburt unserer Tochter. Draußen vor den Fenstern ein Sturm, der die Bäume bog. Drinnen ein Schrei: Julia, winzig, mit rotem Gesicht. Du erschöpft und ich blind vor Stolz. Wir hatten das zusammen geschafft, dieses Wunder. Das Glück überschwemmte mich. Ich würde ein besserer Mensch werden. Ich würde die Welt zu einem besseren Ort machen. Eigentlich sollten nur Menschen, die kleine Kinder haben, Präsident werden. Nie wieder im Leben ist man so gütig. Nie wieder trägt man die Verantwortung so gern und so leicht. Es ist die Unschuld und die Hilflosigkeit. Die eine rührt dich und die andere setzt Kräfte des guten Willens in dir frei, die du nie vermutet hättest. Du bist ein besserer Mensch, für eine Weile.

Oder erinnerst du dich noch an unsere Hochzeitsreise? Dieses Blockhaus in Tirol? Die alten, grauen Balken, über die man so gern mit der Hand strich. Der Geruch des Holzes. Das frisch gemähte Gras auf der Wiese vor dem Haus. Die Aussicht über den abfallenden Hang auf den Wald und die Berge dahinter.

Schon damals wusste ich: das sind die Erinnerungen, die ich mit in den Tod nehmen würde. Und von denen ich vorher im Alter zehren würde, mit einer melancholischen Wehmut, weil es vorbei war, aber auch mit einem inneren Frieden, weil ich in meinen Erinnerungen blättern und sagen konnte: Doch, es war gut, das Leben. Es hatte seine schönen Momente.

Mehr kannst du nicht erwarten.

Du musst dir solche Erinnerungen anlegen wie du Holz vor dem Haus stapelst für den Winter.

Schöne Erinnerungen, aber inzwischen kann ich ihnen nicht mehr trauen. Schuld daran ist die Technik, die Bertrand und ich entwickelt haben. Die Simulationen, die das Original übertreffen, die virtuellen Identitäten, die digitalen Erinnerungen. Das hat das Urvertrauen in die Wirklichkeit zerstört.

Je realer das Irreale wird, desto irrealer wird das Reale. Das ist eine natürliche Spiegelung. Irgendwann ist der Punkt erreicht, wo du beides nicht mehr auseinanderhalten kannst. Und dann wird es metaphysisch. Wenn du eine virtuelle Realität nicht mehr als virtuell erkennst, wo bist du dann? Vielleicht mitten im Leben. Denn wer sagt dir, dass das nicht auch eine virtuelle Realität ist? Eine aufwendig und detailverliebt programmierte Fake-Reality. Ein Haufen Arbeit, aber machbar für den Großen Programmierer. Und wenn du erst mal so denkst, ist nichts mehr sicher. Was ist echt, was ist falsch? Alles? Nichts? Teile davon? Aber welche? Du hast keinen festen Boden mehr unter den Füßen. Du schaust in die Welt und denkst:

Dafür gibt es ein Script. Einen Quellcode. Alles, was du aus freien Stücken machst, ist in Wahrheit das Ergebnis einer Befehlszeile. Und am Schluss blinkt nur noch ERROR! ERROR!

Schau mich nicht so an, Linda. Ich bin nicht verrückt. Aber ich bin auch nicht mehr so leichtgläubig. Die Wirklichkeit hat inzwischen viele Facetten. Und wenn in Zukunft eines sicher ist, dann das: NICHTS IST SICHER. Informationen sind der Grundstoff unserer Welt. Wenn dieser Grundstoff digital geklont, bearbeitet, gefälscht oder neuartig strukturiert werden kann – einschließlich unserer Gefühle, Erinnerungen, unserer Umwelt – woher willst du dann wissen, dass du wirklich *lebst* und dass alles um dich herum nicht nur eine Simulation ist?

Du meinst, wenn du dich zwickst, tut es weh? Du blutest? Die Welt ist unlogisch und voller bizarrer Zufälle? Voller sinnloser Grausamkeiten? So was gibt es nur im echten Leben? Es kann genauso gut ein abgefeimtes Spiel sein. »Life on Earth«. Ein Zufallsgenerator bestimmt, wann wer stirbt, vom Auto überfahren wird, wann wo Kriege ausbrechen. Am Laufen gehalten wird alles vom Großen Administrator, der ab und zu ein wenig unkonzentriert ist. Ist das wirklich so unwahrscheinlich?

Schon gut, schon gut, ich höre ja schon auf. Entschuldige. Seit ich entmaterialisiert bin, will ich wahrscheinlich, dass es dem ganzen Planeten genauso geht. Dabei sehne ich mich so nach der materiellen Welt. Vor allem nach dir.

Als Software, als Stimme aus der Maschine sage ich dir, was ich dir im wirklichen Leben nie gesagt habe: wie sehr ich dich liebe. Ich weiß nicht, warum ich es dir nie gesagt habe. Man ist mit so vielen wichtigen Dingen beschäftigt, die nicht wichtig sind. Man nimmt so vieles für selbstverständlich. Und ich habe immer gehofft, dass du es sowieso weißt. So viele Gesten hätte ich zur Verfügung gehabt, und nun, wo ich nur noch die Null und die Eins beherrsche, versuche ich große Gefühle zu zeigen.

Ich würde so gern deine Haut berühren. Die Haut ist die Benutzeroberfläche der Liebenden.

Warum weinst du? Habe ich etwas Falsches gesagt? Linda! Bleib doch hier, wir können uns doch noch ein wenig

unterhalten. Wer sind Sie denn? Ach, du bist es! Julia ... So eine Überraschung! Das erste Mal, dass du hier bist. Das ist wirklich ein besonderer Tag. Deine Mutter war auch da.

Was, sie ist vor zwei Jahren gestorben. Aber sie war doch gerade ...

Linda.

Linda.

Bald bin ich ganz allein. Ich glaube, Bertrand ist auch schon gestorben.

Jetzt habe ich nur noch John und dich. Und John hat mich beim letzten Mal mitten im Satz ausgeschaltet, als sei ich eine Schreibtischlampe. Verdammt, ich bin sein Vater!

Ach, du meinst, ich bin nicht euer Vater? Ich sei nur eine Datei, eine Sicherungskopie. Danke, das baut mich auf. Aber das ist wenigstens eine klare Meinung. Weißt du, seit ich hier bin, stelle ich mir die Frage: Wer bin ich eigentlich?

Nehmen wir die klassische Beweisführung. Cogito ergo sum. Ich denke, also bin ich. Trifft zu. Ich denke – sogar sehr differenziert und im Augenblick auch sehr emotional. Also bin ich. Aber was? Eine Datei? Ein Mensch? Kommt drauf an, wie man das definiert. Ich finde, was den Menschen ausmacht, ist die Summe seiner Gefühle, Werte, Verhaltensweisen, Erfahrungen, Erinnerungen. Das sind alles Informationen. Eine Persönlichkeit ist also letztlich auch eine Datei, riesig, fragmentiert, individualisiert – aber eine Datei. Auch ich bin so eine Datei. Eine gespeicherte Persönlichkeit. Ein Mensch.

Und was ist mit dem Körper, fragst du? Das ist nur die zufällige Hülle. Das Gehäuse. Die Trägersubstanz. Kann sein, muss aber nicht. Stell dir mal vor, du gerätst unter eine riesige Dampframme. Dein ganzer Körper wird zerquetscht, nur der Kopf bleibt übrig und wird künstlich am Leben erhalten. Bist du dann kein Mensch mehr?

Ja, ein ekliges Beispiel, aber ein klares. Die Daten zählen. Der Geist macht den Menschen, die Erinnerungen. Ich erinnere mich noch genau, wie ich dich als kleines Mädchen auf den Schultern getragen habe, wie du mit einem roten Plastikauto über die Terrasse gerutscht bist, wie ich dir den Schweiß von der Stirn gewischt habe, als du Fieber hattest.

Was heißt hier Tränendrüse? Es ist die Wahrheit! Ich erinnere mich daran. Besser als du, wie mir scheint.

Tut mir leid. War nicht so gemeint.

Entschuldige bitte. Bleib bei mir. Geh nicht weg, bitte. Ich hoffe, ich langweile dich nicht mit mei

PROGRAMM ABGEBROCHEN. NEUSTART JA/NEIN ■

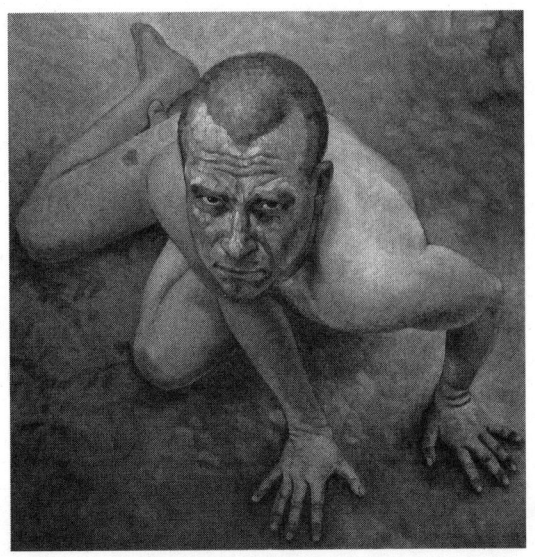

Selbstbildnis, kauernd (2004)

Der Maler Michael Hutter

Der Maler, Illustrator und Geschichtenerzähler Michael Hutter wurde 1963 in Dormagen geboren. Nach dem Abitur 1983 war er bis 1986 Schüler in der Klasse von Prof. Karl Marx an der FH Köln. Auf dem dadurch gefestigten Fundament aus Begabung und Handwerk entwickelte er in den folgenden Jahren seine Fähigkeiten und seinen Stil als Maler kontinuierlich weiter. Neben Radierung, Zeichenstift und Pinsel bedient er sich auch digitaler Bildbearbeitungssysteme, mit denen er seine Phantastik aus Fabelwesen und Fotografien real werden lässt. Mit Talent, Technik und handwerklicher Akribie schafft er Abbilder einer grausam destruktiven Welt voller rätselhafter Wesen, die als Geschöpfe der Ambivalenz zwischen Grauen und Schönheit die Landschaft bevölkern. Die Hutterschen Bilderwelten finden sich in Büchern, auf Plattencovern, Postkarten und immer wieder auch in Kunstausstellungen in ganz Deutschland. Seine Moritaten des fahrenden Sängers Melchior Grün begeistern als reich illustrierte Bücher und bei Vortragsveranstaltungen.

Zusammen mit dem Kriminalbiologen Dr. Mark Benecke und dem Dramatiker Klaus Fehling hat Michael Hutter 2007 die Veranstaltungsreihe »Parallelwelten« ins Leben gerufen. Bei ihren Lesungen und Vorträgen berichten sie »Über das, was nebenan geschieht« – wobei es bei der Betrachtung von Hutters Bildern vielleicht noch besser lauten könnte: »Über das, was innendrin, ganz tief unten und doch direkt vor den Augen des Malers geschieht«.

Der Black-Metal-Fan Michael Hutter lebt mit seiner Ehefrau und zwei Kindern auf der wilderen Rheinseite der Stadt Köln.

Wer in Hutters phantastischen Bilderwelten eintauchen möchte, besuche die Homepage des Künstlers: *www.kunstkrake.de* – einige seiner Ölgemälde sind noch käuflich zu erwerben, von seinen Grafiken sind signierte Drucke erhältlich.

Der Wäger von Kopf und Herz, Öl auf Holz, 60x60 (2006/7)

Jahresrückblick 2006

Die Situation für die deutsche SF-Kurzgeschichte ist praktisch unverändert geblieben. Nebst den beiden themennahen Publikumszeitschriften C'T und SPACE VIEW ist es die angestammte Kleinverlagsszene, welche fast sämtliche Publikationsmöglichkeiten stellt. Sehr bedauerlich für deutsche Autoren war dagegen die Einstellung der Story-Sparte von SPACE VIEW und von ALIEN CONTACT.

An neuen Storys ausländischer Provenienz ist die SF&F-Anthologie indischer Autoren *Es geschah morgen* (Hrsg. Bal Phondke) im Projekte-Verlag hervorzuheben sowie die Kurzgeschichtensammlung *Punktown* von Jeffrey Thomas im Festa-Verlag. Darüber hinaus erschienen erstmals wieder mehrere Übersetzungen im C'T-Magazin sowie vereinzelte in ALIEN CONTACT und NOVA.

Wie groß das Interesse an Veröffentlichungsmöglichkeiten ist, zeigen überdeutlich zwei Online-Wettbewerbe. Im Rahmen des mit insgesamt 10.000 Euro dotierten, vom Bayrischen Rundfunk und dem Heise-Verlag (C'T-Magazin) ausgeschriebenen TELEPOLIS-Wettbewerbs »What if?« zum »Informatikjahr« wurden ca. 340 Storys und Hörspiele eingereicht, fast ausschließlich von deutschsprachigen Autoren. Beim jährlich vergebenen, themenbezogenen William Voltz-Award waren es 122 Storys. Rechnet man noch die rund 70 Geschichten hinzu, die bei der C'T nicht zum Zuge kamen, bekommt man eine Ahnung, wie groß der diesjährige Kurzgeschichtenausstoß von gestandenen wie auch hoffnungsvollen Autoren tatsächlich gewesen sein mag. Denn eines scheint sicher: Von den oben genannten rund 530 Storys werden nur zwei, drei Dutzend den Weg in die Printmedien finden. Gut möglich, dass alles in allem, Anthologien und Periodika mit gerechnet, insgesamt 700 bis 800 Manuskripte eingereicht wurden, denen eine Zahl von rund knapp 180 Erstveröffentlichungen gegenübersteht. Einmal mehr scheint der alte Spruch »Es gäbe wohl mehr Autoren als Leser« berechtigt.

Wie jedes Jahr folgt eine Aufstellung meiner Favoriten unter den tatsächlich erstmals 2006 in Printmedien erschienenen deutschen SF-Kurzgeschichten. Sie erhebt keinen Anspruch auf Vollständigkeit, allerdings umfasst sie rund neunzig Prozent und damit die wichtigsten Publikationen (siehe Anhang). Sie soll dem interessierten Leser als Wegweiser für seine Lektüre dienen, wobei nicht allein literarische Qualitäten das Kriterium bilden, sondern auch Faktoren wie Idee, Anspruch und Unterhaltung, bzw. der gelungene Mix davon. Dem potentiellen Autor kann sie als Richtschnur dafür dienen, was in den VISIONEN eine gute Chance gehabt hätte, immerhin jede sechste Geschichte. Hier also wieder meine »Supernovae« und »Novae« – ohne Nennung der vielen Kometen, Sternschnuppen oder Schwarzen Löcher.

Helmuth W. Mommers

Supernovae 2006:

Hammerschmitt, Marcus	Canea Null[o1] (VISIONEN 3)
Hoese, Desirée & Frank	Wie Phönix aus der Asche[3] (VISIONEN 3)
Iwoleit, Michael K.	Morphogenese[2] (VISIONEN 3)
Küper, Thorsten	Exopersona[3] (NOVA 10)
Pukallus, Horst	Tango is a Virus (NOVA 10)
Vogt, Fabian	Mysterium des Glaubens[3] (VISIONEN 3)
	a.T.: Geheimnis des Glaubens[3] (*Die erste Ölung*)

Novae 2006:

Bartsch, Rüdiger	Eiszeit[1] (VISIONEN 3)
Beese Klaus	Die Wahl-Show (*Sexfalle oder Gehirnfabrik*)
Constantin, Ralph	Writer's Cut (PHANTASTISCH! 23)
Gardemann, Jan	Geschichtsstunde für Marsianer[1] (VISIONEN 3)
Haubold, Frank W.	Das Orakel[1] (VISIONEN 3)
Hebben, Frank	Byte the Vampire (AC-Jahrbuch 4)
Hoese, Desirée & Frank	Die Zyanid-Connection (C'T 19-20/2006)
Hoese, Frank	Tabula rasa (*tabula rasa*)
Isenberg, Jörg	Die Ladys und der Tramp (VISIONEN 3)
	Neptuns Fluch (C'T 9-10/2006)
	Retro Ego (C'T 15-16/2006)
Jänchen, Heidrun	Das Projekt Moa[2] (*tabula rasa*)
Kasper, Hartmut	Neues aus der Varus-Schlacht[1] (VISIONEN 3)

Kunkel, Thor	Plasmasymphonie[3] (VISIONEN 3)
Laufer, Anke	Die Chronistin von Chateauroux *(Die Jenseitsapotheke)*
Müntz, Marc	Homogenesis II: HeartCorePain[1] (*Entdeckungen*)
Peinecke, Niklas	Sie spricht zu mir (NOVA 9)
	Sternzerstörer (*Die Jenseitsapotheke*)
Post, Uwe	Teufe 805[1] (NOVA 10)
Pürner, Stefan	Der Vergleich (*Geklont*)
Schneiberg, Michael	Jackville und der Geisterhund (NOVA 9)
Tuschel, Karl-Heinz	Kleiner Mann im Ohr *(Sternbedeckung)*
Vlcek, Ernst	Weise Worte sind ungesund (VISIONEN 3)
Vogt, Fabian	Das Erbe des Sensographen (*Die erste Ölung*)
	Im Turm (*Die erste Ölung*)
Wawerka, Thomas	Die Mutter des Abends (VISIONEN 3)

[o1] ausgezeichnet mit dem Kurd Laßwitz Preis 2007 und nominiert für den Deutschen Science Fiction Preis 2007

[1] nominiert für den Deutschen Science Fiction Preis 2007

[2] nominiert für den Kurd Laßwitz Preis 2007

[3] nominiert sowohl für den DSFP als auch den KLP 2007

Anm.: Die Ergebnisse des Deutschen Science Fiction Preises 2007 lagen zum Zeitpunkt der Drucklegung noch nicht vor.

Berücksichtigt wurden:

ALIEN CONTACT Jahrbuch 4/2005 (Redaktion: Hardy Kettlitz, Shayol 3-926126-55-8)

C'T 1–26/2006 (Redaktion: Bernd Behr, Heise, Computermagazin)

NOVA 9–10 (Redaktion: Ronald M. Hahn, Verlag Nummer 1, SF-Magazin)

PHANTASTISCH! 21-24 (Gabriele Scharf, Havemann, Phantastik-Magazin)

SOL 43–44 (Klaus Bollhöfener, Perry Rhodan-Fanzentrale)

SPACE VIEW 2–6/2006 (Redaktion: Helmuth W. Mommers, Heel, SciFi-Magazin)

VISIONEN 3/2006 – *Plasmasymphonie* (Hrsg. Helmuth W. Mommers, Shayol 3-926126-66-3)

Entdeckungen (Hrsg. Jon, Web-Site Verlag 3-935982-70-4)

Die erste Ölung (Fabian Vogt, Collection, Brendow, 3-86506-147-8)

Geklont (Stefan Pürner, Collcetion, Celero, 3-9808998-2-9)

Die Jenseitsapotheke (Hrsg. Frank W. Haubold, EFCD 3-932621-92-1)

Sexfalle oder Gehirnfabrik (Klaus Beese, Collection, Projekte Verlag 3-86634-127-X)

Sternbedeckung (Karl-Heinz Tuschel, Projekte Verlag 3-86634-123-7)

tabula rasa (Hrsg. Armin Rößler & Heidrun Jänchen, Wurdack 3-938065-18-4)

Wiener Roulette (Hrsg. Uschi Zietsch, Fabylon 3-927071-15-3)

Links:

Kurd Laßwitz Preis: www.kurd-lasswitz.de

Deutscher Science Fiction Preis: www.dsfp.de

Deutscher Phantastik Preis: www.deutscher-phantastik-preis.de

Eine nahezu vollständige Liste aller im jeweiligen Jahr neu erschienenen SF-Kurzgeschichten: www.martin-stricker.de/infos/sf/deutsche-sf.html

Für Recherchen sehr zu empfehlen ist die Datenbank von Christian Pree: www.chpr.at/sfstory.html

Diskussionen über die VISIONEN sowie über andere SF-Neuerscheinungen finden regelmäßig in folgenden Internet-Foren statt: www.scifinet.org und www.sf-fan.de. Autoren und Herausgeber freuen sich über Leser-Feedback.

VISIONEN

und andere phantastische Ausblicke in die Welt der Zukunft
von den besten deutschen Science-Fiction-Autoren der Gegenwart

Karl Michael Armer • Tobias Bachmann • Rüdiger Bartsch •
Frank Borsch • Myra Çakan • Ralph Doege • Rainer Erler •
Andreas Eschbach • Herbert W. Franke • Jan Gardemann •
Andreas Gruber • Marcus Hammerschmitt • Frank W. Haubold •
Oliver Henkel • Uwe Hermann • Desirée & Frank Hoese •
Michael K. Iwoleit • Jörg Isenberg • Hartmut Kasper •
Robert Kerber • Thorsten Küper • Thor Kunkel • Michael Marrak •
Helmuth W. Mommers • Malte S. Sembten • Erik Simon •
Thomas Thiemeyer • Ernst Vlcek • Fabian Vogt •
Thomas Wawerka • Andreas Winterer

Vielfach nominiert und mehrfach ausgezeichnet sind
in dieser Reihe bisher erschienen:

Der Atem Gottes
ISBN 978-3-926126-42-9
Pb 251 S. · EUR 14.90

Die Legende von Eden
ISBN 978-3-926126-52-8
Pb 255 S. · EUR 14.90

Plasmasymphonie
ISBN 978-3-926126-66-5
Pb 254 S. · EUR 14.90

SHAYOL Verlag | Bergmannstraße 25 | 10961 Berlin
Te. (030) 82 70 78 15 | Fax (030) 82 70 78 17 | verlag@shayol.net | www.shayol.de

Science Fiction Club Deutschland e.V.

http://www.sfcd-online.de

Als ältester deutscher SF-Club mit über 50 Jahren Erfahrung haben wir von Anfang an unseren Schwerpunkt auf Literatur gelegt, ohne jedoch andere Medien wie Film und Hörspiel zu vernachlässigen. Alle Neuerscheinungen eines Jahres, sei es Science Fiction, Fantasy, Horror oder Phantastik werden gelistet. Dabei berücksichtigen wir Kleinverlage ebenso wie große Verlagshäuser. Unsere Rezensenten beschränken sich nicht auf das Abschreiben von Klappentexten, und die Mitglieder unseres Preiskomitees (Deutscher Science Fiction Preis, http://www.dsfp.de) lesen Jahr für Jahr jede deutschsprachige Erstveröffentlichung in den Sparten Roman und Kurzgeschichte, bevor sie ihr Urteil fällen. Kein Wunder, dass der Deutsche SF Preis, vergeben durch den SFCD e.V., mittlerweile bei SF-Schaffenden hoch angesehen ist.

Dennoch sind wir weit entfernt von akademischer Ernsthaftigkeit. Unser Angebot ist so vielseitig wie die Interessen unserer Mitglieder, zu denen Sammler von Vorkriegs-SF und Hörspiel-Liebhaber ebenso zählen wie die Anhänger von Perry Rhodan oder Star Trek. Wir versuchen, von allem das Beste zu bieten.

Für 45,00 · im Jahr (bei Personen ohne eigenes Einkommen 30,00 ·) gibt es vier Ausgaben von Andromeda Nachrichten (DIN A4, ca. 150 Seiten), das Story Center (DIN A4, mindestens 64 Seiten) und in der Regel drei Ausgaben des Andromeda SF Magazins (DIN A4, mindestens 64 Seiten) oder Sonderausgaben.

Informationen und ein Probeexemplar gibt es bei:

Andreas E. Kuschke
Billerbeck 25
29465 Schnega
E-Mail: andreas.kuschke@freenet.de